2023年度优秀文艺评论文集

文化和旅游部艺术司 编

文化艺术出版社
Culture and Art Publishing House

图书在版编目（CIP）数据

2023年度优秀文艺评论文集 / 文化和旅游部艺术司编. —北京：文化艺术出版社，2024.10. -- ISBN 978-7-5039-7728-2

Ⅰ.I206.7-53

中国国家版本馆CIP数据核字第202484G3A0号

2023年度优秀文艺评论文集

编　　者	文化和旅游部艺术司
责任编辑	柏　英　张　恬　刘锐桢　邓丽君
责任校对	董　斌
书籍设计	赵　矗
出版发行	文化藝術出版社
地　　址	北京市东城区东四八条52号（100700）
网　　址	www.caaph.com
电子邮箱	s@caaph.com
电　　话	（010）84057666（总编室）　84057667（办公室） 　　　　84057696—84057699（发行部）
传　　真	（010）84057660（总编室）　84057670（办公室） 　　　　84057690（发行部）
经　　销	新华书店
印　　刷	国英印务有限公司
版　　次	2024年12月第1版
印　　次	2024年12月第1次印刷
开　　本	710毫米×1000毫米　1/16
印　　张	32
字　　数	432千字
书　　号	ISBN 978-7-5039-7728-2
定　　价	128.00元

版权所有，侵权必究。如有印装错误，随时调换。

《2023年度优秀文艺评论文集》编委会

主任

周庆富

副主任

李树峰　喻　静

编委

周庆富　李树峰　喻　静　宋宝珍
王　馗　金　宁　李宏锋　鲁太光
陈　曦　杭春晓　卿　青　王瑜瑜
许浩军　姚　玲　王　红　吕晓明

我的艺术评论观
——与同行朋友共勉
（代序）

　　为了加强艺术评论工作，文化和旅游部艺术司发动全国各省、市、自治区相关部门，推荐2023年度的优秀艺术评论文章，应者云集，共征来302篇评论，经中国艺术研究院的知名专家组成的初评组、复评组严格筛选，最终遴选出86篇评论，集成这本《2023年度优秀文艺评论文集》。司领导命我为之作序，我实不敢当，推辞再三，司里还是把这本评论集的清样给我寄来了，再却之确实不恭了。于是，我只好把这项任务当成一次难得的艺术评论的学习机会，认真梳理自己从事艺术评论工作半个多世纪的经验教训，并结合担任中国文艺评论家协会首届主席期间的甘苦心得，写下《我的艺术评论观——与同行朋友共勉》，权且充序。

　　抱定宗旨。这是首要的一条。宗旨何为？宗旨就是坚定不移地学习、领悟、践行马克思主义文艺观中国化、时代化、民族化的最新成果。毛泽东1942年《在延安文艺座谈会上的讲话》，是20世纪40年代中国共产党人把马克思主义文艺观与中国具体实际相结合"有经有权"并实现中国化、时代化、民族化的重要里程碑；而习近平总书记2014年《在文艺工作座谈会上的讲话》，则是21世纪中国共产党人把马克思主义文艺观与中国具体实际相结合并实现中国化、时代化、民族化的最新成果。这是我们保证新时代艺术评论持续健康繁荣的理论指南和行动准则。宗旨既定，方向则明。我们当然要以开放的眼光和广阔的胸怀学习、借鉴一切先进文艺理论中适合中国国情的有益内容，为我所用，但我们必须旗帜鲜明地反对"套用西方理论剪裁中国人的审美"，反对那种"以洋为尊""以洋为美""唯洋是从"的热衷于"去思想化""去价值化""去历史化""去中国化""去主流化"的错误倾向，坚持以文化人、以艺养心、以美塑像，重在引领、贵在自觉、胜在自信。

坚守定力。习近平总书记在强调文化自信的同时十分强调定力。宗旨决定了培根铸魂的方向，定力则须贯穿艺术评论的始终。艺术评论作为艺术创作之重要一翼，要真正起好方向盘的作用，定力是关键。艺术评论要力求对艺术创作"多看几步棋"，这就需要真正像鲁迅先生所倡导的那样，学习"操马克思主义批评的枪法"，切忌"趋时和复古"，随风摇摆，今日说东，明日说西，到头来没有自己的立场观点。艺术评论是一种在感性鉴赏基础上的理性思维，而实践反复启示我们：理性思维上的失之毫厘，必将导致创作实践上的谬以千里。譬如，对于正在发生、尚有待于实践和人民检验的所谓"出圈""破圈"的艺术现象，恐怕也须凭定力才能做出较为实事求是的判断。因为"新"的未必就是永恒的，而永恒的往往并非"新"的。

敢讲真话。这是巴金老人晚年在他的《随想录》中留给我们的宝贵精神遗产，也是艺术评论理应遵循的一条准则。这本艺术评论集中，不乏敢讲真话的佳作。像《为民众而歌：论陈彦戏剧创作中的"人民性"》一文以及关于杂技剧《战上海》、彩调剧《新刘三姐》、音乐剧《花儿与号手》的几篇评论，就敢讲真话，激浊扬清，是其所是，不足处言不足。此种文风，值得称道。

实事求是地说，面对于电影市场的红红火火，舞台艺术创作也佳作迭出，毫不逊色。但必须正视：面对持续繁荣的舞台艺术创作，舞台艺术评论是滞后的。文化和旅游部艺术司编选出版这本《2023年度优秀文艺评论文集》，旨在促进舞台艺术评论迎头赶上，与舞台艺术创作比翼齐飞。这，功在当代，利在千秋。

仲呈祥

2024 年 10 月

目录

综合类

| 以习近平文化思想激励文艺创作勇攀高峰 | 范玉刚 | 003 |

慢煮时光　静候花开
　　——关于"新官理旧戏，让精品成为经典"的
　　　些许思考　　　　　　　　　　　　　程　博　010

| 克服现实题材主题创作的"三化"问题 | 于　涛 | 015 |

情满家国　心怀天下
　　——由"bilibili最美的夜""拜年纪"看数字文艺
　　作品创作生产中的中华美学文化自觉　高　媛　020

从技术之维到本体转向
　　——论数字时代的艺术作品与艺术评论　栾开印　026

实扎草原、真情为民的新时代乌兰牧骑创作	朱洪坤	032
让群众性小戏小剧"走进"群众心里	孙培娜　于　蕊	037
如何加强剧目论证？	王　辉　宋慧晶	043
市级文艺创研单位改制与文艺创研发展思考	唐友彬	047

熔铸古今中外　观照世相人心
　　——《2022上海剧稿》述评　　　　　周云汇　053

i

出圈的文艺作品对艺术生产的启示　　　　　　　　傅海燕　058

演艺新空间助力优秀传统文化创造性转化

　　——以北京市文旅局首批15家演艺空间

　　培育项目为例　　　　　　　　　　　　　　刘梦妮　063

从剧场到院线：数字文艺作品创作及传播路径初探

　　——以中国国家话剧院戏剧电影《抗战中的

　　文艺》为例　　　　　　　　　　　　　　　苏子航　069

加强戏剧创作者的市场意识刻不容缓　　　　　　袁丹璐　075

歌剧翻译

　　——文化交流和传承的使者　　　　　　　　郑　洵　080

新时代文艺创作与批评的人民性　　　　　何　亮　王洪斌　085

符号互动论视角下新媒体舞蹈出圈现象的理论解读

　　　　　　　　　　　　　　　　　　　　叶　笛　杨婧祎　090

了解"圈群"互动　做好新媒体平台文艺评论工作　张紫薇　096

温度与深度之间

　　——全媒体时代美术评论的困境与生机　　　于　洋　101

舞台艺术类

"正"与"旧"、"尊"与"复"

　　——基于文化视角的中国当代舞蹈创作理念阐释

　　兼论当代安徽舞蹈艺术发展　　　　　　　　戴　虎　109

在时代精神与戏曲化的交会点上

　　——戏曲现代戏观察　　　　　　　　　　　冯　冬　116

"真实再真实些"
　　——谈话剧《同船过渡》对当下戏剧创作的启示　　丁　彦　122

话剧主题创作的"立"与"破"　　李艳杰　128

为戏剧创作打开更为开阔的创新空间　　郑荣健　133

展现不拘一格的美　　戴　晨　137

中国古典舞当代属性的开拓与坚守　　胡　伟　142

不拘一格　多面开花
　　——从评剧艺术节看中国评剧院艺术创作的
　　　美学实践　　马艳会　148

吉祥例戏　旅游演艺产品研发的新面向
　　——以闽剧民营剧团演出为解读样本　　王小梅　154

诗乐书画　创意融通
　　——评析"廖昌永艺术歌曲音乐会"　　陈新凤　159

坚持守正创新　不断开拓现实题材戏曲创作的新境界
　　——谈戏曲现代戏创作现状及发展意义　　王一淼　166

杂技剧《战上海》的审美特征赏析　　高文新　172

以简驭繁
　　——评昆山当代昆剧院《浣纱记》　　于　琦　178

刍议饮食文化题材话剧作品的艺术特征　　宋慧晶　184

涵养城市科学精神、人文精神、艺术精神的舞台艺术精品
　　——深圳原创舞剧《深AI你》
　　　在国家大剧院演出观后　　赵　东　190

"一带一路"视域下广西戏剧创作的特色与机遇　　饶秋芸　195

从陈涌泉"鲁迅题材三部曲"看文学经典改编
舞台剧的路径与技巧　　田　原　200

《新刘三姐》重铸经典的三种创作途径　　崔振蕾　206

自觉创造　不懈创新
　　——中国评剧艺术节 20 年新创剧目漫谈　　赵惠芬　212

话剧《坦先生》观后感
　　——一首英雄的交响　　岳　莹　218

以舞之名翻开文艺的红色记忆
　　——写在"荷花奖"作品舞剧《热血当歌》
　　　获奖之后　　谢　雨　224

古老戏剧的当代转化创作
　　——以新梅山傩戏《六娘过渡》为例　　蒋晗玉　230

经典永流传
　　——评现代京剧《杨靖宇》　　刘伊娜　236

对赣剧发展的艺术探索
　　——评青春版·赣剧《红楼梦》　　伍文珺　241

与剧种、与观众、与时代对话
　　——从新排南昌采茶戏《南瓜记》
　　　看经典剧目如何传承　　蒋良善　248

跃动的时空
　　——当代中国舞蹈剧场印象　　郑永为　254

时隔四年中国杂技"大阅兵"
　　——世界杂技大国再展新风采　　尹　力　260

浅谈如何让主题创作摆脱概念化、空泛化弊病
　　——以芭蕾舞蹈组诗《榜样》的成功创排为例　　曾　凡　265

如何使文学著作向舞台艺术作品转化
　　——以歌剧《江格尔》为例　　郝绪荣　270

新时代内蒙古民族舞蹈创作初探
　　——以第九届内蒙古乌兰牧骑艺术节
　　　获奖舞蹈作品为例　　白雪燕　276

目 录

传承·融合·创新
　　——新时代杂技艺术创作趋向分析
　　　　　　　　　　　　　　　　　王春平　马　军　王　辉　282

妙趣横生"许家"事　人间烟火看"莲花"
　　——评太原莲花落轻喜剧《许家交响曲》　　　　李成丽　288

为民众而歌
　　——论陈彦戏剧创作中的"人民性"　　　王俊虎　李明泽　294

溜溜的情歌致敬天路英雄
　　——观原创歌剧《康定情歌》有感　　　　　　　陈　洁　299

情怀如花开般绚烂
　　——评现代川剧《最后一场封箱戏》　　　　　　周　娟　305

用杂技语汇讲好中国故事　　　　　　　　　　　夏　冬　310

创新活化传统意象　开拓杂技新境界
　　——评杂技剧《天山雪》　　　　　　　　　　　王　俊　315

青春时尚与现代质感
　　——越剧《钱塘里》的启示　　　　　　　　　　吴　彬　321

从越剧《新龙门客栈》看戏曲的"破圈"与"出圈"　杨斯奕　327

多元实践　情感基点　灵动写意
　　——王青戏曲导演艺术撷拾　　　　　　　　　　王学锋　331

悲郁与超然的时间仪式
　　——《诗忆东坡》中的文化借用　　　　　　　　刘　春　337

同枝分开两异花
　　——浅析重川版《江姐》的"川剧化"之路　　　魏　源　343

舞剧《绝对考验》
　　——红色 IP 的艺术诠释和时尚表达　　　　　　苟晓燕　350

从《王贵与李香香》谈现代秦腔戏的创新　　　　马　欢　356

《花儿与号手》
　　——革命叙事的多重表达　　　　　　　　曹丽君　李　亮　362

弘扬时代精神　唱响红色赞歌
　　——西藏当代红色音乐铸牢中华民族共同体意识的
　　　价值彰显　　　　　　　　　　　　　　　　常会芳　367

《无字丰碑》
　　——一部好看的黔剧　　　　　　　　　　　　罗运琪　373

"守正创新"　唱时代之精神
　　——第三十一届中国戏剧"梅花奖"观感　　　韦　嘉　380

杨林和他的话剧《红旗渠》　　　　　　　　　　　李红艳　385

舞台剧《寄生虫》舞台艺术创意鉴赏　　　　　　　朱明月　391

传统剧目再创作的探索呈现
　　——评第五届豫剧节展演剧目《宇宙锋》　　　闫　哲　397

望向荆棘丛生的路
　　——评新编版话剧《屈原》　　　　　　　　　刘玉琴　404

永远美丽　永远嘹亮
　　——音乐剧《花儿与号手》的当代价值及
　　　现实意义　　　　　　　　　　　　　　　　王道诚　409

跨越大海的信与爱
　　——谈谈民族歌剧《侨批》的创作与表演　　　张天彤　414

古老戏曲如何"致青春"
　　——浅谈新时期黄梅戏的传承与发展　　　　　杨　俊　420

听此"青绿"　余韵悠长　　　　　　　　　　　　罗怡婷　426

还贺绿汀精神以完整准确的面目　　　　　　　　　董少校　432

新时代专业音乐创作评价标准和评论方法　　　　　王中余　435

以"起承转合"之思步入圆梦新征程
　　——评第三十八届上海之春国际艺术节音乐板块　许首秋　441

目录

美术与设计类

新时代背景下主题性美术创作如何发展和突破   王　治　449

讲好中国故事
　　——论主题性美术创作的命题与突破   骆　雪　456

用情用力　描绘美丽乡愁的现代农村   徐　涟　462

守住书法传统的正脉   董水荣　468

自"物"而始　不囿于"物"
　　——新时代综合材料绘画发展与未来   谢路路　473

AI语境下摄影创作和批评的新方式   阳丽君　479

不能简单用笔墨约束艺术创作   李传珍　483

变，然后知其"宗"
　　——激发中国画当代表现的新潜能   陈青青　487

编后记　492

vii

综合类

以习近平文化思想激励文艺创作勇攀高峰

范玉刚[*]

习近平文化思想是新时代以来，习近平总书记关于文化建设方面的新思想、新观点、新论断的集中阐述，内涵十分丰富，论述极为深刻，是新时代党领导文化建设实践经验的理论总结。这些重要论述丰富和发展了马克思主义文化理论，标志着我们党对文化建设规律的把握达到了历史新高度，构成了习近平新时代中国特色社会主义思想的文化篇，形成了习近平文化思想。党的十八大以来，以习近平同志为核心的党中央把宣传思想文化工作摆在治国理政的重要位置，对宣传思想文化工作做出一系列重大决策部署，实现意识形态领域形势的全局性、根本性转变，推动文艺繁荣发展，在为国家立心、为民族立魂的工作中极大地巩固了中华民族团结奋斗的共同思想基础，筑牢了中华民族伟大复兴的精神根基。

一、习近平文化思想是中华民族自信自强的标识

21世纪以来，文化的地位和作用不断凸显，不仅世界战略格局的演变正在沿着文化—文明的中轴线展开，文化在国际社会中的影响不断上升，文化价值、文化战略、文化政策日益受到国际政要的高度重视，而且

---

[*] 范玉刚：山东大学特聘教授、山东省文艺评论家协会主席。

文化的力量日益显现，文艺和审美成为生产力，文化作为产业特别是文化与科技的结合成为新一轮全球化运动的新引擎新动能之一，文化甚至被视为引领21世纪人类经济社会发展的灯塔。

中国共产党是一个有文化情怀和文化理想追求的现代型政党，自成立之日起，就把建设民族的、科学的、大众的中华民族新文化作为自己的使命，高度重视宣传思想文化工作，领导中国新文艺为革命、建设和改革开放鼓与呼，始终高举文明进步的旗帜。进入21世纪以来，中国共产党抓住了文化作用日益凸显的历史机遇期，在开启新一轮文化体制改革中推动当代文化的繁荣发展。2011年党的十七届六中全会提出建设社会主义文化强国的战略诉求，2020年党的十九届五中全会提出2035年建成社会主义文化强国的远景目标，契合时代机缘，文化发展进入了全面提速的快车道。作为新时代文化昌盛的表征，新时代的文艺为世界人民贡献了独特的声响与色彩、诗情与意境，也在以艺通心中让世界人民感受到了中华民族构建人类命运共同体的文明理念追求，有效回应了中国和平崛起的时代之问、世界之问。

文化关乎国本、国运，文化建设被我们党提升到关乎中华民族伟大复兴的战略高度。文化的分量在习近平总书记心中是沉甸甸的。这份文化情怀显现于习近平总书记治国理政的方方面面。其中，格外关注优秀传统文化的创造性转化和创新性发展，旨在让新时代的文化扎根深厚的文明沃土，在文脉和魂脉的赓续中创造属于时代的新文化。习近平总书记在对宣传思想文化工作做出的重要指示中强调，"宣传思想文化工作事关党的前途命运，事关国家长治久安，事关民族凝聚力和向心力"。党的十八大以来，习近平总书记立足世界百年未有之大变局、统筹中华民族伟大复兴战略全局，以马克思主义政治家、思想家、战略家的深刻洞察力、敏锐判断力、理论创造力，科学阐释了文化的本质，提出文化自信"是更基础、更广泛、更深厚的自信"，深刻论述了中国特色社会主义文化的精髓及其对实现中华民族伟大复兴的意义，指明了新时代文化建设新的历史方位、新的文化使命，深刻回答了建设中国特色社会主义文化应该举什么旗、走什么路、坚持什么样的原则、实现什么样的目标等重大理论和实践问题。

举旗定向、谋篇布局，正本清源、守正创新，习近平总书记准确把握世界范围内思想文化相互激荡、我国社会思想观念深刻变化的趋势，对内以当代文化的繁荣发展不断满足人民对美好生活的需求，在引导人民精神生活共同富裕中有效增强人民的精神力量，在保障人民的文化权益中不断提高全社会文明程度；对外推动以艺联结世界，在世界舞台上不断增强中华文明的传播力影响力，在建构中国话语体系和叙事体系中传播和弘扬全人类共同价值，在构建人类命运共同体中积极践行全球文明倡议，使文明中国的旗帜在世界舞台上高高飘扬。

二、习近平文化思想是一个丰富的、开放的思想体系

一切划时代的理论，都是满足时代需要的产物。习近平文化思想合乎历史机缘的出场，就是中国共产党从抓住时代、大踏步赶上时代到引领时代的文化自信自强的表征。一百多年来，中国共产党在不断攀登新的思想高峰中以马克思主义中国化时代化的最新成果彰显真理的力量，从马克思主义基本原理同中国具体实际相结合到"第二个结合"，实现了中国共产党理论创新上的新飞跃，谱写了马克思主义文化理论的新篇章。特别是"第二个结合"的提出，在思想文化界引发强烈共鸣，标志着习近平总书记关于文化建设的理论成果已经成熟。

21世纪以来，我们党对文化的地位和作用的思考越来越深刻，对文化建设规律的把握越来越得心应手，国家文化治理越来越完善。习近平文化思想蕴含着对文化的本质特征、发展规律、文明互鉴等的深刻论述，广泛涉及了文化理想、文明理念、价值创新、文化态度、文化视野、文化目

标、文化战略以及文艺方针政策等方面，既有历史文化的厚度，又有文化思想的深度，更有文明视野的宽度，以及人类文明的高度，形成丰富的、开放的思想体系。习近平文化思想以整体性文化观和系统性思维，推动了中国文艺创作体系化、公共文化服务体系化、现代文化市场和文化产业体系化、现代传播体系化、文化和旅游融合体系化、文化对外交流体系化等，从总体上促进了国家文化软实力的提升，把中国新时代文化建设推向新阶段和新高度。其关于文化的思考和实践展开，实现了中华文化和中国精神的历史升华，是中华文化和中国精神的时代精华。在文化的轴线上，习近平文化思想在理论上把握历史、现实与未来，融民族性与时代性于一体，融中华文化和中国精神于一体，极大开拓了党的理论创新的文化视野，丰富了中国化时代化马克思主义的理论和实践形态，具有深厚的历史底蕴，严密的理论、实践、发展逻辑，以及广阔的人类视野。这反映了习近平总书记关于文化建设理论成果在体系化、学理化方面日益完善的实际，形成了习近平新时代中国特色社会主义思想的文化篇，是新时代文化传承发展的理论指导和行动指南。

习近平文化思想既有思想创新的理论升华，也有实践创新的工作部署。在2018年8月全国宣传思想工作会议上，习近平总书记用"九个坚持"高度概括了我们党对宣传思想工作的规律性认识；在2023年6月文化传承发展座谈会上，习近平总书记明确了文化建设方面的"十四个强调"，鲜明提出坚持党的文化领导权、深刻理解"两个结合"、担负新的文化使命等重大创新观点，提出建设中华民族现代文明的重大任务；在2023年对宣传思想文化工作做出的重要指示中提出"七个着力"的要求。习近平文化思想从理论和实践相结合的维度，对新时代文化建设进行了精辟揭示、科学总结、系统归纳，深刻阐述了文化传承发展的方向性、根本性、战略性、原则性问题，深刻回答了新时代坚持和发展什么样的中国特色社会主义文化、怎样坚持和发展中国特色社会主义文化等一系列重大课题，丰富和发展了马克思主义文化理论，标志着我们党对中国特色社会主义文化建设规律的认识达到了新高度，表明我们党的历史自信、文化自信达到了新高度。

当然，实践没有止境，理论创新也没有止境。在中华民族伟大复兴和实现党的第二个百年奋斗目标的历史进程中，14亿多人民的磅礴实践必然推动理论不断创新。作为引领实践指南的习近平文化思想也必然是一个不断展开的、开放式的思想体系，也必将随着实践深入不断丰富发展。

三、催生更多精品力作，为新时代定格

新时代新征程，世界百年未有之大变局加速演进，中华民族伟大复兴进入关键时期，战略机遇和风险挑战并存，文艺发展要自觉增强时代意识和世界眼光，要自觉胸怀"国之大者"，在以高品位精神食粮的有效供给中增强人民的精神力量，以文艺精品创作和对文艺人民性的坚守为民族复兴提供强大的精神助力，在世界舞台上展示昂扬奋进的文明中国形象，以对当代文艺的经典化追求和勇攀艺术高峰为新时代定格。

习近平总书记关于文艺工作的重要论述是习近平文化思想的重要内容，在整个文化思想体系中发挥着举足轻重的作用。文艺是文化的核心内容与创意创新的激发器，是点燃民族奋发有为的精神灯火，是对一个国家和民族价值追求和自我期许的形象定位的自塑，是一个民族艺术想象力和审美创造力的生动展示。文艺作品以其蕴含的伟大精神成为托举民族上升的力量，以其对世界文艺的经典化追求为民族赢得敬意和荣光，以其促进世界进步的文明价值的传播和弘扬，为国家的发展营造最适宜的国际环境和最广泛的认同基础。推动艺术经典化，使艺术高峰成为文明的灯塔，这被视为一个世界大国崛起的表征之一。中国崛起的重要体现就是精神力量的焕发和民族意志的昂扬，以及显现为坚定文化自信根基的精神独立自主

的话语体系和叙事体系的建构。因此，党的二十大报告提出："增强中华文明传播力影响力。坚守中华文化立场，提炼展示中华文明的精神标识和文化精髓，加快构建中国话语和中国叙事体系，讲好中国故事、传播好中国声音，展现可信、可爱、可敬的中国形象。"当今时代文化力量的博弈主要显现于世界舞台上的文艺精品竞争，创作生产文艺精品是新时代的必然要求。

因此，新时代文艺发展要以精品创作为中心任务。事实上，唯有以精品力作为核心的文艺事业才能在凝聚中国精神、塑造文明中国形象方面担负起这种使命。习近平总书记语重心长地指出："经济总量无论是世界第二还是世界第一，未必就能够巩固住我们的政权。经济发展了，但精神失落了，那国家能够称为强大吗？"习近平总书记的话语振聋发聩，新时代的文艺发展要增强这方面的自觉意识，要自觉地把文艺繁荣发展的价值转化为推动民族复兴的强大精神伟力。说到底，中国崛起是一种全面的复兴，文艺振兴不仅是全面复兴的先导，发时代之先声，更是对全体国民的精神激励和人心的凝聚以及共同奋斗思想基础的夯实，在以文化人和以美育人中引领社会风尚，在以艺通心联结世界中以其价值共享实现与世界人民的心灵相通。因此，习近平总书记指出："为什么要高度重视文艺和文艺工作？这个问题，首先要放在我国和世界发展大势中来审视。"正是时代把文艺推到了历史的前台，新时代是文艺繁荣发展的历史方位。随着中国全面建成小康社会，中华民族开始迈入强起来的新阶段。所谓"强起来"指称着一种全面复兴，既意味着进入了可持续性的高质量发展阶段，更是指人民精神需求的有效满足和社会文明程度的全面提升，实现"精神之强"。文艺繁荣是支撑"精神之强"的重要载体。

在经历百年未有之大变局和有效统筹中华民族伟大复兴战略格局中，习近平文化思想为新时代文艺繁荣发展提供了价值坐标。习近平文化思想是当代中国马克思主义、21世纪马克思主义的重要构成部分，是文明理念创新（人类命运共同体、全球发展倡议、全球安全倡议、全球文明倡议等）的思想孕育者，它深刻诠释了和平崛起的中国对社会主义文明的追求，是中华文化和中国精神的时代升华，全方位多视角揭示了文化的本质内涵与当代价值诉求，实现了马克思主义中国化、时代化新的飞跃。在新时代，我们要以习近平文化思想为指导，进一步推动文艺事业的繁荣发展，不断坚守人民性价值导向、保障人民文化权益，使之成为展现文明中国形象的重要载体。

习近平总书记深刻指出："当高楼大厦在我国大地上遍地林立时，中华民族精神的大厦也应该巍然耸立。"历经沧海桑田，中华民族在遭受国家蒙辱、人民蒙难、文明蒙尘的劫难后，一盘散沙的中国人凝聚起来了，中国精神挺起了民族脊梁。"一百年前，中国共产党的先驱们创建了中国共产党，形成了坚持真理、坚守理想，践行初心、担当使命，不怕牺牲、英勇斗争，对党忠诚、不负人民的伟大建党精神，这是中国共产党的精神之源。"新文艺以高扬文艺的人民性，与伟大建党精神高度契合、同气相求，一路风雨同舟，共同谱写了党的百年奋斗史的不朽诗篇。新时代文艺必将在习近平文化思想激励下勇攀艺术高峰，为中国的文明型崛起筑牢精神独立自主的思想价值根基，为建设中华民族现代文明鼓与呼。

（原载《文艺报》2023 年 10 月 20 日）

慢煮时光　静候花开
——关于"新官理旧戏，让精品成为经典"的些许思考

程　博[*]

文艺事业是党和人民的重要事业。毋庸置疑，久久传唱的文艺经典是我们举精神之旗、立精神之柱、建精神家园的重要法宝，更是坚定文化自信、推进社会主义文化强国建设的强大精神动力。但是，创作文艺精品、成就文艺经典，并非敲锣打鼓、一朝一夕可以实现的。这就意味着，在开展新戏创作生产的同时，管理部门也需要怀抱一颗"新官理旧戏"的心。在这背后，有一些问题值得思考与探索。

一、什么是"经典文艺作品"？

文艺精品是艺术创作生产的永恒追求。也许，在很多人的习惯性认知里，成为精品就是文艺作品的"最高境界"。但经典之于精品，则有种"山外有山"的意味。能够称为"经典"的作品，应该具有"精品"的所有属性，并且还要高于"精品"。笔者以为，从艺术创作生产规律来看，经典的诞生至少历经两次螺旋式上升：一是从"文艺作品"到"文艺精品"，主要是思想性、艺术性方面的提升与飞跃；二是从"文艺精品"到

---

[*] 程博：安徽省文化和旅游厅艺术处三级主任科员。

"文艺经典"，经过时间的酝酿，精品被不断擦亮，文化价值日益凸显，从而越发珍贵、不可替代。

总体来看，文艺经典一般具有三个特点。

一是时代性。文艺是时代的号角。以人民为中心是精品创作的重要准则。很多经典文艺作品在主题立意、叙事内容、艺术审美等方面都打上了时代标签，体现了以人民为中心的创作导向。时代性特色甚至会使得一些经典作品在给人以美的享受的同时，具备一定的史料价值。比如，诞生于1964年的芭蕾舞剧《红色娘子军》是我国第一部现代芭蕾舞剧，被誉为"东西方文化艺术成功融合的典范""中国芭蕾创作史上的里程碑"，如今已成为中央芭蕾舞剧院的保留剧目。这部作品是中国芭蕾史上的经典之作，是革命年代峥嵘岁月的记录与缩写。作品所展现出的团队合作、顽强拼搏、坚忍不屈，以及中国女性的巾帼风采，时至今日依旧感人至深、值得传颂。

二是创造性。创新是艺术的灵魂。文艺经典的创新则是更为突出的，甚至达到了创造性的突破。例如，在安徽戏剧舞台上，黄梅戏《天仙配》是久久传唱的经典之作，它的诞生与流行离不开当时艺术家们开创性的改编：董永"孝感动天"是传统故事的主题主线，但经过艺术家们的创新，《天仙配》的故事线索变成了仙女不顾天规下凡成就美好姻缘，视角的转换使得作品多了人间烟火气息，立意也得到极大升华。这部作品诞生时，新中国成立后第一部《婚姻法》问世不久，戏中反对封建势力、追求婚姻自由、向往美好生活的主题思想符合当时社会人民的集体心声，这是成就这部经典作品的重要因素之一。

三是可持续性。三点特性之中，可持续性是经典文艺作品最为基础、也是最为关键的因素。所谓可持续，主要是指文艺经典要经得起时间考验。也只有历经时间考验的精品，才可以成为经典。即便是旧戏，经典文艺作品也会有足够的实力跨越时间长河，持续给当下乃至将来的观众带来美的享受和心灵的洗礼，作品的价值内涵也会在持续的创作演出中越发丰富。也正是因为经典文艺作品可持续、具有"超长保质期"这一关键特性，才越发体现了"新官理旧戏"的重要性。

二、什么"旧戏"需要"理"？

旧戏数量很多，质量参差不齐。笔者以为，按照艺术质量划分，至少可以分为三类：一是成功的艺术精品；二是可以走向精品的优秀作品；三是稍显平庸的艺术作品。这些旧戏之中，成功的必然有成功的"智慧"，算不上成功的也可能会有经验和教训。所以，无论是哪一类，背后都隐藏着很多学问。在打造经典方面，管理部门重点需要"理"的旧戏，笔者以为主要是两类：成功的艺术精品，以及可以走向精品的优秀作品。

思想精深、艺术精湛、制作精良的艺术精品必然已经有了很好的基础。但结合实际而言，精品剧目的"后续发展"并非都是良好的。比如，有一些精品旧戏名气大、演得不够多，难以满足观众日益增长的文化需求，影响力逐渐减弱；也有一些精品旧戏缺少传承，基于创作班底、演出队伍等各方面原因，成为"压箱底"的"传说"。这些都会对精品剧目传播推广、持续打磨提升、发挥社会效益造成负面影响，也会停滞精品走向经典的步伐。

可以走向精品的优秀作品，不乏亮点，但有的剧目可能是在立上舞台后打磨得不够充分，有的剧目可能是受到条件、机遇等客观因素影响，最终没有能够成为"光环"加持或是广为流传的精品力作，时间长了，很多也就成为装箱入库的"历史遗珠"。笔者以为，其中仍有一些作品值得重视与挖掘，有条件成为"精品"乃至"经典"。

三、如何"理好"旧戏、打造经典？

激发旧戏活力，需要管理部门在政策引导、平台建设等方面予以一定支持。不同类型旧戏，"症结"各有不同，在政策需求方面也会存在些许差异。

对于仍然具备演出基础的"精品"旧戏，首先是要"演"。演出对于打造经典来说十分关键。2023年1月，笔者有幸走进剧场观摩了经典舞剧《丝路花雨》，这是一次让人印象深刻的观剧体验。不仅是因为美轮美奂的剧目呈现，作品背后的数字更加让人叹为观止：连续演出44年，共计3800余场，观众超500万人次，时至今日依旧经久不衰、常演常新。想来这部作品一定凝结了诸多艺术家的心血。从中也可以看出，演出对于打造经典的刺激效应：正是因为有了未曾间断的演出作为支撑，才让这部经典之作有了独有的"标签"。在演出的过程中，作品仍在紧跟时代步伐，不断完善、日益精进，培养了一代又一代的文艺人才，也在持续发挥社会效益和市场效益，满足观众文化需求。

当前，安徽省在促进精品旧戏演出方面也进行了诸多探索。2023年10月，中共安徽省委宣传部、安徽省文化和旅游厅首次主办安徽省舞台艺术精品剧目展演，这也是安徽省"新官理旧戏"的一次具体实践。这次展演以安徽省荣获中宣部"五个一工程"奖、"文华奖"等重大奖项或曾入选国家级重要展演的精品力作为主，共有徽剧《刘铭传》、黄梅戏《红楼梦》《徽州女人》等10部剧目入选展演，涵盖地方戏曲、话剧、舞剧等多个门类。最终，近160万人次通过线上线下观看了演出。在此基础上，安徽省还举办了"新时代 新徽班 新气象"精品剧目展演，遴选12部剧目赴北京及长三角地区演出21场。通过这次展演巡演，一批精品旧戏再次闪亮登场、展现时代价值、收获观众好评。这样的演出机制或许将成为安徽省造就更多精品、打造文艺经典迈出的关键一步。

还有一些已经远离舞台的精品旧戏，需要走出"传说"、重见天日、再创辉煌。管理部门需要重点在复排方面予以政策引导。2023年，文化和旅游部艺术司开始牵头实施重点传统（经典）剧目复排计划、优秀传统戏曲折子戏复排计划，为很多演不了、演得少的精品旧戏，尤其是具有里程碑意义、在民族艺术创作史上地位显著的舞台艺术作品提供了"复活"契机。目前，安徽省正在实施的黄梅戏曲本典藏工程，其中也包括了对旧戏曲谱的修复、剧目复排与数字化转化，这也是安徽省致力于加强旧戏保护传承发展的一次创新与尝试。

除此之外，对于仍有提升空间、有可能成为精品的旧戏，还是需要在一度创作和二度创作相互结合、相互促进的过程中持续提升质量。对于这些作品，管理部门若是轻言放弃，是有些可惜的，或许可以结合实际，在创作、演出、宣传等方面予以一定支持，再多给这些旧戏一些"成长"的时间与空间。例如，可以通过项目滚动资助等方式帮助旧戏再打磨、再提升。此外，关于旧戏的评奖评优等激励政策，也还存在一些可以探索的地方。

正如习近平总书记在文艺工作座谈会上所说："大凡伟大的作家艺术家，都有一个渐进、渐悟、渐成的过程。"这句话对于艺术管理工作同样适用。尤其是在挖掘旧戏、擦亮旧戏、培育经典方面，管理部门需要有拾遗的耐心，也需要有久久为功的信心。正所谓：慢煮时光，静候花开。历经培育的旧戏会渐进、渐成，精品会有成为经典之时，文艺百花园也终会愈加绚烂芬芳。

克服现实题材主题创作的"三化"问题

于 涛[*]

党的十八大确定统筹推进经济建设、政治建设、文化建设、社会建设、生态文明建设"五位一体"总体布局,党的十九大提出"实施乡村振兴战略",党的二十大更是将生态文明建设和乡村振兴战略更加有机、严密地整合进入"中国式现代化"——无论是人口规模巨大、全体人民共同富裕,还是物质文明和精神文明相协调、人与自然和谐共生、走和平发展道路,都离不开以生态文明建设引领的新时代乡村振兴,因此,以生态文明、乡村振兴为主题的现实题材成为当下文艺创作的热点和重点,为政策所倡导、为社会所关注。然而,毋庸讳言的是,当下以此为主题,甚至推而广之至各种现实题材主题文艺创作,虽然作品数量众多,但精品不多,我所关注的戏剧门类也是如此。考察众多的此类戏剧作品,概念化表现、庸俗化表现、孤立化表现是常见的三种情况。

概念化表现是最常见也是最低层次的戏剧呈现状态。何为概念化表现?将理念直接理解为主题进而等同于事件。表现生态文明就组织出一个个植树禁猎、关矿禁采的故事;表现乡村振兴就是驻村干部扎根乡村、因势利导发展产业。这样的作品完全由理念引导创作,虽然具体的人物、事件不同,但人物类型、行为逻辑、情感模式、故事走向都高度雷同,千篇

---

[*] 于涛:甘肃省文艺评论家协会副主席。

一律，味同嚼蜡。

庸俗化表现也是经常出现的情况，这在表现"三农"题材的作品中尤为常见。不可否认，今日乡村还有很多陈旧的观念、落后的生活方式，精神文化生活相对单调，但经过改革开放40余年的荡涤和减贫事业40余年的拼搏，当今的乡村面貌已发生了翻天覆地的变化，农民的思维观念也早已清除了很多封建陈腐思想，但戏剧作品中还大量充斥着懒汉配寡妇、修路迁坟要干部披麻戴孝等情节，这些情节在数十年前的以乡村为故事发生地点的戏剧作品中屡见不鲜。如今，相当比例的农民已经过上了现代化的生活，但编剧的思维和认识还停留在改革开放初期，甚至20世纪50年代，令人啼笑皆非、无可奈何。

孤立化表现从呈现状态来说，较之前两种要好一些，毕竟是以一种遵从艺术规律为前提所进行的创作，会对生活做观察思考和提炼，会对人物的心理逻辑和行为逻辑做严格的梳理，因此这类作品在概括主题、规定情境、塑造人物方面有可圈可点之处，但由于思维能力、认识水平的制约，只能孤立地对主题进行较为单一的表达，综合性、系统性认识现实生活与重大题材的能力不足，深度开掘不够，因此有佳句无佳章，大多只是中规中矩地讲清了故事，却对事件背后的规律、逻辑、方向不做或做不到提炼与深化，呈现出了"行百里者半九十"的状态，对于文艺作品来说，这最后的"十"恰恰是脱颖而出的最关键一步。

这三种情况中，概念化和庸俗化比较容易理解，在各门类的文艺创作中，也都是极为常见的弊病。概念化和庸俗化的作品艺术价值较低，此类作品因为从起始阶段就存在观念上的重大偏差和能力上的巨大不足，作品难以通过小修小补得到根本提高，这样的作品没有生命力，只演十几场甚至几场就草草了事，对于经费、人力、院团的声誉都是极大的浪费；从创作者自身来说，其产生原因不外乎急功近利的浮躁心态、平庸无奇的技巧能力、浅薄少识的个人修为，创作者想要实现自身创作能力的提升需要在方方面面付出极大努力。篇幅所限，本文对以上两种情况不多做讨论，而将重点放在孤立化这个问题上。

孤立化与前两种情况不同，这类作品的创作者面对的最大挑战是思想能力与思考深度不足。比如有表现植树造林、投身生态保护先进人物的作品，对人物行为描述清晰、人物关系塑造用心、人物精神表达感人，从讲故事的层面来看完成度较高，但就在完成了叙事任务，需要实现主题强调和深化这样见真章、显功力的时刻，创作者没有对40年后治沙的新技术新手段、林场的新业态新形态这些显性变化做展现，更没有从立足新发展阶段、贯彻新发展理念和构建新发展格局的深层要求来认识生态文明建设的重大背景和实践意义，就事论事地停留在了对先进人物事迹和精神的歌颂上，缺少由当下到未来的历史延伸感。对现实生活的感知、对时代背景的理解、对深层问题的思考是创作优秀作品的前提，是杰出作者超越同行的根本所在。这种能力与深度在创作具有价值引领意图的作品时更显重要。因为在创作这类作品时，要考虑为价值和理念找到承载的外壳——有机的情节、生动的人物、契合的结构、顺畅的逻辑——做到这些才能保证作品的合理性和完整性。而要进一步让作品取得思想性和艺术性，需要的是对本处于"外部"的价值和理念的内部化，即通过具有戏剧性的戏剧作品使原本需要被传扬、被接收的理念上升为一种接收者对自身生命处境的自觉追问和对群体命运的自觉探寻，具备这种能力与深度的作者凤毛麟角，因此能承载如此深厚思考与深刻内涵的精品佳作也极为难得。

近年以乡村振兴为主题的戏剧创作中，难得的一部精品是由著名编剧王宏创作的滑稽剧《陈奂生的吃饭问题》。这个戏是2018年江苏常州市滑稽剧团为庆祝改革开放40周年创作的作品。这部戏以陈奂生一家人的离合悲欢作为小切口，对近50年中国农民、中国农村、中国社会的巨大变化进行了精准的微缩式呈现。这样一部配合重要时间节点而创作，反映"三农"问题的现实题材作品，应该说天然携带了极强的意识形态属性，很容易成为习见且不被待见的"那种"戏。然而当它立于舞台之上时，却完全打破了人们的当然想象。"陈奂生"是著名作家高晓声创作于20世纪80年代，表现以家庭联产承包责任制为肇始的中国改革开放那个特定历史时期农民生存状态的标志性人物。40年后，编剧选择"陈奂生"这样一个已随其身处时代远去的人物进行戏剧续写，看中的是他身处社会转型期的农民"身份"和人物面对巨大变革时极度迷茫的"神情"。换言之，作者就是要用"陈奂生"这个在时代风潮中迷茫和困惑的人物来关注当下的中国现实，关切当下中国农村、中国社会最难回答却必须回答的问题——农村该何去何从？农民该何去何从？陈奂生困惑的是把土地流转出去建设农业园区，"吃工资、拿分红、享受退休待遇"，农村像城市、农民像市民，好像是现代化了，但是农民离开了土地能过得好吗？会不会失去最后的依托和保障？陈奂生口中反复呢喃"吃饭不是问题，不是吃饭问题，问题不是吃饭"，他引导观众思考在吃饭不是问题之后真正的问题是什么。当然，真正引导观众思考的是创作者，编剧对这个问题极其敏感而迫切，不仅以贯穿全剧"加重号"的方式反复强调，还在结尾处通过旁白直接向观众提问——"也许传统意义上的农村和农民都将会消失，可取代他们的又是什么呢？"其实，这是每一个身处大时代，关心国家、民族命运的人都应该思考的问题，农村不应该只是失去了现实参照的乡愁无处安放之地，它应该并且必须以更具生机、更有创造性的新样貌带动中国走适合自己的发展路径；农民也不应该成为远离土地无根的漂泊者，他们应该也必须在属于自己的土地上求得真正的发展，并成为推动国家前进的坚实力量。

　　陈奂生这个文学人物的"生命"以戏剧的方式得以延续，他一如既往地依据中国农民的心理逻辑和情感结构面对世界的纷繁变化。与此同时，《陈奂生的吃饭问题》的创作者们用他们深厚的人文精神和深刻的问题意识，延续了中国现实主义文学创作传统和中国知识分子的忧患担当。

这个例子很好地说明了创作者只有通过对现实生活的感知、对时代背景的理解、对深层问题的思考才可能避免孤立化的主题创作。这种能力与深度固然很大程度上取决于天赋和资质，但深入地学习、丰富地吸收无疑是提高能力与认识的有效途径。

　　而这里的学习，除了对生活实景、对历史背景、对世界前景的学习和思考，尤为重要的是对习近平新时代中国特色社会主义思想的学习、理解和运用。站在新时代的历史方位，在处理具有一定意识形态属性的文艺课题和弘扬主旋律的文艺创作中，以习近平新时代中国特色社会主义思想为指导，是我们更好地思考中国问题、理解中国位置、认识中国道路、讲好中国故事的首要前提。

（原载《西部文艺研究》2023 年第 3 期）

情满家国　心怀天下
——由"bilibili 最美的夜""拜年纪"看数字文艺作品创作生产中的中华美学文化自觉

高　媛[*]

2023年12月31日20点，哔哩哔哩动画网站（以下简称B站）第五次举办"bilibili最美的夜"跨年晚会，产生巨大影响，在各大社交平台、媒体网络引发的讨论量不亚于各大卫视，口碑甚有过之。作为一个针对年轻群体、着重数字文艺作品创作生产的线上平台，B站近年逐渐"两手抓"，不仅专注于为年轻受众提供独树一帜的创作生产平台，同时也旨在与国家文艺创作导向相结合，成为中国文艺实践的新兴阵地。

在以B站官方为主导的各类数字文艺作品创作活动中，体现中华美学精神的作品占有相当重要的一部分。以刚刚过去的2023年"bilibili最美的夜"为例，晚会上的《冠世一战》《繁华唱遍》均是B站自有版权作品，均出自被B站用户视作"二次元春晚"的"拜年纪"线上文艺作品集体创作活动，也均是在年轻受众中具有相当影响力的"国风"网络文艺作品。

自2010年起，每逢除夕之夜，B站（后期以"哔哩哔哩拜年祭/纪"制作组官方名义）会集结一部分B站视频创作者（即UP主，以下同）进

---

[*] 高媛：吉林省艺术研究院二级编剧。

行名为"拜年祭"的集体创作。和春晚相仿,"拜年祭"同样由超过两位数的数字文艺作品组成,并在2021年改名为"拜年纪"。《冠世一战》与《繁华唱遍》均是2019年拜年纪歌曲单品,前者以金庸武侠小说为主题,后者则取材自中华国粹戏曲文化,以对"昆曲—戏曲"艺术的怀念、热爱、赞颂为主题,二者均取得了数百万播放量的不俗成绩。《冠世一战》扣合当年金庸先生逝世这一社会热点事件,有一定纪念意义。且"侠文化"与武侠小说也是中式审美中不可取代的重要组成部分,体现出B站官方推动传统文化中式审美的良苦用心。

《繁华唱遍》词作者 Vagary 的创作风格曾被贴上"古风"标签多年,第一次登上"拜年祭"便干脆地将"薪火相传""传播普及戏曲文化"的"野心"呈于歌曲简介、歌词和感言之中。"台前一眼,把戏缘偷染,从此后生世不倦,以心火绵绵,护薪火相传。这一切,世间看不尽、演不完的、美的、好的、真的、易逝的、永恒的一切,都在继续。有人继,有人承,有人守,有人传。你我亦然。"[①] "戏曲不应也不会故步自封,既要继承传统,也要活在当下,台上的角儿们、台下的先生们不离不弃,阿绫的演唱也是另一种形式的薪火相传。"[②] 这既是词作者本人对于制作组指定命题的理解与回应,也体现出这些将真实身份潜藏在幕后、只在作品中呈现审美取向与境界情怀的网络文艺创作者们的文化自觉。

网络文艺的现代性转型,是对中国式现代化时代精神的自然回应。党的二十大报告明确指出:"中国式现代化,是中国共产党领导的社会主义现代化,既有各国现代化的共同特征,更有基于自己国情的中国特色。"即便是网络文艺,也一样遵循着这个发展规律。

---

① https://www.bilibili.com/video/av36570707/?vd_source=361044cd4ba4b3cb4707442a0218b24f.

② https://www.bilibili.com/video/av36570707/?vd_source=361044cd4ba4b3cb4707442a0218b24f.

在经历了近30年的网络文化输入后，走过了惊叹、仰慕、模仿的前期发展阶段，"二次元"世界也逐渐展现出中华传统文化自信心态，网络文艺逐步建立起多方面、多角度的"中式自觉"。而这里的"中式"不仅指传统古典文化风格引领下的"复古""古风""国风""国潮"等，同样涵盖近现代、现当代中式母题创作、中华意象讲述、中国故事书写。总而言之，是"古—今""家—国"共同呈现出的典型中式叙事。

通过回溯历年"拜年纪"节目单可以看出，节目内容的中式审美权重以2015年为节点开始逐步提升，题旨逐步明确，风格逐步强化。2015年的"拜年祭"上，一首《权御天下》横空出世，从此开启了拜年纪的"国风燃曲"时代。歌曲题旨取自中国古典文学名著《三国演义》，歌词内容大气豪迈、情感深厚，即便刻意用典堆叠，仍旧具有浓烈的历史感染力。这一建立在国人传统文化审美基础上、应和了集体记忆和集体审美心理共识的作品能够赢得广泛的"二次元"认同，充分证明了中式审美的价值。此后的2016年，题旨明显经过设计且巧妙契合了当年生肖，兼具"拜年任务"与"传统文化"的"虚拟歌手国风燃曲"《九九八十一》完美达成"拜年祭"制作组和"二次元"受众的期待，不仅成为中文虚拟歌手演唱曲（VOCALOID）中的TOP作之一，且是中文VOCALOID收藏数最高的歌曲及播放量最高的"拜年纪"单品。[①]

2016年为猴年，《九九八十一》上承《权御天下》的《三国演义》题材，为"四大奇书"原创VOCALOID歌曲系列第二作，以《西游记》为题材，以孙悟空为主角，既叙述了《西游记》中取经一众经历的九九八十一难，也诠释出一个骄狂、果敢、勇烈的孙悟空形象。"五百年前一场疯／腾霄又是孙悟空""浮世千寻沫／冲荡了我的轮廓／纵身入尘埃里／雷雨大作我也放声而歌""一途平九百波／九千错／凌云渡成正果／但我／有九九

[①] 萌娘百科：九九八十一，2023年2月1日最后编辑，https://zh.moegirl.org.cn/九九八十一（乐正绫）。

八十一种不舍"等歌词既精美、凌厉、大气,且贴切动情。最重要的是,作品词曲都贯彻了浓烈的中国古典文化元素,编曲将竹笛等民族传统乐器和西方打击乐、摇滚乐相融合,节奏动感极强的"燃"氛围中充斥着浓烈的"古风/国风"风格。词作者深谙中式审美要义,歌词叙事依托原著结构、情节、意象,情感中融入"二次元"年轻受众心态、情感,具有鲜明的当下感和网络"Z世代"特质,成为中文VOCALOID歌曲中"出圈"最早的作品,不止一次登上"三次元"舞台。

至此,两首VOCALOID"神曲"为尚未改名"拜年纪"的"拜年祭"奠定了从此之后"国风"当道的中式审美创作倾向,题旨益发倾向中国传统文化选题,有意为B站量身打造独家中式IP。自《九九八十一》之后,"拜年纪"官方在制作拜年纪"国风燃曲"时便启用了IP买断制,力求保有这些高热度IP的独家使用权限。而事实也证明,这些由官方主持策划、民间年轻创作者进行创作的数字文艺作品的确一次又一次完成了"破圈"使命,历届"拜年纪"上推出的歌曲作品多次由线上走到线下,惊艳无数观众。

2017年,"拜年祭""一番"主打歌《万神纪》取材自《山海经》。2018年,以中华民族抗击洪水为主题创作出《逆浪千秋》。2019年,推出金庸武侠主题《冠世一战》、昆曲—戏曲主题《繁华唱遍》。2020年"拜年祭"主打歌是以十二位中国古代著名女性为创作题材的《万古生香》,旨在歌颂历史上杰出女性的伟大成就,抚今追昔,并寄望未来:"百代秾华千秋榜样/行经故梦今又来访/天高海阔盛世飞扬/再谱十万章","二番"抒情曲则是精巧的汉字字谜主题歌曲《横竖撇点折》。2021年"拜年纪"被誉为史上音乐作品质量最高一届:《吉祥话》《夜光杯》《不问天》《万象霜天》四首歌曲均超过往年平均水平。其中真人歌手"说说Crystal"演唱的中式婚嫁题材原创歌曲《不问天》,更是在两年后的"12周年回忆馆——历届我最喜爱的拜年纪节目"投票活动中高居音乐区第二名,仅次于 2016 年的 VOCALOID 原创歌曲《九九八十一》。其他三首歌曲在题旨与风格上也是标准的中式美学，成绩不俗，站内口碑极高。

2021 年改名"拜年纪"后，这一"二次元春晚"做出了"春晚标准"的尝试。虽在"题旨""风格"上较为保守，多个作品皆以"国风"作为中和"二次元浓度"与现实主义、当下叙事之间的保险阀，但"中式审美"权重占比之高已是历届拜年祭（纪）之最，且大胆地推出了两个极具时代性的"主旋律"作品：立体再现当年热点文物《千里江山图》的 12 米青绿长卷的视频《千山奇缘》和"平凡铸就伟大，英雄来自人民"的音乐动画《我的祖国》。尤其后者"主旋律"色彩昭然，但以真挚动人情怀和精良制作质量感染"二次元"观众群体，1700 余条评论无一差评，均在抒发被触动的家国深情。曾以小众文化群落自诩的"二次元"与广义大众认知中的"三次元"，此刻毫无壁垒，这充分证明：在中华文明历史与中国伟大征程共同建设的集体记忆背景下，网络数字文艺创作进行中国故事书写这一行为既自觉应和中式审美方向，同时也完美体认各个"次元"文艺产品受众情感指向。2022 年《灯火》以翻唱版《灯火里的中国》为背景乐进行数字动画制作，讲述中华万里山河之美和普通民众的生活。2023 年则以一首真人演唱歌曲《不问天》结合数字动画制作，将"南北西东大中华"意象与"过年回家"的民族传统情感基调相结合，作品获得百万播放量的同时，更赢得了年轻观众的一致好评。

2010—2023 年，"拜年纪"在数字文艺创作层面进行的实践，逐步走到了"家—国""民族—世界"的情感自觉体认、文化自我认同高度。这些网络文艺作品在年轻受众群体中取得的高热度、高讨论度和在线上线下观众圈层中体现出的普适性，充分展示了中华美学文艺自觉对数字文艺创作的助力。"自觉"本身来自创作者群体与受众群体共同发生的、对文艺潮流和审美倾向的主动与被动体认，二者合而为一，体现出当下数字文艺作品创作中日盛一日的中国文化自信价值取向，而这种文化自信本身又对作品质量、美誉度提供了充分加成。例如在最新一届2023年"bilibili最美的夜"跨年晚会上，由藏族歌手阿兰·达瓦卓玛与昆曲演员张冉合作完成的真人版《繁华唱遍》获得大量好评，在此之前，《九九八十一》《万神纪》《万古生香》均曾以改编版形式登上过跨年晚会舞台，相对原版同样热度不减，足证这些数字文艺作品本身的生命力，即便换了舞台，依旧无损其经典性。

五年的"bilibili最美的夜"和经过13年发展变革的B站"拜年祭（纪）"，在网络数字文艺创作中书写出自己关于中国故事的情感诗篇，开创出以中华文化自信为中心的艺术疆域，共同建立、见证、推动、验证了中国网络数字文艺创作"中式自觉"的觉醒与生长，实现了中国文艺现代化的独立表达，在网络文艺背景下树立了坚实的中国文化自信标杆。

从技术之维到本体转向
——论数字时代的艺术作品与艺术评论

栾开印[*]

现今，数字时代的来临给人类传统社会带来了颠覆性的变化，几乎重构了人类社会的运行方式与基本结构。在数字时代，数字技术的触角延伸到了世界的各个角落，实现了对人类社会全景式的渗透。人们的衣食住行都被数字化紧紧包围，不仅改变了人们的生活方式，更重要的是改变了人们的思维，并引发了一场由技术革命而带来的认知与思维革命。在这场巨大的时代变革浪潮中，艺术往往被认为是人类社会最后的一块自留地。但令人唏嘘的是，纵观当今的艺术发展浪潮，数字技术同样影响着其发展走向，甚至成为决定性因素，一场由数字技术引发的艺术变革正在上演。在这场变革中，艺术作品与艺术评论走出了一条从技术之维到本体转向的发展轨迹，成为21世纪人们不得不面对的艺术生态。

回望艺术史会发现，每一次艺术思潮的发生和更迭背后都有技术进步的因素和影响。这一规律伴随了人类艺术发展的每一阶段，如凡·艾克兄弟对油画颜料的改革，推动了文艺复兴时期写实风格的流行；达盖尔发明的银版摄影术，又威胁了传统写实艺术的主流地位；电影艺术的发展，则是将人类艺术推进到更深层次的机械复制时代，进而开启了大众文化流行

---

[*] 栾开印：江苏省文化艺术研究院助理研究员。

和主导的时代。每当艺术陷入陈陈相因、停滞不前的时候，都是技术的进步给艺术注入新的活力，激发新的想象和创造。可以说，人类艺术的发展史也是一部技术的发展史，每一次技术的进步都会成为推动艺术革新的催化剂，反过来，艺术的发展也为技术的进步带来灵感和启发。二者相互助力，在一个良性的循环往复中成为人类社会理性和感性的双重动力源泉。人类社会进入数字时代后，互联网、大数据、云计算、5G、区块链、AI人工智能、元宇宙等数字技术迎来大爆发，并逐渐成为人类社会叙事逻辑和运行法则最为重要的技术支撑，成为人类认知和掌握世界的重要方式，甚至在广泛人群中形成了一种技术崇拜。而在这种技术革命的语境下，数字技术同样成为影响艺术发展的重要因素，它带给艺术作品和艺术评论的影响主要体现在创作生产和艺术传播的手段革新与效率提升方面。

　　但数字时代给艺术发展带来的影响绝不只限于技术层面，因为无论时代发展到哪一个阶段，艺术的特有属性使得技术手段永远都不会成为艺术最为核心的品质，也永远不会成为艺术的终极追求。就像霍克海默所说："技术的发展给人们带来了生活的安逸，统治也以更为沉稳的压榨手段巩固了自己的地位，同时也压抑了人的本能。"[①] 而艺术在马克思看来却"始终是人类自由生存的典范状态"[②]，二者在某种程度上存在一定的矛盾性。但我们绝不是否定技术在艺术发展中的存在，相反，技术往往能够成为引发艺术发生重大变革的因素，这一历史规律在数字时代同样应验了。所以，我们会发现数字时代的艺术作品和艺术评论都发生了某种程度上的本体转向，催生了新的艺术作品类型和艺术评论形式。

　　数字时代使得跨媒介、跨领域的融合成为可能，不同门类的艺术形式在数字技术的加持下，彼此进行融合成为可能，传统的艺术形态能够摆脱

---

① ［德］霍克海默、［德］阿道尔诺：《启蒙辩证法》，渠敬东、曹卫东译，上海人民出版社2003年版，第32页。
② 王南湜：《马克思的自由观及其当代意义》，《现代哲学》2004年第2期。

自身媒介的束缚，大大拓展了艺术的空间与理念，一种综合性的、内涵丰富的和变化迅速的全新艺术类型在不断形成。比如，网络文学、数字绘画、数字音乐、微电影、有声读物、虚拟现实艺术、动漫游戏、新媒体影像艺术等。这些新兴数字艺术并不是凭空出现，而是在传统艺术类型的基础之上，与数字时代的新兴技术融合的结果。所以，除了虚拟现实等少数的艺术类型外，大多数的艺术类型都能够找到与之对应的传统艺术类型。比如文学对应网络文学，绘画对应数字绘画，音乐对应数字音乐，等等。

这些数字时代的艺术作品呈现出一种"非物质性"和"交互性"的特征[1]。"非物质性"主要体现在数字时代的艺术作品摆脱了传统"模仿论"的桎梏，数字技术的创造性使得它们不再简单地模仿客观世界，而更多的是一种全新创造，一种可以脱离客观物理实体的"虚拟生产"[2]。这种"虚拟性"不仅贯穿艺术创作的整个过程，还体现在艺术作品的最终呈现方式上。例如，艺术家利用人工智能作画，所用到的工具就是计算机编程和相关指令，并以数据的形式进行存储和展示，创作和展示的过程都告别了传统的颜料和画布。艺术作品的"虚拟性"带来的另一个影响就是改变了观众的欣赏方式和审美体验，实现了艺术创作、艺术作品和艺术欣赏之间的"交互性"。一方面，观众可以通过 VR 和 AR 等设备来欣赏艺术作品，充分调动观众的视、听、触等感觉，使其与艺术作品实现即时交互，以达到全身心融入、沉浸和情感交流的目的，观众面对艺术作品时不再是"身临其境"，而是"身在其境"。另一方面，数字时代的审美接受不再是简单地看或听，而是变成了一种多维度互动性的欣赏。观众的身份从之前的被动接受者转变成了主动参与者，不仅仅是参与艺术的传播与接受，甚至还参

---

[1] 王甦：《从主体间性到语境性：数字时代的艺术转型》，《北京社会科学》2022 年第 6 期。

[2] 戴东方：《数字时代艺术本质问题的再思考》，《淮阴师范学院学报（哲学社会科学版）》2016 年第 2 期。

与艺术的创作过程，成为艺术作品的一部分，二者既相互独立，又融为一体。观众与作品的联系不再是之前"宣泄与聆听"的关系，而是一种"'交往与对话'的平等共在、和谐共存、相遇和互动的关系"[①]。这种艺术观看方式的改变是艺术作品的本体转向带来的必然结果。

数字时代的艺术评论在内容与范式上也有了极大的拓展，在主体、题材、内容或话语方式等方面出现了更加符合数字特征的变化，也发生了一定程度的本体转向。数字时代艺术评论的特征首先体现在评论主体出现了严重的"圈层化"现象，即按照评论者身份的不同、评论方法的差异以及话语体系的区隔，将评论者划分为不同的群体，有学者将其总结为"学术圈""自媒体圈""饭圈"[②]，或者将其称为"学者职业批评圈""名人自媒体批评圈""网众自发批评圈"[③]。不管是何种叫法，都表明了当前的艺术评论生态存在一种多元融合共生的状态。相比于第一个圈子属于前数字时代传统艺术评论家群体的延续，第二、第三个圈子却是由于数字时代的来临而逐渐兴起的评论群体。评论门槛的降低使得评论家的群体变得异常庞大，"网生一代"的积极参与使得整个评论生态大有从"人人都是艺术家"转向"人人都是批评家"发展的趋势，艺术评论不再是专业的艺术评论者的"专利"，而成为所有参与艺术欣赏人群之间的一场狂欢式的互动反馈活动。和职业评论家不同，他们奉行的是"流量为王"和"自娱自乐"，并不注重专业性和学术性，而是追求一种商业的利益、话题性的炒作以及身份的认同、自我情绪的宣泄。评论选择的角度和对象更加广泛和多元，微博、微信、贴吧、短视频、视频弹幕等艺术评论形态则带来了更为碎片

---

① 王甦：《从主体间性到语境性：数字时代的艺术转型》，《北京社会科学》2022年第6期。
② 王亚芹：《数字时代文艺批评的"圈层化"与"破圈"之道》，《中国文艺评论》2023年第3期。
③ 王一川、王臻真：《数字时代文艺批评的三个圈——兼谈文艺批评家素养》，《陕西师范大学学报（哲学社会科学版）》2018年第4期。

化、主观化、个性化的评论方式。例如，弹幕已经成为一种十分流行的具有直观性、主体性、互动性的艺术即时评论方式，将艺术作品和艺术评论成功地融合在同一"观演时空"之中，实现了在线的有机融合，"其交互评论改变了文艺单向传播的方向，其媒介表达改变了文艺评论的场域和传统评论的程式，其价值观念和审美偏好同样极大地影响了文艺的生产和流通"①。总而言之，数字时代新兴的艺术评论更容易产生话题效应，更有锐气；反应快捷，情绪饱满；门槛较低，更接地气；碎片化、设计化的评论形式带来一波评论的革命。

  波兹曼说："技术革新只会产生片面效应的观点是错误的观点。每一种技术都既是包袱又是恩赐，不是非此即彼的结果，而是利弊同在的产物。"②从不同视角看待数字时代的来临，会得出不同的结论，符合唯物辩证法所认为的任何事物都具有两面性，存在矛盾对立统一的基本观点。对待数字时代的态度，有的人欢欣鼓舞，也有的人心存担忧和警惕。持有正面态度的人会认为，数字时代的来临，不仅会提高生产效率，推动社会经济的发展，还会由于数字技术的公共特性并依托信息传递的便捷性打破原有的信息壁垒，实现知识信息和文化权利的公平。尤其是在艺术评论中，数字媒介为每个人提供了发声的机会；持有悲观态度的人会认为，数字技术在改变人类社会方式的同时，会割裂人们的生存经验，解构原有的时间、空间和叙事方式，对人造成另一种形式的异化。其实，不管持有何种态度，数字时代的发展已经成为一种不可逆的趋势，全人类早已被数字技术的车轮裹挟着飞速向前。在这一过程中，我们需要对艺术的境遇做出理性的审思。

  艺术作品与艺术评论在艺术活动中相伴相随，在数字时代的洪流中，

---

① 刘金波：《弹幕：文艺批评的新变》，《长江文艺评论》2017年第6期。
② ［美］尼尔·波斯曼：《技术垄断——文化向技术投降》，何道宽译，北京大学出版社2007年版，第2页。

无论是艺术作品还是艺术评论都在发生着变化，这种变化并没有前后之分，但彼此联动和相互影响。对于艺术作品和艺术批评而言，传统范式也好，新兴媒介也罢，总要有自身的坚守与边界。对待这样的变革，我们无法拒绝也不能拒绝，只是要保证数字时代的艺术作品和艺术评论依然要相互促进、相互影响，艺术家需要创作出更加具有时代特征和艺术价值的作品，而艺术评论则需要更加注重时效性、公正性和互动性，为数字时代艺术作品的阐释和传播做出更大的贡献。

（原载《大舞台》2024 年第 1 期）

实扎草原、真情为民的 新时代乌兰牧骑创作

朱洪坤[*]

乌兰牧骑是"社会主义文艺战线的一面旗帜",是内蒙古自治区享誉全国的文化品牌。乌兰牧骑于1957年诞生在内蒙古大草原,蒙古语原意为"红色的嫩芽",意为红色文化工作队。乌兰牧骑的创建和发展,是党的文艺路线在少数民族地区的成功实践,体现了党的要求和人民的意愿。60多年来,乌兰牧骑累计创作演出1.3万多个节目,行程130多万公里,为农牧民和各族群众演出服务36万多场次,观众总数达2.6亿人次,创造了自治区乃至全国文艺发展史上的一个奇迹,受到几代党和国家领导人的重视关怀和广大群众的拥护赞扬。2017年11月21日,习近平总书记给内蒙古自治区苏尼特右旗乌兰牧骑队员们回信,勉励他们要大力弘扬乌兰牧骑的优良传统,扎根生活沃土,服务农牧民群众,推动文艺创新,努力创作更多接地气、传得开、留得下的优秀作品,永远做草原上的"红色文艺轻骑兵",为乌兰牧骑赋予了新的历史使命,为乌兰牧骑的创作指明了方向。

---

[*] 朱洪坤:内蒙古乌兰牧骑学会秘书长,内蒙古自治区直属乌兰牧骑传承创作编剧,研究员。

一、传承"为民"传统、扎根基层沃土是乌兰牧骑不变的创作追求

乌兰牧骑自建队之日起,就同农牧民群众心连心,对农牧民群众怀有深厚的感情。从对农牧民群众的真挚情感中,乌兰牧骑逐步确定了创作、演出、宣传、辅导、服务、传承、创新、对外文化交流的具体任务。60多年来,乌兰牧骑坚持扎根生活沃土,服务农牧民群众,推动文艺创新,把握时代脉搏,聚焦现实题材,围绕各时期的形势任务进行创作演出,坚定不移地坚持先进文化发展方向,坚定文化自信,注重从民族文化宝库和非物质文化遗产、原生态民间艺术中传承借鉴,一大批"望得见蒙古包、听得见马头琴、闻得见青草香"的精品力作广为流传。歌曲《牧民歌唱共产党》《富饶美丽的内蒙古》《乳香飘》《雕花的马鞍》、舞蹈《鄂尔多斯舞》《顶碗舞》《筷子舞》《安代舞》《珠岚舞》、曲艺《腾飞的骏马》《鄂尔多斯婚礼》等一大批精品节目数十年来久演不衰。

进入新时代,乌兰牧骑按照习近平总书记"努力创作更多接地气、传得开、留得下的优秀作品"的指示精神,以人民为中心,狠抓精品创作,鼓励乌兰牧骑艺术工作者沉下去、扎下根,常下基层、常在基层,始终把农牧民作为表现主体,把农牧民生活作为艺术创作取之不尽、用之不竭的创作源泉,高起点、高水准地创作推出了一批有筋骨、有道德、有温度、艺术震撼力强、体现时代特征、彰显地域特色的优秀作品。内蒙古自治区直属乌兰牧骑创作的歌舞剧《草原上的乌兰牧骑》荣获第五届全国少数民族文艺会演金奖;锡林郭勒乌兰牧骑创排的民族歌舞剧《我的乌兰牧骑》入选2018年度国家舞台艺术精品创作扶持工程重点扶持十大剧目,实现了内蒙古自治区历史上这一奖项零的突破;鄂尔多斯市乌兰牧骑的群舞《黑缎子坎肩》、赤峰市巴林右旗乌兰牧骑的《巴林·德布斯乐》荣获中国舞蹈"荷花奖";兴安盟科右中旗乌兰牧骑的乌力格尔《草原之子》、鄂

尔多斯市伊金霍洛旗乌兰牧骑的原生态音乐会《牧民歌唱共产党》入选全国"百年百部"优秀小型作品名单；2023年鄂尔多斯市伊金霍洛旗乌兰牧骑的群舞《马铃摇响幸福歌》在第十四届中国舞蹈"荷花奖"民族民间舞终评中以98.89的高分获得了全国第一的荣誉奖项。这既是聚焦新时代中国幸福生活的礼赞和致敬之举，也是乌兰牧骑艺术创作由"高原"向"高峰"迈进的实践成果。

二、全心全意服务农牧民群众是乌兰牧骑不变的创作宗旨

60多年来，乌兰牧骑始终坚持以人民为中心，顺应新时代人民群众对美好生活的向往，努力提供更多、更好的精神食粮。他们扎根基层、深入一线，以队伍短小精干、队员一专多能、装备轻便灵活、节目小型多样的特点，其足迹踏遍了内蒙古的广袤草原。他们始终坚持做到人民在哪里，哪里就是中心，生活在哪里，哪里就是舞台。他们在为广大农牧民演出服务的同时，还把演出服务的阵地延伸到街道社区、企业学校、军营哨所。尽管面临着重重困难，但他们一直坚持着每年下基层惠民演出不低于100场的场次要求。他们把为人民服务写在了自己的旗帜上，落实到了自己的行动上。老一代乌兰牧骑队员在条件艰苦的情况下，坚持与群众同吃、同住、同劳动，在演出之余，为牧民挑水做饭、打扫院落、剪羊毛、修电器；新一代乌兰牧骑队员担任帮扶干部、第一书记，为群众找项目、打机井，不仅活跃在演出的舞台上，还奋战在乡村振兴的征途上。尽管时代在变，服务方式在变，但乌兰牧骑演出、宣传、辅导、服务以及传承创新的传统始终没有变，他们全心全意为农牧民服务的宗旨始终没有变。

三、实扎草原、真情为民是乌兰牧骑创作的法宝

"深入生活、扎根人民"是乌兰牧骑的优良传统,结合内蒙古自身特点,扎得深、扎得实是乌兰牧骑创作的法宝。新时代的乌兰牧骑聚焦新时代广大群众精神文化需求、增强人民群众精神力量,常深入基层牧区、军营、厂矿、校园等,以文艺演出、主题宣讲、志愿服务等为主要内容,开展形式多样的"深扎"活动。

每年各乌兰牧骑都会实时、分批、有计划安排创作人员和业务骨干到农村牧区的田野草场干一干,到城镇社区把基层事务做一做,到工厂车间的一线岗位上试一试,到科研院校里学一学,到边防军营中练一练。吃一吃大烩菜,睡一睡大土炕,了解一下基层群众的苦辣酸甜,感受一下不同行业的风格特点、不同地域的风俗民情。引导队员们弘扬和践行社会主义核心价值观,弘扬以伟大建党精神为源头的中国共产党人精神谱系,眼睛向下看、脚步往下走,拜各族群众为师,向各族群众学习,做到身入、心入、情入,在各族群众的喜怒哀乐中寻找灵感、积累素材,了解他们的实际生活的变化和思想动态,汲取创作的灵感和养分。他们既创作长调、呼麦和马头琴作品,又创作二人台、话剧和相声小品等作品,以群众喜闻乐见的形式宣传党的关怀和政策的同时,也让各族群众增进对彼此文化的了解,增进了各族群众的文化交流交往,拉近了各族群众的关系,增进了民族团结,铸牢了中华民族共同体意识。

内蒙古有着4200多公里长的边境线,在国家安全稳定大局中地位重要、责任重大,乌兰牧骑一直情系边疆、服务边疆,下边防、进哨所,在"深扎"中到军营体验采风,创作守边固防主题作品。内蒙古自治区直属乌兰牧骑在2023年"深扎"活动中开展了"乌兰牧骑走边关"慰问演出及合作共建、创作采风活动,以收集到的边防哨所素材为基础,围绕筑牢祖国北疆安全稳定屏障组织创作了音乐剧《你若繁星》,呈现了乌兰牧骑

情系边疆、服务边疆，下边防、进哨所的光辉历程，展现了乌兰牧骑在丰富边境地区军民文化生活、砥砺各族群众齐心协力固边、安边、兴边、强边中所发挥的"红色文艺轻骑兵"的作用。

"人民需要艺术，艺术也需要人民"是乌兰牧骑长盛不衰的法宝。乌兰牧骑自建队之日起，就站在基层群众的立场看问题、想问题、解决问题，将全部身心放到基层群众的喜怒哀乐之中，放到农牧民群众的希望和梦想之中。一代又一代的乌兰牧骑队员深深扎根于农村牧区，创作广泛采取"红色文艺轻骑兵"方式，发挥机动灵活、覆盖面广的优势，创作的节目突破场地、布景等限制，将舞台搭到群众身边、搭在百姓家门口，在零距离地为群众演出精彩的文艺节目的同时，还宣传党的方针政策、辅导基层文艺骨干、服务农牧民生产生活，受到全区各族群众的热爱和支持。

让群众性小戏小剧"走进"群众心里

孙培娜* 于 蕊**

群众性小戏小剧发轫于民间，游走于乡间舞台，以丰富群众精神文化生活为宗旨，群众性和草根性是其根本属性。为推动全省群众文化持续繁荣，激发群众参与文化活动的热情，自2021年起，山东省文化和旅游厅相继出台相关政策，群文工作者创编、排演群众性小戏小剧的热情空前高涨，群众性小戏小剧擂台赛遍地开花，群众文化小戏小剧呈现一片繁荣之势。繁荣背后，"小戏小剧"脱离"群众"危机已现，还"小戏小剧"于"群众"反思颇深。

一、相悖：精英模式对"群众性"的背离

2021年年底，山东省文化和旅游厅创新推出"为群众送小戏小剧"和"群众演给群众看"[①]两种群众艺术推广模式，并印发《山东省文化和旅游厅关于进一步加强群众性小戏小剧作品创演工作的通知》，极大激发了群众性小戏小剧的创演热情。据统计，2022年全年，山东省新创群众性小戏小剧作品310多件，各地组织群众性小戏小剧"大擂台"活动1077

---

* 孙培娜：齐鲁文化（潍坊）生态保护区服务中心馆员。
** 于蕊：齐鲁文化（潍坊）生态保护区服务中心馆员。
① 赵秋丽、李志臣、冯帆：《文化如风，拂绿齐鲁大地》，《光明日报》2022年12月5日。

场,参与线上线下"大擂台"的群众约 290 万人次①,群众性小戏小剧创作呈现一片繁荣景象。但兴盛的表象之下,群众性小戏小剧发展的困境却愈加明显。精英创作、专业赛制和推广模式的滞后,将群众性小戏小剧从"民间"搬上了"高堂",草根属性弱化,群众基础流失,脱离群众、不接地气的问题凸显,让群众性小戏小剧陷入"去群众化"的困境。

（一）创作队伍的"去群众化"

近年来,在职称评审机制的影响下,某些地市的群众性小戏小剧创作以获奖为目的,邀请专家、名导进行奖项攻坚创作,组织文化馆站、专业院团业务骨干演出,让群众性小戏小剧的创作"去群众化",把群众文艺创作变成几个人的创作,把大众的事业变成"小圈子"的事业。这种精英化创作模式对非专业群众性小戏创作团体而言,是精准的"降维打击",严重挫伤了群众艺术从业者和爱好者的创作热情。加之,民营剧团没有政府部门的资金支持,所有创演经费均是群众自掏腰包,群众的创作意愿降低,加剧了群众创作队伍的萎缩。这两年,由基层群众创作和演出的小戏小剧屈指可数,且数量有逐年递减之趋势,"群众创、群众演"的群众文艺活动模式效果大打折扣。

（二）新创作品的"去群众化"

久居庙堂上,安得人间烟火气。受经费、时间等条件限制,不少专业编剧直接从新闻报道中选取素材,在办公室"闭门造车"完成剧本创作。甚至部分编剧从院校毕业即踏上创作岗位,缺少基层生活经历和对日常生活的深入思考,缺少市井小巷里烟火的浸润和真实生活酸甜苦辣的感召,他们的剧作往往直奔主题,且不加掩饰地喊口号、唱高调,把思想观念直白地抛给观众,使作品成为脱离群众的"单纯宣传品"。加之,很多专业创作人员为完成单位任务而被迫进行"流水线"式的"命题创作",缺少

---

① 参见郑珂《山东将举办群众性小戏小剧全省巡演活动》, http://www.qlwb.com.cn/detail/21560358.html。

扎根群众、抒写人民的精品意识和创新精神，其作品多为应时应景之作，角色脸谱化、情感程序化、性格标签化、结构套路化，造成了部分群众性小戏小剧作品题材雷同，不接地气，脱离群众，毫无新意。

（三）演出机制的"去群众化"

首先，受市场环境等影响，许多新创群众性小戏小剧只在比赛现场露露脸，演几场，拿个奖，比赛一结束就束之高阁、深藏闺中，把演给群众看变成演给评委看，群众性的本质被严重弱化。其次，不少地方的文化主管部门对群众性小戏小剧的重视程度不够，新创作品常态化巡演缺少政策扶持，演出平台受限，展示渠道匮乏。最后，演出模式守旧，群众性小戏小剧展演多采用"一村一场戏"文化惠民演出等传统线下方式，舞台相对固定，观演群众人数受限，当地主流媒体宣传报道不足，研讨会、发布会、评论会等相关推广活动未及时跟上，很多新创群众性小戏小剧打不开知名度，群众覆盖面和关注度小。

二、相融：专业创作向"群众性"的靠拢

"万物尽然，而以是相蕴。"专业化的创作与群众性的本质并非完全相悖。相反，群众性小戏小剧回归"群众"，不仅需要鼓励群众创、群众演、群众看、群众评，还需要依靠专业化的"深度创作"和"美化加工"，只有这样才能让群众性小戏小剧真正"走进"群众心里，浸满"人间烟火气"。

（一）畅通群众参与渠道

群众性小戏小剧源于群众，也应该回归群众。建立群众参与渠道，多面向基层群众开展小戏小剧比赛和展演活动，调动和发挥基层民营剧团、文艺团体、文化志愿者、群众爱好者的积极性。改进比赛评奖的专业化机制，增加群众评审环节，打破专家看、专家评的"小圈子"。"金杯银杯，

不如老百姓的口碑；金奖银奖，不如老百姓的夸奖。"①群众文艺不可唯专家和奖项是瞻，当以群众喜不喜爱、群众满不满意为主要评选条件。提升群众创作的专业化水平，广泛开展基层群众小戏小剧创作和表演培训，邀请专家对基层有潜力的创演人员进行专业系统的指导，一对一为基层群众修改剧本，手把手教群众演戏，通过持续、有效的培训指导，壮大群众性小戏小剧民间创作队伍，为当地群众性小戏小剧打牢民间基础。

（二）讲好群众的心里话

艺术作品是精神诉求的美化表达，群众性小戏小剧也不例外。讲好新时代的群众故事，是群众性小戏小剧的站位；说好新时代群众的心里话，是群众性小戏小剧的本质。群众性小戏小剧的出发点是群众，创作人员必须深入生产生活的一线，把创作的目光投射到最广大人民群众，挖掘真实感人、鲜活生动的新故事，发掘有血、有肉、有温度的新形象，选择群众最想表达、最想讲述的故事，真实反映群众的心声与渴望，"以小切口反映大主题、小人物折射大时代、小故事讲述大道理"②，在充满"烟火气""群众味"的故事中表达亲情、友情、爱情和家国情怀。

（三）创作紧跟时代步伐

群众审美能力的不断提升，对群众性小戏小剧的内容和形式提出了更高要求。创作者应紧跟时代步伐，和群众同频共振。

创作具有时代感的群众作品。"文章合为时而著"，生于时代洪流中的群众对应时而生的新鲜事物最敏感，故应时而作的小戏小剧也最容易获得"观众缘"。创作人员应密切关注时代变化和社会热点，立足当下群众的情感理念，创作具有时代质感的故事。

---

① 郑伟：《护一片热土 保一方平安——记衡水市公安局高新区分局胜利西路派出所所长赵阳》，《河北法制报》2021年4月1日。

② 聂辰席：《奋力促进电视剧高质量发展更好满足人民精神文化需求》，《中国广播电视学刊》2021年第1期。

创作包含新见解的群众作品。创作人员要突破惯性思维，从老故事的新视角、新故事的新观念来选择创作的角度和立意，传达作者对社会和人生的新发现、新见解、新认识、新感受，给人以新启示。

创作构思新颖的群众作品。讲好新时代群众故事不能走格式化、套路化的老路，要借鉴运用影视及其他艺术门类的手法，在整体情节设计上巧构思、在矛盾冲突制造上想妙招，以新奇的"脑洞"提升观众的观剧体验。

沉浸式推动小戏小剧创新升级。群众性小戏小剧要想"破圈"、更充分践行"群众性"，必须更广泛兼容、争取年轻观众，沉浸式创作为其发展提供了一条新路径。2021年，山东省文化和旅游厅印发《山东省文化和旅游厅关于推广沉浸式情景小剧的实施方案》的通知（鲁文旅公共〔2021〕8号），开启了沉浸式戏剧与群众性小戏小剧互融共创并进的发展之路。沉浸式情景小剧打破了传统观演关系和戏剧空间，融入互动式剧情和场景设计，是一种全新的戏剧表演形式。真实、可触的场景和道具，在VR、全息幻象、互动投影等多媒体技术的加持下，极大满足了当下观众的猎奇心理，吸引众多年轻观众二刷、三刷观剧。创作者要充分运用这一新兴的戏剧形式，以互动性的情节、沉浸式的场景，专业化打造满足当下群众看戏品人生诉求的群众性小戏小剧。

（四）打通走进群众的最后一公里

演出，是舞台艺术作品的生命。专业展演就是群众性小戏小剧最好的宣传推广。文化馆等部门要扎实推进"为群众送小戏小剧"和"群众创群众演群众看"活动，多组织群众性小戏小剧惠民演出，让小戏小剧进社区、进企业、进校园、进乡村，定期组织群众性小戏小剧展演比赛，让新创作品主动融入群众，激发群众参与热情，让群众性小戏小剧真正从群众中来、到群众中去。

文化主管部门和主创单位要构建科学专业的推广体系，做好作品发布会、媒体推介会，同时充分借助微信、抖音、快手等群众基础深的自媒体，全面、持续、深入地宣传推介新创群众性小戏小剧，打通走进群众的最后一公里。

  用数字化打造更广阔舞台。"网络和演出的深度融合是当今时代的发展趋势"[①]。2020年以来，新冠疫情极大地刺激了戏剧演出的数字化发展，云剧场、直播间横空出世并迅速繁荣发展。各地文化馆站应"紧跟时代发展步伐，推进数字化建设"[②]，将群众性小戏小剧展演纳入数字化演艺服务平台，打造云剧场，实现精品与群众共享。开放性的云剧场以数字影像为载体、以观众自由点播为手段，打破了群众性小戏小剧演出和传播的时空限制，大大增加了展演次数、扩大了观众范围。群众性小戏小剧应搭载5G网络快车，开启在线直播，打破院线的不便和观看门槛，打造无限观演空间，让观看小戏小剧变得更容易、更便捷，让群众性小戏小剧更大众化、更贴近群众。

---

① 雷县鸿：《传统戏曲飞上"云端"如何才能走得更远》，《西安日报》2020年7月8日。
② 黄娜：《做精做优 打造特色》，《浙江日报》2018年10月26日。

如何加强剧目论证？

王　辉[*]　宋慧晶[**]

一部戏剧作品上演后，究竟如何评判好不好？是依据市场的原则还是依据获奖的原则？换言之，是根据观众的判断还是根据专家的判断？实话说，专家的判断有时候和观众的判断一致，但也可能在许多时候不一致。最为尴尬的是，时下的戏剧尤其是戏曲剧目，鲜有动辄演出几百场甚至几千场的新创剧目，所以真正的市场概念，在新创剧目这个领域几乎不存在，因而所谓市场或观众的判断的指数，并不太好获取。绝大多数新创舞台剧剧目，演出几场后即销声匿迹，因此判断它们好坏的参照物，往往放在专家的评判上，以及各种媒体的宣传上。演出两场即"刀枪入库，马放南山"的现象，假如只在地方存在，其实不甚奇怪，因为戏剧市场本来就培育不足，免费看戏的历史习惯还在干扰着当代的文艺市场，但在一些国家级院团也出现了这种现象，就令人感到不解了：是创作力量不强吗？明明都宣传是全国一流的豪华阵容；是投入不足吗？看这些剧目的舞台美术包装，煞是吓人，绝对是投入巨大；是没有观众买票吗？在位于文化中心的中心，观众的绝对数应该能够保证；是作品的艺术质量不高吗？据公开报道或宣传，这些新创艺术作品口碑都不差，还有名家大师给予极高评价云云。

那么问题来了：在这个行业里，肯定有某些环节出问题了，否则不应

---

[*] 王辉：山西省艺术研究院一级编剧。
[**] 宋慧晶：山西省艺术研究院艺术创作中心主任，二级编剧。

该是这种状况——宣传和实际脱节，演出和市场脱节，创作和质量脱节，用一句流行词总结，整个行业几乎都是在自嗨。这种现象又传导到全国各地，体现在各类各层级的创作和演出中。据我们未掌握宏观数据的观察，某些国家级院团在推出新创作品时，其实也还没有形成较为科学的论证体系，没有为基层院团做出榜样。实际上，在全国舞台艺术创作与演出中，如下情况更为普遍：成功的剧目，往往依赖院团长的整体素质和判断决策的能力，依赖其所选定的剧本质量如何，所选定的导演和演员水准如何。就全国舞台界的创作而言，我们斗胆判断：成功的偶然性大于必然性，失败的剧目数量大于成功的数量，经济投资应该获取的效益还远不理想。也许有人说了，绝不能把艺术创作与科学研究混为一谈，艺术创作的模糊与科学研究的精密在本质上是不同的——当然这话有一定的道理，但是，如果我们仔细研究好莱坞电影的创作与生产过程，我们会感觉到，我国目前舞台艺术作品的创作与生产过程，确实需要借鉴更高层次的先进理念，向更为科学化的过程迈进。有鉴于此，我们建议如下。

一、项目运行前端，健全立项论证机制

一要建立实名论证首席专家制度，将剧目的成功与失败同论证专家紧密挂钩，形成共生共荣共誉共伤的长期关系，营造大型剧目立项与演出的艺术神圣感，强化剧目论证的严肃性和规范性，确保后续剧目扶持有据可依、有人可寻。二要组织题材论证会，对年度或周期内创作的剧目进行分类调配，为剧目走进市场提供顶层设计，避免题材"撞车"和形式雷同，确保演出市场中剧目题材的稀缺性和神秘感，推动演艺业态繁荣发展。三要组织"官方＋民间"的剧本征集制度，面向社会大众，定期组织主题鲜明、内容丰富、形式多样的剧本征集活动，"高手在民间"，扩大剧本征集的受众，鼓励更多、更好、更富创意的剧本纳入征选范围内，建立优秀

剧本孵化数据库，切实解决"剧本荒"的问题，减少剧目论证的盲目性。

二、项目运行中端，建立院团"素排"机制

对文学剧本和导演阐述的判断，其本质毕竟是形象的思维判断，往往受个体认知水平影响，带有一定的主观色彩，因而不能保证所有判断都科学精确。为了进一步排除失误，建议所有立项的大型剧目，在整体的舞台美术制作投入前夕（其实也是一部舞台作品最大部分的投入），先以小成本的制作，请专家在排练场检测与评估作品的质量与前景。评估与检测通过的，开始投入舞台美术的制作，没有通过评估与检测的，继续在剧本上修改或者暂时叫停该项目的运行。这样，就能够最大程度地保证人财物力不会被大规模地浪费，进而使剧目的创作与生产进入良性发展轨道。经过"素排"的剧目，建立备演档案库，进行专家跟踪指导和打磨提升，并予以经费支持和鼓励。

三、在项目运行末端，完善剧目奖惩机制

现在试着来回答标题所提出的问题：就戏剧剧目而言，演出的场次虽然不是唯一评判作品好坏的标准，也应该是一个可量化考评的重要指标。原因如下：一是质量不好的作品不会有最基本的观众盘；二是作为最直观的艺术接受方式、现场互动的艺术，假如缺少基本的感染力，它无法持续生存和发展；三是戏剧的呈现方式，决定了它不可能像其他形式一样，靠所谓的流量、炒作等手段长时期地烘托和繁荣——它对文学创作的依赖、对文化风俗沉淀的考量、对社会信息量的获取、对现场观众的感染渲染、对演员表演技巧基本功的评判、对艺术综合部门是否细密配合等，都有着非常苛刻的要求。因此，演出能否持续，本身就是评判它质量高低的关键所在；能不能持续长久、良性正常地运作下去，本身就包含了各种考

核的指数。所以戏剧作品好不好由谁说了算的问题，不妨引进经济学的术语"发挥市场在资源配置中的决定性作用"，让演出场次出来走一走、说说话、评判一下！也许有人说，那政府的导向、调节作用如何显现？对这一问题的回答是：我们各级各类的评奖、评审，本身就发挥着指挥棒的作用，常年的调演、展演，就是在起着调节的作用。

四、在项目运行周期，建立动态监测机制

剧目从选题、论证、剧本创作、研讨到排练演出阶段，都需要专业的指导和有效的监控管理。一是搭建有公益属性的数字监控平台。及时上传剧目有关内容，包括编剧、导演、舞美、音乐、服化道、演员等团队主要信息，上传剧情梗概、演出视频片段，委托专业部门进行在线跟踪和监督管理。二是建立数据评价体系。利用大数据和网络平台，对已完成的演出进行数据分析，及时掌握动态"流量密码"，建立客观公正的网络评价体系，确保剧目论证的科学性，为其后期打磨成熟提供帮助。三是建立专项资金关联体系。将剧目论证工作与国家艺术基金、省基金等其他经费支持渠道关联起来，"把钱用在刀刃上"，为论证评价高的剧目提供经费保障。

一部优秀的剧目，除了创作团队自身的辛勤努力外，离不开科学合理的论证体系，离不开专业敬业的评论专家，离不开热心耐心的观众群体。剧目论证工作是一个系统的工程，也是需要给予更多关注和支持的事业，它像一个指挥棒，指导着剧目有序运行，指挥着艺术工作者积极创作，指引着戏剧生态健康发展。希望今后有刚性的资金比例规定，投入到剧本质量的论证过程中，使"剧本剧本，一剧之本"的理念真正落实，而不是停留在口头上。我们衷心希望，越来越多的领导、专家和广大的戏剧工作者，关注这一问题，珍惜国家逐年增加的文化投入，用实际行动创作与生产更多更美的文艺精品！

（原载《文化月刊》2024 年第 4 期）

市级文艺创研单位改制与文艺创研发展思考

唐友彬[*]

全国市级文艺创作研究单位，自20世纪60年代相继成立，承担着文艺创研重任，是市级文艺创研的引领者、策划者、组织者、执行者、推动者。文艺创研单位积极作为，打造文艺创研队伍，提升能力，文艺创研精品层出不穷，数十年间，对城市的文化建设起到了极大的推动作用，走过了辉煌，也经历了落寞。研究文艺创研单位的成立、发展、改制的过程，调研举证，引发思考，有助于打造出更好的文艺创研环境，生产出更多的文艺精品，彰显中国气度与中国精神。

一、相继成立，职能类同，侧重各异

"文革"结束后，中国迈入一个新的历史时期。意识反作用于物质，文艺开始了新时期的伟大突破。一时之间，文学艺术精品层出不穷、琳琅满目。"一个激荡昂扬的探索时代的到来。……反映在戏曲舞台上，是创作积极性的极度高涨，很快便出现了姹紫嫣红的局面。"[①]为了适应广大群众对文艺的热切需求，壮大文艺创研队伍，全国各地市先后组建了文艺创作研究单位。

---

[*] 唐友彬：安康市群众艺术馆副研究馆员。
① 廖奔、刘彦君：《改革开放与戏剧复兴》，《人民日报》2008年12月4日。

宁夏文化局文艺创作研究室成立于1979年，安康市文艺创作研究室成立于1979年，广州市文艺研究室成立于1981年，烟台市文学创作研究室成立于1984年，杭州市文联创作研究室成立于1986年，天水市创作研究室成立于1986年，贵阳市文化新闻出版广电局创作研究室成立于1988年，云浮市文艺创作研究室成立于1998年12月10日，广州文学艺术创作研究院成立于2009年9月，佛山市艺术创作院成立于2011年3月，威海市文学艺术创作研究院成立于2016年9月，潍坊市文艺创作研究中心挂牌成立于2019年5月……资料表明，这些创研单位大多成立于1976—1988年，也有极少的市在近几年才整合成立。

市级文艺创研单位的前身，大多为市群众艺术馆（文化馆）内设的创作组。从群众艺术馆独立出来，目的是让文艺创研不受文艺演出的影响，有更大的自由度，有更多的独立性，免受掣肘。这种独立性对于纯粹的创研工作而言，具有积极意义。

90%以上的市级文艺创研单位都是市文化局主管的全额拨款事业单位，但也有极少是文联的下属事业单位，如鹰潭市文联文艺创作研究室、常熟市文联文艺创作研究室、杭州市文联创作研究室等。

所有的市级文艺创研单位的主要职能大致相同：制订全市文学艺术创作中长期规划；了解掌握全市文学艺术创作动态，组织推动文学艺术创作和理论研究工作，进行戏剧创作、文学创作、文艺理论研究等；负责开展全市重点作品的推介研究与探讨活动，完成上级交办的文学艺术创作研究课题；采集办刊信息，并对信息进行筛选、加工、储存、利用；承办学术研讨会等文化交流活动，及对全市的艺术创作与艺术研究进行指导和辅导，促进文艺繁荣。但各地职能侧重却不尽相同。如侧重戏剧创作研究的，则命名为"戏剧创作研究室"，如烟台市、濮阳市、安庆市、内江市、绥化市、淮北市、阜阳市等；侧重艺术的，则命名为"艺术创作研究所"，如济宁市、北海市、肇庆市、银川市、宝鸡市、新余市等；文学艺术并重的，命名为"文学艺术创作研究室"，这一类最多，至少占文艺创研单位的60%以上，如安康市、东营市、合肥市、汉中市、铜陵市、云浮市、盐城市、阳泉市、六安市、商洛市、菏泽市、西安市、宝鸡市、天门市等。

二、成就辉煌，处境尴尬，危机重重

市级文艺创研单位一般设有三个部室：艺术部（小戏、小品、曲艺类等舞台文本创作）、文学部（散文、诗歌、小说、纪实文学创作等）、理论研究部（文艺作品理论研究）。其成立之初主要是为了繁荣舞台艺术。在娱乐方式匮乏的年代，舞台艺术是人们为数不多的娱乐选项之一，甚至是唯一，演出极为火爆，那是属于舞台艺术最好的年代。创研单位是艺术创作，尤其是公益性文艺创作的重要力量，网罗了各个城市文艺创作研究主力，并进行整合，培养、凝聚、打造过硬的创作队伍，改变文艺创研散兵游勇的状态。文艺创研队伍有了引领，战斗力迅速提升，创研能力大大增强，创研成果层出不穷，集中打造并推出了一批重点力作和精品，使市级文艺（尤其是艺术）创研作品不断走出本省，走向全国，不断在国家级平台上发表或展演，不少作品甚至获得国家级奖励。安康市20世纪70年代有歌剧《飒爽英姿》进京演出，80年代末有《马大怪传奇》进京演出并获奖，90年代初有话剧《白氏家族》获中央纪委奖励并录像发行全国……量变引起质变，成果催生激情，各地市的文艺创研形成了良性循环，在相当长的一段时间内，文艺创研单位对本市的文化繁荣起到了极大的推动作用，可谓功勋卓著。

随着时代的发展，舞台艺术逐渐失去了往日的辉煌。广播、电视、电脑、智能手机等电子产品相继进入寻常百姓家，文艺呈现多元化景观，群众的精神娱乐同样有了更多选择，这直接导致了舞台文艺走向式微，舞台文本的需求量极度缩水，一个市级文化演出单位，一年到头也用不了几个舞台文本。

文艺创研反映现实，讴歌时代，作品属于意识形态范畴。意识由物质决定，前提是主观要符合客观，否则，就不会被观众接受。传统舞台艺术沉浸在自己的模式中难以走出，而观众新的审美需求正在潜滋暗长。"戏剧作为我国文化的瑰宝，在历史的更迭中逐渐失去了主导地位，而取而代之的是西方的影视。西方影视以其新颖的方式，不断地吸引着人们的眼球，成为人们闲暇时最主要的消遣方式之一。"[1]由市场经济法则角度观之，文艺创研产品没有市场，就完全没有生产的必要。

娱乐多元态势下，文艺创研单位成立之初侧重艺术的局面随之改观，文学、艺术创研并驾齐驱。后来随着艺术创研的进一步式微，有的文艺创研单位干脆主抓文学创研，由这阶段文艺创研单位所办刊物的内容来看，纯文学作品占据了大半壁江山，纯艺术稿件连四分之一的份额都达不到，而且稿源极为稀缺，几乎是一稿难求。既然一本刊物里所有的稿件都是文学（包括戏剧文学），为了做到形式与内容相统一，部分文艺创研单位干脆将《××文艺》更名为《××文学》。纯文学与戏剧、戏曲等艺术比起来，接受度和流传度更广。当下的文学刊物状况就是明证——纯文学刊物远比戏剧类的刊物种类多，生命力更强。

舞台艺术式微，让这些刚刚独立出来的小单位陷入困境，步履维艰。省上没有对应的上级领导机构扶持，县上也没有对应的下属机构支撑，自成立之初就处于尴尬境地。市级文艺创研单位虽是独立预算单位，但预算额度较小，维持寻常的办公运转都很困难，更别说斥资开展大型的文艺采风、创作、研究、讲座、交流等高质量的文艺活动。因为单位经济力量薄弱，发展"贫血"，劲道不足，无论是通过财政还是自寻其他引资门路，在市场经济这个大背景下，都很难撑起这个纯粹的文艺创研平台的正常运转。

---

[1] 吴明聪：《从影视兴盛与戏剧衰落看中国戏剧的发展问题》，《戏剧之家》2018年第3期。

三、创研萎缩，单位改制，职能依旧

走进剧场看剧的观众和写作剧本的作者已越来越少，曾经被文艺创研单位强化起来的文艺创研功能，逐渐走向萎靡。既然文艺创研被边缘化，那么，因繁荣文艺创研而设置的单位，自然也就避免不了被边缘化的命运。据不完全统计，近年来拥有文艺创研单位的地市正在减少，这些文艺创研单位的编制并入其他相关单位，其文艺创研职能在编办的"三定方案"里依然保留，其走向大致分为以下三种。

一是与市群艺馆（文化馆）合并。从哪里来，回哪里去，与原撤出单位合并，牵动面小，整改比较方便，这是当下最普遍的做法，如安康市文艺创作研究室并入安康市群众艺术馆。市群众艺术馆横向有市文广局领导，纵向有省艺术馆业务领导，双重领导，双重管护，双重支撑，可以充分享受省、市、县国家配置的公共文化服务资源。

二是与相关单位联合成立新的创研机构。如威海市文学艺术创作研究院由威海市文学创作研究室和威海文艺社两家合并而来，佛山市艺术创作院由佛山市民间艺术团、市文艺创作研究室、市画院和市雕塑院四家单位合并组成。这种改制，在充分保障创研职能独立的情况下，实现了人才融合、资源共享、业务拓展的多赢局面。

三是划拨文联管理。如前文提到过的鹰潭市、宁波市、杭州市、淮安市的文艺创作研究室，成立之初就隶属于文联。文联下属众多专业协会，就掌握的文艺创研队伍及各方面资源的调度整合能力而言，文艺创研划归文联，从业务角度考虑应该是如鱼得水。

文艺创研始终是文化发展的一种刚需，市级文艺创研单位成立也好，改制也罢，其职能必然会继续存在，改制都是为了更好地整合和利用文艺创研资源，以便更好地服务群众，其最终都是为了促进文化大发展大繁荣。

四、形势利好，砥砺前行，大有可为

中国共产党第十七届中央委员会第六次全体会议通过了《中共中央关于深化文化体制改革　推动社会主义文化大发展大繁荣若干重大问题的决定》，主要内容包括：加快构建有利于文化繁荣发展的体制机制，推动社会主义文化大发展大繁荣，建设宏大文化人才队伍，为人民提供更好更多的精神食粮。[①] 2016 年 12 月，《中华人民共和国公共文化服务保障法》颁布执行，文艺创研队伍迎来了前所未有的发展机遇。

虽然不少市级文艺创研单位被改制，但更多的市级文艺创研单位还普遍存在，依然在文化繁荣发展中发挥着应有的作用：2018 年，合肥市文艺创作和研究室发布了《合肥市文艺创作和研究室 2018 年引进高层次人才岗位表》；2019 年 3 月，陕西省登记管理网发布了西安市文学艺术创作研究室的信息登记；2019 年 12 月，《江苏盐城市文艺创作研究室选调工作人员公告》发布；2019 年，广州文学艺术创作研究院发布《第一次引进短缺专业人才公告》；2019 年，宝鸡市艺术研究院主办了"2019 年小戏小品创作研修班"……

文艺创研已经融入创研干部的血液，他们存在的意义就是不断地生产文艺精品，每一次创新型劳动，都是在构建一个反映并照亮现实的精神世界。于创研干部而言，那就是一次新生。

[①] 参见《中共中央关于深化文化体制改革　推动社会主义文化大发展大繁荣若干重大问题的决定》，《人民日报》2011 年 10 月 26 日。

熔铸古今中外　观照世相人心
——《2022上海剧稿》述评

周云汇[*]

自20世纪80年代起，汇总收录、编辑出版沪上年度剧本创作成果成为上海市剧本创作中心的一项重要工作，结合不同时期重大节点的时代要求与人民生活的实际现状，以全局眼光、前瞻思维，科学务实地谋划、服务与推进本市文艺创作，全力推出反映实现中华民族伟大复兴中国梦、书写人民伟大实践、记录时代进步要求的文艺精品，《上海剧稿》凝聚了上海几代编剧的心血，成为记忆中难忘的一页，具有艺术文献意义。

《2022上海剧稿》是上海市剧本创作中心编选的年度作品集，收录了上海部分编剧在2022年创作或发表的8部剧作：《红色特工》《临湖明月》《星星点灯》《火种》《英雄儿女》《陆机》《放飞的天空》《哈姆雷特》，以及相关创作谈，剧种涉及京剧、沪剧、淮剧、话剧、音乐剧和儿童剧等多种样式。既有历史题材剧作，也有改编自外国名著的作品，还有红色题材、现实题材，涉及古今中外，具体内容有红色特工、上海工人武装起义、志愿军英雄儿女、关怀自闭症儿童、教育改革等，歌颂正义、善良、忠贞、勇敢、智慧等中华传统美德，表达普通民众的喜好和愿景，体现"以人民为中心"的创作导向。综观全部作品，该剧稿具有以下三方面特点。

---

[*] 周云汇：上海市文化和旅游局艺术处一级主任科员。

一、红色题材创作的路径创新

近年来，上海在红色题材创作方面努力打破窠臼、克服瓶颈，在求新求变中开辟出独具海派气质与韵味的创作路径，尤其在谍战题材方面的尝试取得了较高成就。舞剧《永不消逝的电波》、沪剧《一号机密》和本剧稿中收录的京剧《红色特工》都是其中的杰出代表。上海作为中国共产党的诞生地和初心始发地，在反映工人运动、抗美援朝等红色题材创作上责无旁贷，立足本土资源又具有丰厚翔实的历史素材、文学基础，编剧们不断拓展红色题材表现方式、丰富海派艺术多元特色。

京剧《红色特工》聚焦隐秘战线的革命情状，以谍战智斗铺排戏剧冲突，在紧张焦灼的周旋对峙氛围中塑造我党地下工作者的光辉形象。一对初心相同的青年学子面对国家危亡选择了不同道路，从好友变为劲敌，分属不同阵营，互相试探、周旋、较量，谍战智斗场面险象环生、情节曲折、高潮迭起，全剧主线清晰、不蔓不枝，明快的故事节奏、精彩的内心剖白增强了传奇性，其间又穿插战友、同志、亲人之间生离死别的痛楚与温情，塑造了以李剑飞为代表的我党红色特工典型形象。

淮剧《火种》描写的时代背景是上海工人武装起义。上海这片红色沃土在近代史上涌现过大量的英雄人物与事迹。该剧将视角聚焦在底层百姓与产业工人身上，以戏曲形式将"上海工人三次武装起义"的突出贡献具象化，以小见大，把工人阶级的光辉形象立于舞台之上，群像戏场面宏大、密而不乱，其中秋丹、金火凤、方辣子三位女性角色性格分明、层次丰富，丰富了革命历史题材作品中的女工形象。

话剧《英雄儿女》根据巴金小说《团圆》和同名电影改编而成。一个民族对历史的铭记和对英雄的敬意通过代际传承而至不朽，文艺作品发挥了不可忽略的作用，从小说到电影再到话剧，这个经典的抗美援朝故事如何跨过时间的洪流打动年轻观众？编剧大量走访志愿军老战士、阅读相关资料，在剧本中新增与丰富了不少事例与情节，王成兄妹代表了千千万万上海人民对抗美援朝战争的支持，他们从"工人阶级的好儿女"到经过朝鲜战场的淬炼而成为"革命的接班人"，逐步揭示出和平时代的英雄主义就是"每个人在最平凡的工作岗位上，兢兢业业把自己的本职工作做好"。

二、文学 IP 转化的精彩呈现

文化和旅游部在印发给全国文旅厅局的《2023—2025 舞台艺术创作行动计划》里，明确提出"加强文学（影视）成果转化运用"，将舞台艺术对文学 IP 改编与转化运用的重要性提到一个新高度。在具体实践中，编剧们坚持守正创新、洋为中用、古为今用，以中国艺术语汇讲述西方故事、历史故事，赋予戏剧作品当代意义与价值。

沪剧《临湖明月》改编自英国女作家夏洛蒂·勃朗特的小说《简·爱》。沪剧本来就有改编外国名著的传统，将外国名著中国化以后搬上舞台，难点在于如何将故事内容与人物有效本土化，中西融合而不显突兀。简·爱作为敢于抗争命运、独立自主追求爱情的新女性形象在文学史上熠熠生辉，数百年来为广大读者与观众所喜爱，要改编成功殊为不易。该剧将原著故事情节与主题内涵用沪剧语言进行了本土演绎移植、熔铸重塑，褒扬正直善良的品格、突出女性的自尊自爱、歌颂自由平等的爱情，冯明月这一女性形象被塑造得血肉丰满。编剧对原著的熟稔与文字功力的高超使得整个作品呈现出契合沪剧"西装旗袍"特质的唯美灵动。

音乐剧《哈姆雷特》是编剧在成功推出了《犹太人在上海》《白蛇惊变》《赵氏孤儿》等剧目后尝试将西方经典进行东方表达的又一原创作品。莎翁原著在世界各国有不同版本的多种改编，丹麦王子的复仇故事打动过无数人。此版音乐剧的特点是将反派克劳狄斯提升为主线人物，与哈姆雷特进行正面交锋，形成"双男主"的架构，如同旋涡将所有人的命运裹挟进去，人物内心的冲突与欲望得到深入开掘，全剧唱词基于梁实秋的译本并斟酌、博采众家译本之长而创作，部分唱段流畅而富有诗意。

话剧《陆机》围绕松江先贤陆机的命运转折铺展剧情，是"松江历史名人题材系列戏剧"之一。陆机这个人物形象是文学IP，是松江的一张文化名片。全剧以父子狱中对话的方式展开，回顾陆机在洛阳时期的数次危机，双鹤意象贯穿始终，以隐喻方式叩问他应对政变时的心理动机。史实记载和历史评价往往以"论迹"为主，结果导向、呈现事实，而文艺作品可以"论心"，编剧用充满古典意蕴与理想主义的文风将政治倾轧与权谋、理想的护持与破灭、封建社会传统士子的文人风骨徐徐展开，探寻渴望建功立业的青年从意气风发到身亡名败的心路历程，试图挖掘以陆机为代表的封建乱世之下的知识分子的心灵困境：对"仁政"与"明君"的期待，对"江山代谢"与"歧路重叠"的迷茫，无解而无奈。该剧虚实相生，穿透历史的烟尘带给当代观众关于如何在入世奔竞与出世隐逸、坚守道德伦理与实现个体抱负的两难选择中寻找平衡的思考与启迪。

三、对现实生活的细致观照

上海在现实题材创作方面坚持以"人民城市"重要理念为指引，近年来努力打造了一批聚焦恢宏时代、描写英模人物、深入街区里弄，反映现实生活的佳作。更难能可贵的是，编剧们不仅擘画时代巨变与宏大叙事，还以细致的笔触直击社会热点、观照人民群众真实生活情状。

儿童剧《放飞的天空》通过描写一支小学生足球队从刚组建时因家庭、学校各种反对而屡屡受挫，到逐渐克服困难、直面挑战，实现成长与蜕变的故事，体现国家"双减"政策大背景下素质教育工作的具体实践，生动有趣、寓教于乐，契合儿童心理。剧作中对足球运动术语的娴熟运用、三个家庭中的亲子互动和校园里师生之间的交流都十分真实、接地气，是当下难得的贴近生活的儿童音乐剧，适合进校园、进社区演出，与中福会儿艺近年来创排的《那山有片粉色的云》《师者之路》《蓝蝴蝶》等作品一起组成现实题材儿童剧的创作矩阵。

沪剧现代戏《星星点灯》关注自闭症儿童及其家庭困境。当代社会心理问题的多发性与低龄化已经引起各方重视，但是在戏剧舞台上还是鲜见真正聚焦病人现状与生活困难的作品。我们惯常所见的现实题材剧作往往集中于展示"高大上"，而不可忽略的是确实有许多弱势群体在幽微的角落艰难生存，面临生理、心理的双重折磨甚至生存窘况。虽然如编剧在创作谈中所说，给故事安排了一个"光明的结尾"，"然而，故事并没有结束，矛盾并没有解决"，但是编剧能看到和体察这一类特殊群体的真实情状并细腻、真诚构筑戏剧文本，让更多观众能够"看见"这一现象，就是一种进步、一丝照进现实的光亮。

综上所述，该剧稿中收录的八部剧本展示了上海文化品牌建设中"红色文化""海派文化""江南文化"的主题与格调，其中部分剧目已经二度创作后立上舞台，获得了专家与观众的广泛认可：《红色特工》摘得第十七届文华编剧奖；《火种》入选2022年度上海市重大文艺创作资助委约创作项目；《英雄儿女》作为2023年上海话剧艺术中心"玉兰绽香"演出季的八部剧目之一，献演国家大剧院；《放飞的天空》《陆机》参演第二十二届中国上海国际艺术节……《2022上海剧稿》是上海舞台艺术剧本创作的缩影，代表着上海剧本创作的新成果与新水平。题材的丰富性与剧种的多样性充分展示了编剧们对历史与现实观照的广度与深度，体现了戏剧从业者的文化自觉，同时也彰显了编选单位的艺术眼光与思想格局。

（原载《上海艺术评论》2023年第6期）

出圈的文艺作品对艺术生产的启示

傅海燕[*]

近年来，河南卫视创作了一系列引人注目的文艺作品，如《洛神水赋》《龙门金刚》《元宵奇妙夜》和《唐宫夜宴》等。这些佳作再现了2021年河南春晚的传奇，点击量超过50亿；《元宵奇妙夜》更是在网络上独领风骚，点击量超过30亿；而《唐宫夜宴》在抖音相关话题播放量更是超过2亿。粤剧电影《白蛇传·情》上映不到20天，便成功打破戏曲电影历史票房纪录，截至2023年5月，总票房飙破2300万元，该电影屡获殊荣，荣获第32届中国电影金鸡奖最佳戏曲片奖提名，并斩获第19届中国电影华表奖最佳故事片奖。2023年8月，视频博主煎饼果仔与夏天妹妹创作的文物微短剧《逃出大英博物馆》一经推播，便被网友誉为2023年短剧市场的真正爆款，抖音平台上累计获得2756万点赞。环境式越剧《新龙门客栈》于2023年3月首演，迄今已演出130场，场场爆满，80%的观众首次接触越剧，该剧最近在抖音展开直播，吸引了近千万观众。这些成功的文艺作品源自传统舞台表演，并成功拓展至新媒体的互联网空间。

---

[*] 傅海燕：云南省民族艺术研究院研究员。

一、出圈原因

第一，青春表达与现代观众多元审美需求相契合。在演艺创作中，青春表达是一种通过艺术形式传递青年人生活、情感、价值观和经历的方式。这种表达常常呈现出时尚、新潮、丰富、多层次、视听享受、勇于创新等特质。以粤剧电影《白蛇传·情》为例，它在电影特效与传统粤剧的流畅传达中，将中国传统美学理念"意境""写意"贯穿其中。传统粤剧的独特性与熟悉的"大片"感满足了观众对独特性、多样化、高质量审美体验的需求。河南卫视的舞蹈节目在传统中创新，通过电影拍摄手法打破了传统舞蹈的空间限制，将水下表演、博物馆陶俑、网综、漫画、皮影、故事线等众多元素融在作品中，为观众带来了全新的艺术体验和视觉冲击，满足了观众对新颖感等的多元性审美需求。微短剧《逃出大英博物馆》仅有3集，每集10余分钟，以文物和博物馆的背景，将历史、情感、青春等元素融入情节中，直击观众情感。小短剧大情怀，它巧妙的剧情设计、独特的背景设置和情感共鸣点的营造，满足了观众对于紧凑、多元、独特、有思考空间的审美期待。而环境式越剧《新龙门客栈》使用了一种环境式的舞台设计，使得观众和演员都能近距离观察，沉浸式欣赏。这种表达方式满足了观众沉浸式的体验感。综合而言，青春表达在现代演艺创作中与观众审美的多元契合，通过创新的艺术形式和独特的叙事手法，为观众呈现了丰富而引人深思的文化体验。

第二，唤起文化记忆，使现代观众与之共情。河南卫视的舞蹈精品如《洛神水赋》《龙门金刚》《元宵奇妙夜》《唐宫夜宴》，巧妙凝结着深沉的中原文化和黄河文脉，与中国人的文化记忆相关。作品中出现的妇好鸮尊、莲鹤方壶、名画《簪花仕女图》《捣练图》等是河南博物院的瑰宝，闪耀着文化的光辉。传统节日、文物、习俗、传说等元素的串联，使观众进入穿越时光、感悟传统文化风韵的心灵之旅。这样的文化记忆呈现，深化了观众对文化传统的领悟，激发了共情之潮。而《逃出大英博物馆》则与观众的文化记忆相交融。小学课本中传承的《火烧圆明园》故事触及每位受教育之人的心弦，追溯八国联军抢夺中国文物的痛苦历史，成为观众共情的起点；近代驻守敦煌莫高窟的王道士将中国文物卖给英国人斯坦因，使中国大批文物流落海外，形成观众的"前理解"，是该剧触发观众情绪的基础。剧中将文物拟人化，强调"历史有来处，文物有归处"的主题，唤起观众对自身文化和历史的深思，引发对文化认同的情感涌动，使人泪目。《白蛇传》则是中国传统文学的明珠，散发着深邃的文化底蕴。粤剧电影《白蛇传·情》老坛新酒的故事勾勒，点燃了观众对经典传说的瑰丽记忆，与剧情形成心心相印的共情。最后，《新龙门客栈》透过越剧的华彩再现，巧妙传承了1992年电影的江湖故事与武侠情节。观众在越剧的音律中感受到对这些文化符号的熟悉，唤起了对经典元素的共情。舞台上的越剧，不仅是艺术的展演，更是与观众心中文化记忆的共振。

二、对艺术生产的启示

第一，找准传统艺术DNA，解决不同艺术融合的痛点。传统艺术的DNA就是传统艺术中不可替代的元素，例如民族音乐中的DNA是"中立音""微分音"等，区别于十二平均律音高体系内的音响；戏曲中的DNA是该剧种的唱腔、表演、"四功五法"等。不同艺术门类的融合是优势互补，是一种重构，而非后现代式的拼贴。重构涉及该门类艺术固有性质，融合的痛点在于如何保留传统元素并适应新的媒介叙事方式。如《白蛇传·情》保留了传统粤剧的语言和唱腔，但动作戏曲的表演方式需要适应电影的镜头呈现。微短剧的痛点在高潮前置、快节奏、高密度、强情节的叙事方式呈现。观众在信息过载的时代，对于传统剧情或单一艺术形式已经产生饱和感。在娱乐至上、各种娱乐方式竞相争夺观众注意力的形势下,用跨界融合方式打破文化与娱乐之间的界限,使观众在娱乐的同时也能获得一定程度的文化教育,是当代艺术创作者的责任与使命。

第二,找准互联网时代观众的情感需求。艺术作品的终极目标是与观众建立共情关系。当代社会正逐渐进入德波所说的"景观社会",在这个社会中,自我呈现变得越发重要,个体的自我意识也变得更为强烈。在互联网时代,观众的情感需求更倾向于个性化,他们通过个性化定制、追捧CP、自主创作等方式展现强烈的自我意识。我们可以通过市场研究、社交媒体分析、焦点小组讨论、调查问卷、用户分析工具、情感智能技术、参与用户社区、观众反馈渠道等多种方式,按照观众的情感需求,将一个剧演绎成不同风格的版本,以增强用户体验。站在中华民族现代文化构建的角度来思考网络视听方面观众的需求,构建艺术创作的元话语。

第三,掌握传播的底层逻辑,引导观众参与"三度创作"。在互联网时代,传播的重要性不言而喻,而传播学中的流量密码是热点话题,"热点"乃是传播的钥匙所在。如果在艺术作品的传播中携带"有热点"的话题,势必引起观众的快速关注、参与、互动和转发,形成传播的巨大规模效应。

当代解释学强调"读者中心论",倡导"千个观众,千个哈姆雷特",每位观众都成为艺术作品的独特创作者。著名剧作家茅威涛提及观众的多元评论涵盖手办制作、同人漫画创作、通过多次观看发现作品中的隐藏设计……因此,她认为:作品实际上是由观众与演员共同塑造的。在这个交织着意见和想象的艺术舞台上,引导观众积极参与"三度创作"成为至关重要的一环。以事传剧,让观众沉浸于台前幕后的故事;引导观众运用不同的叙事逻辑重新演绎、剪辑原作,碰撞出崭新的话题;乃至讲述团队间合作与交往的故事,都能够使传播更富有独立的话语。观众不再是被动的听众,而是共同谱写着无穷篇章的创作者。

第四,用系统思维研究艺术生产,为艺术传播注入持续动能。曾经,众多艺术家将焦点聚集在创作卓越的艺术作品上，然而，在互联网时代，一个作品能否在社交媒体中脱颖而出，取决于艺术生产系统的协同运作。系统论宣扬"整体大于部分之和"，涵盖艺术创作、艺术传播、艺术销售等多个层面。艺术传播涉及评论方式、传媒平台、观赏方式以及与观众的互动，而艺术销售需要考虑市场研究、艺术团体的运营机制以及维系观众黏性的多重商业逻辑……因此，准确把握观众审美偏好、制造话题、引导公众关注，这些都成为艺术生产至关重要的元素，而这些元素在传统艺术创作中往往被忽视。特别是在信息泛滥的时代，"酒香也怕巷子深"！在整个艺术生产系统中，深入研究各要素的本质和规律，并促进各层次之间的协同合作，方能创造出"1+1＞2"的效果，为新艺术传播注入持续的活力。

演艺新空间助力优秀传统文化创造性转化
——以北京市文旅局首批 15 家演艺空间培育项目为例

刘梦妮*

习近平总书记在纪念马克思诞辰 200 周年大会上的讲话中提到:"推动中华优秀传统文化创造性转化、创新性发展,不断提高人民思想觉悟、道德水平、文明素养,不断铸就中华文化新辉煌。"党的二十大报告指出,要推进文化和旅游深度融合。近年来,各地不断涌现的演艺新空间项目无疑是文旅深度融合的重要表现形式,也是促进优秀传统文化创造性转化、让文物和文字活起来的创新手段。

2023 年 9 月,北京市文化和旅游局演艺服务平台首次增加对演艺空间的培育,首批 15 家入围项目公布。这是市级层面第一次针对演艺空间予以培育支持,打造体现文旅融合的演艺新业态、新场景。

北京市演艺服务平台演艺空间培育类入围项目及申报单位

序号	项目名称	申报单位
1	吉祥大戏院演艺新空间培育	北京吉祥戏院有限责任公司
2	北京天桥艺术中心《猫神在故宫》三层新空间剧场	北京天桥艺术中心管理有限公司
3	西区剧场演艺新空间培育	一台好戏文化产业(北京)有限公司
4	隆福寺大麦新空间培育	北京大麦文化传播有限公司

* 刘梦妮:中国国家话剧院助理研究员。

（续表）

序号	项目名称	申报单位
5	开心麻花沉浸演艺新空间·花花世界	北京开朗文化传媒有限公司
6	中间艺术区演艺新空间培育	北京中间印象文化发展有限公司
7	中国木偶艺术剧院木偶艺术体验基地	中国木偶艺术剧院股份有限公司
8	抓马艾克斯沉浸式剧场新空间培育	北京抓马艾克斯文化传媒有限公司
9	北京虞社演艺空间	北京虞社演艺有限公司
10	北京南锣剧场演艺空间	北京儿童艺术剧院股份有限公司
11	东方艺空间	北京东方新大陆文化艺术有限公司
12	繁星戏剧村	北京天艺同歌国际文化艺术有限公司
13	正乙祠戏楼	北方昆曲剧院
14	鼓楼西剧场	北京鼓楼西文化有限公司
15	爱乐汇艺术空间	爱乐汇空间艺术（北京）有限公司

本文将从演出场景、演艺内容和文化消费体验三个方面进行归纳总结，看这些脱颖而出的演艺新空间项目是如何做到助力中华优秀传统文化创造性转化、创新性发展，在守正创新中深受人民喜爱的。

一、发展现状与特点

（一）演出场景：增加文化遗址利用率，创新文物保护新方式

北京演艺新空间呈现出增加文化遗址、历史建筑的利用率的特点，实现效能大幅提升，助力优秀传统文化创造性转化、创新性发展，为传统文化插上现代双翼，吸引现代观众，聚拢人气，让更多文化元素融入城市生活。如依托四合院、会馆等文化遗址建立的正乙祠戏楼，其前身为银号会馆，是中国最古老、保存基本完好的纯木结构戏楼，被称作"中国戏楼活化石"，由北方昆曲剧院运营，北方昆曲剧院为正乙祠量身打造了与大剧

场不同的剧目，在"大戏看北京"和"会馆有戏"品牌的不断推动下，年轻人去古戏楼看戏成为新的审美情趣和生活方式，是物质文化遗产和非物质文化遗产的一次融合碰撞，激发出了新的火花，创新了文物保护利用方式。鼓楼西剧场和繁星戏剧村分别依托胡同和四合院升级改造而成，是集戏剧创作、小剧场演出、艺术展览、主题餐饮、咖啡酒吧、图书于一体的综合性文化艺术园区，让许多外地游客爱上北京胡同文化。

除此之外，许多新空间的建立是依托历史建筑，具有北京特色年代感的厂房、地标改建而来的。东方艺空间由中国东方演艺集团与中国华电集团合作共建，坐落于西城区天宁1号文化科技创新园区内，是由原北京第二热电厂仓库改建而成的。它的空间由一个300余座剧场以及"观宁阁""如画里"两个户外开放空间共同构成，集创作演出、艺术展陈、艺术普及教育、文化交流体验等功能于一体，营造艺术与自然交融的都市画境。虞社演艺空间则选择利用老工业建筑遗存进行改造，它曾经是万东医疗设备厂的老二车间，1000平方米的大场域，使其成为集商业、演艺文化于一体的复合型空间，每年还会在这里举办"棱镜戏剧节"等品牌活动。从演出场景来看，它们都利用了北京独特的文化地标，实现中华优秀传统文化创造性转化、创新性发展。

（二）演艺内容：根植优秀文化，创作艺术精品，沉浸式打造"小而美"演艺剧本

优秀的剧本是演艺剧目的灵魂所在，也决定了演艺作品的艺术高度和思想深度。新空间演艺内容的守正创新，主要体现在两个方面，一个是精神情感方面，真正传承传统文化内核，另一方面则是提升体验感与视觉刺激，强调沉浸式演艺。中华优秀传统文化中具有丰富的创作素材，是文艺工作者取之不尽的艺术宝库，新空间演艺在文学、戏剧等经典名著，甚至是文物的基础上将其改编为沉浸式演艺的剧本。《猫神在故宫》和《大真探赵赶鹅》都已完成了百场演出，是北京演艺新空间里较为成功的案

例。从内容上看,《猫神在故宫》是一部真正的"文物活化"的作品,它不仅会让文物活在观众的眼前,也会让文物真正活在观众心里。这是对故宫承载的中华优秀传统文化创造性转化和创新性发展的积极实践,它让文物"活"起来,让历史和文物"说话",让藏品"触手可及",让文化自信变得可知可感。从观演形式上看,《猫神在故宫》做到了创新性发展,它有别于传统镜框式舞台,打破了传统戏剧对演出场地的限制,走出封闭剧场,活化空间场景,将演出舞台与公共空间相融合,回归排练场戏剧表演形式,打造传统文化与城市文化互焕新生的新模式。抓马艾克斯出品制作的《大真探赵赶鹅》则把老北京的胡同文化搬上舞台,在它的演出现场,每个观众座椅上都有精心制作的"身份证",观众们都成了"南槐树胡同"的居民,被安插在不同环境当中,每个区域都能看到不同视角的近距离表演,还能参与其中进行各种互动。正乙祠则致敬传统表演程式,还原了传统戏曲戏台厅堂"沉浸式"演出体验,在坚持传统戏曲审美的基础上,也在舞台技术上加入了现代高科技手段丰富舞台声光效果,融入了现代化的声光电等具体技术。

(三)文化消费体验:打破业态边界,促进"文商旅"融合

北京演艺新空间通过沉浸式演出打破了演员与观众之间的距离感,也同时模糊了文化产品与其他业态的界限,逐渐成长为文商旅融合的线下消费新场景,让很多非遗、文化古迹之地再次吸引了年轻人的关注,引发消费热潮,做到了守正创新。中国木偶艺术剧院木偶艺术体验基地以非遗木偶戏为主要文化体验主题,是集教育、文化、娱乐、休闲于一体的综合性体验基地。该基地以非遗木偶戏为主,融合了演出、博物馆和工坊等元素,让儿童能够深度参与木偶文化的探索。正乙祠戏楼则为每个观众定制纯手工压制的银票,以及带有戏楼 logo 精致的卡片和信封,并且也会为前来表演的艺术家定制印章,促进观众消费。

从文化角度来看,北京演艺新空间是借助旅游的流量、规模和形态,

有效地保护和传承传统文化，同时在此基础上创造现代文化。历久弥新的中华优秀传统文化，在顺应时代发展中不断拓展表达方式，更加适应当下受众的文化需求、审美情趣和生活习惯，成为丰富人们生活的重要组成部分。

二、现存问题与应对方法

（一）北京演艺新空间分布不均匀，演出空间不足，剧场形态固化

15家入围的新空间项目中，西城区独占6家，朝阳区、东城区各4家，海淀区1家，北京市其他几个区的演艺空间资源仍旧非常匮乏。应当注意演艺新空间在北京各个区的分布，比如怀柔、密云、房山、通州等，而不仅仅限于东城和西城这种历史文化内涵丰富的地区，应该有效利用各个区的历史文化建筑，打开各个文化历史街区的城市空间。

（二）各个城区亟须规范化，形成统一的管理办法

演出行业的特殊性决定了新空间落地驻留时，对场地的规划性质、消防安全等方面的合规性非常挑剔，在创造性转化的同时也不能忘了规范化处理。北京的演艺新空间很多为历史文化建筑，这就要求我们在创新的同时，也要做好文化建筑的保护工作。同时，如何在保障观众安全的前提下，让市场释放出更多合规演出场所，需要多部门协商和探索。在北京市文化和旅游局指导下，2023年4月东城区试点为辖区内5家演艺新空间授牌。在该区多部门协同努力下，演艺新空间驻场演出的审批，从一般每个审批可演出时段为3个月，扩展为根据实际情况适当延长为6个月或12个月。8月15日，朝阳区也在网上公示了辖区内首批授牌的12家演艺新空间名单。西城区、通州区也在积极调研授牌辖区内演艺新空间的可能性。统一的规范管理办法需要包容的文化心态和发展的总体布局，众志成城，齐心协力，整合有效资源，形成联动机制。

演艺新空间体现着传统与现代、文化与创新、戏剧与生活的互动关系，紧紧围绕着人民的需求而展开，是中华优秀传统文化创造性转化、创新性发展的生动案例之一。我们应当重视起来，对其进行更规范、有效的管理，利用北京的区域空间和文化内涵，丰富演艺特色，打造独属于北京的文化品牌，让传统和艺术结合，让传统文化走入千家万户。

从剧场到院线：数字文艺作品创作及传播路径初探
——以中国国家话剧院戏剧电影《抗战中的文艺》为例

苏子航[*]

习近平总书记在党的二十大报告中指出，要"繁荣发展文化事业和文化产业"，"实施国家文化数字化战略"。2023年2月，中共中央、国务院印发《数字中国建设整体布局规划》，明确提出"推进文化数字化发展，深入实施国家文化数字化战略，建设国家文化大数据体系，形成中华文化数据库。提升数字文化服务能力，打造若干综合性数字文化展示平台，加快发展新型文化企业、文化业态、文化消费模式"。数字演艺产业作为数字经济与演艺产业、旅游产业等实体经济深度融合的新型文化业态、文化消费模式，是文化产业"扩大国内需求、深化供给侧结构性改革"，实现迭代升级，构建新发展格局，推动高质量发展的关键依托。

2020年，文化和旅游部提出"线下线上融合，演出演播并举"的"双演融合"发展思路，在线下演出的基础上，做线上演播的拓展，已成为文艺发展和演艺产业变革的重要方向。

党的十八大以来，我国数字经济快速发展，数字经济规模占国内生产总值比重提升到40%左右，连续多年稳居世界第二。随着5G时代的全面

---

[*] 苏子航：中国国家话剧院数字多媒体演艺中心（筹备）负责人。

来临，以大数据、人工智能、元宇宙、4K/8K、VR/XR 等为代表的新兴数字技术，正在切实地为文艺作品的创制、呈现和传播提供更加丰富、多元的可能性。在数字技术全面赋能文化产业的今天，线上演艺蓬勃发展、数字文艺作品应运而生。

一、数字文艺作品的概念及特点

数字文艺作品是一种以数字化技术为基础的文艺表现形式，它将数字技术与文艺创作融合在一起，形成一种全新的文艺表达方式。本文所论述的数字文艺作品，是指戏剧领域运用数字技术，从生产制作、舞台呈现、传播方式等各方面全面赋能传统戏剧，创作出的一种全新的戏剧演艺和传播形式。其既具备数字文艺作品的普遍特征，又有自身的特质。

笔者认为，数字文艺作品主要包含以下三个方面特征。

（一）在生产制作层面：数字技术打破时空限制

数字文艺作品创造性地使用影视化拍摄手段，生产适于线上传播的数字化产品，这种"戏剧+影视"的创制方式集合了传统戏剧和传统影视的核心优势，既原汁原味保留了戏剧作品的叙事特色，又通过4K/8K、VR/XR 和多机位、多角度的镜头变换，保障了戏剧作品能被全方位、多角度、高清晰度地记录和存留，以数字化的形式实现跨时间、跨地域的传播。数字文艺作品除了突破时空限制，也让艺术形式的转换变得更加灵活。

（二）在舞台呈现层面：以数字技术创新文艺表达

戏剧是一种舞台综合艺术，每一次的科技进步都促进了戏剧艺术的迭代升级。从机械科技革命时期的大幕、吊杆，到电力科技革命带来的场景营造，再到电子科技革命中舞台机械设备的全面使用……随着数字时代的到来，数字与戏剧的深度融合也为舞台艺术注入一股创新活力。数字技术对戏剧的持续赋能，也将为线上、线下观众带来截然不同的观演体验。

对于线下演出，越来越多的国有文艺院团、演艺机构、高校等开始尝试将虚拟现实、人工智能等新兴科技应用于戏剧作品中，让现场演出和数字表演深度融合，为线下观众创造颠覆性的观演体验。

对于线上演播，通过"5G+8K"传播、多机位实时拍摄等影视化手段，在高度还原现场的同时，更能纤毫毕现地展现戏剧演员的表演，让线上观众沉浸式感受话剧的魅力。

（三）在传播渠道层面：以线上传播为核心，实现更广泛的传播

数字文艺作品始终在探索如何在传统传播手段之外，积极开拓线上传播市场，以多渠道、多层面、多元化的宣发手段，保障数字文艺作品在线上、线下的持续传播和推广，让更多人了解戏剧、热爱戏剧、持续关注戏剧。

如今，线上演播已逐渐形成文艺演出市场中的新形势，而作为核心产品的数字文艺作品，也将在数字化浪潮下，逐渐形成百花齐放、全面开花的新局面。

二、数字文艺作品传播路径初探

疫情期间，各大文艺院团、机构、高校等纷纷试水线上演艺，借助"数字+文艺"的方式，为中国戏剧打开了一片崭新的发展空间，涌现出一批批优秀的数字文艺作品。中国戏剧是如何"另辟蹊径"，走出一条数字演艺发展新路径的？近年来，随着数字技术对舞台的高效赋能，中国国家话剧院（以下简称"国话"）在数字演艺创新方面积累了经验。笔者将以国话数字演艺的发展情况为例，进行深入探讨。

早在2017年，国话就首次使用8台摄像机进行"无线+有线"传输拍摄，采用及时拍摄、瞬时剪辑、现场投屏的科技手段，展现半电影化戏剧《狂飙》。

2021年4月，国话首部公安题材原创话剧《英雄时代》开机录制，历经2年打磨，2023年5月24日，国话首个线上演播品牌CNT现场正式推出，同时推出的还有CNT现场首部话剧数字产品《英雄时代》。5月26日，CNT现场首部数字文艺作品——《英雄时代》正式在爱奇艺云影院独家上线播出，首次尝试录播产品的付费点播。在35天付费点播过程中，会员点播定价6元，爱奇艺云影院独家播放权50万元。作品上线后，爱奇艺评分8.8分。上线爱奇艺云影院近两天，作品在热播榜排名第七位，飙升榜排名第四位。截至7月17日，平台总播放量已达455.45万次，订单总金额89万多元，成功夯实线上演播发展之路。

2021年6月，在庆祝中国共产党成立100周年大型文艺演出《伟大征程》中，田沁鑫导演全面实践"即时拍摄、瞬时剪辑、实时投屏"的"戏剧表演5G即时拍摄"技术，创造了数字演艺呈现的新路径，为在国家体育场演出的大型建党晚会《伟大征程》的视频呈现提供了思路，也为5G技术服务国家大事，做了一次重要创新与实践。

2021年9月，国内首家院场一体化的"5G先锋智慧剧场"建成，并以"咖啡厅内的剧场"为其定位，成为王府井地区的"网红打卡地"和"文化新地标"。剧场内预埋多机位高清拍摄线路，部署5G无线网络、前端拍摄机动操作平台，具备常态化输出云演播内容的基础条件。同时，借助5G的低时延技术，能为未来的线上观众提供跨地域的"同步、同屏话剧表演"。

2022年7月，国话首次尝试推出"5G+8K"单场直播话剧《铁流东进》，面向线上观众进行实时直播，累计观看量达65万次。推出的相关NFT数字藏品16000份，上线即售罄，初步探索线上演播新业态成功。

三、数字文艺作品赛道新探

从扎实的数据中我们发现，"数字""文化"的双向赋能，已激荡出强劲的发展力。在戏剧领域，"线上演播""双演融合"的赛道已趋常态，这也为数字戏剧化的未来发展提出更高的要求，即如何在持续开发线上演播市场的同时，探索出一片数字化的新蓝海。

2022年10月，国话推出文献话剧《抗战中的文艺》。该剧是国话首部文献话剧作品，同时也是国话首部付费演播作品和首部戏剧电影。《抗战中的文艺》以别具一格的视角聚焦1931—1945年怀揣报国之志的文艺名家们，在14年艰苦卓绝的抗战岁月中不断求索奋斗，最终在党的文艺方针的指引下，确立了以人民为中心的创作方向等一系列重大文化事项。作为国话首个数字文艺作品，该作从创排之初就确定了"线下演出、线上演播"的创作思路，创造性地运用"影像+舞台"的当代创作语汇，将装置影像艺术、影像艺术与话剧艺术深度结合，为观众打造出追溯抗战文艺精神风貌的一座"文献博物馆"。同时，《抗战中的文艺》创新采用了影视化的拍摄手法，以多机位、多角度的拍摄方式、"5G+4K／8K+AI"的数字技术，全方位地展现了科技与艺术结合的最新成果。

同年11月18日，《抗战中的文艺》首次试水国内戏剧产业线上全平台付费直播，将预先制作好的高质量《抗战中的文艺》演出影像，在央视网、新华网、咪咕、中国联通、沃视频、腾讯视频、优酷、爱奇艺、抖音、快手、视频号等进行全平台付费直播，票价19.9元，其中两场导赏直播获得超500万人次现场观看，正片直播全平台超40次同步直播，点击量破1000万。

2023年7月，中国国家话剧院与中国电影股份有限公司（以下简称"中影"）达成战略合作，决定聚合专业力量，共同推动话剧进入影院。同年12月，经过全面的影视化制作及音画4K修复，戏剧电影《抗战中的文艺》正式官宣发布，这部融合了电影与戏剧两种文化载体的作品，于2024年年初在全国十大城市的中影院线上映。

从剧场演出到线上演播，从线上演播到院线放映，在信息化、数字化的新时代背景下,《抗战中的文艺》一次次打破舞台边界,创新戏剧艺术表现形式,持续不断地为观众创造全新的观看体验,让舞台艺术能更好地走近观众、更广泛地产生影响。这种将戏剧艺术与数字科技、电影艺术紧密融合的方式,正在走出数字文艺作品传播的新路径、开辟数字文艺作品发展的新赛道。

如今,数字科技正在深刻地为舞台艺术注入创新驱力,但在审美场景和审美体验上,"数字"是一种手段,而"戏剧"仍为内核,任何新的技术都是在顺应戏剧"在场""实时""共情""沉浸式体验"等本质特征的基础上进行创新创意。笔者认为,在数字化的加持下,中国戏剧将以别开生面的艺术呈现、耳目一新的艺术表现、丰富多样的技术手段,创作更多契合时代精神和当代审美的文艺作品,多维度地呈现中国精神、讲好中国故事,繁荣文艺市场。

加强戏剧创作者的市场意识刻不容缓

袁丹璐[*]

习近平总书记强调:"一部好的作品,应该是经得起人民评价、专家评价、市场检验的作品,应该是把社会效益放在首位,同时也应该是社会效益和经济效益相统一的作品。""文艺不能当市场的奴隶,不要沾满了铜臭气。优秀的文艺作品,最好是既能在思想上、艺术上取得成功,又能在市场上受到欢迎。"任何一部文艺精品都应该在艺术创作上精益求精,同时经得起市场的检验。

如何让主题创作既产生良好的社会效益,又能经得起市场的检验,推动商业巡演和大面积的推广普及?除了在创作管理、规划、运营的阶段发力之外,作为创作主体的剧目创作者们也应具备较强的市场意识。

一、为什么创作者需要具备市场意识?

要谈论市场意识,先要弄清楚什么是市场性。一部戏剧作品的市场性从字面意思上来看就是其具备市场属性的多少。

2022年,我国演出行业协会正式发布《2021年全国演出市场报告》,报告数据表明,年轻消费者是舞台艺术表演的主要受众群体,主要集中

---

[*] 袁丹璐:北京市文联签约评论家,中国国家话剧院创作部副主任,副研究员。

于 18 岁到 39 岁，购票占比达到了 76%；女性消费者数量与男性相比要更多，占比达到了 66%。与此同时，连续三年的监测数据信息显示，"95 后"以及"00 后"和女性消费者在舞台艺术表演上的占比数量，正在呈现逐年增长的发展趋势。在各种类型的舞台艺术演出中，最受欢迎的是话剧，2021 年全年话剧的演出共计 1.61 万场，票房收入达到了 23.89 亿元。平均票价为 259 元，最为热门的话剧题材是红色和悬疑，最受欢迎的类型为艺术类。

戏剧在文化产品大类中属于相对小众的品类，其受众群体大部分集中在一、二线城市，部分较受欢迎且相对下沉的剧目才能触及三、四线城市的演出市场。通常一部戏具备较强的市场性，但未必能在市场上获得较高的收益。因为市场是个综合属性的产物，在哪个城市首演，运用了什么推广方式，都与一部戏在票房上的成败有直接关系。

现在我们还能在市场上见到的戏剧作品，从出发点来进行分类，一类是民营公司出品的商业戏剧，另一类是由政府、国有院团等出品的围绕主题创作展开的戏剧作品。

主题创作往往围绕重大时间节点、国计民生等选题展开，这类作品往往承载着一定的宣教功能。与商业戏剧的不同之处在于，商业戏剧是直面观众的，是根据观众的需求进行创作的，这类作品指向是票房，因而具有强烈的市场属性；但主题创作却恰恰相反，因其在选材、创作方式等方面有一定的限制，所以从起始目的上来说不是市场导向的。

近年来，主题创作大多趋向于大制作，所以从演出的角度来说演不起、演不动是常态。有些戏压根儿没进入观众的视野就已封箱，因而造成了严重的国有资产流失。从国家财政的投入上来说，主题创作是国家意识形态的主阵地，只有主题创作更多地在市场上占据一席之地，才能获得观众的认可，才能持续不断地演下去，最终达到主题创作的初衷。

二、如何加强创作者的市场意识？

很多人会认为只有剧目的策划、运营队伍才应该去考虑一部戏的演出票房以及之后的发展，忽略了剧目创作者在其中应该承担的责任和义务。不管剧目的运营人员如何未雨绸缪、提前谋划，剧目的主创才是奋斗在一线的主力军，主创对于剧目的认知很大程度上决定了该剧未来的走向。

（一）创作者和市场是一种共生关系

戏剧是一种舶来品，对于国内市场来说，不管是歌剧、舞剧、音乐剧、话剧，都不过百年历史，都是新兴的艺术品种。这些戏剧种类不但承担着在自己的门类中改革创新的责任使命，同时也需要在演出市场上开疆拓土，占据一席之地。这些戏剧种类的创作者们将自己的智慧结晶凝聚到作品之中，再由这些作品去面向市场，面向观众。最终，形成了创作者和市场的共生关系。

市场是一个捉摸不透的主体，一切市场行为和变化都可能共同造就一部作品的命运。创作者身在其中，以自身的变化应对市场的变化，以自身的发展促进市场的发展。说到底，创作者应对市场，增强市场意识的关键还在于自身的创新。

（二）创作者要突破窠臼，寻找创新模式

在当下的戏剧市场中，主题创作的比例虽已大幅增加，但依然有很多主题创作与市场是脱节的。只追求片面宏大，却严重脱离观众的需求，导致无论如何运营、使用多少明星，最终只能走向封箱的命运。其中有一个关键的问题浮出水面，那就是创作者的艺术创作未能与其对应的市场进行对位。创作者囿于主题创作思想意义、政治站位先行的考虑，没有将艺术层面的创新性、开拓性与主题意义相匹配，落入了窠臼之中，造成大制作千篇一律的问题，因而没有形成在市场上立足的基本条件。

2023年，中国国家话剧院与杭州话剧艺术中心创作演出的剧目《苏堤春晓》在中国戏剧节上首度亮相，作为本届戏剧节中唯一一部新创剧目，创造了当天开票即售罄的票房佳绩。为了满足更多观众的看戏需求，杭州演艺集团首次开放HGT现场——《苏堤春晓》互动剧场。将数字科技与戏剧艺术深度融合，让"第二现场"的观众也能同步沉浸式体验戏剧魅力。如此抢眼的票房成绩，中国国家话剧院院长田沁鑫以及主创团队功不可没。围绕宋韵文化和苏轼的主题创作，以苏东坡两次任职杭州为主线，编剧、导演田沁鑫生动诠释了何为中华优秀传统文化的创造性转化和创新性发展：将戏剧作品的可看性、舞台呈现的可变性、戏剧美学的流动性融为一体，创造性地用"跳进跳出"串联起不同时空维度的戏剧表达，创新展现传统文化在新时代文艺中的变化和探索。

2023年6月2日，中国国家话剧院线上演播品牌"CNT现场"作品《英雄时代》登陆爱奇艺云影院。本次线上演播单张票价6元，付费上线35天，总收入156万余元。作为公安题材的主题创作，《英雄时代》从创排初期就将线上演播、影视化拍摄等纳入考量之中，先通过线下演出积累良好的口碑，再借助影视拍摄的技术更迭、营销手段的多样化多重助推，实现了数字话剧作品在线上传播领域的突围。如果没有戏剧创作者对于市场多样性的把握和认知，就无法实现戏剧作品多渠道、多领域的营收和推广。

除了话剧作品之外，主题创作里票房成功的佼佼者——舞剧《只此青绿》的创作者们在面对传统文化的题材时，尝试打破时空的界限，在叙事上进行了突破和创新。按照常理来说，讲《千里江山图》的创作过程，那自然是围绕作者王希孟展开，戏剧时空自然而然将放置在北宋。但《只此青绿》的编导们却反其道而行之，他们将现代的叙事手段融入舞剧创作之中，将故宫研究员所代表的现代工匠的视角投射到王希孟构思《千里江山图》的创作历程之中，以点带面，构成了一幅横亘古今、跨越千年的传承画卷，让观众置身其间，心随画动，游历跌宕起伏的作画经历。创作者们用自身的革新精神引领了一种新的叙事美学，虽然存在一定的风险，但在市场上却异军突起，大获全胜。这便是创作者们用创新对市场的回应。

（三）避免出现创作者极端个人化的倾向

说完了创新，同时也要避免另一种情况的发生，那就是创作者将极端个人化的创作带入主题创作之中，因而造成观众接受度较低、曲高和寡的情况发生。这种创作虽然具备创新性，但是个人色彩强烈，除了动用创作者自身的号召力之外，很难在市场上获得普遍性认同，因而最终也只有封箱的命运。

主题创作往往是大制作，大制作就会指向名编剧、名导演、名演员，而他们之所以成名，都是因为他们有非常明确的风格和较高的艺术水平。在创作的阶段，很多剧目的制作方会激发他们的创作热情，鼓励他们发挥自己的独创性，但如果尺度把握不当，就会出现与观众脱节、孤芳自赏的情况。

所以，创作者和市场的共生关系，需要创作者维持一种和市场的平衡关系，既能突出创作者的风格和艺术品质，又能考虑受众和市场的接受度，这种平衡的拿捏是创作者在当下的戏剧创作中需要具备的素质。

这种平衡关系的基础和出发点是剧目的可看性。创作者们使尽浑身解数先将观众留在座位上，再进一步引导观众，激发观众重复观看的欲望。所以戏剧的门槛不能太高，风格化不宜过强，特别是意象不能过于抽象化，必须借助叙事来将抽象的产物具象化，这样才具备可看性的基础。

戏剧有了新意，有了让观众没见过的东西，也需要符合观众的审美取向，符合观众对共情的需求，根据观众的意见不断地修改打磨，这样才能做到常演常新。所以创作者不能不懂市场，而且必须掌握好跟市场的关系，这样才能达成一种互利共赢、繁荣发展的态势，助力戏剧作品在社会效益和经济效益上的双丰收。

歌剧翻译
——文化交流和传承的使者

郑 洵[*]

党的二十大报告明确提出要"坚持以人民为中心的创作导向，推出更多增强人民精神力量的优秀作品"，强调"坚持把社会效益放在首位，社会效益和经济效益相统一"。歌剧是音乐王国的一颗耀眼明珠，它起源于16世纪的意大利。在数百年的历史长河中，经由欧洲发源地传播至世界各国，得到不同文化的滋养和发展，至今已形成了融歌唱、文学、舞蹈于一体的综合性表演艺术。在历史长河中，歌剧艺术经历了长达400多年的发展，为人类艺术史书写了辉煌灿烂的篇章。

歌剧严格意义上属于戏剧门类，它综合复杂，融合了表演和舞台表现等多方面因素，其中语言是其艺术呈现的重要载体，歌剧演员需要具备很高的语言艺术素养。在全球化发展的今天，歌剧被推介到世界各国后面临本土化打造的问题。如何让西方经典歌剧这一阳春白雪的艺术揭开其神秘面纱，面向中国大众，同时让中国优秀歌剧走向国际舞台，其歌词译配起着至关重要的作用，同时也成为摆在翻译界的一道难题。歌剧翻译不同于其他翻译门类，由于译者受到多重限制，在翻译过程中犹如戴着镣铐跳舞，既要让原作品的内涵成功实现跨文化旅行，又需要不失其音乐表现

---

[*] 郑洵：福建师范大学协和学院副教授，一级翻译（副译审）。

力。因此，如何将歌剧成功地译配至本族语是近年世界翻译学界和音乐学界共同面临的重大课题。

歌剧翻译不仅应该考虑歌词翻译的准确性，更重要的是译者应该仔细考察歌剧表演的目标受众，知悉受众需求，并以此调整翻译策略。歌剧及其任何歌曲的翻译都应当以此为准绳，即翻译不应只考虑不同语言文本间连贯和匹配，而且应该将译文置于目的语境中考察翻译的充分性、准确性及有效性。

歌剧歌唱家的演唱本身就是对作曲家作品的二度诠释和创作，歌剧翻译相比演唱，更是超越了时间和空间，译者将不同文化中的精髓植入作曲家的既定原作品中，让原作的精髓在译入语环境中得到不断丰富和发展。通过不同语言的翻译，歌剧这一阳春白雪的小众艺术穿越国度，穿行于异域文化空间，得到不同国度文化滋养，使其自身由局部文化升级转变成全人类得以欣赏的精神文化财富，译者在其中起到了不可替代的作用。

歌剧具有大量音乐层面的隐喻，与源语言及特有的文化间存在千丝万缕的联系，构成特有的音乐与文化惯习。上述因素会在很大程度上加大歌剧翻译的困难，决定唱词是否可译。因此在翻译成不同语言的过程中，译者势必要对其进行改译以符合音符、韵律、乐句结构和文化特点。

18—19世纪的欧洲出现了大量译配成不同本国语言的歌剧作品，欧洲各国歌剧也出现了相互改编成各自语言在各自国家进行演唱的先例。然而歌剧翻译的发展过程并非一蹴而就，即便在欧洲这样一体化程度高的地方，歌剧翻译得到普及也经历了时间的考验。

以英国为例，从17世纪初歌剧以意大利语作为通用语言到18世纪在一些作品制作中出现了宣叙调用译入语，而咏叹调则用源语言演唱的双语时期，再到19世纪后完全用译入语来演唱歌剧的快速发展期。歌剧的发展也受到时代的巨大影响，二战后由于美国在经济文化教育等多领域不断发展，英语国际地位迅速上升。英国紧随其后，在文化上重整旗鼓，重建皇家歌剧院，接轨国际惯例，用源语言演唱所有歌剧作品。为了保持英语演唱的民族特色，英国国家歌剧院于1974年应运而生，承接了皇家歌剧院先前的所有剧目用英语演出的惯例。两所剧院各具特色，相得益彰。此时的欧洲大陆歌剧翻译事业欣欣向荣，多国均大范围使用母语演唱外国歌剧，积累了大量的歌剧翻译实践。在21世纪后，歌剧在国外走下了严肃音乐的神坛，其演出理念相应发生巨变。歌剧从精英人群的专属成了大众雅俗共赏的娱乐品，剧作家创作出许多轻松俏皮的轻歌剧、喜歌剧作品，将歌剧进行大量的改编翻译以符合外国观众的口味。歌剧欣赏和演出逐渐从他者文化过渡到全球文化，经典歌剧经过时间的沉淀，穿越时空，在不同语言的国度中得到发展和交融。

由于欧洲语言在历史上有着同源性和地域性，差异较小，所以在克服音律词句方面的障碍也相应较小，歌剧翻译的难度较之翻译成汉语来说相应较小。汉语与歌剧表演的主要语言分属不同语系，植根于异域文化的歌剧在引入中国的半个多世纪时间里走过了漫长而曲折的道路。

由于翻译和歌剧表演分属外国语言文学和艺术学两门不同的一级学科，翻译界和艺术界长期以来存在"两张皮"现象，专家难以群策群力，加上歌剧翻译需要同时精通外语、中文、韵律和音乐的专门人才，许多人只能望而却步，因此半个世纪以来歌剧翻译从业者凤毛麟角，歌剧翻译仍然难以形成一套成熟的理论指导其实践。然而歌剧翻译重要性不言而喻，一部外国歌剧作品一旦在国内得到成功译介，便能帮助中国大众扫清语言障碍，同时借助现代发达的传媒环境加以普及，彰显文化价值。通过科学分析作品的曲式结构和内涵，译者既成功诠释了其主体性，也帮助了歌唱家完成了作品的跨文化旅行。作品既与本土文化产生了互动和交融，又在跨文化旅行中得到了异质文化的检验和提升，促生了一部作品中多样文化共存的良好形态，助推世界音乐文学和多元文化发展，是多元文化融合的有益尝试。

可喜的是，著名指挥家郑小瑛教授从 2011 年开始在厦门推出中文版歌剧《茶花女》《帕老爷的婚事》，受到了当地观众的热烈欢迎。近两年她又在福建大剧院推出中文版经典歌剧《茶花女》《快乐寡妇》《弄臣》，并通过微博视频号、抖音等多平台直播，吸引了近 700 万在线观众观看，引起强烈共鸣，好评如潮。

多年来，她一直呼吁国内歌剧应当不忘为大众服务的"初心"，保留优秀中文版本，使其"洋为中用"。她坚信"阳春白雪、和者日众"。歌剧用观众母语演唱可以大大拉近演员与观众间的距离，歌剧翻译家应该在遵循翻译原则的基础上综合考虑译文的文学性与音乐性，提高歌剧的美学价值，打造本土化西洋歌剧，洋为中用，使其成为中华民族艺术的一部分。

近年来，国内陆续推出了以《紫藤花》《西施》《松毛岭之恋》《鸾峰桥》《与妻书》等作品为代表的一系列本土优秀歌剧，如何使本土作品跨越语言障碍，走上国际舞台也是当前需要解决的问题。尽管音乐与翻译学术界对于歌剧是否可译尚存争论，但国内外学者仍然对歌剧翻译做出了许多大胆且有益的尝试，通过制作歌剧字幕向国外推介中国歌剧便是其一。然而在歌剧翻译字幕制作问题上，歌剧字幕翻译与一般电影字幕翻译的制作有着很大差别。歌剧字幕的翻译存在空间、时间、语言三大制约，字幕制作中需要考虑到原曲的曲式形态、节奏与律动，而非字对字翻译。它为观众呈现的应当是一个总体效果，帮助观众理解字幕的含义和歌剧内涵，而非成为观众欣赏作品的绊脚石，分散观众注意力，将所有精力集中于理解歌词，而忽略对乐曲的整体把握和欣赏。因此，在歌剧字幕翻译的过程中，更重要的是从宏观高度把握乐章精髓，顺应作曲家曲式形态创作翻译，让音乐节奏、文本、舞台表演融为一体，为观众扫除语言障碍，跨越文化鸿沟，提供美的享受。

随着中国在国际舞台的影响力与日俱增，中国在引进世界经典文化的同时也越来越重视文化走出国门。歌剧是全人类的艺术，使西洋歌剧洋为中用的同时让更多中国歌剧迈出国门、走向世界，完善歌剧翻译理论的同时传播中国文化，传递中国声音，讲好中国故事，打造音乐文学艺术的共同体。

（原载《福建日报》2023年10月17日，有修改）

新时代文艺创作与批评的人民性

何 亮[*] 王洪斌[**]

在马克思主义艺术理论体系中,人民性是一个核心范畴,是马克思主义艺术理论关于阶级社会艺术的根本原则和本质属性的基本观点之一。针对当前我国文艺界出现的一系列新情况、新问题,习近平总书记关于文艺工作的重要论述为新时代文艺创作与批评指明了方向,是对马克思主义文艺理论的继承与创新,具有重要的理论和实践价值。

一、新时代文艺创作与批评的人民性所面临的问题

新中国成立后,马克思主义文艺不断与中国实际相结合,文艺的人民性不断得到倡导。但随着市场经济的深化和全球化的加速,解构主义、后现代主义、消费主义等各种文艺思潮涌现,文艺创作与批评的人民性面临一些新问题。

一是过于强调文艺的艺术性,忽视了文艺的人民性。从20世纪80年代以来,文艺工作者在"更新文艺观念""追求文艺个性"等方面取得了共识,对艺术语言和审美规律的关注,对艺术形式的探索压过了文艺主题的选择,求新求变成为时代主旋律。一方面,其解放了人的思想束缚,促

---

[*] 何亮:江西省萍乡市湘东区文化馆干事。
[**] 王洪斌:湖南科技大学硕士研究生导师、教授。

进了中国文艺的多元化，开阔了文艺的新视野，促进了艺术性的张扬；但另一方面，文艺工作者有意无意地忽视了文艺的人民性，将艺术性与人民性置于不对称的地位。

二是过于看重文艺的经济效益，忽视了文艺的社会效益。在市场经济条件下，部分文艺工作者将市场价格、上座率、票房看作文艺评价的唯一标准，甚至个别文艺工作者为了博取观众眼球，不择手段炒作，造成市场制导消费的现象。经济利益至上，文艺失去了应有的思想力量和文化责任，难以给人以心灵的启迪和精神的享受，也误导、降低了人民群众的审美鉴赏力和判断力。

三是片面追求文艺的国际化，忽视了对中华优秀传统文艺的传承。改革开放以来，国外文艺思潮风起云涌，从后现代主义、新表现主义等先锋艺术到新媒材的实验与运用，从图像学、艺术人类学到符号学等研究范式与书写范式转向，拓宽了文艺工作者的思路、视野，推动了文艺的发展。但文艺创作不能以引进、移植代替自我建设，否则，文艺工作总是处于被动地追逐国外文艺潮流的窘境之中，既无法把握世界文艺发展的脉搏，更无法引领文艺潮流。

四是过度依赖互联网文艺资讯，忽视了扎根人民、扎根生活的实践活动。信息社会，秀才不出门便知天下事，获得一手素材似乎"触网"可及，致使部分文艺工作者即使有采风活动，也流于形式、走马观花，导致创作的文艺作品脱离群众、不接地气。

二、新时代文艺创作与批评中人民性的渊源

新时代文艺的人民性发端于马克思主义文艺的人民性。中国共产党人历来重视文艺的人民性。早在马克思、恩格斯那里，他们在艺术批评实践中成功运用了人民性这一批评标准。20世纪30年代，左翼文艺批评家就提出了文艺大众化和通俗化问题，如瞿秋白提出的革命大众文艺。在文艺

的人民性这一问题上，毛泽东进行了较为深入的论述，认为文学艺术基本上是一个为群众的问题和如何为群众的问题。改革开放后，马克思主义文艺不断与中国现代化建设的伟大实践相结合，文艺的人民性继续得到倡导。新的历史时期，针对文艺中存在的新情况、新问题，习近平总书记发表了一系列关于文艺的重要论述，强调文艺必须坚持以人民为中心的创作导向。

新时代文艺的人民性植根于中国传统文艺作品中的平民性。传统文艺注重追求士气、逸品、崇尚品藻，借文艺以抒发性灵或个人抱负，但由于受传统"民本思想"和"为生民立命"学术追求的影响，很多文艺作品及品鉴充满了对人民命运的悲悯、对人民悲欢的关切。如《诗经》中反映农夫艰辛劳作的《七月》及"扬州八怪"的作品中出现了大量表现下层人民生活的作品。

新时代文艺的人民性得益于"文艺革命""革命文艺"倡导为人生而文艺，强化文艺的责任与使命。20世纪初的中国先后出现了文学革命、美术革命、诗界革命等，启蒙文艺的价值尺度为中国现代文艺的人民性开了先河。新文化运动后，中国文艺界展开了关于"为艺术而艺术"还是"为人生（社会）而艺术"的大辩论。这场讨论强化文艺反映现实生活，认识到文艺所具有的社会功能、文艺家的责任与使命。如1927年，林风眠组织发起的北京艺术大会，力图使艺术走向大众，从而影响民众、教育民众。20世纪30年代，抗战全面爆发，在民族存亡的危急关头，文艺家以手中之笔为武器，唤醒民众，凝聚民心。新中国成立后，在现实主义文艺的推动下，文艺家深入生活，描绘国家建设的巨大成就，讴歌了劳动人民的伟大形象，社会主义的理想，人民艰苦奋斗的激情，表达了对国家未来的美好期许和对民族命运的热情关怀。

三、新时代文艺创作与批评中人民性的内容

描绘人民生活是文艺人民性的主要内容。人民是推动历史前进的决定

力量，亿万人民生活中的点点滴滴汇聚成了历史的沧桑变化。新中国成立后，人民首次成为国家主人，从此，民族、国家的命运与人民的理想和追求密切联系起来。党的十八大以来，习近平总书记站在全面建成小康社会、实现中华民族伟大复兴中国梦的战略高度，把脱贫攻坚摆到治国理政的突出位置，提出一系列新思想新观点，做出一系列决策部署，其中精准扶贫是实现共同富裕的重要思想与决策。湖南是精准扶贫的首倡之地，文艺家围绕脱贫攻坚，创作了一系列的主题文艺作品。如大型史诗歌舞剧《大地颂歌》于2020年11月在北京大剧院演出，该剧以湘西十八洞村为原型，从多个维度全面反映了湖南精准扶贫的历史进程和伟大实践，呈现了一幅波澜壮阔的脱贫攻坚画卷。

塑造人民形象是文艺作品以人民为中心的标志。歌舞剧《大地颂歌》中每一个重要人物和事件都能找到原型，在此基础上塑造出典型人物，如塑造了十八洞村青年龙先兰如何从一个家庭困难、不思进取的"懒汉"形象，在精准扶贫工作队的帮助下，转变成一个精神面貌焕然一新脱贫致富的能手形象。同样，在王奋英的《暖心——十八洞村贫困户精准识别公示会》展现了十八洞村扶贫工作最核心的环节——"精准识别公示会"——现场，这是一幕新时代村干部、扶贫工作队长与村民一起凝心聚力、发扬民主、帮扶贫困户的"暖心"画面。

表达人民情感是文艺作品以人民为中心的关键。习近平总书记指出："人民不是抽象的符号，而是一个一个具体的人，有血有肉，有情感，有爱恨，有梦想，也有内心的冲突和挣扎。"这要求文艺工作者深入群众、深入生活，拆除心的围墙，感受人民的生活实际，带着情感进行创作，用现实主义精神和浪漫主义情怀观照现实生活。不仅要求人物与事件要真实，而且更为重要的是，文艺创作者要带着情感去创作。在采风的过程中，文艺创作者往往自己首先被精准扶贫中的事迹感动，在作品中充分体现、表达人民真挚的情感，才能打动观众。

四、人民性成为新时代文艺创作与批评的重要标准

人民是文艺服务的对象。文艺接受与消费在其现实性上是文艺活动的完成，在潜在意义上又同时是整个文艺活动在观念与动机上的起点。"隐含读者"既是隐含的，又是现实的，文艺工作者在决定作品选题、风格、语言等时，必须考虑文艺作品将被哪一阶层、群体接受以及他们的接受能力和接受水平，从而做到使作品喜闻乐见。新时代，随着我国社会主要矛盾的转化，美好生活的需要包含了更高的审美趣味、多元的审美追求，形式单一、内容陈旧的文艺作品无法满足人民更高的需求。

人民是文艺审美的鉴赏家和评判者。阶级社会，美术品评、品鉴几乎与人民无涉，人文士大夫、官员掌握着文艺品鉴的话语权，文艺创作者也很少考虑人民大众的审美需求和审美态度，导致人民成为文艺审美的域外人。社会主义文艺取材于人民，由人民创造，为人民共享。从中外文艺发展历史、经验来看，那些流传千百年的优秀文艺作品，无一不是人民群众中脍炙人口的作品，而那些为人民群众所否定、所批判、所抛弃的文艺作品又无一不湮没在历史长河之中。在文艺评论方面，恩格斯较早提出了"美学的、历史的"标准，毛泽东提出了"政治的、艺术的"标准。新时代，习近平总书记提出"人民的、历史的、艺术的、美学的"标准作为评价文艺作品的新标准，是对马克思主义文艺理论批评观的新发展，具有重要的理论价值和意义。《大地颂歌》深受人民喜爱并打动人民大众，不仅在于其具有现实穿透力的思想主题，引人入胜的故事情节，还在于它融合了戏剧、音乐、舞蹈多种艺术形式，特别是电视艺术与多媒体、高科技声光电的应用，具有很强的美学品格和美学特色，是无愧于新时代的优秀作品。

符号互动论视角下新媒体舞蹈出圈现象的理论解读

叶 笛[*] 杨婧祎[**]

习近平总书记就宣传思想文化工作做出重要指示，强调要"着力赓续中华文脉、推动中华优秀传统文化创造性转化和创新性发展"。新媒体舞蹈的"出圈"现象正是对中华传统文化创造性转化与创新性发展的重要体现。通过巧妙融合新兴技术与传统文化元素，新媒体舞蹈丰富了舞蹈艺术的表现形式、赋予传统文化以时代内涵，既传承了中华文化的经典，又使之焕发新的生命力。本文尝试在已有研究基础上进一步聚焦和深化，借助符号互动论的理论框架研究新媒体舞蹈出圈现象背后的文化传播的本质。

一、新媒体舞蹈出圈的符号互动论意义生成

在符号互动论视角下，新媒体舞蹈是具有特殊意义和内涵的"文化符号系统"，其出圈现象的本质是不同群体之间围绕舞蹈作品包含的文化符号有机互动最终完成符号意义的生成、更新与共享的过程。新媒体舞蹈有效借助多媒体媒介，聚合多源异构符号，充分激发受众的立体感知觉，实现了文化符号在复数意义上的全景输出。在此基础之上，借助主客互易的

---

[*] 叶笛：南京艺术学院舞蹈学院舞蹈学系主任、教授、硕士研究生导师。
[**] 杨婧祎：南京艺术学院研究生。

互动情境建构，新媒体舞蹈得以实现超越时空约束的高频率、高黏性的与不同受众的文化互动，并在此过程中完成文化符号系统蕴含意义的生成、更新与共享。最终，新媒体舞蹈还借助互动情境的无限延展进一步强化符号传播的"长尾效应"，为文化身份认同巩固提供有力支撑。新媒体舞蹈出圈现象的符号互动论理论解读对当代中国新媒体舞蹈发展具有重要指导意义。

二、新媒体舞蹈互动符号的全景输出

符号互动论强调人们通过赋予符号以意义来推进彼此的交流和理解。新媒体舞蹈节目可以被视作具有特殊意义和内涵的"文化符号"，是中华民族独特文化的历史赓续与时代凝练。在传播过程中，新媒体舞蹈节目有效借助多模态媒介聚合多源异构符号，以多视角、多维度、多变化的转换替代传统单一直线的画面，充分激发受众的立体感知觉，实现以"科技+文化""传统+现代""舞蹈+戏剧"为代表的文化符号全景输出——由单数意义的文化符号转变为复数意义的文化符号系统。

其一，"镜框式的二维舞台"转为"虚拟式三维舞台"的全景符号输出。传统舞台通常采用"镜框式的二维舞台"的形式，将表演空间限定在幕布之后。这种新型舞台可以无缝切换虚拟和现实时空，不仅为观众提供更丰富和沉浸式的艺术体验，还能在文化传播中传递更积极和生动的信息。如舞蹈《龙门金刚》，通过龙门石窟的360度实景摄影、增强现实（AR）技术、飞天乐伎和龙门金刚的舞蹈，强化了舞蹈与历史文化、虚拟与现实的深度融合和探索。很多新媒体舞蹈还综合运用虚拟现实（VR）、增强现实（AR）、混合现实（MR）、扩展现实（XR）等重构舞台艺术演出场景的前沿技术，对虚拟场景、自然景观或者人文景点进行"元宇宙式的迭代"。在此过程中，技术赋能不再被简单化为传统舞蹈呈现的补充，而是将技术营造的虚实相生的舞台"景观"有机嵌入舞蹈叙事的全领域、全过程、全场景，营造传统虚拟式三维舞台所不具备的"超越现实现象"的虚拟沉浸，使得新媒体舞蹈符号的全景式输出达到更新尺度与更大量级。

其二，观众与"虚拟式三维舞台"的联动全景符号互动输出。符号互动论认为事件及情境的关系，以及有机体及其环境关系，与它们之间的相互依赖一起，将我们引向了相对性问题，引向了使这种关系出现在经验中的那些视角[1]，心智的初生活动根据客观或主观的有机体环境联系进行了转变。如河南卫视"中国节日"系列舞蹈节目以符号化的形式，构建了一个民族共同回忆的场域空间，结合当下复兴传统文化的时代浪潮，唤起了国人的文化共振，从而实现了观众与"虚拟式三维舞台"的联动全景符号互动输出。观众与新生的"虚拟式三维舞台"进行了同频的文化互动，体现了符号所具备的价值性、民族性、凝聚性、形象传播性。

三、新媒体舞蹈互动角色的主客互易

符号互动论的视角下，传统的舞蹈文化传播模式在舞蹈文化符号的意义赋予方面存在一定的限制，因为其主体和客体的角色往往是固定的。然而，新媒体舞蹈中的实时弹幕和评论所创造的全景符号输出可视为一种新的文化符号体系的建构。在这一新体系中，符号意义的产生和分享更加依赖于互动情境的建立和优化。

其一，主客互易重塑作品"新"样式。新媒体技术弹幕的出现，开启了实时互动，颠覆了传授关系，消除了评论时间滞后，消解了传统作品与

---

[1] 参见南开大学周恩来政府管理学院学术论丛编委会编《南开大学周恩来政府管理学院学术论丛 2006—2007》，南开政治学评论出版社 2007 年版，第 15 页。

观众的鸿沟。传统的舞台舞蹈观众为单一受众群体，为符号的被动接受者（被传播者/观看者）。而在新媒体舞蹈创造的实时互动环境中，观众可以通过弹幕、评论、转发、二次剪辑等行为，进行一种多维度的互动方式。观众通过实时参与实现主客体互易，从而塑造了在新媒体舞蹈艺术认知中的"主人翁意识"。如《唐宫夜宴》中，最频繁出现的弹幕词汇不再是过去的"美"，而是"朕"。这种观众戏言中的"朕"反映了新媒体时代下观众的新互动方式，佐证了主客互易的关系，加强了符号互通意义的构建。

其二，主客互易深化的群体认同。观众的"扮演"有意识或无意识地影响了其他更多的观众，个体会通过与他人的互动而重新认识自我，并调整自己的行为。符号互动论观点认为"完整的自我"既是"主我"又是"客我"[①]在新媒体舞蹈支持下的主客互动过程中，受众通过对符号的理解，来确定这个新媒体舞蹈对于他们相互间的意义，某个新媒体的传播者也通过其他众多的传播者来确定对新媒体舞蹈符号的理解意义，这个传播过程便是激发新媒体舞蹈文化符号意义的过程。运用主客互易的方式使得受众群体更好地理解与输出，用更立体、更在场的表现形式激发出更好的传播意义。

四、新媒体舞蹈互动情境的无限延展

借助主客互易互动情境的建构，受众得以迅速围绕文化符号形成建构文化身份内核的意愿。新媒体舞蹈节目的互动情境无限延展进一步强化符号传播的"长尾效应"，为跨群体文化身份认同巩固提供有力支撑。

其一，跳转链接互动中的无限延伸。这种跳转链接通常源自评论区的

---

① 米德：《心灵、自我与社会》，赵月琴译，上海译文出版社2005年版，第450页。

超链接设置、弹幕的相互知识科普以及相关搜索页面的整体推送。符号互动论中认为对于意义和符号的解读必须深入具体情境中。譬如《龙门金刚》的评论区有"卢舍那大佛"的超链接设置，点击关键词即可跳转至科普搜索页，这种跳转链接无限延伸的实质是以多样化的知识形态为观众理解舞蹈作品提供广阔的情境。在此过程中，舞蹈节目的文化符号意义被不断建构、重构、再建构、再重构，由此产生的巨大符号互动体系得以将文化信息传播做到了极为广泛的程度。

其二，多媒体、多平台互动的无限延展。新媒体舞蹈的出圈得益于更多媒体平台，包括抖音、微信小视频、快手、微博等碎片化视频的传播。这些视频内容不仅在多个平台上传播，还经常被观众进行再次加工，如鬼畜短视频和模仿短视频。舞蹈视频通常以模仿和翻跳的方式多次传播，在不断叠加的新媒体环境下，逐渐形成新的意义符号。新媒体舞蹈打破了实体情境的限制条件，时时刻刻、任何平台都可以"被"接收到已经"出圈"的短视频，这种更广泛的传播方式显著扩展了互动情境的范围，不再受限于地点、时间和场合，在更广泛的互动情境中不断加深解构互动的意义，通过持续互动促使新的符号意义和解读不断涌现。新媒体舞蹈传播从"丽人行"的转身到"唐宫夜宴"的两腮含纸，再到"青绿腰"的效仿，都是以一种新的传播方式进入观众视野的例证。

其三，互动生成审视下的创作延展。这种创作延伸打破传统艺术活动中的过程，延展艺术生产主体的创造活动、艺术作品的创作过程、艺术作品的被接受程度。新媒体舞蹈互动机制下突破了反应和"期待批判"的时间、空间，"弹幕"和"评论"的功能决定了作品和反应同时诞生，新媒体舞蹈作品可以经由一个观众多次反复的反应批判，由众多的观众和反复的反应批判构成新媒体舞蹈互动情景的无限延展。

随着科技的不断发展，舞蹈的传播方式正在历经革新，传统的剧场舞蹈、舞台舞蹈正在逐渐演变为更多元、更贴近人民群众生活的传播方式。

这一变化并不意味着新型传播方式要取代传统方式，而是提醒我们需要以更全面和辩证的方式来看待舞蹈文化的传播。传统舞蹈文化传播通常以宏观视角为主，侧重于聚焦宏大叙事上研究舞蹈的互动和传播。然而，舞蹈的创作实质上是众多个体，如舞者、编导、观众等自我创造的一种过程。社会和个体、个体和个体之间的互动交流会深化舞蹈对于自身和表达方式的反应，从而赋予舞蹈在这一过程中更多新的意义。因此，我们需要关注在科技赋能下的新媒体舞蹈创作，更应注重舞蹈艺术创作的本体规律，注重弘扬中华优秀传统文化，注重作品精神内涵和情感联系，从而实现创新与传统、形式与内容的高质量结合。

（原载《北京舞蹈学院学报》2023年第6期）

了解"圈群"互动
做好新媒体平台文艺评论工作

张紫薇[*]

随着互联网的蓬勃发展,文艺评论的平台不再单一。我们很容易看到,所谓"评论",可以即时出现在作品的评论区、弹幕区,比起传统媒体上的评论写作,它更精练、更即兴、更具体、更直接,也更碎片化,而更重要的特征在于,它具有十分突出的互动性。这些新媒体平台上的作品点评、点赞或吐槽,或许显得不够专业,但依然有着文艺评论的很多特征和批评的功能属性,同时也对专业的文艺评论构成了直接的影响,甚至具有一定的挑战性。

首先,在新媒体平台上的文艺评论具有即时性。用户喜欢以文字表达随感、获取情感共鸣,也以更多样的方式真实亮明自己的态度,试图引起更快的反馈。学者李明泉认为,他们通过收藏、打赏或推荐等方式来帮助新文艺创作者获取流量,或借助微信、微博等平台,即时评论、即时上传、即时传播,主动大量转发扩散评论观点或金句;或在评论区提出质疑,或直接在平台上以反对甚至拉黑等方式来表明自己的态度。相比较而言,以往的专业评论,因为强调理论的支撑而显得更具有专业性,也因为强调在同类作品脉络谱系中的比较价值而显得更具普遍的建设性,但这样

---

[*] 张紫薇:中国艺术研究院期刊管理处干部。

的一篇评论文字从写作到发表，一方面过程偏长，往往热门热点已然时过境迁，另一方面受众有限，往往不能传达到同一的关注群体，从而减弱了针对性，致使效用降低，显得水土不服、目的缺失。

其次，在新媒体平台上的文艺评论更具体、精练。受平台字数的限制，逻辑层次丰富的长篇大论不利于及时阅读并快速传播，实际上用户更乐于接受简单易懂的点评。问题在于，在紧随当下热点、对作品进行评论时，评论者往往既要斟酌用词、谨慎落笔，又要在短时间内以精练的文字直截了当地陈说己见，既要速度又要不失深度，既要专注于"点"又要兼顾现象，颇有难度。

在新媒体平台上的文艺评论的显著特征是其互动性。每个平台上的在线用户，既是作品观赏者，也是评论参与者，可以与作品创作者进行实时的互动交流。用户会自发地因为观点相同或相近聚集在一起，形成"同好圈群"。在圈群内，评论观点能够充分交流，并且产生交互影响；同时，大家认同的"意见领袖"的观点也会影响圈中其他人的判断。

需要引起重视的是，新媒体的互动性是把双刃剑。互动带来的讨论度与阅读量是巨大的，与评论区的互动交流已经成为新媒体平台运营中不可或缺的内容。一句或有争议的评论，能够引发网友们成百上千条的讨论与转发。新媒体平台的创作者更注重商业利益与市场，已经拥有了具有黏性的粉丝圈群，更会在一次次的舆论热点中圈粉固粉。许多新媒体账号运营的评价以阅读量为指标，为了阅读量，一些用户利用"标题党""狂欢节式评论"制造反转炒作，甚至"吃人血馒头"，虽然收获了流量，却丧失了客观性与道德。这里尤其要注意的是，互动对未成年人用户同样有着不可忽略的影响。还有一些"金V"用户与作品宣传方达成某种协议，付费宣传或发布付费差评，这种所谓"权威用户"发布的带有金钱交易性质的评论无疑会在一定程度上影响受众的评价。

深入了解一个新媒体平台，需要了解其运营策略、受众的喜好倾向、内容的表达方式等方面。我们应该鼓励专业的文艺评论者放下身段，主动进入网络评论平台的现场，尽管这是有相当难度的。事实上，有些评论家曾经试图按照他们所理解的方式去"接地气"，却遭到网友们出奇一致的反对与批评。而不少所谓的"意见领袖"，喜欢用"若批评不自由，则赞美无意义"充当自己狂欢节式评论的挡箭牌，不顾这些批评产生的不良影响，而真正具有推进作用的专业文艺批评则少之又少。这种错位现象并非罕见。在我看来，专业评论工作者要适应新的媒介形态，要在花费时间熟悉新媒体平台的前提下理性进入，更要下沉到用户圈群中，了解他们的表达方式，了解大多数网友即便是在插科打诨中也仍然保有的底线原则。只有学习新方法，才能运用新方法。

以微博为例，个人注册的账号发表文艺评论，往往得不到平台的推送，局限于平台算法，很难进入大众视野，往往只在特定用户群中传播。在众多文艺评论中，受众支持率高的仍为有见地、观点鲜明而公允的专业评论，但对专业人士的认证则需要一定的门槛。"金V"是微博各领域较有影响力的认证用户，"金V"用户的文艺评论往往更能够影响关注他们的用户对作品的评价。从普通用户到"金V"用户，有阅读量与粉丝数的要求，并以30天为周期计算。如果是从零起步开始经营一个微博账号，需要投入许多精力甚至金钱，但结果可能还是得不到阅读量的回报。

除了"金V"认证，用户可以添加自己的真实信息，将账号与真实身份公开绑定，经过这样认证的用户，就可以在一定程度上固定其在某领域内的权威性，甚至影响其他用户对同领域专业人士的看法。用户一旦认证了真实身份，任何发言都会关联到真实身份，而越是拥有浏览量的"金V"越容易遭到网络暴力或是私信轰炸。同时，围绕"金V"用户产生的圈群存在观点对立现象，"金V"用户也往往在圈群争论中被翻旧账，其曾经发过的博文容易被当作争论的论据。"金V"用户也可能会被催就舆论热点事件进行表态，而一旦权威或专业性的评论出现错误，新媒体平台上追随者的信任就会出现裂隙和滑坡，而攻击者会截图评论转发进行攻击，以消解其评论的权威属性。一些知名大 V 都提到过因为运营新媒体账号而承受来自网络与现实的双重心理压力。

个人用户发出不同声音后，会被反对者用各种方式利用平台规则加以攻击，这样，反对的声音被消减甚至被转移话题。即使是权威用户，其他用户也可以根据自己的喜好选择拉黑或者屏蔽。学者阎国华、韩硕认为，自发聚合的网络圈群不仅隐蔽地表征了相似个体的价值判断逻辑和意识形态倾向，还会在圈群中心的牵引下逐渐强化相似性相对于价值认同的主导性意义。这就意味着，网络圈群对文艺评论引导大众审美、提升创作质量等功能造成了一定的影响。

微博作为运营十多年的新媒体平台，已经有许多具有影响力的用户占据了文艺评论的生态位，其中也有部分非专业的"意见领袖"发布的评论能够得到大量粉丝的认同与共鸣。相对而言，做出专业文艺评论的"金 V"用户，其阅读量和粉丝数都不占优势。

面对新情况，新媒体平台的文艺评论如何在这些"意见领袖"中争得一席之地？

评论工作者要主动适应和参与。依据中央宣传部、文化和旅游部、国家广播电视总局、中国文联、中国作协等五部门联合印发的《关于加强新时代文艺评论工作的指导意见》，专业的文艺评论工作者要用好网络新媒体评论平台，推出更多文艺微评、短评、快评和全媒体评论产品，推动专业评论和大众评论有效互动。所以要了解新媒体评论生态、圈群如何运作和维系、"意见领袖"在圈群中的引导作用，提升自身新媒体账号的综合能力，获得网友的认同，适当运用官方媒体"引流"专业的文艺评论。

新媒体文艺评论要倡导批评精神，助力提高文艺作品的思想水准和艺术水准，坚持以理立论、以理服人，增强朝气锐气，做好"剜烂苹果"的工作。目前网络文艺评论批评太少，赞美过多。有的传统批评只顺应舆论走向，在认为作品大众口碑下跌时才敢进行批评；有的批评不出"圈子"，在传统媒体上仍然是一片祥和的夸赞，不能引导大众评价；有的批评甚至是"收钱办事"。新媒体文艺评论不能被流量裹挟，要直言不讳，一针见血地指出问题，促进文艺创作与批评的良性发展。

网络文艺评论阵地需要理性权威，更需要正本清源。文艺评论的正常表达不能被平台掣肘，需要完善的网络算法与大数据评价，要加强网络水军治理，提高版权意识，打击"二次加工"和"搬运"，鼓励文艺评论创作的主动性、积极性，各方合力，在良性互动中共建网络文艺评论的良好生态。

（原载《中国文化报》2023年11月7日）

温度与深度之间
——全媒体时代美术评论的困境与生机

于　洋[*]

全媒体时代的美术评论及其新的传播形式，已在一定程度上深刻影响着我们今天对于美术作品、美术现象的认知。一方面，随着自媒体短视频类评论的普及和盛行，大众视野中的美术品评呈现出碎片化、快餐化、娱乐化的趋向；另一方面，融媒体传播平台的多元化，价值评判标准的差异性，也对专业领域的美术评论提出了新的警醒和要求。或者可以说，当下的美术评论如何兼顾温度与力度的关系，把握深度与锐度的平衡，本身就是一项复杂、艰难而充满魅力的学术课题。

共鸣的博弈：在专家与大众之间

艺术观念在大众层面和专业领域的接受与传播，一直以来都是艺术界和社会各界不断讨论的话题。作为视觉艺术和造型艺术的美术，在全媒体、融媒体各种形式的平台语境中，如何面对精英与大众、学院与民间不同群体迥异不同的趣味诉求和价值标准，如何在艺术性与社会性、专业性与普适性之间寻求平衡与兼顾，成为艺术家、评论家与欣赏者共同关注的

---

[*] 于洋：中央美术学院教授、科研处处长。

焦点。说白了，求雅不难，就俗更易，要做到雅俗共赏，引发大多数群体的共鸣，才是真正困难的挑战。

大众与专家之间，关注的问题、思考的深度、兴趣点都不相同，接受内容的深度、方向更是存在着很大差异，如何在二者之间寻求"最大公约数"和"交集"，是在今天全媒体时代的语境下，美术评论需要把握的平衡。老话常讲"外行看热闹，内行看门道"，事实上在今天随着大众审美接受需求及水准的不断提升，"看热闹"也常以能看出"门道"为前提和标准，某种程度上，没有最终指向"看门道"的"看热闹"只能是转瞬即逝的、没有实质性建构价值的，甚至是带有误导性，不利于社会生态与艺术领域的健康发展。

今天的大众领域艺术评论生态，特别是短视频类网络艺评现象，有时会给我们以似曾相识的感觉。曾几何时，"民科"潮流与现象曾经引发各界关注与热议，人们用"民科"一词指代那些游离于科学共同体之外而又热衷于科学研究的人。而"民科"之所以一度被质疑甚至嘲讽，并非针对其爱好科学的精神乃至信仰，而是因为他们爱好科学、面对科研的方式与态度。当然"民科"也有着不同层级和水准，高水平的"民科"应具备相当的专业知识储备和基本的科学常识，而不是狂妄轻慢地挑战哥德巴赫猜想、发明永动机之类的业界难题，或是以违背科学规律的方式解读某个科学领域的课题。

诚然，曾兴盛一时的"民科"与今日备受关注的"民间艺评"现象还不能同日而语。一方面，我们不能简单粗暴地以"民科"或"民间科学爱好者"的概念，去套用评价那些民间艺评者，而应看到其存在的正向社会价值及其对于艺术的辅助传播价值；另一方面，我们也须警惕那些借由艺术观念的大众普及与鉴赏之名，对于艺术领域专业研究与创研思考的轻率而武断的"漫评"，常识错误漏洞百出而观念偏激的"谬评"，不加分析辨别的先入为主式的"乱评"，这些评论往往以投合大众趣味、制造热点为目的，对于广大艺术爱好者却可能产生混淆视听、拉低品格的不良导向。虽然众所周知，艺术的评判标准是多元的，很难用是非对错去评判，但这不意味着艺术评判的品格没有高下之分。如果我们将艺术评论看作评论者主体对于艺术家、艺术品或艺术现象的解读或再创作，那么艺术评论与艺术创作一样具有水准、格调、意义的高下差距。例如中国传统画论中"神、妙、能、逸"的画格之别，同样可以用来区分和描述不同画评文字所达到和呈现的水平与特征，其陈述观点的准确与精妙，文风或姿态的雅正清新，与中国画创作的笔精墨妙、意趣高华也有着异曲同工的美感，给受众带来酣畅快意的审美享受与情感共鸣。

当庙堂之上的专业美术评论，经由作者身份、传播形式和语态语境的转化，漫步走进广大民众的日常生活，对于美术的大众接受和审美普及终归是一件富有深远意义的好事。但如果今天的网络短视频艺评仅仅满足于茶余饭后的消遣娱乐，停留于大众文化的肆意狂欢，这种正向的文化价值和能量就会大打折扣，甚至变了味道，走向南辕北辙的窘境。因为毕竟，让观者受众看到或读到常识信息更准确、审美判断更高妙、思想水准更精深的观点，才是美术评论的社会使命和文化意义。

"立交桥"与"主干道"：传播平台和语境差异

传播平台和文化语境的差异问题，是以往美术评论和理论研究常常忽视的一个重要因素。如我们所知，同一种观念或态度，在专业学术领域和在传播学领域，可能呈现为两种不同的状态，甚至引发不同的判断，走向不同的方向，这也是在当今全媒体时代的美术评论所遇到的几乎前所未有的境遇与挑战。这种"南橘北枳"的现象，也反映出当下艺术评论界价值标准的多元混杂，及其在专家认定和大众接受之间的断层。

价值观与视角的大众化、表现形式的多样化、传播媒介的多元化，是当下全媒体、自媒体时代美术评论呈现出的新特征。短视频、网络短评等短平快式的评论形态及其内容指向，再次印证了麦克卢汉所言"媒介即内容"的深刻与准确。前些年在社会时评领域红极一时的网络媒体"流量博主""意见领袖""知道分子"等现象，正在当下全媒体时代的美术评论领域重复上演。在规律与模式上，后者与前者相比也呈现出诸多相似之处。如有的为了迎合受众的猎奇心理而挑起话题，围绕话题收集大量资料信息但对其内涵缺乏理解，就急于造噱头、亮观点、蹭热度；有的忽略甚或无视美术史常识，评论中基本常识谬误百出，甚至为了吸引受众、博取流量而刻意曲解史实，将其刻意地传奇化、世俗化乃至庸俗化；有的缺乏知识产权意识和对于学术研究的基本尊重，任意挪用、搬摘他人在公共学术平台上已发表的论文内容，张冠李戴、混乱无序的现象层出不穷……这些现象都在某种程度上造成了大众审美接受价值标准的混乱，也对专业领域的美术研究与评论工作带来了不利影响。

自媒体时代的艺术评论，"人人都是艺术家""人人都是艺评家"本是一件好事，这种趋向意味着以往并非占据艺术传播主流地位的美术，正在大众文化层面得到广泛普及与深度关注。但与此相比更重要的是，我们不应忘记观点评论与媒体传播的最终目标，是在内容信息、价值标准与舆论导向层面，以引导与提升受众的审美判断能力与艺术鉴赏水平为指归，并最终指向艺术的真、善与美。

在我看来，要改善和提升全媒体时代美术评论的水准质量和文化环境，主要应从以下三个方面进行。其一，提出真问题，解决真问题。全媒体、融媒体时代的艺术评论，更应注重提出建设性的论题和方案，而不应满足于各类快餐式的断章评论和"造热点""带节奏"式的网络漫评。应加大鼓励那些具有成熟思考的、具有建构性观点的评论，发挥艺术评论的积极导向作用。其二，建构风清气正的艺术评论环境。通过强化对于在业界具有重要影响力和认同度的美术评论家文章与观点的社会宣传，提高受众的鉴别力和欣赏水平；权威媒体平台可通过大众投票评比、热点评述专题栏目建设等方式，推出优秀的美术评论作者和评论文章，以高质量的内容、大众乐于接受的形式，提升美术评论的公信力和影响力。其三，强化网络艺术评论的原创性，提高知识产权意识。艺术评论不同于学术研究文章，但同样应遵循学术规范，清晰标明观点引用出处。当下一些自媒体短视频作者亟须强化自身的原创自觉，尊重知识产权，这也是全媒体时代艺术评论健康发展的基本保障。

在2023年10月全国宣传思想文化会议上，习近平总书记提出"坚定文化自信，秉持开放包容，坚持守正创新"的文化思想理念。而美术创作与艺术评论的开放包容和守正创新，正体现在创作者、评论者心怀民族国家的视域、格局与胸襟，以艺术之眼观照社会、心系国家，在即刻的视觉表现中贮存永恒，在纷繁时代的变化中追寻经典。

在面对美术评论葆有开放与包容态度的前提下，秉承守正的理念和创新的意识，以"立交桥"式的多元平台与路径发展美术评论，以"百花齐放，百家争鸣"的包容态度审视美术评论，是美术评论事业当下与未来发展的基石；与此同时，也要以建构"主干道"式的意识和方式，为当下的美术评论及其大众传播事业，开拓与维护一个风清气正、守正创新的学术氛围。说到底，全媒体时代的美术评论，需要"立交桥"式的包容多元和丰富多彩，也同样需要"主干道"式的正本清源与方向导引。唯其如此，全媒体时代的美术评论，方能建构充分体现中国特色、中国风格、中国气派的学科体系、学术体系和话语体系，在多向发展中更好地走向未来。

（原载《美术观察》2023年第11期）

舞台艺术类

"正"与"旧"、"尊"与"复"
——基于文化视角的中国当代舞蹈创作理念阐释兼论当代安徽舞蹈艺术发展

戴 虎[*]

2023年6月2日，习近平总书记在文化传承发展座谈会上提出，中华文明具有连续性、创新性、统一性、包容性、和平性的突出特性，并强调"只有全面深入了解中华文明的历史"，才能建设好"中华民族现代文明"。习近平总书记在重要讲话中特别提到，建设中华民族现代文明要做到"守正不守旧、尊古不复古"。这与习近平总书记提出的"双创理论""四个自信"可谓一脉相承。

作为新时代中国特色社会主义文艺事业发展中特别是舞蹈文化事业发展中的一名基层工作者，如何对中华文化特别是中华舞蹈文化事业中的"正"与"旧"、"尊"与"复"有一个相对清晰、明确的厘清或者说笃定，这就需要首先从文化观念认知层面上，系统性、纲领性地廓清"正"与"旧"的边界，从而渐进实现温故知新。

---

[*] 戴虎：安徽艺术学院舞蹈学院院长，教授。

一、动态把握文化历史连续与时代演替之间的平衡

习近平总书记谈道:"中华民族具有百万年的人类史、一万年的文化史、五千多年的文明史。"在这样一个巨大的时间隧道里,面对汪洋恣意的中华文化,试图以"正"与"旧"概念界定其边界,单一的个体显然是不可能的。

艺术作为精神文化的生命过程,存在着内在精神和形式上的连续性和演替性,存在着沿袭和革新的内在张力。有沿袭而不讲革新,它会窒息自己的生机;但只讲革新而不考虑内在精神和形式上的连续性,也可能使它失去存在的依托。"求木之长者,必固其根本;欲流之远者,必浚其泉源。"习近平总书记说:"对文化建设来说,守正才能不迷失自我、不迷失方向,创新才能把握时代、引领时代。"前些年,西方人经常有一个论调,认为表现中国所谓传统社会或变革时期的作品更具"中国味道",才是好作品。乍一听,的确会沾沾自喜,其实隐藏着某种微妙的歧视。在面对与自己平等的文艺作品时,他们寻找的是艺术价值,用与他评读本国文艺作品时一样严苛的艺术标准来褒贬对方,而且毫不留情。为什么在转向中国文艺作品时,"中国味道"却成为一个评价的标准?一个因素是当代中国社会、中国文艺仍旧被许多西方人当作社会学辅助材料,他们依然采用一种居高临下俯视观察的偏见,他们希望看到的是他们想象中的那种"中国味道",一旦不是,就会感到失望。这种误读、偏读不管出于何种目的和出于何种视角,不是我们主要关注的,无须解释,更无须辩解。

最近,中国东方演艺集团(歌舞团)打造了两部现象级作品,一个是由新生代导演韩真、周莉娅担任总导演的《只此青绿》,一个是由国际知名舞蹈艺术家、画家、视觉设计师沈伟担任总导演的舞蹈诗剧《诗意东坡》。出品方坦言,"从'青绿'至'东坡',是对中国传统文化的再次致敬,培育中国文化表达走向世界艺术体系,是一场深入阐发古今美学与精

神哲思的艺术实践，是一次中国传统文化之美的时代性、国际性艺术创新探索"①。这也正是习近平总书记强调的要以世界性的语言传播中国传统文化的典型个案。再比如2011年的舞剧《徽班》(安徽省歌舞剧院)、2020年的舞剧《石榴花开》(安徽省花鼓灯歌舞剧院)等。特别是歌舞剧《玩灯人的婚礼》，这部作品与现在蜚声世界的《丝路花雨》同时获得了原文化部国庆三十周年献礼演出二等奖、创作二等奖（一等奖空缺），但很遗憾，这部作品却没能传播开来。

二、辩证地把握中国传统文化现代转化与世界交互的自洽

对待传统文化的态度或者说是面对世界文化信息交流传统文化的现代选择，在既往的研究范式中始终存在着两种态势。

一种是削足适履式。对待传统文化的态度简单粗暴，采取非黑即白、非优即劣、非好即坏的二元对立模式，抹杀了中国民间许多具有"在之间"的灰色的、模糊性的文化基因。

另一种是囫囵吞枣式。客观地说传统文化中的确有些与现代文明格格不入的习俗、规则、审美范式，对这些价值评判泾渭分明的传统文化进行甄别取舍，已经不是现代文化选择的难点，困惑在于笔者上文提到的"在之间"的价值性模糊的文化行为，也即是"正"与"旧"、"尊"与"复"之间的边界幅度。

对此不能简单粗暴地摒弃，也不能囫囵吞枣似的吸收。有些事物、行为的价值我们现在搞不清，不代表我们将来搞不清，今天不懂的不代表明天也是糊涂的，而此时珍贵的下一刻也许就换了天地。所以，暂时不清

---

① 《顶尖团队打造舞蹈诗剧〈东坡〉 在"意""境"之间体现中国文人精神》, https://www.chinanews.com.cn/cul/2023/01-08/99030435.shtml。

楚、不明白、拿不准的，就应该允许其自然存续和发展，下一站也许明白了该继续行走还是下车，需要的只是我们对传统文化进行现代的选择时，多一些细致、周详的考察和足够的耐心、包容。

笔者并不否认，在20世纪前期中国人引进西方文化教育观念、审美理论，借另一种眼光打量自己、重新设计自己，因此出现了新视野、新境界，推进了古老的中国传统文化的现代转型或曰现代化。比如我们早期在建立中国古典舞与创作现代舞剧、舞蹈时对芭蕾，尤其是苏联舞蹈创作范式的借鉴，的确为我们中国舞蹈事业开创了一个高潮。

但我们应该清醒，西方眼光和思维定位与中国传统文化本体上是有所错位的，我们所有借鉴和引入的是人家经验的理论定位，在他们创造理论的时候，并没有考虑到中国文化的存在。这种他者眼光对我们是有启发作用的，启发作用不仅是他们的术语概念，而且在于他们从经验到形成理论的方法和过程。应该意识到，过程的价值往往大于孤立地借鉴术语和理论价值。

在今天的信息社会，文化的交互作用无处不在，无谓的争论毫无价值。世界公认的未来人类文明秩序，一是继承传统，二是保持创造力。而在继承传统与保持创造之间，拥有开放、包容的文化心胸是一个民族发展的必需态度，但任何学习、借鉴、转用、引入都应该建立在我们自己的文化体系之内，都应该在我们自己的文化内部，这也正是习近平总书记强调的深刻理解"两个结合"重大意义的现实印证。

三、整体地把握中华现代文明建设中的地域超越性

中华文明多元一体，自古以来多民族、多地域、多族群、多人种、多文化的交往、交流、交融，使"中华文化认同超越地域乡土、血缘世系、宗教信仰等，把内部差异极大的广土巨族整合成多元一体的中华民族"，

也因此"从根本上决定了中华民族交往交流交融的历史取向，决定了中国各宗教信仰多元并存的和谐格局，决定了中华文化对世界文明兼收并蓄的开放胸怀"。

有意思的是，与这种"超越性"相对应的中华文化"地域性""民族性""专业化"，在很长一个历史时期里为舞蹈艺术创作提供了丰富的语言素材与诗意想象。比如，20世纪60年代蜚声世界的《摘葡萄》《洗衣歌》《鄂尔多斯舞》等，21世纪初的《丰收时节》《酥油飘香》等，乃至近些年来自安徽本土的《说兰花》[①]、《徽娘》[②]、《一条大河》[③]、《幸福快车》《渡江》[④]、《延乔兄弟》、《大湾春歌》（合肥市歌舞团）、《沁园春·灯窝》（安徽省花鼓灯歌舞剧院）。单从字面上我们就能看出这延续近40年的安徽舞蹈舞台艺术创作的地域性是什么。

进入新时代，对舞蹈创作"地域性"，特别是民间舞蹈创作"风格性"的讨论总是挺立着威严的话语，似乎所有的"地域性"问题，要么有待拯救改造，要么亟须继承发扬。有意思的是，这样的认识有时会衍生出一种基于自然空间的文化等级判断。比如，当地域性遭遇"北京""海派""沿海"这样的地理名词，彰显的大约是"优质"；而当地域性与区域性拥抱，则难免会有"渐次"的羞愧，甚至因为经济、科技、教育的落差，对舞蹈的地域性言说更像是先富起来的优势群体以观光客、猎奇的目光对地方风情和异质经验的垂爱。诗人沈苇曾说："文学的'中心—边缘论'，已不是一种纯粹的文学话语，而是政治话语、经

[①] 《说兰花》编导黄奕华，首演陈汐，获原文化部第九届"桃李杯"舞蹈比赛中国民族民间舞二等奖。

[②] 《徽娘》编导张晓梅、袁莉，首演王赞，获原文化部第十届"桃李杯"舞蹈比赛中国民族民间舞金奖。

[③] 《一条大河》编导欧阳吉芮，首演阮欣怡，原文化部第十二届"桃李杯"舞蹈比赛中国民族民间舞参赛作品。

[④] 《渡江》编导王成。

济话语和社会话语的偷换、借用。"①以此观舞蹈创作者的"地域性"身份也亦如此。

说到底，舞蹈创作的根本还是怎么看世界、怎么表达世界的问题。从这个角度来说，以"民族"识别的舞蹈作品自有其场域下的魅与惑：一方面，民族特有的风俗为舞蹈创作提供了现实与想象沟通的开阔地；另一方面，舞蹈对世界的表达不得不有所规矩——想象之门虚掩而精神窄门忽现。小人物可以有大情怀、大格局，小故事也可以有大主题、大内涵，关键是我们如何去发现，又如何去讲述。

舞蹈作为人类文化表达的一种方式，尤其是作为安徽地域文化结构中最为闪亮的一抹，"花鼓灯"在当下不能仅作为风光名片以迎合外界消费者的目光。从吴晓邦先生的系着土风的升华，到冯（国佩）、郑（九如）、陈（敬之）花鼓灯流派的出现，再到新时代中国民族民间舞蹈专业教学的基础课程，安徽因为"花鼓灯"而被人们念念不忘。然而，这样的想象，往往带有好奇甚至标签化的意念，一个被审美、被消费、被向往的安徽和安徽文化，主体性也自然就"被"限定。那么，从舞蹈呈现与表达的可能性来说，所谓的"延拓专业格局"，就需要我们在广度、力度、深度上下功夫。把情绪性的舞蹈与有情怀的文字联通；把风情性的舞蹈图示与有风度的诗意接通；把情景性展现的舞蹈与思想贤哲们的想象融通。这是越过舞蹈风景、风情的遮蔽，而去触摸安徽内在的文化脉络，感受现实安徽的社会风尚。

我们应该在世界文明版图中选择适合自己的道路，当没有适合自己的道路时，我们应该运用在文明创造过程中积累的智慧，去走出一条适合自己的中国式舞蹈艺术创作之路。这不是文化盲目、敝帚自珍，更非夜郎自

---

① 方岩：《沈苇："尴尬的地域性"》，https://www.chinawriter.com.cn/GB/n1/2016/0725/c404049-28582537.html。

大、盲人摸象，而是以历史的思维、时代的眼光、内在的自觉清醒回到自己的历史深处，廓清"正"与"旧"，厘清"尊"与"复"，温故知新，明白我们从哪里来、我们是谁、去向何方。这是费老十六字真言的真意所在，也是习近平总书记"任何文化要立得住、行得远，要有引领力、凝聚力、塑造力、辐射力，就必须有自己的主体性"的殷殷叮咛。

（原载《中国文化报》2023年12月27日）

在时代精神与戏曲化的交会点上
——戏曲现代戏观察

冯 冬[*]

什么是时代精神？即人类社会在特定历史时代里体现着历史要求、社会进步必然趋势的主流思想意识、价值观念和精神意志。作为一种观念形态和精神文化的文艺创作，能否反映和表现时代精神、如何反映和表现时代精神，就成为衡量其思想文化价值的重要因素。

在当前，深入地探讨戏曲现代戏如何更好地表现新时代的精神，就是一个十分重要的问题。在社会变革和文化生态快速变易的新时代，戏曲现代戏自身的变革更具紧迫性，而在戏曲艺术进行创造性转化、创新性发展中，努力找到表现新时代精神与戏曲化的交会点，就成为中国戏曲现代化最重要的"抓手"。

戏曲现代化百年焦点：戏曲性

如果以1901年汪笑侬编演《党人碑》"借往事以刺当世，演悲剧以泄公愤"作为起始，千年中国戏曲开始漫漫现代化之路已走过120年历程了。纵观百年来中国戏曲发展，历经新文化运动前后的戏曲改良，20世

---

[*] 冯冬：安徽省艺术研究院二级编剧。

纪初"文明戏"的舶来带给传统戏曲的冲击和影响而产生"旗袍戏""时装戏",直到延安时期进行的戏曲改革,其中歧见层出、主张林立,但其主流的方向都在于使戏曲现代化,其争论和矛盾的焦点集中体现为如何对待戏曲传统。

在 20 世纪五六十年代,党和政府先后推出"戏改""三并举"政策,戏曲现代化进入了一个良性的、健康的、成效显著的探索发展阶段。在这个阶段,广大戏曲工作者吸取新文化运动和长期战争中戏曲艺术改良、改革的经验教训,更多地认识并重视传统戏曲艺术的审美价值和表现优势,在注重戏曲现代戏创作中普遍强调戏曲特性和戏曲化,涌现出一批具有经典意义的现代戏。一些优秀剧目或剧中的精彩关目至今仍在演出,如京剧《沙家浜》里的"智斗"、京剧《智取威虎山》里的"打虎上山"、京剧《红灯记》里的"痛说家史"、豫剧《朝阳沟》里的"学锄地"等,这些现代戏里的经典篇章都是在创新戏曲传统程式中生动鲜活地表现出时代精神和当代人物典型形象的精品。

中华人民共和国成立后,在"三并举"政策实施、学习苏联戏剧和提倡编演戏曲现代戏的背景下,呈现出现代戏创作热潮,具体体现在三个方面:一是戏曲创作中确立导演中心制,这一体制强化了戏曲艺术的综合性、规范性,在客观上促进着当代性与戏曲化的结合;二是由于强调体验与表现的结合统一,增强了戏曲化表演的表现力,丰富了戏曲形式表现当代生活的艺术手段;三是在借鉴、化用传统程式并探索创造新程式方面具有开创性,在将行当艺术合理地融入当代人物的塑造上也有所努力。应当说,这三点对于今天的戏曲现代戏创作仍具有极高的参考价值。

成长与焦虑:当代生活背景下的戏曲化

改革开放后,戏曲现代戏也进入了蓬勃生长期,形成了新中国戏曲史上第二个繁荣期。新时期的戏曲现代戏创作，在内容上突破种种思想藩篱和题材禁区，表现平民英雄、草根人物、反思历史、人性复归、人格觉醒的佳作迭出，很多现代戏引起轰动效应，如川剧《四姑娘》《山杠爷》、京剧《骆驼祥子》《华子良》等。戏曲艺术家普遍重视戏曲艺术本体，探索戏曲现代化路径已成为共识。

20世纪八九十年代的戏曲现代戏创作呈现出三个可喜局面：一是空前地彰显出戏曲现代戏与时代同步，对人民群众的思想启迪和精神引领作用，这表明戏曲创作者在思想解放、改革开放的历史进程中能够与时俱进，敏捷地加以反映，勇敢地摆脱极"左"思潮影响下的"政治工具论""题材决定论"和"高大全"式的人物塑造方式，站在百姓立场，抒百姓情怀，发百姓心声；二是对传统戏曲形式的借鉴、化用更加自觉，对以戏曲形式表现当代生活的探索更加深入，拓展了戏曲现代戏的表现空间；三是凸显剧作家在剧目生产中的主导作用，这种作用使戏曲剧目的文学因素大大增强，而文学因素的增强又为戏曲化表现空间的拓展提出了新课题。钟文农、郑怀兴、魏明伦、徐棻等一大批职业剧作家一时声名显赫，一大批现代戏精品的涌现形成了戏曲的繁盛局面。论首功，当然在于优秀的剧作。

在世纪之交，互联网的普及、多元文化的传播与接受对戏曲艺术的生态形成了空前冲击，大众的文化趣味、文化选择的取向趋于变化不居的状态，而戏曲产业化的程度却相当有限，这就必然会使戏曲艺术工作者的创作心态、艺术观念受到影响而发生变化，以适应纷繁复杂的文化环境和艺术生态。在危机感的笼罩下，虽然有政府和社会资源的支撑，戏曲现代戏的创作仍呈现兴盛局面，戏曲艺术家在当代精神与戏曲化表现方面的探索更趋深入，精品佳作仍不断涌现，但细观之下，新的文化生态环境对戏曲艺术的影响不但没有减弱，反而在不断叠加，镜框式舞台规约下的戏曲观演模式仍难以遏止戏曲观众的流失。如果说这些问题属于戏曲艺术外部的客观条件，不能使戏曲工作者和戏曲主管部门产生忧患意识，那么站在戏曲主创者的主观角度而言，实际上仍存在着对外部环境适应性、应对性不足的问题，在艺术观念、创作思维等方面存在着与当代大众的文化需求、文化取向的极大落差。这样一来，戏曲艺术家们就难免陷入对外部艺术生态环境和对自身创作状态的双重焦虑之中。

观察近年来戏曲现代戏的创作，仍存在着若干非戏曲化倾向：席勒式图解概念的惯性仍在作用于现代戏的创作过程，其深层仍认同"题材决定论"的观念。在这种观念的支配下，创作的命题者和创作者往往忽略表现内容与戏曲形式是否兼容，能否相得益彰；满足于对某一事件"见事不见人"的简单再现，而忽略了戏曲叙事的落脚点在于表现人，即恩格斯称作"这一个"的个性鲜明生动的典型；对其他艺术元素或艺术形式的浅层次硬性拼接，比如歌舞剧、音乐剧、话剧元素简单粗暴的植入，而忽略其艺术特性与戏曲化是否能够融合，是否能形成一部戏曲在格调上的统一。这些现象的共同点是非戏曲化，如果不加以正视和避免，现代戏的戏曲化就是空谈。

新课题：文化新生态中的戏曲化

历史进入新时代已经二十多个年头，人们从高度的理性上和深度的感性上认识新时代的内涵，已成为一个思想领域里的课题、感性体验方面的指归。应当认识到，新时代戏曲艺术也面临着新的环境，构建着新的生态结构，戏曲工作者应当善于发现新问题、产生新思路、力求新突破。对于戏曲现代戏创作而言，找到当代精神与戏曲表现的交会点就是一个新的课题。有几点尤其值得重视。

第一，深化对新时代的认识并自觉融入新时代。今天的世界正处于"百年未有之大变局"之中，中国式现代化建设的新征程也正处其中。这个大变局自然包括当代中国戏曲所面临的新的文化环境、新的文化生态，而其中最突出的莫过于高新科学技术的发达、普及对文化传播、文化接受模式的影响。文化传播与接受方式的变革是一柄"双刃剑"，它一方面强力冲击着传统的戏曲观演方式，尤其冲击着非市场化的剧目生产活动，使得戏曲工作者不得不严肃地考虑如何去融入新的艺术创作场域，但从另一方面看，种种变革中，戏曲艺术并没有被大众冷落，戏曲的社会影响力和人们的需求并没有降低，只不过换了接受方式，说明"内容为王"的接受规律不会改变。在这种情况下，戏曲创作者只有坚定文化自信，坚持守正创新，提高创作水平，以积极的姿态融入新的文化环境，以精湛的艺术创造奉献社会，才能走在新时代的前列。

第二，新时代的现代戏创作应坚持戏曲艺术的民族化特性和戏曲美学精神。这是传承中华优秀传统文化，并进行创造性转化、创新性发展的题中应有之义。具体而言，戏曲艺术中的程式是民族化的集中体现，没有戏曲程式化也就没有了中国戏曲。焦菊隐先生曾强调，中国戏曲剧本的"剧情结构是非常民族化的……中国戏曲编剧首先有一种连贯性。咱们戏曲讲究从一开头就连贯到底，不让断气"[1]。他还提出一个"戏曲构成法"的概念，也是对戏曲文体体现民族性的一种总结，并阐明戏曲构成法与程式的关系："程式是构成戏曲特色的突出的因素，但不是唯一的和基本的因素。使程式成为突出的，是戏曲的独特的艺术方法。这种艺术方法的核心，就是它的构成法。""戏曲构成法，是戏曲处理题材的基本方法。"[2]这些是前辈戏曲导演和理论家在艺术实践中概括出来的戏曲艺术民族化的深度理论总结，涵盖了中国戏曲艺术的主要特质，仍适用于指导今天的现代戏创作。

---

[1] 焦菊隐：《中国戏曲艺术特征的探索》，载《焦菊隐戏剧论文集》，华文出版社2011年版，第193页。

[2] 焦菊隐：《守格·破格·创格》，载《焦菊隐戏剧论文集》，华文出版社2011年版，第225页。

第三，善于塑造体现当代精神的新时代典型人物，是戏曲工作者的光荣使命，也是戏曲现代戏创作向艺术高峰迈进的标志。恩格斯在1847年就提出过社会主义文学应当"歌颂倔强的、叱咤风云的和革命的无产者"，也即"文艺新人"形象的思想，因为在这些"新人"的身上，集中体现着革命者的伟大精神。习近平总书记在中国文联十一大、中国作协十大开幕式上提出，新时代文艺要"不断发掘更多代表时代精神的新现象新人物"。习近平总书记在中国文联十大、中国作协九大开幕式上说："英雄是民族最闪亮的坐标……礼赞英雄从来都是文艺创作的永恒主题，也是最动人的篇章……对中华民族的英雄，要心怀崇敬，浓墨重彩记录英雄、塑造英雄，让英雄在文艺作品中得到传扬。"新时代的戏曲艺术家们应当积极地深入生活、扎根群众，充分认识新时代人民群众焕发出的时代精神和新的生活风貌、生活场景，致力于艺术地表现具有当代精神的典型人物。塑造体现当代精神的艺术典型。首先，应当注重的是，典型人物应当是走在时代前列的人，他（她）所处的社会环境、人物关系及其所发生的矛盾冲突都具有典型性，他（她）的奋斗方向、理想追求体现出能够回应时代发展中所提出的问题，体现社会前进的必然趋势。其次，正如习近平总书记在中国文联十大、中国作协九大开幕式上指出的，典型人物应该是体现人民性的人，是"一个具体的人的集合，每个人都有血有肉、有情感、有爱恨、有梦想，都有内心的冲突和忧伤"。最后，找准体现当代精神的典型人物与戏曲化表现的交汇点，是戏曲作品的内容与形式完美结合的保证。应当以辩证法和矛盾统一的思想方法来认识和处理创作实践中遇到的事物的不同点和两难性，但辩证法告诉人们，最切近事物合理性的点往往就存在于矛盾的交汇点，正所谓"执两用中"的最佳选择，意味着将矛盾两端的合理性加以综合统一，而又将矛盾两端的偏狭加以悬置和回避，从而达到最佳效果。

（原载《戏剧文学》2024年第5期，有修改）

"真实再真实些"
——谈话剧《同船过渡》对当下戏剧创作的启示

丁 彦[*]

由剧作家沈虹光编剧、导演王佳纳执导的话剧《同船过渡》诞生于20世纪90年代，创排已近30年。该剧目曾拿下第四届中国戏剧节优秀演出奖、原文化部第五届"文华大奖"、中宣部"五个一工程"作品奖、曹禺戏剧文学奖等，被全国各大艺术专业院校作为经典的教学剧目收入教材，并成为武汉人民艺术剧院的保留剧目一直演出至今。在2022年举办的第八届武汉大学生戏剧节上，武汉大学戏剧影视表演班学员再度演绎该剧，一举夺得剧目金奖。话剧《同船过渡》中"团结户"的特殊时代背景早已远去，却依然能被不同年代的观众接纳和喜爱，甚至引发当下年轻观众的共鸣，其对当下戏剧创作的启示值得我们探讨。

一、从平常生活中的普通小人物入手

话剧《同船过渡》的故事发生在20世纪六七十年代开始盛行的"团结户"家中，一对年轻小夫妻与一名退休小学女教师共住一套两居室，因空间的狭小逼仄、双方的年龄代沟和生活习惯的不同而矛盾不断。小夫妻

---

[*] 丁彦：安徽省艺术研究院二级编剧。

忍无可忍突发奇想，代老太太登了一则征婚广告，想把这位终身未嫁的老人"嫁"出去。一位即将退休的老船长应征而来，由此引出一连串嬉笑怒骂、生动有趣的故事。剧中的生活细节接地气，人物台词风趣幽默，诸如咸鱼头堵塞水池、挑选服装、做小生意、夫妻间拌嘴逗趣之类琐碎的生活事件，通过这些极富生活气息的情节刻画出鲜明的人物性格，将故事演绎得生动有趣。全剧没有宏大叙事，只有平凡的感动，通过邻居相处的微小细节、夫妻情感的波折不断，反映出人与人之间的微妙关系，从"生命如舟"的角度，讲述了人与人之间相处的哲理。

面对社会变革的大潮和物质生活的强大诱惑，米玲和刘强这对小夫妻的爱情之舟受到了前所未有的冲击。经营服装生意的前男友雷子发了财，一再邀请米玲合伙创业，米玲的动摇和刘强的不解使得感情出现了严重危机。久经风浪洗礼的老船长高爷爷以自己对人生的深切感悟，教育启发了这对小夫妻。"百年修得同船渡，千年修得共枕眠。"老少两代对人生真谛都有了重新思索，在思想境界上得到了升华。这个不团结的"团结户"在老船长宽厚大度的情怀感染下，变成了一个真正的团结户。而他和方老师这两位寂寞而又各具个性的老人，也在误会和矛盾中倾吐出各自生活的酸甜苦辣，彼此的心灵越来越靠近。最终，固执好强的方老师为高爷爷的人格魅力所折服，愿意与其共度余生，然而高爷爷却在退休前的最后一次船舶航行中悄然离世。

话剧《同船过渡》堪称一部思想精深、艺术精湛的戏剧作品，在叙事策略和选材上都避开宏大叙事，以最接近观众的小故事、小人物为切入点，来展现社会变迁和百姓生活，拉近了观众与剧中人物、事件的距离。该剧编剧沈虹光曾讲道："有人说，沈虹光越写越小了，不写社会性的大问题、大主题了。我说他说错了，我是越写越大了。其实我们的社会，我们的历史，都会在个人的生命体验中表现出来。"①"真实再真实些"②，这是沈虹光对话剧创作的自我要求，通过描写普通人的日常生活，呈现丰富的人性内涵，挖掘人生中充满诗意与情感的深层意蕴。平平淡淡才是生活的真实面貌，平凡人的平凡小事更能感染人，唤起心灵的共鸣，而那些重说教不接地气、重宣传轻写实的作品，只会让观众敬而远之。该剧中的人物总是在各种生活小问题上不断摩擦、争吵，展示邻里之间、夫妻之间最常见的小吵小闹，却能让人感受到戏剧内在强烈的张力。作者不人为设置对立面，不刻意描绘冲突，顺着生活本来的流向自然铺排，用抒情的方式解决冲突，以情感、爱心、包容来化解矛盾，那种内在的冲突却能让观众感受到更深的力量。

二、地方题材的选取与地域文化的阐释

话剧《同船过渡》出品于武汉人民艺术剧院，从取材和内容上都散发出浓郁的地方特色。故事就发生在这座江水悠悠、船笛声声、桅樯林立的著名江城，全剧在"江轮浊厚悠长的笛鸣"中开幕。剧中，看船是"团结户"方老师一生的喜好，她每天都要站在阳台上远眺江上来往的船只。老船长高爷爷用纸折叠成小船逗方老师开心，还曾许诺带方老师去江上看船。方老师书写并背诵唐诗《春江花月夜》的诗句："谁家今夜扁舟子？何处相思明月楼？"她还两次唱起："让我们荡起双桨，小船儿推开波浪……"刘强也在婚姻危机时哽咽地唱出《纤夫的爱》："妹妹你坐船头，哥哥在岸上走。"剧末，方老师用挂历纸折叠了大大小小连成长串的纸船，欲迎接高爷爷最后一次航行归来。"船"的意象在剧中共出现30余次，并

---

① 沈虹光：《我的写作和学习》，《剧本》2012年第3期。
② 沈虹光：《真实再真实些——创作〈五（二）班日志〉的感受》，载《戏剧论丛》编辑委员会编《戏剧论丛》第四辑，中国戏剧出版社1983年版，第107页。

在"余韵不绝的船鸣声中"闭幕。这"船"不仅是江城武汉的江面上来往的船只，更指向人际交往的具体空间，说明人与人之间的相处要真诚相待、互相理解。这"船"还特指男女两性间组建的家庭，从剧中刘强、米玲这对年轻夫妇到高爷爷和前妻，他和方老师，乃至世间所有伴侣，相识、相知、相爱、相处的人生共度之旅。剧作的主题平实而深刻，追求剧作的总体象征意蕴，寄托了创作者对生活的哲理思考，给读者和观众留下广阔的想象和思索的空间。

剧中还立体展现了一位蕴含人生哲理的老船工形象——灵魂人物高爷爷。他是一位即将退休的老船长，15岁便上船，一生在长江上漂泊，以船为家、浪迹四海，有着丰富独特而又孤独凄凉的人生经历，却依然对人真诚宽容，对生活热爱执着，并以岁月为代价获得了宝贵人生经验与生活智慧。在一场风暴过后，这位历尽艰辛的长江之子驾船经过三峡，值完最后一班岗后，便长眠于江轮，回到他一生的归宿。"船"的意象是剧情展开的整体背景，也构成一个诗意浓郁又饱含深意的整体象征，散发出独特的地域色彩。

当下戏剧作为繁荣大众文化的生力军越来越受到各方重视，也常常被当作打造"地方文化名片"的一种有效手段。剧作家孜孜不倦地从当地的历史文化发展进程及风土人情中发掘戏剧题材，力图创作出独具地方特色的剧目作品。但其结果常常事与愿违，因过于注重本地元素的堆砌，强调地方人物和名胜的戏剧化表现，违背了戏剧创作规律，忽视了戏剧本身的审美功能，反而无法满足观众的欣赏需要，难以得到认可。话剧《同船过渡》则在地方题材的取材视角和地域文化的深度阐释上做了一个很好的示范，没有刻意表现当地历史题材、塑造杰出地方人物，却又处处展现出武汉江城特有的艺术韵味和文化精神，更内在、更深邃地体现了江城的地方文化特质，把平凡的长江儿女的性格、生活和命运反映到如此的深度与广度。

三、尊重个人生命体验，追求人性真善美

20世纪80年代以后，我国的经济体制发生了根本性变革，商业流通领域显得异常活跃。商业经济的繁荣勃兴，极大地刺激了人们的物质欲望与追求，造成新的社会价值观和传统道德文化之间的冲突，给社会转型期的人们带来思想困惑，出现了不同程度的信仰与道德危机。剧中，米玲与刘强夫妇就是处于当时境遇中的年轻人，现实环境的局促和对舒适生活的向往，使得他们希望通过把方老师"嫁出去"达到独占房子的目的。而经商致富的前男友雷子抛来橄榄枝，更引发了夫妻之间激烈的矛盾冲突。如今虽然"团结户"的历史早已不复存在，但当下社会仍处于经济高速发展的浪潮之中，房价高、住房难仍是困扰当代年轻人的社会现实问题，因此话剧《同船过渡》中探讨的话题仍具有很强的现实意义。该剧通过戏剧的手法、诗意的讲述，挖掘出深藏于人们内心中柔软、善良的一面，表现出极高的精神旨趣，给予年青一代以精神的抚慰。时代更迭、岁月变迁，但人与人坦诚相待的哲理亘古不变，对人性真善美的执着追求从不停歇。

老船长高爷爷用自己与前妻的婚姻悲剧，警醒了争吵中的小夫妻，将他们从一地鸡毛的家庭琐事中拉回，重新唤醒对生活本真的热爱，同时也使方老师逐渐放下自己的戒备与矜持。但该剧的结局却并不美满，当方老师经过激烈的思想斗争终于喊出"我愿意"，两位老人即将获得幸福时，高爷爷却已匆匆离去并且永远睡去，始终未能得知这一喜讯。老船长的死带来了极其震撼的戏剧效果，虽然一时间让人们难以接受，却能更深刻揭示时光易逝、生命无常的生活真谛，警示人们应该倍加珍惜当下身边的幸福。这一凄美结尾堪称绝妙，具有余音绕梁、余味无穷的效果，更是情感的升华和灵魂的净化。

《同船过渡》的成功，还充分体现在两位主人公高爷爷和方老师的人物形象塑造上。方老师是一位自尊自立、倔强矜持的退休教师，年轻时抵

抗买办婚姻而独身数十载，因未婚不愿别人叫她奶奶。她从教一生、年事已高，难免时常唠唠叨叨，说话难脱教育者的口吻。她的内心孤独寂寞，却一直紧闭心灵之门。而老船长高爷爷虽有些大男子主义，但性格豁达开朗、幽默有趣，他的内心深处却隐藏着一段鲜为人知的婚姻痛史。年轻时意气用事、草率"休妻"的事一直使他难以释怀，他外表刚强而心灵却是脆弱的，晚年重提旧事时依然带着对亡妻的忏悔之情。在剧中，他感叹："到老了才晓得，人这一辈子，最长远、最有分量的是什么。"[1] 因此他比其他人更深地体悟到"百年修得同船渡"这句古话所饱含的深层意味和沉重分量，对人生有着更为深刻的洞察与领悟。他三次登门提亲，以执着和深情使方老师慢慢打开心门。虽然心底里已完全接纳，但过于固执与好强的性格使她没能及时回应爱人的表白，结尾满怀深情期待的高爷爷最后一次航行归来时，这份情感却已永久地逝去。两位老人独特的个性描写和偶然中有必然的人生命运展示，表现了生活意蕴的丰富性。

  编剧沈虹光强调，艺术创作实际上是个人的生命体验，你独特的生命感受就会是你的作品。她说："戏剧无论怎样发展和变化，终归要面对观众。不论传统还是现代，不论保守还是开放，不论观众多还是少，是俗还是雅，戏剧终归都要与他们作精神的沟通。怎样才能与观众沟通呢？我的办法很笨，那就是守住自己的感受。我们与观众在同一个现实中生活，人与人之间的感受应该是差不多的。我想，只要真诚地写出自己的感受，观众应该是能够接受的。"[2] 话剧《同船过渡》用饱满真挚的感情演绎了普通百姓的悲欢离合，追寻日常生活的诗意与哲理，展现了人物精神心灵的渐次转化，用戏剧的手法揭示了人生真谛，是当下现实主义风格的戏剧创作中一个有益的范本。

（原载《艺海》2023 年第 6 期）

---

[1] 沈虹光：《沈虹光剧作选》，中国戏剧出版社 2012 年版，第 254 页。
[2] 沈虹光：《好好守住自己的那一份感觉》，《上海戏剧》2005 年第 7 期。

话剧主题创作的"立"与"破"

李艳杰[*]

习近平总书记指出："一切有价值、有意义的文艺创作和学术研究，都应该反映现实、观照现实，都应该有利于解决现实问题、回答现实课题。"话剧艺术以其独特的舞台魅力，见证新中国的诞生、发展和蓬勃向上。其中，话剧主题创作始终是话剧艺术发展的重要内容。

话剧主题创作，指的是围绕重大时间节点、重大事件以及重要题材，用话剧艺术的创作手法和舞台技术手段，彰显具有鲜明人物特征，具备显著时代特色，弘扬和凝聚民族精神的艺术创作。党的十八大以来，以习近平同志为核心的党中央高度重视文艺事业，做出一系列重大决策部署，推动中国特色社会主义文艺繁荣发展。话剧主题创作热情高涨，在创作数量上取得喜人成绩。然而，面对有"高原"缺"高峰"的创作现状，我们要清醒地认识到，代表时代风貌、引领时代风尚的精品少之又少，艺术创作仍存在概念化、空泛化现象，作品的艺术力和创新力难以满足人民对文艺作品的精神需求。种种现状都在警示我们，要创作人民喜闻乐见的话剧主题创作，就要"先立后破"。

---

[*] 李艳杰：中国国家话剧院创作部文学编辑，助理研究员。

一、立人物，让人物走到观众心里

戏剧艺术的对象是人。话剧主题创作的重中之重，是塑造饱含时代内涵、振奋民族精神的英模形象。通过艺术化的呈现和再现，使英模形象以润物细无声的方式走进观众心中，形成凝心聚力，营造学习楷模、争做楷模的社会风气。

话剧《谷文昌》以福建省东山县"四有"书记谷文昌为人物原型，塑造了一位有血有肉、真实感人的人民公仆形象。剧中，按照当地风俗，百姓要祭拜关帝庙祈福许愿。"敌伪家属"因身份问题与民兵起了冲突，作为党员干部的谷文昌得知缘由后，拉着妻子一起在舞台"跪拜"。在这里，编剧用一个外化的戏剧动作，以最朴素、最真诚的方式诠释了谷文昌深沉厚重的人物性格。谷文昌的"跪拜"，从工作层面机智化解了民兵和百姓的正面冲突，从人物塑造角度奠定了谷文昌"想人民所想，急群众所急"的干部形象。谷文昌说，他跪的是从河南老家迁徙至东山的祖宗先人，他怀念的是渡海牺牲的战友同志，他至今不能忘记被敌特分子杀害的村干部，还有他内心最亏欠的、在远方的母亲。这是心系百姓、一心为民的谷书记，也是话剧舞台贴近生活、温暖百姓的英模形象。

为强化谷文昌的人物形象，主创把创作视角转向其家庭生活。剧中谷文昌瞒着妻子借款买粮送村民，还擅自拿妻子珍藏的嫁衣救济村民。面对妻子的质问，他二话不说"扑通"一声就跪下。这里，既体现了谷文昌内心对妻子的愧疚，也形象阐述了身为丈夫的谷文昌在家庭生活中的生存哲学。可以说，这一跪打破了观众对英模人物的古板印象，从现实生活层面和社会关系角度，重塑了一位生动、灵活、接地气的人物形象。这是话剧艺术最本真的创作手法，也最能打动和走进观众内心。

话剧主题创作的主角是英模人物，更是一个有血有肉、鲜活生动的普通人。话剧主题创作要立人物，就要从人物性格出发，去揣摩、分析人物，让人物与观众通过话剧艺术构建共鸣点和共情点，让观众真正地关切人物，让人物真诚地走进观众内心。

二、立冲突，主动设计"障碍"

没有冲突就没有戏剧。戏剧冲突，是话剧创作的核心，也是舞台行动和人物情感的根源。当下话剧主题创作在故事情节方面，存在"顺拐"和"一边倒"的现状。这样的故事设计雷同，没有源于生活，也不会打动观众。话剧主题创作要立冲突，人物才会有舞台行动，观众也会感受到剧场有看头。

话剧《三湾，那一夜》编剧王宝社用"三一律"的创作手法，艺术化表现"三湾改编"这一建党建军史上的里程碑事件，生动展现了毛泽东同志在风云激荡中熔铸人民军队之魂的政治远见和艰难历程。"三湾改编"是中国共产党建设新型人民军队最早的一次成功探索和实践。编剧在尊重历史史料的基础上，以层层剥茧的创作方式，为主要人物设置层层关卡，在层层激辩中集中展现戏剧冲突。

全剧以 1927 年 9 月 29 日晚至 30 日凌晨为时间线，在结果众人皆知的前提下，编剧主动设置三条行动线布局铺陈故事，增强戏剧冲突。其中，以会场为主线，集中展现毛泽东与众人的思想理念冲突；以场外罗荣桓做保卫工作为复线，营造紧张氛围。最后以雷排长是否逃跑为悬念，增强戏剧张力。话剧《三湾，那一夜》用紧凑的情节营造紧张的戏剧氛围，突出戏剧冲突，主动塑造和创新开拓舞台空间，整个剧目节奏紧凑、剧情跌宕起伏，充满了现代观感。这是一部洋溢着青春气息的话剧主题创作，也是一部设计精巧、悬念迭出的热血故事。

优秀的话剧主题创作，应该兼备思想性、时代性和艺术性。创作者要遵守话剧艺术创作规律，不断实践创作方法，努力创新时代表达讲好中国故事。

三、立体系，诠释中国式审美

习近平总书记在党的二十大报告中指出："坚守中华文化立场，提炼展示中华文明的精神标识和文化精髓，加快构建中国话语和中国叙事体系，讲好中国故事、传播好中国声音，展现可信、可爱、可敬的中国形象。"话剧艺术自被命名以来，已走过百年历程，始终不忘探索民族化进程。讲好中国故事，就要追求"天人合一""情与理""善与美"的审美境界，讲好具有中国内涵、中国精神和中国气派的中国式美学故事。

话剧《苏堤春晓》以苏东坡两次任职杭州为主线，讲述北宋文豪苏东坡的一生际遇。该剧充分运用中国戏曲的写意性和假定性，以大道至简的中国式表达，诠释中国话剧特有的美学风格。在创作手法上，该剧打破常规线性叙事，采用"点线式"的戏剧结构，从苏东坡作为"善人、儒者、改革者"三个维度，选取其杭州任职时的重要历史事件，讲述北宋公务员苏轼的故事。这里的苏轼是诗意的。耳熟能详的诗词背后，是人物情感的迸发和内心的奔流。这里的苏轼，可以跨越时空。"跳进跳出"的间离手法，营造轻松自然、活泼流动的舞台氛围，尽显中国文人的含蓄之美，使其善于思辨的特点跃然于舞台之上。

与此同时，话剧《苏堤春晓》营造了浓郁的舞台意蕴。竖立在舞台上的 17 个纱框结构，描绘出一幅幅宋代山水画，在写实和写意间营造气韵生动、"人在画中游"的舞台氛围。两位演员各执木头的两端，便是行舟。舟的起伏澎湃，人物的情绪节奏，舞台故事与戏剧情境相得益彰。几把工整简洁的椅子，可以表现朝堂之上的皇权与威严，可以诠释心境不同的苏东坡，也可以打破舞台时空，构建一场过去与当下的穿越对话。

习近平总书记指出："广大文艺工作者要深刻把握民族复兴的时代主题，把人生追求、艺术生命同国家前途、民族命运、人民愿望紧密结合起来，以文弘业、以文培元、以文立心、以文铸魂，把文艺创造写到民族复兴的历史上、写在人民奋斗的征程中。"话剧主题创作要"破题",首先要紧扣主题,要让话剧舞台内容与主题思想紧密相连,通过话剧的语言、动作以及舞台表现手法等,使得舞台内容具有明确的主题性。"破题"的重中之重是解题。话剧主题创作要展现大国担当,传播中国价值观念,就要读懂时代命题,解答时代命题,创作真正具有时代意义和现实意义的作品,做好体现国家意志的宏大叙事。

其次,话剧主题创作者要敢于突破自己的创作圈。话剧艺术是一门融合剧本创作、表演、导演、舞美等创作元素的综合艺术。"破圈"是集体创作意识的转变,是艺术市场的良性发展。当下,随着数字技术全面赋能文化产业,"线下演出、线上演播"双演融合突破地域限制,拓宽传播渠道,扩大观众群体,在这样的时代背景下,话剧艺术如何与数字、科技深度融合?如何满足观众日益增长的文艺精神需求?话剧创作者要努力在危机中育新机,于变局中开新局,要有意识、有目的地走出自己创作的小领域,积极融入时代和社会发展,充分运用"戏剧+"的创作理念,推出更多符合当下观众审美标准的话剧主题创作。

如果说"破题"要求创作者打开创作思路,拓展创作思维。那么"破圈",则需要营造良性竞争的话剧艺术市场。话剧主题创作,不能以获奖资助为最终目标,要逐渐把人民群众的喜爱作为衡量标准,在艺术创作和市场发展中提升艺术品质,打造艺术精品。

习近平总书记强调:"人民是文艺之母。"源于人民、为了人民、属于人民,是社会主义文艺的根本立场,也是话剧主题创作繁荣发展的动力。讲好人民的故事,把精彩的故事讲给人民,创作更多满足人民文化需求和增强人民精神力量的话剧主题作品,这是广大文艺工作者的艺术追求,也是最大动力。

为戏剧创作打开更为开阔的创新空间

郑荣健[*]

相较于新兴艺术门类，历史悠久的戏剧属于传统艺术。它既承载着扎实深厚的人文内涵和审美传统，也有着突出的辩证发展诉求。一直以来，学习继承和创新发展传统艺术的文化自觉和不懈探索，不断推动创造新经典，铸就戏剧艺术新辉煌。这也意味着，植根中华文化沃土，不断赋予传统艺术新的时代内涵，形塑戏剧艺术的当代品格和青春形态，进而赢得新一代戏剧观众，是戏剧发展的必由之路。新时代以来，戏剧艺术工作者坚持守正创新，以青春化叙事不断提升艺术体验，引领审美风尚，促进戏剧艺术繁荣发展。

注入时代内涵

怎样让传统艺术具有时代感，赢得年轻观众的喜爱，是当代戏剧艺术工作者面临的课题。

在近年来的戏剧创作中，我们可以看到一大批具有青春质感的作品。比如，音乐剧《赵氏孤儿》以当代视角审视人物的人生选择，从形式到内容都散发着更易引发当代观众共鸣的艺术光泽。评剧《目连之母》移植改

---

[*] 郑荣健：中国艺术报新闻部副主任、主任记者。

编古老神话，把目连母亲作为聚焦的关键人物，突出故事现代内涵，主题传达富有张力。当代视角和当代价值介入传统题材，引发当代观众共鸣，由此实现了传统故事和经典剧目的传承创新。除了思想层面，更多时候，青春质感以感性形式彰显个性化和风格化之美。比如，粤剧《白蛇传·情》围绕"情"来做文章，对人物各自立场给予新的解读，以此来支撑人物的行为动机，形成丰沛酣畅的唱念做打，不落俗套，被赋予当代思想的深刻和当下感性的活力，传统文化就被激活了，进而彰显出时代的质感和青春的朝气。

与此同时，大量表现当代生活的现实题材作品，不仅拓展了剧种表现领域，而且赋予其新的审美品格。比如，彩调剧《新刘三姐》表现脱贫攻坚，化"旧传说"为"新传奇"；音乐剧《在远方》以快递业的发展为主线，反映社会日新月异的发展变迁。这些作品往往见人见事见精神，时代感十足。在一些流行文化IP改编作品中，较好地观照社会文化心理，以新题材和新类型扩大观众覆盖面，进行了有益探索。还有专注于艺术本体并取得较大突破的例子，如昆剧《瞿秋白》、赣南采茶戏《一个人的长征》、杂技剧《战上海》等，它们不仅以精彩的舞台呈现打动观众，而且也展现出戏剧样式不断丰富和拓展的创新创造活力。

重塑舞台时空

在漫长发展过程中，戏剧艺术积淀了丰富多样的叙事手段，这些叙事手段总结起来，无非是如何进行时间和空间调度。一般而言，按照时序展开的线性叙事为人们所熟悉。比如，黄梅戏《孟姜女》就是典型的时序叙事，代表了传统的线性叙事形态。随着戏剧观念更新和舞台技术变革，无场次切换、多时空并置和多线交织的叙事逐渐成为当下舞台流行的手段，并带来显著的陌生化效果，受到年轻观众喜爱。

舞剧《永不消逝的电波》运用了影片倒放和蒙太奇的手法，将略显单调的双人舞叠加为一组双人舞，以适应现代演艺空间需求。话剧《觉醒年代》采用旁白插叙的方式，在定格画面之后，继续展开主线情节，让鲜活在场的艺术形象和历史文献的人物实录并置，产生强烈的情感张力。这种叙事形态的创新探索，抓住年轻观众热情敏锐的接受特点和对叙事风格的多样化诉求，释放了舞台想象力，具有启发意义。

诸如此类的舞台时空观念更新和多元叙事表达，让人真切地感受到科技进步对人的审美习惯的影响。正如21世纪初互联网刚兴起时出版界感叹"读图时代"的到来，在互联网更加普及和虚拟现实、增强现实、高清直播等科技手段支撑下，影像技术手段和逻辑正在更新舞台艺术的形态。比如，惯常作为影视创作类型的悬疑剧、谍战剧在戏剧创作中逐渐活跃起来，越剧《枫叶如花》、沪剧《一号机密》和多剧种版本《伪装者》等，将原本作为戏剧元素的"悬念"升级为题材类型，进一步丰富了戏剧叙事的张力。

除了作为叙事手段助力戏剧创作，新技术还拓展了舞台艺术业态。在第十三届中国艺术节上，80多部作品完成了158场线上线下演出，280多个平台参与线上直播，累计观看人次超过3.5亿。线上直播大大拓展了戏剧触达范围，还增添了弹幕等互动形式。此外，沉浸式戏剧在当今戏剧创作中已有不容小觑的数量，涌现出《武康路19号》《思南路上的枪声——向着光明前行》《曙光》等一批代表性作品。它们与当代青年观众需求同步，在不同层面更新着我们对戏剧艺术时空观念和观演关系的认识。

彰显青春力量

在诸多青春化叙事手段中，人物形象是最为直观和生动的。2004年苏州昆剧院推出的昆剧《牡丹亭》，就以"青春版"为标识吸引了一批又一批年轻学子观看演出，为创新戏曲形态、推广昆曲艺术发挥显著作用，也显示出戏曲青春化叙事的魅力和潜力。

近年来，得益于经济社会发展，艺术创作资源更加丰富，服装、道具、舞美等各方面也愈加精致精美，演员饰演的人物形象也有了更讲究的设计。

一批年轻演员逐渐成长起来，他们以清新的艺术气质和稳步精进的舞台技艺，给人留下深刻印象。有的演员还善于借助网络直播推广戏剧、培养观众。这些因素不同程度地赋能戏剧艺术，为戏剧创作打开了更为广阔的创新空间。在上海昆剧团推出的全本昆剧《牡丹亭》中，舞台采取极简写实和浪漫写意相衔相融的手段，在大转台上布置了栏杆、拱桥、台阶，随场景变化而辅以调用；又以青绿山水和油画风格的多媒体投影相呼应，渲染人物情感情绪，让古老的经典青春焕发。

作为《永不消逝的电波》之后的又一舞剧"爆款"，《只此青绿》给人带来强烈的视觉冲击力和艺术感染力。青绿山水画的色彩和"青绿腰"的造型，在当下国潮文化语境中，既激活传统又顺应时尚，既赋予青春以文化感又带来戏剧的青春感。在话剧《红楼梦》中，铺展于舞台之上那炫目的红与白，将原著精神予以视觉化呈现，令人新奇而震撼。话剧《浪潮》为塑造左联五烈士，在舞台上布置了真实水台，既带来沉浸感，也具有象征性。越剧《枫叶如花》将革命烈士的生命华章喻为夏花之绚烂、秋叶之静美，通过审美意象传达作品精神内涵，彰显了托物言志的中华美学精神。

近年来的戏剧创作，真实反映出时代波澜壮阔的历史进程和守正创新的艺术追求，展现出当前新技术、新场景和新业态蓬勃涌现的景象。这些探索实践为文化艺术传承创新提供了经验和启示，也让我们对新时代戏剧艺术发展充满信心和期待。

（原载《人民日报》2023年8月18日）

展现不拘一格的美

戴 晨[*]

古往今来，在戏剧舞台上诞生了诸多经典的女性形象，她们是所处社会的缩影，有着鲜明的时代印记。可以说，每个时期的女性题材戏剧都与女性在其所处时代的生活状态联系密切，这些作品既有对女性传统美德的赞美与歌颂，也有对女性追求自由、冲破封建牢笼的鼓励与支持，更有对遭遇不幸的女性的怜悯与同情。

新时期以来，观照女性、表现女性个体与群像的文艺作品越来越丰富多元。特别是近期，随着演出市场回暖，一批以女性为主角的戏剧作品在舞台上涌现，受到观众喜爱，其中既有经典复排剧目，也不乏原创剧作。这些作品侧重描写女性的个人成长、家庭情感、人生际遇，展现其才华与魅力、品格与命运等，在叙事视角、形象塑造、思想表达、艺术探索等方面呈现出新的面貌。

一、从形象塑造上丰富美的内涵

在我国的古典戏曲中，曾塑造出一批女性形象，她们具有中国女性的传统美德，既温柔善良，同时也坚忍执着，敢于反抗封建礼教。比如，昆

---

[*] 戴晨：北京人民艺术剧院博物馆副研究馆员，北京市文联评协会员。

曲《牡丹亭》中，青春美丽的杜丽娘虽深居闺阁，受封建礼教规训，却向往美好爱情，具有强烈的自我意识和反叛精神；《西厢记》中，崔莺莺对爱情的追求胜过功名富贵，红娘活泼、机敏、聪慧，有一副侠义心肠；元杂剧《赵盼儿风月救风尘》中，赵盼儿作为被封建社会压迫的风尘女子，机智、善良，富有正义感。

"五四"以后的戏剧作品，则表现出了对女性悲惨命运的深深关切和同情，引发人们悲悯与思考，并为女性解放铺平了道路。话剧《雷雨》中的侍萍、四凤，话剧《北京人》中的愫芳，她们以爱情为信仰，温婉善良、忍辱负重。《雷雨》中的繁漪、《日出》中的陈白露、《原野》中的花金子，她们的形象与传统的贤妻良母不同，但同样渴望冲破枷锁，追求爱情和自由，向往光明。

近年来，各行各业的时代楷模、历史名人等自身带有拼搏事业、追逐梦想属性的女性形象成为戏剧舞台上新晋的亮色。北方昆曲剧院原创昆曲《林徽因》着重表现一代才女林徽因的人格独立自省和情感自持，展现出时代风云和巨大转折下一个女性的人格养成和情感发展。音乐剧《速记员》讲述了潜藏在敌人身边十四载从未暴露的王牌女特工沈安娜的故事。沈安娜的一生不断将自己打碎然后重塑，从一个梦想做明星的普通漂亮女孩，转变为孤身一人义无反顾踏进黑暗，却始终坚守信念的革命工作者。

云南省话剧团话剧《桂梅老师》以"七一勋章"获得者张桂梅为原型，以她坚守丽江华坪多年，推动创建全国第一所全免费女子高中，让贫困山区女孩圆梦大学的真实故事为主线，展现了新时代女性张桂梅立德树人、化育人心的崇高精神。

在2023年上演的树新风剧团话剧《长翅膀的杜若》中，女主角"杜若"的形象与其他舞台上闪闪发光的"大女主"截然不同，她是位因病魔缠身而困在老楼多年的"老母亲"。她不施粉黛，穿着邋里邋遢的衣服，说话啰啰唆唆，生活中斤斤计较。这个看似有点自私、不那么讨喜的杜若，年轻时曾是舞技超群的"舞王"，为了照顾家庭舍弃了心爱的舞蹈，她心有不甘，在晚年时有强烈的愿望想要找回自己的梦想。

可以看出，戏剧舞台上对女性的塑造不拘泥于一种形象，"柔弱惹人怜"不再是女性的固定标签，她们为事业不懈拼搏，也闪烁着理想和信念之光。随着时代的发展，女性之美在舞台上不断折射出斑斓的色彩，有果敢霸气的忠义美、有风轻云淡的知性美、有抛家舍业的崇高美，还有褪去主角滤镜后的"不完美"。

二、从叙事创新角度透视新时代女性梦想与家国情怀

早期的戏剧舞台上为着力塑造某个典型女性，往往将极富戏剧性的情节和冲突集中在一个人身上，比如《牡丹亭》中"因情而亡，因情而生"的杜丽娘，《雷雨》中的四凤等。一些戏剧作品偏爱选择具有传奇人生的女性作为题材，力求从不平凡中歌颂伟大和崇高，如北京人民艺术剧院的经典话剧《蔡文姬》，依托"文姬归汉"为故事背景，以磅礴的气势和浪漫的情调塑造了东汉才女蔡文姬续写《汉书》的家国大义。

近年来，女性的心态、职业、性格、人际关系、社会角色、承担的责任都比以往更加多元，原生家庭、婚恋焦虑、生育难题、职场骚扰、性别歧视、身心健康等社会关注热点也成为当下很多戏剧作品着力之处。例如，《长翅膀的杜若》的创作者顾雷敏锐地洞察到万千普通家庭中母亲与儿子的矛盾，将他们日常的交流和争吵极其细腻地搬上了舞台，让人直呼"太过真实"，每位观众都可以从剧中捕捉到自己熟悉的生活场景。作为子女，我们可能忽视了母亲的内心世界和灵魂需求；作为母亲，我们也许在家庭生活中迷失了自我。

2022年，鼓楼西戏剧出品的话剧《我不是潘金莲》中，李雪莲的命运看似荒诞，表现手法也极为先锋和写意，但该剧依然有着现实主义的思

考。该剧导演丁一滕表示:"《我不是潘金莲》其实是一个女性在历史的维度中踽踽独行,不断证明自己到底是谁的故事。这是一个人类共性的话题,不只有李雪莲是这样,安提戈涅、美狄亚、穆桂英、窦娥……也都是这样。"

随着时代的发展,女性戏剧作品从对典型人物加以强烈的戏剧冲突,进行传奇化的描摹,逐渐转为聚焦当下生活中的平凡女性,深度挖掘女性群体共同面对的身份困境,以及展现新时代女性独立的思想、高贵的品格及其在伟大时代背景下所迸发出的追逐梦想、建功立业的个人追求与家国情怀。令人欣喜的是,女性戏剧作品不止于通过表现完美来歌颂伟大,而是敢于展现残缺的美,力求以真实来打动观众。

三、角色与演员彼此成就,形成精彩互文

文艺创作是艰辛的创造性工作,只有深入人民群众、了解人民的辛勤劳动、感知人民的喜怒哀乐,才能洞悉生活本质、把握时代脉动、领悟人民心声,才能使作品具有深沉的力量和隽永的魅力。舞台上吸引人、感染人、打动人的一个个女性形象,来自女演员源于生活又高于生活的艺术创造。

要达到高超的艺术水平非朝夕之功,需要专心致志、久久为功。新中国成立后,一批女性戏剧工作者秉持着"戏比天大"的精神,在承担家庭生活重任的同时,依然克服艰苦的环境,完成创作、演出。2019 年,天津人民艺术剧院联合香港话剧团携手打造话剧《德龄与慈禧》,饰演慈禧的卢燕,时隔 11 年以 93 岁的高龄再次登台,虽然卢燕行动不便,许多戏份都改为坐着演,但当她坐着龙椅出场,身旁宫女、太监跑过来搀扶她,她的台词却是:"说过多少次了,平地不用扶!我又不是七八十岁的老太太!"令人会心一笑。说到表演,卢燕认为"自己比 11 年前又进步了"。

2022 年,北京人民艺术剧院 70 周年院庆纪念版《蔡文姬》中,已经十几年没有演出这部作品的徐帆再度回归。剧中角色有大量的戏曲身段和

半文半白的台词，考验着演员的功底。具有多年戏曲功底的徐帆，为了重返舞台，一招一式、一蹲一跪都认真刻苦地练习，而20多年人生经历所带来的对角色的新的体悟，则更加令她珍视："2001年，我第一次演这个戏的时候血气方刚，除了年龄和人物相近以外，还不懂得其中真正的味道，可能只是在完成一个任务。2007年再演这个戏的时候，我刚刚做了母亲，对母子间那种难以割舍的离别特别有感触。现在我经历得更多了，对各种情感都更有体会，包括夫妻间的那种离别之情，还有对小的家庭扩展到国家层面的胸怀，内心也更有感受。所以我觉得这次来演《蔡文姬》，应该会更成熟、更稳一些，也更能体会蔡文姬这个人物的味道。"

2023年2月，刚刚进京的京剧《大唐贵妃》由梅派大青衣史依弘出演，为达成2016年与梅葆玖先生的约定，此次新版《大唐贵妃》中，史依弘一改以往杨贵妃平地起舞的动作，参照梅兰芳先生《太真外传》的演出剧照，融入古典舞蹈动作和戏曲元素，编创、复现了"翠盘舞"，展示出梅派艺术载歌载舞的艺术特色。

女性演员结合自己的人生阅历和艺术修养，真切地演绎、传递着女性的情感与命运，她们与角色彼此成就，形成精彩互文。除此之外，女性群体成为观剧主力军，她们感情丰富、细腻，更能感受女性命运的悲欢冷暖，使得戏里戏外、台上台下同频共振。这些因素相互作用，都使得女性题材戏剧从数量到质量提升显著。

女性题材戏剧作品与时代同行，为女性放歌，更加体现了现代女性寻求自我表达、彰显个性、实现价值的强烈意愿。优秀戏剧作品是思想内容和艺术表达有机统一的结果，创作者还应从现实生活中萃取题材，对不同年龄层女性的特质、生存现状、心理活动等方面进行更加细致的划分和捕捉，用更宽广的眼界、更包容的胸怀去传递"她力量"，展现"她价值"。

（原载《光明日报》2023年5月10日）

中国古典舞当代属性的开拓与坚守

胡 伟[*]

中国古典舞是当代人对传统文化的一种崇尚，是当代人对民族话语的一种诠释，是当代人对古典精神的一种重构，给我们呈现了一个包罗万象、五彩斑斓的舞蹈世界。"当代中国古典舞"的称谓最初在《唐满城舞蹈文集》中被提及，作者认为中国古典舞是当代的产物，是当代人在继承传统的基础上加以发展而形成的一种新古典舞蹈，具有鲜明的当代风貌和时代精神。"当代"这个名词，常被舞评家和理论工作者提及，但是在现实中往往被编导们遗忘和忽视。古典舞的当代属性在今天依然是一种非常稀缺和珍贵的品质，代表了一个方向、一种态度和一种可能。

一、古典舞作的当代属性分析

第十三届中国舞蹈"荷花奖"古典舞组共有 47 个作品入围终评，据粗略统计，第一场比赛的 15 个作品中有 6 个当代属性的作品；第二场比赛的 17 个作品中仅出现了 3 个当代属性的作品；第三场比赛的 15 个作品中也只有 3 个作品涉及当代。其中《人在草木间》《门神》《红山玉龙谣》等作品，给人留下很深的印象。在得分排名前三的作品中，《骏马图》

---

[*] 胡伟：首都师范大学音乐学院副院长，教授。

《觉》都是当代属性明显的古典舞作品，突出体现了"对古典舞创作题材的拓展、对中华优秀传统文化的开掘、对现实生活和人物内心的观照等实践收获"[①]。

当代属性的作品在整届荷花奖比赛中占比非常小，大致可以分成两种情况。

第一种是当代生活穿插或点缀的古典舞作品，突出对现实生活和情感的表达，符合当代人的文化诉求和事态语境。比如寓庄于谐的《门神》，运用守正创新的编排方式将画中的"门神"赋予生命，用现代人的谐谑视角表现民俗文化的俗趣传承和守护者的民族精神；浮世尘缘的《莲·生》，根据壁画中的莲花为创作素材，运用古今交互的结构方式，表现了一位现代人在繁杂且浮躁的世界里寻找一方净土；青云有志的《鸿鹄高飞》，运用内心外化的表现方式，演绎了一位现代青年立青云之志，"遥望去路，是青灯黄卷的一场修行；回望归处，乃海晏河清的家国安邦"。

第二种是反映当代精神的古典舞作品，凸显当代群体和个体的思想表达和意识形态，代表作品有《骏马图》《觉》《人在草木间》《红山玉龙谣》《龙凤仪》等。《觉》塑造了一位习武之人，以武入舞、以舞起武，在一招一式中叩问消沉徘徊的内心，在方寸之间探寻人间正道的真谛。《骏马图》以徐悲鸿笔下的"奔马"系列为创作灵感，力求运用大写意的手法，传递古今同构之一脉相承的民族精神。以马的形象塑造来凝练人的精神品格，寓意着中华民族的苦难与不屈以及中华儿女的奋进和觉醒。这是继《黄河》之后又一部探索、开拓与时代同进的创新性舞蹈作品。

---

① 乔燕冰:《第十三届中国舞蹈"荷花奖"古典舞评奖落幕》,《中国艺术报》2023年5月5日。

二、古代题材不是古典舞创作的舒适区

作为当代创建的舞蹈种类，中国古典舞在渐进求索的过程中，曾出现"中西之争""古今之争""名实之争""真伪之争""复古与复兴之争""主流与正宗之争"的论辩。时隔70年，古代与当代的争论在今天依然是古典舞创作最显著的问题，呈现出一种亲古避今、重此薄彼的两极分化状态。古典舞不等同于古代舞，但是在众多作品中看到的都是各种类型的古代舞，从人物形象到题材内容都没有离开古代的时间限定。古代题材成为古典舞创作的枷锁，编导往往画地为牢，局限在自己设定的套路中，以至于编排再好的舞蹈也都缺乏新意。高成明评委指出："在传统素材、题材面前是否还有另外一条路，就是遵循艺术本身？如果在传统的规限下亦步亦趋，呈现的结果就会是雷同，是没完没了地重复某一种样式和题材，这是非常值得深思的。"[①]

古典舞创作不应该仅限于古代题材，在传统文化与当代取向、古典艺术与现代理念的双重夹缝中，古典舞在现实语境下的古典精神阐释往往具有双重性、多义性和不确定性。因此，让舞蹈的题材受制于古代的时间概念是失之偏颇的，其他题材也可成为古典舞表达的对象，比如现实生活题材、革命历史题材、时代旋律题材和现实主义题材等。古典舞的创作需要突破古代题材的瓶颈，就像20世纪80年代面对行当专属问题一样，突破武生和青衣的类型、霸王和虞姬的形象以及古代怨妇的题材。当今的古典舞应该摆脱门户之见和方圆束缚，如同《黄河》的创作一样，使它走出困境，获得更为广阔的舞台。古代题材的突破需要经过一个认识的深化和理性的升华，从而实现一个关键的蜕变，最终"进入到一种特有的既具古老

[①] 乔燕冰：《中国古典舞，如何舞出具有国家品相的身体语言？——第十三届中国舞蹈"荷花奖"古典舞评奖终评观察》，《中国艺术报》2023年5月8日。

传统韵味，又呈现当代人开放心态的'两元'境界"①。

三、"当代"属性是古典舞创作的突破口

"当代"虽然是一个时间概念，但是可以提携作品的价值取向，把握时代脉搏和反映现实生活。它既是一种创作视角，也是一种表现维度，亦可以是一种诠释手法和操作方式。冠之古典舞前的"当代"二字，足以证明今人的创作是一种守正创新，一种失传之后的重塑，一种人文精神的回归。较之当代舞的当代性、现代舞的当下性，古典舞的当代属性更需要体现舞蹈创作的当代主题、当代语境、当代话语和当代审美。当代中国古典舞应该主张"为人民而舞"的艺术追求，把传统的舞蹈文化与时代紧密相连，反映现实生活和价值取向，为古典精神的延续和当代属性的确立提供时代范本。

独舞《觉》展现了人的"觉醒""觉警""觉悟"三个阶段，呈现自我挣扎、修炼和突破的精神境遇，呈现生命之"觉"的从无到有、从小到大、从涓涓细流到波澜壮阔的求索历程。舞蹈以武术特有的"刚""韧"气韵传达出破而后立的信念，是一部超越自我、彰显生命价值的作品。同时，该作品超越了对于武术外在形态和内在气息的模仿，着重于人生困境的突破之势，不失为一场修炼心境的精神之旅。群舞《骏马图》把骏马的形象拟人化、象征化、诗意化，从形似上再现了马的形象，从神似上升华了人的品格。既寻找到骏马典型的外在形象，又守住古典舞的内在底蕴。以马喻人、托物抒怀，一方面表现出人的精神抖擞、豪气勃发的意态，另一方面表现出中华民族百折不挠、自强不息的精神。舞蹈在形与神、虚与实、动与静中，将中国人的细腻情感宣泄和升华，将中华民族的高洁情操

---

① 吕艺生：《舞蹈学导论》，上海音乐出版社2003年版，第112页。

传承和延续。

古典舞不应该是"独善其身"的个人言说，而应该是"兼济天下"的时代表达；不应该是个人主义的情性泛滥，而应该是民族强音的"先天下之忧而忧，后天下之乐而乐"的价值体现；不应该是"克己""独身""小我"的家长里短，而应该是置身于"民族""群体""大我"的宏大语境来阐释"古典精神"的正声和传统文化的"根性"意识。古典舞以一个进行时态延续古典精神的时代传承，是当代人在现实语境下的当代阐释，在把握古典本体的同时更强调它自身的宽泛性、延展性和包容性。

四、古典品格是古典舞创作的最后防线

对于古典舞当代属性的创作问题，我以为在古典品格上需要达成共识。品格即舞蹈种类的本质属性和内在风格，是划定一个舞蹈作品类别属性的标准和依据。中国古典舞的品格应放在古典艺术的层面上相提并论，体现古典精神、古典意蕴、古典神韵和古典情操，同时通过当代的审美取向来提升自己独特的艺术格调和价值。"以继承传统，体现古典文化精神"为立命之道和建构宗旨，古典舞创作的着眼点偏向对"扬弃戏曲舞蹈"之后的动作变体，对传统文化管辖的典型动作的厚度挖掘，对远古、中古、近古的深度考究，对近代、当代乃至现代的古典阐释。不必过多在意"古典"是否为古代的同义语而自扰，也不必过于纠结"古典"是否容纳"当代"的时间坐标而悬持未决。坚守古典品格的底线，是划分古典舞作品归属的最后一道防线，不必故步自封而闭门造车，不必作茧自缚而束手束脚。

对于古典舞名义下的当代舞蹈创作，古典的品格为内涵，传统的底蕴为依据，当代的显形为最终的舞台呈现方式，此三者于一体，三方不可偏废。但凡脍炙人口的古舞新作，无不是三者的高度统一和有机结合，如古

代题材现代阐释的《故国》，如传统语汇现代主题的《岁月如歌》，如当代精神古典标示的《黄河》，如民间素材古典演绎的《醉鼓》，如现代风格古典意蕴的《风吟》，等等。诚然，古典舞创作需要"古曲新唱"，适应时代的历史潮流和发展动向。在守正古典的同时有所创新、求新、变新，在恪守传统的同时又加入当代人的独特阐释，期待中国古典舞作品多产而不拘一格、多元而百花齐放。

（原载《舞蹈》2023年第3期）

不拘一格　多面开花
——从评剧艺术节看中国评剧院艺术创作的美学实践

马艳会 *

中国传统戏曲以其综合性、虚拟性、程式性的美学特征诗意地流淌千年，它从文学、音乐、舞蹈、美术等艺术门类中提纯出具有典型性又彰显独特性的舞台意象，在抽象认识客观生活的基础上，通过模拟、夸张、美化、凝练等方式，用富有意境的歌舞化的戏曲语言，来塑造一个又一个丰富多彩的诗意世界。

传神写意、诗意抒情是戏曲艺术实践自始至终的审美取向和美学追求。评剧艺术自是如此，作为中华优秀传统文化的重要载体，传承和弘扬着中国戏曲美学的形式特征和审美法则，在艺术创作实践中坚持"以歌舞演故事"的戏曲美学精神，探索出了一条独具东方审美意蕴的现代戏曲创作之路。本文以中国评剧院进入 21 世纪以来的艺术创作为例，从其参加评剧艺术节的演出剧目来窥探其在不同层面对戏曲舞台精神的美学实践。

评剧艺术节自 2000 年始，迄今举办了 12 届，广大评剧从业者怀着讴歌时代新风、弘扬传统文化的艺术使命，创作出了众多既富含民族文化精神又彰显时代发展特色的精品力作，历届艺术节对来自全国各地的评剧院团的新创剧目成果集中检阅。中国评剧院每届精选一部当时最具影响力

---

* 马艳会：中国评剧院助理研究员。

的重点剧目参加展演，连续推送了《祥子与虎妞》《红岩诗魂》《刘巧儿新传》《长霞》《马本仓当"官"记》《良宵》(《马寡妇开店》)、《林觉民》《城邦恩仇》《母亲》《狸猫换太子》《目连之母》共计11部优秀舞台作品，其中现代戏7部，传统戏整理改编3部，外国名著改编1部。

一、传统审美形式的重新发展与开凿

评剧自形成之初便以其雅俗共赏的艺术品质，质朴淳厚的艺术魅力，观照现实、贴近人民的艺术品格，深受广大群众的喜爱和欢迎。进入21世纪，这一剧种在继承现实主义戏剧传统塑造人物的同时，又坚持不懈地对传统审美形式重新发展与开凿，从《良宵》(《马寡妇开店》)到《目连之母》，是评剧对中国戏曲美学精神的当代化探索，以"无声不歌，无动不舞"的唯美品格和极具象征性的艺术语言，营造了清新典雅、空灵写意的东方意境。

对评剧骨子老戏《马寡妇开店》的修复整理，是中国评剧院在前人玉石的基础上，本着敬畏经典、学习经典、发展经典的原则所做的一次新尝试，这部剧目不是旧瓶装新酒，在某种程度上是对以往的一种颠覆性改造。在美学实践中，主创人员对该剧目保留了原有的故事主线和思想主题，但在东方美学范式的指引下对表演、音乐、舞美等进行了较大程度的创新，如在评剧传统声腔音乐的基础上吸收了昆曲、晋剧乃至流行音乐的听觉元素，突出了戏曲艺术的"歌舞"性和诗意美，带给观众全新的视听享受。《目连之母》是当代著名剧作家徐棻的代表作品，虽取材于古老的"目连戏"，但艺术创作另辟蹊径，在挖掘传统文化精华的同时去其糟粕，以当代人的表达方式讲述了一个子虚乌有的鬼神故事，以极其犀利的视角诠释了一个母亲悲苦凄惨的一生。中国评剧院在音乐素材上汲取观众较为熟悉的传统曲牌和民间吹歌等，单一中求丰富，丰富中求统一。舞美设计以倒悬的梯形为天幕背景，随情节变化呈现不同情境，以象征性的简约构筑戏剧心理空间，凸显诗意和美感。这两部作品仿古但不复古，对戏曲艺术的歌舞性和诗意美进行创新性发展，以端庄雅致、空灵时尚的审美特征提升了中国评剧的品格，张扬了中国评剧的精神，展示了评剧艺术的精粹，是将优秀传统文化进行创造性转化和创新性发展的成功之作。

对传统审美形式的重新发展与开凿还体现在对古典戏曲理论的创新性实践。《毛诗序》说："诗者，志之所之也，在心为志，发言为诗。情动于中而形于言。言之不足，故嗟叹之；嗟叹之不足，故永歌之；永歌之不足，不知手之舞之足之蹈之也。"戏曲集诗、歌、舞于一身，古典戏曲理论的综合性为传统戏曲赋能，在有限的舞台时空创造无限的意境与想象。《狸猫换太子》原为连台本戏，中国评剧院在剧本、音乐、舞美等方面都做了新的尝试。剧本集众多演出版本之长，立主脑、剪枝蔓，集中生子、救子、认子的主线，情节简练、矛盾突出，既突出有勇有谋的侠肝义胆，又有荡气回肠的人性呼唤，使这出传统题材的剧目彰显出了大气磅礴的气质和真善美的精神内涵。

二、对观照现实艺术品格的执着追求

评剧这一剧种成长于田间地头，善于表现普通人的现实生活。中国评剧院继承了评剧观照现实、表现社会时事、擅长编演现代戏这一剧种传统，并加以发展，创作了一批既富含民族文化传统又不乏反映时代精神的新剧目。从火热的现实生活中汲取素材，通过小人物的生存境遇和命运走向折射整个社会风貌和时代特点。这类现实题材剧目往往聚焦某一社会群体中有代表性的人物或事件，台词语言质朴无华，人物表演生动自然，在舞台呈现上往往具有写实主义的风格，具有浓厚的生活气息和鲜明的时代烙印。作为首届评剧艺术节的参演剧目，评剧《祥子与虎妞》在尊重原著的基础上，突出评剧现实主义表现形式，着重描写了祥子与虎妞的爱情故事与悲剧命运。《刘巧儿新传》是在《刘巧儿》基础上所做的新的艺术创作。它直面农村现代化进程中思想意识观念的困惑，讴歌了现代农村的新人新事新风貌，勾起对评剧经典的怀想和热情。评剧《长霞》以河南登封市公安局局长任长霞为原型进行艺术创作，这出戏源于生活、高于生活，刻画了一个真实可信的好干部形象，为评剧艺术塑造英模人物提供了借鉴。《马本仓当"官"记》是一部来源于农民生活、带有泥土气息的现实主义作品。该剧以国家取消农业税这一重大事件为时代背景，演绎了中国当代农民的生活命运，通过小人物的故事折射出人性的光辉，继承了评剧艺术的优秀传统，带给观众新的艺术感受。这类剧目是对时代人物的塑像与生活烙印的深切回味。

三、民族灵魂史诗的精神熔铸

革命历史和革命战争题材是中国评剧院现代戏创作的重要组成部分，这些剧目以诗化写意、浪漫空灵的艺术风格展现雄浑悲壮、气势恢宏的历史场面，热情讴歌为中国人民解放事业甘洒热血、勇于献身的民族英雄，具有动人心弦、震撼人心的强大力量。为庆祝中国共产党成立80周年排演的《红岩诗魂》，被评价为"讴歌革命英雄主义的血色情诗"，通过他们面对生与死的内心世界的展现，突出对群体命运和集体精神的展示。为纪念辛亥革命100周年排演的《林觉民》，在叙事和抒情融为一体的舞台演出中展现革命者血肉丰满的感性人生，勾勒出那个风起云涌的年代知识界风云人物的精神轨迹。值得一提的是中国评剧院为纪念中国人民抗日战争暨世界反法西斯战争胜利70周年创排的大型英雄史诗《母亲》。"她"因令人耳目一新的叙述方式和舞台呈现开拓了评剧的创作理念，被誉为"灵动多姿、虚实相间、时空交错、富有诗意的现实主义与浪漫主义相结合的新评剧"①。民族史诗剧独树一帜的舞台叙事手法，为戏曲艺术开拓了别样的歌舞语言，通过更具戏剧张力和视觉冲击力的美学元素，熔铸中华民族岿然屹立的革命精神，形异神同、殊途同归，是中国评剧院美学实践的新坐标。

四、中西艺术互鉴的初探

当代戏曲舞台不乏对西方戏剧名作的改编搬演，对中西艺术互鉴的舞台探索也从未间断，如河北梆子《美狄亚》《忒拜城》等。中国评剧院创作的《城邦恩仇》，首次以评剧艺术的音乐、表现手段和艺术特色演绎国外题材，是对中西方思想文化交流融合的一次初探。《城邦恩仇》在戏曲结构上进行突破性尝试，借西方戏剧样式的"形"，呈现评剧艺术的"核"，将古希腊悲剧的特点与评剧艺术语汇融会贯通。同时，《城邦恩仇》赴希腊演出，刷新了外国观众对中国传统戏曲的固有认知，触发了评剧走向国际市场的开端。《城邦恩仇》跨文化的改编探索，在西方思想教化和东方美学意蕴之间寻求文化共鸣，拓宽了评剧的表现题材和价值内涵，提升了评剧剧种的文化品格和艺术表现力。

21世纪以来，中国评剧院根植于中国戏曲的审美特征和美学精神，延续传统的艺术追求和审美取向，开拓天然古朴的剧种气质，开凿传统的审美形式，熔铸民族史诗的革命精神，并对中西艺术互鉴不懈探索，不拘一格、多面开花地进行艺术创作，推出了众多无愧于人民、无愧于时代的优秀舞台作品。自2013年12月30日习近平总书记在十八届中共中央政治局第十二次集体学习时首次提出"努力实现中华传统美德的创造性转

---

① 转引自侯红《用经典接续传承 以创新促进发展》，http://topics.gmw.cn/2018-10/01/content_31481177.htm。

化、创新性发展"始,"创造性转化、创新性发展"这一思想便逐渐发展成为指导我国文化建设的重要方针,在中国特色社会主义新时代具有深刻的当代价值。"两创"背景下,中国评剧院21世纪以来的美学探索与实践便又被赋予了新的使命与内涵。

吉祥例戏　旅游演艺产品研发的新面向
——以闽剧民营剧团演出为解读样本

王小梅[*]

　　戏曲表演作为旅游演艺的重要产品，早已有之。受益于文旅融合背景的政策倡导，"文化"和"娱乐"双重魅力的加持，戏曲文化产品仍是当下诸多旅游演艺的重要依托。随着文旅融合的深入及竞争的日益激烈，戏曲的旅游演艺功能专注于传播地域文化的同时，也需强调吸引游客的方式。

　　吉祥例戏，也称为扮仙戏、例戏、吉庆戏或帽儿戏，是演出正戏前带有一定宗教色彩的仪式性演出小戏，常有《跳加冠》《八仙送宝》《跳财神》等独立剧目。作为中国传统演剧必不可少的组成部分，其在当前城市戏曲剧场已基本难觅踪迹，却是农村演剧市场稳定且不可缺席的磐石。各地方剧种的例戏演出惯例多不相同。本文以闽剧为例谈谈吉祥例戏对旅游演艺产品研发的可行性。

　　首先，吉祥例戏可能是旅游演艺戏曲产品的破圈之道。"去哪儿"联合"小红书"发布2023年十大旅行趋势，"上香青年"赫然在列。2023年催生的寺庙游新玩法，使寺庙游强力出圈，显示出传统文化在当下更灵活的传播方式。《2023中国网络视听发展研究报告》显示："截至2022年

---

[*] 王小梅：福建省艺术研究院副研究员。

12月，我国网络视听用户规模达10.40亿，超过即时通讯（10.38亿），成为第一大互联网应用。"[1]从"看"到"拍"，当下，短视频等新媒体渐成大众的重要表达工具，全国多个剧种的民营剧团也以极大热情入局短视频狂欢盛宴。各平台涉及戏曲素材的短视频基本以海量计，素材也五花八门。其中，民营闽剧团演出正戏前几乎必演的天官八仙等例戏，不仅是短视频常见内容，人气也高于其他素材的短视频。如抖音视频《八仙献祝寿》与同一人同时期发布的闽剧现场演出视频《节孝传》比对考察，前者的浏览量、关注度明显高于其他演出素材的闽剧短视频。这是普通路人观众的短视频数据，在她的3575个短视频中，以日常生活自拍为主，闽剧素材短视频在并未被置顶的设置情况下，《八仙献祝寿》排在第一，遥遥领先。无独有偶，戏曲从业者的短视频，960个短视频，95%以上是闽剧演出及演员生活等素材，《十祝东家》最受欢迎，高居热门首位，点赞数4437，高出其他数据的几十、上百倍。还有基本可算闽剧爆款的《激情的东家》，表现东家接宝后往舞台撒钱的短视频，点赞数4.1万，评论数2015。[2]凡此种种，共同指向短视频背后的宗教民俗素材质素。宗教仪式品格、民俗节庆、民俗活动是民众情感的、思想的、集体精神的体现和承载。相比戏曲演出的时演时新，与民俗相关的戏曲部分反而时演时旧，变化小。对戏曲观众而言，追寻与情怀是观看吸引力。仪式的神秘、新奇、未知，传统文化的魅力，与生命体验的密切相关性，这些既是海量短视频中有效被遇见、被看见的爆款特质，将来也不失为旅游演艺产品的引流、宣传推广的流量密码。

其次，吉祥例戏与生俱来的狂欢氛围天然契合旅游动机的驱动力、吸引力。根据学者普遍认同和广泛应用的旅游动机"推—拉理论"框架，

---

[1] 《2023中国网络视听发展研究报告》，https://www.sarft.net/a/214357.aspx。
[2] 以上抖音短视频数据均截取于2023年12月3日22:36，分别来自抖音号1498560489、1458152330、2122844098。

"推"指不平衡或紧张引起的动机因素或需求，是内在的。而旅游所带来的狂欢氛围等，则是"拉"的因素。吉祥例戏以喜庆、热闹为目的，音乐表现上多以鼓点呈现，是规定性很强的庆贺活动，其间敬神与娱民不具有界限与分野。作为民间迎神赛社的重要组成部分，戏曲涂抹上宗教的色彩，宗教的仪轨也嫁接于戏曲的表现，神、民两端实际系结着狂欢和万民同乐的气氛，这种狂欢因子千百年来为百姓所喜爱，百姓甚而陶醉其中，而狂欢恰与旅游的目的相符，是旅游的气氛与意义追求，欢乐的气质必然会被游客追捧和喜爱。

最后，从演出看，吉祥例戏是戏曲中最传统的仪式存留，也是当下最时兴的沉浸式戏剧理念的表达。仪式的新鲜感，开展过程中的沉浸感，实施过程的祈福挡灾纳祥之意，都是打造体验性、参与性、娱乐性旅游产品的极佳元素。改革开放后，城市化进程导致原生乡土结构及信仰加速瓦解，关于地方习俗的戏剧与其中仪式性成分的集体记忆慢慢变得模糊，原先的司空见惯渐成如今的陌生"奇观"，具有观览和认知欲望的吸引力。而戏剧演出形态在新语境中发生着变化，人神勾连的仪式也在改良变形。娱乐性加强的同时，出现即兴体验式演绎、参与性成分增加，台上"财神"与台下观众互动性增强的新现象。吉祥例戏的演出目的在于通过"人神交流"仪式达成祈福纳吉的愿望，"神明"、演员和俗民都是参与者，人神互动的表现即观众与演员互动是吉祥例戏仪式的一大特色。演员扮演的财神、天官等角色作为神的象征，代表神明与乡民交流。而乡民敬神、娱神，热衷并真诚地积极参与、接受台上神灵的赐福。以当下最时兴的沉浸式戏剧大潮来看，例戏在无意中实践了沉浸式戏剧的理念。沉浸式戏剧注重观众与场景的交互体验，比如可通过让观众完成一些小任务来推动剧情的发展，或者制造特定的氛围与观众互动，增加观感的趣味。例戏的接宝送宝无疑都使用了这些元素。《财神送宝》也称"跳财神"，财神戴着铜色面具挖宝送财。演出的戏剧张力在于财神自身，如送宝过程中舍与不舍、送与不送的纠结拉扯，高潮是财神将金元宝道具送给台下候着的接宝者，接宝者捧着红毯子接宝、包起、打伞，遮着走出剧场。一送一收间，台下东家仪式感满满，在舞台营造的场景中，传统观演模式中的"第四堵墙"被打破了，客观上观众与剧情相结合、相联系，成为戏剧的一部分。宗教仪式、敬畏心理、集体表象等共同营造的如梦似幻、虚实结合的场景中，舞台延伸到台下，观众即演员。观众不仅是被动的戏剧旁观者，也作为演出故事的一部分，走动、交互，参与其中。戏曲仪式有游戏性、体验性、互动性、参与性的多元化属性。无疑，这些都具备了旅游产品娱乐性、参与性、体验性的特性，具有增强游客深度旅游兴奋度的作用。加之具有深远符号意义的吉祥寓意加持，更增加了观众参与的积极性。

吉祥例戏的当代再开发再创造已有成功的实践。据调研，2022年闽剧有103个民营剧团活跃在福州、宁德等地的乡村市场，自负盈亏、追求利润的剧团在竞争压力的锤炼中摸索着生存法则。有的以演员阵容取胜，有的以舞台布景吸引人，有的靠外聘专业剧团人员帮扶加盟打造品牌。寻求特色以谋发展，民营剧团在这方面做了很多努力。例戏改造可算其中市场化比较成功、具有竞争力的产品。闽剧民营剧团生产了大批以吉祥与喜庆为基调的传统加现代、新旧并存的改良型作品，仪式的现代表达需求在演剧内部就已实践。例如，民间有极受欢迎的活泼版财神送宝，在送宝过程中，财神增加了与观众互动交流的各种可能，与台下接宝者握手、互竖大拇指等，使演出时间延长，从10分钟到20分钟，甚至更久。有的村落财神送宝环节参与的观众多达七八十位，成为演剧的高潮所在。传统仪式已然发生的当下变迁与内涵为我们提供了重要启示，经过市场检验，例戏的研发改造是受欢迎并且可行的，完全可作为旅游演艺研发的他山之石。从实操角度来说，仪式性演出有一定群众基础，而且所需成本不高，又具有演出时间可长可短、剧情独立、所需人员少、花费较小且易于常态化表演的特点，在小舞台或游行的乐园皆可实践。

在一定"场域"内，创造一个全民同乐的"狂欢场所"，将具有神秘性、互动性、沉浸性等特点的吉祥例戏进行文旅融合，打造旅游演艺产品，不仅与深度体验性旅游品格需求高度契合，也升华了旅游产品的精神性，而且贴合文旅融合不断向内容创造、向精神挖掘的趋向，对全面促进新时代文旅融合的高质量发展具有一定的实践意义。

［本文系国家社科基金艺术学一般项目"福建地区民营剧团发展调查研究"（批准号：23BH148）阶段性成果］

诗乐书画　创意融通
——评析"廖昌永艺术歌曲音乐会"

陈新凤[*]

2023年9月19日晚,"古典诗词与书画——廖昌永艺术歌曲独唱音乐会"在福州九日台音乐厅举行。著名男中音歌唱家廖昌永与德国钢琴家哈特穆特·霍尔精心合作,将16首中国古典诗词艺术歌曲演绎得细腻传神,令人沉醉。根据演唱会歌曲而创作的书法、绘画作品也汇集成书画展,在音乐厅同步展出。诗、乐、书、画等多种艺术形式相得益彰、完美融合,观众得以全方位感受中华传统文化之美,整场音乐会堪称中国诗词音乐与书画的视听盛宴。

一、咬字行腔　匠心独运

自古以来,我国文人音乐的发展有着"以文化乐"的传统,如《尚书·尧典》所述:"诗言志,歌永言,声依永,律和声,八音克谐,无相夺伦,神人以和。"[①]歌诗一体构筑成为意象,表达中国文人的精神内涵。

---

[*] 陈新凤:福建师范大学音乐学院院长、二级教授、博士生导师,国务院学位委员会艺术学学科评议组成员。

[①] 蔡仲德注译:《中国音乐美学史资料注译》增订版,人民音乐出版社2004年版,第108页。

在这场诗、乐、书、画间的艺术对话中，廖昌永与哈特穆特·霍尔共同演绎不同时期、不同风格、不同题材的中国古典诗词艺术歌曲，曲目中既有中国近现代以来著名音乐家黄自谱曲的《玫瑰三愿》《春思曲》《点绛唇·赋登楼》《踏雪寻梅》、青主的《我住长江头》《大江东去》、刘雪庵的《红豆词》、陈田鹤的《春归何处》、黎英海的《枫桥夜泊》等经典曲目，也有当代著名作曲家陆在易创作的《水调歌头·明月几时有》、赵季平的《双调·新水令》《幽兰操》、徐沛东的《忆秦娥·恒山月》、苏越的《月满西楼》、周易的《钗头凤》等。

艺术歌曲是新文化运动以来中国音乐家在学习、借鉴西方作曲技术过程中探索"中国化""民族化"音乐创作的重要体裁形式。《大江东去》《我住长江头》这两首作品，既是作曲家青主根据古典诗词创作的代表作，也是我国近代艺术歌曲的开篇之作。《大江东去》借景抒情，表现慷慨激越悲壮豪放的感情。作曲家细心谱曲，对字音的音调、节奏、语气的编配极为考究，通篇多为一字一音的词曲关系，这种曲调形式与西方音乐旋律大为不同，可以说是中国式的"腔音化"旋律。谱面上只记写一个音高，实际演唱时需化为一个个"带腔的音"；古典汉语的句法逻辑是"诗境化"的，如马致远《秋思》中的"枯藤老树昏鸦，小桥流水人家，古道西风瘦马"，全句可以不用一个动词而全用名词来白描、铺陈物象[1]，《大江东去》歌词中的"人生如梦，一樽还酹江月"，上下文之间无过渡地跳转。诗人词家得其意而忘其形，点到为止，若想要将这样的诗意传达，需要作曲家的一度创作和歌唱家的二度创作，在此基础上如果还能有书家、画家的三度创作加持，多种艺术形式融会贯通、交相映衬，将形成无限的审美世界。

所谓"框格在曲、色泽在唱"，中国艺术歌曲的演唱十分考验演唱者

---

[1] 参见陈保亚、邱健《汉语人语言和音乐认知的整体领悟性——从宽式语形和宽式音阶说起》，《北京大学学报》（哲学社会科学版）2021年第4期。

的文化理解力和音色表现力。如前所述，古典诗词惜字如金、字字珠玑，但歌唱是"说话"，唱词只是框架，需要歌唱家把一个个唱字转化为"音腔"，并连接成句，直至通篇完整。廖昌永的现场演唱咬字分明，语句逻辑重音准确，声腔婉转，充分观照到汉字特有的头、腹、尾结构与汉语普通话声调中的阴、阳、上、去四声，字韵与音乐旋律起伏、节奏变化、结构层次发展达到和谐统一，随着那句"西出阳关无故人"做出的垂首抱拳黯然作别的身姿，观众由此感受到逼真的唐时生活情境和人文意象，画面令人难忘。中国流传下来的文化精品多为刻画人性的本真、友情的可贵和高尚的情操，表现形式直抒胸臆、直抵人心。中国艺术歌曲以短小的篇幅、浓缩的架构，表现博大胸怀、深邃思想、高远情志，以小见大，散发独特艺术魅力。

二、旧曲新唱　小曲善工

今天我们回溯、反观早期艺术歌曲的创作可以看出，歌词通常都是选择文学性高的诗词，包括抒情诗词和叙事诗词等不同类型的诗词，一般来说篇幅不长，但却有非常丰富的文学价值；从艺术歌曲的旋律上来看，这些旋律的创作非常注重语言本身的音乐性，作曲家往往将歌词的含义、音节、语调起伏融入旋律中，使歌曲与旋律完美融合；从为艺术歌曲所编配的钢琴伴奏来看，浪漫主义艺术歌曲的钢琴伴奏赋予音乐形象性，注重表现作曲家主观的情绪，使得歌词、旋律、伴奏三者相辅相成，融为一体，意境完美。[1]唯美、智性、思想性形塑了中国个人歌曲创作的艺术性，使得歌曲小唱有了理性的设计，提高了品位。虽然中国艺术歌曲肇始之初也追求通俗易懂，但毕竟创作者都是读书人，含蓄内敛、端庄文雅、正气凛

---

[1] 参见尚家骧《欧洲声乐发展史》，中国广播电视出版社2009年版，第185—188页。

然才是知识分子题材作品的本色。

以什么唱法来演绎中国艺术歌曲最合适、最贴切？美声还是民族声乐？作为一种声音特质，民族声乐在塑造人物形象上有一定的局限性。很难想象，若运用民族唱法演唱《大江东去》《幽兰操》这类雄浑慷慨或清高浩渺的古诗词，难免令人感到声音与人物文化形象之间有些违和，而美声则非常适合表现知识分子的形象、气质。廖昌永的个人学养、文化形象和能力水平与艺术歌曲的要求十分契合。作为一名音乐教育工作者，廖昌永多年来潜心中国艺术歌曲的演唱、传播、教育和研究。百年来，虽然这些经典的艺术歌曲历经代代传唱，也留下了数量不少的教科书式音像版本，但每个时代、每个人都有对经典艺术的不同理解和全新感受，艺术歌曲蕴含的家国情怀、进取精神、崇高意志仍然是中华民族实现伟大复兴的不竭动力。要创新发展中国艺术歌曲，传达出新时代的精神面貌和思想风范。廖昌永版的《大江东去》豪迈雄壮、刚中见柔、对比鲜明，强化了诗词中的故事情节和戏剧冲突因素，声音更具冲击力，画面感十足，有听众觉得像欣赏歌剧咏叹调般的听觉效果。

中国艺术歌曲与其他一般抒情歌曲相比而言，特别之处在于，对声部的音色要求并不严苛。同一首艺术歌曲，我们可以听到男高音、男中音、男低音、女高音、女中音等几乎所有声部的演绎。如通篇写尽相思愁苦的《红豆词》，我们可以听到男高音的高亢倾诉，也可以听到男中音的苦闷抒怀，还可以听到女高音的凄厉婉约。当然，不管主观情绪如何因人而异，其表现内容是被限定了的，因为艺术歌曲有着具体的歌词内容和明确的情感范畴。演唱中国艺术歌曲，要在既定的内容范围下抒发情绪、表达自我。《踏雪寻梅》是整场音乐会曲目中最为欢快活泼的一首小曲，廖昌永演绎得欢欣灵动，脸上洋溢着纯真美好的笑容，舒畅欢愉的情绪感染了在场的观众。

中国艺术歌曲从篇幅上看，属于小曲类，"小令易学而难工"（王国维语），对声音控制的要求特别高，对此廖昌永深有体会。艺术歌曲虽然和歌剧作品一样是用美声唱法演唱，但有别于歌剧，首先是因为艺术歌曲大都采用的是抒情性的诗歌，想要表达出这类诗歌的情感，在演唱中常常用到轻声或高音弱唱等方法；其次是因为传统的艺术歌曲大都采用钢琴伴奏，在音量上不需要有大幅度的、强烈的音量变化或对比，声音力度常常需要加以控制。如《春思曲》，全曲围绕思念的主题，刻画思念丈夫的寂寞少妇形象，女主人公的情感是失落的、愁苦的、埋怨的、无助的，意境是压抑感伤的，因此，音色不能太明亮奔放，力度不宜太重，需要用弱声演唱，美声不能太"美"。在声乐演唱技巧中，弱声最见功夫，"难工"的程度可见一斑。廖昌永认为，要想演唱好中国艺术歌曲，不能只了解歌词表面的含义，更需要文史哲知识的积淀。如果说西方艺术歌曲的情感表达比较直接，那中国文人则常常咏物抒怀、托物言志。比如有些诗歌表面上写的是深宫闺怨，其实表达的是内心壮志未酬的感慨。只有理解隐藏在文字背后的内涵，并用艺术手法将其表现出来，这样唱出来的作品才更深邃，艺术性才更高。

三、中西交融　文化相通

艺术歌曲的创作中所追求的意境，应该是钢琴伴奏、旋律、歌词三者相互交融而塑造出来的。[①]钢琴伴奏是艺术歌曲的半壁江山，在很大程度上决定一场音乐会的成功与否。担任这场音乐会的钢琴伴奏，是欧洲音乐界久负盛名的德国钢琴家哈特穆特·霍尔。中外音乐家巅峰合作，不仅展现了中国艺术歌曲百年后全新形式的中西合璧，而且说明中国艺术歌曲已走向世界，拥有了更多知音。

---

① 参见尚家骧《欧洲声乐发展史》，中国广播电视出版社 2009 年版，第 185 页。

百年前的作曲家青主，就秉持了胸怀世界、融通多元文化的创作观。他说："人们的歌音，是用来把诗的艺术和音乐的艺术打成一片的，凡属艺术，本来是没有一定的界限。……德意志诗人格列尔巴差（Grillparzer）说：'各种艺术的界限是不应该分别得太清楚，否则音乐的艺术和诗的艺术绝不会得到充分的发达。音乐为扩大自己的范围起见，不能不伸张到诗的艺术那边去，一如诗的艺术要伸张到散文里面去一样。'音乐伸张到诗的艺术那边去，于是造成了一个诗艺和乐艺打成一片的局面。音乐没有文字，不容易把某一种情感极明显地表现出来；文字没有音乐，亦不能够把某一种情感表现成惟妙惟肖。"[①]

哈特穆特·霍尔的钢琴造诣非凡，善于洞察音符背后的世界，对乐音的把握精准入微，通过丰富的音色传情达意，与歌唱配合严丝合缝、相辅相成。他表示，他从廖昌永和他演唱的歌曲中看到了中国艺术的过去与未来，中国人用古老的语言讲述着人类共同的悲喜，他听到了人类共通的喜悦、悲伤、乡愁、幸福。他自己就是通过廖昌永2018年的音乐会，爱上了中国艺术歌曲，爱上了中国文化。

近年来，我们关注到，不仅廖昌永在努力推广中国艺术歌曲，众多旅居海外的歌唱家在世界的舞台上将演唱中国艺术歌曲作为自己的身份名片；一批出国深造、学成归国的音乐家主打发展中国艺术歌曲，如范竞马在重庆成立"国风雅歌"工作室；在国家艺术基金资助项目中中国艺术歌曲也占了很大比重；中国艺术歌曲音乐会在各地广受欢迎，热度逐年提升，未来向好。

中国艺术歌曲蕴含深刻的思想教育功能，承载着古往今来中华民族的思想、情感和智慧，传递着爱国文人志士壮怀激烈的精神追求。漫漫人生，我们可能会因一首歌被感动、被激发而由此开启奋进之门。所以，我

---

① 青主：《乐话·音乐通论》，吉林出版集团有限责任公司2010年版，第115—116页。

们今天依然需要中国艺术歌曲。近年来，廖昌永活跃在国内外舞台，不遗余力推广中国艺术歌曲，以"国际化"的"中国式"展现中国传统文化、传播中国精神。在中国艺术歌曲走向世界的进程中，需要更多廖昌永式的诗乐书画融通一体的艺术家。我们相信，通过一大批国内外知名艺术家的努力，中国艺术歌曲将成为"讲好中国故事、传播好中国声音"的重要艺术载体，为深化文明交流互鉴做出独有的贡献。

（原载《人民音乐》2023年第11期）

坚持守正创新　不断开拓现实题材戏曲创作的新境界
——谈戏曲现代戏创作现状及发展意义

王一淼[*]

现实题材创作是中国戏曲参与社会进程、寻求创新发展的途径，也是戏曲艺术在现代化进程中必须面临的时代课题和现实挑战。从传统戏曲"母体"中衍生出来的戏曲现代戏，自20世纪初诞生以来，伴随着近代中国社会的巨大变革与发展，由孕育到强健，一路走来，风雨兼程，包容兼并，为中国戏曲的历史发展做出了卓越贡献，构成了当代中国戏曲"两条腿走路"的半壁江山。新中国成立后，在"解放思想"和"启蒙意识"的作用下，创作产生了一大批思想分量和艺术成就兼备的现代戏，为戏曲现代戏的创新性发展积累了经验。近年来，在党和国家的高度重视和扶持下，戏曲现代戏创作迎来了新的发展机遇。资金、评奖的大幅度倾斜，极大地调动了艺术院团和文艺主管部门抓现实题材创作的积极性，优秀剧目创作在数量和质量上均取得突破，许多作品在探讨红色题材、革命历史题材的现代表达，满足当代观众的审美需求方面，做出了有益探索，提供了很好的经验。肯定成绩的同时，还应该清楚看到，作品的数量和质量还不成正比，不少作品的品质还不尽如人意。尤其是戏曲现代戏的创作，虽呈井喷

---

[*] 王一淼：甘肃省文化艺术研究院副研究馆员，甘肃省评论家协会副秘书长。

状态，但真正具有现代品格的剧目还不多，大多数作品与当代观众的审美期待之间，还存在着很大的距离。在一些作品中，明显感觉到忽视艺术规律给戏剧创作带来的局限和尴尬——违背生活逻辑、直奔主题、故事虚设、人为拔高、人物命运雷同等概念化、公式化、同质化现象，不仅有悖于观众的审美期待，而且在戏剧与观众之间打了一道"精神隔墙"，如不引起重视，继续重复大家熟知的舞台形象，戏曲现代戏将会离观众越来越远。

一、产生雷同化、公式化、概念化现象的主要原因

一是简单地用宣传教育取代艺术创作，混淆戏剧文体的文学性与宣传文体的新闻性。将戏剧创作的过程仅仅视为搜集好人好事、挖掘英模事迹的过程，锁定在对素材即真人真事的教育价值的认知中，使剧本向报道靠拢，在强调戏剧创作的社会性和教育、认识价值的同时，忘记了戏剧作品还有审美价值、娱乐价值。

二是选材违背艺术创作规律，视野狭窄，过于功利。一些地方的戏剧管理者、创作者，不重视创作对象是否具有真正的、足够的戏剧因素，包括情节故事、人物关系、性格心理的戏剧性等，也不注意和重视题材本身含有的戏曲因素及剧种特性，片面地认为只要有个好主题、好典型，就可以写出好作品。视题材为决定因素的指导思想，促使剧作者"争新抢先"，扎堆挤"热门"，在一定程度上催生了类型化、同质化、雷同化现象。

三是"命题作文"带来的主题先行。创作不是来自作者对生活的深厚积累、独到发现和激情体验，而是应出资方选定的题材完成"命题作文"。作品在作者进入创作之前，就有了一个关于未来作品的既定主题，然后带着这个主观臆想出来的主题，到自己并不熟悉的生活中去寻找素材、编制故事、结构人物，走上了直奔主题的独木桥，跃进了概念化的干涸河床，其结果是：出资方歌颂英模人物、表现红色题材的滚烫初衷，立到舞台上

却变成了对历史人物和事件过程的冰凉的复制。

四是剧作家心境多虑，直面现实、直面人生的底气不足。不敢放手让人物生活在自己的生活里，不敢触及生活中的真实矛盾，一切照"规矩"出牌，按常理设置，缺乏独立思考，缺乏对现实生活和人物心理动机的深层开掘。

五是浮躁社会心态驱使下的急功近利，短期效应。一些剧作者为了稿酬、为了接活儿，不是从生活中打捞剧本，而是跟着文件走，跟着功利目的走，什么题材能获得扶持资金，就抓什么题材，什么题材获奖概率高，就奔什么题材。创作起点出了问题。

二、提升戏曲现代戏的品质，既是时代的呼唤，也是人民的需求

中国社会经过40余年的改革开放，国家面貌、民族面貌、人民面貌焕然一新，不仅人们的物质生活发生了很大变化，整个社会的生活美学也发生了很大变化。随着生活水平的不断提高，人们求知、求乐、求美的愿望更加强烈，精神文化需求更加旺盛，质量要求越来越高。"日常生活的审美化"已成为大众的生活方式，而这种生活方式最直接的体现就是人们对美的要求提高了，生活不再刻板同一，对于艺术的欣赏，也不再接受刻板化和同一化的东西。面对实现"两个一百年"伟大构想的新时代，面对百年未有之大变局，作为民族优秀文化瑰宝的中国戏曲，如何与时代同行，以新的、高品质的作品创作反映和参与社会进程，已成为当代戏曲人必须面对和必须回答的问题。

就创作题材来讲，我们不缺乏生动的故事，不缺乏史诗般的实践——中国共产党的100年奋斗历史，改革开放40余年来的伟大实践，14亿人民奔向新生活的征程中上演的悲喜剧和正剧，为文艺创作提供了丰厚的素

材富矿，为戏曲现代戏的发展提供了前所未有的广阔舞台。我们可以开掘的题材很多，还有很多丰富多彩的生活篇章尚未打开。古今中外的戏剧史证明：对于任何题材的戏剧创作来讲，作品的价值和生命并不取决于题材的大小和传统时尚，而是取决于作品的内容与形式是否深刻、精美，是否有强烈的艺术感染力。因为戏就是戏，它既不是化妆政治报告，也不是配乐哲学讲座，老百姓见着对心思、有看头的戏，才情愿掏腰包进剧场，否则只能是自娱自乐。

习近平总书记在中国文联十一大、中国作协十大开幕式上的重要讲话中指出："古往今来，优秀文艺作品必然是思想内容和艺术表达有机统一的结果。正所谓'理辩则气直，气直则辞盛，辞盛则文工'。只有把美的价值注入美的艺术之中，作品才有灵魂，思想和艺术才能相得益彰，作品才能传之久远。"习近平总书记的重要讲话深刻揭示了文艺作品思想内容与艺术表达的辩证关系，为文艺创作生产提供了根本遵循，为我们更加清晰地把握戏曲现代戏的现状、找准问题症结、提出改进措施指明了路径，明确了方向。

三、对现实题材戏曲创作的建议

戏曲现代戏创作中存在的问题由来已久。新中国的戏剧家们为克服公式化、概念化这一创作顽症，几十年来做着不懈的努力，付出了艰辛的代价。要从根本上扭转此种局面，自当伴随政治、思想、文化生态的进一步改善方能奏效，但笔者仍旧想针对当下的问题提几点浅见。

（一）剧作家要对生活做到"真知道"

人类的艺术发展史证明，艺术绝不能与生活脱节，否则艺术会失去生命的养分与光华；而生活永远是艺术可参照、借鉴和推陈出新的动力与灵感来源。把生活真实上升为艺术真实，不仅要求剧作家对沸腾的现实生活有独到的发现,还要求剧作家有对生活、对时代和历史的概括能力,并以深厚的生活积累和独到的发现为基础,脚踏实地地完成由体验、反思现实生活到构思、表现独特生活,塑造典型人物,传达深刻思想的艺术化过程,而这个过程就是曹禺先生多次强调的"真知道"。

(二)鼓励独创、抵制模仿

艺术是用形象来反映现实,但比现实更有典型性的一种社会意识形态。它不仅仅反映的是艺术本身具有的内在规律,也反映了时代具有的特质。艺术的本质,就在于它的独创性。独创性既是本质要求,也是艺术创作的法则。戏曲现代戏要克服和规避模式化、公式化,进行创造性转化与创新性发展,根本性的问题是要鼓励独创才是艺术创作真正的重点。导向性除了强调要有与社会主义核心价值观相一致的思想倾向外,最重要的应是导向独创。

(三)用艺术的方式去思考题材、选择题材,有所为,有所不为

戏曲作为一种特殊的艺术样式,对题材有很强的选择性。戏剧选择题材,题材也选择戏剧。剧作家应理智地从现实土壤和熟悉的生活中选择符合戏剧美学特征、能进入戏剧叙事言情的题材,不是什么题材都能拿来写戏的。正如曹禺先生所说:"真正打动人的东西,是作家的那个极其亲切又极其真实,他感受到的、思考过的问题和他的答复。"[①]即便是"命题作文"也必须心动,心若不动,即使有再华丽的创作技巧,作品也会苍白无力,不会让观众感动,更不会有持久的生命力。同时,剧作家还要有有所为、有所不为的勇气,不能为而为之,得到的只会是艺术规律对功利主义的惩罚。

(四)对现实题材的创作既要倡导扶持,又要引领建设

首先,淡化争奖情结,树立保留意识。从政策层面鼓励多演,奖励保

[①] 曹禺:《我对戏剧创作的希望》,载中国戏剧家协会浙江分会编《戏剧创作漫谈》,1981年,第8页。

留。建立现实题材保留剧目会演（调演）制度。其次，建立追责制度。完善政府资助项目的项目结项、资金审计制度。对"演出场次造假"，以项目"套取扶持资金"等违规问题严肃追责。再次，完善创新机制。鼓励引导艺术院团在戏曲现代戏的现代化、戏曲化（特别是传统程式的现代转化、艺术体系的扩容）等方面开展研究和探索，鼓励独创，鼓励创新。最后，发挥艺术评论对艺术创作的引领作用。发挥艺术基金、剧目评奖对艺术创作价值取向的导向作用，建设更具权威性、公信力与影响力的戏剧作品评价体系。从源头抓起，从当下入手，促进戏曲现代戏由数量型向质量型转变。

"每个时代都有每个时代的精神，每个时代都有每个时代的价值观念。"面对全新的时代与人民群众日益增长的精神文化需求，戏曲现代戏要想在新的历史时期焕发出生机与活力，找回精神的原点和源泉，就必须与时代同频共振。发扬中国戏曲兼收并蓄、抱朴守真的优良传统，按照习近平总书记所希望的："把艺术创造力和中华文化价值融合起来，把中华美学精神和当代审美追求结合起来，激活中华文化生命力。""要有'横眉冷对千夫指，俯首甘为孺子牛'的精神，歌颂真善美，针砭假恶丑。对正能量要敢写敢歌，理直气壮，正大光明。对丑恶事要敢怒敢批，大义凛然，威武不屈。"遵循艺术规律，坚持守正创新，戒心境多虑、戒观念陈腐、戒随波逐流、戒视野偏狭。从时代之变、中国之进、人民之呼中提炼主题，萃取题材，从火热的现实生活中发现美、提炼美，打造适合当今观众审美取向的艺术表达，以文质兼美的作品为时代立言、为艺术立命、为民族立人，戏曲现代戏才能行稳致远，与时代同辉。

杂技剧《战上海》的审美特征赏析

高文新[*]

杂技作为中国传统文化已有两千多年的历史，随着时代的发展，杂技表演也与时俱进，将传统艺术与时代发展有机结合，在表演内容和表演形式上不断传承创新，杂技表演不再单一地追求技巧的惊险奇绝，而是跨界融合了戏剧、舞蹈、音乐等艺术形式，成为综合性的表演艺术，绽放出独特的艺术魅力，凸显出更高、更具传承价值的文化内涵。杂技剧的出现，更是为杂技注入了新鲜的血液，使这一传统的表演艺术更具观赏性、艺术性，更加符合现代人的审美意识，为观众带来更好的感官体验。中国杂技人的艺术观念紧随时代发展的步伐更新与重建，杂技表演已成为一种综合性的表演艺术。

近年来，红色题材杂技剧成为杂技舞台的热点。如何用杂技艺术诠释红色题材，赓续红色根脉，歌颂革命战争中的英雄以及现代化建设进程中的先进模范，中国杂技人找到了新的创作突破口，使传统的杂技艺术在弘扬民族精神、阐释红色题材上承担起了时代的使命，探索出了一种新的舞台呈现形式。

杂技剧《战上海》由上海杂技团有限公司与上海市马戏学校联合创排，是海派杂技对红色题材的首次探索。该剧自2019年首演以来广受好

---

[*] 高文新：甘肃省文化艺术研究院副研究馆员。

评。2020年分别入选文化和旅游部"国家舞台艺术精品创作扶持工程"全国舞台艺术重点创作剧目、"中国杂技艺术创新工程"重点扶持作品、"庆祝中国共产党成立100周年舞台艺术精品创作工程"重点扶持作品，是"三大工程"中唯一的杂技剧。该剧以解放战争时期上海战役为历史背景，运用杂技阐释红色文化的精神内涵，多维度地艺术再现了中国共产党领导的人民解放军在上海地下党组织和人民群众协助下保护上海电厂、解放上海的英雄事迹，展现了革命前辈追求理想、追求真理、追求光明的大无畏精神，用青春和热血谱写了一曲英雄主义赞歌。该剧对传统杂技进行了创造性转化及创新性探索，以全新艺术理念、编创手法进行杂技解构，开创了中国杂技剧的新篇章。

一、"技"与"剧"的融合之美

杂技剧是跨界美学融合下杂技艺术的戏剧化表达，解决"技"与"剧"冲突问题是创作人员面临的首要问题。

杂技剧《战上海》采用以小见大的叙事手法，将革命现实主义与浪漫主义相结合，以人民解放军战士江华和地下党白兰这对年轻恋人的经历为线索，围绕正面战场和地下斗争两条主线交替展开，包括"血战外围""智取情报""暗巷逐斗""青春誓约""铁骨攻坚""雨夜飞渡""迎接黎明""丰碑"等九个场景，剧情编排紧凑缜密，扣人心弦，杂技表演惊险奇绝，具有强烈的视觉震撼效果。既有中共地下党员白兰冒着巨大风险智取情报与特务的冲突，又有白兰与人民解放军连长江华的爱情；既有动荡复杂的时局，又有人民解放军兵临城下的压迫感；既有旧上海歌舞厅的灯红酒绿歌舞升平，又有硝烟弥漫的战场的悲壮，戏剧的冲突与张力赋予了杂技新的表现空间。"智取情报"一幕场景设定在歌舞厅，女演员踩着高跟鞋跳探戈、唱《花好月圆》爬上十几米的高竿，展现杂技技巧。"暗巷逐斗"一幕中，舞台场景不断切换，融入了辗转跳跃、自行车追逐等杂技技术，情节紧张惊险。无名老太太扛着横杆与特务周旋的滑稽表演非常出彩，动作设计既有杂技又有舞蹈，又仿佛在打醉拳，通过快慢镜头的影视表现手法，使观众身临其境，融入悬疑紧张的谍战片氛围中，拓展了杂技的叙事技巧。"铁骨攻坚"一幕中，编导巧妙地用攀爬软梯来表现人民解放军遭遇苏州河北岸敌人居高临下的火力封锁，奋不顾身、英勇顽强、前仆后继的革命精神。"雨夜飞渡"一幕将梅花桩技巧高度写意与大胆创意相融，人民解放军战士在苏州河暗桩上闪转腾挪，跳跃潜行，险象环生地避开了敌军的封锁火力，顺利渡河，艺术再现了我军战士智勇双全的本领。"迎接黎明"一幕中，杂技演员在舞台上上下腾空跳跃，通过蹦床、高竿设计，通过一系列空中高难度动作，展现了人民解放军战士为了保卫电厂与敌人展开殊死搏斗、最终江华成功拆除炸弹后英勇牺牲的场景。

杂技剧《战上海》剧情推进与杂技表演环环相扣，毫无违和生硬之感，以杂技艺术讲述故事，以故事情节带动杂技表演，杂技因戏剧冲突更具故事性，戏剧因杂技更具观赏性，达到了杂技艺术与戏剧表演的完美融合。

二、现实主义与浪漫主义结合之美

杂技剧《战上海》选取上海解放战争之红色革命题材，展现了上海解放战争的恢宏画卷。该剧将革命历史与现实叙事相互结合，表现了中国人民为了争取胜利不怕牺牲的大无畏精神。虽为革命战争题材，舞台呈现却不是一味地战火漫天、枪林弹雨。英雄也有铁骨柔肠的一面。"青春誓约"一幕中，伴着悠扬的音乐，宛若翩翩惊鸿的双人绸吊表演将江华与白兰的唯美爱情演绎得淋漓尽致。

"雨打在白兰树上，空枝上多少等待。忘不了你许下的诺言，总有一天你会回来。风雨中的夜上海,容不下温馨的梳妆台。你毅然放开我的手,用热血把思念覆盖。从不问值不值得,只为了心中所爱。也许会提前离开,我们都明白。看硝烟散尽,风雨不再;等黎明升起,春天回来。等那一天到来,亲爱的人,我们永不分开。"

主题歌词采用隐喻、象征等修辞手法,营造出一个充满诗意、浪漫又无奈、决绝又积极向上的意境。歌声响起,伴着绸吊上两人优美的飞舞,让人不由得沉浸在二人的爱情世界里。江华与白兰也渴望浪漫的爱情,也向往上海解放后的美好生活,然而现在的上海依然是风雨飘摇,人民生活在水深火热之中。为了革命胜利,为了上海解放,多少热血儿女舍小家、为国家,抛头颅、洒热血,奔赴战场,只是为了心中美好的愿望实现,让黑夜散去,太阳升起。这一幕结合杂技、舞蹈、音乐、舞美等艺术元素,抒发了两人相爱却不能相守、追求革命理想的心声,以浪漫主义风格拓展了剧情的深度。

三、舞美设计之美

舞美设计是杂技剧能否成功的关键因素。杂技剧《战上海》以声、光、电、影、景等现代舞美技术,立体式、大场面、多维度、分层次地艺术再现了剧情中的壮烈场景和恢宏场面,使观众有了身临其境的舞台艺术效果。无论是"暗巷逐斗"一幕中纵深变化的街景道具,还是"智取情报"一幕中的灯光、色彩设计;无论是"铁骨攻坚"一幕中的软梯设计,还是"雨夜飞渡"一幕中的梅花桩设计;无论是"迎接黎明"一幕中的旋转蹦床设计,还是"丰碑"一幕中的以人体塑造雕像设计,都充分利用了现代科技手段、新媒体、新技术、新型材料,带给观众全新的视觉冲击和耳目一新的体验。"迎接黎明"一幕中解放军战士和敌人搏斗的道具蹦床,采用了360度旋转设计,演员在高空翻腾跳跃,将激烈的战斗场景立体再现，将全剧推向高潮。

《战上海》的舞美设计，尊重杂技艺术的本体特征，结合音乐、服装、灯光等元素，营造出契合剧情的丰富又具有想象力的舞台意境，赋予了杂技表演美轮美奂、震撼人心的风格，提升了杂技剧的艺术质量，增添了剧目的观赏度。

四、技艺之美

杂技剧的本体是杂技艺术，杂技表演所具有的高、惊、险、奇、难、绝等技艺高度，是杂技表演追求的目标。杂技剧《战上海》汇集了在国内国际多次获奖的 20 个精品杂技节目，涵盖杂技、魔术、滑稽、驯兽等表演样式，将柔术、爬杆、转圈、绸吊、叠罗汉、自行车等常见杂技技巧与剧情巧妙地融合，为观众献上视觉盛宴。杂技表演作为一种艺术形式，蕴含古典美学内涵，其编排体现了对传统文化的尊重，对和谐美感的追求。该剧中爬杆、柔术、绸吊所展现出来的是优美，演员通过杂技技术将身体的柔韧性、平衡性、协调性呈现在舞台上，带给观众别样的视觉审美享受。而攀爬软梯、翻跟斗、梅花桩、蹦床所展现出来的是壮美，表演出的是力量与阳刚之气势，带给观众强烈的视觉震撼与冲击。该剧杂技表演中壮美与优美并存，在不同的剧情、场景下对应不同的表演风格，以杂技所追求的高、惊、险、奇、难、绝等人体技巧，表现了男性体格的健硕和女性体态的优美。该剧以"技"为本体，从其他艺术形式中汲取营养，由特殊审美走向综合审美，蕴藏着深厚的文化内涵，呈现出丰富的视觉艺术效果。

五、文化意蕴之美

《战上海》通过惊险奇绝的杂技表演、精心组织的戏剧结构、张弛有度的情节设置，歌颂了革命先烈不怕牺牲追求光明的革命英雄主义精神。该剧尾声"丰碑"一幕中，杂技演员用身体塑造了一座英雄的丰碑，向革命先辈致敬。人民英雄应该被历史铭记，被人民铭记，是人民心中永远的丰碑。一只和平鸽飞来，落到"丰碑"顶端杂技演员手中，升华了全剧的主题，给观众一种赏心悦目的审美体验。

该剧所蕴含的文化意蕴、民族精神积淀着中华民族最深层的精神追求，代表着中华民族独特的精神标识。和平与发展是当今时代的主题，也是世界各国人民的共同企盼。我们今天的和平生活是无数革命先烈用鲜血和生命铸就的，我们伟大祖国在现代化建设进程中取得的成就是人民自强不息、拼搏奋进换来的。我们更应该坚定文化自信，唱响主旋律，传播正能量，传承好红色基因，坚守中华文化立场，展现中华审美风范。

杂技剧《战上海》尊重杂技本体艺术特色，融入现代审美理念，融合戏剧、舞蹈、音乐、服装、道具、灯光等多种舞台艺术元素，带给观众全新的审美体验，同时又带给观众一定的思考。该剧是一部集传统性、艺术性、故事性、思想性、观赏性、舞台性于一身的有筋骨、有血肉、有温度的成功作品，其典型的时代质感与艺术美感提升了杂技舞台的文化底蕴，是中国人民人格化的雕塑，呈现出红色题材杂技剧的历史价值与当代意义。

（原载《杂技与魔术》2023 年第 2 期）

以简驭繁

——评昆山当代昆剧院《浣纱记》

于 琦[*]

近两年来，几部取材于明代梁辰鱼名作《浣纱记》的昆剧作品相继登上舞台。其中，由罗周编剧、徐春兰导演、昆山当代昆剧院演出的"改编昆剧"《浣纱记》（以下简称"昆昆"版《浣纱记》），取经典之寓意进行原创，以当代审美重新诠释历史故事，引人关注。

该剧在保留相关历史要素和情节关目的前提下，聚焦于历史巨轮下人物随波沉浮的命运和无所归依的悲凉情感。结尾一改原著中范蠡、西施相携归隐的圆满结局，也脱去顿悟得道的创作套路，通过描写"两个畸零人的漂泊"（罗周语），展现出在战争和仇恨的裹挟之下个体生命的无力和无奈，从而凸显出反思性文化内蕴和现代性人文关怀。相应地，该剧通过形式多样的视觉艺术语言营造空旷之感，运用综合的戏剧艺术创作手法再造空灵之韵，在为剧本进行舞台赋形的过程中呈现出极富美感的艺术品相和动人心弦的观赏效果。

---

[*] 于琦：广东省艺术研究所信息资料中心负责人，二级艺术研究员。

一、打造简练抽象的视觉形象

"昆昆"版《浣纱记》的舞台设计罗江涛长期以来一直秉持着"意象的戏剧舞台造型视觉形象"的美学追求,日益圆熟的创意技巧使其设计的作品形成具有辨识度的个性风格。该剧的舞美形象以高度概括、抽象凝练的艺术造型为基础设计,以预示或象征具体情境的图案为背景,加以局部的舞台布景和道具为辅助,为整部剧叙述故事、渲染气氛、转换时空腾出了充足的空间和回旋的余地。一开场时,我们可以看到舞台远景区设置了一道白纱幕。作为舞台艺术用幕,纱幕以质地轻薄、带有网状孔眼的棉布或化纤材料制成,其表面组织纹理结构的特殊物理属性带给人素雅、轻盈、飘逸的第一印象和主观感受。纱幕右上方点缀一枚边缘不甚规整的椭圆形阔边细白文印,上书"浣纱记"三字篆文。这一图案是古代文人从事书画、藏书等活动时常用的私印样式,与古代的故事背景暗合。此外,它也酷似指纹形状,带有个人生命体验的印记,象征着从梁辰鱼到当代主创借古人之酒杯浇个人之块垒的创作意图。纱幕整体观感如同古书形制,该剧尽管没有传统戏曲演出中的"副末开场",但仍让人产生封面徐徐打开、故事娓娓道来的直观感知。由于纱幕具有一定的透光作用,在其背后向景观、人物投射光线,可以呈现隐藏在纱幕后面的人物和空间环境,制造出若隐若现、似有似无的朦胧感和梦幻感。

中国戏曲以综合性和写意性见长,演员的演唱与表演常常是叙事、描景、抒情等功用浑然一体,所以过于"实"的舞美设计有时会破坏整体的审美风格,产生不协调之感。该剧的布景并没有完全照搬真实生活场景,而是通过提炼背景特征和形象符号,在似与不似之间,创造出戏剧环境的形象感。第二折《分纱》中,大面积纯黑色景板立于远景区,遮挡住了天幕,但偏偏在小边方向缺失一块矩形景板,不着痕迹地形成了一扇敞开的"门"。从"门"中我们可以窥见天幕上绘制的图景:暗黄的天色和萧疏的枯木枝丫，暗示战败的越国在吴国三年的摧残蹂躏下，只剩满目疮痍、破败凋零。表演区的一角，黑色景板前矗立了一架异常高大的织布机，完全是写实风格，以局部代整体，速写式地描绘出西施的居住环境。黑色景板前后相互对比，可以看出舞台美术设计者缩小了天幕展露的面积，而且没有使用具有抢眼颜色和图案的景板，实际上有意地在减弱这些布景材料的肌理表现。因为在这场戏中，越王勾践率领夫人、群臣上场，再三恳求西施前往吴国实施美人计，核心情节即在西施的茅舍周围展开，这片表演区理应成为观众注视的焦点。俭省黯淡的布景设计避免了喧宾夺主的弊病，其显露出的沉闷、压抑的环境风格，为刻画西施遭遇人生重大波折时复杂纠结的情绪营造了气氛。远景区的这扇"门"也成为演员登场之处，将本折剧情推展开来。

二、设计多重功能的舞台行动

简约的布景在舞台上留下了大片空白之处，但如何使"无形"显现为"有形"，使戏剧场面不至晦涩，也是其所面临的问题。该剧导演一方面根据场面的建构和衔接精心组织演员的舞台行动，另一方面围绕戏曲表演的艺术性和观赏性处理细节，形成了展现冲突、表情达意的舞台视觉符号系统。

剧中精心设计表演支点，既不过多占据舞台空间，又为推进剧情、刻画人物增色。在《分纱》一折中，西施家中除了大型织布机，再无其他实物道具，因此导演以一把条凳作为演员表演的活动支点。开场时，西施坐在条凳上，再现其纺织的日常生活场景。随后东施上场，带来范蠡的消息，与西施边对话边合力将条凳抬至表演区中央，使其成为新的舞台支点。二人先是并排坐于条凳攀谈，接下来由于东施的问话勾起西施的沉重心事，西施猛然起立，造成条凳一头儿沉，坐在另外一端的东施摔倒在地。二人又围绕条凳行进、对话，尤其是付丑应工的东施插科打诨，打破了原本略显沉静的舞台空间,赋予其流动性,整个场面变得生动起来。当条凳这个活动支点的功能用尽之后,导演安排了"明检场",让东施下场时顺带搬走条凳道具,直接为下一场面腾出表现空间,细节处理十分干净利落。

  当然,剧中演员也并非不加设计、无目的、无美感地随意变换位置。以《盟纱》为例,表演区设置了一个"回"字形的低平台,中间的"口"字形平台下陷,略低于舞台平面,再加上浣纱女的形象,很容易让人联想到溪水与岸边。西施停留在前面一条平台,浣洗手中的素纱。范蠡则是从后面的平台信步上场。二人隔溪对视,分别穿过中间的下陷处,前后位置对调。已移至前方平台的范蠡,在距离观众更近的位置,通过双抖袖、耍袖、双折袖,直至单膝跪地等身段动作,将他与西施一见钟情的情态展露无遗。不知不觉,中间"口"字形平台升起,拼成整饬的表演区。二人相会于演区中央,西施通过执袖偷觑、整鬓见礼、小圆场、荡脚、掠眉等表演程式表现欣喜却害羞的复杂心情。西施即将返家时,导演巧妙地安排了"三拦"的调度。范蠡"一拦"时通传姓名,西施暗吃一惊,遂放下竹竿,继续倾听;范蠡"二拦"时表明身份,西施显露犹疑和矜持,但仍拾竿欲行;到"三拦"时,西施不自觉地跟着范蠡重复"孤身一人,尚未娶妻"之语,随即又意识到自己的轻率,慌乱地以肩挑竿疾走。二人之间的互动,展现了角色情感距离的渐近,但稍显不同的进度也投射出当时情境中男女性对待爱情的差异,为人物形象的塑造提供心理依据;充满韵律感的表演防止场面的机械刻板,但交代了足够的细节,所以后来"盟纱"一段剧情导入时才不显得突兀,而是合情合理、自然流畅。

三、开掘意蕴丰富的审美空间

  与一些作品中繁缛的舞台布景相比,"昆昆"版《浣纱记》的舞美设计,无论是肌理的应用,还是视觉符号的选取,都显得朴实自然且古典韵味十足，一个"空的空间"油然而生。然而，正所谓"有之以为利，无之以为用"，这个空间在唱念表演、舞台调度、灯光音效等多重舞台艺术要素的相互配合下，衍生出独具特色的审美空间。

该剧频频突破现实时空结构来叙事。在"三拜"这一重点段落，西施苎萝村的居舍环境被极大地简化，前实后虚的布景和道具、活动灯光以及演员的表演共同完成了剧中情境的假定性和物理时空的分割。雅鱼和勾践先后拜请西施相见而不得，接着勾践便命越国文武百官下拜。此时的西施即使莫名所以，但必然能够通过这突如其来的无上尊荣感受到无形的巨大压力。在这一场面中，西施通过虚拟表演展现物理时空中开门相见的场景。在开门的一刹那，勾践、雅鱼及群臣等人物，因投射的光线变暗而失却完整的轮廓和清晰的造型，面目不清的身影几乎隐没于昏暗的背景，从观感上已不再是一个个具体的角色。与此相对，切割灯在西施脚下投射出边缘清晰的白色矩形光斑，这个高亮的区域让西施的方寸之心形于外，其强烈的象征意味赋予人物心理空间以独立性。演员也得以进入新的演区展示字正腔圆的演唱艺术，一曲【簇御林】直接向观众剖白西施惶恐疑惑的内心，让人对其即将到来的命运转折忧心不已。

该剧的一些情节也有意跳脱出传统舞台常用的全知视角，构建独到的内部视角空间，提升观赏效果。《辩纱》一折中，因伯嚭进谗和西施辩驳，伍子胥被吴王夫差猜忌，失意离开馆娃宫。但此处的舞台呈现与剧本原作不同，伍子胥并未下场，而是长跪于左侧台口位置并被投射了不甚强烈的定点光。这样的安排有实际操作层面的考量，即为接下来的楔子《赐剑》省去主要人物上下场的周折，也有出于人物塑造上的构思，通过对比形成的反差来凸显伍子胥落魄忠臣的形象，但更重要的作用还是以伍子胥的视角审视夫差的荒淫昏聩与刚愎自用。伍子胥退出后，馆娃宫中一扫此前剑拔弩张的气氛，西施与夫差在内侍宫娥的簇拥下张灯夜游、纵情享乐。主演区的灯光切换成低纯度的暗红色，众多人物笼罩在凝重的血光之中，此场景暗示伍子胥的目光已穿过气派繁华的馆娃宫，预见了充满血腥杀戮的亡国悲剧，其心情之悲愤可想而知。在紧接这一段落的《赐剑》中，他在自裁之前提出剔其眼、挂其头于西门以观勾践入吴的要求，则可视为视角空间的呼应，再次强化了人物身上的悲剧色彩，给观众带来震撼。

  在戏曲创作中，古代题材与历经长久文化传承和积淀的昆剧艺术有着天然的契合，因此这类剧本的文学性、可读性往往更强，然而，昆剧作为场上艺术，其理想归宿仍在舞台。从这个意义上来讲，无论是努力贴合传统戏曲舞台特色，还是直接在现代舞台空间观念统摄下呈现，以简驭繁的旨趣追求和创作路径都可视作"昆昆"版《浣纱记》的成功尝试。早已被纳入现代戏剧创作范围的昆剧，即使是古代题材作品，其创新性发展也不止于精神内涵层面突破传统思想观念和注入现代意识。怎样通过综合性的现代舞台语汇连接观众的精神世界，进而传达古装戏中的现代意蕴，当今昆剧舞台可以，也需要进行更多的再思考和再创造，"昆昆"版《浣纱记》的舞台艺术亦是一种启发。

（原载张超主编《戏曲评论的理论与实践》，江苏人民出版社2023年版，有删改）

刍议饮食文化题材话剧作品的艺术特征

宋慧晶[*]

"民以食为天",食物是人类赖以生存的物质基础,也是老百姓最为关注的公共话题,它承载着丰富的文化内涵,是人类文明进程颇具人情味的显性表达。小到家常便饭,大到宫廷晚宴,还有那些街头巷尾夹杂着袅袅烟火气的珍馐美馔,无不展现出中华民族伟大的智慧和对美好生活的深情向往。而深耕文化、源于生活的话剧艺术正是共情于此,将物质"食材"加以考究的精神创造,精彩地呈现在舞台之上,达到雅俗共赏、价值认同、情感共鸣和文化传承的综合艺术效果,受到了广泛关注和一致好评。

一、经典回顾

西方戏剧引入中国后,话剧艺术历经一百多年的民族化和现代化发展,在创作题材和内容上不断与时俱进。其中,聚焦饮食文化的作品仿佛一场饱含话剧滋养的艺术盛宴,让人眼前一亮,如《茶馆》里的茶、《天下第一楼》里的北京烤鸭、《窝头会馆》里的窝头和卤煮、《陈奂生的吃饭问题》(滑稽戏)里的米饭、《长安第二碗》里的葫芦头泡馍、《宝岛一村》里的包子、《春逝》里的糯米甜汤、《簋街》里的老北京炸酱面、《面皮》

---

[*] 宋慧晶:山西省艺术研究院艺术创作中心主任,二级编剧。

里的小吃面皮、《寻味》里的牛肉面、《西去东来》里的东来顺火锅、《老酒馆》里的"烧刀子"……戏里戏外虽说的是饮食之道,但烟火之处,情味人间,一餐一食,皆为美好。

二、艺术特征

(一)"吃什么",吃的是美食的地域特征

一道道精致的菜品融入了创作者生命中最温柔的情感,蕴含了美食之外的生活智慧与人生感悟,让人满口生津,余味无穷。正如《天下第一楼》中的名噪京师的烤鸭老字号"福聚德",全剧没有说那让人垂涎的"烤鸭"如何美味,似乎少了诗人的美食情结,却巧妙地将全剧所有的戏剧矛盾集中在了"经理人"卢孟实身上,人物关系由此产生,雇用他的唐家两位少爷、二柜王子西、聪慧仗义的青楼女子玉雏姑娘、堂头儿常贵、厨子罗大头及性格迥异的食客等,都成为"吃烤鸭"的戏剧推动者。落幕,"好一座危楼,谁是主人谁是客;只三间老屋,时宜明月时宜风",卢孟实落寞离开时,观众唏嘘之余,不禁感受到了将世情文化熔于一炉的"烤鸭"也折射出大时代背景下小人物挣扎求存的生存现状、化腐朽为神奇扭转大局的经商理念、不同人生选择所面临的人情冷暖,以及治大国如烹小鲜的人生智慧,种种滋味齐聚,缔造出一部赏食俱佳、意味无穷的京味大餐。

(二)"怎么吃",演的是人物的性格特征

饭店、宅院、酒馆等,容纳之人常为千人千面的食客和擅长美食绝活的厨师或经营管理者。这些人物赋予饮食内容以现代意识,或突破戏剧常规叙事结构呈现先锋姿态、体现独特创作思维和美学追求,以期带给观众以全新的审美感受。话剧《长安第二碗》和《簋街》,两部戏虽然讲述的是陕西葫芦头泡馍和老北京炸酱面不同的饮食素材,却都设计了一个类似

185

的情节，即一碗面改变了一家食客的命运。"秦记"葫芦头老板秦存根家有七个子女，在那个食不果腹的年代里，仍然会施舍给比自己更加窘迫的路人一碗泡馍面汤，不经意的善举带给了深处艰难之时的食客以希望；篦街第一家饭馆"酒盈樽"李一刀深夜递给初来北京的打工人一碗炸酱面，让外地人感受到了家的温暖，带给他们在北京奋斗的信心和力量。两部剧目都不约而同地运用了食物"赠予"的情节，将食物作为连接命运的桥梁和重要媒介，一碗羹汤、一句慰问，犹如一盏夜灯，自然地将平行空间里的小人物串联起来，照亮了他们的生命之光，真正地让话剧人物走进了寻常百姓家的生活，幻化成令人回味的人间烟火，自觉地去思考以美食谈共情，用共情去反思人性和生命的真谛，这是饮食文化中最为宝贵的戏剧基因，无须多言，汤水温润，自会咽入观众的心池里。

（三）"为啥吃"，讲的是人物的精神特征

饮食文化如何融入话剧创作中，如何在编剧导演和演员的创作下转化成可以捕捉到的"戏剧感"，抑或说一种真实的"情绪"价值，需要创作团队抓好"为啥吃"这一精神寄托。以新创话剧《寻味》为例，这是以一碗技艺代代相传的牛肉面映照一个家庭四代人的聚散离合的剧目。牛肉面，牵扯到了海峡两岸同胞血浓于水的亲情，关系到了血脉至亲和人间真情、大爱无疆的思辨关系，升华到了人性美好的寓意。四代人的追寻和等候，共同期盼那碗牛肉面熟悉的味道，它包裹着儿时的记忆、家乡的思念、母爱的眷恋及两岸同胞渴望和平统一的心愿。当年兵荒马乱之时，王桂英做得一碗好吃的川味牛肉面，她面对流浪饥饿的小金标，递去了一碗"牛肉面"。这碗面一直住进了王金标的血液和灵魂，即使被迫离开大陆来到台湾岛，他仍怀念母亲做的那碗牛肉面。伴随着时间的流逝，两岸"三通"政策的实现，他终于踏上了回家的归途，却再也无法和远在天国的母亲团聚，没能再吃上母亲做的"面"成为他终生的遗憾。剧作家巧妙地设置了一个反转，原来王金标没有出生证明，牛肉面里隐藏的身世之谜成了本剧主题升华的气口,善良的"母亲"无私地抚育毫无血缘关系的王金标长大,并用一生守住了这个秘密。人性大爱就如同母亲做的那碗牛肉面,浓烈炽热,一生感念。如此设计,小切口,大情怀,"牛肉面"作为全剧的核心,穿针引线,漂洋过海,跨越70载,讲出了以王金标为代表的台湾同胞的心声,为观众带去了感人至深的"心灵牛肉面"。

(四)"与谁吃",看的是人物的社会特征

戏剧背后的吃相是时代变迁的缩影。滑稽戏《陈奂生的吃饭问题》在喜剧背后折射出了时代的印记。这是一部悲伤铺底、欢声点缀的具有平民史诗气质的作品,以陈奂生一家人的离合悲欢作为小切口,对近五十年中国农村、农民、社会巨大变化进行的微缩式呈现,嬉笑怒骂之间让人感受到了人性的悲凉及对悲剧人物的人文关怀。全剧采用倒叙的方式,从"一碗饭"开始讲述,顺着吃不上饭、吃不饱饭、吃不好饭、吃不了饭的逻辑结构,看到了"漏斗户"陈奂生不同阶段面对吃饭问题的不同"吃相",像一本相册,记载了他与傻妹的爱情、与三个没有血缘关系的儿女亲情、与坑他一生的好友王本顺的友情,以及小人物身上隐含的家国情怀。作为观众,我们看到了主角对于吃饭好、吃好饭、好吃饭的心理变化,产生了"吃饭是个问题,问题不是吃饭,不是吃饭问题"的哲学思考,饮食文化定位在了对一碗饭的饱足上,有厚度、有高度、有温度,简单化了饮食的内容,却深刻了其后的文化内涵和历史深意,"民以食为天,国以民为本","三农"问题、粮食危机成为本剧立意和升华的关键,是饮食文化主题话剧创作的典范。

(五)"食后忆",忆的是人物的文化特征

宴席散去的人生况味最抚凡人心,北京人艺的经典话剧《窝头会馆》通过房东苑国钟的视角,串联起形色各异的住客,捏窝窝头和卖卤煮的厨子、买膏药的坐堂先生、斗蛐蛐的落魄举人、担粪的粪夫、爱国的大学生等一群"马干差价"的平民百姓。这里面的主人公和《茶馆》中精明能干有家业继承的王掌柜不同，苑国钟是个外来户，是在京城生活的下层劳动者，无依无靠，受了委屈只能隐忍和自我嘲讽。《窝头会馆》的取名来自当年赶考中救命的"窝头"，住客们的生活中，也融入了京味十足的"卤煮"猪大肠，独具特色的地方美食增添了话剧的生活质感，让老北京的饮食文化透过舞台，打破"第四堵墙"，漫入观众的味蕾，视觉、味觉和嗅觉统统被唤醒，提高了话剧的观赏性和可触性，极大地打开了语言艺术之外的遐想空间。这样的作品，说的是窝头会馆的故事，演的是1949年前夕老北京的生活困境，品的是人性中最美好的温情，即使面对惨淡无望的生活现状，老百姓依然能够坚强抵挡生命中的至暗时光，勇往直前地为所爱之人倾其所有、争取活下去的希望，这是大时代背景下作者所要还原的最底层的市井平民中未泯灭的良知和人性的美好。"窝头"作为一种饮食符号，承载着先苦后甜、苦尽甘来的生活寄托，是一种戏剧精神，让每一位看客品读到了话剧中独特的审美价值和精神力量。

三、融合新路

饮食文化与话剧艺术融合发展，探索出一条符合中式审美、承载东方韵味、具有民族特色的新型戏剧"食堂"，可为其他主题戏剧的创作、衍生、复刻提供有益的借鉴。

（一）定位创新，选题精准

积极借力饮食行业百年老字号品牌金字招牌，深度开掘非物质文化遗产的传奇故事，汲取名人、名地、名产和民俗文化的养分，探求美味背后蕴含的文化价值、精神渴求和时代意义，真正让饮食文化为话剧创作带来全新的创作体验，让话剧为饮食文化的推广和传播打造时尚IP，这是中华优秀传统文化"创造性转化、创新性发展"的生动实践，更是探索实验话剧发展前沿的新领域。

（二）内容创新，底蕴深厚

故事编排需要在遵循话剧创作规律的基础之上，融入饮食文化可看、可听、可闻、可吃、可感知的特点，将现实主义和浪漫主义相结合，创作出富有新意、诗意和美感的舞台作品。一代代餐饮绝活传承人，可爱可信可敬，他们热衷美食，甘于服务食客、勇于探索新的美食空间，这样纯粹而专注的价值理念和精神意向，也是中华民族所追崇的精神谱系，为话剧作品增加了文化厚度和精神高度。

（三）呈现创新，舞台沉浸

对市场反应灵敏的餐饮行业，早已开启了"美食街区剧本游""餐秀""美食剧本杀"等内容设计，深受文化产业投资方的青睐。可发挥话剧的假定性、话剧写实和戏曲写意的表现手法，改变舞台上大制作、大场景的传统形式，采用隐喻空间的美学设计，将舞台融入景区、街区、餐饮店面，丰富文旅业态，使其自发成为话剧艺术的共同创作者。

（四）宣推创新，市场引领

酒香也怕巷子深，饮食文化的话剧需要在宣传推广上有所突破。更新传统的售票模式，设立多位一体的售票模式，借助文旅融合的政策东风，充分发挥自媒体直播、主流线上购票平台的宣传作用。组织分享会、创作谈等线下交流活动，反哺创作，总结规律，引导赏析，主动为剧目宣推"引流"。

（五）发展创新，未来可期

在未来，体验式、沉浸式、交互式的美食类话剧作品将会迎来更好的发展空间，成为满足人民群众日益增长的物质和精神文化需要的艺术产品，成为文旅融合创新性转化的文化产业，成为推动中华优秀传统文化走向世界的文化名片。

（原载《山西科技报》2024 年 1 月 18 日）

涵养城市科学精神、人文精神、艺术精神的舞台艺术精品
——深圳原创舞剧《深AI你》在国家大剧院演出观后

赵 东[*]

2023年8月26日，奋进在新征程上的深圳经济特区迎来了43岁生日。在这具有仪式感的时间节点，8月25日至27日，深圳出品原创当代舞剧《深AI你》，连续三天在国家大剧院上演。这是2023年以来，继深圳原创舞剧《咏春》、大型交响声乐套曲《英雄颂》之后，又一部深圳文艺佳作在我国表演艺术的最高殿堂舞台亮相；这是以爱的名义对特区生日的深情告白，致敬伟大的改革开放事业；也是深圳城市文化实力不断跃升的生动体现，是这座城市科学精神、人文精神、艺术精神相互交融的精彩演绎。

一、舞剧聚焦人工智能，科技感、未来感十足，涵养着城市科学精神

人工智能（AI）是当今世界的战略性新兴技术，也是数字经济的新引擎。习近平总书记强调："加快发展新一代人工智能是我们赢得全球科

---

[*] 赵东：深圳市文联党组成员、副主席。

技竞争主动权的重要战略抓手,是推动我国科技跨越发展、产业优化升级、生产力整体跃升的重要战略资源。"人工智能在助力我国赢得全球科技竞争主动权、助推我国经济高质量发展、服务人民等方面发挥着越来越重要的作用。深圳长期重视发展人工智能产业,"AI"正成为深圳的"新特产"。这里不仅聚集了华为、平安、腾讯、云天励飞、奥比中光、优必选等知名企业,拥有完整的人工智能产业链,还持续优化人工智能产业发展的市场化、法治化、国际化营商环境。2022年11月,《深圳经济特区人工智能产业促进条例》正式施行,这是我国首部人工智能产业的专项立法。作为第一部聚焦人工智能的舞剧,《深AI你》取材于深圳的科技发展实践,呈现出带有深圳科技元素的AI机器人、裸眼3D、VR、高科技屏幕等产品。自幼失去母亲的小海,在与"AI陪伴"的朝夕相处中,逐渐将对母爱的渴望移情到"AI陪伴","AI陪伴"也在人类的影响和深度学习下,尤其是小海给予的爱中,发生微妙变化,产生了类似于人类的那种善和爱。舞剧既是AI机器人基本功能和迭代进步的艺术普及,同时也认真探讨了人与AI机器人如何相处,如何用爱连接起科技与人文的桥梁,以爱和善引导科技发展。

  编导提炼出充满未来感和科技感的舞蹈新语言,创新融入轻盈明快的电子音乐、极具金属质感的服装和变幻莫测的舞美设计,向观众传递出具有数字美学的未来场景。这一切非常切合深圳"科技之城""未来之城"的城市品格和气质,而深圳高度集聚的创新人才、优势明显的高科技产业,也给艺术家们的创作提供了丰厚的灵感和精神的养料,体现出深圳在科学精神滋养下,用舞蹈赋予科技温度,用舞蹈思考城市未来以及人工智能与人的关系。正如编导佟睿睿所言:"我们设计的是由母爱生发出人与AI连接的情感,最后是AI与艺术的连接。我们希望人类在面对人工智能时代来临的时候,能够以平等、尊重和爱的方式引导科技,就是所谓的科技向善。"

二、舞剧彰显爱，爱心与温度连接起科技与城市，洋溢着城市人文精神

深圳，是一座有爱的城市。"来了，就是深圳人""送人玫瑰，手有余香"等理念深深植根于市民心中。2023年8月24日，深圳关爱行动20周年晚会上，主持人白岩松说："爱能发电。爱在深圳，电力十足。"深圳关爱行动开展以来，千万人次参与；"红马甲"成为这座年轻城市的标识之一，注册志愿者达351万人；一万多家社会组织和数千家公益机构持续书写民间公益的深圳样本。爱心，成为城市精气神的集中体现和最鲜明的人文标识；关爱，成就了深圳的城市文明高度和治理温度。

"AI"除了英文含义，还是中文的爱。爱，是舞剧《深AI你》的主题和关键词。舞剧叙事细腻，情感真挚，全剧传递出一种直抵人心的爱，引人共鸣。如"AI陪伴"见到孕妇和刚出生的婴儿，对人类母子关系产生好奇；小海给"AI陪伴"一个深情的拥抱，恰如一股暖流击穿其冰冷的金属外壳，产生阵阵悸动；因被粗鲁对待，搞砸家庭聚会后，老旧且悲伤的"AI陪伴"仍念念不忘给小海撑起一把伞，而自己却在雨中佝偻着身子，一步一晃渐行渐远……

舞剧不仅展示小海对"AI陪伴"的情感，也展现小海爸爸对"AI陪伴"由最初的抗拒到接纳、不舍，小海女友也有相似情感转变，因而显得更加饱满和感人。舞剧通过对科学精神的生动阐释和情感叙事的舞台呈现，从而讴歌爱的力量，礼赞科技的温度和暖意，彰显出深圳这座关爱之城、爱心之城、志愿者之城的人文精神和对科技发展的人文哲思。

三、舞剧营造美，创新舞蹈语汇与"AI 陪伴"的角色塑造，厚植城市艺术精神

艺术精神承载了人民对"幸福美好生活"的共同追求和价值共识，是城市独特性格的深度呈现。改革开放 40 多年来，深圳坚持物质文明和精神文明"两手抓""两手硬"，不仅在经济建设方面取得了举世瞩目的成就，在文化与艺术方面也持续发力，先后经历了 20 世纪的拓荒起步、急追猛赶阶段，在 21 世纪又先后实施文化立市、文化强市战略，陆续打造设计之都、时尚之都、钢琴之城、图书馆之城、国际创客中心、国际文化创意先锋城市等一系列城市品牌，也涌现了许多令人瞩目的文艺精品力作。

文艺精品能折射出城市的艺术精神，更是城市文化实力的生动体现。《深 AI 你》通过创新性、艺术化的肢体语言来讲故事、塑角色、引思考。AI 机器人在动作上刻意保留顿挫感，宛若在太空行走，机械化的舞姿与充满几何线条、金属质感的服装相得益彰。"AI 陪伴"在结构设计上是冰冷的外壳＋温暖的内核，造型设计上突出金属质感，附加切面、拼接、铆钉等元素，服饰上从最初冰冷的机器人，到最后穿上了更加类人的服装。"AI 陪伴"饰演者以人类之躯，一举一动呈现出以关节为轴运动的机械感，板滞的躯干在略微的弯曲中还流露出丝丝柔情，在表达机器故障、矛盾对抗中，僵硬肢体的翻折扭转与真实的机器人形态无二，成功塑造了"AI 陪伴"的角色形象。在国家大剧院演出后，笔者问及饰演者："累吗？"她回答："很累！几乎不想再站了。"全剧最后，编导设计了一个多层投影，近乎裸眼 3D，不停旋转，暮年的小海遥望着在天边翩翩起舞的红裙女子，思绪万千，精彩呈现出一幅富含中华审美意象的艺术图景。正如美国学者罗伯特·亨利在《艺术精神》中指出："博物馆里收藏的艺术作品，无法造就艺术之国，但是有艺术精神存在之处，就会出现珍贵之作

供博物馆典藏。"中华美学精神植根于中国哲学、中国美学和中华优秀传统文化之中，却又活跃在当下中国人的生活里，也是当下文艺精品创作的丰厚源泉与魅力所在，更是新时代涵养厚植城市艺术精神的内在要求。

近年来，深圳注重外引内联、跨界融合，持续打造文艺精品创作生态链，大力推进"新时代文艺攀峰工程"。《咏春》《深AI你》《青春之城》《英雄颂》等文艺精品，既是深圳文艺创作从"高原"向"高峰"奋勇攀登的一个个精彩缩影，也是深圳城市科学精神、人文精神和艺术精神在文艺沃土不断相融碰撞、相互滋养的全新表达和具体实践，彰显着深圳引领新时代文艺风尚、推动城市文艺文化高质量发展的决心与实力。

（原载《深圳特区报》2023年9月12日）

"一带一路"视域下广西戏剧创作的特色与机遇

饶秋芸[*]

共建"一带一路"是我国在新时代主动应对国际形势的重大决策，旨在推动相关国家更多领域、更深层次的合作与交流发展。习近平总书记视察广西时的重要讲话和《推动共建丝绸之路经济带和21世纪海上丝绸之路的愿景与行动》文件精神，都为广西打造21世纪海上丝绸之路和丝绸之路经济带有机衔接的重要门户提供了政策基础。

广西是一个多民族聚居的自治区，各民族相互交融，形成了多姿多彩的民族文化体系。桂剧、彩调剧、壮剧等多个剧种在这片土地上争艳竞美。2019—2023年，广西戏剧充分挖掘山水千姿的地缘文化以及民族百态的人文风情，在跨文化交流中呈现鲜明的地域特色，并获得了广泛认可。讲述山歌文化的彩调剧《新刘三姐》，于2022年荣获第十七届中国文化艺术政府奖"文华大奖"、中宣部第十六届精神文明建设"五个一工程"优秀作品奖。以广西壮族农耕文化为核心支点，融合了壮族"那"文化的跨界融合创意杂技秀《我们从"那"来》（后更名为《百越稻盛》），继获得国家艺术基金2019年度大型舞台剧和作品资助项目后，于2023年前往马来西亚马六甲市进行演出推介。广西应主动把握共建"一带一路"

---

[*] 饶秋芸：广西艺术创作中心三级编剧。

的历史机遇，为本土戏剧发展创造新的条件。

一、广西戏剧创作的特色

（一）山的歌唱

广西地处云贵高原边缘，山岭连绵、岭谷相间。这些起伏不断的山脉，孕育出旋律婉转的山歌文化。广西传统地方戏曲吸收本土音乐特色，不只讲述一个故事，更吟咏一个故事。近年来，广西不少优秀的戏剧创作，结合独特的音乐文化，突破语言和时空的限制，唤起精神的共鸣。

"刘三姐"是广西驰名中外的文化名片和文化符号，刘三姐的故事可以说是家喻户晓。在彩调剧《新刘三姐》里，新时代的刘三姐唱着新时代的山歌，传承的是经典的旋律，是人物对自信的坚定、对自主的坚持和对自由不变的向往。女主角姐美代表的传统山歌和男主角阿朗代表的现代摇滚乐，从对立冲突到逐渐交融，在经典和流行之间碰撞出奇妙的化学反应。这种传统与现代的音乐结合，也出现在彩调剧《木匠哥的钢琴梦》里。该剧不只音乐上吸收了许多现代元素，更将传统的彩调表演进行创新处理。旋转的舞台使人物和时空不断处在变化之中，角色的设置也突破了"第四堵墙"的限制，充分结合现代观众的审美，吸引了更多年轻观众群体。壮剧《百色起义》也采用了旋转的舞台。在《百色起义》中，将百色当地流传的山歌、红军革命歌曲与壮剧音乐中的采花调、高腔等结合，还配合情节，大胆地加入表现国外名曲。本土音乐与外来音乐互相融合，推动戏剧冲突和情感的高潮，达到了为百色起义英魂而歌的效果，同时也展现了壮族人民能歌善舞的特点。

广西的桂剧、采茶戏、彩调剧、壮剧等多个传统剧种被列入国家级非物质文化遗产代表性项目名录。在传统戏曲中加入同样是非遗的民族音乐、民间歌舞，能将非遗品牌聚合，形成更大的传播合力。黄泥鼓是瑶族传统的民间乐器。瑶族黄泥鼓制作技艺、黄泥鼓舞分别被列入自治区级和国家级非遗名录。瑶族歌舞剧《黄泥鼓之恋》于 2020 年年底入选"首届中国—东盟文化艺术周"展演剧目，以载歌载舞的方式，使黄泥鼓的传说从古老的祭祀活动中走出，从蜿蜒曲折的深山中走出，走到国际化的舞台上。壮族山歌剧《天琴声声》以被列入国家级非遗名录的壮族天琴艺术为载体，演绎感人故事。天琴艺术不只流传于广西区内，同样也在中越边境的越南岱依、侬、傣族居住地区传唱。天琴元素的运用，无疑会给剧目增添文化的魅力，引起文化的共振。

（二）水的律动

广西南邻北部湾，区内水系发达。交错的河网与临海的波涛，赋予广西戏剧创作别样的浪漫情感。在 2021 年举办的第十一届广西剧展上，不少戏剧作品借用"水"的意象，完成抽象概念具象化的独特表达。在话剧《谭寿林》中，以梧州特有的鸳鸯江中浊流清流的走向比喻时局，并以"江上起风了"这一极具意象化的表达，说明了中国共产党的领导是民心所向，势不可当。在桂剧《石鼓传奇》中，毛德贞面对情与理的考验，唯愿"灵魂秀水早洗净，一丝污垢都不存"，由秀水洗灰尘上升至秀水洗灵魂，自然而然地传递清廉为官的道理。

除了直接出现"水"的意象，广西的戏剧作品里还经常在情节中蕴含水一般的浪漫灵动，使剧目更具现代审美境界。海歌剧《龙窑村的故事》发生在海边，剧中人唱着具有浓烈海边风情的海歌，命运和情感如大海的波涛一般汹涌翻滚。音乐剧《珠还合浦》同样讲述海边的传说，在剧中人心比海更难测。话剧《漓水烽烟》将桂林山水与烽烟火炮相结合，写意地塑造了欧阳予倩的舞台艺术形象。音乐剧《血色湘江》构建血染湘江的主体形象，使全剧具有革命浪漫主义情怀。在桂南采茶剧《侨批树》中，一个码头、一条江、一棵侨批树，串联几辈人的悲欢离合，连接海外游子对祖国的深情。在彩调剧《新刘三姐》的结尾中，姐

197

美劝回了阿朗，却没有落入传统戏剧大团圆的窠臼。姐美撑起竹筏，随波而游，去诗中找寻心中的远方。三姐门前那条河，流淌着壮家人的文化基因。山歌在河谷中飘荡，言有尽而意无穷，使得整个故事成为一个现代壮乡的寓言。

二、山水赋新篇——广西戏剧创作的机遇

"山歌好比春江水，这边唱来那边和。"广西的山和水本就为一体，山虽无言，水虽不语，却见证了广西古老的传说和崭新的变化。"一带一路"倡议背景下，广西戏剧拥有了更多"走出去"的机会，打造鲜明的风格化品牌会更容易给受众留下深刻印象。

广西有不少展现本土传说的剧目，比如邕剧《顶蛳山人》，以"史前剧"为概念，以南宁本地的传统剧种展现南宁先民的文明和智慧；音乐剧《花山奇缘》讲述生活在花山的壮族先民的故事；壮剧《牵云崖》、音乐剧《珠还合浦》等都取材自本地古老的传说神话。也有不少展现广西市井风情的剧目：音乐剧《都市"老漂"》用客家话展现当地城市化建设中文化和观念的碰撞；音乐剧《致青春》讲述柳州工业发展的经过；话剧《水街》、话剧《三街两巷》，展示南宁的街坊人情。这些剧目都各有侧重，只表现风土人情的某个侧面。如果能将表演风格、叙述风格较为统一的剧目，以某个主题为线索，打造成一个完整的系列，在对外交流中让观众看到老南宁如何从曾经的"顶蛳山"走出，走到"水街"、走向"三街两巷"，相信会更能打破隔阂，使观众对广西文化有更为宏观和全面的了解。

所谓看戏看角儿，对外交流中，语言的不同使得演员的肢体、情绪表演更为重要。观众不仅要看"戏"，更要看"演戏"。因此，演员的培养尤为重要。不只要"以戏带人"，更要能做到"以人带戏"。让好戏有好演员，而好演员亦赋予好戏更深层次的魅力。广西已经多年举办戏曲青年演

员比赛，同时也有许多与国内知名戏曲院校合作培养戏曲演员的项目，为的就是能够向舞台输送更优秀的演员。近年来，广西戏曲青年演员比赛和"中国—东盟（南宁）戏剧周"系列活动相结合，通过戏剧周的交流平台，使中国和东盟国家的戏剧艺术家增进了解、互相借鉴、互相学习，助推戏曲演员的培养和发展。

  戏剧艺术的理论和实践并行，才能更好地实现互相促进，为戏剧创作注入国际化的视野。目前，广西区内各研究机构与东盟国家合作交流，编写的著作《东南亚戏剧概观》[①]以及研究成果《广西粤剧百年图史》[②]等，为东南亚戏剧研究交流提供了重要材料。培养、发掘跨文化的戏剧艺术人才，也是促进戏剧文化交流的重要一环。在对外传播中，需要译者不仅熟知两国语言，更要对戏剧艺术这一门类有充分认知和研究，才能使戏剧题材中本土传说、本土风情能够既不失原本的文化底蕴，又符合当地受众的接受习惯。

  讲好"一带一路"上文化血脉相连的故事，能够促进文化交流。广西还有许多与"一带一路"相关的资源和故事等待发掘。以戏剧为桥，能够让更多的人倾听来自广西的声音、来自中国的声音。党的二十大报告提出，"坚持创造性转化、创新性发展，以社会主义核心价值观为引领，发展社会主义先进文化，弘扬革命文化，传承中华优秀传统文化"。历史文化的传承，"传"是关键一环，有了历史根基的"传"，才能有温度、有厚度地"创"，才能抓住时代的机遇，让广西的戏剧迈上新的台阶。

（原载《匠心》2023 年第 1 期）

[①] 毛小雨、方宁主编的《东南亚戏剧概观》（北京时代华文书局 2018 年版）获广西第十六次社会科学优秀成果著作类成果三等奖。

[②] 梁肇佐主编的《广西粤剧百年图史》获广西第十六次社会科学优秀成果研究（调研）报告类成果二等奖。

从陈涌泉"鲁迅题材三部曲"
看文学经典改编舞台剧的路径与技巧

田 原[*]

在 2023 年第十八届中国戏剧节上，由河南省曲剧团演出的曲剧《鲁镇》精彩上演。这部作品是中国戏剧家协会驻会副主席、国家一级编剧陈涌泉继 1996 年的《阿Q与孔乙己》、2005 年的《风雨故园》后的又一部鲁迅题材戏剧改编作品。这三部作品从鲁迅《呐喊》《彷徨》等著名小说集或鲁迅自身的人生经历中吸收创作养分，既自成体系，又血脉相连、精神相契，被作者称为"鲁迅题材三部曲"，并分别多次在曹禺戏剧文学奖评选、中国艺术节、中国戏剧节等重大评比和展演中斩获大奖，形成了一套新时期文学经典舞台化改编的典型优秀案例，值得大家分析与借鉴。

一、建构人物性格的宇宙

总体来看，陈涌泉的鲁迅题材戏剧改编是忠于原著的，无论是在剧本上还是在最终舞台呈现上，均没有出现与原著精神相悖逆的颠覆性或消解性的改编行为。即便如此，他的改编依然具有创新性、典型性。这一点首先体现在他的改编不拘泥于鲁迅的某一部作品，而是将鲁迅的作品作为一

---

[*] 田原：广西艺术创作中心三级编剧。

个整体来进行观照,并对小说情节进行综合性的融合或重组。他以鲁迅作品中人物原有的性格和故事为基础,将不同性格、不同处境中的人物放置在一个共同的环境中,组建出富有意味的戏剧场面和舞台交流空间。

在由早期的小戏《阿Q梦》提升创作而来的《阿Q与孔乙己》中,陈涌泉将《阿Q正传》中处于社会底层、受人欺压但时刻以"精神胜利法"占领道德高地的阿Q,与《孔乙己》中的表面崇尚文化、心气高洁、实则迂腐的旧文人孔乙己同时立于舞台。他将这两种性格放置在"革命与否"这样一个时代议题之下,一个代表无知的激进,一个代表空幻的保守,两种看似相反的性格,在一个腐败、丑恶的大环境下相互碰撞,最终却都只等来了各自的悲剧。阿Q的"精神胜利法"不敌残酷的现实,他本人沦为牺牲者,孔乙己则隐没在历史的烟尘之中。

舞台剧中既保留了小说中的经典场景,如阿Q调戏吴妈、孔乙己窃书、阿Q被正法等;同时也增加了一些小说中不存在的人物之间的互动,如孔乙己教阿Q写字、画圆圈,孔乙己和吴妈为阿Q送终等。正如史蒂芬·桑坦编剧的著名音乐剧《拜访森林》将格林童话中的多个童话故事从时空和情节上相互"纽合"那样,《阿Q和孔乙己》也让多个人物在故事的"十字路口"上相逢,并影响甚至改写对方的命运,同时阐发出思考与新意。

而在《鲁镇》中,人物之间的对比关系则变成了"背景"与"前景"之间的相互映衬与阐释的关系:作为"铁屋子"的鲁镇、癫狂痴迷的"狂人",这些都是富有象征意味的"背景",而祥林嫂以及另一个由《药》《明天》等故事融合后新创出的代表革命者的人物——鲁定平则是最丰满的"前景",他们的现实遭遇让故事更富血肉。作品以祥林嫂的不幸命运为主线,以鲁定平尝试革命失败为隐线,同时以狂人的呼号不断加强气氛,从而塑造了一个层次丰富、人物鲜明的"吃人"的鲁镇,就像一部立在舞台上、动起来的《彷徨》之书,充分体现了陈涌泉吃透鲁迅作品后综合融汇、组合调用的能力。

二、寻找作家生活中隐秘的角落

对文学作品进行改编，应该先建立一种对文学作品层次的完整认知。著名的文学理论家艾布拉姆斯曾在其名著《镜与灯》中提出了文学作品的四要素——宇宙、作家、文本、读者。这四个要素与文学作品紧密关联、相互影响。文学作品改编，不仅要关注文本本身，还要打开视野，从作家的生活、读者的接受与反馈、作品的社会影响等方面进行挖掘。尤其是作家自身的生活，是十分值得挖掘的，因为其中往往包含着影响作家创作的或明或暗的关键因素，包括文本的题中之义或弦外之音。能否发现这些因素，是文学作品改编能否突破与创新的关键之一。

在陈涌泉"鲁迅题材三部曲"中，《风雨故园》与另两部有些不同。它的创作跳出了鲁迅所创作的文本世界，进入了作家的生活之中，也将其作品中的批判精神与对弱者的观照延续、反观到了作家真实的生活里。这部作品选取了鲁迅生命中一个极为特别的身边人——首任妻子朱安作为主角。她是一个被鲁迅遗弃的人，也是封建包办婚姻的当事人、受害者。作品从朱安充满期待地嫁给鲁迅、两人尴尬的新婚之夜，写到她一路追随鲁迅、感受到鲁迅的理想、在周围人的耻笑下坚守着自己卑微的人生。这部作品最大的成就就是"发现了"朱安，并成功将其塑造在戏剧舞台上。她就像鲁迅作品中那些旧社会被封建思想、陈旧观念束缚和残害的女性一样，注定了只有不幸的人生。但她不仅是一个普通的被害者，因为她真实存在，而且是一位拥有进步思想的名人的妻子。她的悲剧一部分也是由鲁迅造就的。朱安是鲁迅生命中一个痛点，可能也是他作品中那些不幸女子的一个生活原型，就像藏在隐秘角落里、久不见天日的"物品"，虽然藏得深，但也保存着鲁迅心中最深的秘密。

这部作品将鲁迅还原成了一个带有进步思想、性格坚毅、处于两难境地的青年，就像他自己作品中的革命者。作品从一个女人的视角批判了旧社会的迂腐，折射了这位文化巨人面对封建旧俗时的艰难处境与伟大身影背后的悲哀。如果说另两部作品只是用鲁迅所营造的一个寓言式的世界去批判旧社会的可悲，那么，《风雨故园》则是用鲁迅自身的案例讽刺现实，同时也将矛头指向了鲁迅自身。这部作品不仅表现了鲁迅所希望传达的批判精神，挖掘了其作品内在精神可能的现实来源，还通过朱安之口生出了一种与鲁迅的"对话"和"反问"，可谓出色。

作品中，陈涌泉将朱安与一只慢慢爬进火里的小蜗牛作比。她就像剧中这只不起眼、动作缓慢但始终步履不停、不畏前路的小蜗牛。在名人身后，她的人生是渺小的，甚至是失落的，但并非没有意义。"故园"不仅是鲁迅遗弃朱安的地方，也是朱安找到她自己的地方。朱安通过自身对不公婚姻的质疑、不懈追寻以及最终的理解造就了自己的存在和意义。不同于另外两部鲁迅题材作品，《风雨故园》除了批判思想之外，也赞颂了朱安的坚毅，留了一抹希望之光，在批判旧思想的同时，展现了女性的成全意识与自我觉知。

三、从底层视角阐发主题的丰富性与当下性

陈涌泉的鲁迅题材改编，承继了鲁迅作品从社会底层人物观察国民性的创作视角，塑造了一批旧中国的典型小人物。他们主要可以分为两类：第一类是与时代抗争或不融入环境的特定人物，如阿Q、孔乙己、狂人、鲁定平等；另一类则是被迫害的女性，如吴妈、祥林嫂、朱安等。他将这些人物通过对比、递进、相互印证等方式共立于舞台，构筑了一个人物更为丰满、情节更富戏剧性的世界，以《鲁镇》最为典型。

与鲁迅的原作重在批判旧中国国民的劣根性不同，陈涌泉的"鲁迅

题材三部曲"的主题更为丰富。一方面，它们展现了改造国民性的主题，展现了革命与反抗的尝试与失败，揭露和批判了病态环境对人性的扭曲。另一方面，三部曲阐发了一个更高的主题：生命的意义。正如《阿Q和孔乙己》剧末孔乙己的感叹："命何须救，命岂能救？生又如何，死又如何？"《风雨故园》里朱安的低语："没人知道我是谁，但我自己知道。"《鲁镇》中祥林嫂临死前的疑问："一个人死之后究竟有没有魂灵？"无论是面对不公时的迷茫兴叹，还是扼住命运的喉咙、找到自己价值的自我肯定，这些声音都能穿透时代，直击当代人的心灵。编剧用自己的当下性思考"点亮"了这些小人物。正是这个关于命运思考的主题将作品拔高了一个层次，也将作品与当代人生活的距离拉近了。因为对于生命意义的追寻，也是我们当代的每一个人必须面对的。

在情感层面，陈涌泉"鲁迅题材三部曲"的处理也更为丰富。首先，它们通过讲述人物悲惨的遭遇，保留并强化了原作中的抗争与质疑的情绪。其次，在戏剧化的呈现下，作品在鲁迅冷峻的旁观中又加入了些许温情，从而更富人情味。如阿Q和孔乙己"同是天涯沦落人"般的交心与对话，祥林嫂和贺老六买卖婚姻中从抵触到相怜相惜的爱，让作品在批判之余多了一份温暖。而《风雨故园》中朱安对鲁迅的复杂情感更是体现了矛盾性的统一。可以说，在这三部曲中，批判与悲悯、坚守与质疑，这些矛盾的情感同时兼备、共冶一炉，大大增加了作品的情感厚度。

"真正的，或者说优秀的改编是吃透原著的精神，在此基础上延伸、发展、想象、开掘、重构，做到在延续原著精神实质上的忠实，而非机械地复制情节与人物。这样做的意义是能使原著活在当下，能使经典焕发出时代的光彩，从改编经典到再创经典，这是剧作家的最高使命。"[1]正如陈涌泉在《做有思想的戏剧创作者——"鲁迅题材三部曲"的创作追求》一

---

[1] 陈涌泉：《做有思想的戏剧创作者——"鲁迅题材三部曲"的创作追求》，《艺术评论》2023年第9期。

文中所言，他在这一系列鲁迅题材戏剧改编作品中展现的是一种综合的、展现守正创新精神的改编。在其中，我们能看到文学向舞台艺术形式的巧妙转化、看到戏曲艺术的革鼎创新、看到鲁迅文学作品精神内核的当代延展。我们希望能有更多这样的创作实践，带动文学艺术实现创造性转化、创新性发展，使戏剧舞台更灵动、深刻，也让文学经典之魂穿越时代的束缚不断重生、再造。

《新刘三姐》重铸经典的三种创作途径

崔振蕾[*]

刘三姐的文化符号已经在荧屏和舞台上展现了 60 年,《新刘三姐》之"新"的根本在于其故事叙述语境之新,在新的社会场域生发出新的故事形态。新场域中的新故事如何在保有刘三姐山歌人文精神之时,达到经典重铸、表达其新,是创演团队要解决的命题。重铸并不是重复,而是在现实的语境中建构新时代山歌人文精神。创作者以戏剧的本体为着力点,运用三种创作途径,实现经典重铸。

一、新情境下的角色主体设置

戏剧本体指情境中的人的生命的动态过程。很显然,在彩调剧《新刘三姐》中,讲述的是新情境、新故事、新人物。刘三姐被观众熟知是在电影《刘三姐》中,电影创作于 1961 年,故事内容取材于壮族民间传说,塑造了一位敢于反抗压迫、有着热烈追求、勇敢阳光的女性形象。影片一经播出,便引发了热烈的反响。其中最精彩的唱段便来自刘三姐与莫怀仁的对唱,她敢于揭露莫怀仁的种种剥削行径,在此,刘三姐在地主与农民的阶级斗争情境中被塑造为一位反抗压迫的战士。在新

---

[*] 崔振蕾:广西艺术创作中心三级编剧。

时代的情境中，人民的社会地位发生了天翻地覆的变化，在人与人的关系中，"战士"已然属于特定的称谓。现代情境中的刘三姐应当如何？《新刘三姐》在创演之初，正值全国脱贫攻坚战役取得全面胜利之时，时代的任务当落在刘三姐这一群体的肩上。因此，新刘三姐这一人物形象，既要有刘三姐的精神内核，又要带有当代社会的印记，描述其人生故事在当代社会中展开的过程，是戏剧创作的重中之重。如若让过去的刘三姐与新刘三姐进行对话，全剧必须以一永恒的人生哲思作为情境底色，那就是人与人的社会关系可以变，但对人生的追求是每个时代的个体实现自我价值的手段，无论是过去的刘三姐还是当代的刘三姐，都是如此。如何将刘三姐对人生追求的态度演绎在《新刘三姐》中，这一答案出现在对"姐美"的人物设置中。《新刘三姐》将姐美设置为刘三姐的传承人，这样一来，观众很容易地理解到姐美对山歌传承的意义何在，在阿朗要放弃山歌、追求流光溢彩的城市里的Rap之时，姐美作为刘三姐的后人，她要守护祖辈曾经的荣光，观众也就自然能理解她种种行为的动机。她的追求就是在歌声里创造新的生活，让生命如歌。姐美和阿朗是一对恋人，但分别站在文化的对立面，在这一组人物身上，观众感受到了在城乡融合发展过程中传统文化在时代洪流中被拍打的阵痛，交织了创作者对传统山歌在现代社会如何保持主体性的思考。

  姐美与阿朗关于去与留的对话在舞台上共出现四次，这四次对话组建了起、承、转、合的闭合式讲述结构。正是在这一闭合讲述中，我们看到了刘三姐与姐美的关系，也看到了何为新的意义。第一次对话出现在开场，阿朗向往城市，便选择了逃婚，他和姐美的婚姻就像绳索一样捆住了他飞出大山的翅膀。在委屈之下，姐美选择成全。在这一场中的姐美还未实现人格的真正成长，她对阿朗还是抱有希望，因此便有了两人在红豆林的月下交流。与其说这是一对恋人选择上的矛盾，不如说这是两种观念上的矛盾。是留乡还是外闯？在敞开心扉的交流之后，姐美的"我在故乡望远方"和阿朗的"我去远方望故乡",写出了在新时代情境中城乡发展的矛盾,在舞台上也展开了两种不同选择的人生境遇。当阿朗再与姐美见面,一个已是城市中的边缘者,一个已是乡村振兴中的主角。阿朗即便回乡,也成了一个他客。阿朗与姐美互为镜像,《新刘三姐》中阿朗这一人物形象的增设和塑造,是创作者在新时代语境下对刘三姐形象的充分表达,姐美的完满正是刘三姐精神内核在新时代语境下的成功实践。人物角色的对立设置使得创作者可以明晰地讲出新时代语境下刘三姐精神文脉的发展。

二、舞台两重空间下的联动叙述

电影《刘三姐》可谓家喻户晓,这部电影是观众了解广西地域文化的切入口,在《新刘三姐》的二度创作中如何诠释广西文化是观众最期待看到的。笔者认为,对于优秀文化的传承讲述,是二度创作中必须浓墨重彩的,而最为直观的展现便是舞台的设置。在二度创作中,导演将舞台设置为环形,环形象征着轮回。环形舞台的使用,便切割出环形内与环形外两个空间,环形内上演的是现代的故事,环形外则是时光之外,是从前,是歌队的原生态演唱。在故事的行进转折中,环形内与环形外无不进行着相互诉说。

60年后,刘三姐的后人再次对歌定终身。但时光流转,沧桑巨变,对歌人面临着不同的人生选择。在万千的变化中如何抽丝剥茧地提炼出永恒的哲思,并直观地展现出来,创演团队在二度创作中采取的手段之一便是切割出两重演绎空间,即环形外的古老歌队与环形内的现代人两重空间,以此不断强化其新之意义所在。环形外舞台空间最为出彩的便是歌队的使用。歌队的壮族古老歌谣演唱增加了演出的庄严肃穆的气氛,给观众以强烈的历史厚重感。在开场之时,歌队演员便着古老服装,用壮家语言演唱壮族民谣，见证着两个山歌家庭的诺言。环形外歌队演唱的情感与环形内故事的行进节奏相得益彰，歌队担当起古老歌者的角色，他们时而跳出故事之外唱起对美好生活的期盼，时而融入环形内舞台的表演，共同体验人物的喜乐。歌队时而间离时而融入的表演，充当了第三人称的讲述者，在这里，歌队不再是配角，而是具有了主动意识的角色，歌队的演唱如远古的召唤，呼唤现代灵魂的回归，也许这正是创作者向传统文化致敬的生动注脚。环形内上演着现代脱贫致富的故事，无论怎样创造生活，爱的浇铸是必需的，姐美怀着对家乡的眷恋，留在故乡，创造新生活。姐美这一人物主线行动与环形外老者的歌唱互相应和，在舞台上诠释着山歌人文精神的永恒，不断追溯着经典在新时代的回响。

三、开放场域中身份体认

当我们置身于开放的场域中审视一部戏，往往更加期待人物的复调性、多重性特征。笔者认为，严格意义上说，在《新刘三姐》中所有的人物都是带有泥土气息的，即便在外闯世界的阿朗身上也没有特别显著的现代性标识。当然，在戏剧中设置一些脸谱化的人物是为了实现戏剧目的而采取的艺术手段，这里笔者重点探讨的是如何在开放的场域中实现其"新"。一切的复杂都归于简单，在开场之初，故事中的人都面临着这样一个问题：都什么年代了，我应该过什么样的生活？无论是阿朗的逃婚还是选择追求更加新潮的摇滚和Rap，归根结底是选择生存的环境，所以人物面对的最根本的问题是如何用现代社会所给予的自由选择生存的方式。从时代发展的角度上说，《新刘三姐》讲述了新时代广西各族儿女齐心协力打赢脱贫攻坚战的故事；从个体发展角度看，《新刘三姐》讲述的是在现代社会中我能怎么办。开幕时创作者就告诉我们，这是一个山歌的乡村，生在乡村长在乡村的人是无法用都市价值观来考察的。可以说，他们这一代年轻人遵循着前辈的足迹过着有规则的生活，只是姐美还唱歌，这一点使得其人物形象极具个人身份的特性，阿朗这一人物形象与姐美相比，会稍显脸谱化，但也正是脸谱化，才使得观众在阿朗这一人物形象中解读出无数个在城市化进程中被模糊身份的进城人。姐美在秉承传统的教义之时，对待迎面而来的现代生活，选择以传统的教义来适应现代生活的规则，所以她会成为直播里三姐的擂台歌手，所以她选择的对象不会是充满铜臭气息的胖老板、瘦老板和莫老板。在复杂的现代生活中并没有显得那么手足无措，而是顺应与接受，不沉溺于过去，尊重他者的选择，更把自己的坚守放置于时代的中心位置，姐美这一人物形象已足具现代性特征。而在这里，我们不得不重新审视电影《刘三姐》中刘三姐的人物形象，其用自己智慧追求幸福的品质与姐美的人物品质有着异曲同工之妙。

与姐美一起完成身份体认的有阿朗，还有被姐美带领致富的众乡亲，故事行进到众多平衡车和快递车出现在舞台上时，剧中人物在平衡车上翩然起舞，加上音乐的欢快和山水舞美的明亮布景，使观众沉浸在歌舞相伴的视听盛宴之中，油然感受到剧中人物的自信，这就是现代农村对生活自信的传达。

彩调剧是一种民间的艺术，其题材多表达平民的世俗生活、男女之情，表演风格热烈张扬。在彩调剧《新刘三姐》中，整台演出故事冲突并不是那么强烈，一是受其剧种特质的影响，重在表达快乐，即使有转折的情节，也多是哀而不伤。二是凸显人物情感表达，在每一场中，人物都通过婉转的民歌演唱，唱出人物内心的话语。也正是这部戏浓于抒情的主要特征，使得其重铸经典的艺术手段在舞台表演中显得影影绰绰，不够清晰有力。戏曲理论家李渔曾说"立主脑"，该剧将爱情这一叙述线索弱化，重点放在姐美的个人成长之上，使得主要人物现代性人格特征全面展示出来。

这当然是后辈对于前辈戏剧创作的一些拙见，不可否认的是，《新刘三姐》为新时代艺术的"两创"发展做出了成功的实践，对于后来者而言，可敬畏的高峰又多了一座。作为广西的文艺工作者，笔者期待广西文艺能够越来越好！

自觉创造　不懈创新
——中国评剧艺术节 20 年新创剧目漫谈

赵惠芬[*]

20 世纪初评剧在河北省唐山市诞生，经过百余年发展，评剧已成为影响广泛、受众众多的大剧种。根据 2017 年完成的全国戏曲剧种普查统计，评剧现有 299 个演出团体，其中包括 55 个国办院团、47 个民营院团、197 个民间班社。在全国现存的 348 个戏曲剧种中，评剧演出团体总数排在第九位。仅从演出团体数量来说，评剧堪称名副其实的大剧种，演出的活跃可见一斑。剧种繁荣最显性的标志就是演出的繁荣，演出的繁荣体现在演出团体的数量及其活跃程度，而演出团体的生存和发展则需要不断创新的剧目支撑。

唐山市作为评剧的诞生地，以自觉的历史情怀和文化担当，自 2000 年举办首届中国评剧艺术节起，20 年不间断，推出剧目 200 多部，其中多部作品已经成为剧种新的经典剧目被传承和搬演，成为剧种的"有效积累"。一批优秀的表演人才通过评剧节脱颖而出，成为剧种的代表性艺术家。可以说，评剧艺术节的持续举办，有效促进了剧种的剧目创作、人才成长及剧种发展。

评剧的发展史清晰显示出一条剧目建设的自觉意识贯穿始终的主线，

---

[*] 赵惠芬：河北省文化和旅游研究院副院长，研究员。

评剧创始者成兆才们在多年的艺术实践经验和教训中，深刻体悟到剧目对于立足市场的重要性，从剧种创始之初，就以明确的创新意识，经过从剧本到唱腔等方面的精心创作准备，以《开店》等六部原创剧目打开了永平禁地，也奠定了剧种的坚实基础。可贵的是，在以后的剧种发展中，一代又一代创作者也一直保持了剧种文化建设自觉，坚持不懈创新，创作了《花为媒》《杨三姐告状》《刘巧儿》等一大批具有剧种鲜明特色和深刻烙印的原创剧目，成为"一直被模仿，从未被超越"的剧种经典。与这些剧目同时段成为经典的，还有精彩纷呈、各美其美的剧种表演流派艺术，他们共同把评剧艺术推送到了辉煌的巅峰。

随着时代的发展，戏曲生存的社会和文化环境也发生了重要变化，如今举办节庆形式的戏剧活动已成为推动戏剧发展的重要手段。优秀剧目的集中展演展示，对当代文化多元化，甚至堪称"刷屏时代"的文化环境来说，是戏曲抱团取暖、发挥集束影响力的一种有效形式。不可否认，一批新创剧目都是首先在戏剧节一类的戏剧活动上演出亮相后，被社会和广大观众接受之后，进而产生更大的影响。连续举办20年的中国评剧节对评剧剧种传承发展的促进作用显而易见，甚至可以说厥功至伟。

中国评剧艺术节在剧目遴选上始终坚持"三并举"原则，即现代戏、新编历史剧、传统戏均可参演。鼓励剧目创作的多元化发展，有效丰富了剧种剧目库。

紧跟时代、扎根生活的现代戏创作

关注现实，贴近生活，甚至干预生活始终是评剧的宝贵传统。在历届评剧节推出的200多部剧目中，有近百部是新创现代戏和革命历史题材剧目。其中更不乏获得"文华奖"及中宣部"五个一工程"奖等大奖，同时又获得观众喜爱的优秀作品。这些作品，对现实的思考深刻，主体意识突出，人物形象鲜明，无不体现出创作者对生活的独特发现和艺术表现上的"陌生化"创新性追求。《疙瘩屯》可以说是评剧表演艺术家冯玉萍的代表作之一，塑造的喜莲形象是改革开放初期农村发家致富的典型形象。她所要突破的不只是经济上的贫困，更有观念上的保守和人们惯有的惰性。作品无论对编剧、演员、导演还是剧院，都具有重要的标志性意义。大厂评剧团演出的《男妇女主任》也是一部标志性作品。剧作系由著名编剧赵德平创作于20世纪90年代，作者以敏锐的生活观察能力和高超的艺术表现力塑造了"这一个"。村妇女主任，一个本该由女性担任的职务，却阴错阳差落在了男性的肩上，偏偏这又是一个思维僵化的男干部，于是戏剧就变得好看了，笑料百出，讽喻性和反思性都非常突出。荒诞的生活造就了荒诞的人生，令人深思。中国评剧院创作演出的《马本仓当"官"记》以国家取消农业税为背景，以交公粮为切入点，表现了小人物马本仓当上粮站验粮员后的"纠结人生"，既要当好坚持原则、铁面无私的验粮员，为国家负责；又要体谅乡亲们的生活艰难，顾及邻里和睦。公私如何平衡？本性如何坚守？马本仓抉择艰难，"苦酒一杯难下咽"……令人动容。国家取消农业税，不仅解了农民生活之困，也解了马本仓人生之"困"。作品鲜明的现实性和深刻性令人难忘，而以丑角为主角，在评剧现代戏表演方面也是一种突破。

革命历史题材的评剧作品创作也取得很大的突破，有些艺术探索成为成功的经验被传承借鉴。在第二届评剧节上，黑龙江省评剧院演出的《半江清澈半江红》在革命历史题材剧创作上的突破和探索非常值得研究。作品反映的是观众耳熟能详的"八女投江"的故事，剧作在叙事和艺术表现上独辟蹊径，寻找"熟悉中的陌生"，以连长冷云等八位抗联女战士在艰苦的战争环境中的乐观主义精神为贯穿，以女战士们对美的追求，对美好爱情的向往为张扬，反衬战争的无情和残酷，从而激发人们对和平的渴求和珍爱。剧作最大的突破，就是舞台上没有出现一个日本侵略者的形象，却生动而深刻揭示出战争的残酷、日本侵略者的暴行。正如《日出》中八爷的形象，是隐于幕后的强大戏剧推动力。导演在处理上，非常注重以更多的细节刻画人物、展示内心、表达情感。如以突然射来的子弹表现敌人的存在，表现战争中生命的脆弱；以连长把一块藏在兜里快化掉的糖，献宝一样送给好不容易见面的爱人和孩子，表现残酷的战争环境中革命者相濡以沫的深厚情感；女战士眼睛被炸伤，却照着镜子，兴奋地"欣赏"着自己穿上红嫁衣的样子……生动的细节，塑造了鲜明的人物形象，增加了剧作情感的浓度和戏剧的张力。此后，中国评剧院创作演出的《母亲》也采用了这种表现手法。剧作着力塑造抗战时期的英雄母亲邓玉芬的形象，日本侵略者的形象并没有出现在舞台上，观众却通过台上群众慌张逃命、突然中枪倒地的女孩，以及受刑的战士痛苦翻滚等情节鲜明感受到侵略者的暴行。丰润评剧团演出的《小英雄雨来》、天津评剧院演出的《红高粱》等，都运用了这种表现手法。《小英雄雨来》中雨来狱中受刑一场，舞台上，只有雨来痛苦地翻滚和"啪啪"的鞭打声，通过氛围的营造和演员的表演，将雨来受到酷刑的意象传达给观众，感人的力量直入人心。这样的处理，避免侵略者形象可能出现的概念化、脸谱化对作品艺术性产生伤害和影响，从而使艺术的完整性和统一性得到完美体现。可以说，这是评剧探索对革命历史题材特别是抗日战争题材戏曲创作的突出贡献，甚至可称为"新的程式"。

当然，毋庸讳言，在现代戏创作上可称为剧种新经典的优秀剧目还不是很多，更多剧目一味追求所谓"热点"，特别是一些以真人真事为素材的作品，由于创作者自觉不自觉地还存在着明显的"宣传""歌颂"意识，往往是见事不见人，无论在主题开掘、人物形象塑造，还是在舞台呈现上都存在着明显的功利性和模式化倾向。

坚持创新、立足当代的新编古装剧

《胡风汉月》《凤阳情》《从春唱到秋》《寄印传奇》《刘姥姥》等一批堪称精品的新编古装戏，是中国评剧节的另一大收获。这些作品，以鲜明的主体意识、自觉的现代性追求，勾画出现代戏剧的发展线路和方向，成为剧种新的经典。由石家庄市青年评剧团创作演出的《胡风汉月》，在明确的民族融合的主旨下，将文姬归汉这一题材进行了富有历史深度的新的诠释，塑造了蔡文姬、左贤王等鲜活的人物形象。最感人的就是对二人深厚又纠结、矛盾的内心情感揭示得淋漓尽致。蔡文姬流落匈奴12年，与左贤王在不断的抵触磨合中，产生了相濡以沫的深厚情感，夫妻和谐、儿女绕膝，幸福的生活逐渐弥合了文姬当初陷落番邦的悲伤。然而，当故国召唤，文化使命在肩，她不得不与丈夫、儿女分别。一段"今别离"如泣如诉，满心不舍，殷殷嘱托，椎心泣血，令人动容。剧作在音乐创作上展现出鲜明的艺术追求，传统唱腔中吸收融入歌曲等音乐元素，创作出脍炙人口、情感表达浓郁的唱腔，被广泛传唱。《凤阳情》中大脚皇后马秀英的出场堪称惊艳：光着脚丫、梳着两条小辫子的村妞带着一身阳光绚烂出场，那样充满活力，生机勃勃，是最具光彩和人物性格化的处理。唐山市评剧团创作演出的《从春唱到秋》以深厚的历史感和浓重的命运感，表现评剧创始人之一的成兆才"青灯照白头"，一生为评剧的艺术人生。该剧在文本上，以生动的生活细节，表现成兆才"戏比天大"的艺术理想和信念，生活的烟火气被艺术理想烛照，一地鸡毛的悲惨，成为他的艺术根魂，也因而成就他的"戏圣"光耀百年！

这些新的优秀保留剧目甚至在一定程度上改变了评剧剧种的文化品质，以一种更为现代的姿态，进入当代戏曲史。

坚持守正创新的传统戏整理改编

中国戏曲在长期发展中，积累了大量的传统剧目。这些传统剧目从剧作到演出，构成了中国戏曲完整的审美体系，同时也形成了复杂多元的价值体系。因此，在继承其独特的表演艺术的同时，对剧作的思想内容、价值观念进行时代化、现代化转化，一直是当代戏曲创作者们自觉的艺术追求。坚持创造性转化、创新性发展，是实现传统戏曲时代化的必由路径。在历届的中国评剧艺术节参评参演剧目中，不乏传统戏整理改编的优秀作品，有的堪称典范之作。中国评剧院演出的《良宵》是根据评剧传统剧目《马寡妇开店》改编的。改编抓住原作的表演性优长，在思想主题上进行了颠覆性改编。将年轻的马寡妇和狄仁杰的内心如剥茧抽丝般一层一层展现出来，马寡妇的勇敢追求、不断试探；狄仁杰的木讷惊惧、心动纠结，都让人忍俊不禁、心领神会。一部原本封建道学色彩浓郁的作品，焕发出现代的光辉。表演载歌载舞，舞台以粉、黄、蓝等明亮色调为主，增添了作品的诗意，无论主题还是艺术格调都有了更大的提升，堪称一次成功的改编。

在非遗保护的大背景下，复排传统戏当然重要，但对传统剧目进行符合当代审美和价值观念的整理改编更有价值和必要。只有对传统戏进行现代化改造，才能真正实现传承发展，才能做到活性传承。

回顾中国评剧艺术节举办 20 多年来的剧目创作得失，不仅能找寻到评剧发展的时代脉络，也折射出中国戏曲发展的概貌。紧扣时代脉搏，深植传统厚土，自觉创造，不断创新，实现戏曲艺术现代化始终是我们的不懈追求。

（原载《大舞台》2023 年第 6 期）

话剧《坦先生》观后感
——一首英雄的交响

岳 莹[*]

新时代舞台艺术优秀剧目展演汇集了代表着近10年来全国舞台艺术最高水准的作品，话剧《坦先生》位列其中。这部由黑龙江省本土主创人员和演员创作排演的话剧，带有浓厚的黑土戏剧特色和风格，它的成功，为现实题材和英模题材、科技题材的戏剧创作提供了新的借鉴经验，也为话剧的民族化、现代化做了有价值的探索。

人物形象的多重构建

科学家的戏剧人物形象很难塑造。一是他们的工作和生活通常十分单调，往往自身也缺少传奇性和戏剧性；二是艰涩的科技内容不为人们所知，很难以通俗易懂的形式在舞台上表现出来。刘永坦40年如一日地进行封闭且保密的新体制雷达研究，很难从他身上组织出更多矛盾冲突激烈的故事。对于新体制雷达大多数人也比较陌生。话剧《坦先生》跳出英模人物通常的塑造方式，精心设计了妻子冯秉瑞，科研团队成员、朋友兼同行吴老师，陈局长，导师谢尔曼，父母、小学女老师以及雷达兵张建军等

---

[*] 岳莹：黑龙江省艺术研究院编辑部副主任。

系列人物，以此与坦先生构成几组戏剧人物关系，以情感逻辑深化戏剧逻辑，让人物成长发展，把坦先生的个人理想提升到家国情怀的美学层面。

通过对多重身份的坦先生立体、多角度、多侧面的刻画，深入挖掘他的精神世界和情感世界，将师生情、夫妻情、父母情、朋友情与事业情、爱国情交织融合，展现了坦先生在重重磨难中完成科技报国之志的心路历程。深厚而真挚的真情，不仅让戏更有温度和深度，也实现了与观众的情感交流和心灵碰撞。观众不仅看懂了这部反映新体制雷达科研的话剧，更为坦先生的人格力量和高尚精神所震撼和感动。

于子庆、郑宁和赵玉成是剧中的三个主要角色。他们是坦先生的学生，是跟坦先生科技攻关的同事，也是新体制雷达科研团队的核心骨干。这一代改革开放中成长起来的科技工作者，在信念和追求上与坦先生有相同之处，也有不同甚至冲突之处。在工作生活中，他们面临着人生的选择，有迷惑、犹豫和痛苦。于子庆心无旁骛地跟着坦先生做科研，却担心自己能力不够，不能为老师分忧解难，做坦先生那样的人是他的选择。深受坦先生欣赏和器重的郑宁克服了东北的寒冷，坚持了下来。赵玉成为读坦先生的博士放弃留北京，却禁不住高薪的诱惑而选择中途离开。在这个选择的过程中，产生了人物性格与信念支撑下的纠葛与冲突，正是对这些真实的人性化的刻画，让舞台人物生动鲜活、真实可信。

在这部戏中，吴老师是个很重要的人物，在一定程度上助推了剧情发展，通过他还对坦先生的身份、地位、科研成果和社会名望的数十年变化做了介绍。前三次的出场，吴老师都与坦先生的观念截然相反。第四次出场时，坦先生为了工程项目能继续下去，向学校借了800万元对原系统彻底改造，这让吴老师的内心受到极大冲击，他要求坦先生必须成功。戏到最后，吴老师开始真正地理解坦先生，用调侃的方式对自己和坦先生做了总结。通过这对人物关系，让观众看到了战略科学家与普通大学教授的不同，折射出"重资历、不重能力""重论文、不重应用"等社会问题，以此反衬坦先生及其科研团队的独特性及其学术品格、报国情怀和重大贡献。

在这部戏中，父母和小学女老师是作为坦先生记忆中的人物出现的，他们是坦先生从小立下科技报国之志的引导者和教育者，也是坦先生做新体制雷达的重要精神支撑。坦先生"希望再也没有逃亡的黑夜，再也没有战争和死亡，中国永远不会再因为贫穷落后遭侵略"。导师谢尔曼除了在序中真实地出现，在此后所有的戏中都是作为意象化、符号化的人物与坦先生跨时空对话交流，并通过他，把坦先生的科研进程与世界雷达最新发展作比对。雷达兵张建军的出现，更加突出了研发新体制雷达的意义，强化了坦先生的坚持与担当。

叙述方式的升格策略

戏剧的叙述方式就是戏剧的结构。这部话剧以坦先生带领科研团队开辟中国新体制雷达之路为主线，精心选择了坦先生雷达人生中的几个转折点和重大事件：留学归国、科研立项、创建理论、建实验站、完成应用工程和设立永瑞基金，用现实主义创作原则和编年体叙事方式，带入"诗"的构思，构建出无场次话剧结构。这种戏剧结构方式赋予了舞台演出自由灵活的空间转换，让剧情内容更丰富、节奏更简洁明快、情感表达更充沛、人物关系和形象变化更清晰、表演张力和舞台张力更强化。

这部戏是从 20 世纪 80 年代初开始的。那时我国依靠传统雷达可监控可预警的范围还不到领海面积的 20%，海防形势极其严峻。刘永坦放弃英国优厚的待遇和科研条件，谢绝导师的挽留，回国后主动请缨，从零开始研制新体制雷达。编剧和导演以历史危局为落点，以人物命运为切入，把人物始终放在历史和现实的大背景下。在有机的舞台叙事中，把现实与历史有机地融为一体，突出现实性和时代性。在整个情节推进、人物塑造的过程中，集中演绎坦先生及其"雷达铁军"的个人命运，他们把个人命运与国家的需要紧紧相连，为国分忧、为国解难、为国尽责，在理想和现实、个人和群体的驳难中，折射出生命的热度与精神的高度。并通过冯秉瑞、吴老师、陈局长和张建军等的反衬，对这一表现主体进行回视与沉思。

这部话剧在艺术风格上，带有布莱希特史诗剧的风格和阿瑟·米勒戏剧多情境的韵味。在叙述方式和舞台呈现上，使用了心理时空和现实时空交替的表现主义手法。导演通过在舞台上设立多重戏剧情境，有效实现间离空间和内心情感的外化，让坦先生与父母和小学老师跨越时空再现当年，让他与谢尔曼教授跨越时空对话交流，深刻揭示了坦先生丰富的内心世界和思想情感。同时，用"倒插笔"揭示人物前史来丰富人物性格，以夫妻之间真挚朴素的情感交流表现人物的温馨情愫。导演还调动多种艺术手段，借鉴吸收影视、戏曲、舞蹈等艺术元素，强化诗意、诗化的艺术表达，舞台表演纯净不拘一格，场景转换衔接自然流畅，让观众看到一种人生价值参照，具有很强的导向意义。

话剧美学的创新探索

这部戏对话剧的民族化、现代化做出了有价值的探索，主要体现在以下三个方面。

一是特殊性。习近平总书记强调"要大力培养使用战略科学家，坚持实践标准"，编剧在谈到这部戏的创作时说："刘永坦院士的特殊之处在于他不是普通的科学家和大学教授，而是一位战略科学家。"刘永坦清楚地认识到新体制雷达的研制不仅是科学挑战，更关乎国家安全。正是他超前的眼光和以实用为先导的科研，铸就了捍卫国家领土主权的海防重器。刘永坦组建科研团队，联合国内的优势力量，带领大家几十年如一日地拼搏，带出一支"雷达铁军"。李渔说："凡作传世之文者，必先有可以传世之心，而后鬼神效灵，予以生花之笔，撰为倒峡之词，使人人赞美，百世流芳。传非文字之传。一念之正气使传也。"正因为刘永坦和他科研事迹的特殊性，赋予了这个英模题材和科技题材的特殊性，也决定了这部戏的创作走向和人物塑造方向，最终成功地将一位有温度、有情感、有性格、有内涵的战略科学家的崭新艺术形象立在话剧舞台。著名剧作家、评论家、中国话剧协会主席蔺永钧说："坦先生一定会被列入中国话剧发展史中的人物长廊之中。"

二是抒情性。坦先生40年如一日地研究新体制雷达，始终热爱和坚守着事业。他的目标无比坚定，把全部精力聚集到新体制雷达研发上。这是一种境界，更是一种难得的人生智慧。现实生活中这样的人极其稀少。对于这样一个特殊人物，很难通过艺术虚构出他生活的起伏跌宕与复杂的内心。戏剧理论家乔治·贝克强调："准确传达的感情，是一切好的戏剧的最重要的基础。"这部话剧不局限于传统话剧强烈的矛盾冲突和紧张的表演节奏，而是紧紧抓住人物情感，将真实的常态生活转化提升为艺术的真实，营造情感氛围、建构情感维度，创造出以诗化抒情为主要特征的戏剧情境，并将这种情境与人物内在生命情感形式的诗意同构，与观众共情，与当代观众审美心理接轨。如开场时，坦先生面对波澜壮阔大海的内心独白，漫天大雪中妻子为他送别，科研队员面向春天的大海、夕阳袒露心声等戏，无不充满诗情画意的意境美。许多台词宛如散文诗一般，增强了抒情性诗化表达。抒情性构成了这部话剧的美学底色，而这也正是中国话剧民族化的一个重要特征。引用著名评论家刘彦君的评价："这部戏是对英雄主义、理想主义纯净而又明亮的礼赞。"

三是史诗性。这部话剧以编年史结构讲述了坦先生44岁到86岁的雷达人生故事。没有对刘永坦这个英模人物人为地政治拔高，也不是英雄礼赞式的歌功宣教，而是在舞台上让坦先生的高尚情怀、爱国精神延续和真诚再现，提升为史诗般的咏叹。这是一段历经40年仍不息不止的中国新体制雷达的奋斗征程。这部戏没有单纯地讲新体制雷达的研制过程，而是全面系统地追溯历史、还原历史，重现历史场域和时代精神，站在当代立场，讲好时代楷模故事。戏刚开始时，坦先生以深沉凝重的内心独白讲述了1840年以来中国百年海防的屈辱历史，并由此建立了一条现实与历史叙事的通道。通过坦先生的个体命运和个人情感的演绎，以及与新体制雷达一起成长起来的新一代科学家的悲欢离合，全景式、大跨度地展现了中国新体制雷达的发展之路，折射出改革开放以来我国和我国科技的伟大巨变，表现出了强烈的民族精神和时代精神。

著名文艺评论家仲呈祥观看这部话剧后说："谢谢你们充满激情的演出！为当代科学大家在话剧舞台立传画像明德，是艺术家的神圣职责，而审美表现科技殊为难矣！你们知难而上，功不可没！"祝愿话剧《坦先生》在艺术道路上不断地走向经典，希望能看到更多这样讲好中国故事的优秀话剧。

（原载《剧作家》2023年第3期）

以舞之名翻开文艺的红色记忆
——写在"荷花奖"作品舞剧《热血当歌》获奖之后

谢 雨[*]

在第十三届中国舞蹈"荷花奖"比赛中,以"文华奖"舞剧《边城》闻名遐迩的湖南省歌舞剧院再次亮剑,原创民族舞剧《热血当歌》,凭借编、导、演、音、舞美强大的综合实力拿下舞剧"荷花奖",填补了湖南舞剧的"荷花奖"空白。惊喜,却也不意外,因为早在临行的彩排之夜,燃爆的掌声就已证明了家乡观众对这场问冠之旅的信心。

是什么让大家如此热血沸腾、激情澎湃?

我们且来看看。

那是一代生于19世纪末至20世纪初的文艺新青年,在风华正茂的青春岁月自觉地担负起历史的重任,拯救民族于危亡。其中,有一个立在潮头的湖湘之子,与他的小伙伴一起写下了一首歌,从此被镌刻在国家历史的丰碑上,他就是三湘骄傲、《国歌》的词作者——田汉。

舞剧《热血当歌》从这个爱唱湘戏的长沙人说起,说他与聂耳、安娥的一段珍贵时光,说他们与"中华人民共和国国歌"诞生的故事。我们都知道,舞剧最难的就是全凭肢体的语言传情达意,完成叙事,尤其是在红色题材的表现上,不但要攻克题材作品的表现难点,还会不可避免地面对

---

[*] 谢雨:湖南省艺术研究院编辑部副主任,一级(专技三级)舞美设计师。

经典作品、同时期现象级作品的比照,需要以舞蹈的时代语言创造"这一个"作品的艺术新高,获取共鸣,深入人心。那么,舞剧《热血当歌》的成功秘诀是什么?就让我们来解开密码。

一、为什么聂耳家的"门"也要跳舞

聂耳家的"门"显然是包租婆骂街这场戏不可缺少的部分。

它时而被"人化",时而被"物化",就像一个动画人物。本质上,它是一个腹背受敌的"夹心饼干",只有门的"开"和"关"的功能,但作品运用大量现当代舞语汇使它穷尽"横、竖、平、立、侧、翻、抬、压、弯、转"各种大幅度表演,而成为十足的"动作戏",酣畅、妖娆,为双方的进攻与防御起到添油加醋、推波助澜的作用。它装作"吃瓜群众"身不由己,实际上运用智慧巧妙地应对了包租婆、保护了聂耳,并最终抢在包租婆的前面把门合上,复原场景,帮助聂耳成功回逃。在物体向肢体默剧式的转化中,一种对劳苦大众抱有深切同情的"人物感"取代了"门"这种建筑符号的冷漠、失语,让我们得以看见人性的微光、作者的悲悯。

同时,因为两个"隐身人"的带景表演,将舞美意义上的"门"完成了从表演的环境支点向手持道具的转换,使舞蹈的形式从表面的独、双、三人舞升级为了在三、四、五人之间变化的(三人舞)舞段,而成为一段人物性格鲜明、十分讨彩的喜剧小品式叙事舞蹈。

二、为什么用"戏曲"讲故事

舞剧中有两段长靠武生戏韵男子单人舞:一段是"《获虎之夜》",一段是"九一八";一段是湘剧,一段是京剧。

开篇表现的是田汉的戏剧文学创作状态。伴以激昂高亢的湘剧高腔

【北驻马听】和激越催人的锣鼓点，主人公田汉亮相，以桌子为支点展开表演，以舞蹈之长改"文戏"为"武唱"，随着人物在湘剧《古城会》中的红生"关羽"与现实时空的剧作家"田汉"之间跳转，桌子也在"一桌二椅"与"书桌"之间跳转，生动地描绘了一个爱戏如命的戏痴。

中段，东三省沦陷。女子群舞之后，低沉的大提琴旋律起来，京剧锣鼓【三笑】进入，画外出现《挑滑车》主角高宠的韵白，从"看前面尘土飞扬，定是贼的巢穴，俺不免赶上前去，杀他个干干净净，有道是'不入虎穴，焉得虎子'？"到"击鼓，听点！"田汉口咬报纸当胡子，以戏曲老生的甩髯口身段映射人物内心无以复加的苦闷、激愤之情以及报国雪耻之志，喻指与侵略者决一死战的决心与英雄气概。

就这样，"戏曲"经由现代艺术思维的转化完成了人物状态与情绪的镜像呈现，完成了中国人文精神的写意性表达。

这部富有典型民族文化特征舞剧的表演语汇就是由戏曲的表演与音乐元素融合而成，你可以说它是"有用的"，也可以说它是"无用的"。因为这些戏曲程式表演的提炼与人物现实时空所要表现的内容的确没有任何关系，但一个民国湖湘文人的形象在现当代舞的方法中被中国式地勾勒出来了，让我们从中看到乡愁，看到一个兼具新思想、新观念，对中国戏曲、家乡湘剧深得研究的戏骨与时尚文青。

剧中我们还看到了没有小提琴的"弓"和没有琵琶的"弦"，它们分别在聂耳的手上和《四季歌》旗袍女的腰间。这是典型的"以鞭代马""以桨代舟"的戏曲程式概念，用有形的弓弦指代无形的琴瑟，将一洋一民两件乐器进行舞蹈转化，分别以男子独舞和女子群舞对应聂耳人物和田汉、安娥笔下歌曲的江南意象，既简洁、清晰地完成了人物身份、地域风情、音乐特点的交代，又与全剧形成了完整的"戏曲"语法修辞，为主人公打上了深深的民国文人气质的烙印。

三、为什么多次出现"倾斜"

上海"街灯"场景，田汉与安娥一场。4对西装男、旗袍女带灯上场，时而是倚灯而立的街头路人，时而又是人灯一体的物象，时而还是知己间情绪的表达。其中以一推一拉配合的"街灯倾斜"，呈现了一个让人记忆深刻的对角线构图，同时，在这唯美的舞蹈形式中散发出浓浓的上海滩摩登舞的民国意境，与前景中沉浸于创作酣谈的男女双人舞正好形成层次的对比和时空的错位。

"隐形"平台。当田汉得知挚友聂耳的噩耗而陷入深深的悲痛与怀念时，另一个平行空间，一群男子中性符号人扶着平台猫腰倒退上场，推出了幻象中拉琴的聂耳，并以托、翻、靠等一系列动作完成了主人公创作状态的描述，一前一后两次"倾斜"皆以演员与平台装置的合作完成非常规视角的呈现。

舞蹈的"倾斜"，重点在以"破"为"立"，不但可以创造对角线舞蹈构图，还可以自由、灵动地解决具象与抽象之间的切换问题，丰富观演视角。

四、为什么多处运用"退步"

"退步"语汇的反复出现是这个作品最大的悬念。

"退步"在"田安相遇""旧上海风情""南国社被封""聂耳溺亡"以及"创作《义勇军进行曲》"等舞段中以点、线、面各种形式被反复运用。乍看它有点类似曳步舞的奔跑后移，其实只是借用了一个方向概念，相较而言，作品中的舞步更单纯、生活化，它消解了动作技巧的装饰，更像前行状态的倒带播放。因此，毫无疑问，它的意义就在于象征，而它到底要象征什么？创作者给出的是"危机"。中华民族被逼到了无路可走的最后关头，唯有"起来!"才能置之死地而后生，于是他们将《义勇军进行曲》中的"危机意识"拎出来确立为作品的形象种子，设计"退步"的肢体动作，通过重复、递进形成令人窒息的压迫气场，直到"国歌诞生"，气势磅礴的大场面群舞全面爆发。

  起来! 不愿做奴隶的人们!
  把我们的血肉筑成我们新的长城!
  ……

  作品以退为进、以舞当歌，抒发国歌所呼唤的民族自尊、自强与勇气，以箭在弦上之势铿锵有力地阐释了国歌要义，将全剧推向高潮。

  而就在这高潮之后，我意外地收获了另一份不同的体验。那就是，我发现在高潮之后的又一次"倒退"里，竟然有"牺牲"的先烈，他们欢呼、雀跃，全都因为见证，见证一个写满胜利的日子！在这个红色背景的抽象时空里，不仅有离世的聂耳与小报童，还走进了在生的田汉与安娥，出现了生死相拥的画面。这都是我始料未及的。

  显然，这种"倒退"上场是一种肢体表达与空间调度的反常，既不符合逻辑，也不符合习惯，但是它像一个巨大的虹吸，创造了舞台时空的幻觉。这是典型的浪漫主义创作手法，是大胆的拓展想象，它不再把"牺牲"的表达戛然地掐在"悲壮"，而是用一种拉长心理时间线的方法，给予"他们"幸福、喜悦、团圆。

  在那一刻，我莫名地被治愈了，因为"冻"在记忆深处的英烈们终于从"牺牲的大写实"进入了"胜利的大会师"。这是前所未有的一种对革命牺牲后的新的情感解读，是代表着今天新一代年轻创作者对历史的感恩、回馈，是对技术层面之上深度思考的凝结。

如果说，红色革命题材是文艺的"富矿"，那么，以国歌为核心的田汉与伙伴们的故事就是湖湘红色文化的一粒金子。舞剧《热血当歌》对本土红色资源进行的深挖与利用，将使它更加光芒万丈。

重视文学性，重视戏剧性，重视音乐性，重视舞蹈本体，关注时空的再造、审美的格调、戏曲的思维、人物的塑造等各方面的综合，都将为一个舞剧的厚度增添独到的历史之美与文化之美。不走常人路，另辟蹊径，以舞之名，翻开文艺的红色记忆，让观众感受来自舞蹈的温暖，是舞剧《热血当歌》超越一切的意义。

（原载 https://www.hunantoday.cn/news/xhn/202309/18686511.html）

古老戏剧的当代转化创作
——以新梅山傩戏《六娘过渡》为例

蒋晗玉[*]

　　文化传承是继承和发展的统一，只有通过创造地继承，以及有继承地创造，才能在发展中使文化的连续性和创新性得到统一。习近平总书记指出："不忘历史才能开辟未来，善于继承才能善于创新。"面对非遗文化的继承，我们首先要认识到的是，继承是一种在当代条件下的活动，要根据当今之变来从事继承的活动。因此这种继承不能不包含着改造、转化、发展、创新。我们讲"古为今用"，就是指在文化传承中要以当代的眼光来注重当代的需要。"推陈出新"是指顺着传统文化的方向谋求新的发展。古人说"承先启后""继往开来"也有相同内涵。"承先"就是继承，"启后"不仅是将承接的东西延续后世，还要有新的发展与开启。既有继承又有创新，在继承中创新，创新以继承为基础，这样才能辩证地处理继承问题上的各种关系。

　　起源于古代先民为驱邪避祟、祈福纳祥而举行仪式的傩戏，在漫长的演进过程中，逐渐从单纯的祭祀仪式演变为一种综合性的表演艺术形式，成为历史、民俗、民间宗教和原始戏剧的综合体，被称为"中国戏剧活化石"。其文化内涵、戏剧观念、表现手法、歌舞演故事的方式，得到国内、

---

[*] 蒋晗玉：湖南省艺术研究院剧目室主任，二级编剧。

国际戏剧界的高度重视,是中华戏曲的骄傲,是文化自信的源泉之一。然而傩戏一直是处于田间地头,堂屋地坪是否可以综合这一观众喜闻乐见的古老戏剧,进行现代的大型剧目化创作,扩大、提升传统傩堂演出的规模与艺术表现,改变原有的观演效果,走进现代剧场进行更广泛的展示传播呢?这一将古老剧进行当代转化的想法,无疑是具有突破性与探索性的有益尝试。由湖南省艺术研究院与湖南省冷水江市文艺工作团联合策划实施的新梅山傩戏《六娘过渡》的成功演出,使这一转化性创作想法得以实现。

一、综合、充分地继承是转化性创作的前提

梅山傩戏作为国家级非物质文化遗产,是大梅山地区传统民间举行祭祖求子、祈福纳吉、驱邪祛疫等傩事活动时搬演的娱神和娱人的古老戏剧。大多是民间宗教与民俗民间小戏、傩舞、傩仪、傩祭的原生态内容。梅山傩戏是蕴含湘中历史、文化、艺术、宗教演化过程的活性载体,是地域社会学、民俗学、民族学、戏剧发生学、戏剧形态学和湖湘文化研究等诸多研究的宝贵信息源。对梅山傩戏独具特色的傩面、角色"脸子"、手诀、傩舞、傩具、服装、道具、张五郎信仰等,全面地了解学习,综合而深入地传承掌握,是创作运用的前提。

冷水江市文艺工作团作为梅山傩戏的传承保护基地,一直没有间断对这一珍稀濒危剧种进行收集整理、传承学习与创作恢复。依托创建于2007年5月主要研究对象为"梅山傩戏"的、中国傩戏学研究会发展的第一个立足基层的团体会员单位湖南省冷水江傩文化研究基地的专家,再加上与湖南省艺术研究院实施"院团共建"的合作,专家和创作人员协商策划,决定以传统傩堂戏《扎六娘》为创作原型,有机地融入传统梅山傩戏《扎六娘》《毛板船》《土地送春牛》《踏九州》《还都猖大愿》《搬土地》

等内容，重新拓展结构进行剧本创作。主创人员深入冷水江市铎山镇农科村苏氏傩坛、金竹山镇杨源村张氏傩坛、沙塘湾街道王坪湾王氏傩坛等民间活跃的梅山傩戏傩坛进行采风调研、剧目观摩学习。走访梅山傩戏国家级传承人苏立文，民间傩艺师刘春、肖扎华、罗斌等大批从业人员，并向长期从事梅山傩戏研究的李新吾（中国傩学会顾问）、张志坚老师请教，为新编大型梅山傩戏《六娘过渡》创作打下了坚实的传统艺术特色继承基础。

二、要素鲜明与有机圆融是转化性创作的要义

新梅山傩戏《六娘过渡》虽然是以传统傩堂戏《扎六娘》中"六娘"这个人物作为创作原型，但是剧情内容完全不同于原来原生态插科打诨、调笑戏谑的情节以及随意散乱与戏剧性薄弱的状态，而是一个起承转合结构严谨，戏剧情境集中有力，具备现代剧场演绎效果的故事。剧中人物活动的具体时空环境鲜明，事件对人物的行动驱动力充沛，人物在行动中的性格展现丰满，定性的人物关系充满生发活力。但是这样一个表现古代女性谋求平等权利与基于情感的婚恋选择自由的故事，是要以梅山傩戏的演剧方式与演剧理念来演绎，而不能是其他。否则这个故事以其他剧种或戏剧样式同样可以演出。所以梅山傩戏的特色特点不能缺失，同时又不能是简单的罗列与嵌入。

追求有机与圆融的艺术创作表现，就要集成融合传统梅山傩戏的艺术要素，自觉提升传统傩戏艺术创作的精神能量、文化内涵与艺术价值，着力体现观念和手段相结合的新探索。深度创新内容与形式的融合，加强与现代剧场技术要素的圆融性。新梅山傩戏《六娘过渡》秉承梅山傩戏的末、净、生、旦、丑、外的角色行当划分；严格按梅山傩戏傩面传统造型进行制作与运用；深入分析领会运用梅山傩戏的戏剧表现观念，如假定

性、时空转换方式、情境融入与打破等；音乐声腔上突出梅山独特傩腔傩调和地域山歌调的特点特色，台词、唱词以方言演绎表现，保证内容与形式原汁原味的地域特色，在原有梅山傩戏传统打击乐之外，加进箫、云锣（九音锣）、大型傩鼓等乐器表现。完整的戏剧性故事在充分有机运用梅山傩戏戏剧要素的前提下，大胆进行创新，圆融而不生硬地进行整合，以适应现代剧场戏剧演绎的需要，是"创造性转化、创新性发展"精神指引下的一次有益尝试。

三、转化创作要突出文化自信与现代性意识

新梅山傩戏《六娘过渡》作为古老傩戏走进现代剧场的当代转化探索作品，诉求是能让观众喜闻乐见，接受这种转化并形成不断创作与演出的良性循环。古老戏剧的当代转化，自然需要现代性创作意识的跟进。突出创作的现代性表达，该剧除了突出喜剧性与故事完整性、戏剧性，以及适当运用现代舞台技术与制作技术运用的前提以外，现代性创作意识重点体现在剧目主题的思想性。该剧的当代转化在不脱离梅山傩戏的传统底蕴，不止于古老傩戏的质朴简单表达，艺术上更深入地挖掘人物，探求具有现代意识的心灵人性表达，追求具有现实关涉意义与现代人文价值意义，成为文化自信的现代性艺术诉求。

新梅山傩戏《六娘过渡》表现了"六娘"这个古代女性在谋求家庭平等权利与基于情感的婚恋选择自由过程中的心路历程。剧中的六娘受诱惑、"背叛"、被惩处、自省、清醒、抗争、决然选择的过程，展现了她在道德的此岸与彼岸之间来回"过渡"的真实人性。她的自我审视与解剖，她的克己与归复，她的"讼己自省常反躬"，她的智慧与勇敢，为她最终超越不平等去追求自由的情感选择增添了人格价值。这种人格价值超越了六娘所处时代的世俗道德，体现了人性抗争的光辉。同时也揭露与批判了封建礼

教的残酷与虚伪，彰显了在封建礼教笼罩下的弱女子难能可贵的抗争与自我救赎的精神。故事秉承中华优秀传统文化的思想观念、人文精神、道德规范，将古老傩戏的艺术创造力和文化价值融合，将传统傩戏质朴美学精神和当代审美追求相结合，赋予其时代的精神内涵和价值展现。

新梅山傩戏《六娘过渡》将梅山傩戏进行现代大型剧目化创作，让梅山傩戏走进现代剧场，改变原有的观演效果，大型舞台演出提升了传统傩堂演出的规模与表现，丰富、提升了梅山傩戏的叙事方式，改变了传统傩戏的质朴随意与疏阔粗糙，使情节故事的逻辑性、整一性、戏剧性得到发展。探索运用梅山傩戏的传统戏剧表现手法与声腔、音乐等来创作的大型故事，积累了"创腔""创戏"的艺术实践经验，为傩戏的现代性艺术创作开辟了新的路径；丰富了梅山傩戏对人物形象塑造、内心刻画等方面的实践；改变了直白、粗放、雷同等情况，为表演的细腻化、审美性拓展了新的领域；拓展了梅山傩戏的主题范畴，提升了现代性思想的表达的广度与深度；发展了梅山傩戏的美学品格，为其当代美学诉求进行了与时俱进的新探索与新表现。这是梅山傩戏演剧历史性的突破与探索性实践，具有首创性的价值和意义。

四、文化时代担当和文旅融合视野下推进传统文化转化创作

习近平总书记在出席文化传承发展座谈会上发表的重要讲话，从党和国家事业发展全局战略高度，对中华文化传承发展一系列重大理论和现实问题做了全面系统深入的阐述，强调要坚定文化自信、担当使命、奋发有为，共同努力创造属于我们这个时代的新文化，建设中华民族现代文明。国家级非物质文化遗产项目梅山傩戏的传承保护是一项非常具体的工作。在这项具体工作中如何更好担负起新的文化使命，无疑需要我们坚持

守正创新，去谱写当代华章。推进梅山傩戏，为中华民族现代文明建设出力，需要我们以创新思维、手段、方法，推动这一优秀传统文化迸发新的光彩。在"两创"（创造性转化、创新性发展）思想指导下的新梅山傩戏《六娘过渡》的创排，实践性强。在具体的转化创作中，"两创"思想主导了方向，为具体创作问题提供了解决思路。

冷水江市政府和文旅主管部门高度重视本地非遗开发和发展工作，持续深化改革，打造文化产业新业态，加快文化旅游融合，大力推动数字文化建设，推进文化产业创新发展。设立梅山傩戏生产性保护基地，专业从事梅山傩戏的传承、创新和演出，并不断邀请专业艺术创作专家和国家级非物质文化遗产项目传承人、行业从业人员及剧团现有演职人员共同参与继承与创新发展项目。2022年，冷水江市人民政府、冷水江市文旅广体局结合当地位于梅山文化旅游精品线路中心区域，拥有波月洞、大乘山、资江风光带等3A级风景名胜旅游景点，大梅山区域新化、安化各大旅游景点的省内外游客和地方观众都是其文旅融合的演出市场，在基础设施重大项目建设中确立在中国傩戏文化生态园中新建梅山傩戏大剧院，梅山傩戏传习馆、展览馆、陈列馆等场馆，进一步提高梅山傩戏传承演出和推广的措施。新梅山傩戏《六娘过渡》的创作生产，将更好地融入新时代梅山傩戏文化建设中，为弘扬优秀传统文化，展现优秀传统文化的时代风貌、时代发展积累了经验，得到专家学者和观众的肯定。

2023年12月9日晚，参加首届中国—东盟（南宁）文化月暨第十届中国—东盟（南宁）戏剧周优秀剧目展演的大型新梅山傩戏《六娘过渡》在南宁市群众艺术馆上演，得到国内外观众的一致好评。新梅山傩戏《六娘过渡》为梅山傩戏在新时代的新传承、新传播、新发展寻求到了一种新的模式；为梅山傩戏在新时代走上传承、传播、创作的新征程进行了有益尝试，积累了经验，值得其他类似优秀传统文化的当代转化创作借鉴。

# 经典永流传
——评现代京剧《杨靖宇》

刘伊娜[*]

2023年6月27日，由吉林省戏曲剧院京剧团、吉林省交响乐团联合演出的大型原创现代京剧《杨靖宇》在吉林省大众剧场隆重上演。该剧是2023年"吉林戏剧节"——优秀剧目展演板块的重点剧目，此次展演活动共甄选出25出精品剧目，涵盖吉剧、京剧、二人转等多种艺术形式，其中《杨靖宇》一剧由著名戏曲导演徐培成任编剧及导演，著名剧作家孟繁琳任执笔编剧，吉林省戏曲剧院院长、中国戏剧"梅花奖""文华奖"获得者、京剧"高（庆奎）派"传人倪茂才领衔主演。作为吉林省文艺院团庆祝新中国成立70周年的献礼之作，该剧坚持"用国粹演绎国魂"，自2014年首演以来收获的赞誉颇丰。此次重返舞台，更是再一次用梨园文化讲述红色经典，以英雄事迹引领京剧风潮，收获了在场观众的阵阵掌声与一致好评。然而在掌声背后，为何在京剧艺术日渐式微的当下，京剧《杨靖宇》能够成为吉林省戏曲剧院京剧团的代表性剧目，获得主流平台与观众的高度认可，也格外引人深思，撇去其已取得的成就不谈，从它的经典性入手，也许我们能够从中窥见一二。

---

[*] 刘伊娜：吉林省艺术研究院四级编剧。

一、经典题材书写红色精神

京剧《杨靖宇》之所以能成为吉林省戏曲剧院京剧团的经典剧目,首先就在于其题材选取极具分量感,"民族多少事,志士急断肠",该剧取材于抗日英雄杨靖宇将军的传奇人生经历,故事主要讲述了在抗日战争时期,他所领导的东北抗日联军第一路军在长白山一带与日本侵略者展开的殊死搏斗。东北抗日联军作为抗战时期中国共产党领导的对日作战主力部队之一,为东北地区乃至全中国的解放做出了不可磨灭的伟大贡献。而作为东北抗联创始者与领导者之一的杨靖宇将军,率领军队在这白山黑水中与日寇周旋,最终马革裹尸,魂归故里,因此他也成了东北地区以及中国革命史上影响力极大、家喻户晓的革命英雄。2015 年,习近平总书记在颁发"中国人民抗日战争胜利 70 周年"纪念章仪式上讲话时,列举了在抗战中牺牲的革命先烈,排在第一位的就是杨靖宇将军,可见其在中国抗战历史上的突出地位。

天下大势,浩浩荡荡,硝烟与尘土终会被时间掩盖,万物皆逝,唯精神永存,必将与日月同光,与星辰同辉。这一精神就是以杨靖宇为领导的东北抗日联军所凝聚成的那份不畏艰险、英勇斗争、攻坚克难、对党忠诚的宝贵抗联精神。它是吉林省红色文化内涵的集中体现,是吉林省红色文化精神的重要组成部分,是吉林人民与中华儿女宝贵的精神密码,更是中华民族坚贞不屈精神的彪炳彰显,以及中国人民取之不尽、用之不竭的力量源泉。

党的十八大以来,党中央高度重视利用红色资源,传承红色文化。习近平总书记强调,要"用好红色资源,传承好红色基因"。因此,杨靖宇这一英雄人物作为经典本身,以其为人物原型来书写红色精神,是一场用经典来铸就经典的不败尝试,既使得该剧在吉林省乃至全国众多京剧剧目中脱颖而出,又符合当下时代发展与人民精神需要,有利于红色精神的薪火相传。

二、经典表演打造"吉京""招牌"

《杨靖宇》这部京剧最为亮眼的部分莫过于倪茂才先生的"高派"表演,"高派"作为一门老生门派,有"老生界的摇滚"之称。它形成于20世纪20年代,创始人是高庆奎先生。此流派尤以唱功著名,唱腔高亢激昂、婉转多变、抑扬顿挫,强调以力度和节奏的变化刻画人物。念白铿锵遒劲、顿挫有致。表演细腻传神,沉稳老练。[①] 其中拖长腔更是其标志性特色,注重给观众带来酣畅淋漓的听觉体验。

如果说"高派"唱腔被称为"老生界的摇滚",那么倪茂才先生绝对算得上是京剧界的翘楚。倪茂才师承高派名家——李和曾,是"高派"表演艺术第三代传人,他从艺资历深厚,表演技巧高超,是当今"高派"艺术的领军人物。作为吉林省戏曲剧院院长兼京剧团团长,在他的带领下,"吉京团"也逐渐发展成为京剧"高派"的传承基地。

《杨靖宇》是吉京团的"招牌"剧目,成为其对外交流传播与发展的"活名片"。能获此殊荣,一方面得益于倪茂才的精彩演绎,在这部剧中他将"高派"唱腔贯穿始终,唱腔板式丰富,继承了高派独有的"疙瘩腔""楼上楼"等传统演唱技巧,同时他还遵循"体验和表现相结合、间离、转化"[②] 的规律对戏曲表演进行了探索与创新,能根据情绪的递进与表演的节奏,游刃有余地灵活演唱。表演刚柔并济、收放自如,高则响彻云霄、荡气回肠,将杨靖宇将军的悲痛愤怒,"不破楼兰终不还"的气势完美地演绎出来;低则呢喃软语、婉转悠扬,多用婉转悲凉的【二黄】唱腔,偶尔穿插凄凉悲恸的【吟板】,同时辅以倪茂才先生情凄意切的动人

---

① 参见杨振熙《白山黑水 英魂犹在——观吉林省京剧院〈杨靖宇〉有感》,《中国京剧》2021年第7期。
② 刘一澍、张蕾蕾:《〈杨靖宇〉:从"高派"到"英雄气派"浅谈倪茂才的京剧表演艺术》,《中国戏剧》2023年第1期。

表演，将杨靖宇将军的铁汉柔情表现得淋漓尽致。另一方面，则是得益于"高派"艺术与杨靖宇这一人物的高度"适配感"，只有极具穿透力与震撼力的"高派"唱腔，才能与杨靖宇将军跌宕起伏的传奇人生和宁死不屈的英雄本色相匹配，才能最大限度地塑造人物角色，让观众通过高音实现同频共振，从而更加共情英雄人物、了解革命历史与传承红色精神。

三、经典编排构建动人传奇

"夫物，新则壮，旧则老；新则鲜，旧则腐；新则活，旧则板；新则通，旧则滞，物之理也。"京剧《杨靖宇》在创作模式上"守正出奇"，对剧目进行"精加工"，通过种种经典编排构建起了一位革命英雄的动人传奇。

京剧《杨靖宇》的编排经典之处首先就在于它"用地方特色演绎京剧"。本剧的故事背景被设定在白山黑水的东北大地，再高雅的艺术创作都离不开土地的滋润，因此这部剧也被烙印上了深刻的地域文化印记，《杨靖宇》在剧本创作上，就浓缩了大量代表东北地域文化的符号象征，包括穿插了大量的东北方言与乡土风俗，融合了东北二人转的曲艺形式，在舞美装扮等方面更是做到将东北风情贯穿始终，力图在现代京剧与地域特色之间寻求"兼容"，从而达到平衡的和谐美。这种创新编排既丰富了剧情内容，更将深层次的"东北精神"注入故事内核之中，为东北抗联精神的形成与发扬寻找到精神源头。

在音乐设计上，《杨靖宇》的经典之处便是音乐的多元融合。该剧特邀著名指挥家刘凤德担任指挥，联合吉林省交响乐团，将传统京剧与交响乐进行"混搭"，从而实现音乐伴奏上的"强强联手"，试图通过这种全新的演绎来实现东西方文化大荟萃。交响乐音色丰富、大气恢宏、表现力强，能够更好地营造氛围与烘托人物性格。每当矛盾冲突尖锐或重要角色出场等重要时刻都会奏起交响乐，配合传统乐器的音韵悠扬，嘹亮高亢的高派唱腔，更能够契合主题、丰富对人物形象的塑造。这种"混搭"看似将两个不同的音乐体系交叉，却碰撞出了奇妙的化学反应，将传统戏曲摇身一变为"时尚弄潮儿"，更能俘获年轻观众的芳心。

此外，该剧也在典型环境中塑造典型人物，刻画出杨靖宇、棒槌爷爷、关山红等性格鲜明的人物角色。其中最让人动容的莫过于棒槌爷爷这一角色，他不畏严寒独自翻越雪山为战士送米，最终不幸离世，不仅赚足了观众的泪点，更以此来投射出在战争年代东北人民的善良淳朴、无私勇敢，从而为红色戏剧人物画廊增添了极具特色的艺术典型，极大地增强了剧作的感染力，由此构建出一段动人的英雄传奇。

京剧作为一门传统艺术，已经有近两百年的历史，但从"满城争唱叫天儿"到"旧时王谢堂前燕"，京剧的发展历程逐渐由兴盛走向衰疲，因此现代京剧的未来发展仍旧任重而道远，还需要不断地深思与摸索。无论如何，《杨靖宇》都进行了一场堪称经典的探索之旅，作为一出戏剧艺术与红色精神的耦合产物，它通过对杨靖宇的英雄书写，实现了对于抗联精神的高度弘扬；又将"高派"艺术拉入了大众视野，在当代"高派"流派传承岌岌可危之际，实现反向输出，向更多的人普及与推广，从而在观众与剧情产生共鸣的过程中潜移默化地提升对于"高派"艺术的接受度与认同感。与此同时，《杨靖宇》并没有因循守旧，而是试图打破旧有程式，根据题材内容量体裁衣，既"接地气"保留本土特色，又"破壁垒"融合交响乐，塑造出一系列可歌可泣的人物形象。总的来说，这部剧也为现代京剧指明了一个可借鉴的发展方向，那就是唯有坚守经典，并在经典中创新，才能恒久流传，才能让京剧与现代文明接轨并且永葆生机，从而延续这场灿烂辉煌的"皮黄"之梦。

（原载《戏剧文学》2023 年第 8 期）

对赣剧发展的艺术探索
——评青春版·赣剧《红楼梦》

伍文珺*

2023年第二届全国高腔优秀剧目展演在江西抚州举办，青春版·赣剧《红楼梦》作为开幕大戏演出。该剧由江西省赣剧院创排，罗周编剧，张曼君导演，陈汝陶唱腔设计，徐志远音乐设计。这是赣剧这一古典剧种首次演出"红楼戏"。青春版·赣剧《红楼梦》在剧本、音乐、表演等方面体现了江西省赣剧院以守正为基础的创新，是主创团队对高腔剧种发展的有益探索。

延续"雅化"路径

赣剧是江西的地方大剧种，保存了持续600多年的古典戏曲弋阳腔，拥有着明清以来800种文学剧本和蓬勃一世的花部乱弹曲调音乐，风行于赣东北的信、饶两江沿岸。新中国成立后，江西省政府于1952年调集赣东北饶河、信河两地的民间三合班进入南昌，命名为"赣剧"。

赣剧进入省城南昌后，以弋阳腔为核心，引进湖口青阳腔，组建了高腔体系，创编了一批传奇名剧。剧作家石凌鹤改编改译的《珍珠记》《还

---

* 伍文珺：江西省文化和旅游研究院事业发展研究科副科长、助理研究员。

魂记》《西厢记》"三记",根据市民观赏口味雅化赣剧高腔,并注入时代精神与人文内涵,令赣剧大受欢迎。当年毛泽东主席在庐山观看潘凤霞主演的赣剧《游园惊梦》后,赞道"美秀娇甜"。与此同时,江西各县的地方赣剧,仍然传承着急管繁弦的花部乱弹音乐,在广袤山乡演绎着喜庆戏、平安戏、丰收戏。江西赣剧创造了雅俗两途的双重品格。

《红楼梦》小说自问世以来,就受到社会广泛关注。从清嘉庆以来,由这部小说改编的戏剧层出不穷。200多年间,据不完全统计,已有昆剧、京剧等20余个剧种的《红楼梦》作品及话剧、舞剧、歌剧等多种表现形式的"红楼戏"。[①]1962年,由上海海燕电影制片厂摄制,徐进编剧,徐玉兰、王文娟演出的越剧版《红楼梦》上映。一句"林妹妹,我来迟了",唱断心肠。

珠玉在前,改编创排《红楼梦》,不论是对主创还是对演员都有着极大的挑战。张曼君导演、罗周编剧都是当代剧坛有勇气与才华的创作者,江西省赣剧院作为省级赣剧院团有基础、能力也有迫切意愿探索赣剧的发展之路。创排青春版·赣剧《红楼梦》是江西省赣剧院对20世纪五六十年代赣剧雅化的延续和继承。

升华作品内涵

面对内涵丰富的红楼巨著,改编创排的第一要义是理解和把握《红楼梦》的主题思想。张曼君导演在编剧阶段就介入其中,向罗周反复强调,赣剧《红楼梦》一定要让观众看到俗常的东西,但一定要把它完整化。并且在保持《红楼梦》调性不变的基础上,重构故事,使用闪回和跳出跳

---

① 参见刘衍青《〈红楼梦〉戏曲、曲艺、话剧研究》,博士学位论文,上海大学,2015年。

入,巧妙连接那些经典段落。①

全剧采用了罗周最擅长的"四折两楔子"方式,以点线结合的结构方式,以海棠诗社作为线索,以贾宝玉及金陵十二钗的人物命运为主要叙写对象,将通行本《红楼梦》120回的故事,浓缩进《省亲》《结社》《兴社》《受笞》《衰社》《散社》四场主戏两场过场戏中,并用闪回的形式"情景再现"共读《西厢》、黛玉葬花、宝玉挨打等《红楼梦》中的"名场面"。编剧试图用诗社这一线索贯穿贾府兴衰、主要人物命运,用诗社的结—兴—衰—散,作为整部戏的戏剧冲突的外在体现。

在这部剧中,罗周凭借深厚的文学功底和对古典戏曲内在美的把握,试图用灵巧的结构架构庞大的红楼故事。在如此紧张的篇幅中,编剧和导演都尽量给了十二钗展现人物性格的空间。但不免令人遗憾的是,除了宝、黛、钗,其余诸人的单独唱段表演屈指可数。这或许也是编剧导演的高明之处:《红楼梦》不是"这一个"的悲剧,而是"千红一哭,万艳同悲"。

于是我们看到楔子《省亲》一折众钗着各色渐变衣裳"报菜名"般地登场,霎时分不清彼此;看到众金钗一起结诗社,一起放风筝祈福;看到黛玉在幕前焚稿,黑色纱幕之后众金钗端坐亦在焚稿撕扇……通过"焚稿"这场戏,曼君导演将"万艳同悲"直观地呈现在观众面前。

赣剧《红楼梦》的珍贵之处还在于对传统的尊重、对历史的敬畏心。剧作在遵从原著的基础上,努力将人物放置回特定的历史时空语境,进行思想内涵与艺术的升华。赣剧《红楼梦》的整体基调是阴冷压抑的,整个贾府像是被罩在大大的牢笼里,活着的人只有暂时的旁逸却无可逃脱;宝、钗大婚,那提灯的众人仿如鬼魅;放风筝祈福,众钗奋力扯住风筝线却挽不了贾府的大厦将倾。演的是宝、黛、钗等众人的命运悲剧,亦是时

---

① 参见苏勇《好风凭借力 逐"梦"正当时——张曼君导演访谈录》,《影剧新作》2022年第3期。

代之大悲剧：剧中无一人不是悲剧，无一人不是困在封建皇权、父权、夫权等级森严的牢笼里无法挣脱的病人。

谱制古曲新唱

唱腔指导陈汝陶根据全剧以女腔为主的现实情况，定青阳腔为主腔，定弋阳腔为辅腔。于青阳腔中，选择极富个性的【绵搭絮】类曲牌，这类曲牌的甩腔句别有一番意境，滚唱也颇有特色。如剧中第一折《结社》闪回"黛玉葬花"，黛玉所唱的【莺集御林春】"红消香断"唱段有20多句唱词，又有滚唱和帮腔，将林黛玉葬花时的委屈、忧愁、愤恨表达得畅快淋漓。又如剧中第三折《衰社》场景重现"宝玉挨打"一段时，宝、黛、钗所唱【斗鹌鹑】"等闲皮肉伤"唱段，三人同唱一支曲牌，将各人心思、愁绪唱尽。此外，剧中出现的其他青阳腔曲牌还有【驻云飞】类、【红衲袄】类、【九调】类、【不是路】类、【江头金桂】类等，弋阳腔曲牌则有【香罗带】类、【江儿水】类、【新水令】类等，整部剧的唱腔尊重传统、音乐色彩丰富。

同时在创作之初，陈汝陶就有意识地给剧作定下两首主题曲，并在剧中反复出现，渲染情感、强化主题。这两首主题曲一是青阳腔【绵搭絮】《开辟鸿蒙》，是故事的导引与结语；二是青阳腔【红衲袄】《阆苑仙葩》，写宝黛爱情。在音乐特性上，《开辟鸿蒙》以青阳腔【绵搭絮】曲牌为基础，辅以戏歌的演唱方式，令不少观众耳目一新。【红衲袄】《阆苑仙葩》一曲的词让人想到1987年版电视剧《红楼梦》主题曲，但曲调又是青阳腔的，与《枉凝眉》似像实非，让人印象深刻。这两首主题曲也成为剧目演出以来传唱度最高、最受观众喜爱的唱段。一部戏是否可以"叫得响、立得住、传得开"，有无口口相传的经典唱段是关键一环。从这个角度看，青春版·赣剧《红楼梦》成功了。

此外，剧中还尝试为主要生、旦行角色选用相对定型的曲牌，塑造不同人物的性格。如旦行黛玉的主要曲牌是青阳腔【绵搭絮】类，在其重要场次"葬花""焚稿"中，唱的分别是【莺集御林春】【绵搭絮】两支曲牌。此类曲牌旋律优美，适用大段唱腔，用以表达黛玉感伤幽怨的情感。生行宝玉，除了主题曲青阳腔【红衲袄】【绵搭絮】外，主要唱腔则为弋阳腔【香罗带】【红衲袄】【新水令犯】。值得注意的是，在自如使用这些曲牌的同时，剧作还灵活地运用多种表现手法，如歌队伴唱，多人合唱一支曲牌、多人联唱一支曲牌等形式，渲染情感深化剧目主旨，尊古而不泥古，令古曲焕发新生机。

剧作"量体裁衣"

青春版·赣剧《红楼梦》是主创有意识地为锻炼新演员、打磨赣剧名角而打造的大戏。张曼君坦言，选择排演《红楼梦》的机缘之一来自"赣剧七班"的孩子们，这些孩子同她构想了二十年的"红楼一梦"不谋而合，创排《红楼梦》对他们而言也是很好的历练和展示。[①]剧中，元春、迎春、惜春、湘云、李纨、袭人、晴雯、紫鹃等重要角色均由年龄20岁左右的"赣七班"演员担纲。黛玉、宝钗两位主要演员分别由江西省赣剧院知名小旦朱莹莹、张钰扮演，两人均有丰富的赣剧表演经验，扮相典雅、唱腔婉转。宝玉的扮演者是青年演员徐帅文。新老同台，完整地在当代舞台上呈现了赣剧"红楼戏"。

黛、钗、宝三位扮演者在台上各具风采，互相映照，熠熠生辉。朱莹莹的黛玉外表内敛清冷，眼中似总有心事。她的唱腔也经过精心设计，有豪门大户小姐的"娇"，却也带着"一年三百六十日，风刀霜剑严相逼"

[①] 参见苏勇《好风凭借力 逐"梦"正当时——张曼君导演访谈录》，《影剧新作》2022年第3期。

的"冷"。朱莹莹的嗓音如黄莺出谷、婉转悠扬，青阳腔【绵搭絮】的大段演唱，她既能轻松驾驭，亦能动人心肠。《散社》"焚稿"一段，她和众钗一起完成的【绵搭絮】字字泣血，情绪把握得极好：既让听者潸然泪下，唱者又无过分的悲戚色影响唱腔。

编剧导演在《散社》宝玉逃婚遁走后别出机杼地安排了大段宝钗的戏，将叙事视角转移到宝钗身上：这桩婚姻宝玉、黛玉、宝钗都是受害者。张钰这段青阳腔【小桃红】，滚唱、帮腔结合，甩腔运用自如。大段唱、念道出被"金玉之说"摆弄命运的愤恨，与宝玉自小情谊被辜负的不甘，自己才貌双全却也难逃凄凉的"美中不足"。这大段唱既有丝弦伴奏、人声帮腔，也有干唱，将张钰嗓音的圆润敦厚展现得淋漓尽致，也让观众一睹张钰的唱功之高。不仅如此，这段层次分明的唱中，宝钗对自我、对命运的控诉其实远胜于对宝玉的感情的"不得"。世人皆羡慕举案齐眉，可宝姐姐早知宝玉并非她的良人，嫁给宝玉冲喜，是身不由己。"钗玉大婚"是宝、黛、钗三人命运的大悲剧。【小桃红】唱罢，张钰的几声抽泣也令观者不禁鼻塞。

徐帅文的扮相与观众想象中的宝玉并无二致：面若银盘、眼若含波，几分孩童的稚气、几分养尊处优的贵气与骄傲。在演绎宝玉时徐帅文给人物设计了很多舞台动作，凸显了剧中宝玉的少年心性、痴傻与可爱，很让人喜爱。同时，关于徐帅文的演绎，科介规范典雅，表演丰富。

最后谈几点可供商榷之处。一是在现有基础上适当增加《兴社》中刘姥姥的戏份。从行当看，丑行是赣剧的特色行当，有很多丰富的程式表演；从戏剧结构与内容来看，在本剧整体压抑阴冷的基调下，在诗化的大故事之下，刘姥姥的戏份对剧情节奏可以起到雅俗共赏的效果。二是在表演上丰富宝玉的性格。目前的宝玉痴"萌"有余，反叛不足。剧中只演出了宝玉不愿意会"为官做宰之人"，谈"仕途经济学问"，新婚夜弃无辜的宝姐姐而去，但贾府被抄家、宝玉出家等片段却没演出反叛的心理活动和性格。

　　青春版·赣剧《红楼梦》在剧本编写、舞台呈现、演员表演等方面既保留了赣剧剧种的特色，又体现了时代精神，是对赣剧多向度发展的某种探索。当然也需警惕，《红楼梦》的排演，绝不是赣剧发展的唯一路径。

（原载《戏剧文学》2024年第2期）

与剧种、与观众、与时代对话
——从新排南昌采茶戏《南瓜记》看经典剧目如何传承

蒋良善[*]

在第八届江西艺术节暨第十二届江西玉茗花戏剧节上，来自南昌市文化艺术中心的新排南昌采茶戏《南瓜记》赢得了万众瞩目，现场观众上座率达到九成，大江网网络现场直播平台显示观者达 202.69 万余人。

南昌采茶戏肇始于明代江西南昌、新建一带的茶歌与灯彩，最初为一种载歌载舞的民间舞蹈，后发展成为"两小"（小丑、小旦）戏、"三小"（加小生）戏、半班戏。1927 年由乡间正式进入南昌市区，表演上开始受到京剧等大戏剧种的影响。

南昌采茶戏唱腔优美深情，表演生动诙谐，舞台语言极富民间风味，演出剧目多为反映民间下层劳动者生活与爱情的小戏和家庭伦理及公案故事的大戏，也有一些连台本戏。其中反映南昌真实事件的《南瓜记》《鸣冤记》《辜家记》《花轿记》最为著名，被称为"四大记"。

《南瓜记》为"四大记"之首，它在南昌采茶戏中的地位，就好比《红楼梦》之于越剧，《天仙配》之于黄梅戏。剧情取材于清代康熙年间发生于南昌的真实故事：穷书生丁文选与配妻杜兰英，相濡以沫，安贫乐道。恶霸王寿廷贪念杜氏貌美，意欲霸占为妾，伪造账本，逼丁卖妻抵

---

[*] 蒋良善：江西省乐平市文化馆编剧。

债。还乡为母祝寿的当朝太师、高安人士朱轼途经南昌，偶然得知此事，遂使饭店老板刘老二去往南昌县令高志凌台前代为鸣冤，惩处了王寿廷，解救了丁、杜夫妻。全剧惩恶扬善的主题突出，剧情曲折生动，人物众多，行当齐全，加上用南昌腔调唱南昌故事，令人倍感亲切。因此，自诞生之日起，就极受观众欢迎。

就是这样一出经典剧目，在流传的过程中，也经历过不断修改完善的过程，其中改动最为明显的有四次。

第一次便是从说唱鼓词到化妆表演的幕表戏。第二次是20世纪中期，由江西省文化局剧目工作室整理，精简为十七场，但剧情没有脱离女主人公认朱轼为"义父"、结局为"皇上加封"的大团圆模式。第三次改编，是1959年，由时任江西省文化局局长的石凌鹤亲自操刀，重新编写。这是一次脱胎换骨式的创作，在保留原有精华的基础上，以全新的面貌呈现在观众面前：在情节结构上，将原本只在全剧出现过一次的南瓜加以强化，以南瓜肇祸开场，以南瓜警示作结，同时赋予南瓜以隐喻意味，即"为官之人须一清如水"；在人物设置上，删去了与情节发展毫无关系的皇帝，而增加了盐道、粮道、藩台、臬台、巡抚、知府等一众官员，并巧妙地将一众人等安排在新增加的"江边迎相"一场，活现出一幅官场"群丑图"，为丁、杜夫妇遭受的迫害与冤屈，设置了一个更为险恶的社会环境，使这一偶然性的个案，成为封建时代底层人民苦难遭遇和官场黑暗的典型。这样的改动也同时加大了朱轼和高志凌伸张正义的难度，更加突出了人物形象，主题也在原来单一的惩恶扬善基础上，上升为鞭挞封建官场与黑恶势力的沆瀣一气和封建社会制度的腐朽。在人物行当的设置上，王寿廷由市井无赖改为书生，突出人物表面文质彬彬，要与杜兰英"以文会友"，实际上贪色阴险、凶狠霸道的"金钱豹"本性。

石凌鹤改编本《南瓜记》由当时一批著名的采茶戏名家邓筱兰、陈飞云、朱亮成等作为新中国成立十周年献礼剧目进京演出，大获成功，省内外数十个剧团争相移植。南昌"南瓜"从此香飘天下。

多年来，这个剧目一直都是传承，再也没有过突破，似乎也没有人敢于去突破。

而作为石凌鹤先生的学生，江西戏剧家、著名导演王秀凡却对这个戏有了新的大胆的想法。为了帮助南昌市文化艺术中心（南昌市采茶剧团）培养青年演员、传承经典、重振南昌采茶戏的雄风，他决定复排《南瓜记》。

如何对待《南瓜记》这样一出经典？"老演老戏，老戏老演"不是王秀凡的追求，要复排，就必须符合时代的审美需求，但是，又不能脱离观众、脱离剧种，这就必须要在两者之间找准一个平衡点。

近年来，戏曲舞台上复排的经典剧目大致有两种形式，但要么就是"不走样"，要么就是"变了味"。王秀凡两者都没有选择，他为将要呈现在舞台上的这个剧目定下了原则：贴近时代，贴近民众，贴近本土。同时为自己也为全体演职人员定下了原则：在"尊重""坚守""回归"的基础上，实现"深化"。

这些原则，其实归纳起来，就是"正本、清源、创新"。

先说"正本"。一个戏曲剧目乃至一个剧种的灵魂，其实是它的音乐唱腔。《南瓜记》的唱腔由于有邓筱兰、陈飞云等名家演绎在先，早已留下许多脍炙人口的经典唱段，"闹市方知薪似桂""朱某书寄高知县"等都在观众中广为流传，经久不衰。因此，复排的《南瓜记》在音乐唱腔上，不管唱词如何调整，不能丢失南昌"茶"味，必须做到让听众一听便能触及灵魂深处那根最敏感的乡音神经。但"茶"味不是粗陋，在音乐配器及演唱上，又要寻找那么一丝恰到好处的"时尚"。于是，观众在新排《南瓜记》中，听到了既熟悉又有那么一丝新鲜的"闹市方知薪似桂""朱某书寄高知县"。舞台语言上，摒弃时下向"普通话"和"京白"趋近的风气，保留着鲜明的南昌方言"冲""硬"的特点。

次说"清源"。《南瓜记》的故事,发生在清代康熙年间,它与同为清装或时装的《鸣冤记》《辜家记》《花轿记》都曾是南昌的本地新闻,可以说"四大记"奠定了南昌采茶戏贴近生活、贴近时代、贴近民间的剧种特色和富有生活气息的表演风格。但是因为在剧种最初发展阶段,表现手法和表演手段比较贫乏,于是向京剧等大戏剧种学习,由清装时装戏改为袍带戏,这样似乎规范了许多,但剧种的个性也随之淡化。新排《南瓜记》根据故事发生的时代背景,将舞台服饰回归清装,化妆造型去脸谱化,把演员从沉重的宽袍玉带和水袖中解放出来,恢复了载歌载舞、轻松活泼又富有生活气息的表演风格。

再说"创新"。"创新"其实很多情况下是"返本",或者说"返本中的开新"。复排经典,剧本的"动与不动"通常是摆在导演面前的首要问题,不仅因为时过境迁,剧本的主题抑或情节等方面不合时宜,就是那演出的时间长度,也是对当今观众在剧场能否坐得住的考验。基于此,"动"应该是必要的,至少是"压缩"。但真的"动"了,"毁经典"的指责随时都可能降临。何况对于《南瓜记》而言,石凌鹤的改编本一直被视为范本,加上作者其人在江西当代戏曲史上"教父"般的地位,几乎没有人"敢"动他的作品。王秀凡其实也一样,他对石凌鹤有着无比的敬畏,所以,面对剧本,他选择的同样是尊重。但是,他觉得对经典最好的尊重,便是使之更趋完美,能够继续流传下去,而不是就此搁浅。

于是,《南瓜记》的剧本"动"了。一是篇幅压缩,由原来的167分钟变为100分钟;二是南瓜的戏份增加了,在"酒楼察冤"中,红烧南瓜成了"当家肉",成了慈母手中的味道,既与前面的因瓜起祸相呼应,又增添了一份乡愁意味,更为后面摆南瓜宴警示一众官员埋下了伏笔;三是"忍痛割爱",删除了全剧原本只出场一次、只有一段唱的高夫人这个角色。这样一"动",全剧主要情节无一遗漏,线索却更加明晰,剧情更加紧凑,扣人心弦,留给观众回味的空间也变得更为幽深开阔。

大幕拉开，台上没有当下习见的人海歌舞或曰"团体操"，也不见臃肿的布景道具。舞台美术同样在传承的基础上有着令人赏心悦目的效果，丁家屋后挂着的几个南瓜，王府不着任何点缀的深邃难测，越过酒楼看到的倾斜的墙壁和蛛网，无不恰到好处。不繁复，在色彩样式上却又有别于传统的一桌两椅，与演员的表演相得益彰，呈现出一种特定环境下的意境之美。

开场时幕后一声"打豆腐"的吆喝、江边迎相时渔家女的叫卖、商业街上的一首道情和瓦子角里"开开看"酒店飘出来的炒米粉的香味，瞬间将人们拉到了昔日南昌城寻常巷陌，为全剧平添了一股浓郁的南昌地方风情，一缕乡愁弥漫在整个舞台，烘托着刚刚踏上故土的朱轼乡土情怀，又使得剧情推进张弛有致，于紧张的矛盾冲突中融入抒情的意味，为后面的"察冤"张本。这样的处理，使原本中略显单薄的"情"得到了很好的弥补。

一部好戏，除了演员的唱腔表演，能吸引观众的，无外乎"情""趣"二字。而新排《南瓜记》中，"趣"味更加得到了突出，这就是刘老二这个形象的塑造。扮演这个人物的演员朱庆，将刘老二善良厚道而又圆滑贪利的形象刻画得活灵活现，可笑而不失可爱，上下楼梯的矮子步和大段的数板念白，将南昌采茶戏的表演特色展露得淋漓尽致。这个角色的表演在某种程度上是对前辈的超越。

另一个重要人物王寿廷，在新排《南瓜记》中也有了不同的处理。王秀凡根据演员的表演和形体特点，将这个角色处理成花脸来应工。演员刘堃在塑造这个角色时，并没有太多的程式化动作，而是更多地运用眼神、手势、步态以及面部表情，突出王寿廷的好色、蛮横、顽固。

新排《南瓜记》还有一个成功的地方，就是在某些细微的元素上，体现了当代戏曲的追求和功能，最为典型的就是新增加的酒店名称"开开看"和新添菜谱红烧南瓜"当家肉"，这或许会引起一系列的商业效应。

这一点，并不是题外话，相反，它与戏曲在其他艺术方面的追求一样，或许给当下戏曲创作或者经典复排提供某种意义上的启示，这就是：回归剧种，面向观众，紧跟时代。

当然，新排《南瓜记》也肯定有它继续需要打磨和值得完善的地方，比如有些台词还可以更加精练准确，南瓜的线索和隐喻作用还可以更加突出，个别人物还可以删减，有些人物如朱太夫人还可以更好地融入剧情，最后一场刺杀朱轼，波澜再起，还可以在前面铺垫得更好等。这些，只要《南瓜记》一直在流传，就会得到很好的完善。传承的过程，也是一个更加完美的过程。

（原载《影剧新作》2023 年第 3 期）

跃动的时空
——当代中国舞蹈剧场印象

郑永为[*]

舞剧作为视听艺术在戏剧领域最为完美的结合点之一,以含蓄多义的艺术语言延伸着观众的想象,成为融肢体美、音乐美、节奏美为一体的唯美空间。每逢盛世,都是歌舞类舞台异常繁荣的时节;欣逢盛世,也为舞蹈剧场的异彩纷呈绘就了浓重的背景。当代舞蹈剧场,动作与情感交融,身体与灵魂共振,涌现出一批领异标新的力作,是戏剧舞台最为活跃的焦点。固然,极强的视觉冲击力助推了舞剧在新媒体上的传播,但当代舞蹈剧场在舞台美学、戏剧逻辑、时空转换、叙事技巧等多个维度的突破之势不容忽视,这种内生动力才是舞剧创作的奔涌之源。

一

舞蹈作为纯粹且自成一脉的艺术样式,有着自身完整的艺术体系,但演进为以舞蹈为形式语言的综合艺术,戏剧性是无法忽略的坐标。在戏剧性情境的营造上,舞剧可谓游刃有余,但在戏剧性情节的铺展和推进中,舞剧往往显得心有余而力不足。因而形成了舞蹈"长于抒情,挫

---

[*] 郑永为:辽宁省戏剧家协会副主席,沈阳艺术创作研究所负责人,研究员。

于叙事"的普遍认识。其实，音乐剧、杂技剧、曲艺剧在向综合艺术领域进军的进程中同样面临着"结构性叙事语言"的瓶颈，就连古老的戏曲艺术走进现代剧场也无法回避"话剧+唱"的疑虑。所谓"结构性叙事语言"就是指推进情节的主线，如果它不是由舞蹈本体语言架构而来，那么当抽离了这些结构性的支撑，剩下的往往是烘托气氛的描述性语言，形成的作品也往往是诗化或散文化的音舞秀。不迈过叙事性这道门槛，就进不到戏剧性的厅堂；没有强烈的情感代入，观众就只能止步于赏心悦目的状态。

作为当代中国舞蹈剧场的标志性作品，上海歌舞团《永不消逝的电波》是新时代中国舞剧的"封面"，很多层面都堪称典范。比如对电影 IP 的充满形式感的跨界演绎以及蒙太奇式的时空呈现；比如城市典型的建筑装饰风格与极富现代感的舞台设计，以及其恰到好处的多媒体辅助、细致入微的服饰设计；再比如与舞蹈珠联璧合又独立成章的音乐，由电波或雨滴汇成的涓涓细流逐渐聚集为宽阔江水，绕过险滩、冲向堤坝、奔涌激荡、浊浪排空……那就是一曲令人百听不厌的长江之歌。"谍战剧"作为结构复杂、线索繁复、节奏紧凑、细节毕现的题材，对所有舞台艺术门类都具有挑战性。舞剧《永不消逝的电波》以高度提纯的肢体语言，让观众看得懂、融得进、记得住，实现了舞蹈与戏剧的完美契合。诚然，舞蹈的形式本体具有自洽性，表现生活不是其唯一目的，叙事性也并非其最高标准，但舞剧《永不消逝的电波》无疑标志着中国舞剧叙事技巧的腾跃，也标志着舞蹈剧场正在成为积聚情感、震撼心灵的戏剧场。

重庆歌舞团《绝对考验》也是表现红色英烈谍战故事的成功作品。该剧以黑、白、灰的视觉基调和纵横交错的金属质感，富有现代感地营造了白色恐怖时期的冷峻情境，夹杂其间的声声吆喝和穿梭其间的民国形象又蕴含着浓郁的巴蜀韵味，尤其是核心舞段《火锅奏鸣曲》，散发着火爆的麻辣味道。还有成都艺术剧院川味谍战舞剧《努力餐》，以餐馆、茶楼、竹椅为背景，将川菜火锅、变脸、锣鼓、川渝民歌汇聚一台，令人耳目一新。谍战题材与地域文化的融合，既表明了中国舞剧叙事语言的整体演进方向，也让舞蹈剧场成为讲述红色故事的重要阵地。

二

华夏56个民族都有着能歌善舞的悠久历史，舞蹈剧场也是中华民族大家庭亲密相处、和谐共舞的空间。而在革命战争故事与社会主义建设事迹的讲述中，糅合少数民族灿烂的音乐、舞蹈、服饰文化，不仅使中国故事更具代表性，也使舞台意蕴越发绚丽多彩。在这一视角下，北京演艺集团北京歌剧舞剧院与新疆新玉歌舞团联合排演的《五星出东方》、内蒙古艺术剧院歌舞团的《骑兵》、北京歌舞团的《天路》讲述了精彩的中国故事。舞剧《五星出东方》以"五星出东方利中国"汉代织锦护肩为切入点，表现了古丝绸之路的历史沧桑，汇聚了西域各民族绚烂的文化，彰显了中华民族的命运共同体意识及其历史脉络。该剧舞台汇聚了宗教与信徒、石窟及壁画、服饰与舞蹈等诸多西域元素，谱写了西域各民族两千年来由争斗到交融，化干戈为玉帛，最终和谐共情的历史诗篇。舞剧《骑兵》以饱含热血与激情的笔触谱写了蒙古族青年奋起抗日的爱国主义赞歌。舞台上有着浓烈的蒙古族风情，马头琴凄婉悠远，呼麦雄浑苍凉，蒙古族舞粗犷刚健，猎猎军旗、战刀闪闪。该剧不仅在人物塑造上可圈可点，对战马的表现亦写意传情，堪称神来之笔，尕腊象征着朝鲁与珊丹的爱情，更象征着蒙古族人民刚烈不羁、忠勇豪迈的民族性格。现实题材舞剧《天路》以同名歌曲为引子，以青年铁道兵卢天对母亲倾诉的旁白为串联，以卢天与藏族女子央金朦胧的情愫为线索，贯穿了铁道兵在雪域高原打通"关角"隧道创造建设奇迹的中国故事。艺术形象清晰准确，人物关系刻画细腻，亲情、爱情、战友情、民族情，情感丰沛，单人舞、双人舞、三人舞、群舞层次分明，不仅将藏族的文化描绘得绚烂多姿，也体现出藏族人民由猜疑戒备到与工程兵心路相通的民族融合。芭蕾舞剧虽然是舶来的艺术样式，但其中国化、民族化、本土化的进程从未停息。辽宁芭蕾舞团秉承"芭蕾体，民族魂"持续探索，芭蕾舞剧《八女投江》是以芭蕾舞讲述革命故事的又一力作。广州芭蕾文化艺术有限公司的《旗帜》以凝重、现代、浪漫的舞台语言，表现了张太雷等先驱为民族前途发动1927年广州起义的英雄群像。该剧在舞台美学、叙事结构、人物塑造与芭蕾本体的结合层面引人注目。

三

舞剧具有中华民族浑厚的文化底蕴和鲜明的民族风韵，舞蹈剧场是中华艺术精神和审美意象的重要载体。宗白华先生认为，舞蹈是中国一切艺术境界的典型，且各门艺术与舞蹈都具有相通性，即都倾向于舞蹈，表现出"舞蹈精神"。"舞蹈精神"指的是中国的绘画、戏剧、书法等艺术中共同表现出来的动态、节奏和韵律，呈现出的一种运动、飞舞的状态，主要体现在它们共有的飞动之美和空间感觉上。[①] 云门舞集的行草三部曲"肉身运笔、笔走龙蛇"，以舞台上的闪转腾挪的身姿，点染着点画撇捺的笔锋，被称为现代舞中的古典舞。《行草》的流畅、《松烟》的凝重、《狂草》的狂放，彰显着中国人的身体语汇和审美哲学，亦将书中气韵贯通于身心修炼。中国古典舞有着几千年的文化积淀，开掘、承载、演绎传统文化精髓在当下也蔚然成风。东方演艺集团舞蹈诗剧《只此青绿》、江苏大剧院《红楼梦》、中国歌剧舞剧院《李白》、重庆市歌舞团《杜甫》等一批民族舞剧喷薄而出。《只此青绿》聚焦青绿山水巨制《千里江山图》，以舞者的

[①] 参见谭鑫《舞动的艺术——论〈美学散步〉中艺术的"舞蹈精神"》，《美与时代》2016年第8期（下月刊）。

聚散、仰卧、飞扬、律动化身长卷的笔墨纵横，将绘画之美及其审美哲学作为探索、借鉴、融合的表现语言，从而创造出浑然天成、宛若仙境、美妙绝伦的东方舞台意境。同时，东方歌舞团力邀国际艺术家沈伟编创的现代舞诗剧《诗忆东坡》，力求以个性化的抽象语言深度切入苏东坡的精神世界，以国际化的现代理念探索和阐释超前的舞台美学。舞剧《红楼梦》以中西合璧精致典雅的舞蹈语汇细腻传神地表现了宝玉、黛玉的情感萌动，使荣国府的精美华贵、人声鼎沸、色彩绚烂与二人情感的凄婉落寞形成了强烈的虚实对比。尤其是结尾对他们情感归宿的表现，似有若无，归于幽冥，隐入尘烟，如梦似幻。舞剧《李白》和《杜甫》聚焦中华古体诗巅峰的李杜。《李白》以激扬的交响和豪放的舞姿表现了"诗仙"传奇的人生和浪漫的情怀。古体诗、宫廷舞、古筝曲、山水画，诗人或挥毫挥洒，或执剑劲舞，舞出了一个极具个性的艺术形象。《杜甫》的舞台在素雅的格调中突出了线条的韵律，主创跨越了诗与舞的浅显对位，在鼓乐节奏中表现了"诗圣"起伏跌宕的内心波澜。

四

在舞蹈剧场，舞者是灵魂，他们与所有可视元素共同构成了舞台的基调。审美视界也是舞剧舞台最为重要的一个视角，因而，舞剧舞台的审美创造也是其转化创新的重要环节。曾经，青岛市歌舞剧院《红高粱》以男子群舞展现田间汉子的健硕身姿和旺盛活力。当下，清水混凝土、钢结构、工业风逐渐渗透到生活各个层面，辽宁芭蕾舞团、辽宁歌舞团《铁人》集中展现了工业文明的审美格调。该剧赋予了印象中"傻大悍粗"的工业题材以罕见的精致与时尚，人物俊朗英武，动作刚劲利落，具有强烈的现代感，充满着雄壮的男性美。铁锤挥舞、齿轮转动、汽笛声声，在舞台上铸就了新中国产业工人的不朽雕像。中国舞蹈剧场是一个跃动的时空，过去未去，未来已来。在信息化时代，舞台也在延伸着对未来的想象。深圳作为中国科技和新兴产业的前沿，以舞剧《深AI你》极其精准的选题立意，开辟了新赛道，拓展了新空间。《深AI你》的舞台是一个对人工智能充满想象的空间，表现了机器人冰冷躯壳内那颗温暖的心，依托当代创新科技和舞台技术，舞台格调呈现出炫酷的科技感。

岭南风情是中国舞剧舞台一道亮丽的风景，广东歌舞剧院《沙湾往事》以铿锵的节拍与有序的律动表现了赛龙夺锦的磅礴气势，在全国甚至东南亚取得了广泛的反响。广州歌舞剧院《醒·狮》的锣鼓点更是敲出了民族气节，将南拳、狮舞、鼓乐完美融合，表现了中华儿女三元里抗击八国联军的英勇气概。深圳歌剧舞剧院《咏春》进一步跨界、融合、出圈，以肢体语言对IP进行了成功的演绎，塑造了叶问这一以武弘道的艺术形象。人与自然的和谐共生始终是舞剧舞台的一个热点。上海歌舞团《朱鹮》、青海歌舞剧院《大河之源》、杨丽萍的《孔雀》以无言的身姿演绎着无言的生灵，表现了曼妙无穷的大自然之美，呼唤人们珍爱地球、保护环境、爱惜生命。

舞剧的专业创作表演团体往往有更为灵活的运作机制和更强烈的市场意识，这极大地拓展并提升了其社会影响力和形象价值。国际戏剧家铃木忠志认为"文化就是身体"[①]。舞蹈作为身体的艺术，与戏剧、电影、绘画、书法、音乐均有着千丝万缕的联系，伴随着其持续的探索和不断的演进，我们有理由对中国当代舞蹈剧场保持更热切的期待。

（原载《新世纪剧坛》2023年第6期）

[①] ［日］铃木忠志：《文化就是身体》，李集庆译，上海文艺出版社2017年版。

时隔四年中国杂技"大阅兵"
——世界杂技大国再展新风采

尹 力[*]

源远流长的杂技艺术不仅是中华文化瑰宝，也是世界人民认识中国的前沿窗口。近期，来自全国各地的34家杂技艺术团体、千余名杂技艺术工作者共同会聚于第十一届全国杂技展演，轮番上演了50个杂技、魔术节目和8部杂技剧。这些作品均为2019年以来首演或经过重大修改提升的原创力作，集中展示了新时代中国杂技发展的最新成果，展现了中国作为世界杂技大国在杂技艺术上的活力和风采。

以全面技艺展示中国杂技的新风貌

杂技是各种各样的技艺表演，"杂"字就足以说明这门艺术内涵之丰富、形式之多样。中国的人体杂技历史悠久，技艺高超，大致可分为以腰、腿、跟头、顶为主的形体技艺，运用四肢、头、口等身体各部位去掌控物体的耍弄技艺，展示人体平衡能力的平衡技艺，展示人体力量的力技，骑驾自行车、摩托车、小轿车的车技，展示各种翻飞腾跃技巧的翻腾技艺，以及在高空表演的空中技艺等几大类。在具体节目中，这些技艺经常以

---

[*] 尹力：大连市文化艺术事业发展中心编剧。

交叉复合的形态呈现，又依托各种各样的道具展示，发展出了数百种节目。

全国杂技展演的前身是创办于1984年的全国杂技比赛。作为国家级杂技艺术盛会，该活动已连续举办了10届，40年来推出了一大批优秀杂技作品和人才，为提高中国杂技创作和表演水平发挥了重要作用。

本届展演中的50个节目，技艺非常全面。尤其是杂技部分，基本涵括了中国杂技现有的各种技艺类型，全面呈现出当下技艺的最高水准和全新风貌。如耍弄类有《弈》《奋斗者》《雨中狂想》《坛韵》《弈中乾坤》等蹬鼓、蹬人、手技、顶坛、抖空竹、蹬伞、舞花盘节目；形体类有《战友》《丰碑》《滚杯》《韵》等双人技巧、集体造型、滚杯、顶技节目；平衡类有《摇摆青春》《乘帆逐浪》《糖果骑缘》等晃管、抖杠、大球高车、叠椅节目；力技有《龙跃神州》《逐梦天空》等舞中幡、爬杆、顶板凳节目；空中类有《当青春遇见达瓦孜》《木兰归》《双人吊子》《秘境》等钢丝、绸吊、吊子、吊环、飞杆节目；还有翻腾类的《青春的旋律》钻圈节目和车技类的《炫彩车技》等。

不仅如此，还有许多同类技艺的杂技同台竞技，这些作品或在技巧动作上各有侧重与创新，或被赋予不同的故事情节和新颖风格。如《曙光》《花样年华》同为蹬伞节目，前者一人操控15把伞，后者则是在男女对手顶的基础上蹬伞；《山之魂》《天鹅之恋》同为叠椅节目，前者是一人竖直高度的椅子顶，后者则是多人斜侧着叠椅并在叠成弧线的椅子上起顶；《将离别》《悟·空》同为空中飞杆节目，前者取材于电影《大鱼海棠》，演绎了"椿"和"湫"之间的错过，后者则取材于电影《大话西游》，讲述了悟空和紫霞仙子的爱情。还有同为倒立技巧的《炼》《无形》，同为"肩上芭蕾"的《霸王别姬》《花木兰》，同为顶板凳的《徽风皖韵》《中国龙》等，大大增强了竞技的激烈程度和欣赏的趣味性。

以创新创作推动传统艺术的现代化

中国是杂技艺术的发源国之一。中国杂技在秦代角抵中诞生，在汉代百戏中成长，是中华优秀传统文化的重要组成部分。数千年灿烂的艺术史为中国杂技注入充足的文化自信。本届展演中，有许多节目的技艺不仅在中华大地上传承了千载有余，在当代又被发展出更加高、难、精、尖的技巧、更符合时代审美的风格与形式。传统艺术的创造性转化与创新性发展，激发了中国杂技的生机与活力。2004年，首部杂技剧《天鹅湖》震撼上演，一种以杂技为主的全新戏剧形式问世，为中国杂技打开了现代转型的大门，迈入传统技巧杂技向现代艺术杂技的变迁之路，有力推动了中国杂技艺术的现代化。

全国杂技展演一直以杂技和魔术节目的比赛为主，2019年由比赛改为展演时，全国杂技院团已经推出了百余部题材丰富、风格各异的杂技剧。为更加全面、充分地展示杂技艺术创作成果，第十届全国杂技展演正式将杂技剧纳入，这既与杂技剧创作蓬勃发展的局面相呼应，也使得杂技展演的内容更加丰富和立体。特别是进入新时代以来，以《渡江侦察记》《战上海》为代表的杂技剧，在对红色题材的深度开掘中实现了创作的新突破，令中国杂技在创新风格、阐释思想、书写中国故事、开拓时代审美等方面迈向新的历史高度。在本届展演中，共有8部优秀的新创杂技剧上演，继续书写着中国杂技的创新探索。

其中，《泉城记忆》如一首杂技的散文诗，跨越时空，连接古今，将老济南的古典气韵与现代活力淋漓挥洒；《铁道英雄》讲述抗日战争时期鲁南铁道游击队抗击日本侵略者的英雄事迹，当火车环舞台飞驰，英勇的游击队员扒火车、杀敌寇的英姿令人久久震撼；《大桥》讲述南京长江大桥工程建设，新中国第一代桥梁建设者的激情与杂技的想象力交汇成一首人民的赞歌；《聂耳》讲述爱国音乐家聂耳光辉却短暂的一生，该剧着力刻画真实历史人物，用杂技手段塑造了一个极具青春诗意和浪漫色彩的聂耳形象；《化·蝶》以"梁祝化蝶"的经典爱情故事为基线，以"庄周梦蝶"的古典思想为内核，将蝴蝶破茧成蝶的蜕变与梁祝生死相恋的爱情融为一体，用杂技阐释生命的自由与张力；《江湖》生动呈现了吴桥杂技人闯荡江湖的人生百态；《明家大小姐》是一部以魔术为主要表演手段的谍战剧；《战魂——第三战队》讲述特种兵组建战队执行一项特殊任务的故事，用杂技勾画出新时代人民军队的铁血军魂。

以杂技故事展现中国文艺的新气象

本届展演不仅在山东省会大剧院、山东省杂技团演艺厅、山东剧院、济宁杂技城、济宁大剧院、德州大剧院6个剧场演出了近30场次，还由"文艺中国"、"中国艺术头条"、"文旅之声"、"好客山东"、《济南日报》等近十家中央权威媒体和山东地方媒体，以及抖音、快手、微博、哔哩哔哩等视频平台组成了强大的演播矩阵，全媒体平台联动向海内外热爱杂技艺术的观众提供了丰富的观演渠道，现场观众达2万余人次，线上观众超1亿人次。展演内容之精彩、直播规模之庞大、关注度和收看人次均创新高。

一个多世纪以来，杂技一直是海外观众接触、认识中国的前沿窗口。杂技艺术没有语言和文化隔阂，通俗易懂，老少咸宜，为大众所喜闻乐见，具有天然的世界艺术属性。近代以来，大量的中国杂技家和魔术师走出国门，将中国传统杂技的智慧和魅力传播到世界各地，开启了中外杂技艺术的交流互鉴之路。1853年，美国《纽约时报》就报道了中国15人杂技团在美巡回演出的新闻；以朱连魁、韩秉谦为代表的中国魔术师在欧美十余个国家巡演传统戏法，一度引起中国戏法热。新中国成立后，杂技担当起"文化使者"的身份，为中国外交事业做出了积极贡献。改革开放后，杂技又率先走出国门，几乎包揽了所有国际专业赛事的大奖。

中国一直是世界杂技大国，始终深刻融入和影响着世界杂技艺术的发展格局。在当下国际文化交流中，杂技也是巡回演出和文旅项目中最重要的表演内容，出口份额长期占据中国文化演艺类产品半壁以上的江山。新时代的中国杂技，早已改变了曾经以"技"示人、以"技"撼人的旧面貌，业已发展成为一门以技巧为核心、与其他文化和艺术形式互促交融、兼容传统与现代的新型综合艺术，也是中国对外文化交流中讲述中国故事、塑造中国形象、彰显中国气派的重要文艺载体。

杂技艺术，既古老又青春；既有厚重的历史，也有蓬勃不衰的创新精神。本届全国杂技展演如同一场杂技艺术的大阅兵，让人们看到了中国杂技的全面进步和未来的无限可能。立足于这一新的艺术起点，坚持以人民为中心，坚持守正创新，中国杂技将以高质量发展，为推进文化自信自强、向世界讲好中国故事做出属于自己的贡献。

（原载《人民日报》海外版 2023 年 5 月 29 日）

浅谈如何让主题创作摆脱概念化、空泛化弊病

——以芭蕾舞蹈组诗《榜样》的成功创排为例

曾 凡[*]

围绕重要时间节点、重大历史事件展开艺术创作，讲好中国故事、传承中国精神、彰显中国气派，是为主题创作。主题创作之易，在于创作的立意和范围明晰，避免了题材上的"大海捞针"；之难则在于创作中容易陷入图解式的叙述和符号性的表达，而概念化和空泛化往往就来源于这种叙述和表达所带来的艺术性和观赏性的缺失。本文以辽宁芭蕾舞团（以下简称辽芭）青少年芭蕾舞团成功创排的芭蕾舞蹈组诗《榜样》为例，探讨使主题创作摆脱概念化、空泛化弊病的具体方式。

《榜样》作为首部以弘扬"雷锋精神"为主题的芭蕾舞作品，一经创作推出便受到社会各界的广泛好评。该作品于 2022 年在沈阳首演，演出上座率高达 90%，同步网络直播观看量达 260 万人次。2023 年，受邀在北京大学、北京舞蹈学院、复旦大学、同济大学等多所高校演出，并成为众多学校的"开学第一课"。诚如北京舞蹈学院芭蕾舞系教授杨越所说："《榜样》不仅给舞蹈学院做了榜样，也给全国人民做了榜样，是将专业技术表演与思政教育融为一体的最好示范。"

---

[*] 曾凡：辽宁省公共文化服务中心艺术发展部工作人员。

让专家认可、让观众喜爱、让市场接受,《榜样》成功的原因主要有以下三点。

一、主题特点与院团特色精准结合

辽宁是雷锋的第二故乡,是雷锋精神的发祥地。作为辽宁的省属文艺院团,辽芭一直将创作"雷锋"主题作品作为一项重要的政治任务长期谋划。秉持"要么不做,要做就做精品"的理念,通过对"雷锋"主题的深度解析,确定从三个方面入手破解创作难题。

首先,雷锋的故事家喻户晓,通过讲述其生平事迹来挖掘人物精神的方式过于陈旧。因此,必须打破"讲故事"的舞剧模式,换以"舞蹈诗"的体裁,通过芭蕾舞和现代舞的创新融合,展现雷锋精神的内涵哲思。

其次,雷锋的事迹素材中缺少"爱情",而表现细腻的情感关系是舞蹈作品中不可或缺的部分。因此,在编剧素材的选择上,应不拘泥于具体事件,转而以《雷锋日记》作为蓝本进行节选和提炼。

最后,在关于雷锋的文艺作品中,歌曲《学习雷锋好榜样》是最具代表性且最为人所耳熟能详的,这是很好的音乐动机。而以"学习"视角作为创作切口,青少年团队纯真、质朴的表演将远超技艺娴熟的成人演员。结合辽芭附属学校的能力和优势,演出主体锁定为依托学校建立的、年龄在15岁左右的青少年芭蕾舞团。

通过对主题的深度剖析以及对院团自身优势的深刻把握,《榜样》创作的几个关键要素被牢牢抓取出来。

二、艺术呈现与观众审美高度契合

芭蕾作为西方高雅艺术的代表,在观众心中已经形成固有的审美模式。所以对于《榜样》来说，想要打动观众，首先要在艺术呈现上做到"抓人眼球"，在保持"高雅范儿"的同时，缩小"距离感"、增加"新鲜感"。综观整个作品，主创团队在文案、编导、音乐、舞美方面充满巧思的设计与当下观众的审美高度契合。

开篇，苍劲的"榜样"二字书于幕前。随着音乐的渐强，文字变幻成漫天繁花，引出编剧精心提炼的五个篇章："一线光""一粒种""一滴水""一块砖""一颗钉"。这样的开头，让观众既熟悉又陌生，熟悉的是对《雷锋日记》依稀影绰的印象，陌生的是这五个意象究竟会以怎样的方式在作品与演员、作品与观众、演员与观众之间传递。这种架构与留白，为本就充满革命浪漫主义的《雷锋日记》增添了无限遐思，也使全剧结构在工整统一的同时，给予观众广阔的想象空间。

"一线光"启幕于洒向少年的微光，编导以一字排开的双脚和"巴特芒"特写开场，仿佛学步于懵懂的世界。随着光的弥散、蔓延，无数双小手好奇地捕捉，无数双眼睛喜悦地张望。苍穹星星点点，少年们三两结伴，笃行追光。光晕渐变，映衬出舞台上所有的少年，男孩托举起女孩，让女孩更加靠近光源。少年们耳语着、簇拥着、仰望着"光"，奔跑着、追赶着、成为"光"。篇章结尾，少年们于雷锋的侧影中组成一条点亮暗夜的长路，也使那句"如果你是一线光，你是否照亮了一份黑暗"得到艺术化的升华。

"一粒种"以银幕上飞扬的蒲公英，细数少年们萌芽般的成长。足尖下的细碎舞步，犹如种子扎埋于沃土之间，浸润着来自大地的滋养。舞美设计在此处巧妙利用多层流苏，辅以灯光调色，营造出微风细雨的自然景观。少年们舒展的舞姿像是种子萌发的力量，他们相互守望，彼此欣赏。一朵花、两朵花、三朵花……花团锦簇，绽放出姹紫嫣红的满园春华。"一朵鲜花打扮不出美丽的春天"，这一篇章完美诠释了美美与共的人生哲理。

"一滴水只有放进大海里才能永远不干"，蓝衣少年如水滴般腾空降落，轻灵开启"一滴水"篇。现代舞的表现手法揭示着"利万物而不争"

的纯然品格。随着灯光骤起，无形中有形、有形中无形的"水滴"汇聚成蓝色方阵，似大江大海，恢宏澎湃。这一篇章的音乐节奏感极强，模拟水滴声音的打击乐混搭电子风，配以服装设计"高马尾+阔腿裤"的前卫组合，潮流感、时尚感突出，将水的"力"与"美"展现得个性十足。

"一块砖"令人意想不到地抛出一段默剧彩蛋，一段关于集体与个体、遵守纪律与张扬自我的小故事。这段新奇搞怪的演出也把快要进入疲劳状态的观众拉回到舞台。幕起，五颜六色的方块道具与玩笑打闹的少年相映成趣，种种游戏场景还原了属于那个年纪的欢乐，也刻画出规矩之外的喧闹。随着银幕上一块红砖的出现，"高楼大厦都是一砖一石砌起来的，我们何不做这一砖一石呢……"雷锋的文字在此刻恰到好处地冷静全场，少年们整齐划一，用手中的"砖"筑起联通的桥，在平坦与崎岖间相互补位，心手相连。

"一颗钉"作为结尾篇，必须紧扣"学习雷锋好榜样"的题眼。因此，主创团队选择在这里做一些具象的表达是准确且必要的。这一篇章以红色为主色调，在红领巾、红色灯光、红色螺丝钉背景的衬托下回归主题。"一个人的作用，对于革命事业来说，就如一架机器上的螺丝钉……螺丝钉虽小，其作用是不可估量的，我愿永远做一颗螺丝钉。"精心设计的"报数"环节，将集体中的个人与"螺丝钉"之间的连接表达得淋漓尽致。高难度的"转"和"跳"在这一篇章集中展示，华丽场面令观众大呼过瘾，而当《学习雷锋好榜样》的旋律奏响，台上台下顿时掀起全场联动的高潮。"一颗钉"也成为日后登上各大晚会的华彩篇章。

三、创作目标与受众群体相互统一

有创作就要有受众。舞台艺术作品要想做到常演常新、叫好叫座，就必须在创作之初研究好目标受众。《榜样》的创作从"为什么创作""给谁创作"入手，逐步厘清可能成为固定群体的受众类型。预期的场景考虑全了，演出市场就打开了，作品就演出去了。

结合前期确定的体裁、形式、演出主体等要素，《榜样》的目标导向非常清晰：一是打造思政类舞台艺术作品，用红色艺术教育人、感化人、激励人；二是讲好辽宁故事，盘活红色文化资源，助力文化产业发展；三是展示教学成果，加大教学实践储备，树立"学演相融"典范。搞清楚目标，受众群体也随之明确。包括以"高雅艺术进校园""高雅艺术进机关"观众为代表的高校师生和党政机关职工群体；以宣传辽宁为主题的各类晚会活动和以"3月5日学雷锋日"纪念演出观众为代表的省内外观演群体；以芭蕾专业院校观摩者和芭蕾爱好者为代表的业内群体等。受众群体明确之后，在创作过程中利用新媒体平台实时跟进宣传，有针对性地进行营销推广，制造话题流量，将艺术特点、主创团队、排练花絮等情况进行全方位介绍，吸引目标群体提早参与到作品创排演出的全过程，这也是《榜样》打通演出市场的关键。

截至目前，《榜样》在北京、上海的演出反响极为热烈，仍有大批演出邀约纷至沓来。在辽宁省的重大活动中，《榜样》片段频频亮相，孩子们用精彩的表演展示辽宁的活力与希望。多所艺术院校将《榜样》作为学习案例，《榜样》也将作为辽芭附属学校舞台艺术实践的经典保留剧目，长存于一代代芭蕾学子之中。

通过梳理和总结芭蕾舞蹈组诗《榜样》的成功经验，笔者认为，主题创作摆脱概念化、空泛化弊病的核心在于，用系统严谨的创制体系，丰富多元、润物无声的艺术手法找准情感共鸣的切口；用源于生活、高于生活的艺术追求构建创造性、观赏性、实验性、可持续性兼具的风格面貌；用市场化思维定位受众群体，多角度烘托热度，推动主题创作有力地发挥其教育功能和美学价值。希望未来有更多如《榜样》一般的作品，在回溯中国式"真""善""美"精神意境的过程中，努力开掘观照当下的共性认知，让启迪思想、温润心灵、陶冶情操的中国故事走向更加广阔的舞台。

如何使文学著作向舞台艺术作品转化
——以歌剧《江格尔》为例

郝绪荣[*]

经典文学名著不分国界，超越时空，在人类发展史上始终以深邃的思想内涵闪烁着耀眼的光芒，又以动人的情感给人以心灵的温暖和精神的慰藉，它是我们全人类的共同精神财富。它既属于过去，却又存在于当下，面向未来。

戏剧与文学一直是相互依存、相辅相成的关系。作为一度创作的剧本，本身就是文学的一种样式。近年来，尽管舞台艺术剧本的数量不少，但是质量上乘的仍然不多，在思想性、艺术性、创新性方面表现优异的戏剧文本还是面临着"荒"的境地，这一直是阻碍舞台艺术发展的最主要瓶颈。因此，许多剧作家将眼光瞄准了中外文学名著，对文学著作的改编已蔚然成风。

经典文学著作改编成舞台剧，凭借自身强大 IP 的号召力，极大地带动了演出市场的热情，成为吸引观众的"流量"，在社会效益和经济效益方面取得了不俗的成绩。另一方面，经典文学著作借此焕发了更强的生命张力，获得了更多的价值外延。当前，比较成功的范例有陕西人民艺术剧院的话剧《白鹿原》《平凡的世界》，江苏大剧院的民族舞剧《红楼梦》，

---

[*] 郝绪荣：内蒙古艺术剧院三级艺术评论。

湖南省话剧院的《沧浪之水》，大连话剧团的《大码头》，上海话剧艺术中心演出的《繁花》，国家大剧院的《简·爱》，中国国家话剧院的《四世同堂》《北京法源寺》，重庆话剧院的《红岩魂》。面对如此多的改编，值得我们探讨的除了戏剧观念问题、戏剧理论命题之外，也非常有必要探讨一下如何使文学著作向舞台艺术作品转化。本文以内蒙古艺术剧院新近改编自同名史诗的歌剧《江格尔》为例，阐释文学著作向舞台艺术作品转化过程中要着重注意的几个要点。

深挖原著精神内核

一部高质量的改编剧本，应该是改编者和小说作者的一场心灵对话，以及精神上无数次碰撞之后的产物。将文学著作搬上舞台，改编者需要通过精读文本十几遍甚至几十遍来发掘经典作品深远的内蕴空间，然后去思考文学著作中除了故事主线，还有哪些隐藏的人性、蕴含的思想内涵。这些才是剧作家需要去提炼的东西，以确保准确把握原著的精髓。

歌剧《江格尔》以史诗《江格尔》为蓝本，用歌剧的形式讲述了以江格尔为首的英雄和勇士们用超人智慧和非凡才能战胜入侵之敌，击败以蟒古斯为代表的邪恶势力，建设平等、仁爱、富裕、美好的本巴家园的故事。编剧克明说："英雄主义是江格尔和他的伙伴、他的百姓为追求本巴国永恒幸福的根本价值观。《江格尔》讲述的不是神话，而是一个伟大民族不屈不挠的奋斗史，本巴海，本巴国，那里就是森林草原的天堂所在！"可见，编剧深切了解文学著作和舞台艺术是两种截然不同的艺术形式，无论是呈现载体、创作技巧、审美标准都有着很大差异，要在短短的两三个小时内，将文学著作之"魂"立于舞台之上，必须找到原著的精神内核。而上述观点就是编剧寻找到的《江格尔》精神内核。从文学著作到舞台作品，艺术的介质变了，但其所蕴含的精神内核始终不能变。作为编剧，克明将长达 10 万行左右的《江格尔》史诗打碎、吃透，重新组合，整理加工，设计情节，变成故事，使其立在舞台之上。

传承和再现原著精神是文学经典改编艺术作品的重要特点之一。它强调了对原著的敬意和尊重，旨在将原著的核心思想、主题和情感通过改编作品传递给观众。

创新艺术表达方式

文学著作改编舞台艺术作品，不应该仅仅是对原著内容进行舞台化呈现，简单粗暴地将舞台当作原著的"说书场"，演员与演员之间没有沟通、对峙、碰撞，而是应在尊重原著精神内核的基础上，注入改编者自己的创造力和个性，重新梳理和结合文学著作中的事件、人物及相互关系，运用舞台化的语汇、表演以及灯光、音响、舞美、LED、服装、化妆、道具等创新性表现手法，为作品注入新的灵魂，创造出一个具有立体感的舞台形象，赋予其崭新的艺术生命，创造出与原著不同但又具有吸引力的风格和美学个性。

中国艺术研究院话剧研究所所长宋宝珍认为，经典改编可以是时空翻转，比如美国人将莎剧《罗密欧与朱丽叶》改成了反映当代美国生活的音乐剧《西区故事》；可以是改头换面，比如莫言将传统京剧《荆轲刺秦》改成了《我们的荆轲》；也可以是形变神不变，比如王延松导演的探索话剧《原野》和李六乙导演的川语话剧《茶馆》。经典之所以是经典，必然有其内涵的深刻性、艺术的卓越性和价值的恒久性。因此，"尊重原著"是改编的必要前提，不尊重原著容易导致恶搞、胡改、俗化、损毁经典的行为发生。但是经典的存在，不是为了让后人顶礼膜拜，储存起来，落满尘埃，因此改编者必须大胆创新，在新的文化语境里，为经典找到最恰切、最合理、最有魅力的存在方式。

《江格尔》是蒙古族英雄史诗。歌剧《江格尔》是富有创新性的艺术表达方式之一，是充满地域文化元素的蒙古族音乐。该剧浓墨重彩地融入长调、呼麦、蒙古族合唱。舞美方面，歌剧《江格尔》的视觉总监、舞美设计刘科栋对这部作品有着自己的理解，他基于对作品的解读，认为视觉呈现不应该拘泥于具象的表达，而是要具有当代审美属性，用隐喻和象征的手段，启动观众精神里所蕴含的想象力。因此，在色彩方面，该剧大胆启用丰富的色彩，甚至会用荧光色这类奇异而浓烈的色彩营造充满魔幻意味的舞台效果。

　　在强烈史诗感与现代感的舞台呈现理念下，歌剧《江格尔》的造型设计别具特色：以江格尔为首的本巴国人，耳侧梳着蒙古族特有的辫子，戴着蒙古族特征的头饰，脸颊、眉间、下颌有着特殊的红色纹饰图案，代表着这个族群的团结、勇敢、坚忍、善良。而代表着地狱魔窟之王的蟒古斯们，则用黑白色调和皲裂效果自画脸部，装饰则用欧洲中世纪暗黑时期的发型和蒙古族的特有装饰相结合。化妆造型设计申淼参考了古今中外的造型元素，结合蒙古族历史和特有的装饰效果，营造了古典与现代、民族与世界，并带有现代时尚和魔幻风格的舞台造型。

重视观众情感体验

　　文学著作和舞台艺术作品同为叙事艺术，但前者是静态的文字叙述，后者是动态的舞台叙述。从文本到舞台呈现叙述策略发生了改变，就要通过舞台形象诉诸视觉和听觉的形式，不断解锁新的模式，以更加契合观众的审美需求和情感体验。

　　进入21世纪，网络时代催生的文学普遍具有节奏快、娱乐性强、情节丰富等特点。因而，剧目改编也要符合时代要求，通过精简有效的戏剧手法，如悬念、惊奇、延宕、渲染、强调、突转、预示和发现等，使主题思想更鲜明，使舞台呈现更精致流畅，使矛盾冲突更加戏剧化，使人物形象刻画更生动，使情节安排更紧凑，让观众看懂、看好、看得有兴趣，以凸显一种"源于生活，高于生活"的审美和情感体验。

现实中一些文学著作改编成舞台艺术作品的得失经验告诉我们，如果改编者艺术功力不够深厚，艺术视野不够开阔，在从文字到舞台的转换过程中调动各种手段不充分、不丰富，缺乏想象力，不能在从小说文本的"解构"到戏剧话语的"重构"过程中很好地运用戏剧手法来满足观众的情感体验，没有带给观众新奇感和新思索，一切与他们的想象和审美定式一样，那么改编后的舞台剧便成了无源之水、无本之木，戏剧的吸引力便无从谈起，改编的成功率自然也会大打折扣。因此，在改编过程中，改编者要始终鞭策自己走到观众前面、想在观众前面，将原著作品中的情节、人物以及主题与现代社会相结合，从而使故事更具时代感，更能引发观众的共鸣。

承载当代价值和意义

习近平总书记在《在文艺工作座谈会上的讲话》中强调："努力创作生产更多传播当代中国价值观念、体现中华文化精神、反映中国人审美追求，思想性、艺术性、观赏性有机统一的优秀作品。"诚然，一部好的文艺作品，必然要紧扣时代脉搏、反映人民心声、传递主流价值。

文学著作改编舞台艺术作品可以通过以下几个途径去承载当代价值和意义。首先，可以通过将故事背景转换为现代社会来实现。这意味着改编作品中的人物以及他们的行为和冲突与观众更加贴近，和熟悉的当代社会息息相关，使观众能够更容易理解和关注故事本身。其次，可以通过调整情节、改变角色性格以及重新诠释主题等方式来体现。再次，改编作品可以以当代的视角重新解读和探索原著所提出的问题和主题，同时反映当代社会的价值观和难题。

　　英雄史诗《江格尔》是中华民族三大史诗之一，是璀璨的中华文化瑰宝，反映了蒙古族人民热爱家园、勇斗恶势力、追求和平的理想，有重要的历史意义和文学价值，被列入国家级非物质文化遗产代表性项目名录。歌剧《江格尔》的当代价值和意义在于其英雄主义精神和当代审美。中国舞台美术学会编辑部总编赵妍认为，歌剧《江格尔》挖掘的神话传说非常多，有丰富的内涵及当代审美价值。众主创合力打造了一个具有神秘东方气质的空间，借神话之眼去凝视人性的深渊。总导演陈蔚认为，歌剧《江格尔》在剧情上充分尊重史诗文本，细致考究，彰显史诗的鲜活感、宿命感和传奇色彩，精准地传达了江格尔自悲惨童年到成长为伟大的江格尔汗的心路历程与克服的艰难困苦，表现了其勇于反抗、不屈不挠、不懈奋斗、无私奉献的英雄主义精神。本剧的内容呈现出一个英雄的成长史、一个民族的史诗绘卷、一首人类共同梦想的赞歌。

新时代内蒙古民族舞蹈创作初探
——以第九届内蒙古乌兰牧骑艺术节获奖舞蹈作品为例

白雪燕[*]

2022年8月8—15日，由内蒙古文化和旅游厅主办、兴安盟科右前旗承办的以"讴歌新时代、喜迎二十大——永远做草原上的红色文艺轻骑兵"为主题的"第九届内蒙古自治区乌兰牧骑艺术节"（以下简称"艺术节"）在兴安盟科尔沁右翼前旗圆满结束。20余支来自区内外的乌兰牧骑队伍参加了文艺会演、评比、惠民演出、"一专多能"比赛等系列活动。19场比赛演出，浓缩了近两年来自治区各地乌兰牧骑艺术创作的最新成果，评出团体演出金奖、银奖、创作奖、表演奖和特殊贡献奖、团体特别奖、优秀组织奖以及"一专多能"单项奖等各类奖项。

每两年一次的艺术节，对于蓬勃向上的乌兰牧骑艺术事业而言，无疑是弥足珍贵的"展示平台和业务大考"。因政府在活动中凸显出重要的导向性与权威性，使各艺术门类创作群体或个人把"出精品出佳作，力争在艺术节中获得奖项"作为动力和目标。就舞蹈而言，此举对内蒙古民族舞蹈艺术的创作发展也必然带来积极的激励和推动作用。为此，各乌兰牧骑舞蹈编导们努力编创，在比赛中"各显身手，比舞论才华"。通过公平、公正的评比，《幸福的牧马人》《心中的太阳》等4个作品荣获创作一

---

[*] 白雪燕：内蒙古自治区艺术研究院一级艺术评论。

等奖;《乐·舞》《鼓翼奋飞》等 7 个作品获创作二等奖;《草原上的铁姑娘》《蓝天的诗》等 7 个作品获创作三等奖。这些获奖舞蹈作品所呈现的艺术特色和创作水平,代表着参赛各乌兰牧骑近两年来在舞蹈编创上的最高水平。同时也标示出内蒙古自治区民族舞蹈的创作情况、发展态势。

一、丰厚的文化内涵

舞蹈艺术具有能够表现语言文字或其他艺术形式所难以表现的人们内在深层精神世界、人与自然、人与社会、人与人之间,以及人自身内部的矛盾冲突的特点。它随着历史的进步而发展变化,因其涵盖面广,影响力强,自然成为检验一个地区文化艺术整体发展水平的标杆之一,同时也是检验一个舞蹈编创者综合艺术功力的试金石。舞蹈的基本特质是负载着一定量的思想内涵。因此,一个舞蹈主题思想的丰厚与否,便成为衡量一个舞蹈作品的重要指标。艺术节获创作奖的舞蹈作品,可以说在主题思想的构建和表达上都充分弘扬了习近平新时代中国特色社会主义思想。首先在选材这一舞蹈创作的核心环节上,编导们便投入了巨大心思,每个作品在突出主题、注重立意的同时,兼容丰厚的文化内涵。如有讴歌党、展现民族团结的《党旗下的玛拉沁》《绣一张全家福向党献礼》;革命题材的《心中的太阳》;赞美生活、赞美家乡的《幸福的牧马人》《走马》《野趣》《美好生活》《萨日朗花语》《蓝天的诗》《绿水青山》《我的家乡·我的梦》;生活劳动题材的《稻花香里庆丰年》《草原上的铁姑娘》;传扬乌兰牧骑精神的《人民的乌兰牧骑》;非遗舞蹈文化题材的《乐·舞》《鸟之语》;表现草原人民精神气质的《鼓翼奋飞》《阳光草原》。这些作品将先进的思想和永恒的价值观灌注其中,表达了内蒙古人民对中国共产党的无限崇敬,对各族儿女团结一心共筑美好生活的歌颂,对革命先烈的深切缅怀,对当下美好生活的珍惜和赞美,引领风尚,紧随新时代。

我们看到，乌兰牧骑舞蹈编导们以昂扬的时代精神和饱满的艺术热情，竭力挖掘所创作品特有的思想内涵，以崭新的构思，呼应社会的关切，彰显主流思想价值，发挥舞蹈言说优势，再次将一个个充满丰厚文化内涵的优秀作品呈现在舞台上，舞动出新时代的记忆，具有鲜明的现实价值和深远的历史意义。

二、不断探索新的艺术表现手法

艺术节获创作奖的舞蹈作品，从创意到呈现，经历了多角度、深层次的创作思考以及反复打磨，用心、用情、用力修改提升可谓不遗余力。特别是其中几个作品，在运用写意表现手法上做出了有益的尝试，令人感到新奇。

"写意"是艺术创作术语，意为不求工细，着意注重表现神态和抒发作者的意趣。也就是艺术家忽略艺术形象的外在逼真性，而强调其内在精神实质表现的艺术创作倾向和手法。如宋代韩拙所说："用笔有简易而意全者。"乃指"写意"。作品《心中的太阳》，开场就以写意的表现手法为切入点，重现历史景象，瞬间将人们带回到那段悲壮激烈、艰苦卓绝的岁月之中，观者仿佛身临其境，真切地目睹老一辈革命先烈，为了民族解放而前赴后继，奋勇战斗，走向光明，拥抱解放曙光的场景。此处写意表现手法的运用，将时间压缩、空间平移的同时，为之后舞蹈起承转合到草原各族儿女承接起革命先烈的旗帜，紧紧跟随中国共产党的脚步，为建设祖国，继续前进、前进、向前进的现实场景做出了厚重的铺垫，简形重意，以一及十，使宏大的历史题材在短短的六分钟内就呈现出极具现实价值的新意。

以国家级非遗舞蹈"鲁日格勒"为主要语汇的情景式女子群舞《鸟之语》，女子群舞《蓝天的诗》《绿水青山》，同样不同程度地运用了写意的表现手法。三个舞蹈都属表现人与自然和谐关系的主题，将写意的表现手法与模仿鸟类飞翔和鸣叫的模拟法，动作的大小强弱、声音高低快慢的对比法，队形调度的变化法，展现鸟类姿态、俊美山水的造型法、拟人法，以及贯穿下来的组合法和交织法交叉运用，将鸟儿的翱翔、山峦的雄伟、瀑布的倾泻等自然界的壮美景象，通过优美飘逸又具有独特风格的舞姿，印刻在观者的脑海中。舞蹈在写意空灵的意境中，逼真感、感染力、图像感、流动感、重叠感、透视感交相辉映，自如对接，使舞蹈之"魂"更加灵动和饱满，给观者以沉浸在山水中、幻化于自然里的美好感受。

三、传承传统与渗透交融的创作走向

（一）对本地区各民族传统舞蹈文化的传承

从舞蹈分类学的角度，我国著名舞蹈家吴晓邦曾做出以下分类：民间舞蹈、古典舞蹈、民族舞蹈、芭蕾舞、中国现代舞。在内蒙古舞蹈艺术中，各民族特色浓郁的民间舞蹈，一直是中国舞坛上一个不容忽视的种类和景观。艺术节获创作奖的多部作品，可以说是承载传承民族民间传统舞蹈文化的佳作。如《幸福的牧马人》《走马》《党旗下的玛拉沁》《阳光草原》所表达的主题皆为在党的民族政策光辉照耀下，生活在内蒙古这片土地上的各族人民，对美好现实生活的热爱及珍惜之情。由于都是以牧人和马为主角，主题动作自然就离不开蒙古族传统舞蹈中最具典型的"马舞"基本动作——上身的勒马、策马、扬鞭、伏马、碎抖肩、硬肩硬腕等动作，腿部的马步、交步、踏步、吸腿跑、扬蹄跑以及刨吸跑跳等动作，结合前倾、后仰、横摆等身体律动等。这四个作品风格相近，但又各有侧重，既表现出走马的快、稳、美，又展现了跑马的速度和力量，呼声阵阵、高潮迭起、人马一体、趣味盎然。在舞出了草原骏马的气势和牧人豪迈性格的同时，将从小在马背上长大的蒙古族男女，熟练自如、纵马如飞的骑术表现得淋漓尽致，完美地诠释了新时代蒙古族人民感恩、热爱现实美好生活的核心要义，精彩地再现了蒙古族传统马舞浓郁的风格特色，并且承载着传承蒙古族传统舞蹈文化及审美风范的深层内涵。

又如《绣一张全家福向党献礼》《草原上的铁姑娘》《美好生活》《萨日朗花语》《稻花香里庆丰年》《鼓翼奋飞》6个作品，主题动作主要采用蒙古族舞蹈典型动作——大拉背、柔肩柔臂、硬肩硬腕、碎抖肩、压提腕、翻手翻腕、翻腕推手等，以及碎步、踏步、拖步等步法结合身体拧倾旋转等韵律。编导们独具匠心，通过将上述蒙古族舞蹈语汇与作品主题相融合以及转化，创造性地运用，既明确地表达了各自作品的主题，又达到了将蒙古族舞蹈典型性基本语汇在多部作品中得以展现的预期。还有以蒙古族非遗舞蹈"萨吾尔登"为主题动作的《乐·舞》、以达斡尔族非遗舞蹈"鲁日格勒"为主要语汇的《鸟之语》、以"玩冰车"的生活习俗提炼主题动作的《野趣》，这些作品的编排，富有浓郁的民族特色，在充分展示了内蒙古各民族风情的同时还突出了舞蹈文化的多样性。在传承内蒙古各民族传统舞蹈文化上同样做出了有效的努力。

（二）对当代人审美心理的关切

中国艺术研究院舞蹈研究所原副所长、研究员、博士生导师、国务院学位委员会学科评议组成员江东，在2022年"内蒙古艺术研究院名家工作室"学术讲座上，就内蒙古舞蹈艺术的创作讲道："当代内蒙古舞蹈艺术的实践，在践行着党的文艺政策和发展方向的基础上，为时代和人民起舞，与时俱进，不断超越，可以清晰地看到各种能量的相互作用和互渗，又可以认清在一个大的框架中它们彼此所具有的共性张力与个性突出。"在艺术节获创作奖舞蹈作品中，舞种之间的相互作用与渗透所产生的共性张力与个性突出这一创作特点，有特别的体现。如《心中的太阳》《人民的乌兰牧骑》《我的家乡·我的梦》3个作品都不同程度地将现代舞蹈语汇融入其中。

《心中的太阳》巧妙地运用"甩臂转身自然垂落扣胸低头"这一组十分符合舞蹈中人物情感的现代舞动作,将舞蹈中人物感同身受革命先烈悲壮事迹的沉重心情输出得更加到位。舞蹈结尾,舞者"跪地用力前进"的动作设计,将新一代草原儿女高举先烈的旗帜,为建设祖国继续前进的决心和信念推向高潮。这两个现代舞蹈语汇的嵌入,可以说具有触动心弦、强化主题、震撼观众的功效。《人民的乌兰牧骑》表现和弘扬了乌兰牧骑精神的新一代乌兰牧骑人精神风貌的主题,《我的家乡·我的梦》讲述了一个学成归来的草原学子回到牧区建设家园的故事。这两个作品也多处运用了现代舞蹈语汇,设计别致,使舞蹈富含鲜活的现代气息,在增强可看性的同时,以当代人的视角和审美情趣再次深刻地点明了无论时代如何发展,乌兰牧骑精神和建设家乡的心愿永远不会改变的主旨立意,是扎扎实实地探索舞蹈创作语境及艺术规律的有益尝试。

　　两年一度的艺术节为乌兰牧骑舞蹈艺术的创作、发展搭建了最佳展示平台。这个平台不仅促进了乌兰牧骑舞蹈艺术创作的不断进步,也使广大舞蹈编创者们通过展赛、相互交流,进一步梳理、反思各自的创作理念、表现手法的成功与失败,从而成为推动自治区民族舞蹈创作质量提升的动力,进而为满足人民文化生活需求提供更多、更好的精神产品贡献力量。

(原载《金钥匙》2023 年第 1 期)

传承·融合·创新
——新时代杂技艺术创作趋向分析

王春平[*] 马 军[**] 王 辉[***]

中国杂技历史悠久、传统深厚。进入新时代，杂技艺术守正创新，一方面加强传统杂技传承，同时积极探索融合创新发展之路，彰显中华美学神韵、凝练现代语汇表达，以思想为魂、技巧为核，与其他艺术形式交互融汇，力与技、技与艺、艺与情、情与思高度统一，呈现出"剧时代"的审美特征。

一、聚焦主题、加强叙事，创作题材丰富多样

在人们印象中，杂技就是展现技巧的，无关乎什么题材。如果有，也大抵是以"技"来划分，如顶技题材、走索题材、蹬技题材等，似乎它压根和情节、内容无关。这反映了传统杂技长于炫技而弱于叙事的特点或是弱点。不过，这一创作模式已然被颠覆。新时代，中国杂技坚持创造性转化、创新性发展，始终与时代同步伐、和人民共奋进。它以小切口体现大

---

[*] 王春平：山西省艺术研究院副院长、研究员。
[**] 马军：山西省艺术职业学院戏剧研究所副所长、副研究员。
[***] 王辉：山西省艺术研究院一级编剧。山西省戏剧家协会副主席、山西省评论家协会副主席、国家一级编剧。

主题，用小故事展现大图景，从时代现实题材、红色革命题材、传统历史文化题材等多个向度开掘，饱蘸激情地表现新时代新征程壮阔气象，活化利用红色资源，用情用心讲述中国故事，在紧跟时代步伐中努力拓展杂技艺术新境界。

真诚地拥抱生活、艺术地表现现实是新时代杂技艺术的新趋势，或放眼新征程、讴歌新时代的奋斗者；或聚焦史诗化重大事件、反映伟大祖国一日千里的建设奇迹；或表现军中男儿的火样青春，或描摹坊间街角的"人间烟火"，人物、情节场景及结构趋于复杂，杂技艺术的叙事功能、表述容量、审美功能大大增强。七幕杂技剧《大桥》剧技结合、技舞共融，全景式展现了1959—1968年南京长江大桥建设的伟大壮举；时尚风、轻喜剧式杂技剧《我们的美好生活》把草原文化与杂技技巧有机结合，艺术地表现了乡村振兴战略下北疆儿女的美好生活；《战魂——第三战队》以杂技语汇讲述特种兵的成长故事，诠释了人民军队的钢铁军魂；《摇摆青春》《青春的旋律·钻圈》《炫彩车技》等运用不同杂技形式演绎了当代青年的青春风采；《环·滚动的天空》把杂技艺术关注的目光投向敢上九天揽月、不惧艰辛启航，筑梦苍穹的中国航天人；《逐风者》形象地表达了中国人民奋进新征程、逐梦新时代昂扬向上的精神风貌；浪桥类节目《扬帆追梦》诠释了中华儿女乘风破浪、勇毅前行的奋斗精神。

红色题材也是杂技艺术钟爱的题材之一，传承红色基因、感悟信仰力量是红色题材赋予新时代杂技艺术的独特价值。杂技剧《战上海》多情节线交织推进、多空间交错呈现，熔戏剧叙事、历史叙事、情感叙事与高难度杂技技巧于一炉，重现解放上海的热血记忆。杂技剧《先声》70多名演员参演、场面宏大，以极富张力的情节，以杂技、地域标识性文化场景与戏剧的完美结合，演绎了一个家庭在"九一八"事变中的遭遇，弘扬了抗战精神。杂技剧《聂耳》以聂耳短暂而绽放光华的人生为蓝本，运用杂技艺术手段塑造了"这一个"独特的"人民音乐家"形象。杂技剧《铁道英雄》根据闻名遐迩的鲁南游击队传奇事迹而创作，情节跌宕起伏、场面惊心动魄。一湖烟波浩渺激荡，红船一叶承载千钧，一把把幻变的红伞宛如一把把熊熊燃烧的火炬，汇聚成中国革命喷薄欲出的《曙光》。在以党的隐秘战线英雄为表现对象的魔术谍战剧《明家大小姐》中，"杂耍"式的魔术被注入红色文化内涵，它满足了大部分人们对于谍战剧的欣赏期待：悬疑、惊险、刺激等，突出体现了"剧时代"杂技艺术的新探索。

深入发掘地域历史文化资源，释放地域文化魅力，展示传统杂技艺术的审美品质，是新时代杂技艺术创作的突出特征，体现了杂技艺术"弘扬传统文化，讲好中国故事"的艺术追求和文化自觉，体现了新时代的杂技担当。《泉城记忆》自然山水与人文胜景浑然一体；《江湖》杂技文化、风物民俗等圆融无间，地域风情浓郁；《坛韵》把巴蜀酒文化和传统杂技顶坛技艺相结合，让人领略到巴蜀文化热辣、张扬、粗犷的另一面；《巍巍贺兰·峭壁精灵》提炼古老的岩画文化元素，以岩羊象征生于斯长于斯的"贺兰"儿女排除万难、勇敢攀登的精神……地域文化与杂技艺术双向赋能互构，为讲述中国故事提供了更多的方式，延展了更广阔的空间。但不可否认的是，在"剧时代"的转变探索中，剧场杂技艺术开始显露出盲目追逐大场面、大剧作的倾向。

二、薪火相传、守正创新，彰显传统杂技艺术魅力

杂技萌芽于春秋"力技"乐舞，形成于汉唐"百戏"，兴于明清"杂伎"，繁荣于新中国文艺百花齐放、推陈出新蓬勃发展新时期。进入新时代，中国杂技艺术植根优秀传统杂技文化，强化中华美学神韵，勇于创新突破，把传统技巧和当代表现手段相结合，迎来创造性转化、创新性发展新高潮。

《集体花盘》，俗称"转花盘"，是传统杂技类型之一。表演者双手转

动 10 只花盘，借腕力使花盘飞速转动，边转动边做出弯腰、倒立、二节分叉、二节走头、三节站头等各种形体技巧动作。《弈》脱胎于传统杂技"蹬鼓"，同时挖掘中国传统象棋文化意蕴，创新性地加入 360°旋转移动车鼓（象棋）、前空翻、后空翻传人接鼓（棋）等技巧动作，或圈传或对穿或蹬小鼓（棋）上肩，既有难度又有美感。《坛韵》传承传统"顶坛"技艺，表演者用轻重大小各不相同的青花瓷坛轮番做出顶、抛、蹬、滚、甩、飞等动作，特别是过坛口 270°技巧，演员头顶着易碎的瓷坛坛沿斜侧转动时，惊奇险绝，扣人心弦。《乘帆逐浪·抖杠》巧用福船、福灯等地域文化符号，突破传统技巧局限性，原创性加入"杠上转体后空翻 1080°""头上双人倒立滑下"等绝技绝活，象征闽南人万里海上丝路搏击惊涛狂风、破浪前行。《雨中狂想·球技》创新装置道具，把传统球技的定点表演改为移动表演，不断加速旋转或倾斜的转台无疑增加了球技类节目的观赏性。《逐风者·男子集体车技》从装置、难度、速度等多个方面创新，融入顶功、软功、跟斗等传统杂技语汇，创新性采用人车对穿、人跃双车、背翻 720°、背上前翻 540°等动作技巧，把杂技类作品水平提升到一个新的高度。《炫彩车技》飞车"跑背"高超技艺令人赞叹。《长空啸·浪桥飞人》熔铸"浪桥""飞人"于一体，以双浪桥、大飞人的形式，巧妙地设计了高空后空翻转体 1080°、双人转体两圈半 900°、浪桥飞跃手抛三周接手等高难动作，表现了杂技艺术惊险奇绝之美。《战上海》集中 360°旋转蹦床表演、绳梯等新老技巧，涵括杂技、魔术、驯兽等多艺术门类，恢宏惊险、别开生面。用"滚环"演绎武松打虎的场面，用"绸吊"描摹敦煌飞天乐伎的唯美飘逸，杂技在"破圈"中一次次融合技术与艺术之美，打开杂技艺术表现的多维空间。它们植根于中华丰厚的优秀传统文化，把传统技巧技艺、当代表现手段相结合，创新了杂技表达，让杂技这一古老的民族艺术焕发出勃勃生机。然而，在文旅融合视域下，杂技艺术开始更多地融于游轮、大型文旅综合体等娱乐新空间或新消费场所，有重传统技巧、轻艺术表现发展的倾向，其品质或多或少会受到影响。

三、融合发展、表意铸魂，开辟杂技艺术新境界

杂技艺术是挑战人体极限、挑战肢体潜能的艺术。新时代杂技注重本体语汇体系构建的同时，大胆吸收借鉴，已发展为以杂技、魔术等为主体，融戏曲、话剧、歌舞、现代科技手段等为一体的艺术，实现了从节目演出到剧目演出的转变，给作品注入了文化内蕴和思想灵魂。

杂技，首言其"杂"，是多种艺术门类的借鉴与融合。它不仅是杂技的、魔术的，还是戏曲、话剧的、舞蹈的，甚而是光影声音等时空艺术的组合，为我们带来现代艺术审美视域下的综合审美愉悦。《炼·倒立技巧》以传统顶功为基础，设计了大量单手顶跳把、单手蹦顶技巧动作，结合声光电舞台艺术手段，场面呈现极具视觉冲击力。肩上芭蕾《霸王别姬》来源于传统杂技"对手顶"，但大胆借鉴芭蕾舞舞蹈语汇、戏曲艺术表现手法，表演者足尖在"底座"演员3厘米见方的肩部、头顶展示"双足尖站肩阿拉贝斯克""单足尖站肩转体180°"等芭蕾动作，体现了传统杂技与舞蹈、戏曲、体育的有机融合。《泉城记忆》融合杂技、山东琴书、山东快书等曲艺形式，街舞、说唱、音乐剧等流行艺术，跨界出圈。杂技剧《铁道游击队》，以双人皮条、球技、钻、旋等技巧为"核"，融入"高速空降"吊威亚技术、全比例仿真军车、铁道铁轨等舞台装置，以及声光电多媒体手段，充分展现了人体的肢体美、力量美与杂技艺术的技艺美等。《韵·花样顶技》融合杂技、戏曲等多种艺术语汇，在传统杂技单一平衡点之外，创新性地变幻出花枪与叼棒、花枪与人等分离抛接多点平衡新形式，呈现了中国杂技艺术的古典风韵。魔术《牌魂》中，川剧"变脸"和魔术幻变技法水乳交融。

杂技，二言其"技"，"技"是杂技艺术的核心。这"技"既是技巧，

也是技术。从一个侧面来看，舞台呈现的手段越丰富，艺术门类的表现越综合、观众欣赏需求越多元，杂技创作就越注重以"技"为核心的艺术本体呈现，如《山之魂》之高椅技、《双人吊子》之高吊技、《糖果骑缘》之车技等。

新时代杂技艺术另一个突出变化还在于，素来长于炫技的"杂技"普遍注重了场景营造或情景摹写、意境创造以及思想文化内涵挖掘。丰富生动的情景、清幽灵动的意境、鲜明而深刻的主题呈现为原本重技巧、轻表达的传统杂技艺术作品注入了灵魂。如《寻鹿》用双人皮吊讲述《九色鹿》的美丽传说，《络丝》杂糅顶技和柔术演绎江南蚕桑文化，《抖杠》之于"一带一路"的表达，《坛韵》之于巴蜀文化的挖掘，《双人吊子》之于春光春韵的描述，《生命礼赞》之于胡杨精神的讴歌等。其他变化如普遍注重声光电等现代舞台科技手段吸收，杂技演员在传统技巧训练之外，重点加强了表演训练，杂技的艺术表现力大大提高。时代现实表达需要、观众审美观念嬗变赋予了杂技艺术新的创作范式和美学神韵，逐步构建着新的审美评价系统。

作为中华优秀传统文化的有机组成部分，杂技艺术始终是中华民族历史文化的载体，熔铸着我们独特的精神品格、审美特质。习近平总书记高度重视中华优秀传统文化传承发展，强调"要处理好继承和创造性发展的关系，重点做好创造性转化和创新性发展"。在新的历史起点上推动中国杂技艺术传承发展，必须从丰厚的杂技艺术传统中汲取营养，把中华美学精神和当代审美追求结合起来，创新艺术手段、丰富艺术语汇、开掘题材领域、拓宽传播媒介、塑造新的艺术审美形态，传承、融合、创新，让传统杂技艺术绽放时代光华。

（原载《戏友》2023 年第 3 期）

妙趣横生"许家"事　人间烟火看"莲花"
——评太原莲花落轻喜剧《许家交响曲》

李成丽[*]

太原莲花落轻喜剧《许家交响曲》，在某种程度上，可以看作《合浪浪许家》的续集，讲述的依然是"许家"的故事。年近八旬的主人公许有福，膝下三儿一女都已成家，本以为自己儿成女就可以颐养天年，却发现自己的几个孩子过得并不如意，家家都是一地鸡毛。

老许的大女儿许丽和老公刘成因缺乏沟通，感情不和长期分居；大儿子许刚因生意应酬酗酒后受伤，大儿媳杨全梅工作上看起来忙碌且热情却存在形式主义的问题；二儿子许亮和爱人经营饭馆做小买卖却面临倒闭；三儿子许多同邻居贾明星合伙开曲艺园子观众却是寥寥无几。这些琐事在老许的一次意外受伤中更是引出了关于老人如何养老的大问题。工作需要继续，老人需要照顾，亲情需要维系，家庭矛盾需要解决，好一出考量孝心、人性和良知的大剧。关于老父亲许有福到底该如何养老，儿女们之间产生了很大的分歧。剧中人物王大爷、李大娘、李老师也都面临着同样的养老问题，夫妻矛盾、父母养老、个人事业、子女教育、上有老下有小，桩桩件件都是老百姓迫在眉睫、不容忽视的大事……纷繁嘈杂的事中事，在《许家交响曲》剧目中表现出来的却是情中有情、意中有意。

---

[*] 李成丽：山西省艺术研究院戏剧曲艺研究所所长。

一、方言系列作品创新手法的探索

　　系列作品的创作，既得体现共性，还得具备个性，失去了共性不能称之为系列，而作品之间的雷同，则又失去了多部作品组合系列所存在的意义。《许家交响曲》作品和第一部《合浪浪许家》相比较，前者是纵向的，是以一个小家庭数个阶段性的变化来反映历史变迁的故事；而后者则是一个横向的，是一个群体性的、生动的百姓百态生活。二者相比，两部剧除了一如既往的鲜活生动、烟火气浓郁，《许家交响曲》更多地强调了时代性的体现和正能量的表达。

　　从内容方面看，《许家交响曲》和《合浪浪许家》都是讲述关于"许家"的故事，从时间上划分，二者之间有着一定的延续性。《许家交响曲》从围绕"许家"发生的生活琐事，引发出群体关心的大事。本剧通过诙谐、幽默、夸张、镜像地再现，在舞台上展现出了我们身边的人，讲明白了我们身边的事，舞台人物形象在可信中透着可爱。《许家交响曲》这部作品，应该可以称得上是一部贴近生活、贴近时代、贴近老百姓，烟火气浓郁、有趣味、有意味、有温度、有高度的好作品。

　　从艺术特性方面来看，《许家交响曲》兼顾了群体性舞台人物性格化的设计。许有福和三儿一女他们都有自己的"小圈子"，而这几个"小圈子"却又同属于一个"大圈子"，他们在这个"圈子"里发生矛盾，却又用自己的方法和认知解决了矛盾，在这个过程中，他们共同提高了认识，感悟了人生，找到了生活的真谛。本剧中对配角的塑造也很成功，就连一个本应该讨人嫌的翻闲话的"李大娘"，也让人觉得她的存在是这个剧目的必须，说闲话的行径好像也并不是那么令人生厌，甚至还有点儿可爱；在剧中社区居民委员会主任杨全梅身上，我们既看到了基层工作人员机械式留痕工作的游刃有余，又看到她善于应对复杂场面的机智活络，尤其是人物最后离开岗位的安排，充分表达出了作为国家工作人员，哪怕是基层的工作人员，也必须以高标准要求自己的特点；许老汉的神经质亲家母，从她身上让我看到了身边许多中年妇女形象的集合，以及她们所面临心理和生理的各种问题，尤其是巧妙融入山西省国家级非遗中路梆子的艺术元素，使得舞台人物的性格更加鲜明，并很好地解决了场次切换的时间紧迫问题。王名乐饰演的许多，在本剧中是一个特殊的存在，他既是剧中的主要人物之一，又是串场莲花落的表演者、评述者，还是本剧的编剧，这位"90后"青年未来可期。

许有福是剧中事件、情感的纽带式中心人物，由柴京海扮演。他是山西省的曲艺名家，身为大同人说着太原的方言，在剧中倾情到位表现的同时，兼顾启发青年演员发挥，无缝衔接为其他演员补台。老艺术家的应变能力、处理问题的大局意识和担当意识在他身上自然流露，这或许也是《许家交响曲》这部剧能够首演成功的一个重要保障。

二、编创团队挑战自我的勇气

《合浪浪许家》第一部的成功，可以说是本土编创团队带给观众的一份意外惊喜，他们没有预想到竟然能够推出比"开心麻花"还要开心、还要有地方特色的舞台剧目，让大家在轻松愉悦中读到了自己城市的历史，看到了自己父辈、兄弟姐妹、街坊邻居的熟悉身影。因着这部剧的特别，观众迅速地主动接受了它，并喜欢上了它。而对于现在这部《许家交响曲》作品，人们自然而然地会将其与第一部作品进行联系和比较，因而会提高对《许家交响曲》的鉴赏标准及心理预期。在《许家交响曲》上演之前，我对这个团队有着一些担心，担心这个年轻的团队短时间之内的编创实力。但等到《许家交响曲》首演结束的那一刻，耳旁响起观众们肯定的掌声和欢呼声，看着久久不愿离场的观众，看着蜂拥上台找演员合影的群众，我的担心显然是多余了。

出于对《合浪浪许家》主创团队敢于连续"挑战自我"的钦佩，我采访了本剧的导演柴京云先生关于编导两部"许家"作品的台前幕后故事。他说："说到这个挑战自我问题，从刚开始决定排《许家交响曲》的时候就一直在紧绷着这根弦。本剧的编剧王名乐是我的徒弟，他是一个'90后'，他是国家级非遗项目莲花落的传承人，也是曲艺'牡丹奖'的获得者，他的专业接受能力超强，但更吸引我的，是他身上的一种精神，一种积极向上不服输的精神，敢想敢干。就拿写剧本这个事来说，一开始我就和他提出了自己的担心，但他认定的事儿，想方设法克服一切困难也要来完成。举个例子，他写《许家交响曲》这个剧本，初稿改动比较大，他从太原跑到了大同，在我家住了半个多月，硬是一字一句磨出来了这部作品。现在想来，那个时候还真不知道'疫情'会怎么变化，还不知道这部戏还有没有立于舞台上的机会，但他就这么执着，就是这么敬业。这一点，我这个做师父的，也是非常的感动。"听了柴导的话，我被柴导和王名乐这对师徒感动了，谁都经历过那段令人难熬的"疫情"时光，而这一对师徒，却是在这样的环境中，一个敢来一个敢留，为着他们共同的目标，为着人民群众的精神食粮，克服重重困难，为我们的舞台艺术增光添彩，贡献力量。

轻喜剧和正剧所擅长表达的内容不同，艺术的表现手法更是有很大的差别。《许家交响曲》较《合浪浪许家》增加了更多涉及思想深度的内容。口号式的正向内容如果直接表达，容易且不会产生歧义，但会影响"许家"作品的风格味道；如果太顾及"许家"味道又体现不出所要表达内容的深意，也体现不出《许家交响曲》所要追求的思想性目标。一部轻喜剧的难点就在于"轻喜"氛围的营造和分寸感把握，能轻松驾驭使得剧目做到"轻喜而不浮、欢愉含深意"则是上乘之作，在《许家交响曲》中，这一点，他们做到了。

本剧的导演柴京云先生，是我敬仰的一位艺术家，他多年从事音乐、曲艺、戏曲等多种艺术门类的编、创、导、演工作，且成绩斐然，我们从大同数来宝的诞生和其后的发展可见一斑。其实让我对他肃然起敬的并不是他对多种艺术门类的熟稔于胸和信手拈来，也不是他与京海老师开宗立派的能力和小剧场事业的开拓精神，而是一种豁达和通透的人生态度。就比如在本剧的创作过程中，他在剧本方面对编剧的帮助和指导、在音乐创作方面的思考和坚持等。他倾囊相授却又甘居幕后的奉献精神，在当下、在行内业界，难能可贵。

三、"许家"系列作品对曲艺文化建设的价值

"许家"系列作品的推出，其最大的价值莫过于对当代曲艺文化建设发展之路的探索。"许家"系列作品的编创团队，他们基本上是常年活跃于城市小剧场的组织者、负责人或业务骨干，如本剧的导演柴京云，主演柴京海、王名乐等。大同的"云海曲艺社"、太原的"懿曲社"等小剧场，已经成为当地的文化品牌，成为一个城市的曲艺代表。2021年至2023年连续推出的"许家"系列作品，或许可以归结为城市小剧场艺术文化积淀后的自然生发，但我觉得，更应该是他们这个群体对当下小剧场如何发展的主动探索和非遗如何活起来的具体行动。随着"许家"系列作品的成功上演，他们探索出了全国小剧场春笋般生发后又如何在当下再发展的路径。目前看来，他们的探索之路是成功的，也是值得借鉴和大范围推广的。

城市小剧场的发展，必须要有自己的特色。形式轻快愉悦，味道浓郁独特是必须要坚持的东西，如果"许家"系列作品删除了国家级非遗项目太原莲花落的元素形式，如果没有了方言剧的特色味道，那么，这一系列作品定然不能成为观众，尤其是本土观众入心入脑、印象深刻意犹未尽的优秀作品。另一个值得肯定的点是，这部剧保留了或者说突出了曲艺艺

固有的针砭时弊的功能，且对这种功能的分寸拿捏到位。

《许家交响曲》通过几次修改而日臻完善，却也存在着诸如舞美风格和装饰点缀不太统一、出彩小情节和剧目时长之间有些矛盾，音效和音高相互间还需协调等一些小问题。整体上看，《许家交响曲》现场演出效果良好，基本保持了"许家"系列作品的基本特色，突出了太原莲花落的非遗文化元素和地方语言的魅力，体现了本剧的特征和亮点。

《许家交响曲》这部剧是对《合浪浪许家》作品的提升和深化，是现实性的叙述、是时代性的表达、是责任性的思考、是以人民为中心的实践。目前看来，本剧已经具备了集思想性、艺术性、观赏性于一体的精品基础。希望山西这一支本土的编创团队，再接再厉，继续推出接地气、烟火味、人间情、正能量的时代佳作。

（原载《曲艺》2023年第10期）

为民众而歌
——论陈彦戏剧创作中的"人民性"

王俊虎[*] 李明泽[**]

1942年5月,毛泽东在延安文艺座谈会上提出文艺的"人民性"问题,其中谈到的"人民"是贯穿《在延安文艺座谈会上的讲话》(以下简称《讲话》)全文的核心概念,而"人民性"则是《讲话》的重要特性。自此,文艺创作的对象、立场、态度开始倾向于人民大众,现实主义创作也以解决"人民性"问题为根本追求。陕西作家历来以现实主义创作为根基,一代代陕西作家均以强大的现实主义关怀深入人民群众当中,发掘人民群众的真善美并歌颂之。不论是柳青,还是路遥、陈忠实、贾平凹,他们都以坚定的现实主义创作方法为指导,不断深入人民群众生活中抒写人民、歌颂人民。陈彦也同样如此,他继承了"文学陕军"前辈们对人民的虔诚,他的创作深受"文学陕军"现实主义优良创作传统的影响。陈彦自始至终都将"人民"视为自己创作的唯一对象,他的每一部戏剧都深深烙印着人民的印记,都镌刻着"人民性"的理想追求。他的目光一直聚焦在人民的身上,书写他们的日常生活,试图在自己的戏剧创作中探解人民群众遇到的难题与困境。可以说,基于"人民性"的现实主义创作传统是陕西文艺取得巨大成就的重要因素,这是对"文以载道"的古典现实主义创

---

[*] 王俊虎:延安大学文学院院长,陕西省文艺评论家协会副主席,三级教授。
[**] 李明泽:延安大学文学院在读硕士研究生。

作观的延续，也是《讲话》人民性文艺建构下的现实主义人民文艺创作观的体现。

一、坚定的人民创作立场

陈彦曾长期任职于陕西省戏曲研究院（前身为陕甘宁边区民众剧团），任职期间主编多达十卷的《陕西省戏曲研究院剧作选》。在此书的代序《走过七十年》中陈彦提到："民众剧团的实践，对毛泽东《在延安文艺座谈会上的讲话》的形成，起到了重要的促进作用。"在每个时期，这个团队都深深植根于民众之中。"一切只有遵循规律、守望常道，并坚持自民众剧团以来 70 年奋斗史中，我院一贯秉持的民众立场和普世情怀，才能始终扎根大地，并枝干参天。"

眉户剧形式的"西京三部曲"是陈彦的代表戏剧，分别是创作于 1998 年的《迟开的玫瑰》、2009 年的《大树西迁》，以及 2011 年的《西京故事》。这三大剧作的主体共同构建了陈彦的"人民群体"，统摄在他的人民创作立场以及现实主义创作视野之下。其所书写的"人民群体"也正是《讲话》中所界定的"人民"。毛泽东在谈到"文艺为什么人"的问题时指出："最广大的人民，占全人口百分之九十以上的人民，是工人、农民、兵士和城市小资产阶级。所以我们的文艺，第一是为工人的……第二是为农民的……第三是为武装起来了的工人农民即八路军、新四军和其他人民武装队伍的……第四是为城市小资产阶级劳动群众和知识分子的……这四种人，就是中华民族的最大部分，就是最广大的人民群众。"陈彦以人民群众为创作源泉，坚守人民创作立场，思考现实与历史，在对"人民性"的书写中展现人民群众的精神品格与社会价值。"人民生活中本来存在着文学艺术原料的矿藏，这是自然形态的东西，是粗糙的东西，但也是最生动、最丰富、最基本的东西；在这点上说，它们使一切文学艺术相形见绌，它们是一切文学艺术的取之不尽、用之不竭的唯一的源泉。"

陈彦在《西京故事》的后序中谈道："写这个故事，源自我居住的西安文艺路的那个农民工群体。他们也可能天天都不是昨天的那帮人，但那种形态，在我眼中，又分明是好多年都没有改变的一个古旧群落。"他说，"但我总觉得他们有故事，有很多鲜活的、感人至深的故事，能对我的戏剧生命有所破题和帮助。"

除了城市农民工群体之外，《西京故事》还书写了大学生知识分子与城市小平民这两大主体。为了塑造更加真实的人物形象，他多次深入大学校园，并从女儿那里获取真实的生活细节，他的妻子也在城市平民生活状态中帮他找寻更真实的生活体验。在不断地深入写作对象生活之后，他最终创作出这部内容真实、情感真挚的《西京故事》。

《西京故事》讲述了农民罗天福为了给考入名牌大学的一双儿女创造更好的生活条件，他选择带着全家人从农村搬到现代都市，以打饼谋生。作为外来者，罗家众人在一次次体会到城市生活坎坷与不易的同时，也感受到了周围人的关怀与善意，重新树立起生活信心，建立新的生活目标，逐渐融入城市生活，最终儿女成才，罗天福也选择回到自己熟悉的土地。这部戏给人以现实与精神力量的冲击，让人感受到作者对现实生活的直接审视，是对人们当下生活的最鲜活的反映、最直击人心灵的一部戏。

二、强烈的现实主义观照

中国戏剧的创作有着深厚的现实主义传统。中国戏剧能够一直发展并且久盛不衰的根源正是历代剧作家代代承续的深刻的现实主义情怀与现实主义观照。中国戏剧一直密切关注社会现状、忧心人民生活、积极参与社会现实，从而形成了这种厚重的现实主义创作传统，并一直延续至今，这也深刻体现在陈彦的创作观以及其剧作当中。

"我们必须继承一切优秀的文学艺术遗产,批判地吸收其中一切有益的东西,作为我们从此时此地的人民生活中的文学艺术原料创造作品时候的借鉴。"

现实主义文学作品的本质是讲述人民群众的现实生活。这种普通的日常现象出现在文学作品中就具有普遍性和大众性,并在与现实主义塑造的作品人物形象、故事情节、矛盾冲突交织中显示出其典型性与代表性,这是现实主义作品应有的品格,是现实主义作品能够为大众所接受、所共鸣的应有之义。"文艺作品中反映出来的生活却可以而且应该比普通的实际生活更高,更强烈,更有集中性,更典型,更理想,因此就更带普遍性。"

陈彦的"西京三部曲"作为当代现实主义戏剧创作的经典作品,直面某些群体的生存困境与社会问题,对社会现实进行剖析,其塑造的人物形象具有高度的典型性,也具有普遍性,通过形象展现出作者思想的深度与广度,对当代剧坛的戏剧创作以及当今社会都产生了广泛而深刻的影响。在"西京三部曲"第一部《迟开的玫瑰》中,陈彦赞扬了自古就有的甘于牺牲自我、为家人奉献的人们的高尚品质。其塑造的乔雪梅形象,是当下仍存在的"长姐如母、长兄如父"的具象。她凭着自身的责任感与道德感,先后三次牺牲自己再深造和成家立业的机会,把前途、事业和幸福,一次次让给了家中的弟弟妹妹以及收养的妹妹。

陈彦在《迟开的玫瑰》中以玫瑰比喻乔雪梅,当她终于不用为全家老小操劳时,自己却已人到中年,虽然幸福迟到了将近二十年,但乔雪梅这朵时代的玫瑰最终还是盛放了。陈彦在剧中牢牢抓住普通人的命运,歌颂平凡中的伟大,歌颂舍己为人、甘于奉献的传统美德,陈彦紧扣时代脉搏,通过乔家这个社会中的小家庭的跃迁发展以及由艰苦走向兴盛的现实场景,叙写了人民群众的精神与情怀。陈彦戏剧既展现人民群众的生活,也书写他们的精神世界。他所刻画的乔家是中国式家庭的缩影,具有极强的现实意义。主人公乔雪梅的一生是普通人的一生、奉献的一生、精神世界充实的一生。尽管她没有读大学、没有拥有辉煌的事业，更没有拥有如其他同学一般的金钱、地位和学历，但她在另一条道路上实现了自己的人生价值，获得了社会的认同与尊重，找到了自己的人生意义。

综观陈彦的戏剧创作，其中心主题始终是人民，这既是对《讲话》中"人民性"的继承与发扬，又赋予其新的时代特点与阐释。习近平总书记在文艺工作座谈会上的讲话指出："要始终把人民的冷暖、人民的幸福放在心中，把人民的喜怒哀乐倾注在自己的笔端，讴歌奋斗人生，刻画最美人物，坚定人们对美好生活的憧憬和信心。"陈彦始终坚持以人民为中心的创作导向，把人民放在心中，坚守为民众而写戏的创作宗旨。不论是从写作立场、态度还是写作对象、方法来看，陈彦创作最突出的特征就是人民性，他的作品中都倾注了人民的喜怒哀乐，字里行间流露出人民情怀。他的戏剧以现实主义笔法讴歌人民大众的美好品质与奋斗人生，贴近于人民群众的真实生活，深受普通大众读者的喜爱与欢迎。

（原载《当代戏剧》2023年第3期）

溜溜的情歌致敬天路英雄
——观原创歌剧《康定情歌》有感

陈 洁[*]

2023年5月18、19日，作为首次参加中国歌剧节展演的原创剧目，由上海音乐学院、四川省甘孜藏族自治州人民政府联合出品的民族歌剧《康定情歌》在杭州临平大剧院精彩亮相。

该剧以同名传统民歌《康定情歌》为创作灵感，聚焦平凡英雄的故事，讴歌"两路"精神。全剧紧扣一个"情"字，包含承载奋斗理想的爱情、革命时代隐秘的亲情和坚不可摧的战友情，体现了新中国成立初期全国人民对建设祖国的热情、汉藏民族团结的真情、军民一家亲的鱼水之情和对逝去生命的追忆之情。全剧音乐以传统民间音乐为素材，融入中西合璧的作曲技法，以一唱到底的"全唱型"正歌剧风格，探寻新时代民族歌剧发展方向，彰显了当代中国歌剧音乐形象的美学品格。

一、基于传统民歌 IP 讲述时代动人故事

位于拉萨河畔的川藏青藏公路纪念碑上写道："建国之初，为实现祖国统一大业，增进民族团结，建设西南边疆，中央授命解放西藏，修筑川

---

[*] 陈洁：上海艺术研究中心助理研究员。

藏、青藏公路。"然而，在素有"人类生命禁区"之称的"世界屋脊"流传着这样一句话——"只有藏地雄鹰才能飞过"。为开启共和国建设新篇章，根据"一面进军，一面修路"的战略决策，由人民解放军、工程技术人员和当地人民群众组成的筑路队伍，在极度艰险和艰苦的条件下，逢山开路，遇水搭桥，舍生忘死，挑战极限。1954年，经过11万筑路军民历时4年的鏖战，翻越14座雪山，总长4360公里的川藏公路（时称康藏公路）和青藏公路建成通车，结束了西藏没有公路的历史，创造了世界公路建设史上的奇迹，铸造了一不怕苦、二不怕死，顽强拼搏、甘当路石，军民一家、民族团结的"两路"精神。

有感于这段真实的历史，编剧李亭采用非虚构情节和充满诗化韵脚的剧诗体进行文本创作，剧中的老红军次旺、道班班长洪忠义等都来自多次赴藏采风调研的真实人物原型。总策划廖昌永曾在创作座谈会上谈到，前辈在"三线"建设中的贡献引发他对川藏题材的向往，从而萌发以耳熟能详的《康定情歌》旋律和素材作为重要基础进行音乐创作的灵感。中国传统民歌《康定情歌》，源自四川康定地区的民歌小调"溜溜调"，至今已传唱70多年。这首反映汉藏文化交融的民歌，具有曲调优美动听、情感朴素无华的特点。原创歌剧《康定情歌》基于同名传统民歌IP，根植优秀传统文化元素，展现了发生在这片土地上的一段汉藏文化交融的动人往事。

歌剧《康定情歌》共分为两幕，讲述大学毕业生尚镛怀揣少年时的理想来到雪域高原，与心爱的藏族姑娘嘎玛共同参与川藏公路勘测与修建，在高山哨卡与作为"点灯人"的藏族老人次旺、身负重伤而退伍成为道班班长的洪忠义之间发生的激荡人心的故事。剧中的戏剧冲突，主要体现在三个层面：一是守护神山与开山修路之间的矛盾冲突，二是青梅竹马与校园同窗之间的情感抉择，三是客观存在的艰难险阻与建设者们无所畏惧的奉献精神的对决。第一幕中，部分藏族群众对修建公路表示阻拦与反对，嘎玛在雪地里救起被打晕的尚镛，昔日同窗相逢，二人互诉衷肠。藏族青年洛丹（次旺养子）也爱慕着儿时同伴嘎玛，将尚镛视为"情敌"。第二幕中，不安宁的雪山意味着将有更多的牺牲，嘎玛父母不幸遇难，次旺又遭遇土匪埋伏而受伤，临终前表明自己是隐姓埋名的共产党员，也是尚镛的亲生父亲。尚镛决心沿着父辈的信仰之路继续前行，善良的嘎玛在抢险途中遭遇雪崩离开人世。最终，尚镛与洛丹在经历了公路建设、心上人和亲人的离世，终于明白爱的真正含义，并从"情敌"成为朋友。他们在雪山之上守望着心中那份贞洁的情感，也为坚守共和国建设之路而歌唱，体现了剧中人物从追求个人情感的"小爱"融入追求家国情怀的"大爱"的心路转变。

二、"溜溜调"核心要素承载戏剧张力

歌剧音乐创作的核心，就是对歌剧"音乐性"和"戏剧性"关系的把握和处理。作曲家金湘曾多次提及并长期倡导"歌剧思维"概念，即在歌剧创作过程中需注重音乐与戏剧并重的问题。[①] 居其宏教授将其概括为艺术家对歌剧艺术及其表现规律的一种高度自觉的音乐戏剧意识。[②] 原创歌剧《康定情歌》的音乐如同交响音画，从传统民歌提取的核心动机贯穿全剧，以甘孜地区藏族民间音乐素材和原生态演唱呈现地域风格，大量使用重唱、合唱推动剧情发展、表现戏剧冲突，为该剧增添了鲜明的民族性、地域性和戏剧性，完成了音乐承载戏剧的实践命题。

全剧从序曲开始，由一支单簧管悠悠地吹奏出《康定情歌》主题旋律的"缩影"，苍凉而空寂的音调立刻唤起听众的情感共鸣和地域文化情结，达到提示剧情和精准点题的作用。随后，经木管组、弦乐组连续接力，这段熟悉的音乐动机经历频繁转调并不断重复变化，迅速确立了其在全剧中

[①] 参见郭克俭《聚焦文化市场，打造世纪平台——全国歌剧（音乐剧）发展理论研讨会述评》，《中国音乐学》2003 年第 3 期。

[②] 参见居其宏《"歌剧思维"及其在〈原野〉中的实践》，《中国音乐学》2010 年第 3 期。

的主导地位。脱胎于"溜溜调"的核心动机，随着剧情的跌宕延展而不断衍变、扩充与分裂，就像遍布于全身的毛细血管一般，渗透至整体音响织体之中，成为贯穿全剧的主要音乐动机之一。作曲周湘林充分发挥旋律手法的写作技巧，使核心动机以"万变不离其宗"的各种变体形式适时在场，强化音乐与戏剧内容之间的紧密关联。咏叹调《初见》是嘎玛与尚镛诀别时的绝唱，"mi-sol-la"音型始终穿插在强烈浓厚的乐队音响之中，如同一声声呼唤，令观众为之动容。男主人公尚镛的咏叹调《远眺穹苍》中，原先的纯四度下行"la-mi"改为纯五度上行"la-mi"，生发出一个情感饱满、生机焕发的主题动机，带来全新的听感体验。

除了具有鲜明的核心动机以外，该剧音乐充满多元丰富的藏族民间音乐元素，结合鲜明多彩的藏族文化情趣。一方面，展现作曲家对传统民间音乐与现代交响语汇的中西融合做出的积极探索。另一方面，说明作曲家对树立中国歌剧音乐美学品格的有益尝试。比如，第一幕的节日场面，伴随着热烈欢快的藏族传统民间音乐，身着传统藏族盛装的青年男女们载歌载舞，表达藏族同胞对远方客人的热情与美好祝福，营造独特的藏族文化气氛。此外，剧中有两段非常出彩的音乐设计——由男女两位藏族歌手演唱的原生态山歌。这两段藏族高腔，分别出现在嘎玛父母遇难和嘎玛去世之后，表达了对亡者的祭奠和对祖先的追思。藏族同胞的演唱淳朴自然、灵动悠扬，歌声响彻云霄、百转千回，极具现场感染力且增添了戏剧效果。作曲丁缨说："藏族民间音乐的浓郁特色，也被小心而珍惜地运用，我们力求使全剧在音乐上具有革命情怀、大众情趣、专业素养。"[①]

歌剧作为一种特定的音乐戏剧题材类型，重唱与合唱在其中各自发挥着重要的戏剧功能。为积极推动情节发展和矛盾展开，歌剧《康定情歌》的重唱与合唱比重相当大，形式呈现多样化。其中，重唱有20多首，包

---

① 《传承"两路精神"，上音用〈康定情歌〉解答新时代的青年新课题》，上海音乐学院微信公众号，2023年5月20日。

括二重唱、三重唱到六重唱等；除纯合唱以外，还有合唱与独唱、合唱与重唱等多种形式。比如第二幕里的六重唱，剧中人物依次唱出"雪山一直不安宁"，音乐上形成源源不断的动力感，情绪上获得步步为营的紧张感，预示着即将到来的风波；随后的合唱如同帮腔，将戏剧张力推向高潮。《党旗相信》和《家书》两首歌，采用多人重唱的形式迅速交代剧情，完成"次旺遭遇埋伏受伤、表明身份、与尚镛父子相认"等情节叙述。合唱发挥烘托戏剧氛围的作用，当众人积极投入抢险任务时，唱出为坚定的信仰而无惧奋斗的精神面貌；混声合唱《次第花开》唱出对嘎玛年轻而纯洁的生命的怀念与寄托；剧终，传统民歌《康定情歌》以交响合唱的形式完整呈现，全剧情感得到进一步升华。

值得注意的是，歌剧《康定情歌》是一部"全唱型"的歌剧，充分考虑汉语语调的宣叙调代替口语对白，展现作曲家追求"戏剧与音乐相统一"的艺术理想，探寻中国歌剧多样化发展之路的积极实践。

三、虚实并蓄再现康定地域全景诗画

舞台制作是歌剧区别于其他音乐类演出的显著特征。歌剧《康定情歌》的舞台设计采用大写意、小写实的理念，在立足于写实的环境刻画之余，利用光影变幻和影像画面，呈现一幅大写意的康定地域全景诗画。作为一部兼具现实题材和少数民族文化特征的原创剧目，舞美设计任冬生力图将舞台现实和虚幻空间呈现在观众面前。在视觉表达上，雪山、高原、星空和草原等通过灯光、影像和数字技术实现自然环境元素的空间变化。舞台分为错落有致的上下两层，后区有一座可旋转的实体山脉，与投影画面的弧形巨幕共同营造出虚实结合的视觉体验。

除了舞台装置，剧中人物以及合唱队的服装和队形排列形成多样化的呈现。主要人物按角色需要分别穿着汉族、藏族服装和军装，合唱队服装则按戏剧情节需要分为节日盛装、校园服装、筑路工人服装和象征圣女的白色素衣。舞台呈现，折射出合唱的功能与形式多样。如开场时，全体合唱队员代表着由人民解放军、工人和当地群众等组成的筑路队伍站满舞台，如同一幅巨型浮雕壁画般象征着时代英雄群像。全剧第一首合唱《远眺》以错落分布的组合，在视觉与听觉两个维度形成过去和现在的时空重叠，梦境和现实的虚实穿梭。第一幕结尾，身着纯白素衣的合唱队员吟唱出藏族同胞守护圣洁神山的虔诚之心。

  传统民歌是民族民间传统音乐的一部分，是历代劳动人民智慧的结晶，反映了华夏民族灿烂多元的民族风情。近年来，以传统民歌命名和运用传统民歌音乐元素作为核心动机的歌剧创作屡见不鲜，"全唱型"歌剧风格逐渐成为中国歌剧创作"西体中用"的代表，是探索西体歌剧[①]与中国戏剧性音乐语言相结合的一种有益尝试。比如，歌剧《兰花花》以陕西民歌《兰花花》等材料为音乐素材，《沂蒙山》以山东民歌《沂蒙山小调》为音乐展开材料，《尘埃落定》选用藏族民歌和热巴鼓的节奏音响为音乐素材等，均体现了中国歌剧在多样化发展和本土化进程中的积极探索。原创歌剧《康定情歌》扎根中国原创故事，致敬平凡英雄，以西体歌剧为主要叙事方式，同时结合中国民族音乐特点，赋予传统民歌崭新的面貌和丰富的内涵，展现了新时代中国式现代化文艺创作的时代精神。上海音乐学院出品的原创歌剧《康定情歌》从一首地域民歌到一部讴歌民族英雄与家国情怀的民族歌剧，其间凝聚了主创团队坚定不移的艺术理想和敢于挑战的创作勇气，也反映了主创团队赓续红色血脉、担当建设中华民族现代文明的文化使命。

（原载《东方艺术》2023 年第 3 期）

[①] "西体歌剧"是相对于"民族歌剧"而言，以美声唱法和管弦乐队音乐形式呈现的歌剧类型。参见李吉提《中国西体歌剧音乐创作的得与失》，《中国音乐学》2021 年第 2 期。

情怀如花开般绚烂

——评现代川剧《最后一场封箱戏》

周 娟[*]

2022年10月2日晚，由泸州市合江县川剧团创演的现代川剧《最后一场封箱戏》(以下简称《封箱戏》)在微信平台微赞直播小程序开播。让人欣喜的是，这部线上演出的川剧，情节并不复杂曲折，不是宏大叙事题材，没有名角大腕登场，由一个县城剧团主创、承演，却获得了63万观众的点击观看，点赞人数超11万人。这部川剧现代戏以其特有的艺术魅力打动了观众，是一部具有地域色彩和乡土风情的优秀剧目。

《封箱戏》用川剧讲述普通的基层川剧人自己的故事，用他们的情感流泻、奋斗经历证明川剧存在的价值和意义。某基层川剧团的名角陈雯丽与师兄弟共同约定，每年岁末都要在村里万年台继续岁末封箱戏的演出，以留住川剧的美好记忆。几年后，万年台成了危楼并发生产权变更，而陈雯丽以前的弟子、后来弃艺从商成功致富的林有才也借机回村，要拆掉万年台以做商用。这一举动即刻引起轩然大波，万年台新旧主人紧紧围绕万年台是"拆"还是"留"争执不下，以万年台为象征的传统戏曲在基层所承受的文化冲击和波折，引发了人们对当下文化信仰、戏曲传承、物质追求等一系列的思考：传统戏曲如何在现代农村社会发展中守住根脉，如何

---

[*] 周娟：四川省艺术研究院《四川戏剧》副主编，一级艺术研究员。

让斑驳的万年台在现代农村社会发展中重新焕发生机……《封箱戏》沿用了传统的戏曲叙事技巧，情节简单，叙事流畅，生动地描述了基层川剧从业者真实的生活境遇以及他们对川剧艺术的执着和坚韧接续，以现代川剧的艺术形式，展绘出现代川剧人深厚炽烈的川剧情怀。

一部戏曲现代戏的创作，既要保持戏曲艺术的本体审美特征，也要体现时代发展的思想深度，不断追求思想性与艺术性的统一、时代感与戏曲美的统一。《封箱戏》在这方面的努力，主要体现在对人物形象的塑造上。川剧团团长陈雯丽，几十年如一日，风雨无阻，坚守在万年台，坚守戏曲艺术传承。面对剧团经营惨淡、弟子林有才反目出走的现状，她无怨无悔，继续精心培养新一代川剧传承人丫丫。她把自己对川剧的大爱化为具体的行动，坚持每年年末的封箱戏表演；对丫丫给予师父兼母亲般无私的培育、疼爱；面对师兄高大川的深情，她以传承川剧技艺为重任，压抑自己的真实情感；默默承受着弟子林有才的误会、积怨。她看似是沉默、隐忍的，但是当全剧的矛盾冲突在万年台"拆"还是"留"而达到高潮的时候，陈雯丽一直压抑的情感也爆发出来，以一曲《绣襦记》的封箱戏表演，淋漓尽致地表达了自己的抗争和呐喊："心依旧梦依然在，枯萎的花也会开。有人就会听唱戏，有庙就有万年台。这是我们一生的承载，这是我们一世的情怀。"人物的内心冲突、情感流变，彰显出基层川剧人对川剧深厚的情怀与热爱。捍卫传统戏曲的尊严、守住传统戏曲在现代农村社会发展中的根脉是她性格隐忍背后坚守的底线与原则，"封箱戏"是虚，"万年台"是实，一虚一实，构筑了基层川剧人对川剧生命的坚守之堤。

戏中对林有才的刻画也是意味深长的。他本来是剧团最有希望的小生演员，幼年丧父，一直被陈雯丽精心培养；后来得知父亲是因当年万年台演出的垮塌事故、为了救同台演戏的师妹陈雯丽摔下戏台而亡，便对师父陈雯丽心生怨恨，并离家出走、弃艺经商。多年后他衣锦还乡，怀揣对陈雯丽的积怨和报复之心，提出了拆除万年台的计划。他心结难解，与剧团所有故人为敌；最后在陈雯丽一曲封箱戏表演的感召下，得知了当年戏台事故真相后，父亲和师父、师叔对川剧的赤诚热爱触及他灵魂深处，彻底唤醒了他潜藏于心的对父辈、同行和川剧的情感和尊重，这也是他最后做出选择以及最终矛盾得以解决的情感基础。对这个人物的刻画，主创注重了对他的多侧面塑造，避免了人物的片面性和单薄化。林有才当年弃艺从商，也有客观的现实原因，基层剧团暗淡的发展现状，川剧人的经济压力，年轻后生的生存危机、前程忧患，理想与现实的矛盾，步步形成他对川剧传承是坚守还是放弃的灵魂拷问。他的选择投射出编剧张波对现实的观察和感悟，也体现了剧本所具有的显而易见的现实针对性和情感倾向，正是触及观众心灵和表明剧作家社会责任感之所在。与林有才形成镜像互鉴的是丫丫，林有才负气出走，丫丫拜师学艺；多年来林有才在外经商，丫丫勤学苦练、技艺渐成；林有才衣锦还乡，丫丫踌躇满志，准备赴成都参加川剧院招考。二人看似两条平行线，却在残酷的生活困境下产生了交集：丫丫的养父、当年因戏台事故落下残疾被迫离开舞台自谋生路的高大川，经济困窘，又身患重疾；在林有才的怂恿下，丫丫决定为解决养父高昂的诊疗费也弃艺打工。这节外生枝的情节，是张波对个体生命的悲悯体察和勇敢的摹写。宏大的主题叙事让人热血奔涌，而普通生命个体的人生遭际依然是广大观众最能共情的结合点，全剧再次引导观众对川剧人的命运和传统戏曲的现实境遇产生了深切的关注与同情。最后，承载着数百年文化历史的万年台修复一新，成为村镇文化中心，古镇旅游为全村带来了新生活，强调了国家的乡村振兴战略给人民带来的福祉和意义，川剧也迎来了美好的春天。"戏台不在人还在，花到春天自然开"，川剧情怀如花，国家政府的政策措施犹如化雨春风，川剧的未来自然更加璀璨绚烂。全剧很自然地把川剧、川剧人的命运，与时代、与社会的巨变关联在了一起，体现了创作者将戏曲创作与时代之精神连接的主动诉求，彰显了时代担当、文化自觉及敏锐的洞察力。

《封箱戏》追求时代感与戏曲化的有机融合，努力实现符合现代观众精神向度和审美需求的舞台呈现。全剧气韵生动，清新现代，又不失戏曲传统的审美韵致。舞美与灯光写意简洁、拙朴空灵，与故事背景的乡土气质浑然一体。围绕"万年台"所设计的舞台场景通过舞台灯光的变幻来体现时空的转换，开场时的"万年台"牌匾和演出进程中的万年台全貌及万年台一角，既有一以贯之的统一，又有每场各自不同的侧重。演员富有韵律化的表演和自然而饱含情感的演唱，为观众提供了戏曲审美的丰富元素。陈雯丽的扮演者是合江县川剧团团长、一级演员张晓红，她是名副其实的小城名角，几乎就是本色出演。她嗓音甜润，行腔婉转，剧中多段高腔曲牌唱段入韵入味，把泸州河川剧高腔的河道韵味传唱得走心入戏，显示了深厚的专业功底。

尤为人所称道的是这部戏的音乐创作。戏以曲兴，戏以经典的唱段口口相传。《封箱戏》的曲作者是一级作曲家刘枫，他从川剧颇具代表性的高腔曲牌【绵搭絮】的主要旋律中提炼出核心主题音调，整个音乐也从这个核心主题音调开始。先在固定节奏的伴奏衬托下，以升C小羽调引出，经过第一次陈述，转调到升F羽调，这个转调寓意了川剧历尽沧海桑田，饱经风霜雨雪，道不尽世间百态，演不完悲欢离合。音乐中始终透着一层淡淡的忧伤，忧川剧之命运前途，伤艺人之生存之道。在升F羽调上引出主题歌："月上九门开，不倒万年台，道尽古今多少事，唱尽天下兴和衰。戏台小天地，天地大舞台，生旦净末善恶丑，悲欢离合喜怒哀。"这首主题歌也为全剧的音乐打下了基础，定下了基调。为了达到全戏以情动人、以乐动人、以唱动人之功效，刘枫在设计剧中各色人物的音乐形象时，除了要发挥好剧种的特性、声腔的特性、板式的特性外，着重还在剧本的特性、人物的特性上做文章。如陈雯丽，经历了两代川剧舞台生涯，风雨人生，饱经沧桑，刘枫为她设计的人物主题音调既沉稳，又透出一种乐观坚定的信念，准确地描绘了她的音乐形象。特别是最后一场戏的最后一段唱腔中，当陈雯丽唱到"几十年，我与万年台苦相守，川剧不兴死不休"时，有一个大的甩腔，紧接着还有一个比较大的过渡音乐，这个音乐就是采用她的人物主题音调写成的。先使用一段宽广的旋律，继而糅进这个主题音调，再通过离调回归，掀起一个小高潮，也掀起了陈雯丽心中的万丈波澜，充分发挥了音乐刻画人物内心、表现人物性格的作用。总之，刘枫让剧中演唱的【红衲袄】【一枝花】【新水令】等唱腔音乐，成为《封箱戏》独特的标志和风格，具有独特个性和鲜明的时代气息，体现了他为川剧现代戏的音乐创作、为川剧融入新时代而做出的新尝试。

《封箱戏》由合江县川剧团 2021 年创排制作而成。合江县川剧团是当前四川省硕果仅存、尚能坚持创作演出新戏的两个县级川剧团之一。他们常年流动于基层、服务于山乡群众的事迹早已传遍业界、见诸报端，因而也得到各级党委、文旅主管部门的重视和扶持。振兴川剧 41 年以来，他们勇于践行弘扬民族优秀传统文化、始终坚持以人民为中心的创作导向，敢于直面基层川剧团的生存状况进行创作，因地制宜、积极作为，在经济状况十分困难的情况下，坚守一方阵地，创造条件创新发展。他们创造的成就和经验、面临的问题和困难，也是振兴川剧 41 年来理论总结中不可或缺的一个方面，尤其值得关注与解析。《封箱戏》历经打磨、易稿 20 余次，以简单生动的故事、鲜活的人物形象表达了对川剧人现实生活境遇的思考、对川剧现状的反思、对川剧情怀的赞美，以及对国家乡村振兴战略的畅想与讴歌，具有较高的艺术价值和较深的社会现实意义。另外，从某种意义上来说，这部戏就是合江县川剧团自己奋斗历程的真实写照，也是他们吐露情怀、呼唤川剧更美好的抒情诗。

（原载《中国戏剧》2023 年第 7 期）

用杂技语汇讲好中国故事

夏 冬[*]

由广州市杂技艺术剧院演出的杂技剧《化·蝶》融合了戏剧、舞蹈的表现形式，将技与艺完美结合，用杂技的语汇重新演绎了梁祝化蝶这个古老的爱情故事。全剧以"蝶"为意象，以梁祝的故事为主线，并结合了庄周化蝶的哲学理念，将破茧成蝶与梁祝的生死爱恋融为一体，形成了一台技惊人、艺唯美的杂技剧。

杂技以高难技巧取胜，而技巧本身并不具备讲故事的功能，也就意味着杂技无法成为"剧"，然而杂技人从没有停止创新的脚步，从主题晚会到杂技剧，从挖掘技巧传情达意的潜质到把各个姊妹艺术形式化为己用，杂技逐渐找到了技与艺相结合的一条路，从单纯技巧的展示发展成为一个综合的舞台艺术。

《化·蝶》是广州市杂技艺术剧院继《西游记》《笑傲江湖》后又一大型杂技剧。该剧避开了杂技不善于讲故事的短板，把重点放在了传情达意上。梁祝的故事对于广大观众来说是十分熟悉的，这首先解决了故事生疏、观众不易看懂的障碍。该剧虽然选取了梁祝的故事，但又不是原封不动地去讲述这个故事，虽然剧中生动地展现了梁山伯与祝英台从相识、相知、相爱到被迫分离、化蝶双飞的过程，然而实际上该剧的重点并不在这

---

[*] 夏冬：天津市艺术研究所研究员。

个故事上,而在"蝶"这个意象上。幼虫通过痛苦的挣扎破茧成蝶,这一过程是自然界生命的抗争;梁祝为争取自由婚姻,殉情化蝶,是对封建包办婚姻的抗争。这两种抗争何其相似,于是编导把这二者融为一体,多层次多角度来讲述化蝶的故事,在真实与虚幻之间阐释生命的意义,形成了一种独特的艺术张力,使这部剧有了更深的思想内涵,也赋予了它更为浪漫的情感表达,同时更是为杂技的技巧找到了一个准确的表达方式。这种将自然与人文、现实与超现实相结合的创作手法,不仅使作品具有了更深刻的哲理意义,也增强了其艺术感染力。

创新是每一个新剧目必备的特质,《化·蝶》也不例外。然而杂技的创新与其他艺术形式有所不同,它的创新更多的是形式上的创新,因为杂技本身是对人类身体极限的挑战,单纯技巧的出新必然是有限度的,而过于繁难的技巧反而会削弱杂技的美感,因此表现形式上的出新才是杂技的创新之路。但同时,它和所有的艺术形式一样,依然要坚守守正创新的原则,它的"正"就是杂技的本体特征,就是杂技的技巧。杂技剧不是技巧的堆积,更不是为了叙述故事而对技巧的减弱和伤害,而是要深入挖掘技巧所能表达的内涵。杂技技巧不仅是故事发展的推动力,更是情感表达的重要工具。全剧共有三十多个不同种类的杂技节目,如空竹、绸吊、吊环、顶缸、蹬伞、抖杠等,而这些节目都不再是单纯的技巧展示,在剧中每一个节目都被赋予了不同的情感色彩,赋予了舞台以丰富的精神意蕴。在观众的眼中,每一个道具、每一个技巧都化成了书生手中的笔、彩礼盒里的元宝和珍珠,以及十八相送的难舍、幻境中的情牵,原本不带任何感情色彩的杂技节目就这样被巧妙地串联了起来。即使是一个节目中的技巧表演,每一个动作技巧之间也不再是一个个片段式的叠加,而是用符合舞蹈审美与剧情表达的连接方式相串联,使观众在欣赏到精湛技艺的同时,也能感受到作品所传达的深刻情感和文化内涵。

空竹是杂技节目中最常见的技巧,而在该剧中空竹则被赋予了全新的含义。"情生"一场，梁山伯与祝英台同窗共读，互生情愫，此时一个长线的空竹围绕着他们腰际辗转缠绕，如同丝丝情愫萦绕心中，随后，漫天空竹飞舞，化作翩翩蝴蝶，与他们一起共赏星河，蝶与人融为一体，浪漫唯美的意境跃然舞台。而接下来的"婚变"则风格大变，出人意料地运用了喜剧手法。干练灵动、步步生莲的小媒婆虽然没有一句台词，却能从她提亲说媒时的神态中，让观众感受到她对马家家大业大的夸赞，对祝马两家门当户对的肯定，在她这样一番活灵活现的表演的铺垫下，这一场的杂技技巧轮番登场，通过魔术的手法变出了金元宝、大珍珠，特别是由演员扮演的金银珠宝更增添了浓厚的喜剧效果，顶缸、钻圈等节目在这里都变成了满眼的珠宝，红色与黄色交相辉映，把喜庆的气氛渲染到了极致，与接下来的惊与悲形成了强烈的对比，也形成了跌宕起伏的戏剧节奏。绸吊在杂技中常常用来表现唯美的画面，特别是男女双人绸吊更是善于表现情侣之间难舍难分、缠绵悱恻的情境，而在这部剧中绸吊的运用却一反常态，在"抗婚"一场中，群演各自在红色绸吊上的挣扎，外化出祝英台内心的痛苦和拼死的抗争。"殉情"一场皮条的运用，把梁山伯遭受毒打的惨状淋漓尽致地表现了出来。那一根根的杠子，组合在一起既是花轿的外形，又如同一道道围栏，困住了梁祝美好的爱情，困住了他们生的希望，最终他们冲破重重枷锁，在另一个世界团圆。

梁山伯与祝英台作为男女主角，双人舞贯穿始终，但作为一台杂技剧，高难技巧才是剧的精髓。肩上芭蕾是这部剧的画龙点睛之笔，当祝英台的足尖立于梁山伯的肩头时，凄美的《梁祝》乐曲响起，东方的杂技与西方的芭蕾在这里完美融合，从足尖站肩到足尖站头，蹦燕、转肩，各类高难技巧在肩上完成，观众在惊叹这高难技巧的同时，更深深地感悟到"旷世蝶恋，只为在你肩头片刻停留"的绵绵深情。

此外，"闺念"之柔术，"共读"之毛笔手技，"情别"之蹬伞、软功，"幻境"之男女单杆、男女力量等，无不切合情境，为技巧插上了艺术的翅膀。在这些精湛的杂技表演中，观众可以感受到角色内心的情感波动，无论是喜悦、悲伤还是绝望，都通过演员的身体语言和高超技艺展现得淋漓尽致，达到了技艺与情感的完美融合。

舞蹈是杂技剧传情达意的一个重要手段，是杂技技巧表达必不可少的一个辅助方式，剧中通过群体扇舞、毛笔手技等表现古代书生儒雅风流的形象，通过群舞转碟象征"梁祝"精神开枝散叶，永世流传。尤其是"情生""情别""化蝶"等关键场景，通过一系列杂技技巧与舞蹈相融合的创新表演，将人物内心的情感变化细腻地展现出来，让观众仿佛置身于故事之中，与角色共同经历着喜怒哀乐。同时，剧中的音乐旋律悠扬，与剧情的发展紧密相连，为观众营造了一个如梦似幻的艺术世界。这些手法不仅丰富了舞台的视觉与听觉效果，也加深了观众对作品主题的理解。

这部剧用现代手法重塑经典，但又以传统的理念贯穿其中，这一点也体现在舞美的呈现上。全剧的舞美以大写意的笔法衍生出无限的浪漫色彩，极简的几何线条和圆形元素，营造出悠远空灵的意境，特别是舞台上的圆形遮板，既起到了提示剧情的作用，其留白式的构图又带给人无限的遐想空间，在灯光的运用上，展现自然之美的柔和色彩恰与简约自然的道家文化不谋而合。传统的审美风格与现代时尚的舞美设计相结合，衍生出一台具有中国传统文化特色的视听盛宴。它不仅是对中国古典文化的一次深刻致敬，也是对现代舞台艺术的一次大胆创新。

《化·蝶》的成功并非偶然，这部作品之所以能够引起观众的强烈共鸣与好评，离不开广州市杂技艺术剧院艺术家们的精心创作和精湛技艺。他们通过对传统文化的深入挖掘和现代舞台艺术的创新实践，成功地实现了杂技从"技"到"剧"的蜕变，使这部作品成为传统文化创造性转化、创新性发展的代表之作。

毋庸置疑，《化·蝶》是一部思想深刻、技艺精湛、情感丰富、具有国际影响力的杂技剧作品。它通过传统杂技与现代舞台艺术的结合、杂技技艺与人物情感的完美融合以及传统文化的现代演绎等多种手法的运用，成功地展示了爱情的真谛、人性的美好与复杂以及对命运的无奈与抗争等深刻话题，使得该剧在杂技艺术领域里独树一帜。这部剧用杂技语汇重新讲述了一个古老的中国故事，传达出生生不息的中国精神，这对翩翩舞动的蝴蝶必将飞出国门，飞向国际，把中国的传统文化精神传到世界的每一个角落。

（原载天津市艺术研究所编《天津艺文论丛·2022》，百花文艺出版社2023年版，有删改）

创新活化传统意象　开拓杂技新境界
——评杂技剧《天山雪》

王　俊[*]

由上海杂技团、上海市马戏学校、新疆艺术剧院杂技团出品的杂技剧《天山雪》将"生而为鹰，逆风飞翔"的誓言贯穿全剧始终，这一誓言是沪疆两地三代人的精神引领。剧中交叉呈现王湘川、王雪峰父子献身新疆建设的两条戏剧结构线：一条线是王雪峰和哈力克（热合曼的孙子）共同回忆起了他们的父辈军垦战士王湘川和热合曼等各民族同胞保卫新中国，屯垦戍边，及王雪峰的母亲——上海知青白玉兰支援边疆建设的历史画卷；一条线是王雪峰带领以哈力克为代表的新疆班杂技学员参加蒙特卡洛国际马戏节摘得金奖，以及他在赛后选择参加上海万名教师援疆支教计划延续父辈们的光辉足迹，来到新疆支援建设的故事。剧情通过中国传统艺术特有的以意为主导、以象为基础的艺术意象创造规律，并以"再现"与"表现"为形式，创新活化中国传统意象中的"澄怀味象""观物取象""立象尽意"的内涵外延，运用杂技本体语言再现了新中国成立70多年来一幕幕久远而又熟悉的新疆历史画卷，诗性传递出你中有我、我中有你的中华民族共同体意识，意味悠长，令观众回味无穷。

---

[*] 王俊：新疆艺术剧院二级编剧。

一、开拓杂技本体"澄怀味象"的新境界

《天山雪》通过"澄怀味象",运用当代审美价值判断,从新中国成立70多年来新疆巨变中的典型人物和事件中撷取、提炼具有共情、共享精神内涵的中华文化符号和标识,为杂技本体"意象"立形。

《天山雪》在构思杂技本体"意象"时,不仅仅局限于新疆各族人民记忆深处的重大历史画卷"意象"的外在形式,还不断深入体味其深层意蕴,注重"象内"和"象外"的彼此关联,把典型性人物和事件紧紧地捏合在一起,使得每一个角色的出场都能和戏剧情境紧紧地融合在一起,让剧中呈现的每一个历史画卷都是高度凝练的时代精神象征。诸如沪疆两地杂技传承的师生情意象,撷取的是新中国成立70多年来为了挽救新疆杂技这些濒临绝迹的技艺,从内地为新疆文化事业建设输送了大量的杂技魔术人才的相关故事,这就给王雪峰12岁从新疆来到上海学习杂技并最终带领新疆学员参加蒙特卡洛国际马戏节建构起一个符合全剧历史逻辑和生活逻辑的现实依据;撷取表现了新中国成立初期新疆和平解放历史风貌的电影《冰山上的来客》中的战友意象,把这个意象投射到王雪峰父亲王湘川和热合曼在保卫新中国的战斗中结下的深厚革命友谊中;撷取20世纪60年代初上海10万知青响应党中央的号召支援新疆建设的故事,将上海知青意象投射到白玉兰和一群姑娘身上,她们戴着大红花骑着自行车,踏上了去支援新疆建设的征程;撷取新疆各族人民开辟中巴友谊公路,打通国际大动脉的历史场景,投射到以王湘川和热合曼为代表的新疆各族百姓不畏艰险、舍生忘死、忠诚担当的巍巍昆仑精神中;撷取新疆班孩子们在上海马戏学校7年求学的剪影记忆,展现沪新两地文化援疆的优秀成果,体现了党和政府对于边疆文艺事业无私的关爱与支持……

通过这些从历史深处走来的充满韵味、富有情趣、饱含内蕴的历史意象,勾连起王雪峰、王湘川、白玉兰、热合曼、哈力克等典型人物的戏剧

逻辑和生活逻辑关系，建构起了沪疆两地休戚相关、荣辱与共的爱国情、兵团情、建疆情、援疆情、师生情、战友情，等等。

二、开拓杂技本体"观物取象"的新境界

《天山雪》通过"观物取象"，活化和转化杂技本体，不断营造杂技本体的戏剧情境大意象，探寻符合历史原貌的社会生活戏剧场景，为杂技本体"意象"写神。

20世纪60年代的电影《冰山上的来客》成为全中国观众永恒的历史记忆，剧中，冰山意象和雪莲花、白玉兰交融在一起，寓意沪疆两地的历史情缘。《天山雪》中将轮滑表演很好地与冰山意象契合，并通过极限轮滑形式、集体轮滑形式、双人轮滑形式，活化了轮滑表演的戏剧意象，深刻展现王雪峰的父亲王湘川和热合曼的战友情；当横幅出现"把青春献给祖国的边疆建设"时，剧中呈现了20世纪60年代初上海街头涌现了一浪高过一浪的投身边疆建设的热潮，一群朝气蓬勃、戴着大红花、穿着具有年代感服装的年轻演员进行了大车技、高台定车的车技表演，这些表演和上海知青意象一下子把观众拉入那一段激情燃烧的岁月，形象地刻画出上海知青毅然决然地响应党的号召到农村去，到祖国最需要的地方去，投入祖国的边疆建设的形象；男子集体造型、个人倒立造型塑造了极富艺术美感的军垦第一犁，让观众瞬间回想起了兵团战士在亘古荒原上开垦建设美好家园的历史情景；当歌曲《边疆处处赛江南》的歌声响起，原先的草帽技巧表演转化成田间地头女子草帽杂技"之"字造型表演，男子坎土曼舞表演交织在一起的瞬间让观众感受到兵团战士在田间地头辛勤耕耘、默默奉献的兵团精神；当白玉兰指着黑板绘声绘色地为孩子们讲述古丝绸之路曾经的辉煌时，一幅幅精美绝伦的龟兹壁画中的飞天形象展现在观众面前，独具龟兹风格的意象吊环顶技完美生动地呈现了龟兹壁画的盛世

容颜，再现了丝绸之路上曾经的辉煌；杂技蹬缸表演被意象化地转化成了蹬棉花垛表演，寓意着棉花大丰收景象；抖空竹表演形象化地表现了纺织工人的工作场景。特别值得一提的是，为了再现当年新疆各族群众修筑中巴友谊公路的艰难历程，创作者综合男子立绳、秋千荡人、男子集体造型、达瓦孜等各种杂技技巧，将其转化成战士们修建公路时的生动形象，带领观众身临其境，共同感受战天斗地大无畏的昆仑精神。

通过一系列"观物取象"的审美意象活化，剧中提炼出代表沪疆两地的白玉兰花、天山雪莲、天山雪、昆仑冰、浦江水、东海潮等一个个鲜活生动、真实可信的具有当代中华文化标识的经典符号。《天山雪》实现了杂技本体的创新性转化，极大地丰富该剧的艺术表现力。

三、开拓杂技本体"立象尽意"的新境界

在《天山雪》中，"立象尽意"不再只是杂技本体的难度系数不断增大，致使戏剧逻辑难以自洽的行为模式，而是要以"再现基础上的表现"，把戏剧情节（人物行动）与表现手段（艺术形态）综合起来，将再现性的舞台行动和表现性的舞台动作有机结合起来，从而着力戏剧铺垫和预设，深化戏剧矛盾冲突，推动剧情发展，勾连编织合情合理的人物关系，刻画和挖掘人物内心世界的丰富情感和体验，体现出思想精深的主题内涵，为杂技本体意象"尽意"。

剧中"生而为鹰，逆风飞翔"的意象贯穿始终，从王雪峰带领新疆班学员们参加国家比赛的抖杠节目以《天山雄鹰》命名开始，到他回忆父亲王湘川和热合曼叔叔的峥嵘往事时，"生而为鹰"的意象被慢慢复活，直到中巴友谊公路修通的那一刻，那只雄鹰张开巨大的翅膀，腾空而起，展翅高飞，把雄鹰的意象推到了中华民族敢于与天斗、与地斗、与恶劣环境搏斗的精神高度上。"生而为鹰，逆风飞翔"的意象一直伴随着剧情发展。

在歌曲《生而为鹰》的鼓舞下，王雪峰带领新疆班的学员们刻苦训练，最终让沪疆两地杂技演员们像雄鹰一样展翅高飞在国际舞台上并赢得金奖。而后王雪峰这只雄鹰迎风展翅、搏击风浪、振翅翱翔，从东海之滨飞向巍巍天山里的大美新疆，从而让雄鹰这一意象和符号成为新时代中华民族共同体你中有我、我中有你的一个象征。男子三人造型的军垦第一犁出场亮相非常震撼，三个赤膊的男子推着犁缓缓前行，刻画了兵团战士不屈的意志，是当年新疆生产建设兵团响应党中央的号召铸剑为犁、开垦荒原的真实写照。在《可爱的一朵玫瑰花》音乐中，男女主人公利用肢体语言和技巧动作展示传统杂技中的莲花顶、元宝顶、锐角顶、小树权顶、倒挂顶等技巧，传递出男女主人公内心丰富的情感世界；在男女主人公结婚仪式的细节上，创作者并没有采用惯常的双人绸吊来表现，而是用单人绸吊表达白玉兰浓浓的思乡之情，生动地表达了具有兵团特色的结婚场景。中巴友谊公路的修建充分把杂技的惊险和剧情设计融为一体，通过男子立绳、秋千荡人、男子集体造型、达瓦孜四个高难度系数的戏剧化表演把整个剧情推到了最高潮，逼真的昆仑山意象营造出中巴友谊公路难于上青天的历史情境，在男子立绳表演中，攀爬的战士们如同在崎岖险峻的昆仑山中蹒跚前行，每走一步都有可能付出生命的代价，秋千荡人一次比一次难度系数大，预示着危险时刻就在前方。男子集体造型转化成运送筑路物资的情景，在达瓦孜表演中，战士们手持6米长的平衡杆，扛着筑公路的物资在寓意山路的钢丝上艰难前行，进行手执长棍行走、徒手行走、搀扶行走，在高空绳索上负重、翻滚、飞身前行等绝技的展示，充分表现出昆仑山山路的崎岖险峻。

杂技剧《天山雪》通过一系列现代审美意识的"立象尽意"，使得该剧在表情达意上有了质的提升和飞跃，大大提升了该剧的思想内涵和艺术空间。但是该剧在艺术表现上也存在一些不足，结尾关于各族人民跳起了欢快舞蹈的场面比较多，反而会冲淡整体剧情的主题表达，不妨在结尾欢快舞蹈场面前加一些新中国成立70多年来建疆援疆的经典定格画面，这样给观众的艺术感染力和情感冲击力会更加强烈一些，让观众再度沉浸在过去和现在的时空交错中，回味新疆今天来之不易的美好生活。此外，王雪峰的形象已经相对丰满了，应该给王雪峰和小哈力克之间设计一些人物关系的戏份，毕竟师徒情也可以成为剧情表达的一个亮点。

一直以来，受到杂技本体语汇技巧性强的制约，杂技剧创作极易出现拙于叙事、人物关系架构难度大、戏剧矛盾冲突难以展开、戏剧逻辑难以自洽、戏剧结构过于松散等现象，造成杂技本体语汇和戏剧表达两张皮的现象。而《天山雪》对中国传统美学精神"澄怀味象""观物取象""立象尽意"进行了探索，为杂技本体创新活化"立形""写神""尽意"的戏剧架构提供了有益的借鉴和开拓，从而贯穿起符合杂技本体的戏剧逻辑和生活逻辑，用复线结构把这些精心提炼的历史事件有机勾连起来，较好处理了新中国成立70多年里剧中沪疆两地人物关系和历史脉络的逻辑，塑造出具有你中有我、我中有你的中华民族共同体意识的典型人物形象，最终呈现出沪疆两地共同团结奋斗、共同繁荣发展的光辉历程。该剧用杂技大意象去感时代之变、精神之变、人民之变、历史之变，不啻为一部符合时代精神的，具有中国美学特色的，形神兼备、情景交融、虚实相生的杂技艺术佳作。

（原载《杂技与魔术》2024年第1期）

青春时尚与现代质感
——越剧《钱塘里》的启示

吴 彬[*]

作为流行于江浙的地方剧种，越剧自进入上海后，逐渐形成以小生和花旦为主的舞台格局，加上处于吴侬软语之地，长期以来给人的印象就是擅演才子佳人戏，似乎与现实题材格格不入，其实不然。1946年袁雪芬进行越剧改革，首演《祥林嫂》，就是从现实题材剧目入手的。无独有偶，1949年上海文华影业公司拍摄五彩电影《越剧菁华》，四个戏中有两个是现实题材，即《卖婆记》《双看相》。毫无疑问，越剧演出现实题材剧是渊源有自的。但是，女子文戏不大适合演出现实题材也是不争的事实。毕竟，当丢掉古装戏的妆容，穿上今人的时装，女子在形体方面的不足就暴露无遗。如此一来，以女班为主的院团不得不折身退回，继续去演古装戏，在台上卿卿我我。然而，随着时代发展，不管是从艺术发展的内在逻辑，还是国家文化层面的意识形态需要，乃至普通观众的审美需求来看，现实题材剧目都是不能回避的演出类型。正是在此种语境下，从未演过现实题材剧的浙江小百花越剧院开始了尝试，这就是新编现代戏《钱塘里》的搬演。编剧谢丽泓在创作谈中说："这部充满人间烟火气息的当下生活

---

[*] 吴彬：浙江传媒学院戏剧影视研究院副教授。

故事形态和唯美诗化立身的浙江小百花风格其实是冲突背离的。"[①]冲突是事实,但并不等于不能化解。要化解,则需要尝试,需要探索,从冲突中找到统一,从背离中找到吻合。

2022年5月20日,《钱塘里》在杭州蝴蝶剧场首演,赢得观众热烈欢迎。2023年1月31日,该剧进京演出,受到首都观众好评,中国戏剧家协会还为此召开研讨会,《中国戏剧》《中国文化报》《福建艺术》《剧本》等报刊先后发表剧评和创作谈,对该剧给予充分肯定。虽然这只是一出新创剧目,从搬上舞台至今仅一年多的时间,但从舞台呈现来看,不失为成熟之作,它在舞台艺术方面的探索是值得肯定的,也是有启示意义的。

一是青春时尚。2009年5月,著名剧作家罗怀臻在接受访谈时说:"越剧是具有青春性的地方剧种。"[②] 青春剧与青春版不同,青春剧"是当下青年人自己生命趣味的体现"[③]。《钱塘里》便是一部"具有青春性的""青春剧",它所体现的也是"当下青年人自己的生命趣味"。戏一开场,是一群青年男女遭遇都市晚高峰的群众性场面,衣着很时尚,舞美很简洁,画面很清新,青春的朝气扑面而来。青春时尚,这是越剧的灵魂,也是它百年长河中的生命轨迹。若无时尚,越剧不可能在民国时期风靡上海滩,不但受到市民阶层热烈欢迎,而且备受文化人青睐。自打进入上海,越剧受到话剧深刻影响,在那个时代,话剧就代表时尚的艺术。而且,越剧是地方戏中最早搬演现代名著、拥抱新文学的,越剧也曾与电声结合,与广播结合,与电影结合,新中国第一部戏曲彩色影片就是越剧。不拒时尚,追

---

① 谢丽泓:《生活是一座富矿——越剧现代戏〈钱塘里〉创作谈》,《剧本》2023年第3期。
② 罗怀臻:《青春性与戏曲创新——从〈越女争锋〉说起》,载《罗怀臻演讲集·2·实践卷》,上海人民出版社2017年版,第263页。
③ 罗怀臻:《青春性与戏曲创新——从〈越女争锋〉说起》,载《罗怀臻演讲集·2·实践卷》,上海人民出版社2017年版,第263页。

求时尚，这是越剧的品格。作为一出现代戏，《钱塘里》充分发扬了这种品格，它以鲜活的人物、现代的故事、靓丽的服饰、清新的舞美，呈现了时尚越剧的质感。这种时尚感既有外在的，如第一场的舞美与服饰，也有内在的，如第六场中两个女青年的人生困惑。第六场戏，在钱塘江边，陆亚飞和方小米两个女青年，她们人生中遇到的困惑，创业中遇到的挫折，都有时代印记，是属于这个时代有追求的青年人的。青春时尚是该剧给观众的第一感觉，这种时尚感既与"小百花"艺术风格相吻合，也是编剧希望达到的舞台风貌。正如罗松所言："不论什么样的题材，'小百花'都有一种都市时尚、诗情画意的舞台气质。即使是这出人间烟火味儿十足的剧目，大幕一拉开，音乐一响起，'小百花'特有的青春时尚的气息、诗化唯美的风格就扑面而来，舞台干净空灵、舞美写意抽象，LED彩灯线条勾勒出的钱塘大堤、三潭印月、环球中心大楼等地标性建筑，组成了杭州的城市剪影，添加了当代艺术审美下的时尚感，让整体舞台气质和戏剧内核更为贴合、相得益彰。"[1]这种评价是准确的，也是符合事实的。据编剧讲，当团长把导演王延松的信息发给她后，她"眼睛一亮"，非常兴奋，因为"我们要的话剧的生活质感和音乐剧的现代时尚，都是他的擅长"[2]。于是一拍即合，联袂操刀，终成佳作。

二是融美于真。因受话剧写实主义影响，新编戏曲特别是现代戏往往都追求客观的真实，而忽视了美的表达。就传统戏而言，美始终是第一位的，倒是真并不重要，甚至反对过分的真，"假"才是其美学原则，正所谓"演戏本来就是假的"[3]。现代戏则不然，对真实性很看重，但往往又顾此失彼，真做到了，美却没有了。有时为了造出美来，就在舞美上下功

---

[1] 罗松：《人心善 天地宽——观越剧〈钱塘里〉有感》，《中国戏剧》2022年第12期。
[2] 谢丽泓：《生活是一座富矿——越剧现代戏〈钱塘里〉创作谈》，《剧本》2023年第3期。
[3] 张赣生：《中国戏曲艺术》，百花文艺出版社1982年版，第53页。

夫。实际上，戏曲的美，说到底就是戏曲化的问题，细言之则是歌舞化，"以歌舞演故事"①。传统戏是"无声不歌，无动不舞"②，歌舞已构成其美学原理和艺术体系。现代戏怎么才能做到歌舞化，舞蹈性语汇如何融入表演中？《钱塘里》做了有益尝试。在该剧中，几乎每场戏都有龙套性质的群戏场面，如开场戏中市民穿梭街道，乘坐公交车；第三场戏一群身穿旗袍的模特秀场；第五场戏结尾处的歌队。虽然这些场面处理并不一定都严丝合缝，但毕竟有了歌舞的灵动性，营造出了诗的意境，增强了诗的氛围，而"诗化越剧"正是浙江小百花越剧院的艺术风格。如何将歌舞性场面融入现代都市题材表达中，既与剧院风格达成一致，又能拓宽现实题材剧目表现手段？这是现代戏在舞台艺术方面需要重点解决的难题。

三是感同身受。现实题材剧目所表现的故事往往与观众日常生活紧密相关，所以在观赏过程中，对真实性的要求也就更高，能否给观众带来"感同身受"的审美体验，这是衡量一出现代戏是否成功的重要指标。该剧所表现的车撞人事件是司空见惯的，也是日常生活中每天都可能发生的。但编剧的独到之处在于，她很好地设计了人物关系和矛盾冲突，特别是通过"情"展开矛盾，推动情节，如方小米和陈运河的夫妻情、金月芳与陆亚飞的母女情，更关键的还是邻里情，如陆亚飞与方小米之间。正如作者所言："它有很多真实、煽情的细节和桥段在，有戏可看。以'情'做好文章，以'情'打动人心，这是越剧最擅长的，古今相通。"③这些"情"的设计和处理都是鲜活感人的，而非口号式的。著名剧作家郑怀兴认为："写戏贵在有真情实感。"④该剧最可贵的就是写出了情，写透了情，

---

① 王国维：《戏曲考原》，载谢维扬、房鑫亮主编，傅杰、邬国义分卷主编《王国维全集第一卷》，浙江教育出版社2009年版，第613页。
② 齐如山：《齐如山回忆录》，河北教育出版社2010年版，第86页。
③ 谢丽泓：《生活是一座富矿——越剧现代戏〈钱塘里〉创作谈》，《剧本》2023年第3期。
④ 郑怀兴：《戏曲编剧理论与实践》，文津出版社有限公司2000年版，第152页。

背后则是人性，是人性中的真善美。不管是陆亚飞一家，还是方小米一家，他们都是普通人，但也都是善良真诚之人，他们的心灵都是美好的。方小米撞人后明知承认真相就会造成严重的经济后果，但还是承认了人是她撞的。陆亚飞发现方小米家境困难，送给方小米八万块钱，让方小米照顾母亲金月芳。这样做既帮助方小米解决了经济困难，也是在帮自己，为此父亲还与她合谋，保守秘密。后来金月芳知道陆亚飞父女隐瞒事实，就大发脾气，赶走方小米，但当她从方小米的日记中了解到真相，又和解了，主动向方小米表达歉意。虽然陆亚飞给方小米钱且不让她还，但方小米还是暗自打工攒钱还她，一个善良的女孩形象跃然纸上。这种市井中的温情是接地气的，也是可触可感的，彰显了现代都市中人与人之间的真善美，而传递真善美正是文学艺术的使命。

四是奇峰陡起。戏剧理论家李渔在讲到戏曲情节时说："无奇不传。"[1]今人写戏，往往为了突出剧中正面人物形象而忽视情节构造，特别是有悬念、有突转意味的情节，致使整场戏显得"温"，只能靠舞美吸引观众。在《钱塘里》中，编剧在情节构造方面格外用心。譬如到第五场，金月芳出院，方小米在家中照顾她，邻里来庆贺，一个完整的故事和圆满的结局已经构成，戏到此亦可结束，但出人意料的是剧情陡转，陆亚飞在无奈中吐露真相——方小米就是肇事者。金月芳闻听后大痛，大怒，大闹。戏至此达到高潮，冲突如何解决让人心悬，还是后来从方小米的日记中发现隐情，矛盾的扣子才解开。而且，在后面几场戏中，编剧很好地运用了巧合手法，如方小米和陆亚飞都来到钱塘江边，方小米的手机忘在陆亚飞家，被老陆接听，陆亚飞的手机被方小米接听，这些都是巧合，但巧得自然，巧得合情合理，巧得不落俗套。

此外，戏中还会通过一两句台词增添趣味性，引起观众大笑。李渔在

---

[1] 李渔：《李渔全集 第三卷 闲情偶寄》，浙江古籍出版社1991年版，第9页。

《闲情偶寄》中说："科诨，乃看戏之人参汤也。"[1]科诨是传统戏塑造丑角常用之法，但现代戏因突破了行当规范，往往是情节叙述有余，趣味性不足，戏写得太过平淡，寡然无味，引不起观众兴趣，即李渔所说"科诨不佳"[2]。《钱塘里》显然有意避免了上述问题，而着意于在情节叙述中以情感人，以情动人，以幽默之语吸引人，从而使该剧充满趣味性，而剧中使用"躺平"等流行语，使之更接地气。

总之，这是一出值得看的好戏，在现代戏中别开生面，令人如沐春风。它所呈现的艺术风貌，是新鲜的，有质感的，无疑也是丰富了现代戏舞台语汇的。它的成功上演充分说明，浙江小百花越剧院有能力演出现实题材剧目，关键是要找到剧作内涵与剧院风格之间最佳契合点，并用现代舞台艺术手法加以整体呈现。当文学剧本、剧院风格、舞台呈现三者达成一致，距离成功也就不远了。

---

[1] 李渔：《李渔全集　第三卷　闲情偶寄》，浙江古籍出版社1991年版，第55页。
[2] 李渔：《李渔全集　第三卷　闲情偶寄》，浙江古籍出版社1991年版，第55页。

从越剧《新龙门客栈》看戏曲的"破圈"与"出圈"

杨斯奕[*]

在刚刚过去的 2023 年,越剧《新龙门客栈》毫无疑问成了戏曲作品中"出圈"程度最高的。这部剧受到了大批青年观众的热烈追捧,票房持续走高,同时也在社交媒体上引起了轰动。自 2023 年的暑期开始,不仅扮演贾廷的演员陈丽君单手搂腰抱起饰演龙门客栈老板娘金镶玉的李云霄的快乐旋转视频在朋友圈刷屏,而且在抖音、小红书、微博等平台,"全女班越剧新龙门客栈""君霄 CP""老公姐"等话题都登上了热搜榜。官方也随之推出了付费 9.9 元的抖音直播版,还特地邀请了网红主播"闽越风"为该剧"带货"。随着相关短视频和话题在网络上持续发酵,越剧《新龙门客栈》的线下门票迅速售罄,观众感叹"一票难求",官方媒体也纷纷撰文分析流量大爆发的原因。毫无疑问,越剧《新龙门客栈》的"出圈"已经成为当下最具流量的文化事件,这种"泼天的富贵"究竟是偶然降临,还是当代国风"出圈"潮流的必然呢?

随着互联网和数字技术快速发展,社交媒体已成为当前文艺作品传播的重要平台。特别是在青年群体中,文化传播的圈层化趋势凸显,由此也衍生出了传播学意义上的"出圈"与"破圈"等概念。相对而言,"出圈"

---

[*] 杨斯奕:浙江艺术职业学院助理研究员。

一般指某人或事物的影响力突破原有圈层，获得更广泛的关注度；而"破圈"则往往侧重于强调某一主体主动以开拓姿态打破圈层壁垒以求得更大的传播影响力。[1]面对新媒体时代全新的传播生态，戏曲创作者显然只有找到有效的"破圈"途径，才有可能实现破壁"出圈"。而越剧《新龙门客栈》能够成功"出圈"，除了自身新颖的形式和优质的内容，更离不开出品方主动"破圈"的创作思维与传播方式。

首先是创作思维的破圈。越剧《新龙门客栈》改编自徐克的同名电影作品，该剧创新性地采用了环境式戏剧的演出形式，让都市观众身临其境地感受到了边塞沙漠龙门客栈中的明争暗斗和刀光剑影。作为一门传统艺术，戏曲具有独特的写意性、虚拟性以及程式性等审美特征，而这也导致其与当代观众之间存在一定的审美距离。戏曲的程式起源于农耕时代，由于社会文化的变迁，当今多数观众对戏曲的这种符号系统已经非常陌生，因此往往无法从传统的戏曲演出中获得审美体验。而环境式戏剧将舞台搬到实景性场地，观众并不仅仅是在欣赏演出，更是参与其中，因而观众在欣赏时所能够获得的审美感知和具身体验都较镜框式舞台有所提升。现代身体美学认为身体是人类感知美的重要媒介[2]，戏曲与环境式戏剧的跨界融合显然极大地弥合了自身与观众的距离。新国风、环境式越剧《新龙门客栈》的"破圈"首先就体现在大胆创新外部形式，主动尝试突破传统戏曲和当代观众之间审美壁垒。

其次是创作队伍的破圈。越剧《新龙门客栈》创作团队的组建是一次"文艺两新"和国有院团跨界"破圈"的有益合作尝试。该剧由百越文创、一台好戏等"文艺两新"机构以及浙江小百花越剧院、温州市越剧院等国有院团联合出品。该剧的制作人、导演、编剧、舞美等主创来自百越文创、一台好戏这两个民营机构，平均年龄甚至不到30岁。而浙江小百花

---

[1] 参见汪彦君《网络热词"出圈"与"破圈"》，《贵州工程应用技术学院学报》2022年第6期。
[2] 参见[美]理查德·舒斯特曼《生活即审美：审美经验和生活艺术》，彭锋等译，北京大学出版社2007年版，第193页。

越剧院、温州越剧院等国有院团的一批优秀青年演员则通过报名社会招募参与该剧的演出。正如茅威涛所说，越剧《新龙门客栈》在组织结构、运营模式以及结合新媒体方面都借鉴了"一台好戏"这一民营戏剧机构以往的成功经验。[①] 更为重要的是，这个创作团队给予了年轻人足够的信任和自由空间，让他们能够充分发挥自身的年龄优势，创作出符合新媒体青年人审美需求的作品。事实上，正是得益于本剧的这些"85后""95后"主创们对圈层传播规律的了解，越剧《新龙门客栈》才能破壁"二次元"等"Z世代"的亚文化圈层，成功融入当下的传播语境。

最后是传播方式的破圈。该剧的团队积极整合传统媒体与新兴媒体的资源，除了利用浙江卫视、央视戏曲频道等具有较大影响力的传统主流媒体全面造势，还以文字、视频花絮等多种形式在微信、微博、抖音、小红书以及B站等各类社交媒体平台持续发布信息，扩大剧目的覆盖面和影响力。在新媒体平台上，该剧的宣传团队不断发布制作精良的宣传素材，例如"金镶玉带你玩转《新龙门客栈》"等视频，辨识度极高，短小精悍，视觉冲击力强。此外，口碑传播更是本剧实现流量裂变的关键。一方面，团队充分借力名人效应，在该剧上演初期，濮存昕、毛戈平、戴军以及胡兵等茅威涛的圈外好友也专门拍摄短片或亲自到场帮助宣传。这些圈外名人的宣传对于越剧《新龙门客栈》最初的人气积累有着极大的帮助。另一方面，茅威涛以及"小百花"青年演员的粉丝团在越剧《新龙门客栈》的宣传环节同样发挥着极为重要的作用，这批数量众多且甘于"为爱发电"的粉丝不断在朋友圈、豆瓣以及微博、小红书等各大社交媒体持续发布或转发该剧相关的宣传文案或观剧感受。在"熟人效应"的加持下，官方的相关宣传得以更好地发挥催化剂的作用，最终帮助该剧实现了"滚雪球"式营销。

同时，我们还应看到，越剧《新龙门客栈》的"破圈"创新并非"无

---

① 参见茅威涛《今天的观众需要看什么样的戏》，https://www.douyin.com/video/735164029925854751。

中生有"。尽管融合了西方引进的环境式剧场，但这部作品仍遵循着戏曲的写意美学；进行了"去程式化"尝试，但技术层面的革新并不破坏传统戏曲的表演特征；加快了唱腔节奏，但流派特色依旧纯正浓郁。更难能可贵的是，当这"泼天的富贵"出人意料地袭来，陈丽君依旧认为自己只是戏曲的"一颗小石子"。"破圈"绝非靠投机取巧博取眼球，而是主动寻找戏曲在新媒体时代的因应之道。随着近年"国潮风"的爆火，在各大新媒体平台上都涌现出了专业或草根出身的戏曲"网红"。《直播PK、打赏与戏曲传播研究报告》的数据显示，截至2022年2月，已有231个戏曲剧种在抖音开通直播，而在已经开通直播的戏曲账号中，73.6%的戏曲种类获得过打赏。[1]在这个"直播间成为新戏台"的时代，越剧《新龙门客栈》赢得的流量不应仅被单单定义为戏曲拥抱互联网所取得的成功，而更是戏曲与这个新媒体时代的一次"双向奔赴"。

越剧《新龙门客栈》的成功"出圈"在情理之中。然而，对于如何运用网红效应推动戏曲产业链的拓展和延伸，业界还尚未做好充分准备。正如茅威涛所言，面对"流量为王"的新媒体时代，戏曲界在理论体系、人才储备以及运营理念等方面仍存在诸多局限与不足。[2]与此同时，这部作品"出圈"的速度和力度也超出了业界预期。越剧《新龙门客栈》无疑是一个信号，预示着戏曲传播的"产消者"时代已经来临。

越剧《新龙门客栈》其实更是一颗种子，这部作品不仅唤醒了众多"Z世代"的戏曲DNA，更让业界看到了年轻创作者身上所具有的激情、才华以及"更懂年轻人"的表达方式。也许下一个爆款的出现需要更长的孕育时间，但是无论如何，我们应该对种子终会发芽保持信心。

---

[1] 参见武汉大学媒体发展研究中心直播PK、打赏与戏曲传播研究课题组《直播PK、打赏与戏曲传播研究报告》，http://media.whu.edu.cn/b/files/20231115bxdg。

[2] 参见茅威涛《〈新龙门客栈〉火了，为什么我还有三个忧虑？》，《中国艺术报》2023年12月15日。

多元实践 情感基点 灵动写意
——王青戏曲导演艺术撷拾[*]

王学锋[**]

一、引言

王青是 21 世纪初颇具代表性的戏曲导演,自 2000 年正式从事戏曲导演工作以来,已执导 20 多个剧种的 80 余部作品,为当代中国戏曲舞台贡献了"这一代人"[①]的辛勤劳作、艺术智慧和生命想象。学界对王青戏曲导演艺术的研究较少,本文不揣浅陋,拟从剧目类型、情感表达、写意剧场等方面略谈几点粗浅认识,以期推进对当代戏曲导演艺术和戏曲发展之路的批评和理解。

二、剧目多元:"三并举"及小戏

王青导演对整理改编传统戏、新编古代戏、现代戏、小戏等各类剧目皆有涉猎,且投入持久,这些丰富多元的剧目展现了她导演进路的"踏

---

* 王学锋:中国艺术研究院戏曲研究所副研究员。
① 参见尚长荣《王青导演艺术研讨会成功举行》,https://mp.weixin.qq.com/s/R6vwVA0eLnqZV9wee5WadA。王青导演为笔者提供了创作目录、导演阐述、工作剧本、演出视频等大量资料和多次现场观摩机会,对笔者理解戏曲导演艺术和本文写作帮助甚大,特此致谢。

实、稳当",也预示着她的导演艺术的多样可能和"开阔"前景。①

她在整理改编传统戏方面的工作,至少有两个面向的开展:一是围绕某个传统剧目进行跨剧种的移植、改编、创作,二是对传统剧目在不同时期进行复排、修改。整理改编传统戏似乎不是当下戏曲创作的主流,执导这样的戏似乎也难以体现"导演"能力,但传统戏不是一个凝固的概念,它是常改常新的,通过改编为传统剧目"注入生命",戏曲传统得以生生不息,而导演在整理改编传统戏方面的付出,既是导演艺术的根基,也预示着创新的潜力。

新编古代戏和现代戏是王青导演创作的主要部分。在新编古代戏方面,她的二度立意充分展现其丰满情思和独到认识,既可以如《庄妃与多尔衮》《新亭泪》等传达"权力""命运"这样抽象的哲思(当然是写意化的),也可以如《云翠仙》把思想蕴藏在传奇与故事之流中(但不等于民间叙事),或显或隐,她都避免思想在戏剧中的粗暴占据。在王青的现代戏作品序列中,则能明显看到她在革命题材现代戏创作上的突出成就。她的创作对革命历史的讲述、铺排和敷演,在宏大叙事和革命话语的框架下,无论在讲法,还是在视角,抑或在安排上都很讲究,颇注重不同层级的个体较为复杂丰富的感受、情态、行动,二度展现有情有理、有骨有肉。她的革命现代戏人物形象是广谱的,女性形象在其中尤为突出,她不仅创作出各阶层的女性形象,也颇有意味地张扬这些女性的觉醒、自救和力量。

小戏一般不出整理改编传统戏、新编古代戏、现代戏三类之外,但其在体量形态、制作演出、生态建设等方面具有一定的独特性和价值,王青在从事戏曲导演工作的成长和成熟阶段,都一直注意小戏创排,既有传统折子戏,也有新编的各种实验小戏。她为一些剧团排演的折子戏,既训练

---

① 参见尚长荣《王青导演艺术研讨会成功举行》,https://mp.weixin.qq.com/s/R6vwVA0eLnqZV9wee5WadA。

了年轻演员，也为剧团积累保留剧目打下了坚实基础，是不可忽略的导演工作，而创排实验小戏，对年轻导演自是个很好的锻炼机会，对成熟导演，也未尝不是返归初心、笃定出发之路。

三、情感基点与思想、道德

王青导演在二度立意方面，至少有"聚散成团"（或曰"画龙点睛"）、"锦上添花"、"润物无声"等多种立意提炼方式[①]，而立意呈现则大体从情感表达、思想传递和道德张扬三个维度展开和落实，其中以情感表达为主，思想传递为辅，兼及道德张扬，当然，后两者往往是在情感框架内进行的。

情感表达可谓王青戏曲导演艺术的基点，或是男女爱情、母子深情，或是友朋挚情、人间真情等，她总能在人物的戏剧行动、性格互动中进行细腻贴切、准确真实的情感摹写与表现，深情（而非滥情）做戏，以情动人。在新版《狸猫换太子》第三场《抱妆盒》中，她增设了寇珠轻摇盒中婴儿的戏，通过人物动作、音乐、舞蹈（老版的伴舞相对分离）的一致搭配，突出表现了女性对孩子的柔情和寇珠对自身无以呵护的伤怀。

戏曲作品自然传递某种思想，当代以来，思想性的张扬成为导演工作的基本内容，王青在戏曲导演作品中对这一问题也是有所"思"的。有的作品思想"传达"很"鲜明"，如她执导的京剧《浴火黎明》，"序"场即提出了一种反省：新中国终于成立了，但我们不应忘记什么？后面各场展开中，对"要不要信仰""何为真信"展开了正面"辩论"，导演把迷茫委顿的范文华、优柔寡断的许志烨、坚定自救的邵林这些革命者代表的不同"革命"面向都表现出来了。她的有些作品，思想"传达"则较"柔和"，

[①] 参见王学锋《因"戏"制宜——王青导演艺术浅谈》，《中国艺术报》2023年8月7日。

如她执导《云翠仙》，把这部戏的思想主旨的阐发转换为俗世情态、人生况味的写画，更强调作品的故事性、传奇性，追求的是戏味、趣味和"生活"味。实际上，这是对"一般思想"（葛兆光语）的一种书写，艺术作品既不应回避宣扬主流思想，也别忽略"一般"思想的基底性。

思想传递"鲜明""直击"抑或"柔和""委曲"，在舞台呈现上，作品立意均需借助精警的台词、直观象征的置景及情境化的舞台调度等手段来实现，就王青的戏曲导演艺术而言，她在创作中的思想传达往往都会经过情感性的转换，在情感的框架内展开、聚焦、深化。她在《浴火黎明》第四场"绝食"中，运用抒情性小提琴音乐，使情感、情境具有了写实感、现实感，召唤了沉睡在观众心中的历史情感（较为程式化的音乐，会疏离），从而使"何为革命的真信"问题跨越历史迷雾，"直击"当代观众，令观者深切思索。

她导演的作品中某些强烈深沉的情感表达，有时也深刻地传递出一种道德感。《狸猫换太子》新版保留了老版惩恶扬善的道德主题和主题表达上的真挚深切。恶人要惩罚，但不忽略刘妃与非亲生的皇儿之间的真情；善心要褒扬，"善心爱意出本性"唱出了道德表达中的质朴贴切；亡者要抚慰，以震撼的祭英灵仪式，告慰冤魂，安抚众生。似是廉价的大团圆结局，实则悲喜交集，凸显了主题，令人回味不已。当代戏曲创作似在有意无意忽略作品的道德张扬，道德言说常被情感、思想表达掩盖，似是怕陷入道德说教的泥淖，秦腔新老版《狸猫换太子》对艺术与道德关系的独特处理方式令人深思。

四、灵动写意与剧场拓展

导演在作品立意和完形之时，需利用戏曲表演、音乐、舞美等创作手段进行舞台节奏、气氛和场面调度方面的艺术处理，王青导演在唱腔、音乐、声音、身段、舞蹈、置景、灯光等艺术元素的协调组合、融会贯通方面有独到的艺术思维和宽阔的把控视野，使其作品创造出独具魅力的戏剧空间和艺术世界，约略而言，主要在灵动写意、剧场拓展两方面较为突出。

她在戏剧意境和写意空间的创造过程和样式呈现上往往显示出某种灵动的状态、视野、思维。第一，这种灵动性体现在对传统程式手法、传统元素的"活"的继承运用与再造上。如《浴火黎明》第七场"牢房过春节"，她设计了以龙腾虎跃、步步登高的舞狮配以二胡音乐和老生大段演唱的戏，舞狮、二胡等"传统"元素不仅好看好听、闹热全场，还在情绪、情感、情境等层面预示着具有"中国性"的新中国的到来。其次，灵动写意体现为节奏、氛围、风格上的恰切变化，或张弛有力，或悲喜交集，或冷热交替，她执导的作品在戏剧进程和整体呈现上总是保持着游动不居的鲜活状态。《庄妃与多尔衮》中庄妃与多尔衮的对手戏，虽以唱为主，但调度上不呆板，对唱与对白相结合，前者为虚（心理活动），后者为实（直白表达），带出独特的节奏感；对手戏在舞美置景上是方正对称的，但二人表演的调度却是灵活圆融的，人物走位与心理活动交错出一个充盈完满的戏剧空间，可谓张弛有力。第二，灵动写意也体现在意象创造时的巧妙综合、圆融自然。《大树西迁》第三场"苏毅三周年忌日"，导演设计了孟冰茜在丈夫手植梧桐处献花的情景，既巧妙贯穿大树意象，又有艺术的"增量"。

王青导演在近年的一些创作于剧场性、剧场艺术层面有所拓展。在剧场艺术的整体性视野中，戏曲演员传统的唱、念、做、表、舞，应更多地和剧场的舞美置景、灯光造型、声音声响、图像画面结合起来，形成复杂多样的意象组合，而导演在剧场艺术中的整体把控和抒"写"意象的能动性更强[1]，为此，就要充分激发剧场各元素的能动性和整体性。首先，景与

---

[1] 参见伊天夫《当代中国舞台美术的追求》，https://mp.weixin.qq.com/s/J6mZWn5K0mYGbsacPDB-wQ。

物的剧场功能相对强化，突出了其在剧场中的表征含义和能动作用。《浴火黎明》第六场"较量"，导演对舞美、灯光、声音进行了综合调度，作为"静"物的"窗户"随着灯光的逐一闪亮，"活动"起来，伴随着女声合唱、男声接唱乃至众声合唱，革命同志团结一起、众志成城的气势决然升起，重新"召唤"了革命集体。其次，一些"边缘"、看似不重要的剧场元素得到了新的调用，如对声音的多样运用。《牺牲》与不少戏以具有意象性的道具贯穿全场不同，该剧以声音（婴儿啼哭）贯穿，莫知何起的婴儿啼哭第一场就开始了，似是别的牢房真实传来，又似李琼故意以之扰乱、软化杨开慧意志，又似杨开慧心中不断回响的母性柔情的外化，声音成为剧场中的能动元素，整体上强化着戏剧意蕴的生成。

  当下是一个导演时代，"社会对原创剧目的需求，使得导演必须在规定的时间内、规定的演出场所中表现规定的题材，按照要求完成统合各方艺术力量的任务"[①]，而"剧目"附带的剧种、剧团、演员等，也在某种程度上对导演工作提出了各种不同的挑战，作为剧目创作的艺术"总监"，导演的艺术探索，是对剧目、剧种、剧团、演员发展之路的全方位探索，某种程度上，导演就是戏曲艺术发展的蹚路先锋，对戏曲的当下建设、未来走向有重要影响。当代戏曲发展之路上，笃定是机，未定也是机，充分持守、不断活化、强健主体，才有机会创造出现代戏曲的新传统。

（原载《艺术评论》2023 年第 10 期）

[①] 张曼君：《我的艺术路径》，https://mp.weixin.qq.com/s/uMonr5EPP-frGiKH479WJQ。

悲郁与超然的时间仪式
——《诗忆东坡》中的文化借用

刘 春[*]

《诗忆东坡》是一场仅仅存在于作者与东坡先生之间的隐秘而又公开的对谈，一场借助诗词完成的存在于此身与造物之间的生死冥想，一幅观物化以观我生的内视拼贴，是作者从超验世界到灵性自然的创作回顾，同时也是一次难以对位、语境缺失的挑战。

2023年7月22日，六幕现代舞诗剧《诗忆东坡》在上海文化广场成功首演，这也是沈伟与国内国家级艺术院团的首次合作。但演出后的网络反馈从"何为东坡"的期待变成了"为何东坡"的质疑，在大众声音与精英姿态、投资定制与艺术委约之间，《诗忆东坡》到底是过于激进还是过于妥协？

从东坡的人格、命运和先验的宋代美学导向去感受此剧，观众会碰壁和失望，难以找到共鸣。作品呈现着某种令人迷惑的矛盾感和断裂感，一方面是过于直白而又表层的设计，比如诗词书法投射在宋画和作者画作上，像是被迫重复的视觉说明；另一方面是高度抽离和凝练的概念结构，舞者的化生、书写、行走，又是颇为精妙的身体言说。一方面过于繁杂的形式堆叠并没有构建递进的意义生成和语言系统，动画加戏剧行为，文

---

[*] 刘春：中国艺术研究院舞蹈研究所副所长，副研究员。

字、古琴、宋画与舞蹈并置，抽象画作叠诗词，动作拟篆刻等图解化了诗人生平，陌生化了诗中的虚实、梦境、生死、得失、身份、开悟，缺乏形式通感、对应关系和意蕴关联；另一方面冥思般的身体形式弥散出的超脱意境，体现了极高的动作哲思与智识。淡粉色女子群舞隐入时空的明月，王弗绘制撕裂的记忆，阶梯上悬浮舞者的站立仪式，静默千古的悲喜，无疑是动人心魄和令人难忘的画面。通观全剧，笔者会感觉到表象和内敛同在，解释性和神秘性冲突，在场与缺席更替，叠砌和简约并存，远离现实和回归生活的愿景交错。

这种断裂的根源在于定制与现实的脱节、观众预期与创作者意图的偏差，以及超越性创作理念与东坡文化形象深层认同之间的内在冲突。全剧不是在刻画东坡的戏剧角色，不是讲述他的颠沛一生，不是去还原东坡诗词里的历史背景和人物心境，甚至不是去尝试重建诗词文字描述的画面，《诗忆东坡》是作者在静谧诗境中孤独地行走和回旋，在东坡诗词的感知中叠印了作者的记忆，是作者长期思考并实践的"心象景观"。

当我们将观看视角从东坡转向了沈伟和剧中的艺术家们，得到的是一幅以诗词为导引的创作记忆地图，也得以重新理解剧中的拼贴和断裂。作者拾起生命旅程的碎片，重新审视自身的来处与传统，安置一场时间与记忆的仪式。在这里不分古今，不问西东，东坡先生的文本成为可以摹写、叠加、裁剪、复制、粘贴的创作物料和动机。

在此之上叠印的创作者路线，即舞作《声希》《天梯》《分与合》等、画作《无题第 6 号》《运动第 8 号》等的心路痕迹。这场追忆何尝不是陈其钢对于东坡先生和自我经历的书写和叙述？剧中选用陈其钢的《江城子》《如戏人生》等曲目，隐匿着中西文化碰撞的艺术之旅和对于生命真相的追寻。沈伟在剧中选取了《忆故人》《酒狂》等古琴曲目，像是文化归途中的回想和重演，《潇湘竹石图》《写生蛱蝶图》等宋画逐渐为更多的沈伟画作所替代和回应，从宋画烟云弥漫的自然物象到沈伟心接古意的当代笔触，东坡逐渐消隐，一个少年的行走刚刚开始。

第一幕"人似秋鸿来有信，事如春梦了无痕"中，苏鹏饰演的角色，是东坡，是生命的过客，更是作者自身。他在全场大部分的状态是缓慢而轻盈地行走，拾级而上，怕惊扰时间的飞鸟。

在舞台幕布中心的圆月里，曾焕兴饰演的如僧侣模样的白衣舞者，气韵流转，呼吸之间诉说着不息的轮回。两侧的团扇映照宋画诗词，文字与舞姿互释，宋画、书法、身体的美学体验让位于佛偈、禅悟的宗教体验，但诗中禅机是否止于永动之空的表征与诗词书法的印记？无论是白衣的形象，还是超验的表达，作者都在回望自身创作的来路，隐约着早期对于佛道神性的探寻历程，也重叠了此刻走向澄明空地的心境。作者体会了东坡的两种生命境遇，也在跨越自己的生命体验。

纱幕上苏东坡人生轨迹运动如同一场无常的舞蹈，创作者们的记忆地图和东坡的人生旅程相互重合，时空的对话化为私人创作历史的公开转述。

第二幕为"千古风流人物"，在陈其钢管弦乐《如戏人生》（2017）之中，身着红色连体服的女子群舞站立在14枚篆刻有苏轼不同名号的印章之上，动作的力势对应了篆法的每一点画，舞者以肩部和胯部精细而微弱的发力牵动，清晰地分解出不同的方位和姿态，形塑着名号带来的身份定义和转换。腿部由内而外的弹动、身姿的拧转曲直似刀法纵横和游走。红色女子群舞是篆刻的线条，是东坡的"生命踪迹"，作为"我是谁"的暗示与戏说，亦是东坡的精神本体。

篆刻印章随即被快速组合推动，翻转印章，另一面是人生如寄的《东栏梨花》，在名号负累、摹刻、封印之后，东坡重获自由之身。背景出现了沈伟2013年的画作《无题第8号》，叠加着《念奴娇·赤壁怀古》，引出"千古风流人物"的群舞。苏鹏的行走路线扰动着其他舞者，渐成川流不息的图景，舞者努力褪去过往的动作传习，其圆场和云手更为轻柔和淡然。舞动千古风流人物，舞动短暂的生命，也是在舞动永恒的浪花和山川，表面上似乎断裂，实际上是对"如梦"人生的接管。当面对诗中赤壁的是作者，而不见东坡，《无题第8号》即是对诗中赤壁的记忆涂抹，异乡的心灵之旅重叠血脉中的山川景观，拓印了遥远而又从未离开的精神世界。

第三幕"夜来幽梦忽还乡"采用了俯视和旁观的姿态，在高处的阶梯之上悬置了一个时间的舞队，是往者，是死亡，是神灵。歌队没有终点的悲叹，穿透黑暗和死寂的吟唱，京剧唱腔和歌剧交织显示出的是陈其钢《江城子》中的生死观，走过幽冥的荒原，最终化为爱的释然；永失和重逢，尘土与肉身，恒常与瞬间，是沈伟超越生死的神性视角。阶梯上的群舞像是被思念拉长的一个个影子，如同折叠的时间，右侧的群舞缓慢地后滚翻，无重力地飘浮，在痛楚中失控，魂魄颠倒。吴孟轲饰演的王弗从下场口退步而出，青丝上的墨色在一条长路般的白纸上滴落和皴擦，身体绘制的可视化轨迹成为留在时空里最深切的绝望，缓慢而又连续，身体听从于地面的惯性联动，从低空间的垂落到彻底贴近地面匍匐着，被绝望完全浸没。苏鹏与阶梯舞队相对运动的幻觉像一首时间的挽歌，而他从阶梯上的两组舞队中缓缓走下，无法接近舞台前区生死相隔之人的画面，则将观众推向了无尽的虚空。

第四幕"千里共婵娟"中，作者踏上2000年的《天梯》去倾听1076年的《水调歌头·明月几时有》，行走的生命不是走向涅槃，而是去仰望一个更温暖的地方。作者的《无题第6号》抽象绘画作品叠加上了"重来父老喜我在"，从作者的艺术转折点连接了一场东坡的途经重访；《天梯》中相互托扶的舞者，是记忆中的搬运、相拥、传递，堆叠出亘古的明月，透过人间的大爱，照亮微渺的亲情。

舞台上构建了三个不同的时空，寂静、清冷、温暖。地面的苏鹏似乎走过了千年，依旧无眠，阶梯上起舞的是人间的悲欢和自然的生灭，高空间的圆台上，连绵的思念将人类共同的无奈和缺憾化为温暖的光华。最后，粉色女子群舞以温润的呼吸和圆动，用远去的背影完成了脱离时空局限和肉体束缚的化解悲苦与羁绊的仪式。

在向第五幕过渡时，幕布上那道从 1037 年画出的直线，缓缓画到了 2023 年，从上场口缓缓驶向下场口的马车、黄包车、自行车、滑板，走过了世间的喧哗，留下了历史的车辙和足迹。虽然以具象的物料来表述时间背离了语言的整体性，但作者的"放下"心态却开始接近东坡的天真，作者和东坡一样，渴望着在行走中的重生。

第五幕"休对故人思故国，且将新火试新茶"是清朗、安静、喜悦、跳跃的。即使滑板指代走到了今天，作者依旧不触及现实，此时的新不是复现和模拟当代的城市变迁，更像是对逝去田园的乡愁。一名女舞者抛接着单肩水袖，七色的舞者们快速轻盈地移动交错，群舞呈现出戏曲的样态，作者借助"人间有味是清欢"和"此心安处是吾乡"说出了自己的心象景观，隐含着故土的家族记忆。无论在他乡还是国内的访谈中，沈伟曾多次复述在湖南家乡的从艺经历，这段记忆不断地被深化，被岁月和经历转译，1978 年那个进入湖南艺术学校、学习湘剧时的画面，走得越远，也在不断叠加。舞台上附着诗词的黄色、青色的圆月中，舞者的剪影宛若一个个记忆的影子，在今天似乎有了新的意义。

第六幕为"一蓑烟雨任平生"，幕布上投影了类似《运动系列》的绘制过程和笔触记录，运笔周折，飘荡不定，生命梦境的层层遮蔽，似乎是东坡先生的生命轨迹与作者艺术历程的再次对话，又像是作者赋予了笔触生命，随心而舞。

"归去，也无风雨也无晴"中，"天梯"再次出现，舞者们散淡和闲适地侧卧在天梯之上，却依然保持着某种仪式感，不再奔赴天国，而是留在此刻，"白云还似望云人"，坐看阴晴朝暮。阶梯高处的天际线上，旅人与天幕影像上的一朵云相伴、游戏。那朵云是由作者绘制的蓝绿色笔触组成的，一团剪不断的乱麻，其中的成败、荣辱、爱恨都慢慢变淡、变轻，最后化为彩色的云。作者用这朵云在告慰缺席的东坡，终将放下难解的悲苦和不公，终将再次找回心中那个天真的孩子。身着蓝绿色紧身衣的舞者，似乎就是随遇而安的蓝绿色笔触，每一个不确定的书写和描画都成了美丽的生命。谢幕演员虽然身着紧身衣，却似穿着无形的古装，单手搭着无形的袖子，缓缓伸向观众，像是《天梯》谢幕的重叠影像，完成一场仪式和邀请。

无疑，《诗忆东坡》是一部严肃的、具有学术精神的作品，其引发的讨论触及艺术审美与传播策略等多层次议题，牵动的是对传统语言的现代诠释与对世界文化语境的深刻叩问。但今天的观众已经不是10年前的观众，互联网的快速传播，当代表演艺术涌入国内市场，观众对表演艺术的鉴赏力与参与度今非昔比。但如果未能细腻捕捉到传统文化精神在当代社会肌理中的微妙迁徙，就很难在不同元素之间建立深刻的关联。而此次的市场定位差异就像一个在艺术节上有探索精神的作品，被放置在经过长期培育的具有相对审美范式的中国舞剧市场中去考验和挑战观众的认知，无疑对于双方都是不公平的。

出走和归来同样漫长，《诗忆东坡》更是一场归来的仪式，保持行走，保持期盼，因为在这场逆旅中，我们都曾在东坡的诗词里行走。

（原载《舞蹈》2023年第5期）

同枝分开两异花

——浅析重川版《江姐》的"川剧化"之路

魏 源[*]

在第十三届中国艺术节暨第十七届"文华奖"中，由重庆市川剧院创排的川剧《江姐》（以下简称"重川版《江姐》"）在众多参赛剧目中突出重围，一举斩获"文华大奖"，这也是重庆市川剧院继2000年川剧《金子》后再次获此殊荣。重庆市川剧院是目前众多川剧院团中传统剧目"活态[①]"储存量最多的院团，但有趣的是重庆市川剧院两次都是以现代戏夺得的"文华大奖"。一个常年以传统剧目演出和打磨为主的团体为何能够两次均以现代戏荣获"文华大奖"？这个问题值得探究。

本文从艺术本体的角度探讨：重川版《江姐》是如何跳出歌剧经典版的思维定式的？如何用戏曲传统美学的思维展现现代生活？如何成功地完成了"戏曲化"和"川剧化"？

一、"重川版"如何把《江姐》做到"戏曲化"

20世纪60年代中期，原成都市川剧院（现成都市川剧研究院）将民族歌剧《江姐》移植为川剧（以下简称"老版《江姐》"）；2018年，重

---

[*] 魏源：重庆市川剧院三级编导。
[①] 笔者姑且将能够经常在舞台上演出的剧目称为"活态"剧目。

庆市川剧院在老版《江姐》的基础上，经过重新编排，推出全新版本的川剧《江姐》(即重川版《江姐》)并搬上舞台，由中国戏剧家协会副主席、中国戏剧"梅花大奖"得主、重庆市文联主席、重庆市川剧院院长沈铁梅领衔主演并担任导演组成员。

（一）综合性、程式性和假定性的运用

重川版《江姐》将戏曲传统美学的基本原则奉为圭臬并贯穿在整个创作过程中，成功地完成了对现代生活"戏曲化"的改造。

第六场中江姐受刑的片段在歌剧版中以对唱的形式出现，而在戏曲思维中，除了演唱和对白，肢体语汇的使用也是展开剧情冲突的常用手法。重川版《江姐》将江姐受刑时对唱的词套进"诗韵化"念白的锣鼓曲牌【扑灯蛾】中，八个打手手持三对8米长的铁链和皮鞭登场，摆出"阵势"将江姐纵横交错地围在中间，并在锣鼓铿锵有力的节奏中通过舞蹈和调度变换出各种造型，以示刑讯拷问。为了体现江姐"挺胸站宁死不弯腰"的坚强意志，主创在"铁链舞"的造型上下足功夫，视觉上参照油画的写实风格，内涵上取《红岩》诗歌中"在烈火和热血中得到永生"的寓意，创造性地设计出以"凤凰涅槃"为代表的多组造型，将江姐被动受刑改为主动抗争，深化主题、升华人物。

"如何走路？"是现代戏需要重点解决的问题。在渣滓洞审讯室内，当江姐唱到"赴汤蹈火自情愿"一句时，生活化的步态难以刻画江姐大无畏的英雄气概，主演勇于打破行当界限，借用传统程式中须生使用的慢台步，边唱边向前走，体现江姐临危不惧、视死如归的革命意志以及对敌人蔑视的豪情。由此可见，程式不是一成不变的定式，艺术家们在舞台实践中将这些程式巧妙地截取、组合、拼接，使之能够更好地为人物的塑造而服务。

《绣红旗》是《江姐》中的名段，江姐与众位狱友在黑牢铁窗中眼含热泪、手持红旗、密密缝就，为新中国的胜利欢呼。"重川版"的绣红旗不再强调被绣的"旗",而是绣旗的"线"——五个演员手持黄色绸条在音乐中舞蹈,虚拟五星绣在红旗上的过程,最后在红色灯光的映衬下将绸条编织成一个金黄色的五角星。这种虚拟的意象化表现方法将"红旗"放大到整个舞台,此时的舞台也不再是潮湿狭窄的监狱,而是先烈们用生命换来的红色江山;众位手持黄绸的狱友也不再是身披枷锁的囚犯,他们和千千万万的中华儿女一样,飞针走线穿梭在锦绣河山之中,用双手建设新国家。载歌载舞的绣红旗完美诠释了戏曲美学中的"假定性",但也不难看出主创们能够跳出定式、不落窠臼的创新精神。

(二)用戏曲传统念白的韵律改造生活化台词

戏曲中的"念"并非生活中的对白,而是带有节奏和韵律的另类"唱腔",富有音乐性,除了需要强调语音重音和逻辑重音外,还要注重与形体、调度和锣鼓的配合。为避免念白过于生活化,演员们在台词节奏把控、断句、重音选择和强弱对比等方面做了不少尝试,以求提升台词的层次感和韵律感。如在渣滓洞审讯室中,江姐与沈养斋有一大段对白。

> 沈养斋　战争总不是好东西,你又何必武装暴动、刀光剑影,致使无辜百姓妻离子散、家破人亡呢?
>
> 江　姐　胡说![壮]①是谁害得人民妻离子散、家破人亡?是你们![打]是谁撕毁协定、挑起内战?也是你们![打]你们专制独裁几十年,屠杀百姓千千万;你们满嘴幸福、和平、人情、博爱,可两只手却是血迹斑斑![壮]

这段是全剧中正反两面交锋最激烈的台词,对强化两方观点起到了至

---

① 川剧锣鼓拟声词。

关重要的作用。可以看到这段中字数对称的词句较多，最忌平铺直叙。为避免观众产生听觉疲劳，演员对这段台词做了两处处理：沈养斋的台词和江姐的台词分别使用不垫鼓签子的贯口和垫鼓签子的贯口；贯口语速由慢到快、力度由轻到重、语调由低到高，在最高潮处用单锤［壮］收尾，铿锵有力、掷地有声。在调度方面，当沈养斋站在中场口说话时，江姐背对观众，在"胡说"时配合单锤猛然转身，随后在大段念白中逼退沈养斋，占据中场口，夺得话语权。这样的语言节奏和舞台调度的处理方法皆源自传统程式，用在此处不但完美地解决了台词生活化的问题，还避免了正反面人物交锋时剑拔弩张、高声吼喊的脸谱式表演套路，给予人物更深层次的内涵和张力，令人拍案叫绝。

（三）通过"意识流""浪漫主义""蒙太奇"等手法完成意境的营造

在舞台上使用"意识流"和"浪漫主义"的手法并非西方戏剧的专利，中国传统戏曲中就有很多这样的例子。

在江姐被捕一场中，蓝洪顺想冲进房屋救江姐，江姐为保护蓝洪顺、稳住甫志高，甫志高欲加紧行动、逮捕江姐，三个人的行动环环相扣、险象丛生。当气氛到达最紧张时，灯光突变，江姐、甫志高、蓝洪顺三人按传统调度中的"三穿花"聚在一起、相互交织，此时角色打破物理空间上室内室外的界限，三人的运动轨迹也非物理空间上的距离移动，而是角色内心焦急状态和意识的"具象化"，用人物的行动体现意识的流动，有走进人物内心之感。

二、川剧《江姐》如何做到"川剧化"

某个剧种能够与其他剧种区分开的四个重要标志——声腔（唱腔音乐）、锣鼓、方言和独特的审美方式。前三个标志是从听觉上而言的，其中唱腔音乐是最难以把控的核心要素；独特的审美方式是从视觉上而言的，这与该地域的历史底蕴、地理环境和经济生产生活方式息息相关，在戏曲舞台上具体体现在表演技法、程式套路、服化道等方面。

（一）在唱腔上回归川剧本体

"天昏昏野茫茫"一段是江姐在得知丈夫牺牲后的核心唱段，前悲后刚，是让江姐能够迅速成长、增强革命信念的"助推器"。在老版《江姐》中，该段大量借用歌剧旋律，川剧味道不浓，且板式单一。为避免"川歌化"，重川版《江姐》在保留老版《江姐》精华的基础上，对唱腔曲调和板式做了全新的设计，强调川剧高腔音乐的艺术特点，并综合运用现代作曲手法，让唱腔在回归川剧本体的基础上增添新意。

在曲调方面，为体现江姐面对丈夫牺牲消息时的悲痛心情，前半部分使用【端正好】[1]，【端正好】在川剧高腔中主要用于悲痛心情的抒发以及对不平遭遇的抗争等场景，音域宽广、婉转千回、哀怨悠长；彭松涛的牺牲虽然令江姐悲伤，但也是悲壮的，江姐回忆丈夫为自己传播革命思想的唱词间奏融入了川剧弹戏【苦皮】曲调，弹戏属于梆子腔体系，较高腔更加高亢激昂，能用音乐勾画出彭松涛光辉伟岸的人物形象；面对危机四伏的环境，江姐唱出"我怎能在这里痛苦悲伤"，随后运用川剧传统高腔音乐中"犯腔犯调"的手法，在"悲伤"的尾音处通过四川曲艺中的"扬琴腔"转入【红衲袄】，从柔和的羽调转为明亮的徵调，《红梅赞》的旋律渐渐响起，仿佛黑夜中指引方向的明灯，促使江姐擦干眼泪、抚平伤痛、坚定信念，继承丈夫的遗志，冲向前方。在板式方面，【一字】【二流】【快二流】和【摇板】交替使用，避免听觉上的疲倦，最后以散板放腔收尾，整体契合"散—慢—中—快—散"的结构，张弛有度；【一字】即"散板"，川剧高腔的"散板"是没有管弦乐伴奏的"清唱"，给予演员较大的发挥

---

[1] 新创作剧目的唱词格律大多不符合川剧传统高腔曲牌的要求，从严格的角度来说，不能直接用曲牌名统称唱段，只能说唱腔旋律用到了某支曲牌中的元素；但在实践中，为方便描述，依然有不少直接用曲牌名代称的情况。

空间，更容易展现角色细腻的情感变化，也是对演员唱腔功底的考验，能恰到好处地发挥主演沈铁梅作为"川剧声腔第一人"在唱腔方面的优势。值得一提的是，当江姐唱完"老彭啊，你在何方"后，音乐设计并未简单地让帮腔重复演唱此句，而是采用男女多声部合唱；此时的帮腔不再单是乐队的一部分，他们也代表了曾一起与老彭共同并肩的战友们，在群山峻岭中呼唤老彭，呼唤英雄。这不仅从听觉上增加音乐的厚度和层次，还赋予帮腔更深层次的艺术内涵，堪称点睛之笔。

（二）川剧特色表演技法的运用

川剧表演技法众多，这些表演技法是在剧目实践过程中出现的，对丰富人物塑造、剧情推动和气氛烘托起到了非常重要的作用。

第一场开头的朝天门码头交代故事发生时的环境，在很多版本中都从略处理——搬运工过场后，唐贵山和魏吉伯直接上。重川版《江姐》在这个地方稍做文章：坐滑竿的贵妇、乞讨的婆孙、买烟的恶霸、扛包袱的工人、算命的术士、卖艺的艺人，不同身份的人物悉数登场，勾勒出1948年年底重庆普通民众的众生相，奠定了贫富悬殊的时代基调。卖艺的川剧艺人是导演为明确故事发生在川渝地界而选择的典型性符号，具有极高的辨识度和排他性，独具一格。在众位路人的围观中，三位川剧艺人分别展示了川剧《金山寺》中的"托举"和《射雕》中的"变胡须"。这样的例子在剧中不胜枚举。

据不完全统计，重庆市川剧院近十年来积累的"活态"传统折子戏超400余出、传统大幕戏近20台，虽然这个数量在全国各戏曲院团中不算前列，但重庆市川剧院贵在求精，对每个剧目都反复打磨，这种紧握传统、坚守传统、精益求精的态度对于能熟练掌握戏曲美学规律是大有裨益的。由此可见，重庆市川剧院能够在《江姐》的创作中成功做到"戏曲化"和"川剧化"，并以此斩获"文华大奖"，要得益于团队对传统戏曲程式和表演技法烂熟于胸的掌握。但仅仅紧抓传统是远远不够的，还要能够在"创造性转化"的基础上完成"创新性发展"。虽然"重川版"脱胎于歌剧经典版,但重庆市川剧院在创作过程中能够坚持创新、另辟蹊径、主动探索,发挥川剧"海绵精神"①,不重复前人的思维定式,走出自己独特的艺术风格,正所谓"同枝分开两异花"。

---

① 川剧剧作家魏明伦语,意为要向其他艺术门类横向借鉴有利于川剧发展的元素。

舞剧《绝对考验》
——红色 IP 的艺术诠释和时尚表达

苟晓燕[*]

2023年12月8日、9日晚，重庆歌舞团原创舞剧《绝对考验》应邀参加2023年全国优秀舞剧邀请展演，在成都高新中演大剧院震撼上演，惊艳了冬日蓉城。此前，该剧作为西部地区唯一入选剧目荣膺第十三届中国舞蹈"荷花奖"舞剧奖，作为西南地区唯一入选剧目参演第十四届全国舞蹈展演并获评"优秀剧目"。至此，舞剧《绝对考验》成为2023年度全国唯一同时荣膺"荷花奖"并参演这两项全国舞蹈界顶级展演的剧目。

舞剧《绝对考验》的成功，来源于对创作历史方位的深刻把握。新时代新征程是当代中国文艺的历史方位，也是当下文艺创作的历史方位。以新时代的眼光去审视文艺创作，用新征程的视角去考量文艺作品，是对每一个文艺工作者的基本要求。

面对世界百年未有之大变局，如何用生动、翔实和富有特色的革命故事来支撑总体性革命叙事，汇聚成此起彼伏和一唱三叹的时代强音，是文艺院团必须面对的时代课题。作为一个具有红色基因、与共和国同庚的专业文艺院团，创作一部革命题材的精品力作，是重庆歌舞团念兹在兹的使命和责任。

---

[*] 苟晓燕：重庆歌舞团党总支书记、执行董事、总经理。

党的十八大以来，习近平总书记多次强调弘扬红岩精神。作为中国共产党的精神谱系和重庆文化的血脉基因，红岩精神如何入脑入心？如何在新时代更深地发掘和更艺术地发扬红岩精神实质？如何在《红岩》江姐这样一个大义凛然、钢铁意志的典型艺术形象之外，塑造另一个隐姓埋名、经受绝对独孤却又忠诚信仰、抛却生死名节的典型艺术形象？在这些长久的思考和涅槃中，舞剧《绝对考验》就这样喷薄而出了。

导演丁伟说："应该用当代的创作理念、艺术语汇和表演样式，让舞剧变得既深刻又好看。创作者要符合我们这个时代的审美观，更要符合观众特别是年轻观众群体的观剧方式。"

《绝对考验》的主创团队以此为标准，彻底摆脱以往的创作套路和窠臼，以大历史观、大时代观解读革命叙事，从舞剧选材、叙事结构、人物塑造、艺术手法、美学样式等维度大胆革新，让历久弥新的红岩精神走进新时代年轻观众的内心深处，实现了题材的创造性转化和作品的创新性发展。

一、舞剧选材出其不意

人物原型张露萍原名余薇娜、余家英，化名余慧琳、黎琳等，是叶剑英直接领导的中共中央南方局军事组地下工作者，有着颇为传奇的生平经历。1939年，18岁的她受组织秘密指派，背负"叛徒"骂名，成功打入军统机关内部，出色完成任务。1年后，震惊国民党朝野的"军统电台案"爆发，她被捕入狱，被关押的5年经受绝对孤独考验，直至24岁牺牲也未曾暴露真实姓名和共产党员身份，直到牺牲38年后在叶剑英、陈云等人证实和指示下，经多方调查才沉冤得雪，45年后才与丈夫阴阳重逢。

红岩英烈名录中有三百多人。《绝对考验》以张露萍为人物原型，不仅因为她的传奇经历非常适合舞台艺术呈现，更因为她是一个面临着"绝对考验"、超越一般"慷慨就义"、体现非凡"灵魂力量"、彰显共产党人牺牲奉献精神的绝对忠诚的共产党人。在建党100周年之际，全党全社会急需她身上的这股精神力量。舞剧通过演绎孤独绝境下的绝对考验和彻底牺牲，以期直抵观众灵魂最深处，努力让红岩精神更加形象生动、深入人心，甚至带着乡音乡情传遍祖国大地，引导党员干部和人民群众不忘初心，努力建设中国特色社会主义事业。

二、叙事结构不拘一格

长期以来，"电波"故事成为艺术创作经久不衰的源头活水。在远有京剧同个原型、近有舞剧同类题材等挑战面前，《绝对考验》"以今日之规矩、开往日之生面"，勇敢挑战舞剧不擅表达思想和叙事的弱点，突破革命英雄的类型叙事，深入挖掘张露萍身上的"独特性"，将人性、信仰、信念置于绝对环境下，独辟蹊径展现地下工作者的内心困境，诠释了革命者的奉献牺牲精神，被认为是一部革命者的"心灵舞剧"。

舞剧开篇，一段典型的陕北腰鼓昭示着如火如荼的革命事业，用群舞展示了革命群体的团结友爱。随之，场面一转进入女主人公的个人生活。她将要面对的是离开延安、转战重庆，化身为一名地下工作者，离开家人，离开集体，孤身一人接受残酷的革命考验。编创者用一个干净利索的激励事件，直接进入个体生命和宏大历史的对峙当中，开门见山，一针见血。

类似的创新不胜枚举。编创者从历史的樊笼中跳脱出来，没有用大量的笔墨描写主角如何打入国民党内部这样的历史细节，转而用舞台时空表现她如何转变为一个地下工作者的心理过程，用演员的肢体动作展现主人公的内心挣扎，用不同的演员舞蹈剪影，昭示了主角的精神蝶变。

全剧采用终局前置、首尾呼应、线性正叙的构剧方式，从行动层写实、情感层写意双线递进。结尾部分，故事仿佛戛然而止，当主人公迈向悬梯、走向光明的那一刻，一种画面感萦绕舞台，留给观众一种余韵，好像女主角的故事还没有完，在另外一个时空继续她没有完成的事业。

三、人物塑造别开生面

《绝对考验》的人物塑造打破概念化、脸谱化，从情境、形象出发，透过现象看本质，超越个体的精神世界，升华到了人性的高度、信仰的高度。通过旗袍、高跟鞋、口红、虎头帽等符号化表达，以小见大、零存整取，在细节质量的不断叠加中，表现内心情感，塑造了一个接近观众、接近历史真实的人物形象。人物主线清晰、关系清楚，没有太多反转。

对演员团队而言，早在投排伊始就已接受"绝对考验"。为了近距离感受触摸人物的生活环境，这些"90后""00后"多次聆听红岩事迹报告，阅读了10余本专著，观看了所有相关视频，还多次到渣滓洞看守所旧址、红岩革命纪念馆等地采风。几位主演甚至上交手机等所有电子产品，一人一间夜宿渣滓洞监狱，隔绝一切、跨越时空，走进20世纪同龄革命者的精神世界，与先烈产生对信仰、信念乃至牺牲、奉献精神的强烈共情。如此这般，才塑造出一个有血有肉的女烈士形象，也使红岩精神更具人性质感，使革命人物更有现代气息，实现了题材的创造性转化和作品的创新性发展。

舞剧演出中，尽管与"萍"隔着时间与空间，却不妨碍观众与其同呼吸、共命运，观众紧跟"萍"一起身处绝境，一起直面孤独与考验，一起经受煎熬与苦痛。入狱时面对狱友的排斥、临刑前细心涂抹口红、就义时从容攀登悬梯……一个个片段折射出的内心深处矛盾与纠结，让现场观众瞬间泪目"破防"。

四、艺术手法匠心独运

《绝对考验》全剧时长 100 分钟，自始至终不闻"电波"，却通过大写意的剧情、多元舞台表演艺术形式的呈现、现代舞美声光的铺陈等，以当代审美追求回望峥嵘革命岁月，将隐蔽战线这个没有硝烟的战场氛围烘托得入木三分，将生与死、名节与毁誉、冷酷与温暖的激烈冲突诠释得惟妙惟肖，将无人知晓的绝对孤独境遇下主人公无时无刻面对的极限抉择、分分秒秒接受的绝对考验，演绎得淋漓尽致，可谓"风声"四起，看得人惊心动魄，让观众不禁感受到隐蔽战线的暗流涌动，不由得与逝去的革命者展开精神对话、产生情感共鸣。

剧中，作为重要表意符号的"门"多次出现，艺术性地揭示"萍"内心的复杂情绪，使整部剧更富内蕴，更加耐人寻味。这道"门"，不仅是"萍"努力跨越之门、无法打开之门，也是她个人身份转换之门，更是对她信仰的"绝对考验"之门。

作为下半场的首个舞段，"三百步"加入了川剧器乐演奏元素与舞蹈动作投影呈现，将舞蹈剪影、纱幕布景与川剧打击乐巧妙融合，在光影交错、乐点阵阵、舞蹈动态较量中，将敌我双方对峙的紧张激烈、扣人心弦，主人公心向光明的决然选择，诠释得力透纸背，让观众迅速产生情绪共鸣。

一言以蔽之，全剧以舞叙事、融景入情、以情带舞，糅合现代、民族、街舞、国标等舞蹈语汇，融入川剧、话剧元素，用细腻的情绪输出和精湛的舞蹈呈现，塑造了一个绝对孤独境遇下绝对忠诚的隐蔽战线共产党人形象。

五、美学样式革故鼎新

《绝对考验》运用舞台电影真实美学，以高度统一的色彩调性、情绪调性，追求高度抽象化，探索现代舞美表达。坚持"多维空间、金属质感、抽象表达"的舞美设计理念，吸纳重庆地貌"峰回路转"的特点，融入了朝天门码头、观音桥、沙坪坝等地标，把重庆最具风俗民情的老火锅、老茶馆等也搬上了舞台，既体现重庆风土人情和地域文化特色，再现8D魔幻之都的城市特质，又营造出时而唯美精致、时而动感炫酷的舞台风格，让现场观众耳目一新。

剧中，层层叠叠的梯子作为主要元素，既呈现山城地貌，又拓展时间与空间的边界；金属材质的大型舞台装置，彰显人物钢铁意志；灯光则凸显线条感，营造变幻莫测的舞台氛围；服装化妆在忠实于人物和历史的基础上，注重表现时代特征和细节变化。传统巴渝文化与当代舞台技术的完美融合、灵活运用，在有效配合剧情、烘托环境的同时，更助力这部剧奋力向当代舞剧审美高峰迈进。

中国舞协主席冯双白不吝溢美之词，盛赞舞剧《绝对考验》："为中华民族现代文明提供了一个舞剧样式，为中国舞剧舞台提供了新鲜的审美经验，建立了中国舞剧一个新的美学样式。"

从《王贵与李香香》谈现代秦腔戏的创新

马 欢[*]

20世纪以来的秦腔创作,在传统秦腔的基础上,形成了厚重的现实主义创作传统,在创作内容、创作方法、表现手法、表演形式等方面进行了创新,将传统秦腔与现代审美结合,与时代同步,创作出符合现代人审美意趣,大众喜闻乐见的秦腔现代戏。

由宁夏演艺集团秦腔剧院演出的秦腔新编现代戏《王贵与李香香》,在吸收原作基础上进行了较多创新,本文主要研究秦腔现代戏《王贵与李香香》的创新之处,从《王贵与李香香》的剧本、音乐、表演与舞美方面逐一分析,探究该剧的创新之处,总结秦腔现代戏的创新经验并形成结论。

该剧取材于1946年著名诗人李季的长篇民歌体长诗《王贵与李香香》。原作采用当时陕北三边地区流行的民歌形式"信天游",以长篇叙事诗描写了王贵与李香香的爱情故事,体现出了边区民众在土地革命中自强不息的战斗精神,将革命的现实主义与爱情的浪漫主义相结合,长诗强烈的矛盾冲突、完整的故事情节、鲜明的人物性格,以及浓厚的现实主义与浪漫主义色彩,为其之后的戏剧化改编道路奠定了基础。

---

[*] 马欢:北方民族大学副教授。

一、秦腔戏剧本创新

秦腔《王贵与李香香》将原诗的"信天游"与秦腔巧妙结合。全剧将原诗句直接作为唱词,灵活继承了信天游的结构特点。信天游以一对上下句为基础,按照剧情的需要,依据情节的发展,唱词可多可少,可长可短,押韵对偶,简洁明了,内容精练,朗朗上口,朴实无华,没有过多的装饰。信天游这种民歌,以比兴的手法创作上下句,形象生动。秦腔的上下句对称与民歌的"比兴"巧妙结合,使得全剧通俗易懂,贴近生活,富有诗意,又雅俗共赏。

剧本创作在唱词中大量应用接地气的"土"味词语,因为这些词语贴近劳动人民生产生活的语言,朴素又真实,从中可以体会到浓郁的乡土乡情,所以改编过程中如果合适就直接使用,或者稍加改动即可。如词中的"哄人""看中""害臊""洼里"等,方言土语的强大生命力注入唱词中,既接地气,又通俗幽默,如同人性真情的流露,为经典题材的再现带入新的元素,使得传统革命浪漫主义风格多样化。

二、音乐创新

秦腔作为梆子腔的代表性剧作,声腔最能体现其艺术风格,从音调到音色,从曲调到唱法,无一不把秦腔的艺术特色发挥得淋漓尽致。传统秦腔的发音主要讲究声调与音律的协和,且频繁使用徵调式,音域多在dol—sol,高亢嘹亮又浑厚苍凉。

(一)唱腔创新

在秦腔《王贵与李香香》的唱腔方面,作者在传统秦腔风格延续的基础上,既延续了秦腔高亢、刚健、粗犷、豪迈、悲苦的典型风格,又点缀了活泼、幽默、委婉、细腻的唱腔,同时巧妙加入西方歌剧音乐华丽恢宏的特点，使作品的音乐丰富多样，较之传统秦腔的唱腔，表现张力大大加强，更能塑造出不同人物的差异，更具有强烈戏剧感和鲜明的对比。

（二）合唱相谐，风格独特

秦腔《王贵与李香香》引入了合唱。剧中合唱穿插于场次之间，主角的秦腔唱段之间，特别是在一开始，就以充满秦腔音调风格的混声合唱作开场，有领有和。用美声唱法演唱，音色圆润饱满，陈述故事背景时庄严肃穆，与人物角色互动时活泼俏皮，将西方美声唱法与关中方言有机结合，一改传统秦腔"吼"的风格，但又充满"秦"味。不仅使得观众耳目一新，还大大增强了舞台艺术表现张力，拓宽了戏曲艺术的表现力。

（三）形式活泼，引人入胜

秦腔《王贵与李香香》的两种主要演唱方式不是机械呆板的固定套路，而是根据剧情需要，选择演唱方式，主角和乐队对话式的互动演唱，使严肃的革命呈现出活泼、轻松、愉悦的情绪。不似传统秦腔唱腔一人主唱，一唱就是一大段，不仅给演员增加了舞台压力，还容易使观众产生审美疲劳。而《王贵与李香香》用合唱与戏腔穿插表演，使演出场景转换自然，衔接巧妙，既减轻了秦腔演员的舞台压力，还能够让观众保持新鲜感。

（四）伴奏音乐创新

板胡是梆子声腔系统的主奏乐器，选择板胡伴奏不仅仅出于音色与秦声的协调度考虑，更重要的是西部人的精神气质与板胡的音乐风格天然契合，这是一种气度，一种品质，更是一种精神。中国传统戏曲伴奏的特点之一是突出主奏乐器与人声的配合效果，造成了音域单一狭窄的缺点。传统戏曲在改革的实践中对伴奏乐器进行了创新，逐渐加入大提琴、低音提琴等西洋乐器，增加乐队色彩，弥补乐器音色的不足，弥补音域的广度，但鲜有加入钢琴伴奏的例子。秦腔《王贵与李香香》大胆尝试，在秦腔传统伴奏乐器中加入钢琴，中西结合。

秦腔板胡音色的特点是时而舒阔，时而明亮，时而辽远，时而低沉；

因为可以随时调整音高，所以可准确演奏出秦腔"欢音"与"苦音"；音腔性强，擅长模拟人声，音色的线条舒展柔和，长于表达如泣如诉的旋律与情感。钢琴音域宽广，高音区音色纯净明朗、晶莹亮丽，中音区音色醇厚、悠扬、典雅，低音区凝重、低沉、浑厚、宏伟，线状音与点状音都可轻松驾驭。在整场戏中，钢琴为合唱伴奏，不给秦腔伴奏，钢琴与合唱只是作为插曲进行衔接与铺垫。这种穿插使舞台上的戏剧情节具有更强的时空感，赋予了整场戏曲特殊的时空色彩，将旁白与表演区分得更加清晰，吸引观众随着演员与两种琴声变换注意力，这种新鲜感与体验是其他秦腔戏中没有的。

两种乐器搭配在一起，取长补短，除了鲜明的音色对比增加了唱腔的表现力，律制的互补也达到与众不同的效果。中国胡琴类乐器是纯律律制，钢琴是十二平均律。钢琴与胡琴合作的形式在协奏曲中已不再新鲜，但于戏曲伴奏来说，两种律制配合在一起音高和谐，形式新颖。钢琴键盘乐器植根于音乐对固定音高的追求，而固定音高的追求又植根于以音节轻重为核心的语音体系，这正是西方乐器的本质特点。钢琴十二平均律的律制使音高固定、方正、和谐、悦耳。相比之下，中国乐器没有走键盘化道路，正是因为中国音乐不追求音高的固定性，而注重声腔艺术的特点。

该剧利用东西方乐器的差异与互补，平衡了秦腔声腔与钢琴律制与音高的差异性，使中西文化艺术结合得更加巧妙，为秦腔增添了新元素，开辟了秦腔与西方音乐结合的新方向，为将来传统戏曲的现代戏改编创作提供了范例。

三、表演与舞美创新

秦腔《王贵与李香香》不仅通过传统戏曲技法以人物形象、角色演唱来表现故事情节，还大胆进行改革，以求更准确直接、形象具体、深刻入骨表达原诗人物内心，刻画人物形象，描述故事情节，充分体现了原诗的艺术性，甚至超越了原诗的艺术性表达。

（一）去程式化

去程式化体现在人物角色的表演不依行当限定，而是根据时间背景和剧情需要设计人物角色和表演，大都是生活化的动作。剧中演员面部不施油彩，正面人物俊扮，反面人物略勾皱纹，表演完全通过演员自然的面部结构表情完成，这是现代戏题材的本质所决定的。生活化的动作，生活化的语言，给观众以直接的视听观感，观众迅速进入全剧的欣赏活动中来。同样也解放了演员的表演，演员迅速进入表演状态，比如李香香的表演，从眼神到动作，从唱腔到表演，留给观众一种喜悦轻松、活泼明快的印象。全剧的去程式化，不是简单地舍弃传统程式，而是创造性地运用传统戏曲的程式表演。

（二）去写意化

剧中去写意化主要表现在舞美方面。比如在舞台上，核心表演区制作了一个形似波折道路的台中台，"道路"台之后是叠出的"山岚"，明显表现出革命道路的曲折困难。合唱台围绕在"道路"台子两侧。灯光则只给在"道路"台上，并且根据剧情需要，也照亮合唱队或者乐队，灯光切换加强了合唱队与舞台明显的层次感。舞台、合唱队、钢琴构成这样高低有致、前后分明的舞台空间，改变了传统戏曲舞台简单的一桌二椅单调简约的模式，从视听感官上给观众带来不同以往的观剧体验。

秦腔《王贵与李香香》虽然是新编现代戏，但应用了传统戏曲的大量元素符号，是传统文化艺术的现代性表达。

《王贵与李香香》是一个经典传统题材，在对秦腔剧种移植改编的过程中，编剧和导演用现代观众的审美眼光和需求重新解读了这个故事，并且注入了当代人的思考，加入了当代人的理解与情感，将秦腔与叙事长诗结合，除了将程式化、故事化、诗歌化融为一体以外，还将一个革命故事、一种革命精神，转位到了与当代生活思考的结合，把爱国主义、不屈不挠的中华民族精神展现得淋漓尽致，充满了浓浓的时代感，使其成为有时代价值感的当代作品，使观众能够感受传统文化独特的审美意蕴。在文化异彩纷呈、丰富多元的当下，传统文化的现代性表达，更应利用新颖的方式，让中华优秀传统文化更好地走进当下、融入生活。

秦腔《王贵与李香香》是对传统的现代性表达，最亮的闪光点是东西方文化艺术的深入互融。在保留传统秦腔唱腔与表演的基础上，将西方音乐元素与秦腔巧妙结合，实现了中西方艺术不同审美方式与表现方式的有机融合，呈现出律动和韵味的内在追求，对秦腔戏的创新与发展有很好的启示。

未来，中国戏曲的创作应赓续文脉、守正创新，在传统基础上进行创造性转化与创新性发展，创作、改编出更多优秀作品。

（原载《民族艺林》2023 年第 4 期）

《花儿与号手》
——革命叙事的多重表达

曹丽君[*] 李 亮[**]

《花儿与号手》是一部主题性创作，其最大的特色就是用戏剧的手法，用音乐的语言，把人民军队战胜一切敌人、所向披靡的奥秘揭示出来。

中国革命历史，既是中国人的情感印记，也是中国人的共同记忆，更是中国人创造的宝贵的精神文化财富。将革命故事人格化，对其进行"审美的把握和艺术的提炼"，造就了《花儿与号手》兼具思想性与艺术性。

一、革命叙事的民族认同

音乐剧《花儿与号手》体现了回族人民对红军的支持，以及回汉人民之间的亲情，这并非出自创作者的想象，而是扎根于这片肥沃的现实土壤。

这就是该剧的灵魂之所在，表达民族团结主题，并融入艺术的审美观照，将其艺术性地转化为一种充满了革命崇高情感的阳刚之美，充满了音乐剧的舞台演出魅力。

以李瑞金这个红军战士为代表的革命队伍，与以"花儿"等回族群

---

[*] 曹丽君：宁夏民族艺术研究所资料档案部副主任，馆员。
[**] 李亮：宁夏民族艺术研究所《民族艺林》编辑部主任，副研究馆员。

众为代表的各族人民，在革命精神、奋斗理想的感召下，随着斗争的深入、革命形势的发展，越来越团结，越来越明确革命之前途命运，并紧密地团结在一起，联合在一起，组成了一支正义的胜利之师，与以马家军为代表的国民党反动势力展开了一场生死较量。在斗争的过程中充满了重重危机，也时时处处体现了人民群众的智慧和胆量。这种革命的精神、这种无往不胜的正义力量，在"花儿"的嘹亮歌声中，在热情奔放的民族舞蹈中，在极富感染力的现代音乐剧中，表现得淋漓尽致，艺术地再现了革命群众的鱼水情深。乡亲们在这一刻被唤醒了，此时的军号，就像是一种象征，就是让敌人胆寒的号角，是胜利的召唤，更是民心向背的标志，他们唱着："听听听，听见千军冲锋，听听听，听见万马奔腾，听见清水河的浪，听见六盘山的风，听见号声人心嘭嘭，听见号声热血沸腾。"这震撼人心的音乐剧，就是艺术的魅力，是对"江山就是人民，人民就是江山"的最好诠释。它是对红军与各族人民在漫长的征战中，同呼吸共命运的历史真理的审美化提炼。这是一种团结一致的力量，在强大的敌人面前，展现出了一种伟大的团结。最终，整部戏剧在厚重的历史背景下，呈现出一种刚柔相济的理想美和生活美，令人感动。

在创作重大革命历史题材的作品时，一定要坚持历史唯物主义，坚持人民至上的观点，时刻保持着艺术上的创新精神，把历史真实和艺术感染力有机结合起来，造成一定的艺术审美效果。《花儿与号手》就是这样的一部杰作，历时多年的艺术打磨，并不断汲取专家、学者的建议，最终达到了艺术性和历史性、革命性的统一。

二、革命叙事的青春话语

音乐剧《花儿与号手》围绕"青春叙事"集中展现红军号手李瑞金与回族少女花儿之间的真挚感情。作为剧中的主角，回族少女花儿就像是一个完美的救世主,救下了革命青年瑞金,将花儿那纯洁无瑕的心灵展现了出来。两人之间渐生情愫,从最深层的感情中折射出了一种历史的发展趋势。两人最终英勇牺牲,虽不免让人感到遗憾与悲伤,但却给人一种强烈的审美冲击,使观众产生了强烈而深刻的同情。他们的故事中充满了生命的激情,充满了他们对信仰的忠诚,充满了他们对胜利的渴望,他们将青春爱情与长征赞歌完美地融合在了一起。

《花儿与号手》将人物的情绪和精神表现得淋漓尽致,用情绪的"真"来表现事物的"真",将它的艺术价值提升到了一个极高的高度。编剧赋予了花儿这个人物鲜明的成长性,而花儿的扮演者则将角色心路历程中细微的心理变化,通过歌声、台词、动作乃至表情、扮相等,有声有色地展现在观众面前,两个年轻人的心逐渐靠近,形成了强烈的共情效应,让观众在花儿的声响中感受到心灵的感动和灵魂的洗礼。

《向着温暖的阳光》里,有回族青年花儿饱含深情的倾诉;《妈妈的味道》有瑞金号手对家人深深的思念和眷恋;《听听听》有欢乐和青春的激情澎湃,引人遐思;《哥当红军最光荣》是嘹亮的、明朗的,充满昂扬向上的朝气;《我就是红军》是坚毅的、沉勇的,阔达雄浑;《我信你就像信太阳》是深沉的、坚定的,充满了自信和光芒。全剧十余首歌的旋律连贯而统一,歌词通俗,朴实无华,不会出现"话剧加歌唱加舞蹈"的尴尬局面,也不会因为一首又一首的歌而失去叙述的能力,音韵的叙事性与赋形性在戏剧中得到了充分的体现。

三、革命叙事的音乐风格

《花儿与号手》是一部运用当代音乐创作手法,对革命历史主题进行探索与表达的成功作品。"花儿"和"号手"具有"地域性"和"革命性",也象征了男女主人公的青春爱情,并将这些要素有机地融合在一起。"花儿"是一种西北特有的民歌，而六盘山的"山花儿"还带有明显的地域和风土人情特色。以其为叙述、抒情的女主角，在感情和美学上都起到了一种双重的寄寓与承托的作用。作品同时还将一种时代、民族的单纯而热情的理想，赋予并寄宿在了这个角色身上。

同时，《花儿和号手》音乐剧还把宁夏"花儿"和江西民歌有机地融合在一起，突出了该剧中人物的多样性，力图在音乐表现上与脚踏舞、民族舞蹈等身体语言表现达到协调，构筑出一种恢宏壮丽、酣畅淋漓、精妙绝伦的舞台艺术，呈现出一种清新的山水气息和一种高尚的时代气息。

音乐创作者在剧本叙述的基础上，在无伴奏花儿、宁夏小调、干花儿等音乐中，运用各种"花儿"的单声旋律、多声部旋律等，运用高超的编曲、转调等技巧，将歌剧、古典音乐、流行音乐等多种形式结合起来，运用独唱、对唱、领唱、合唱、三重唱、多重唱等多种唱法，使剧本的音乐表现形式更加丰富。

《花儿和号手》剧中很多唱段，都写得声情并茂，优美动人，具有很强的民族感和抒情性，可以在观众的内心深处引起强烈的共鸣。在音乐的编排方面，《花儿与号手》充分利用了音乐中的旋律、和声和节奏三个因素所带来的广阔的创造空间，并将其与戏剧的内容相结合，对其进行了艺术的延伸，从而达到了一种别出心裁的美学效果。比如，在大幕拉开之前，一首悠扬的军号声就在舞台上响起，将观众带到红军长征的那个漫长而又坚定的时代。当大幕落下时，来自西北的六盘山花儿曲调奏响，瞬间将舞台空间锁定在了宁夏六盘山一带；通过号声与六盘山花儿各具特色的音乐表现方式，将整部剧的时间和空间在曲调中自然地交代出来；突然，屏幕上的画面一转，硝烟弥漫，战火纷飞，伴随着一首雄浑的进行曲，音乐与舞蹈交织在一起，形成了一幅"子弹身边飞带着风，军号嘹亮吹震长空"的画面。在音乐元素和调性的统一安排下，《花儿与号手》在时间、空间和戏剧场景的开篇叙述中，有了很大的创新。

四重唱推进了戏剧情节的发展和矛盾冲突，这在马少爷来到花儿姑娘家搜捕时表现得尤为突出。马少爷带兵来到花儿家中，对此行志在必得，"抓到不留情"，花儿的父亲白大夫并不知道自己的女儿擅自接收了受伤的红军，他正"庆幸没有留下来"。躲在厕所里的花儿被吓破了胆，受伤的李瑞金告诉自己不能连累老百姓，四重唱将紧张的剧情与一触即发的戏剧矛盾结合起来，引发了观众对花儿一家命运的同情与关心。

《花儿与号手》赞美红色青春，讴歌长征精神，每一场演出都是对全体演职人员的启迪和教育。该剧的成功打造，既为广大艺术工作者提供了一种可以艺术化整合民族地区文化资源的可能性，也为革命历史题材的当代书写做出了有益的探索。

（原载《民族艺林》2023年第4期）

弘扬时代精神　唱响红色赞歌
——西藏当代红色音乐铸牢中华民族共同体意识的价值彰显[*]

常会芳[**]

社会主义进入新时代以来，"铸牢中华民族共同体意识"和"红色音乐"已成为艺术研究领域的热题。国内关于"革命音乐""红色音乐"的研究层出不穷，成果大多涉及历史梳理、作品分析、人物访谈、音乐批评与评论等内容，也有音乐家收集整理并创作了大量的红色歌曲、歌词集，这些优秀的成果记录了当代中国人民抵御外敌、保家卫国和争取民族解放的真实历史过程。"红色音乐"作为中国共产党领导下的精神文化主流价值，是音乐创作的"主旋律"，也是中国人的人文精神彰显。

从红色音乐研究方面看，西藏当代红色音乐相关研究最早可追溯至20世纪50年代初由苏岚、蒋亚雄、庄晶、李刚夫以及中共西藏工委宣传部等收集整理的"红色民歌"。这些作品的收集整理过程中，工作人员对歌曲进行了分类，还为作品做了大量注解，为红色音乐的研究奠定了重要的资料基础。遗憾的是这些作品集以歌词记录为主，并未同时记录曲谱，但这些作品中所蕴含的红色文化价值却是不可否认的，为中华民族共同体

---

[*] 2022年度西藏自治区哲学社会科学专项资金青年项目"铸牢中华民族共同体意识视域下西藏当代红色音乐作品研究（1951—2021）"（项目编号：22CYS02）成果。

[**] 常会芳：西藏自治区民族艺术研究所研究实习员。

意识的生成提供了理论逻辑。

一、西藏当代红色音乐反映社会历史发展事实

新中国成立后，党中央高度重视西藏工作，提出"解放西藏宜早不宜迟"的重要论断，并迅速制订了解放西藏计划。随军文艺工作者在"进军修路"的双重任务下，创作了如《歌唱二郎山》《打通雀儿山》《英雄们战胜了大渡河》等具有"老西藏"精神和"两路"精神品格的优秀红色音乐作品。苏岚、李刚夫等同志在进军途中收集整理的《藏族民歌》集，反映了藏族同胞在解放后回归祖国大家庭、过上幸福生活的民间盛象。

1959年3月，西藏进入民主改革时期。这一时期产生了如《共产党来苦变甜》《北京的金山上》《翻身农奴把歌唱》《洗衣歌》等众多优秀红色音乐作品，流传至今。同时，也涌现出了如才旦卓玛、白登朗吉、格桑达杰、边多、格桑曲杰等一大批藏族音乐家，成为西藏当代音乐的中流砥柱。党的十一届三中全会之后，随着改革开放、思想解放、经济发展，音乐创作的内容也开始发生了变化，涌现出来歌颂社会主义新西藏模范人物的《西藏的孔繁森》、喜迎香港回归的《回归颂》、促进民族团结的《吉祥颂》以及《一个妈妈的女儿》等大量红色题材音乐作品。党的十八大以来，以习近平同志为核心的党中央，高度重视文化事业的发展和民族工作的开展，涌现出了民族团结叙事的歌舞剧《天边格桑花》、歌颂伟大民族复兴的《筑梦高原》、歌唱社会主义新西藏的《新生颂》、感恩党和国家的《恩重如山》等优秀作品。各时期西藏各族文艺工作者，将党和国家的方针政策贯穿到音乐创作、音乐传播、音乐研究中，不断推动西藏音乐事业高质量内涵式发展，为西藏文艺战线铸牢中华民族共同体意识做出了巨大贡献。

西藏当代红色音乐作为西藏当代文化的重要组成，是西藏当代历史发

展过程中重要的红色文化资源,是中国共产党带领西藏各族人民解放西藏、建设西藏、发展西藏的伟大历史征程,也是记录军民团结、民族团结、社会进步的"集体记忆"。西藏当代红色音乐作为中国共产党人精神谱系的重要部分,也是中国共产党党史、新中国史、改革开放史、社会主义发展史的重要组成,深刻地反映了西藏地区不同时期的社会历史巨变,对西藏"中华民族共同体"整体意识的构建和增强、对"五个认同"的全局意识有着重要现实意义。

二、西藏当代红色音乐铸牢中华民族共同体意识的历史书写

1950年以来,在中国共产党的领导下,西藏各族人民与祖国内地在政治、经济、文化等诸多方面有着广泛的交往、交流、交融,这种密切的关系往来在西藏当代红色音乐中留下了鲜明的痕迹。红色音乐作为人民精神生活的重要部分,记述历史故事,凝聚人心、提振精神,充分体现了西藏当代红色音乐的重要作用和文化影响。西藏当代红色音乐中存在大量关于"五个认同"的核心价值体现,这些作品代表了西藏各族人民在思想情感、价值认同和审美需求上的整体性,蕴含了"中华民族多元一体格局"的价值取向,为西藏地区凝聚力量、强化集体意识起到了重要作用。

新中国成立之初,毛主席高度重视解放西藏工作,关心西藏人民。这一时期创作和流传下来了大量脍炙人口的歌谣,这些作品主要体现了对毛主席的领导下翻身解放的拥护与认同。如《西藏人民齐欢唱》:"西藏和平解放啦,毛主席的政策放光芒,西藏人民齐欢唱。伟大领袖毛泽东,您的名字传遍了西藏……"藏族人民以极大的热情歌颂伟大的救星和恩人,从歌曲中也能够感受到西藏人民对自由的向往和感恩毛主席的真挚情感。和平解放以来,西藏各族人民在共产党领导下翻身做主人,广大人民群众

和文艺工作者共同书写了大量红色音乐作品以抒发对共产党的感激之情。如《幸福的生活怎会得到》："草原上不落雨雪，没有茂盛的水草；藏民没有共产党，幸福的生活怎会得到。"《共产党来了苦变甜》："喜马拉雅山再高也有顶，雅鲁藏布江再长也有源。藏族人民再苦也有边，共产党来了苦变甜。"这些音乐作品既表达了西藏人民对共产党的热爱与拥护，也表现了他们对幸福生活的向往和坚定的信念。

西藏当代红色音乐作品是在中国共产党的领导下，为解放西藏、建设西藏、发展西藏谱写的红色赞歌，西藏当代社会发展历程中，各族人民深刻认识到民族团结的重要性，理所当然在对伟大祖国、社会主义道路认同的历史书写中留有鲜明印迹，创造出大量有关民族团结的红色音乐作品。这些音乐作品深刻地表达了中华民族一家亲，表达了对伟大领袖毛主席、共产党、人民解放军的感激和敬爱之情，对伟大祖国、社会主义道路的认同，也对民族团结进行了历史书写。各族人民团结的真挚情感，成为解放西藏、建设西藏、发展西藏过程中重要的精神文化，为西藏民族团结起到了重要作用，为新时代西藏铸牢中华民族共同体意识提供了坚实基础。

三、西藏当代红色音乐铸牢中华民族共同体意识的价值彰显

西藏当代红色音乐的发展犹如一部鲜活的当代历史，记录了和平解放西藏、建设西藏、发展西藏过程中的故事，既包含了历史发展进程，也涵容了西藏各民族相互团结的中华民族共同体精神的形成，承载着西藏各族人民相互交往、交流、交融的文化记忆。西藏当代红色音乐的形成，能够唤醒人民的集体记忆，引导"五个认同"观念的形成、激发对"中华民族共同体"的共情等特殊价值。因此，新时代背景下，以红色音乐的独特视角加强铸牢中华民族共同体意识，对加强民族团结具有重要的长远战略意义。

强化人民集体记忆。西藏当代红色音乐则是以西藏各族人民共同的文化记忆和生活为基础的创作，蕴含丰富的关于中华民族的历史叙事和认同建构，对于加强西藏各民族之间的交往、交流、交融有着重要意义，也是"三个离不开"的重要体现。从创作上看，西藏当代红色音乐最初是在传统音乐、传统民歌曲调上重新填词而来，如《藏胞歌唱解放军》《西藏人民齐欢唱》等，这些红色音乐的产生，既是对传统文化的继承，也是传统文化在当代的发展，还是过去到现在的文化记忆延续。而人民解放军在进军途中创作的《王德成吃酥油》《歌唱二郎山》等歌曲，充分展现了进军途中艰苦朴素的"老西藏"精神。通过对红色音乐再现与研究能够潜移默化地唤醒西藏人民对中国共产党、人民解放军的身份认同及"集体记忆"，以此增强各族人民的凝聚力。

赋予人民共同情感体验。西藏当代红色音乐是为时代而歌、为人民发声的经典音乐作品，其创作主要分为主题导向创作和无意识的、发自人民内心的颂歌，这些音乐作品集中体现了西藏各族人民独特的情感表达。随着时间推移，这些红色音乐作品在传唱、二度创作以及时代变迁中也在不断演变，但是音乐的内涵、价值存在许多共性，将这种共同的民族情感和精神根植于西藏各族人民内心，铸就了共同的情感体验。如"东方升起了太阳，世界充满了阳光，那不是太阳啊，是领袖毛主席。夜晚升起了月亮，大道洒满了银光，那不是月亮啊，是恩人共产党……"歌曲以朴素的语言唱出了西藏人民对毛主席、共产党、人民解放军的情谊。如歌舞曲《洗衣歌》、合唱《叫我们怎么不歌唱》、男女声二重唱《藏胞歌唱解放军》等作品的创作，进一步丰富了红色音乐的表现形式，在多样化的表演形式下不断传递着对中国共产党的赞美和中华民族共同的情感归属，袒露出西藏人民的心声，同时这些红色音乐作品也以音乐的独特形式赋予了人民群众真实的情感体验。

促进中华民族共同体意识生成。中华民族共同体意识生成需要从政治、经济、文化上形成集体观念认同，增进人们心理从属，激发主动的自觉认同与民族归属，促进统一国家格局下的民族由"多元"到"一体"的整体构建。因此借助具有共时性、共同性、共通性的红色音乐媒介推进中华民族共同体意识整体观念形成显得尤为重要。西藏当代红色音乐作为红色文化的一部分，具有动态属性，是对西藏当代社会发展过程的反映，具有鲜明的地域性、民族性和时代性，在促进中华民族共同体意识形成的过程中发挥了不可替代的作用。

习近平总书记指出："各族人民亲如一家，是中华民族伟大复兴必定要实现的根本保证。实现中华民族伟大复兴的中国梦，就要以铸牢中华民族共同体意识为主线，把民族团结进步事业作为基础性事业抓紧抓好。"1950年以来，西藏当代红色音乐以纪实手法对各族人民交往、交流、交融进行了历史书写，为西藏铸牢中华民族共同体意识提供了宝贵的红色资源，是值得进一步挖掘和研究的红色文化宝库，也是新时代背景下西藏各族人民增进"五个认同"的重要路径。新时代，我们要深入对西藏当代红色音乐进行挖掘整理与利用，充分发挥能动性，多维度、有针对地开展红色音乐实践活动，为铸牢中华民族共同体意识赋能增效，为实现中华民族伟大复兴固基培元。

（原载《西藏艺术研究》2023年第3期）

《无字丰碑》
——一部好看的黔剧

罗运琪[*]

近日,应黔剧院邀请,在遵义大剧院观看了新创大型交响黔剧《无字丰碑》的首演。

遵义大剧院地处新蒲新区,相对偏僻,加之天气较冷,担心观众不多。进了剧场,与想象中的情景却大相径庭。上千个座位已经满满当当,与剧场外的寒风形成强烈反差。更为欣喜的是,从大幕拉开直到谢幕完毕,观众一直随着剧情的发展,或为人物的悲喜,或为演员的精彩表演爆发出一阵阵发自心底的掌声。这种观剧的现场体验,在贵州的戏曲舞台上的确不多见。我问过现场的观众,他们的回答有一个共同的关键词——"好看"。其实,"好看"是对一部戏剧最基本的要求,但同时也是最难达到的要求。《无字丰碑》的"好看",我以为主要在于"有悬念的剧情"、"有观众感到真实的人物形象"和"有创新的呈现方式"。

有悬念的剧情

要吸引观众的注意力,并长时间保持住注意力,是舞台艺术最困难的

---

[*] 罗运琪:原贵州省文化厅机关党委书记,副研究馆员。

事情之一。悬念的设置是剧作家最常用的技巧。《无字丰碑》的悬念设置，被编剧曹海玲巧妙地安排在两个互为因果的情节上。一是林青接受了中央下达给贵州工委的任务，要获取敌人的密码、军用地图和情报。林青能否完成任务？这是整出戏的大悬念。在完成任务的过程中遭遇了一波三折：首先是敌人派了熟悉地下党工作的叛徒陈惕庐到贵阳担任特务室主任，林青面临着被抓的危险；与此同时，林青还要打通送情报的交通要道，而这个交通要道的关键人物就是东门的守军营长范大胆。说服范大胆的过程中，林青两次与陈惕庐面对面虚与委蛇，稍有不慎，就会暴露身份，这是小悬念。另一个情节是林青从上海返回贵州后，敌人利用他母亲作为诱饵，母子不能相认，这对于一个持有孝心的人来说，无疑是一个残酷的考验。几次母子相遇，林青都差点自控不住，险象丛生。这两个情节交替出现，一波未平，一波又起，把观众之"念"，牢牢地系在"悬"上。

有了"悬念"还不够，毕竟林青的斗争经历早为人知，其"悬念"其实已经被大多数观众知晓。要用怎样的"戏"来维持住观众的注意力呢？这才是《无字丰碑》的编导煞费苦心的地方，也是这部戏能让观众从容欣赏的精彩之处。

随便拈来一例：林青从上海回来后，以在文琴茶馆演唱为掩护，指挥着地下党的对敌斗争。这天，范大胆、陈惕庐不约而同到茶馆听戏。范大胆要听《穆桂英挂帅》，而陈惕庐耍威风要换戏码。范大胆脾气大，加之早对陈不满，不同意换戏："皇帝老儿听戏都不这样干，特务室一个破主任算老几？"陈惕庐也不示弱，威胁要将范大胆的不满言论上报。一来二去，两边的人动起手来。茶馆里范大胆可能占上风，但事后被陈惕庐收拾的可能性很大，若范大胆被陈惕庐除掉，会给今后的对敌斗争增添不利因素。面对如此情况，林青不可能无所作为。此时林青巧妙利用"负荆请罪"戏码，成功化解了一场危机。这场危机的化解，剧目的编导者没有采用劝架说和、讲大道理的方式，而是从林青的性格特征出发，以"戏中戏"的戏曲手段,让剧情在歌和舞中继续推进,避免了现代戏常有的"话剧加唱"的毛病。林青的举动,虽然一时之间得到范大胆和陈惕庐的赞赏,但同时也把自己推到了一个引起特务注意的位置,于是观众也被带到了下一个危机即将出现的"悬念"中。再如另一场同样发生在文琴茶馆的戏,其紧张的戏剧冲突所产生的张力,通过剧情的层层推进,越来越让观众绷紧了"观看"这根弦。陈惕庐来到茶馆,这次他不是来听戏,而是来验证林青就是地下党负责人李远方。他带来了曾经是林青老板的谭棉花,让他指证林青。谭棉花未能肯定,林青暂时安全。陈惕庐使出第二招,把林青的母亲带到茶馆,林青看到母亲,心有所动。陈惕庐雪上加霜,指使谭棉花鞭打林母。看着在鞭笞下痛苦挣扎的母亲,林青心痛欲裂,凭着坚强的意志,没有上当。陈惕庐毒招不灵,又使出"善"招,故作慈悲,让林青给母亲送水喝,在母亲双手接水的一刹那,母亲差点就要喊出儿子的名字,悬念之"悬"到了顶点。这时,林青忍住泪水,叫了声"大妈,喝点水吧"。这一声轻轻的呼唤,让母亲一愣。林青随即又补上一句"长官赏你水喝"。母亲依然犹疑,悬念犹在。危机一触即发,时空犹如凝固了一般。在这凝固的时空中,剧作者安排了一段母子的唱段,在紧张的氛围中,延长了"悬念"在观众心中的长度,戏剧的张力反而更强:

林母:母子重逢相对望

林青:不能相认似断肠

林母:见儿活着皮肉虽苦心欢畅

林青:见妈受难一腔悲愤涌胸膛

就在这心理活动中,林母明白了"儿不认母有蹊跷"。陈惕庐的阴谋又一次失败。剧情就是这样在不断产生危机，又不断解决危机的戏剧冲突中，大悬念、小悬念不断组合，让观众有了欲罢不能的观赏体验。

有观众感到真实的人物形象

《无字丰碑》的成功，还在于该剧塑造了众多的人物形象。这些剧中人，各有各的个性，各有各的特点，既相互区别又相互映衬。

主人公林青，机敏、睿智、沉着、冷静，具备了一个中共地下组织领导者的素质。林青又是一个具有个性的共产党员。他是艺术家，书画、音乐、唱文琴是他的特长，也是他对敌斗争的武器。他以文琴茶馆为舞台，宣传群众、组织群众，在他周围聚集了一批革命力量（一枝花、范大胆等）。他利用唱堂会的机会，做范大胆的工作，最终争取到了范大胆，范大胆也为情报的送出做出了贡献。林青还是一个孝顺的儿子，当他还是孩子时，宁肯自己被打死也不愿母亲受辱；重返家园后，"见母亲，浑身伤，心如刀绞。心含恨，咬碎牙，欲跪向前"把林青复杂、矛盾的心理刻画得十分真切。扮演林青的演员也较好地把握了林青在复杂斗争中的性格特征，唱腔时而高亢激烈，时而婉转轻柔，表演有张有弛，塑造了一个有真实感的林青。

陈惕庐是剧中主要角色之一，他狡诈、凶狠，内心阴暗而又脆弱。他曾经是中共地下组织成员，被捕后叛变，一心想立功来保全被软禁在南京的家人。饰演这个角色的是国家一级演员、黔剧国家级非遗传承人朱宏。朱宏曾经在舞台上塑造过许多英雄模范人物，其正面形象已经成为黔剧观众的一种审美定式。朱宏首次饰演反派人物，就抓住了陈惕庐这个人物的复杂个性：在人前耀武扬威，不可一世，独处时则虚弱不堪，一封电报就足以叫他"浑身冷汗"。从头饰到步态，从念白到唱腔，朱宏都做了认真揣摩，力求找到属于"这一个"人物的形象特征。林青就义前，有一段陈惕庐向林青"三问"的戏。在这三问中，陈惕庐一改平日趾高气扬、居高临下的主任做派，似在反躬自省，又像在为自己的叛徒行径辩护。陈惕庐低声询问，林青高亢作答。林青和陈惕庐的角色来了个大转换，林青大义凛然，成了灵魂审判者，陈惕庐黯然失色，成了被审判的对象。这段戏，升华了剧作的价值和主题。

剧中其他人物形象也给人留下深刻印象：圆滑世故、胆小怕事，最终成为革命者的大碗茶，快人快语、豪爽仗义的范大胆，能干、泼辣又不乏柔情的一枝花，含辛茹苦、忍辱负重的林青母亲等。总之，这台戏中的人物真实可感，扮演者们功不可没。

有创新的呈现方式

中国戏曲走过了几百年的发展之路，形成了一系列程式化的表演方法，在世界戏剧舞台上独树一帜。随着时代的进步，戏曲固有的表现程式已不能适应观众的审美需求，任何传统，只有融入现代生活才会具有生命力。于是创新成为增强戏曲生命力的关键。《无字丰碑》的主创团队，策划之初，就把艺术创新作为该剧追求的目标之一。

首先是交响乐和传统文琴伴奏乐队的融合。交响乐的运用是剧本的宏大叙事所决定的，无论是增强角色唱腔的感染力，还是情景气氛的渲染烘托，交响乐的作用都是传统乐队所不及的。来自中国戏曲学院的教授陈涛导演，依据剧本提供的戏中戏情节，巧妙地把文琴传说乐队搬到舞台，使文琴传统乐队成了剧中的一个角色，在剧情的推进中与交响音乐相互呼应。观众听到的，既有传统乐队的文琴雅韵，也有交响乐气势磅礴的黄钟大吕。作为交响黔剧的探索，《无字丰碑》无疑是成功的。

其次是时空的自由运用。自由时空处理本来就是中国戏曲的传统，一个圆场百十里，一句慢板五更天。一般来说，传统戏曲的时空基本上还是沿着人物的行动脉络在一个空间进行转换。该剧的时空处理则更加自由：或在一个舞台空间同时表现几个时空，或让时间凝固，角色的心理情绪却在继续流动。我以为该剧最具有探索意味的，是苍涯子这个人物的设置。苍涯子既是剧情的叙述者，又是茶馆文琴戏班主唱。他既在戏中，又在戏外。他的时空串联者的作用，戏一开场就有了交代：

激越的打击乐声中，少年林青跌跌撞撞跑上。

苍涯子站在高台上唱："乱纷纷，厉风卷沙黑如鸦，哎呀呀，小小少年反东家！"

这分明是剧情的叙述。叙述了戏剧的背景（乱纷纷，厉风卷沙黑如鸦）和事件（小小少年反东家），此时，苍涯子是叙述者。

接下来，苍涯子与林青有一段对话：

少年林青：（恨恨地）我就要反！

苍涯子：他，谭棉花，毕节城最有钱最有势的布匹商。

少年林青：有钱有势就该拿这鞭子抽我？我不是牛马，我是个人！

苍涯子：放眼世道，贫富皆如此。娃娃，忍一忍？

少年林青：（倔强）我不！我打了他，还烧了他家的布。

苍涯子：胆子大！娃娃，你闯祸了！

少年林青：闯就闯！反正我要离开这里！

此时的苍涯子似乎又成了剧中的一个角色。在以后的戏份中，苍涯子一直在时空中穿梭，成了推动和交代戏剧情节不可或缺的部分。

最后是剧中歌和舞的运用。《无字丰碑》里的舞蹈，既有传统的"开打"，也有进入时代审美的"新歌舞"。国民党特务搜捕中共地下组织这场戏，就是一场十分精彩的武打戏，只见演员翻跃腾挪，一个个功夫了得，观众掌声不断。"新歌舞"则有以国标舞为元素的酒吧舞和表现谍报工作的谍报舞。酒吧里，国民党军人正在联欢，女演员们一袭旗袍，光彩照人。地下党谍报人员，就在这看似妙曼的舞蹈里传递情报。这两个舞蹈，成功地避免了写实化弊端，而且非常好看，既让观众能轻松地观赏，又舒缓了紧张剧情的节奏。

《无字丰碑》的创新之处还有许多可圈可点的地方，希望这部戏在进一步的打磨提升中，有更为精彩的表现。

（原载《贵州日报》2023年5月12日）

"守正创新" 唱时代之精神
——第三十一届中国戏剧"梅花奖"观感

韦 嘉[*]

2023年5月16日至19日，贵州省文化艺术研究院组织了观摩团，赴广州观看了第三十一届中国戏剧"梅花奖"展演，4天4场，分别观看了黄梅戏《汤显祖》、歌剧《与妻书》、话剧《雾重庆》、京剧《阳明悟道》。除话剧《雾重庆》外，其余三部作品都有各自的音乐曲调和特色唱腔，作品中融入本土民间音乐元素，突出地域性特征与文化内涵，运用多种合理的音乐表现形式，结合剧情、人物、舞美技术等多方面进行演绎，呈现出中国戏剧综合艺术之美，为观众带来充满激情又不失地域特色的精彩剧目。

一、《汤显祖》黄梅戏音乐与赣剧音乐的碰撞

该剧在群演和舞美的设计上并未运用强大的人海战术和沧海桑田的历史背景，直面观众更多的是演员洗尽铅华的古朴和轻盈。如果说黄梅戏《牡丹亭》像是人们心尖上的绕指柔，那么黄梅戏《汤显祖》则像是晨曦中西阁楼上的疏雾，雾锁烟迷，静待朝气。而之所以给人留下这样的观剧印象，不光是演员表演的缥缈，还有剧本的轻盈、舞美的温婉、灯光的素

---

[*] 韦嘉：贵州省文化艺术研究院（省戏剧创作中心）副研究馆员。

雅，以及该剧音乐上的心思。一开场，梅院军唱着弋阳腔质朴委婉的腔调在观众面前亮了相，通过与大家熟知的经典剧目《牡丹亭》中杜丽娘的一搭一唱，向观众们展示了一位至情、率性、执拗的大家——汤显祖。接着梅院军和潘柠静用以明快抒情、质朴细致、真实活泼见长的黄梅戏，演绎了一段汤显祖与夫人吴玉瑛可歌可泣的世间佳话。梅院军清澈、脆亮、婉约的声线，"字正腔圆、声情并茂、轻重缓急"的表演在黄梅戏与赣剧之间穿梭，时而高亢激越，时而凄哀柔丽，赣剧似念非念、似唱非唱的韵白，演绎出了汤显祖激荡起伏的人生抱负和细腻的人性魅力。梅院军在两种艺术表达中来回穿梭，把控有度、拿捏自如、演绎顺通，演出再次获得黄梅戏迷的点赞，也圈了不少赣剧迷的粉。这种"跨界"的演绎比较难，没有几十年的专业功底，没有对黄梅戏和赣剧两个剧种的深刻领悟是不可能驾驭的，然正如某位资深的黄梅戏迷所述，"三年磨一剑，一朝试锋芒"，梅院军出生在湖北黄梅，学习成长于安徽，成名在江西，这朵"梅花"是鄂、皖、赣三省共同孕育的硕果，而黄梅戏也正是三省共同孕育的传统文化瑰宝。如今，梅院军为江西省摘得第八朵"梅花"，这是江西省民营剧团演员首次获得"梅花奖"。这既是国家对于"文艺两新"（新文艺组织、新文艺群体）的肯定和支持，也彰显了民营剧团在艺术创作上的务实态度、求新求变精神以及顽强的生命力。

二、《与妻书》歌剧与粤剧音调的契合

在未观剧前对该剧有两方面的期待。一方面的期待是来自剧名《与妻书》本身。得知要去看歌剧《与妻书》便查阅了《与妻书》的原文，大致了解其内容和时代背景，有三点感想：一是无论哪个时代，没有国家和人民的幸福，就不会有个人的真正幸福；二是林觉民牺牲个人幸福，为天下人谋永福的崇高情怀实在是了不起；三是林觉民对妻子的爱和对国家的爱

一样，都很深情刻骨。因此对《与妻书》歌剧如何编，如何导，舞美如何，灯光怎样运用充满了期待。另一方面的期待是孙砾的演唱，之所以知道他，是因为他用美声翻唱了一首由陈乐融作词，卢冠廷作曲，苏芮首唱，1991年姜育恒演唱后家喻户晓的歌曲《再回首》。如果说姜育恒演唱的《再回首》是对过去的忏悔，对时间流逝的感伤，对未来的迷茫，对老朋友的思念，那么孙砾的"低音炮"则是对过去的礼赞，对当下的肯定，对未来的憧憬，对老朋友则是拍拍肩、挽挽手、踏踏步，呈现出一齐向前进的勇气。听完他唱的《再回首》，感觉要是跟他做朋友，友谊一定坚固稳靠，也能在友谊中获得正能量和激励。因此对于歌剧《与妻书》的期待值相当高。

当然，张砾在歌剧《与妻书》中的表演也没有让人失望，他用收放自如的嗓音向我们演绎了一位充满理想、内心坚定、热血澎湃、有血有肉的爱国青年林觉民，他的演唱像一尊暮鼓，"击鼓收兵"不是逃避战场，而是暂退血雨腥风，为明日之战斗积聚能量。《与妻书》在作曲上并未用中国戏剧的传统曲牌，而是用了西方歌剧的手法，采用大量的咏叹调对剧情的发展进行了推进，以一首主题唱段《有一种爱》，"有一种爱感天动地，有一种情刻骨铭心。有一种生命燃烧自身，照亮着他人行程……"贯穿全剧，其旋律反复穿插，承载了戏剧发展的柔情和遗憾。然而，听完这首主题曲再去回望林觉民的《与妻书》，那种哽咽却不抽泣的偈，那种沉默却无死寂的力，那种失去却不凄凉的命，似乎显得主题曲的力量有些不太足。《与妻书》原文包含了林觉民的民族大义、忠贞情意、无私友谊、浓烈亲情、宏伟担当等，而主题曲采用大调叙述式的表达，在情绪表达上稍显娇弱，光明有了，战斗有了，力量也有了，但打动人心上似乎还可以更加深刻。

三、京剧《阳明悟道》地方音乐的氛围烘托

京剧《阳明悟道》的演出，观众喝彩最多，演出结束后观众们都舍不得离去，掌声频频响起，之所以能获得大家的青睐，大致有三方面的原因。其一，冯冠博精湛的表演。无论是王阳明受屈后的"僵尸摔"，还是老生大文戏上的唱腔，又或是顿悟前的不甘和顿悟后豁达的表演，他都把中国国粹的精髓展现得淋漓尽致，试问这样"知行合一"的王阳明谁能不激动地站起来拍手叫好？谁能不爱呢？其二，演员团队的精湛表演。整个剧里无论是太监的嚣张跋扈，龙珠的机灵调皮，文人们的风骨柔情，还是那只特别出场的小山鸡，都恰如其分，恰到好处，捕获了观众的心。这样生动的诠释，如此接地气、懂观众，鲜活的表演怎能让人不爱呢？其三，整个剧对"守正创新"的把握恰到好处。该剧首先是遵从了传统京剧的程式化进程，唱念做打的基本功夫一样不差，角色性格明朗又不跳脱，充分发挥了传统京剧艺术的魅力，把剧中一个个人物刻画得活灵活现，"守住了正"。在此基础上，该剧对音乐进行了创新，除了加入西洋乐器小提琴、小号、长笛等，氛围感的点睛之笔苗族芦笙可算首功。王阳明悟道是在贵州龙场镇，隶属贵阳市修文县，该地区谷宽水浅，盆地、槽谷和洼地较多，有苗、彝、仡佬、布依族等民族聚居。该剧的氛围营造并没有含糊不清，选择了具有特色的苗族作为地域特征的呈现，在后半部分嵌入了苗族芦笙音乐。舞台上吹奏时，芦笙领于众演员前，且吹且舞，沿顺时针方向排开，缓缓向前，众人发出整齐的舞步声，与乐音相应和，苗族芦笙音乐见长的浑厚且舒缓、活泼且稳健的旋律瞬间把整个剧的仪式感和氛围感拉满，为王阳明的悟道历程和冯冠博的演绎增添了神秘与庄重。

随着"杖刑贬逐""长亭送别""亡命天涯""荒山瘗旅""龙场悟道""讲习布道""此心光明"七场戏的层层递进，一步步引导，观众赞美了王阳明的扮演者冯冠博，接受了京剧《阳明悟道》，惊叹贵州京剧院

能"如此好看"。该剧对王阳明心学的探究，既成功地展示了贵州的文化实力与文化自信，也成功地展示了贵州戏剧人的艺术力量和时代担当。在新时代文艺繁荣兴盛的坐标中，贵州戏剧创作事业充满希望，前景无限。

仰望"梅花"，回眸童年至今的观戏记忆，可以看到，无论是在物质稀缺的年代，还是如今信息多元的当下，前辈们为中国戏剧发展做出的努力，在面对艰难的外部环境时他们仍然坚持"守正创新"，为我们后辈留下了非常宝贵的财富。这些财富，不仅仅是几出戏，更是一种精神的传承。中国戏剧源远流长，博大精深，千百年来，中国戏剧赓续历史文脉，传承民族精神，反映现实生活，寄寓乡愁乡情，深受人民喜爱。童谣里"姥姥门前唱大戏"，成为一代又一代人的童年记忆。在台上，哪怕是乡村最简易的戏台，那种现场仪式感，台上的激情演绎，台下的掌声、叫好声、互动感都让人感动不已。然而，在现代文明、现代科技发展的背景下，观众对中国戏剧文化的要求以及中国戏剧艺术欣赏水平愈来愈高，这需要解决好继承传统与开拓创新、观众需求与雅俗共赏等问题。因此，"守正创新"是当下中国戏剧人的使命和担当，在遵循传统戏曲美学和艺术规律的基础上，融入时代精神、现代理念、当代舞台表现手段，才能实现中国戏剧艺术的创造性转化、创新性发展，才能与时代发展相适应，与现代社会相协调，与现代观众的审美相契合，这样才能使中国戏剧永远保持独特性、展现时代性。祝愿中国戏剧工作者在未来创造出更加美好的明天。

杨林和他的话剧《红旗渠》

李红艳[*]

2022年12月21日,当代优秀的实力派剧作家杨林走完了他刚满60岁的人生历程,永远离开了我们。这位来自太行山下、红旗渠畔的汉子,命运坎坷,饱受磨难,却从未失去一个艺术家应有的赤子之心,激情满怀,厚积薄发。在刚刚过去的20年中,他用手中的如椽之笔在中国的戏剧舞台上纵情挥洒,创作出了京剧《霸王别姬》《突围·大别山》,豫剧《常香玉》《秦豫情》《女婿》,话剧《红旗渠》《兵团》,吕剧《百姓书记》《一号村台》,淮剧《浦东人家》等一系列产生全国性影响的优秀作品。新世纪的河南戏剧,因为杨林而多了一份厚重;新世纪的中国戏剧,因杨林而多了一份精彩。尤其是他的话剧《红旗渠》,已被证明是新世纪中国戏剧舞台的重要收获。他没有辜负家乡这份得天独厚的馈赠,用40年的观察、思考,出色完成了这份生命的答卷。

"红旗渠"是20世纪60年代河南林县人民在极其艰苦的条件下,突破环境和条件的极限,历时10年在太行山腰修建的一条人工"天河"。它的修建,不但为人类留下了可视可感的物质存在,由此孕育出的"红旗渠精神",更成为中华民族一笔宝贵的精神财富。20世纪60年代,"红旗渠"题材就开始进入艺术创作领域,成为戏剧创作的热点。90年代之后,在

---

[*] 李红艳:河南省文化艺术研究院研究员。

有关部门的倡导和地域题材创作不断升温的时代背景下，红旗渠题材更是被包括戏曲、话剧、电视剧、电影、舞蹈等在内的多种艺术形式演绎，杨林的话剧《红旗渠》，就是在这样一个背景下创作的。

之所以钟情这个已经被写了半个世纪的题材，是因为杨林有挥之不去的"红旗渠情结"。杨林是林州人，在他幼年时期，红旗渠的故事就已嵌入了他的记忆深处。初入梨园行，他就有幸看过同一题材的豫剧《战山河》和话剧《战太行》。他和红旗渠不但有地缘之近，而且有情感之亲。红旗渠情结的种子在这时已悄然埋下。当然，钟情这个题材，还因为其蕴含的巨大精神价值尚未被发掘出来。尽管这个题材在不同时代被多次演绎，但由于时代的局限，思想认识的局限，创作观念的局限，它还没有达到应有的精神高度，还有巨大的开掘空间。而且，如果说以往的创作者更多的是被"重新安排林县河山"的时代豪情和流血牺牲的英勇悲壮感染、感动的话，那么，半个世纪过去了，随着豪情、激情的渐渐退散，随着那些具体的人物、事件的渐渐模糊，随着时间的磨砺和岁月的沉淀发酵，红旗渠的精神价值越发凸显。尤为难得的是，无论从心理情感上，还是从价值认识上，杨林都已做足了准备。他要用现代观念，对红旗渠做出新的诠释和表达。

重写《红旗渠》，首要厘清的问题一定是"红旗渠"的精神价值到底是什么？站在时代的制高点，如何认识红旗渠精神？如何开掘出"红旗渠精神"？在长达四年的《红旗渠》剧本创作中，杨林一直在思考重写《红旗渠》的当下意义。后来他想明白了，"人活着，必须有一种精神"。所以，重写红旗渠，必须写红旗渠修建中的"人"。

"写红旗渠这样改天换地的题材，一定要正面去写，而且主要人物一定是杨贵。一百年后，林县人一定会记得杨贵，感谢杨贵。"[①] 这段话，是

[①] 张燕君、杨林：《剧作家杨林访谈》，《戏曲研究》2017 年第 4 期。

杨林的父亲多年前对他说的。这位见证了红旗渠修建和"红旗渠"戏剧创作的老人的独到见解，刀刻般印在杨林记忆的深处，成为话剧《红旗渠》的创作引擎。回看以往"红旗渠"题材的艺术作品会发现，那些创作都太过执着于修渠的具体过程、事件，而恰恰忽视了写"人"。"文学即人学"，聚焦当年红旗渠修建场景中的"人"，才是这个题材当代开掘的应有视角。故而，作为当年红旗渠修建的决策者、执行者、担当者，从来没有走入戏剧创作者视野的杨贵，走入了杨林的戏中，成为话剧《红旗渠》的绝对主角。

话剧《红旗渠》第一次把修建红旗渠的决策者——以杨贵为代表的林县县委一班人推向了前台，以浓墨重彩的笔触，描写了修建红旗渠的生存必需和历史必然；描写了林县县委主要领导在红旗渠修建问题上的政见分歧；描写了修渠过程中因认识局限、判断失误、仓促上马而导致的种种问题和困难；描写了作为主要决策者的杨贵面对问题、错误的自省和反思，面对质疑、误解的委屈和担当；更正面描写了杨贵和副县长黄继昌之间因政见龃龉而引发的猜疑、争论甚至格斗，以及释疑后的惺惺相惜……作者没有"朝圣般复活激情燃烧的特定年代'人定胜天'的情景，而是摒弃那个年代习惯了的大话、套话，专注于以情感和矛盾建立的戏剧冲突"[1]，把笔触伸向以杨贵为代表的决策者的内心和情感深处，挖掘、揭示此情此景中人物真实丰富的内心世界，以决策者心路历程的波澜起伏，折射红旗渠工程的波澜壮阔；以杨贵们历史困境中的行为选择，折射他们的政治胸襟和历史担当。既还原了历史的真实，更写出了人性的真实。因而，剧本所表现的，"不仅是这个题材或类似题材以往所关注的人和自然的抗争与人定胜天的勇气，更挖掘了人和自己，人和自己情感、习惯、观念、意志的抗衡，这是又一个看不见的修渠造渠工程，更加感人动人"[2]。

---

[1] 黄海碧：《匍匐在戏剧山梁上的杨林》，《剧本》2014 年第 2 期。
[2] 罗怀臻：《我看话剧〈红旗渠〉》，《中国戏剧》2012 年第 6 期。

红旗渠的修建，是一个民族的集体记忆，红旗渠的主人公，注定不是哪一个单独的个体，而一定是英雄的群像。特别是半个多世纪后，站在时代的高度，用现代的眼光，跳出事件之外回望红旗渠，其景观一定是立体化、多维度、全景式的。于是，在以杨贵为代表的决策者的英雄群像之外，还有一群和红旗渠修建息息相关，和决策者群像相互映衬，识大体、顾大局、甘奉献、勇牺牲的百姓群像。如为了给红旗渠让路，带头拆掉祖宗祠堂的村党支部书记王金宝；时刻不忘娘嘱托，"出门在外，活儿要干好，饭要吃饱"的金银铜铁锤四兄弟；为了向"调查组"表明态度，带头把洞房设在"青年洞"的突击队队长李继红和铁姑娘凤兰；做梦都想"把脸洗干净，抹上胭脂，像仙女一样漂亮一回"的小吱吱；半辈子忍辱含垢，却因书写《红旗渠》这篇千古文章而一抒胸臆的清末秀才杨起梦；为调查红旗渠工程的问题而来，最终却被真相深深感动的调查组组长张光明；到工地给儿子送鸡肉小米饭的杨贵的娘；儿子牺牲，椎心泣血，却对杨贵说"林县人民只会感激你，不会责怪你；只会记住你，不会忘记你"的深明大义的继红妈……这一系列不同身份的人物形象，以各自不同的方式，对红旗渠的修建奉献了他们的热切、执着、情感、大义乃至生命，构织出一幅幅鲜活生动的红旗渠修建的壮丽图景，为这部宏大叙事的史诗剧平添了精神的力量和情感的温度。

话剧《红旗渠》史诗般的恢宏、全景式的视角、英雄群像的塑造，靠的是作者匠心独具的叙述技巧。全剧采用段落式、块状式的戏剧结构，由14个相对独立的情节片段组成。这些情节，分别附着在"以杨贵为首的决策层的矛盾"和"基层百姓的行为选择"这两条主线上。表面看，各个片段之间并没有环环相扣的因果关系，但附着在每条线上的情节却有着密切内在的逻辑勾连。两条线之间，看似松散，实则围绕"修渠"这一核心事件紧紧扭结，形散神聚。如有了王金宝带头拆祖宗祠堂，才有杨贵"今天借你一条路，明天还你一条渠"的庄严承诺；有了小吱吱临终的未圆之梦，才有杨贵面对调查组"欠她一盆洗脸水"的痛心陈情；有了继红妈"恁来林县修渠是为了谁"的深明大义，才有了杨贵"不管你山有多高，石头多硬，挡我渠线，我炸你！堵我渠水，我削你"的天地呐喊……两条线交替并进，相辅相成。前者构成了红旗渠修建的宏阔背景，后者还原了红旗渠修建的沸腾民意和火热场景；前者赋予全剧以历史的纵深和厚重，后者赋予这个硬题材以柔软和温度。它们彼此推进，共同交织出官心和民意"同频共振"的历史交响，交织成了大气磅礴、气吞山河的红旗渠精神交响。

　　昆德拉在《小说的艺术》中说："小说不是研究现实，而是研究存在。存在并不是已经发生的，存在是人的可能的场所，是一切人可以成为的，一切人所能够的。小说家发现人们这种或那种可能，画出'存在的图'。"[①]所谓的历史真实，不是还原再现已经发生的，而是表现可能发生的。杨林在剧本开头写道："《红旗渠》剧本是创作的，但，红旗渠是真实的；《红旗渠》情节是虚构的，但，红旗渠精神是真实的！"他试图表达的就是一种历史的可能。他"有意隐去了一些具体的历史细节，直接去揭示贯通历史和当下的一种内在精神。这种精神可以超越具体事件、具体人物，是在原题材基础上的一种升华、提纯"[②]。杨林以他独特的开掘视角和诠释方式，实现了对红旗渠题材的时代表达；通过虚构的情节，完成了对超越生活真实的"红旗渠精神"的提纯升华。这样，修建红旗渠，就不只是特殊时代的生存必需，而是历史的一种必然。"它的修建，就成为一个时代、一群人的时代信仰；'红旗渠'精神就升华为一种对信仰的执着，就成为一种精神的符号。主题的提升，使这个题材境界顿开。"[③]

　　剧作家欧阳逸冰说过，剧作家首先应该是一位思想者，要做"在黑暗

---

① 吴晓东：《从卡夫卡到昆德拉》，生活·读书·新知三联书店2017年版，第15页。
② 罗怀臻：《我看话剧〈红旗渠〉》，《中国戏剧》2012年第6期。
③ 李红艳：《戏剧创作地域题材应降温》，《中国文艺评论》2016年第10期。

的长长的隧道里寻找光明出口的思想者"。从20世纪70年代听父亲讲红旗渠，看关于红旗渠的艺术作品，40多年来，杨林一直"在长长的隧道里寻找光明的出口"。半个世纪的孕育，对历史客观辩证的认识，对前辈创作得失的思考，还有对个人感悟表达力自觉、有意识的历练，使杨林终于找到了那个"光明的出口"。他对红旗渠的开掘，超越了前辈为观众提供的既有经验，提供了新的认识角度，展现了新的历史场景，塑造了新的人物形象，实现了新的艺术表达，使该题材达到了应有的精神高度和艺术高度，成为新世纪中国戏剧舞台上带有突破意义的经典力作。2022年10月28日，习近平总书记在考察红旗渠时强调："红旗渠精神同延安精神是一脉相承的，是中华民族不可磨灭的历史记忆，永远震撼人心。"他号召"年轻一代要继承和发扬吃苦耐劳、自力更生、艰苦奋斗的精神，摒弃骄娇二气，像我们的父辈一样把青春热血镌刻在历史的丰碑上"。杨林的话剧《红旗渠》，无疑是一部弘扬红旗渠精神的生动教材，它已经并将继续让无数观众从中获得认知、感动和力量；杨林的名字，也将和他的《红旗渠》一道，被后人长久铭记、怀念。

（原载《中国戏剧》2023年第4期）

舞台剧《寄生虫》舞台艺术创意鉴赏

朱明月[*]

舞台剧《寄生虫》根据韩国电影剧本改编。电影原著《寄生虫》由韩国知名导演奉俊昊编剧、执导,曾在2019年获戛纳电影节金棕榈奖、2020年获奥斯卡四项大奖。得益于电影原作的好基础,剧本保持着对人性冷峻的深刻思考——阶层之间的互相隔膜与探视,物质至上观念下的歧视,人类永无止境的欲望,欲望下不断"越线"的疯狂。相比于电影蒙太奇加持的时空自由度,戏剧舞台的限制很多。在舞台呈现上,抓住核心事件、完成集中而流畅的叙事,这对于导演调度、舞台美术、演员表演方式等,都是全新的突破性挑战。

《寄生虫》的原著充满了吸引力,对于电影剧本既定的故事情节,观众已形成刻板印象,难以仅凭剧情获得震撼。想要讲好这个被观众熟知的故事,既要有屏幕镜像到戏剧舞台的转变,更要有戏剧性的艺术创意,以全新的艺术视角、独特的艺术形式去展现。如此一来,如何让时空有限的舞台合理流动起来,充分突出戏剧的鲜活感与生命力,便成为舞台剧编排的重要落点。

舞台剧《寄生虫》是多幕剧,剧情基本还原了电影,剧中人的姓名也参照原著。"寄生虫"一词在剧中象征着依附于富人家庭生存的"金家",

---

[*] 朱明月:河南省文化艺术研究院助理研究员。

在剧外则象征着无数被生活毒打、被时代洪流裹挟的底层人。主角们在不同世界中游走穿梭，由此发生一系列荒诞、离奇又令人叹息的故事。整场演出展现了两个家庭之间、富人与穷人之间的壁垒，富人"天真且善良"，穷人为了活下去，伪装到富人的家庭里"寄生"。这样，贫富两个家庭的矛盾激化，酿成了最终的悲剧。

"幻想现实主义"是介于现实和梦幻之间的戏剧表现形式。近些年来，随着国外戏剧演出团体的频繁访华，中国观众对于"幻想现实主义"的作品已有所了解。"幻想现实主义"手法充满诗意、充盈灵感。电影原著《寄生虫》是现实主义题材作品，舞台剧如果套用现实主义手法，或许会显得沉重不堪，使观众缺乏新鲜感、体验感，因此，该剧导演巧妙地使用了"幻想现实主义"手法，使这部舞台剧洋溢出独特的创新思路和艺术魅力。

下面仅从几个层面剖析该剧独特的戏剧舞台艺术创意。

一、舞美设计的空间折叠

电影中的场景主要分为金家的半地下室，社长家的别墅、地下密室以及户外草坪四部分。四个主要场景如何巧妙地安插在一个舞台中，是一个充满挑战的设计。为了更清晰地展现剧中三个不同阶级家庭及其独特的气质，舞台剧在布景上使用了多维空间及城市化场景，加深三种家庭的对比度。舞台剧《寄生虫》将金家设计成船形，放在距离观众最近的舞池中央，桌椅、板凳凌乱不堪，整体色调灰暗无光，所有家具高低起伏，斜着、扭着挤压在一起。舞台正中央是社长家的大客厅，其中摆放着真皮沙发、高档茶几和一把椅子。客厅后有一个可升降的斜坡，斜坡上铺满绿色的草坪。斜坡往上的中层空间是社长家的厨房，位于观众视觉的正对面，由于与厨房连通的储物间暗藏着地下密室的出入口，因此它也成为一个重要的联结场景。厨房后面有向上、向下的两层台阶，向上是高台，向下是地下密室。草坪升起的时候,地下密室无所遁形,它狭小、逼仄、暗无天日,在此间发生的种种剧情也是黑暗、压抑的;斜坡降下的时候,草坪完全覆盖了这片空间。在朴社长奢华的房子里,这个连主人都不知道的、逃避朝鲜进攻的地下室是一个完全隐形的存在。舞台两侧是错综复杂的三层楼梯,暗喻着"社会的横切面"。

综合来看,舞台设计极其精巧地将三个家庭的并置效果做了呈现。整个舞台结构和设计以朴社长家为主体(这也是三个家庭的联结和故事的主要发生地)。左右两侧阶梯的功能:演出过程中,从左边上阶梯意味着进入朴社长家的空间,从右边向舞台后下阶梯意味着离开房子,从右边上阶梯,则意味着家庭成员去往房子的二楼。整个舞台被纵向分成了三部分,每层平台代表了一个阶级。这样大胆的舞台美术设计,既充分利用了舞台空间,也能将密室合理地"隐藏"起来。依靠合理妥当的布景,整部舞台剧的情境呈现起来丝滑流畅。

该剧的舞美设计将戏剧艺术创意表达得淋漓尽致,折叠的舞台切分出宿主与寄生虫的不同空间,调和出一种光鲜亮丽的压迫感。尤其是社长家厨房上空的天花板,采用了镜面设计,倒映出的模糊、抽象的镜像空间,同时营造出一种"梦境"的幻觉。整个镜面完整无误地反射舞台上所有演员的形体动作。在观众看来,舞台上仿佛出现了两个一模一样的空间。这种光影的变化既不会打扰观众观剧时沉浸其中的体验,又丰富了舞台形式,增加了梦幻色彩,同时也代表寄生虫的仰望视角,这是底层群体可望而不可即的生活剪影。舞台的整体风格独特,利用光影、道具营造出走钢丝般的"弥漫在各个反差极大的世界之间,荒诞而脆弱的平衡感"。

二、舞台调度的创意联想

舞台调度,也叫"场面调度",是舞台行动的外部造型形式。它通过演员的体态，演员与演员，演员与舞台景物、道具之间的组合，构成艺术语汇，使舞台生活形体化、视觉化。舞台剧《寄生虫》的导演在进行二度创作时，其风格大胆创新，利用精心设计的舞台调度，强化了人物形象，营造了优雅、独特的舞台情境。

其中，有一段金家父亲载朴社长"驾车"的剧情。舞台上没有汽车，两位演员通过肢体间的制衡，步伐踩踏的一致，酝酿出了蒙太奇与意识流的观感，无实物表演给观众带来了更多想象空间。金家父亲向朴社长介绍金家母亲去富人家工作时，有两位服务员在桌旁为朴社长服务，舞台上的一系列动作几乎全部由奔跑、抬手、弯腰和旋转组成，四位演员的表演张弛有度，台词、节奏、走位和肢体动作，都展现得恰到好处，极具震撼力，舞台调度流畅自然，较为合理地展现了剧本中人物的贯穿行动。

值得一提的是，该剧融入了舞蹈的表演形式，在几个重要的场景中，情感的推进都是通过舞蹈的方式进行的。舞蹈手段作为现代话剧表演的重点形式之一，是现代话剧中比较核心的元素，演员的动作得到了延伸，舞蹈有其独特的运用价值。剧中，朴家夫妇在客厅茶几上贴身热舞，化实为虚，化重为轻，整个过程充满了轻盈感。舞台灯光变为暧昧的艳红色，通过现代舞、拉丁舞等方式表达二人的温存，极大程度地抒发了演员的主观情感，产生了不可言喻的魅力，使观众更深入地沉浸在剧情中。这表明，目前舞蹈手段已经能被广泛地运用于话剧表演的舞台之上，这是传统话剧的一种突破和创新。

该剧的结尾，舞台上采用动静结合的调度方式去呈现：首先，小男孩多灿被吓倒在地，其他所有演员静止；随后，前保姆的丈夫冲出来刀刺金基婷，并且使用了真实的流血效果，此时其他演员依然静止；之后，金家母亲冲出来制服了前保姆的丈夫；接着朴社长再动身找汽车钥匙……当主要矛盾进行的时候，其他演员都为静止的状态。

综上，创新形式的舞台调度，更能精确地体现该剧导演独特的艺术构思，从而更深刻地用戏剧舞台的方式揭示剧目的精神内核。

三、戏剧符号的灵性呈现

在戏剧学中，戏剧符号作为重要的手段之一，可利用舞台上呈现出的各种符号，在观众的感知下构建虚拟的符号世界，从而更好地完成戏剧演出。影版《寄生虫》中暗含着诸多的符号和隐喻。在戏剧舞台上，这种充满隐喻的意象同样能利用物体或符号去呈现。为了让舞台剧在二次创作中有独特的呈现方式，导演将影片中的隐喻情节具象化，运用幻想现实主义的表现手法，并以此建立"幻象"。

第一，关于寄生虫与蟑螂。当第一幕结束时，舞台正下方一位身着黑衣、头戴触角的舞者缓慢地从乐池爬上主舞台。这位演员表演了一段"蟑螂舞"，他快速扭动着四肢，在地上攀爬伸展，身躯夸张地折叠、抖动。当微弱的幽蓝色灯光亮起，这只"蟑螂"狂妄肆意地在舞台上乱舞，展现着从寄生虫的小心翼翼到幻想成为宿主的自我享受；最后一幕场景，金家半地下室缓缓升起，伴随瞬时喷出的气雾，原来是一只翻倒的巨型蟑螂造型，凌乱的家具竟是这只蟑螂的腿脚。这对于观众的视觉冲击是相当震撼的。由此也联想到话剧开头的灭蟑伏笔，既呼应了影片中提及的"你发现家里有一只蟑螂，其实可能已经有了一万只"，也明示了阶级固化下的社会底层如同蟑螂般人人喊打、苟且偷生，最终难逃被碾压的命运。蟑螂作为具象的符号，将剧中的隐喻挑明，在独特的布景中灵活地将"寄生"这一行动背后所蕴含的情感冲突和情感内涵传达给观众，在视觉和想象上更具冲击力。

第二，关于狼的传说。剧中，出现了两次狼的传说故事。第一次是金家姐姐在朴家授课时，第二次则在全剧的高潮——结尾时刻。通过动物来象征和指代故事中的人，剖析了角色内心的象征性空间。故事的主体神秘未知，与原本黑色幽默的戏剧基调形成鲜明对比，加剧间离效果，使命运莫测的剧情走向呼之欲出。当这个传说出现的时候，舞台氛围变得魔幻、惊悚，藏匿的欲望不断推动悲剧诞生，更为最后一幕中自相残杀的场景提供合理契机。

第三，关于舞台上方的LED屏幕——一张巨型钞票。本剧结尾处，金家小儿子站在这个三层舞台结构的最上层，用独白的方式交代杀戮后众人的结局。此时厨房料理台上方的挡板是朝下倾斜的，LED灯光呈现出纸币的效果：右下角是100元的金额标示，正中间是一只兔子的头像。这张虚构的钞票在舞台上出现了两次，形成了虚—实—虚的效果，加深了该剧的讽刺意义。

符号性意义，也可以理解为象征意义，为舞台剧《寄生虫》添加内涵、植入概念，将观众引入对人物内心道德标准的思考上，使这部作品更具灵性。

综上三点，该剧最出彩之处，是整个剧情情节起伏的同时，还能将重心投向剧中人主观的情绪表现。戏剧编排的种种巧思，并非为了如电影般完整讲述一个故事，而是加之抒情与句读，诠释某一类命运群体走投无路的演变过程及归宿。戏剧舞台是社会的缩影，它能包罗万象、展现万物。戏剧导演将电影剧本通过多层次的艺术手法，在舞台美术、灯光设计等多种艺术手段的结合下，通过演员的舞台调度，创造出一部精巧的舞台剧，给观众带来了强烈的精神体验。舞台剧《寄生虫》在导演的二度创作下，主要通过舞台叙述的手段完整地体现了导演的艺术创想，融合多种艺术元素，为观众展示了一出荒诞的黑色幽默剧，同时也为戏剧事业的发展开辟了一条新的探索之路。

（原载《东方艺术》2023年第4期）

传统剧目再创作的探索呈现
——评第五届豫剧节展演剧目《宇宙锋》

闫 哲[*]

2023年第五届豫剧艺术节期间,山西省长治市豫剧团为广大观众奉上了诚意之作《宇宙锋》。此剧由陈素真先生亲传弟子牛淑贤亲授指导,李双双担任复排导演,刘凯作曲,王顺岩、杨海深任灯光设计,一级演员、陈派再传弟子岳静静领衔主演。该作品在最大限度保留、继承陈派艺术特色的基础上,对传统剧目《宇宙锋》进行了拓展改编和精彩演绎,为传统剧目的再创作交上了一份优秀的答卷。

一、情理通畅的戏剧结构

1980年,中国艺术研究院录制的豫剧大师陈素真版全本《宇宙锋》为我们留下了宝贵的资料。在影像中,我们看到其全本共有"修本""装疯""金殿"三折,和梅兰芳先生的京剧版、陈伯华先生的汉剧版在戏剧情节上大同小异,俱是以匡洪被陷害抄家后赵艳容为救公爹劝其父赵高修本陈情始,以疯闹金殿直斥秦二世亡国有日终,全剧演出在50分钟内以高度凝练的戏剧情节展现赵艳容的抗争。山西省长治市豫剧团演出的《宇

---

[*] 闫哲:河南省文化艺术研究院研究实习员。

宙锋》是在陈素真大师"修本""装疯""金殿"的基础上整合了《一口剑》《六义图》等相关情节拓展改编而成的。全剧共五幕，分别为"指鹿为马""奉旨成婚""盗剑抄家""修本装疯""闹殿斥君"，戏剧结构完整，故事情节紧凑，编排设置精巧。

第一幕以"指鹿为马"的朝堂争斗干净利落地交代出赵高与匡洪的矛盾，以匡洪手持的始皇帝御赐宝剑宇宙锋点题并为其之后的遭难埋下伏笔，塑造出欺君压臣、阴险狡诈的赵高，坚守黑白、忠肝义胆的匡洪，昏聩无能、是非不分的秦二世三个主要人物形象。幕尾赵高密谋"美人计"，与第二幕"奉旨成婚"相衔接，引出本剧第一主人公——被赵高作为工具和匡家联姻的女儿赵艳容的出场。事实上，近年来豫剧、京剧、汉剧对于《宇宙锋》都有过拓展改编，有些剧目在此处会连篇累牍地赘叙密谋的场景和匡家的反应，虽面面俱到，却失之精巧。而山西省长治市豫剧团的《宇宙锋》，通过第一幕幕尾的密谋道白和第二幕幕首圣旨赐婚的寥寥数语来组织情节，采用"大写意"式的结构手法，删繁就简，处处留白，筋骨分明地架构起情节，可谓匠心独运。

在本剧中，剧情的推动力来源于两股力量此起彼伏的胶着对抗，一股力量是权欲熏心的赵高的毒计频出，另一股力量则是赵艳容的挽救与反抗。当奉旨成婚的赵艳容以明辨是非、聪明贤惠挽救自身婚姻幸福并挫败父亲赵高所施展的"美人计"时，赵高再次使出"借刀杀人"之计，无情地将赵艳容推向第三幕"盗剑抄家"中新婚遭难、公爹入狱、丈夫假死逃亡的凄惨境地。作为本剧的中场，第三幕不仅深化了情节矛盾和人物悲剧处境，而且为第四幕"修本装疯"中赵艳容装疯反抗的戏剧高潮积蓄了情感的力量。在第四幕中，赵艳容强忍悲痛劝父修本、为公爹求情的成功挽救尚未让人来得及长舒一口气时，她再次被秦二世的强纳入宫逼进了命运的死角。身处君权的逼迫、父亲赵高的逢迎下，她唯有"抓花容、脱绣履、撕破罗衣"装疯这一条反抗之路可走。

可如果我们细细思考的话就会发现，毒辣无情、权势滔天的赵高只不过是一个"伥鬼"，"美人计"的实施依赖的是圣旨赐婚，"借刀杀人"的成功归功于宇宙锋被盗之后行刺秦二世的栽赃嫁祸，被封太师加官进爵倚靠的也是对秦二世的"献女"逢迎。也就是说，造成赵艳容悲剧命运的真正凶手，除了赵高这一"父与权"的化身之外，更关键的是赵高所倚仗的"君权"的压迫，若要表现赵艳容反抗的彻底性，就必然要令其与"君权"产生针锋相对的碰撞。于是，在第四幕中，"君权"显身了——秦二世夜访赵府，窥见赵艳容花容月貌，强纳入宫。这也就在情与理的必然中引出了第五幕"闹殿斥君"的情感爆发与决绝反抗。由此，五幕戏分别以矛盾、挽救、激化、高潮、爆发情理通畅地组织起本剧的戏剧结构。

二、表演艺术的继承与转化

优秀的戏剧结构需要精湛的表演与饱满的塑造作为支撑，在本剧中，岳静静所饰演的赵艳容可谓最大的亮点，称得上"处处关隘关关越，重重境界层层攀"。

第二幕，赵艳容一出场便是洞房成婚，虽是喜庆之景，却毫无喜庆之情，而是满心的沉痛、忧心与茫然。"居深闺好似那笼中鸟，只盼着早日里出樊笼"，得来的却是冷清的拜堂、孤苦伶仃的洞房、丈夫匡扶的误解，岳静静以幽怨柔美的唱腔生动地阐释了赵艳容此时的心境。但是这种柔美背后又不失性格的强韧与聪明的决断——赵艳容并不自怨自艾，而是将心比心，"你我两心同迷茫"，选择主动出击，与佯装酒醉的丈夫沟通，以善良和聪慧化解误会。此时的表演事实上有一处很重要的关隘，那就是作为一个被丈夫误解只能自我拯救的新妇，既委屈又主动，既自怜又自爱，既娇羞又善良的复杂心理。岳静静通过赵艳容两次为匡扶披袍的靠近完美地跨过了这一关隘——第一次靠近，岳静静前半段脚步虽轻却急，中途略一思考，后半段放缓横向的步伐，但是纵向依然有所起落，在匡扶差点被惊醒时，岳静静迅速返身，回到起点位置，以袍遮面显示娇羞；第二次靠近，岳静静的表演让人称绝，她以极其微小的碎步行进，头、肩、双臂保持静止，纵向毫无起落之感，只以足尖、足跟带动整个身体前行，此时她手中长袍遮地，整个人如在云中游曳、在冰上滑行，既轻且静，显示出赵艳容在复杂心理下的小心翼翼。岳静静这一精彩的表演很容易让人想起陈素真大师在《梵王宫》一剧中的碎步扇辫舞，陈素真所饰演的耶律含嫣左手扇右手辫，以"小五花手"的动作转动，如花绽放、如鸟翻飞，同时又以小碎步满台游走，却能保持头、颈、肩、臂的静止，动静之间呈现出难以言表的美的意蕴，实乃陈派绝技。岳静静可谓得了此项绝技的个中三昧，难能可贵的是她将其化用在《宇宙锋》里，贴合人物、心理和场景进行妥善处理，达到了完美契合的艺术效果。

  第四幕作为本剧的重头戏，岳静静的表演与塑造处处可见其精湛技艺与深厚功力。如当赵高告诉赵艳容秦二世要纳其入宫之后，岳静静"爹爹呀"的三次"叫头"的演绎，其表演形式继承了陈素真大师的创造，但又以不同的表演方式情感浓烈而又层次分明地表现出赵艳容的悲痛、愤懑与决绝，完成了独属于自己的继承与转化，蕴含着明显的现代意识特质。第一次"爹爹呀"，岳静静以"爹"字的尖锐、拖长、停顿显示赵艳容受到的震惊与难以置信，以"爹爹呀"的哭声行腔彰显赵艳容对于自身前后遭际的悲痛之情；第二次"爹爹呀"，岳静静以下行音配合水袖的下甩表达赵艳容对于父亲的愤懑，此时赵高以"违父命"之罪强压赵艳容，却不想自己弃人伦、绝情义的残忍，于是赵艳容发出"先嫁由父母、后嫁由自身"的愤恨觉醒；第三次"爹爹呀"，岳静静以铿锵有力、理智冷静的腔调配以"漫说是那昏君的圣旨，就是利刃青锋，也是不能从命呀"这般强硬的韵白，诠释出赵艳容与君权抗争的决绝。三次"叫头"，三重内心情感与思想境界，被岳静静以精湛的技艺和深厚的功力完美诠释，并突出了觉醒反抗的现代意识。

第四幕中赵艳容装疯戏弄赵高与第五幕中装疯闹殿斥君，岳静静的表演更是亮点频出。无论是与哑奴无声交流的探寻眼神，还是逼退赵高装疯扮傻的痴厉眼神，或者是演唱内心情感自白时且悲且哀的无奈眼神，都被演绎得形神皆备；无论是摇摇摆摆的疯痴步态，还是转圜如意的圆场碎步，或者是千变万化的手势动作，都被岳静静拿捏得恰到好处；无论是"上天入地"的疯水袖，还是古拙质朴的陈派唱腔，或者是刀门加身依然三次冲撞御案、反抗君权的似真似假、似疯似癫，都被岳静静诠释得淋漓尽致。于是，一个生动、立体、完整、多层次的赵艳容形象鲜活地立在了舞台之上。

三、传统剧目再创作的探索呈现

经过上述分析再次观照山西省长治市豫剧团的《宇宙锋》，就会发现其有一个尤为引人注目的特征，那就是无论是在戏剧结构和内容的拓展改编上，还是在演员的精彩演绎、人物的形象塑造和主题重心的转移等方面，都表现出明显的现代特质，为传统剧目再创作提供了有益探索。

梅兰芳、陈伯华、陈素真三位大师版本的"宇宙三锋"，俱以"修本""装疯""金殿"为主要情节，极大地压缩了人物形象塑造的篇幅，将个人放置在特定场景中，展现其悲剧性遭遇和反抗精神，带有古典诗性叙事的艺术特点。长治市豫剧团《宇宙锋》的拓展改编则很明显地融入了现代叙事逻辑与方法。五幕戏分别以矛盾、挽救、激化、高潮、爆发架构全剧：在矛盾部分，叙事干净利落，故事架构筋骨分明；在挽救部分，表演细腻生动，呈现复杂心理状态的同时又充满情趣意味；在激化部分，情绪克制含蓄，情节推动毫不拖泥带水；在高潮部分，表演与思想层次丰富，疯形痴态中饱含悲剧美感；在爆发部分，反抗坚定决绝，似疯实真的斥骂痛快淋漓。如此，整部戏在情绪上层层递进，在逻辑上环环相套，在情理上明畅通达，方方面面步步推进将整个戏剧故事的开端、发展、高潮、结局完整呈现，在叙事过程中不断丰满中心人物的形象特质和思想内涵，还将传统剧目的精华尽融其中，完成了传统剧目的现代叙事逻辑再创作。

同时，演员在本剧中对于先辈艺术创造的继承与转化，进一步完成了对中心人物的深刻塑造。如前文所述，岳静静对于陈素真大师"碎步扇辫舞"的转化运用，沿袭三次"叫头"的表演方式对赵艳容内心三重情感与思想的创造性演绎，"上天入地"疯水袖的承继和三次冲撞御案的表演，等等，都是为了塑造一个更加有血有肉、有情有义、有温度、有质感的赵艳容。这使得赵艳容这一中心人物闪耀着丰富的精神特质：她以聪慧柔情、明辨是非、将心比心、主动沟通消除误解、追求自身幸福，凸显个人的自主性。家仆禀报抄家灭门之祸时她直面危机将丈夫遮掩在身后的空间调度，克制悲痛智劝父亲修书拯救公爹等，彰显出其在家庭危难中赛过须眉的担当与勇气。她身上还闪耀着自由、觉醒与反抗的光芒，她道出"先嫁由父母、后嫁由自身""从今往后再休把这父命提""我情愿出你府颠沛流离"这样带着"父权"觉醒意识的话语，在金殿之上以似疯实真的癫狂嘲笑群臣、痛斥昏君，对"君权"进行彻底的反抗。

由此我们就会发现，本剧与梅兰芳、陈伯华、陈素真三位大师的"宇宙三锋"相比较，在主题重心方面有所转移。"宇宙三锋"以装疯反抗的凝练情节和精彩的艺术创造突出呈现着契合时代的反封建思想革命性，而本剧则是将重心放置在"赵艳容"这一中心人物形象和精神特质的塑造上，从个人的自主性，到家庭的担当性，再延伸至对"父权"的反抗，最后在社会与历史层面完成对"君权"的真切鞭挞，凸显着"人"的主体性这一现代思想和艺术特质，完成了在现代语境中传统剧目再创作的探索。

（原载《东方艺术》2023年第6期）

望向荆棘丛生的路
——评新编版话剧《屈原》

刘玉琴[*]

屈原，早已成为一个家喻户晓的名字，成为九死不悔精神的代表。其情怀与境界穿越时光和山海，照进了历史的天空和无数褶皱，也幻化成舞台艺术长久不灭的光。

对屈原精神的开掘与表达，艺术舞台有许多路径可以依循，很多作品已珠玉在前。20 世纪 40 年代初郭沫若创作的话剧《屈原》，首次将爱国诗人屈原的形象立于舞台，激起了抗战背景下全国人民强烈的爱国热情，作品在艺坛留下了巨大轰鸣。此后数十年来，京剧、越剧、秦腔、豫剧及皮影等都以各自的探索在舞台留下绵长回响。长江人民艺术剧院、湖北三峡演艺集团创作演出的新编无场次历史话剧《屈原》（黄维若编剧，郭小男导演），尝试以一个与众不同的形象刻下屈原精神的新高度。新编话剧《屈原》取材于战国时期伟大的浪漫主义诗人屈原的生平事迹，以倒叙方式讲述屈原 40 余年的生命历程。在生命的最后时刻，屈原被贬斥而流浪于洞庭湖畔，因楚国国都沦陷、生灵涂炭，他的内心悲苦莫名、思绪万千。他不断与心中的楚怀王及张仪等辩驳、诘问，展开自己为守护家国不计生死、为崇高理想敢于斗争、为高洁情操甘受孤苦的人生回忆。全剧是

---

[*] 刘玉琴：《人民日报（海外版）》原副总编辑、高级编辑。

继不同的文学艺术形式之后，以人物心理活动为主线，展开对屈原文化内涵深度挖掘，追求从古典与现代戏剧美学结合的新视角探究屈原高洁灵魂的作品，人物关系设置到戏剧冲突建构，被赋予行动和思想的双重力量。

　　探讨历史人物的精神价值，从已知维度向上提升，力求在熟悉的陌生感中释放历史价值能量，是历史剧始终追寻的方向。新编《屈原》从人物出场到结局，将焦点集中在屈原内心高尚而又与外界不合时宜上，以他的性格理想、行为方式与身边人事无法合辙，与所有人相互对立，来牵动全剧，开展剧情。这种不合时宜集中表现在他与各种人物的交集纠结上，在与不同人物形成的鲜明反差中。屈原的超凡脱俗、圣洁高远，可谓一枝独秀。他与楚王亦君亦友，两人的志趣却总是风马牛不相及，当楚王迫不及待地要他多招些黔中巴地的美人时，屈原却摊开竹简，讲述该如何变法、奖励耕战；张仪的卑鄙人所皆知，屈原与张仪势如水火，当屈原的美政和楚国都葬送在丧失灵魂的张仪手中时，屈原只能无可奈何；屈原与郑袖谈诗论人，却因不谙后宫争宠之事遭到怒斥……屈原清澈通透，干净单纯，却不知进退权谋，他拦住出宫游玩的楚王，以死力谏奔赴秦国的楚王，请郑袖劝说楚王出兵巴蜀等，他的不合时宜、性格心性决定了他这个三闾大夫只能到处碰壁，预示了他必然走向失败的命运，也正如楚王所说：你这人，心里干净，通透真诚，但不会做官，不会做人。编剧黄维若将其定位于非典型政治家也是鞭辟入里，戏剧的波澜起伏由此而生。

　　剧中，许多人与屈原产生戏剧纠葛，纠葛中又立刻勾连起屈原对过去生活的回忆——从年轻时起，直到被放逐时的若干段落，实质是编织了"真实"生活中的屈原与楚怀王、与"党人"们、与张仪、与陈轸、与昭雎、与子兰等人的对手戏。对手戏反映了屈原的不同侧面，涵括了他一生的追求和理想。这些对立面不时跳进跳出，介绍故事的结果，陈述人物的内心。屈原与每一个对立面虽都各表一枝，却都起到了集中衬托人物形象的作用。主创从不同人物关系的对立反差中寻找戏剧因缘，升华人物形象，这是矛盾冲突设计的巧妙之处，是屈原形象塑造的崭新的思考路径，充满戏剧性和现代意味。戏剧是一种冲突与行动的艺术。屈原对手的形象越是生动、复杂、丰富，就越是意味着屈原形象有了好的垫脚石。这种一人对多人、现实与回忆的交织兼容、衬托对举，突破了以往同类题材人物塑造的结构框架，立体多元地构建起新式人物关系。舞台上爱国赤诚、众人皆浊其独醒的屈原形象新颖传神。当整个楚国从根子上烂掉，虽有源可溯，却无药可医，他带着对楚国的满腔热爱和对信念情操的坚守，引领观众的思绪走进那个极其混乱的楚国时，他的悲剧性结局散发出悲怆的历史警示意义，国家治理和荣辱究竟系于何处引人深思。作品在特定情境中，以复杂多变的人物关系呈现舞台上真实可感的人物，推动情节波澜起伏，使人物与情节并进，逐渐走向戏剧高潮。这一个"屈原"因人物形象和人物关系设计的另类表达，为当代语境下历史人物深入开掘与塑造提供了新视野。

"得罪几百个贵胄，不负千千万万楚国的庶民。""虽命运悲惨，然内心要高洁，品行不可低下。虽流浪四方，但心中赤诚绝不更改。"一部话剧的成功与否，很大程度取决于语言特色。屈原所处的战国时代与今天已相隔两千余年，如何感受国都沦陷情境下人物的心理，如何透视拂去历史烟尘之后的岁月容颜，无疑，屈原的诗中隐藏了大量的历史文化信息。全剧选择运用屈原的诗歌搭建语言平台，让人物言行与诗歌融为一体，以诗的语言展示他一生的重大事件，这是颇有新意的尝试。历史上，屈原首先是才气纵横的诗人，其次是伟大的爱国者，他以诗的角度和爱国逻辑参与政治，这也是其成为非典型政治家的艺术说明。剧中，人物台词大多来自屈原的诗歌，他的想象力丰富，语言表达清奇，对自然、大地有强烈的感情。芳草美人，天地神灵，《九歌》《橘颂》《天问》《国殇》等作品的原句，在剧中成为人物直抒胸臆的底本。朝堂舌战，江畔行吟，以及人物内心的独白、剖析等，激情澎湃，热血四溢，构建了全剧的诗意品格和磅礴气势。正是诗歌中所映照出的人物的内心，奠定了屈原形象的基本框架。透过诗歌，可以看到一个顽强不屈、把自己内心诉求和国家命运紧紧连在一起的诗人。全剧以歌咏志，台词的个性化、抒情化、优美化，传达了屈原的诗情才气，凸显了屈原精神，与人物的精神开掘达成一致，产生醇厚的艺术魅力。

《屈原》的语言特色，让全剧散发出浓烈的楚文化气韵。《楚辞》当中人的语境、语法、用词，屈原钟爱的200多种花草植物，以及他天上地下的思维等，在特定时代氛围中得到诗意传递。以古今结合方式还原的《橘颂》《九歌》《天问》等原作辞藻的优美，通过白话文解释构成的气象万千的楚文化氛围，为作品带来鲜明的个性色彩。编剧黄维若表示，屈原是一个对灵魂、对世界、对自我有许许多多追索的人，他有很多对自己的不断追问、不断探索，不断改进自己对世界和对他人的认识。一个对自我不断追索的灵魂，其自身悲剧格外令人叹惜。全剧在诗意展示中让古典题材戏剧兼容历史品格和当代审美气象，赋予故事、人物背后让人深入思考的东西，打开屈原与当下的审美通道，这是新的时代适应观众审美情趣的可贵探索。

屈原的诗歌变为人物的台词，从诗歌里找到屈原，了解屈原，在神情、情绪、肢体动作的表达上，准确把握人物，对表演者而言是挑战。屈原的扮演者王洛勇，在诗意塑造屈原的过程中，揣摩台词和肢体动作，调整语言把控和情绪处理力度，力求表现一个真正清澈透明而又九死不悔的人物。发自肺腑的对话，激情如电的独白，呼天抢地的绝望，一往无前的决绝，王洛勇演绎的屈原富有激情与张力。"我到江河里去，我到波涛里去！那是我的归宿，那是最干净的地方！我要永远和你们在一起——楚国的江河大地！""人可以死，而信念与必胜之心永远不灭。信仰超越生与死。"屈原生命最后宣言的生动传达，把人物精神一步步推向纵深之处，众多演员投入的表演，为《屈原》带来令人感佩的观赏效果。

舞台呈现注重营造恢宏瑰丽的视觉效果，地域建筑与当代新技术装置手段融合，生发东方美学意境。由开场仙雾缥缈中复原的《九歌》人物形象，到王孙贵族奢华淫靡、纵情声色的生活场景，再到屈原诘问穹苍时多媒体勾勒的浩瀚宇宙，以及血色掩映下的国殇士兵，舞台设计神秘、梦幻、诡异。巍峨的宫殿——郢都宫城里的偏殿，绮罗织就的帐幕，茂密的山林，波光粼粼的江水，在光影的变化中恢宏多姿。郑袖身穿的蟠龙飞凤纹翠色缟丝曲裾长裙，屈原手中的竹简，不时响起的古琴、编钟之音，加上《橘颂》《湘夫人》《天问》等《楚辞》诗文的念白或吟唱，楚歌乐舞的穿插运用等，渲染了古朴深远的楚文化气息。当屈原和楚怀王诀别时，从大幕一角缓缓升起的一棵橘树，布满整个天幕，故国之悲溢满舞台。尾声中屈原将视野投向星空，舞台上出现了绚烂的星云、深邃的宇宙，色彩斑斓，气势宏阔。一个浪漫、奇崛、别具个性风采的屈原在舞台上卓然而立，人物与氛围相互融合，悲剧性人物永不言败的精神肌理有机生成。

　　厚重的历史，奇幻的舞台，将家喻户晓的故事，从戏剧性、创新性、传承性的角度进行浓缩提炼和重新建设，以神秘化、浪漫化和诗化的戏剧表达，成就屈原鲜明的形象。这是对屈原文化价值的创意性开掘，为当下时代精神注入深厚的历史文化内涵，将在艺术史册里铭刻下厚重一笔。《屈原》自启动创作以来，先后入选文化和旅游部2022年度剧本扶持工程项目、2023年新时代舞台艺术优秀剧目展演项目、国家艺术基金2023年度大型舞台剧资助项目。长江人艺对屈原题材的关注和深入挖掘，以当代审美张扬屈原的历史精神和时代价值，是高度文化自信、勇于接受艺术挑战的舞台印证，标注了艺术工作者追寻理想、上下求索的奋进之姿，为时代倡导做出真诚回应。

（原载《中国艺术报》2023年7月28日）

永远美丽　永远嘹亮
——音乐剧《花儿与号手》的当代价值及现实意义

王道诚[*]

由宁夏歌舞剧院成功创作、制作、演出的音乐剧《花儿与号手》荣获了第十七届"文华大奖"和第十六届"五个一工程"奖。这是中国音乐剧界、中国音乐剧发展史上的一件喜事、一件盛事。

《花儿与号手》是宁夏回族自治区党委、自治区政府、演艺集团各级领导及主创团队全体演职人员深入学习贯彻习近平总书记十八大以来有关党史、军史教育、民族团结各项指示精神，以"创造性转化，创新性发展"为创作原则，讲好红色故事，在宁夏回族自治区音乐剧的舞台上展现讴歌党、讴歌祖国、讴歌人民军队、讴歌百姓英雄、讴歌回汉民族团结的重要成果；也是以一部追求思想高度、精神高度、艺术高度的明德培根铸魂之作，以一卷回汉民族生死相依的奋斗史诗，以一曲回汉民族相亲相爱的恋歌，向庆祝建党百年献礼的坚定表达。

永远美丽的花儿

音乐剧《花儿与号手》中的"花儿"，亦人名亦歌名，美丽善良，聪

---

[*] 王道诚：中国音乐剧协会副会长、秘书长。

慧勇敢，回汉人民的好女儿。回族的女英雄名叫花儿，从该剧的第一场仗义收留始，花儿侠肝义胆，瞒过父母，冒着极大的危险，救护红军战士军号手瑞金，花儿姑娘和瑞金号手成为全剧的核心人物。

该剧以中国音乐剧的思维，六场加一序一尾线性的、中国老百姓喜爱的、习惯欣赏的"小猫吃小鱼有头有尾"的戏剧结构，完成了花儿姑娘这一核心人物的塑造，由此而实现了具有音乐剧特质的舍身营救、勇敢智斗、教唱花儿、学吹军号、壮烈牺牲核心事件的贯穿；净房脱险、军号复得、歌海较量、山岗引敌核心场面的营造；花儿和瑞金独唱、重唱，花儿会的对唱、合唱，叙述人的幕间吟唱等核心唱段的设计。该剧在核心人物花儿的塑造上，挖掘到传统与当代的新奇点，即花儿情谊的积累和抒发，由情感线牵系与核心人物红军战士瑞金的军民情谊发展为感天动地的生死恋情，这也正是编导从生活的真实、历史的真实上升到舞台艺术的真实，使得花儿和瑞金更加可爱、可亲、可信，使观众在观赏《花儿与号手》中获得更高、更丰富的美学价值和精神价值。

从花儿姑娘剧首的血洒净房，到剧尾的血染山岗，花儿对红军战士瑞金最朴素、最纯洁、最铭心、最险峻的爱，怎能不震撼人心、怎能不惊天地泣鬼神！人们从观戏到走出剧场，无不留恋花儿姑娘美丽的心灵、美丽的容颜和美丽的歌声。

该剧的作曲家采撷宁夏花儿，作为全剧最主要的音乐素材，是音乐剧《花儿与号手》取得创作、演出成功的关键。宁夏花儿是回族地区民间的一种民歌、一种山歌，历史悠远，流传甚广。回族人民喜闻乐唱，代代相传。花儿的曲调丰富，高亢激昂，委婉细腻，优美多情。该剧主要人物的音乐形象都具有花儿的音乐特色，包括马匪马少爷、马三等反派人物。花儿姑娘的核心唱段《哥当红军最光荣》《与你相伴岁月长》《向着温暖的方向飞翔》，红军小战士瑞金的核心唱段《不要让老乡受牵连》《心中的军号》《军号响起》等，以及花儿会上搭救花儿时演唱的《崖畔上的花儿红破了天》，还有多首二重唱、三重唱、四重唱，花儿会上的对唱、合唱，特别是《我就是红军》和《哥当红军最光荣》，皆以宁夏花儿与江西民歌嫁接融合，浑然一体，不仅增强了视听的感染力，还增强了音乐剧的戏剧性。此外还有五段花儿叙述人在幕间演唱最淳朴的"干花儿"。全剧散发着美丽花儿的芬芳。

近些年来，中国音乐剧的创作和演出发展迅速，但"数量较多，质量较差"，而其中音乐创作的问题较为突出。音乐剧《花儿与号手》，坚持并追求鲜明地域特色和浓郁民族风情音乐创作，为其提供了较为成功的经验。

永远嘹亮的军号

音乐剧《花儿与号手》中的"瑞金"，亦人名亦地名。英雄的红军战士、可爱的军号手名叫瑞金，我党我军创建的第一个苏维埃政权、第一个红色根据地、中国工农红军开始二万五千里长征的出发地，就是江西的红都瑞金。红军战士瑞金和红都瑞金同名，还有回族姑娘花儿和民歌花儿同名，不仅仅是名字的巧合，而且是该剧编剧和导演精巧而智慧的构思，这番将人名、地名与歌名的叠加，无疑增强了全剧的思想性、文学性、戏剧性和故事性。该剧的核心人物，红军战士小号手瑞金，在序幕的红军长征途中，六盘山惨烈的战斗中，光荣负伤，军号炸飞，离队治疗，逐步介绍了红军队伍从瑞金出发的经历，瑞金满门忠烈的身世，接过军号成为红军军号手的成长，这是塑造核心人物瑞金的前期准备。剧作家有着打造红色革命题材、歌颂人民军队、歌颂百姓英雄的精神准备，有着弘扬中国气派、中国力量、时代品格的思想准备，有着立足当下，把握人文情感、历史命脉的文化准备，为此，全剧有着瑞金人物和军号物件的逻辑贯穿。该剧的序幕与第一场"仗义收留"无缝衔接，一开幕就将瑞金置于全剧的核心事件、矛盾冲突、生死危机之中，军号在激烈的战火中被炸飞，也为在第三场"军号传奇"中军号的失而复得进行了铺垫。最令人赞叹、庆幸的是，受伤的瑞金遇到了美丽、善良、勇敢的回族姑娘花儿。第一场"仗义收留"，花儿不顾家人的反对，冒险收留救助，最令人感动的是花儿不顾民俗，将瑞金藏匿在净房，当马匪发现血迹，要搜查净房的惊险一刻，花儿急中生智，割手血染净房，骗过马匪，第二次掩护了瑞金脱险。第三场"军号传奇"是全剧的小高潮。瑞金随花儿的父亲白源泽大夫进山采药，白大夫险些跌落山崖，瑞金援手救险。马匪为霸占花儿，强征花儿的弟弟白林子充军马匪，瑞金献出银圆救急。该场的核心场面是军号失而复得之后，瑞金宣传红军，介绍并吹响军号。瑞金教花儿吹军号，花儿教瑞金唱花儿，这是花儿的歌声与瑞金的号声奇妙交织、震撼六盘山、振奋人心的交响，这是军民情谊、灵魂交融、并肩战斗意志的迸发，也是两颗年轻炽热的、浪漫坚定的心的碰撞。第四场"歌海较量"，花儿姑娘在传统的花儿会上，再一次夺得花儿王的桂冠，马匪调戏花儿，并要抢走花儿之时，瑞金不顾暴露的危险，机智果敢地唱响一曲花儿，吸引了马匪，解救了花儿。第五场"真情如诉"，瑞金要去追寻部队，花儿表达爱慕之心，坚决要跟随瑞金，找到部队，参加红军。花儿的真情和执着深深地打动了瑞金，打动了父母和亲人。第六场"号鸣花落"，全剧的高潮。马匪抢亲，强征白林子，红军钱袋暴露，瑞金腿伤复发，马匪追捕瑞金和花儿，瑞金隔山吹号引马匪救花儿，花儿隔山唱花儿引马匪救瑞金，一对恋人用号声和歌声在战斗，用号声和歌声在壮别，双双血染山岗。

在全剧的物件中，军号有着鲜明、丰富、深刻而不可替代的象征意义，军号握在红军战士手中，就注入了我们红军战士的灵魂，就有了我们党指引的方向，就有我们红军队伍战斗的意志和革命的理想。这把军号上，还凝聚着红军战士瑞金和回族姑娘花儿爱情的结晶，一把军号蕴藏着生命与使命、信念与希望，当然，还有爱情的甜蜜和幸福的憧憬。

英雄的六盘山儿女，英雄的黄河儿女，传承、弘扬着黄河的血脉，"以前辈经典之规矩，开当代新作之新意"，抱拙求变、固本清源、守正创新，所取得的成功、所呈现的当代价值和现实意义，像奔涌的黄河水，涤荡着近些年舶来品在中国音乐戏剧舞台上留下的沉渣。该剧的创作演出有四点经验和成果：一是历史真实、生活真实与舞台艺术真实创新的平衡，二是哲学性、思想性与文学性、戏剧性和音乐性创新的平衡，三是写实的生活空间与写意的艺术空间创新的平衡，四是小山村、小人物与大时代、大英雄创新的平衡。

音乐剧《花儿与号手》充溢着细腻委婉、豪放昂扬的诗情和诗意，永远美丽的花儿，永远嘹亮的军号，将永远激励我们奋勇前行。

跨越大海的信与爱
——谈谈民族歌剧《侨批》的创作与表演

张天彤 *

乍听"侨批"二字,孤陋寡闻的笔者不知"批"为何物,其意如何。带着这份好奇和期待,笔者于 2023 年 4 月 3 日,盼到了《侨批》在国家大剧院隆重上演的那一刻。

串起海内外同胞家国情的"批"

"侨批"是我国被列入《世界记忆遗产名录》的珍贵文化档案。从清末至 20 世纪 70 年代末,在广东潮汕、福建南部地区,华侨与国内眷属往来之书信被称作"侨批",简称为"批"。每一封侨批的背后都蕴藏着一段跌宕起伏的感人故事。剧作家王勇笔下的《侨批》剧情,正是从华工梁诚如在归乡途中不幸重病身亡,临终前留下一封附有一百元大洋的"批"展开的。从歌剧拉开序幕的那一瞬间,顺着梁诚如临终前留下的这封"批",便引发观众们的无数想象:"侨胞慷慨解囊相助的十倍于一百元大洋能否挽救梁家女儿性命并改写她的命运?""这封'批'能否解除梁家的贫困、

---

* 张天彤,中国音乐学院教授,博士研究生导师,2021"中国非遗年度提名人物",北京市课程思政教学名师,第九届首都民族团结进步先进个人,湖南省"芙蓉学者"。

救治梁母的疾病？"在两个半小时中，这封特殊的"批"如穿针引线般贯穿着故事始终，紧紧牵引着观众的心绪去惦念舞台上梁董氏、梁彩云、梁奶奶和唐有信夫妇、苏义天等人物的命运。剧作家将"人"书写得立体透彻——男人、女人，母女、夫妻、婆媳、主雇，人与人、人与钱，人之信、人之命。剧本写得跳脱灵动，诗歌气息浓郁。高度的诗化表述、强烈的戏剧性与抒情性叙事，引发了观众对生存与命运的深深思索。王勇用人性、人情、人文的表达，打破了时空的壁垒，采用了倒叙和插叙的手法，用洗练的文字跨越式完整呈现了剧情的发展脉络，让观众在情感深处与当年的华侨和华工产生共情，令侨批不再是今人从博物馆橱窗里看到的冰冷的文字、图片和陈列品，而是观剧过程中随时可以感受到的闪光的人性和带有温度的人情。

编剧王勇是一位典型的文学才子，他谦和有礼，儒雅诗性，有才而不骄，得志而不傲。他尤其擅长从繁难的乡土文化和红色历史中挖掘创作素材，从社会变迁中发现当代文化价值。他的剧本悲喜兼修，风格多样，典雅诗意，洗练精致。当"侨批"入选《世界记忆遗产名录》后，他又一次敏锐地发现了这一乡土题材的独特价值，本着"一封侨批就是一个故事"的执念精心提炼，写下了一首根植于骨髓、流淌于血脉且充满了人间大爱的生命赞歌。

感动戏里戏外人的乐韵乡音

所谓歌剧，是"用音乐展开的戏剧"（瓦格纳语）。一部歌剧必定是剧与歌的融合，歌为剧服务，把音乐写得让听众喜欢听、印象深乃至记得住，是该部歌剧创作成功的标识之一。无疑，作曲家孟卫东在《侨批》中的音乐创作是成功的。

随着序幕的拉开，伴着序曲的奏响，映入观众眼帘的是波浪滔滔的大海幕景画面。从乐池里飘忽出来的绵延长音仿佛一道深邃的目光，一瞬间，将人们的思绪带到了那个疾苦年代。乐池里飘出木管吹奏的温婉哀怨、忧伤缱绻的主题旋律。整体音乐的主题旋律以小调为主，其音乐动机鲜明，旋律发展丰富。动机上句自小调属音起音后，下行纯五度至主音，经小调主三和弦分解上行，并落至小调上主音，与主题旋律呼应，营造了一种暗淡、忧伤的旋律氛围。又经小调主三和弦分解进行上扬至高八度主音后停留在下属音，使旋律具有较强的发展性。主题的变化重复渐次递进形成一波又一波旋律的高潮，用音乐营造了由哀婉忧伤到汹涌奔腾、惊涛骇浪的磅礴大气之势，仿佛故事的主人公向大海迸发的一声声诘问。主题音乐贯穿了全剧，与剧情中的那封"批"相得益彰，"听得见的旋律"将观众"看不见的人物命运"紧紧地咬合在一起，这一明一暗两条线并行推进着剧情不断向前发展，久久回荡在观众脑海中并留下了深刻的烙印。

本剧女主角梁董氏是一个非常典型的中国传统妇女形象，在诚信和大义面前表现得有气度、有担当，因此，她的音乐形象既代表对自身命运的伤感和哀婉，更代表其个性的坚毅和果敢。全剧最后的咏叹调《大海，我恨你》是梁董氏最具代表性的经典唱段，其曲式结构峰回路转，旋律走势跌宕起伏，歌者的演唱一咏三叹，乐队演奏荡气回肠。剧中的唐有信是诚信的代表和化身，作曲家笔下的唐有信，其音乐形象总体来说显现为执着坚定，但同时又不失与剧中人物身份和职业相贴切的创作考虑。除了独唱，作曲家还将大量笔墨放置在二重唱、三重唱、四重唱以及合唱的写作上。剧中大部分的独唱和重唱都是抒情兼叙事性，此外，很多唱段还带有鲜明的节奏和快捷的演唱速度，比如，唐有信和苏义天的很多对话都是简单旋律和节奏的重复，但却是伴随着语气的不断加重而强调性重复。全剧中几乎所有人物之间的对话都秉持了"能唱不说"这一创作理念，突出了"歌"的歌剧特质。除了为剧中主要人物进行唱腔设计，作曲家还观照到了群体人物。一曲华工合唱《望乡》，其旋律连绵不绝、蜿蜒悠长。四水客的音乐特性为这部悲剧点染了一抹亮色。除了个人和群体，作曲家还呼应了剧情中的母女、夫妻、婆媳、主雇、伙伴等人物关系进行创作。梁董氏婆媳及母女，唐有信夫妇，侨领与众华工，水客与乡民，舞台上的个人与个人、个人与群体之间，作曲家均经过选择性运用调式色彩、复调织体、曲式结构、乐句节奏来区分层次，在繁杂中各声部间仍能自如穿插更迭，突显不同人物和群体的音乐形象，集中体现了作曲家集高超的创作技法与丰富的写作经验。

自 20 世纪 40 年代以来，中国的民族歌剧成功创作的关键在于其音乐创作符合中国观众的审美心理和偏好。在笔者看来，《侨批》选取中国传统音乐中民歌、说唱、戏曲以及民间器乐的旋律节奏元素和唱奏技法作为整部歌剧音乐创作的基石，使其成为真正意义上的民族歌剧。它遵从了中华民族惯有的音乐思维，符合中国观众的欣赏审美习惯。剧中巧妙地运用了广东民间音乐素材，选择性地截取江门民谣的旋律片段，用高胡领奏带出的特色音调，以及琵琶、二胡、陶埙、竹笛独奏出的带有广东地区特征的旋律音调，以及"卖猪仔"那带有浓重方言口音的唱段，无不触碰到观众，尤其是侨乡观众心中最柔软、最脆弱的共鸣之处。孟卫东的创作正是基于中国人传统的审美习惯，与剧作家的内心表达高度契合，透过音符来向剧作家、为观众，更代表剧中人去传情达意。

综合展示舞台艺术的意蕴美

作为综合性的音乐戏剧样式，用音乐讲故事是歌剧最基本的呈现形式。从主要演员的舞台表演来看，《侨批》中梁董氏 A 组女主角扮演者吕薇形象婉约清秀、音色柔美清丽。根据剧中人物的需要，舞台上的梁董氏着一身宽大破旧的粗布衣裳，只见她面庞黑黄枯瘦、双眼凹陷、身影佝偻，舞台上的梁董氏被吕薇饰演得细致入微、生动真切。本剧 A 组男主角扮演者李扬在剧中扮演的人物本是商人，虽然是一身账房先生的打扮，但其塑造的唐有信却不失儒雅和敦厚。整部剧根据剧情展开的需要，将民族、美声不同类型唱法和随之带来的不同音色——抒情女高音、抒情男高音、戏剧女高音、戏剧男高音以及男中音、女中音等加以有机融合，极大地丰富了歌剧创作的表现力，增强了声乐艺术表现力，满足了当代观众对民族歌剧求新、求变的审美期待。

在舞台呈现上，全剧背景主体以一望无际的茫茫大海为主要表演空间。大海，是剧中人的生路，是阻隔华工和亲人之间的屏障。那时而波涛汹涌、时而平静如水的大海，既可以翻滚着海浪去吞噬生命，又可以带来五彩斑斓的水上梦境，仿佛难以被主宰的人生命运。在舞台上有限的物理空间还呈现出沿海渔村梁诚如家带瓦的蚝壳泥坯房，侨批局大楼的中式门楼，开满木棉花的林间小道，以及富有广东岭南特色的建筑，这些既体现了该剧鲜明的地域性，又富有深邃的象征寓意。

除了人物歌唱的情态、舞台布置的形态，剧中还十分注重人物肢体表达的状态以及音效的有机配合：海外华工挖煤、修路、收割甘蔗勤苦劳作的景象，侨批局里不时传来唐有信噼里啪啦的拨动算盘珠的声响，受尽屈辱的华工们含泪眺望家乡的歌唱，外国监工无情鞭打华工的鞭子发出的噼啪声，等等。创作团队精心打磨，将音乐、表演、舞美、灯光、音效等各个环节进行精益求精的整合提升，赋予了该剧经得起推敲的魅力。导演廖向红携主创团队本着写意的美学原则，将虚与实的场景并置，将物理与心理时空交错，将歌剧的主题选择、人物关系、情节构成、场面设置、戏剧冲突的组织与展开等进行了音乐诗化表达，使观众受到内心情感冲击的同时又充分享受到了视听盛宴的高级美。

民族歌剧《侨批》于小人物中见大情感，于小事件中见大历史，是当代歌剧创作将中华优秀传统文化有机融入地域文化使之"本土化"的又一次有益探索。该剧创作者们在融合古今中外优秀艺术元素方面贡献了高度的智慧，彰显了音乐戏剧创作的不凡实力和舞台艺术繁荣发展的良好态势，其成功经验为今天乃至未来持续推动我国民族歌剧事业的蓬勃发展提供了若干宝贵经验并带来了重要启示。

（原载《歌剧》2023年第7期）

古老戏曲如何"致青春"

——浅谈新时期黄梅戏的传承与发展

杨 俊[*]

戏曲作为具有鲜明中国特色的艺术类型，一直是中国人生活中的有机组成部分。21世纪，随着人们价值观与审美观的改变，黄梅戏的传承与发展也成为一个课题，如何促进黄梅戏剧种与时俱进，是一个引人思考的话题。下面，用我从业40多年对黄梅戏发展的一点感性认知，带大家走近黄梅戏，了解古老戏曲如何"致青春"。

一、黄梅戏的起源

黄梅戏是一个清新亮丽的剧种，其虽然发展历史不长，但在发展过程中不断地吸收、接纳、融合，从而使其不断壮大，不仅流传于湖北和安徽，还包括江西、上海、江苏等省、市。黄梅戏不应该分家，而应该"四海为家"，传唱大江南北，因此黄梅戏的发源并不是最重要的，今天的发展才是更重要的。

20世纪80年代中期，湖北省委、省政府提出了要把黄梅戏请回娘家的要求，先后成立了湖北省黄梅戏剧院和湖北省戏曲艺术剧院黄梅戏剧

---

[*] 杨俊：湖北省文联主席，国家一级演员。

团，拍摄了黄梅戏电影《血泪恩仇录》和电视剧《貂蝉》，填补了湖北省黄梅戏艺术的空白。在发展过程中，黄梅戏《妹娃要过河》被拍成数字电影在全国公映，受到观众好评。同时，也培养造就了一大批出类拔萃的黄梅戏艺术人才！我、张辉、程丞分别获"梅花奖"，我两度获全国"文华表演奖"，2021年，湖北省戏曲艺术剧院黄梅戏剧种还入选第五批国家级非物质文化遗产代表性项目名录，我个人被评为国家级黄梅戏传承人。湖北黄梅戏逐步走向了全国，走出了国门，参加了国际艺术节，被视为"乡村歌剧""东方的神奇艺术"！真正实现了省委、省政府提出的"请回娘家，打向全国，走向世界"的宏伟目标！

二、黄梅戏的艺术风格

任何文化与艺术，都有它独有的个性风格和艺术审美。从黄梅戏传统代表剧目《天仙配》《女驸马》《罗帕记》，到20世纪80年代马兰主演的《龙女》，我主演的《孟姜女》，再到新世纪韩再芬主演的《徽州女人》，我主演的《妹娃要过河》《党的女儿》《舞衣裳》等剧目，我们看到大部分受众喜爱的黄梅戏都是以女性人物的命运或情感为发展轴心，这是黄梅戏的一个特质。

从严凤英和王少舫大师的传唱开始，黄梅戏就如同那"树上的鸟儿"飞遍了大江南北。如《牛郎织女》《天仙配》，它是几代人的记忆，在接地气的表达上，不会给人留下高高在上的感觉，只会沁人心脾，这是黄梅戏的风格和个性的表达。从黄梅戏代表作来看，《天仙配》是一部家喻户晓的剧目，一部《天仙配》电影让所有人认识并喜欢上了它。这本是一部神话剧，讲神仙的故事，设想一下这个开端其他剧种会如何展现？可能是华丽的装扮，超大的阵容，曲牌式的腔体……而黄梅戏却另辟蹊径从爱情故事着手，从人、情、爱来发展。"看人间董永将去受熬煎""我若与董永成婚配,好比那莲花并蒂开"等,这些质朴而又美好的唱词,真诚直入人心,没有虚无缥缈。再如《女驸马》,它本是一部宫廷戏,在戏曲传统程式里好多的"套路"和"规矩"是不能破的。而黄梅戏又是"不守规矩"地将其呈现,在金殿之上谈论的事情是从"民间有一女钗裙"开始的。一段脍炙人口的唱段"为救李郎离家园"中"原来纱帽罩婵娟""为了多情的李公子,夫妻恩爱花好月圆",多么质朴的表达,这种质朴真诚的艺术个性、自然清新的艺术风格,是黄梅戏独有的。黄梅戏之所以如此清新、质朴、温婉、温润,就是因为它亲切,贴近百姓,贴近生活。

黄梅戏作为一种审美对象,在众多的艺术门类中能独树一帜并已形成了属于自己的特色:秀而美、温又婉、清新、灵动、自然、芬芳。这一点大家是有目共睹的。著名导演张曼君在执导现代风情黄梅戏《妹娃要过河》时,曾评论黄梅戏的艺术风格:"黄梅戏给人一种温润人心的感觉,这种别致的温婉,不是直击心灵,而是浸透!浸透于心与魂、灵与肉中。"

我的师父余笑予经常强调"黄梅戏艺术作品要讲究,不能将就",讲的就是黄梅戏的艺术表现形式。都说"男怕《夜奔》,女怕《思凡》",黄梅戏《双下山》的艺术表现形式与昆曲截然不同,它把清新与灵动贯穿始终,把一个情窦初开的少女之心,展现得淋漓尽致,再加上小和尚的青春懵懂、老和尚的幽默搞笑,让"思凡"变成了一场独特的艺术呈现。这部戏对于湖北黄梅戏的发展是非常重要的。我之前去国外演出的时候,表演了一些大家耳熟能详的唱段,国外的观众听完后认为这就是中国的"乡村歌剧"。我第一次从另一个角度听说这样的评价,这是外国人对黄梅戏较高的评价。外国人不懂黄梅戏,但能听懂音乐里流淌的东方文化精髓。作为一个较有影响力的剧种,黄梅戏一定要有自己的美学定位,否则就没有独特性。作为一名黄梅戏从事者,我们一定要坚守文化自信,这非常重要!

三、黄梅戏的传承创新

进入 21 世纪，一方面，黄梅戏在传承发展过程中必须尽快适应市场需求，加快戏剧节奏，强化故事性，实现剧目创作与生产的多元化，融入现代艺术元素，增强视听效果，重视市场开拓。另一方面，政府应加大对戏曲发展的扶持力度，在人力、物力、财力上支持戏曲艺术的发展壮大。

一是适应审美需求，在保留戏曲独特韵味的同时，守正创新，用人才吸引更多年轻观众。长期以来，湖北实施"薪火相传·名家传艺"工程，建立"戏曲名家工作室"，注重培养中青年戏曲骨干，并联合中国戏曲学院、上海戏剧学院举办戏曲编导、舞美设计培训班，联合中国文联文艺研修院举办编剧研修班。通过多年努力，湖北戏曲人才呈现出"传承有序、新人辈出"的喜人局面，一大批戏曲领军人才脱颖而出。观众可以不知道一个剧目，但一定知道这个剧种的"台柱"是谁，这就是"明星"效应，一种可以带领一个剧团、一个剧种承前启后、继往开来的效应。就拿黄梅戏《罗帕记》来说，追求舞台至简，一道黑幕贯穿始终，一桌二椅，戏台简单到极致。这一出奇制胜的方式，艺术效果极好，全场观众完全沉浸在演员的表演之中，简约并非简单，黑底幕上宛如九条金龙的花簇，或圆或缺，皆是剧情的意象表达。每一个细节的讲究，成就了高级的简约。为更好演绎陈赛金这个角色，该剧还大胆融入了昆曲、汉剧元素，突出了黄梅戏清新唯美、委婉绵长的舞台艺术风格。此次复排正是在守正与创新方面做了这样的一些尝试。

二是在打造领军人才的同时，加强对戏曲后继人才的培养。2016 年是湖北省戏曲发展的转折之年，湖北省委宣传部和省教育厅、省文化厅联合发文，从全省小学毕业生中，招收 160 名楚剧、汉剧、黄梅戏学员，委托湖北艺术职业学院按照"5+2"模式定向培养。一场全国瞩目的戏曲小演员"海选"赛拉开序幕。当年 9 月，从全省 20 万名孩子中选拔出的

157个"戏苗子"来到省城，踏上了7年专业学艺路。七年来，湖北省累计投入3000多万元，企校联手，配备50多名专任教师，在"严管"与"厚爱"中呵护孩子们成长，这在全国范围实属罕见。梅花香自苦寒来。经过7年学戏生涯、1年进团实习历练，这群初出茅庐的年轻戏曲演员带着千锤百炼的演出剧目，陆续登台，接受新老戏迷的检验，永芳古戏院就此成为青年演员积累舞台经验的阵地。古老的戏院成了新晋"网红"打卡地，在网络媒体上更是一炮而红，人民网、新华网、中国文明网、《湖北日报》学习强国等媒体平台发布了专题文章并被多家媒体转载。全国职业院校技能大赛戏曲表演奖、中国少儿戏曲小梅花荟萃、第九届中国京剧艺术节……从小剧场到大舞台，这批技艺精湛、品德优秀的戏曲新苗已经在多个省级、国家级的重要演出中亮相并获奖。在第十八届中国戏剧节黄梅戏《舞衣裳》的展演中，有近50名黄梅戏"戏苗子"在戏中亮相，使该剧愈加焕发青春亮丽的神采，展现了湖北戏曲后继有人的喜人风貌，也让人看到了戏曲未来发展的美好情景。

三是多创作、上演现代戏，让观众在舞台上感受到自己真实的生活。黄梅戏《舞衣裳》虽取材于唐代的一则稗史遗闻，讲述的却是现代生活中的一则警示故事。王韫秀这一悲剧形象呈现出浓烈的现代意味，她虽然同样渴望通过丈夫的一朝封侯而改变命运，但助夫游学这一另类壮举却非常人所能，不甘平庸的背后是强烈的自尊自爱。当元载奉上第三宗礼物时，内心的防线却已然崩塌，物质享受尚能拒绝，精神诱惑却实难抵御。于是，在大姐、三妹的赞美声中，元载再问豪宅是否可住，王韫秀最终说出了"勉强小住"，而此后的那半句"还须居安思危"，又显得如此空乏无力！正因为如此，该剧立上舞台之后，广受观众好评，不仅作为第三届全国南方会演的开幕式演出剧目，还参演第十八届中国戏剧节展演，被评为优秀剧目。

四是融入现代艺术元素，增强视听效果。为实现这一转变，我们在创作《妹娃要过河》时，将土家歌舞的野性张力与黄梅戏的温柔缠绵有机融合，让湖北鄂西土家族文化与黄梅戏艺术联姻。运用黄梅戏经典唱腔，将土家族民歌《龙船调》音乐元素贯穿始终。黄梅歌《妹娃要过河》与《龙船调》相得益彰，真实实现了土家族音乐文化与黄梅戏的完美融合。将土家族特有的"茅古斯"，以及"峡江号子""哭嫁"等民族歌舞融入其中，增加了该剧的色彩，扩展了该剧的空间，丰富了该剧的表达形式，为黄梅戏的传承与发展展示了又一个新的模式。我们欣喜地看到，黄梅戏的这次改革是顺应时代发展潮流的，是可行的。观众看到的整个剧新颖时尚又不失传统，该剧自 2011 年 2 月底首演至今，已获全国多种奖项，成为鄂派黄梅戏的里程碑之作。

五是加大政府采购力度，让其既能"闯市场"又能"靠市长"。对于广大戏迷来说，惠民演出当然越多越好，特别是能在家门口就能观看到名家名戏，这就需要加大政府采购力度，增强演出团体的信心和积极性，从而让其克服困难，进行长期演出。同时，充分利用"剧场"效应，大力发展适合戏曲表演的各类剧场，逐步形成稳定的高雅文化形态与艺术受众群体，助力全社会形成热爱戏曲、热爱中华传统文化的氛围，建立真正发自内心的戏曲自信、文化自信。

我们坚信，湖北省在未来将继续繁荣发展戏曲艺术，坚定延续戏曲文化根脉，不遗余力地培育能够传承和创新发展戏曲艺术的人才，弘扬中华优秀传统文化，在全体文艺工作的共同努力下，岁月如流，接续传递，经典常在！

（原载《中国文化报》2021 年 4 月 20 日，有修改）

听此"青绿" 余韵悠长

罗怡婷[*]

舞蹈诗剧《只此青绿》为"庆祝中国共产党成立100周年舞台艺术精品创作工程"重点扶持作品,以"展卷""唱丝""入画"等篇章为纲目,令人沉醉在中国传统美学的意趣中。序幕拉开,象征千里江山的舞者以重心下沉的山石形态从乐池随一道追光缓缓上升,与舞剧终章的青绿画卷首尾呼应、浑然天成。悬于右侧的一轮明月映照着古今交汇,音乐与舞蹈交相辉映。清雅悠远的氛围令人徜徉其中,深受震撼与感动——今人不见古时月,今月曾经照古人。

台上的一切娓娓道来,情真意切。其中,音乐之精妙于整部舞剧而言功不可没。

其一,《只此青绿》有史可稽、情节完整。片段性的戏剧矛盾冲突塑造了不同人物性格,同时又以交响乐的结构和体裁特征增强了整体的构思与艺术表现,通过主题、变奏、对位、再现等作曲技法,对人物思想感情进一步渲染。这种综合了戏剧性、叙事性、抒情性舞蹈各类优长的审美让这部舞剧脱颖而出。正因如此,坚定的人物信念和澎湃的情感共鸣让整部舞剧变得立体鲜活,真实而深邃,回味无穷。

其二,《只此青绿》的音乐创作目的明晰、匠心独具。为特定的舞蹈

---

[*] 罗怡婷:上海音乐学院图书馆馆员、音乐教育系实践教研组教师。

作曲，音乐就必须服务于作品的形象、思想、情怀和主题风格，使舞蹈在情绪外化的过程中，起到推动情节与情感发展的作用。作曲家需充分考虑到音乐中的各种元素是否具有舞蹈性，能否在舞者表演过程中展现得更为淋漓尽致；同样，编舞者也要保持充分敏锐度，对舞剧的形态、律动、性格等方面进行详尽的描述与解释，在音乐线条和肢体动作的创作中不断沟通与磨合，从而让作曲家创作出流畅鲜活的音乐片段与舞蹈形象紧密贴合。

其三，舞蹈音乐是一门综合性较强的"视听艺术"，音乐变得极具"画面感"，观众对作品的接受是基于"视听艺术"这一前提展开的。成功的舞剧音乐往往都存在一个很有意思的现象——当不经意间听到某段熟悉的作品时，会随着旋律的进行"瞬移"到当时的舞蹈情境里，肢体律动与音乐起伏完美融合，思绪涟漪中，海市蜃楼般拼凑出一幅完整的"画面"，这就是舞剧音乐特有的艺术魅力。然而，想要做到这一点，是需要创作者对整部舞剧的"结构"了然于心，宏观架构的视野下，再细微的动机和乐思都必须经过严密把控与反复推敲，越是想要"精准打击"每一位观众的内心，越是需要作曲家用"理智"的创作思维不断打磨完善。

担任《只此青绿》作曲的是中国东方演艺集团的吕亮，《知否知否》《琅琊榜》《清平乐》等耳熟能详的古装剧配乐皆出自他手。作曲家丰富的影视配乐创作经验给予了这部舞剧极大的空间，所有的技术难点都迎刃而解，"影视化"的创作手法与《只此青绿》的编排理念不谋而合，赋予了这部舞剧更多"可视化"的元素。然而，另一个难点亟待解决，即作品与观众之间产生"共鸣"的时空维度相差甚远：故事发生在距今近千年的中国宋朝，可配器大多是西洋乐器，作曲技法和调式调性也要找到"中西调和"的交界，故而每一个乐思都须精密设计，稍有不慎观众很可能"出戏"，如何让每一个"包袱"都掷地有声，作曲家是要费一番心神的。

万事开头难，序幕的乐思往往会决定整部舞剧的情感基调和旋律走向，人们充满期待，又隐隐为之担忧。开卷古今的相遇自一声碰铃展开，清脆的音色点缀在旋律之间，恬淡熨帖。铃钹这类乐器自带强烈个性，闻之醍醐灌顶，很容易让人有"穿越"时代的错觉，如同灵魂被点化般豁然开朗。身着宋代服饰的舞者亮相，听觉与视觉几乎瞬间达成一致，音乐的创作背景立住了，而后发生的一切都顺理成章，令人信服。希孟的音乐主题动机始终明确地贯穿于各幕之间，鲜明而直接地将整部舞剧的中心与主题立意牢牢把控，使每一篇章各具特色又不失整体风格。至此，音乐不单单只是作为伴奏存在，而是与舞蹈融为一体，更加具象、清晰地在最短的时间内向观众呈现每个人物角色的特点和关系，并以此为基础令观众展开无限宽广的想象，从"视听艺术"的视角立体地成为舞剧中的一分子。

《只此青绿》的音乐采用传统东方乐器与西方交响乐团协奏的配置，交响乐团的宏大编制给予了作品强大的情绪推动保障，用中国传统乐器诠释主角旋律动机，则完美地贴合了人文背景与审美意趣。开篇乐器的选择是成败的关键，叙事的剧情配以电影质感的大提琴剖白，无疑是最妥帖的。在西方乐器中，大提琴善于表达深沉复杂之情，音色浑厚，高音区可以表现开朗浪漫之情，低音区也能奏出忧伤喟叹之感，起伏错落，描摹希孟潜心求索的心路历程，如同男低音醇厚的音质代替旁白的功能，开宗明义交代了"政和三年"的背景。只几小节的引子后，中国鼓快速进入成为律动的指挥，可谓干脆简明，一如宋代审美，有条不紊地将观众第一时间带入剧情中去。

紧接着全剧画龙点睛的乐器"古琴"出现了：中国的古琴象征道德教化，是为君子之器，阳春白雪，清隽疏朗，乃文人墨客心头之好。其斫琴之精妙，操琴之娴熟，音域之宽广，轻重缓急之巧妙，使音色变化多端又空旷深远。古琴的历史可以追溯到三千多年前的西周，其中门道体现了中国传统工匠精神，又蕴含了天地人和、宁静致远的气质——泛音的幽雅空灵，散音的雄厚深远，按音的似吟似唱，余韵悠长，虚静高雅地追求着人物相合、天人合一的艺术境界。一把古琴不急不躁，凌驾于提琴组演奏的固定低音之上。弦乐组和色彩性乐器相辅相成，旋律对位平稳进行，负责循序渐进，推进情绪；而古琴则以一抵百，徐徐道来，有种虚怀若谷的意味。常言道"画皮容易画骨难"，故事的主人公希孟少年老成，古琴仿若他手中的那支毛笔，以其灵魂入画，气定神闲、下笔有神，使整幅画作有种不符合其年龄的沉稳深邃之感，偏偏又朝气蓬勃，青春流动，回味悠长，与古琴之情趣大有异曲同工之妙。再往深谈一点，宋代推崇道教，这一思想深刻地影响着当时的文化发展。道家崇尚"道法自然"，而"大音希声"就是道家思想最好的说明。希孟的老师宋徽宗赵佶有一幅传世画作《听琴图》，画中人在松下焚香抚琴，意境高远。据史书记载，宋徽宗对古琴情有独钟，颇有研究，甚至专门设有"万琴堂"收藏品鉴古琴。如此种种连在一起就完全说得通了，希孟乃赵佶亲手指教的画师，《千里江山图》本身就带有传承的意味，仁慈高洁的古琴为希孟表明心迹，寄以惺惺相惜之情和继往开来之愿，与青绿山水之意蕴不谋而合。

作为全剧出现频率较高的中国鼓也别有风情。鼓的发端可追溯到史前社会，一度被推崇为礼器，彰显"礼乐一体"的思想。《周易》有言"鼓之舞之以尽神"，早在商周时代就出现了原始鼓舞的形式，其承载的不仅是发号施令之责，更有通晓天地神明、主持礼乐大典之任。于舞蹈表演而言，律动中的"动"是很重要的节奏指示，而掌控舞蹈节奏最好的乐器莫过于打击乐，因而，中国鼓的出现，之于整部舞剧算得上是必然。再者，鼓乐传承至今，提到"中国鼓"，华夏子孙就会本能地燃起一股民族自豪与使命感，选用这套乐器连接古今千年，引领舞者，其大气磅礴之律动正是民殷国富、源远流长的中华文明最有力的体现，也是鼓舞相合、激励奋进的精神号召。

主奏乐器的用心良苦并没有耽误协奏乐器的编配。典雅的竖琴空灵透亮，波光粼粼的音色如悬挂的那轮明月般皎洁而充满温情希望；不仅如此，随着舞剧进入"黄金分割点"，主题旋律再度奏响，铜管组的小号光辉嘹亮，精致明朗的音色将华彩段落的振奋人心之情演绎到顶峰。台上希孟泪流满面，台下观众心如鼓擂，画作终成时，竟生出一种悲壮之感——历史记载，留下这幅旷世名作后不久，希孟就与世长辞，天嫉英才，令人每每想起唏嘘不已，这幅"离世佳作"不正是充满了"悲壮"之情吗？

更为值得一提的是，第七幕"入画"的尾声段落，希孟泪眼婆娑抛开所有踟蹰苦闷，泼墨挥毫，意气风发地潇洒挥下最后一笔，画作成了！音乐也随之发展到了最高潮——琴筝和鸣，锣鼓铮铮，多情的弦乐队与壮丽的管乐队齐齐出动，在打击乐的加持下随着一声大镲的声响"落幕"。通常音乐到这里就该画上句号了，而作曲家显然同我们一样，不舍用一种绚烂却转瞬即逝的落差作为结尾。此时，一支箫随弦乐铺底独奏而来，希孟一袭白衣飘飘若仙，回身背影缓缓入画，场灯暗下，独留青绿山河一侧剪影回眸，至此整幕"入画"才算全部完结，希孟与"青绿"人画合一，功德圆满。然而，箫那独有的寂寥音色，一唱三叹般辗转加重了观众的失落感，这种"缺失"的心理落差彻底将"观画者"的心神拉进画中，久久不能回神，意犹未尽间，让我们与"展卷人"共情，心理同步——为希孟完成画作而激动，为画卷得以保存至今而庆幸，也为希孟的英年早逝而惋惜，为其呕心沥血的过程而心痛，还为我们不能穿越回北宋与希孟同处一世而怅然。幸然，我们还有这一幅蕴含着宋代神韵与审美意趣的长卷，还能考证其中江山永固、国泰民安的虔诚祈愿，怀古论今，千里共婵娟。

德国哲学家恩斯特·卡西尔（Ernst Cassirer）在《人论：人类文化哲学导引》一书中说：人性是无限创造性的活动，而人类只有在创造文化活动中才能成为真正意义上的人，因为只有在这种活动中，才能获得真正的自由。舞蹈和音乐艺术从根源上来说是"人"的艺术，人类的核心之一恰恰就是"自由"。因此，舞蹈与音乐这两种艺术形式被寄予情感的厚望，传达着人类灵魂深处自由的思潮，对生命进行着最诗意的表达，一如《千里江山图》，历久弥坚，流芳百世。

最后一幕舞台轨道相向交替旋转，展卷人与希孟终于隔着《千里江山图》的长卷看到了彼此。然而紧接着碰铃声再次响起，时空停滞，今人与古人的交融逐渐拉开，两拨人缓缓旋转着踱到圆形舞台的两边，站成两个对立阵营定格，像一幅太极图般对称相背而立，轨道再变，朝一个方向旋转，一切回归原点。时空归位，大音希声：一幅长卷隔开古今千百年，乐池上方的场灯暗下，希孟面带微笑地退至舞台后方，人们笑中带泪地离开剧场。"白马入芦花"，观众逐渐融入每一道工序里，同希孟一起历尽春夏秋冬，待幡然醒悟回神时"只缘身在此山中"，倒不知自己是看客还是台上一员……

这是一个大家都满意的结局，独留投映的十六字摇曳幕上：无名无款，只此一卷，青绿千载，山河无垠。

（原载《舞蹈》2023年第3期）

还贺绿汀精神以完整准确的面目

董少校[*]

作为中国著名的作曲家、音乐教育家、音乐评论家、音乐活动家，贺绿汀的音乐人生几乎跨越整个20世纪，是现当代音乐发展历程的缩影。他曾在广州、重庆、盐城、延安等地从事革命音乐活动，新中国成立后长期担任上海音乐学院院长和名誉院长，为中国音乐事业发展做出了卓越贡献。他的事迹品性熔铸成意蕴丰厚的贺绿汀精神，包括忠诚精神、求索精神和硬骨头精神三层内涵，是他留给世人的宝贵财富。学界有声音把贺绿汀精神直接等同于"硬骨头精神"，是有失偏颇的。

贺绿汀精神的第一层内涵是坚定理想、崇尚真理的忠诚精神。在风云激荡的20世纪，贺绿汀时常面临个人前途何去何从的抉择。他早在1926年就加入中国共产党，抱定民族振兴、国家独立富强的理想信念，把马克思主义当作真理的明灯，走上一条为工农大众服务的革命音乐道路。他创作的《暴动歌》第一次在音乐创作上开拓了反映无产阶级武装夺取政权的题材，《游击队歌》热情讴歌了中国人民抵抗外侮的英勇斗志，传遍大江南北。贺绿汀克服种种困难，从重庆前往华中抗日根据地，又辗转到达延安，以音乐为武器投身革命洪流。面对音乐创作、教育、研究、评论等领域中出现的古今关系之争、风格选择之辩等，贺绿汀坚定马克思主义文艺

---

[*] 董少校：上海音乐学院马克思主义学院副教授。

观原则立场，敢于发出与众不同的声音，展现出一位知识分子的良知和风骨，写就了对党的音乐事业的无限忠诚。如朱践耳所说，贺绿汀留下的精神财富中最突出的，是"他敢于说真话，敢于坚持真理的伟大人格力量"。

第二层内涵是融合中西、革新音乐的求索精神。贺绿汀一生勇于探索，致力于发展中国音乐艺术，为中国音乐开拓新的疆域，带来新气象。他创作了超过260首（部）不同体裁的音乐作品和超过280篇（部）文章著作，革新音乐功绩卓著。贺绿汀配乐的《都市风光》首次实现了中国电影配乐由采用现成唱片配音到专人作曲的历史性转变，在重庆主持的育才学校音乐组是中国首个从小培养专业音乐人才的机构，他倡导并建立的"大中小一条龙"教学体制走出一条发展专业音乐教育的特色道路。面对音乐艺术发展中面临的中国与西方、本土与外来命题，贺绿汀将欧洲近代音乐作曲技法与本民族音乐传统有机结合，主张守护民族音乐之根，同时重视音乐技术与技巧，批判借鉴西方音乐，留下了《牧童短笛》这样打通中国音调与西洋乐理界限的佳作。贺绿汀堪为20世纪中国音乐发展史上融合中西的重要推动者和典范践行者，他的求索精神和功绩足以彪炳史册。

第三层内涵是刚强不屈、敢于斗争的硬骨头精神。1949年后新中国在曲折中前行，一系列政治运动对社会生活造成冲击，文学艺术的发展时走弯路。"文革"期间，贺绿汀受到冲击，蒙冤被关押五年。然而他不畏困难，面对批判毫不屈服，反对强加而来的不实之词。身在囹圄期间，贺绿汀撰写大量材料斥责"四人帮"的倒行逆施，还创作《满江红·和郭沫若同志》等乐曲以明志。在大是大非面前，贺绿汀展现出至刚至硬的性情品格和革命知识分子的崇高气节，因而被称为"硬骨头音乐家"。如陈思和分析的那样，贺绿汀"是一种知识分子风范的典型——他是在革命队伍里认识了革命的本质是什么，并无私无畏地追求革命理想与艺术境界的和谐统一"。这种硬骨头精神穿越十年内乱，昭示着坚韧伟岸的人格风范。

应当承认，20世纪70年代末文艺界提出贺绿汀精神的命题时，侧重于贺绿汀不畏强暴、抵制错误、坚持正气的那一面，顺应时代潮流，有其合理性。随着改革开放持续推进，社会文化环境发生变化，结合新的时代条件重新认识、深入阐释贺绿汀精神的内涵，成为学习贺绿汀、弘扬贺绿汀精神的现实需要。近年，音乐界出现一些声音，如居其宏批评歌剧《贺绿汀》时所说的那样，笼统地把学术之争中的敢言特征当作贺绿汀精神，成为对贺绿汀精神的窄化乃至曲解。在贺绿汀诞辰120周年之际，有必要还贺绿汀精神以完整准确的面目，重温他的功绩，发扬他的品格，进而让贺绿汀精神真正成为激励中国音乐开辟新境界的磅礴力量。

（原载《音乐周报》2023年7月19日）

新时代专业音乐创作评价标准和评论方法

王中余[*]

习近平总书记在党的二十大报告中深刻指出:"全面建设社会主义现代化国家,必须坚持中国特色社会主义文化发展道路,增强文化自信,围绕举旗帜、聚民心、育新人、兴文化、展形象建设社会主义文化强国,发展面向现代化、面向世界、面向未来的,民族的科学的大众的社会主义文化,激发全民族文化创新创造活力,增强实现中华民族伟大复兴的精神力量。"在全党全国各族人民迈上全面建设社会主义现代化国家新征程、向第二个百年奋斗目标进军的关键时刻,党中央把文化建设提升到一个新的历史高度,为全党全军全国各族人民着力构建中国音乐理论与评论体系,推动中国音乐理论与评论创新性发展,注入了强大的精神动力。贯彻落实党的二十大精神,推动中国音乐理论与评论向着体系化的方向发展,是时代和人民赋予我们的历史使命。

音乐评论是音乐研究中不可或缺的重要组成部分。许多国内知名的音乐学家、音乐理论家在音乐评论领域都做出了重要贡献。近年来,国内音乐评论领域发展迅速,各种评论比赛、高峰论坛相继举办,大量文论、文集陆续出版。部分文章已经成为中国当代音乐研究中的经典文献,甚至对中国当代音乐的发展方向产生影响。作为一名作曲理论方面的专家,我曾

---

[*] 王中余:上海音乐学院音乐艺术研究院研究员,博士研究生导师。

多次担任专业音乐创作的评审,也常参加一些新作品的发布会和音乐会。无论是作为评审专家,还是作为音乐会听众,都不可避免对所听到的专业音乐创作或演出进行评价或评论。下面将分享关于专业音乐创作的评价和评论的一些想法和见解。

一、专业音乐创作的评价标准

(一)音响感受不是音乐评价的唯一标准

音乐评论或者音乐评价中有一种标准是音乐是否好听。是否好听是音乐评价的标准之一,但不是唯一的标准。恰如其分地表达才是音乐创作至关重要的准则。从作品的立意出发,选择合适的技法阐明作品的立意,这是评价一部作品优劣的重要标准。评价作品好坏的标尺是所选择的技法和所形成的音响在多大程度上实现了作品的主旨,技法与音响完全契合主旨自然是上乘之作,若与作品立意南辕北辙则肯定不是优秀作品。从音响物理声学的角度出发,一切声音都有它自身的价值。利盖蒂的《大气》从某种程度来说是不堪入耳的,但它却非常贴合电影《太空邀游》的画面和情境。作品中的微复调技法非常贴切太空、非人类等物象的表达。

(二)审美经验不是音乐评价的唯一准绳

一些理论家认为,音乐评价要以经典作品的审美经验为参照。这些经验历经几百年的积淀,已被广泛接受并与行之有效的创作技法相匹配,它当然是音乐评价可参照的标准之一,但不是唯一的标准。从当下的视角来看,经典作品也有局限性,这种局限包括经典作品的不协和性还没有拓展到后调性音乐所达到的程度,更不用说在作品中运用噪音、电子音乐甚至自然界的音效。另一种局限是这些作品大多适合在音乐厅或歌剧院中聆听,而今天能定期到音乐厅或歌剧院欣赏音乐的听众毕竟是少数,即便到了音乐厅或歌剧院,听众也可以有更加多元的选择。因此,将经典作品所积累的经验作为衡量当代音乐创作好坏的唯一标准也值得商榷。

（三）"乐象相容"是音乐评价的重要原则

《乐记》有记载："乐者，心之动也；声者，乐之象也。"就一部新作品而言，判定其优劣与否，首先得看作品是否呈示了一些比较新颖的音响与技法；其次是这些音响或技法在作品的延展过程中是否有可追踪的逻辑并形成某种自洽的结构，即是否为有组织的声音；最后是这些音响或技法是否有音乐上的表达，即是否为有意味的音响。作为专业性的创作，如果一开始就是老套的音响组织，很难吸引专业听众的注意力。若作品延展的方式或者结构手法过于程式化，作品材料重复、发展和再现的方式完全符合听众的预期，也不能给予好的审美体验。专业音乐创作的成败很大程度上取决于听众对作品预期的实现程度。如果作品完全是老套的材料与组织方式，那么它很难成功；同样，若作品通篇都充斥着新的音响，其组合方式、延展方式甚至结束方式都完全超出听众的预期，也难以被听众接受。

评价一部作品还要考虑音乐之外诸如历史的、时代的、接受的等各个方面的因素。在一篇短文中想阐明作品评价的所有方面并建构起所谓的评论体系似乎不大可能，但是可以提供一些大致的建议。下面来谈谈专业音乐创作评论的思想准则和评论方法。

二、专业音乐创作的评论原则和方法

（一）坚持正确的政治导向

具体来说，传承和弘扬中华优秀传统文化，继承革命文化，发展社会主义先进文化，这就是音乐评价的三个风向标。在音乐作品当中怎样去展现这些标准呢？我认为，所谓革命文化就是要继承革命优良传统；发扬社会主义先进文化不仅要有我们的文化自信，还要以宽广胸襟借鉴吸收人类一切文明的优秀文化成果，并将其融入中华文化的独特脉络中，赋予其新的生命力和创造力，不断铸就中华文化的新辉煌；传承和弘扬中华优秀文化不仅要在创作中恰当融入中国传统音乐的元素和精神，还要兼收并蓄地吸收中国文学、历史、哲学、艺术等方面的因素，以丰富音乐创作的立意和内涵。

（二）追踪当代音乐

中国当代音乐创作受到经典音乐的影响。中国作曲家会在创作中有意或无意融入中国传统文化元素包括中国传统音乐元素，更重要的是，所有中国当代音乐创作的作曲家都密切关注着国内外当代音乐的发展动态，进而在自己的创作中或吸收或规避某些创作观念和技法。对于从事音乐评论的学者来说，密切关注和了解国内外音乐创作的动态和趋势至关重要。只有这样，才能真正理解一首当代音乐作品的独特魅力以及其创作背后的动因。另外，在进行音乐评论时，换位思考非常重要。即评论者要思考如果我是这部作品的创作者，我会如何去写作？借由这种思考方式，所得到的音乐评论将更加包容，也会更加深刻。

（三）提升读谱能力

记谱方式经过多年的发展，如今早就不再完全沿用古典浪漫时期的记谱法，即便是采用传统方式记谱的音乐，其中也有很多现代的记谱标识，如果不熟悉这些新的记谱法，或者说对其所指涉的音响效果缺乏内心听觉，就无法评判这样的作品，也无法对这些作品的演奏、演绎进行褒贬。有些新作品现场效果不好，可能是作品写作本身的问题，也可能是演奏的问题。倘若缺乏必要的读谱能力，当一场音乐会的效果不够理想时，我们就无法甄别究竟是作品写作出了问题，还是演绎没有到位。与记谱法相对应，当代音乐作品有着不同于经典音乐作品的组织方式和结构，如果对这些新的组织方式和结构缺乏必要的了解，而是以古典浪漫派的审美和写作方式作为评价参照系，很可能听不懂当代音乐，更谈不上对其进行评价和评论了。

（四）分析再评论

有些音乐会乐评通篇都是谈论听赏音乐会的感受，其中所谓的作品分析不过是摘录了节目单中有关作品的介绍，或者只是引用了作曲家对作品标题、内容或所使用技法的解释，这样的乐评深度有待提高。音乐会的聆听感受是重要的，尤其是第一次聆听的感受更为珍贵，但是仅凭这样的感受就匆匆撰写文章并发表，既草率，分析也不会深入，还可能导致理解上的偏差。好的乐评应该是在现场聆听的基础上，对作品进行仔细的案头文本分析之后聆听作品的录音，最后才是文字的书写。这样的评论才有可能客观，也更加准确。有些作品需要经过多次聆听，甚至需要阅读乐谱才能对其进行准确深入的评价和评论。

（五）注重分类评价

居其宏先生曾经指出：音乐作品的审美品格是分层次的，雅有雅趣，俗有俗趣，各具其美，绝不能以统一标准衡量其高下优劣；音乐作品的接受者及其审美情趣是多样性的，人耳人殊，各美其美，故不可简单以听众多寡作为评价音乐作品的唯一标尺。[1] 音乐评论究竟评论什么？是作品，是表演，抑或是其他方面？音乐评价标准和方法是什么？专业音乐和通俗音乐自然有所不同。不同类型的专业音乐创作采用的创作思维和方法也会有所不同。仅就专业音乐创作而言，高校教师的音乐创作和院团作曲家的创作旨趣又有分野。相对来说，高校教师的音乐创作更加注重作品的学术价值，而院团作曲家更加注重音乐会所呈现的效果。换言之，高校教师身份的作曲家在创作中会有意或无意地追求技法或音响的创新，尽管他们的作品也会探索标题或音乐表达内容与作品技法的契合度。同时，虽然部分院团作曲家的作品也会展现出明确甚至强烈的学术性探索，但大多院团作曲家还是将重心置于音乐会的聆听体验上，着重于作品的现场表现力以及

---

[1] 参见居其宏《论音乐作品评价体系的当代建构》，《中国音乐学》2015 年第 1 期。

听众对作品的接受程度。

不能只去歌颂而不会批判，但是要批判到位，而且批判得能够让人接受，就必须真正说到点子上。这就需要乐评人具备扎实的基本功、敏锐的感知以及深厚的理论功底。音乐评论者要有能够和作曲家对话的专业能力。老一辈作曲家和理论家如金湘、王安国等都对谭盾等作曲家的创作有过评论，这些评论之所以有说服力而且能够广泛传播，关键是这些大家本身就是行家，而不是仅凭感受说三道四的业余爱好者。最后，还是引用居其宏先生的相关论述作为结语，他希望建构一个具有国际视野、时代气象和中国特色的科学音乐评价体系。① 我希望这样的评价体系能够早日建立起来。

---

① 参见居其宏《论音乐作品评价体系的当代建构》，《中国音乐学》2015 年第 1 期。

以"起承转合"之思步入圆梦新征程
——评第三十八届上海之春国际艺术节音乐板块

许首秋[*]

"好雨知时节,当春乃发生。"上海的3、4月,屋外是淅沥的絮雨浸润着每一寸的沃土,屋内是磅礴的交响激荡着每个人的心灵……

党的十八大以来,在以习近平同志为核心的党中央领导下,党和国家发展进程中取得了改革开放和社会主义现代化建设的历史性成就,中国特色社会主义进入了以实现中华民族伟大复兴中国梦为主题的新时代。在占据社会主义文化强国建设战略高点的文艺领域中,音乐艺术是讲述中国故事、展示中国精神、塑造中国形象的重要媒介,长久以来为汇集民族智慧、凝聚中华民族精神共识、提升中华文化软实力做出了巨大贡献。

"上海之春"作为我国历史悠久、极具影响力的国际艺术节,诞生了一批又一批脍炙人口的经典音乐作品,为众多作曲、演奏与理论家们提供了展演、交流与学习的平台。本届艺术节以"圆梦新征程"为主题,32台形式丰富、内容多样的线下音乐会如孕育生命、成就梦想的春雨,落入了培育中华民族伟大复兴梦想的大地中。这些作品又以"起、承、转、合"四种不同的内在主旨与外在形态,全面滋养了新时代中国特色社会主义文化强国建设与发展的根脉,同时向我们指明了音乐艺术在"圆梦"之

---

* 许首秋:上海音乐学院音乐系讲师。

路上循序渐进的前进方式。

一、"起"：新时代中国音乐艺术发展之"传统根基"的确立

如果说，一个国家优秀传统文化是国家民族传承发展的根基，那么新时代中国音乐艺术发展的根本也就必然要根植于中华民族优秀传统音乐文化之上。然而，面对当下审美诉求飞速多元变化的现状，原封不动、全盘照搬原典，显然难以满足审美所需。于是，如何在沟通和诠释中更好地发扬传统，进一步让世界理解中国故事与精神这一问题的回答直接影响着未来中国音乐艺术发展的基石。

有幸的是，直面上述疑问，本届艺术节让我们听到了一些"未尝不可"的巧妙回应。如在"牡丹亭·音乐创奇——昆曲与竖琴五重奏音乐会"中以竖琴、弦乐取代了传统的笛、板，形成人声器乐交互的浅吟低唱；在"无论西东""月下云影"音乐会上，方锦龙、吴玉霞不约而同地发起了琵琶与其他中西乐器的隔空对话；在"琴为何物·孤烟直·唐"音乐会上自得琴社的成员们基于古谱与想象展开的古乐原创新编；等等。这些演绎皆表明了这样一个创作趋势，即以传统艺术瑰宝为基础，适宜地兼顾世界音乐经典语汇，并以一种接近"通用语言"的形式为传统音乐的传播发展注入新的意义。

二、"承"：新时代中国音乐艺术发展之"红色血脉"的延续

历史告诫我们，在坚持和发展中国特色社会主义伟大进程中，只有秉持不忘初心、不畏艰险、勇于奋斗、砥砺前行的红色革命精神，方能创造

无愧于时代、无愧于人民、无愧于先辈的业绩。因此，新时代中国音乐艺术的发展必然要依靠红色基因的传承与延续。而如何具体操作？这显然又是一个亟待思考的问题。

在我看来，其外在必须依托于成熟形式表达。最直接的方式就是对经典作品不断回望与理解，在反复咏颂中获得深入体悟。其次则是基于真实历史题材及经典音乐素材进行加工衍变，塑造出贴合时代生活的新声音与新形象。而形式的背后则更加需要坚定的精神内核支撑。音乐创作表演以及理论工作者们只有自身真切地理解并灌注红色精神，才能避免教条、标签化的僵硬表述。听众们也只有在感同身受的音响中，才能接收精神传递并引发情感共鸣。

在"那一抹心底的红""从黄河到长江：民族音乐巡演""时代交响：全国优秀乐团邀请展演"等系列音乐会的现场，《红梅赞》《战马奔腾》《我的祖国》《丰收锣鼓》《莫愁》《美丽乡村》等作品以真诚质朴的音响带领听众回望了代代革命者奋斗历程，也为新时代中国音乐艺术红色血脉的传承带来了具有标杆意义的范例。

三、"转"：新时代中国音乐艺术发展之"中国式现代化"的探索

不简单套用模板，也不是西方翻版，而是开创新版，是中国式现代化探索的要义，也是新时代中国音乐艺术创新发展中不断追寻的品质。

一方面，国人对西方经典音乐作品的关注已从借鉴模仿开始走向中国化解读。如《吕思清与美杰新青年乐团音乐会》的演奏者们站在欧洲与美洲版图之间，借"中华广角"将维瓦尔第小提琴协奏曲《四季》与皮亚佐拉《布宜诺斯艾利斯的四季》进行细腻对比；指挥家余隆让莎翁《仲夏夜之梦》的戏剧独白与门德尔松同名作品同台献演，让中国听众们更清晰

地理解抽象的音乐梦境。此外"致敬拉赫玛尼诺夫""致敬理查·施特劳斯""演绎亨利·普赛尔歌剧《狄朵与埃涅阿斯》"等音乐会也都围绕相关经典进行了匠心独运的阐释，令人耳目一新。

另一方面，作曲家们也在积极探索新颖的协同创作模式以及多媒体艺术呈现方式，尤其在交响乐创作领域近年来成果显著。从 2016 年由周湘林、叶国辉、张旭儒、赵光、尹明五联合创作的多媒体交响剧场《丝路追梦》，到 2018 年上演的交响幻想曲《炎黄颂》，再到今天由赵曦、刘灏、许忠作曲，赵丽宏作词的交响合唱《复兴的大地》，这些联合创作的幕前，是让交响乐逐渐从"音"的囹圄中摆脱，集合诗、画、歌、舞、诵形成"中国新交响"的宏大叙事风格。而背后，则是新时代艺术家们从追求个人立意转向社会集体立意思想站位的提升。

四、"合"：新时代中国音乐艺术发展之未来栋梁的培育

"青年强，则国强。"一个民族、国家文明的持续进步离不开青黄相接的人才接力。新时代中国音乐艺术的圆梦征程，也同样依赖于青年后辈艺术家们从崭露头角到中流砥柱的不断崛起。本届上海之春国际艺术节一如既往地给予了青年艺术家们广阔的表演舞台，让我们欣喜地看到他们在各类创演领域中有所担当、各展所长。

如在创作方面，"脱颖而出 IV"上海民族乐团新人新作音乐会所推出的王云飞、李玥锦、孔志轩、李博禅、李博几位作曲家的最新力作，表达了青年一代对古今对话与中西融合问题的独到见解；跨媒体艺术家陈俊恺在自动化乐器装置及交互乐器表演方面的前沿探索则让观众不禁重新考量科学技术与人文艺术在未来的关系。

在指挥方面，孙一凡、金承志、龚天鹏、林天皓等指挥界新星悉数登

场，他们以成熟冷静又充满年轻激情的执棒方式，良好地调和了交响乐、合唱、重奏等多种体裁的作品，展现了强大的沟通协调力与现场掌控力。

在表演方面，涌现出了精通古筝与钢琴的双料演奏家蔡颖、致力于柳琴及中阮演奏的孙祺、集笛子演奏创作于一体的张明艺等多位复合型才俊，以及二胡、双簧管、声乐等方面的大量专业表演人才。他们以令人叹服的精湛技艺担任了不同时空音乐语言沟通的"同声传译"，其成功经历激励着艺术工作者们继续探索音乐创作的中西合璧。

除此以外，同济大学、上海音乐学院、华东师范大学、上海大学、上海师范大学等高校机构在艺术节进行期间还先后举办艺术教育成果展示周，吸引了大批师生与周边群众前去欣赏观摩。无疑，这些活动为更多的青年乐人提供了宝贵的成长经验。

晓看红湿处，华夏花满城。回顾21世纪转眼一瞬的第一个十年，几代前辈们的共同努力让我国音乐艺术在树立文化自信与推动文化传播方面取得了极具影响力的繁荣成果。但如今当我们踏上下一个征途，这些辉煌终将成为过往。因此，作为青年一代，继续以"起承转合"之思续写花重山野的盛大诗篇，是我们必须完成的使命。

（原载《文汇报》2023年3月29日）

美术与设计类

新时代背景下主题性美术创作
如何发展和突破

王　治*

美术界关于新世纪主题性美术创作的学术探讨可以追溯到中华文化画报社于1999年9月在中国艺术研究院召开的"21世纪中国主题性美术创作研讨会"[①]。自此，学者开始了新世纪主题性美术创作的研究与讨论，并逐步走向深入。[②]2018年6月和12月，《美术》杂志相继联手四川大学、上海美术学院等高校举办了以"主题性美术创作的当代性"为专题的学术研讨会。2022年11月，中国国家画院举办"新时代主题性美术创作的创新与突破"学术研讨会。

与此同时，出于树立文化自信、建构国家形象的国家文化战略需要，中央部委及相关部门组织实施了一系列大型美术创作工程："国家重大历史题材美术创作工程"（2005）、"中华文明历史题材美术创作工程"（2012）、"纪念红军长征胜利80周年大型美术创作工程"（2016）、"纪念马克思诞辰200周年主题美术创作工程"（2018）、"庆祝中国共产党成立100周年大型美术创作工程"（2018）等。

---

* 王治：中国国家画院理论研究所研究员。
① 参见陆军《历史的使命——"21世纪中国主题性美术创作研讨会"发言纪要》，《美术》1999年第11期。
② 参见孙小光、孔新苗《一个需要自主探索理论的时代——21世纪开启的主题性美术创作研究综述》，《美术》2020年第4期。

作为中国美术创作的国家团队，中国国家画院围绕国家重大活动和历史时间节点，开展创作研究课题，"组织实施了一系列的创作研究项目，比如'一带一路'国际美术创作工程、扶贫颂主题创作、黄河文化主题创作、抗疫题材创作、北京冬奥题材创作、建党百年系列创研活动、纪念毛泽东同志《在延安文艺座谈会上的讲话》发表80周年系列创研项目、'深入生活、扎根人民'主题创作，等等"①。2022年10月还举办了"走向复兴——中国国家画院喜迎中国共产党第二十次全国代表大会召开美术作品展"。由以上创作研究和展览活动不难看出，由国家工程、国家团队主导推动的美术创作和相关理论研究成为当下汇集诸多有影响力的艺术家、理论家参与的重要美术活动。

尽管这些重要美术活动极大地促进了主题性美术创作的发展，取得了不凡的成就，也涌现出许多杰出的作品，"主题性美术创作日渐成为国内美术创作界与理论研究领域的显学"②，但是，发展和突破似乎是一个永恒的话题。怎么发展？怎样突破？

一、"屡迁而返其初"——从中华优秀传统文化源头寻找养料

众所周知，屠呦呦先生是中国唯一的诺贝尔生理学或医学奖获得者。她曾撰文回顾青蒿素发现的艰难历程，她翻阅了大量的古今医学文献，唯一一篇关于青蒿减轻疟疾症状的文献出自东晋葛洪著《肘后备急方》，文中提到："青蒿一握，以水二升渍，绞取汁，尽服之。"这句话给了屠呦呦

---

① 卢禹舜：《"走向复兴——中国国家画院喜迎中国共产党第二十次全国代表大会召开美术作品展"前言》，http://www.cnap.org.cn/cnap/xyesd/202209/552232f55850404fb19f31565aff3d36.shtml。

② 于洋：《主题性美术创作的时代新象》，《艺术市场》2021年第4期。

灵感——传统提取方法里的加热步骤可能会破坏药物的活性成分,在较低的温度中提取可能有助于保持抗疟活性。果然,在使用较低温提取方法之后,提取物的活性得到了大幅提升。

这个生动的事例让我们感受到中国古代文献在当代社会依然有着无可估量的巨大价值,医学如此,艺术也如此,艺术作品的创新与突破,也不应该是无源之水、无本之木。当我们觉得创造力匮乏的时候,不妨像科学家屠呦呦那样,追本溯源,如清代学者皮锡瑞所言,"屡迁而返其初",回到文化最初的原点去思考。

受西方影响,我们目前看到的主题性创作往往是从社会历史的宏观背景中截取事件发生的核心场景,捕捉充满戏剧性的关键"瞬间",反映的是"一刹那"的场景,特别像西方戏剧舞台上幕布徐徐拉开后舞台亮相的瞬间,特别强调视觉上的"真实"和心理上的震撼,这是纯粹西方的视觉经验和绘画表现。而这种超大型的画作强迫观者退到很远的距离整体地去看画面表现的内容,有时并没有合适的场地,也不完全符合人的观赏习惯。更加要紧的是,它有一个巨大的遗憾——我们看不到事件的来龙去脉,这背后反映出的其实是东西方观察方法的差异,不同于西方人的焦点透视,中国古人的观看、观察是眼观和心观相结合的方式。具体而言,眼观是游观(身体行进)过程中定观(视线聚焦),定观状态下(身体静止)游观(视线游移);心观在魏晋以降更多的是与"禅观"经验的会通融合,更强调心理视觉的深湛境界。[①]

具体到画作中,中国文脉体系里面并没有"主题性绘画"这样的概念,但从战国伟大诗人屈原《楚辞·天问》中的描绘及秦汉的考古中都可以看到宫室殿堂里面绘有壁画,或强调"成教化,助人伦"的功能,

---

① 参见刘继潮《游观:中国古典绘画空间本体诠释》,生活·读书·新知三联书店2011年版。

或展现权力意志，或图绘天地山海神灵，或表现现实生活，等等。佛教传入以后，一种外来、系统性的绘画形态进到中国本土的文化体系之中，佛教寺院和石窟内部也常常绘制大型壁画，中国画家主动地融合了它的绘画技巧、理念、创作方式以及题材内容，等等。①

从画面结构上来讲，敦煌壁画中一些佛本生故事和经变画就很值得研究、参考和借鉴。以北魏莫高窟第257窟西壁《鹿王本生》为例，虽然是一条故事主线，但是它将历时性的线性文字描述一分为二，从画面两端分两条动线分别绘制，最后在画面中心表现"鹿王控诉"，很好地烘托了气氛，形成画面高潮，淋漓尽致地发挥出主题性绘画的叙事功能，成为艺术性和思想性高度统一的经典作品。其他还有北魏第254窟主室南壁《萨埵那太子本生》，采取上下左右穿插进行的结构模式，画面由十个情节组成，把不同时空诸多情节交织一处，形成主题鲜明、变化丰富的整体单幅画结构。因而，即使一个主题，也包括故事的起承转合，气氛渐渐烘托之后，最后呈现一个高潮，是一个完整的叙事过程，而不仅仅是故事高潮瞬间的展示。

中国古代卷轴画也是一样，例如东晋顾恺之《女史箴图》，宋张择端《清明上河图》和宋王希孟《千里江山图》，这一类主题性绘画也是一种"展阅"的品鉴方式。

爱因斯坦在挚友米凯莱去世时写信给他的妹妹说："过去、现在与未来之间的区别只不过是持久而顽固的幻觉。"在这些画中，我们看到的画面的确是不同时空状态的叠加——画面有时更加接近客观和真实，而观看顺序只是为了顺应人们意识理解的模式而已。

我们当代画家在创作大型的主题性绘画时，应当自觉地研究、吸收和

---

① 参见金维诺《近年关于古代壁画的研究》，载《中国美术史论集》上，黑龙江美术出版社2004年版，第71—74页；罗简整理《当代中国画如何用好壁画和民间艺术的资源》，《国画家》2022年第6期。

借鉴本民族优秀的叙事性绘画的观察和表现形式——在行进中观察事物的游观及其观察方式基础之上形成的画面结构安排；在描绘局部或者细节时，采用定点观察即所谓焦点透视；跨越时空、多种情景的并置叠加，多条线索的综合穿插。事实上，这样一条创作思路并没有很好地被继承下来，这是画脉的断裂，也是文脉的断裂，非常可惜。

在具体描绘上，魏晋以来，绘画技法上也出现了突破，把丝绸之路沿线地区的绘画技术和颜料使用方式吸收进来，中国画家对这种异质的文化重新改造和吸取，使之成为中国文脉的一部分。克孜尔、敦煌和相关时期的壁画，有的采用凹凸法的表现方式，在结构上晕染。这种方式同样有别于西方绘画在光影空间中塑造形象的表现技法，它更加注重物象本质的样态，而不是环境中的呈现，这也是中古时期中国人的思维习惯和视觉经验。如果当代画家能够意识到创作中已然受到学院气的绑架与束缚，从中跳脱出来，提炼出符合民族气质的造型因素，同时借鉴传统技法，重新思考、组织画面，也许会给当前清一色的学院派主题性绘画吹进一股新风。

二、"三叠一拍"——中国古典绘画严谨描绘的当代启示

上面主要讨论的是主题性绘画创作的艺术表现问题，下面重点谈一下主题性绘画创作的真实性问题，就像 DNA 的双螺旋结构，缺失其中的任何一个链条，就不能具备完整的基因表达。

笔者还是想从我们自己的历史认知经验里进行一些思考。唐人李肇《唐国史补》卷上曾记：

人有画《奏乐图》，维熟视而笑。或问其故，维曰："此是《霓裳羽衣曲》第三叠第一拍。"好事者集乐工验之，一无差谬。①

很遗憾，我们现在已经看不到这幅精彩的《奏乐图》了。但是，这幅画给我们一个很深刻的启示——古人现实题材的艺术创作其实是非常严谨的。

《清明上河图》描绘的是清明时节北宋都城汴京（今河南开封）东角子门内外和汴河两岸的繁华热闹景象。在画面后段的市区街道上，城内商店鳞次栉比，大店门首还扎结着彩楼欢门，小店铺只是一个敞棚，此外还有公廨寺观等。全卷画面内容丰富生动，细节充实，集中概括地再现了12世纪北宋全盛时期都城汴京的生活面貌。据故宫博物院的专家考证，很多细节都能与文献记载相对应，可以考证、还原当时的历史状貌，但又不是完全按照当时东京汴梁实地的城市规划来描绘，是综合聚焦了类型化特点的典型描绘，因而是实情，而非实景、实境。②

总体而言，对于主题性创作的真实性来讲，应当包括事实真实、场景真实和细节真实三个方面。笔者认为，创作必须坚持历史事实的真实，细节描绘也必须符合实情，场景则可以根据画面需要灵活调整调度。翟墨认为，主题性美术创作应该遵循一条原则，它一定要有"贴近的距离美"，意思就是，它既要贴近政治、贴近现实，但又不能直接图解政治、显现现实，而应保留一定的距离。笔者完全赞同"艺术性是主题性美术作品的生命"③，同时认为，贴近现实即细节的真实也是实现主题性美术作品艺术性

---

① （唐）李肇、赵璘：《唐国史补·因话录》，古典文学出版社1957年版，第18页。
② 参见余辉《隐忧与曲谏——〈清明上河图〉解码录》，北京大学出版社2015年版。
③ 陆军：《历史的使命——"21世纪中国主题性美术创作研讨会"发言纪要》，《美术》1999年第11期。

的重要途径，要在作品中多一些现实场景和生活细节的描写，为作品提供一个"福斯泰夫式"①的背景。

在新时代，在主题性美术创作中我们应当对本民族的思维习惯和视觉经验进行主动反思，创作时可以适当脱离学院派表现的轨道，在对历史哲学有更深刻的理解、更深入的思辨后，借鉴古代壁画、卷轴画的表现方式，拓展自己的创作思路，以流动的视线按照画面的逻辑线索进行视觉思考，这种视觉思考往往带有某种考证的意味，有时不妨艰涩一些、难懂一些。避免在思维惰性下生产"政治插画""历史插画""宣传画""招贴画"——虽然描绘精致，但却是一览无余的乏味，要像阅读经典或者史诗那样，能够让人反复吟咏和品鉴。

艺术家要有更大的情怀和担当，让主题性绘画这种外来的绘画形态长在中国文化的根脉之上，真正完成有关视觉经验和创作经验的反思和反省。与中国传统的思维方式、观察方式结合起来，主动系统地转化运用民族民间艺术，汲取中国古典艺术的深厚养料，将崇高的美学理想与艺术品格投注到生命体验之中，在艺术表现与历史、现实的图像叙事两个维度上实现完美的基因表达，创作出无愧于我们时代的伟大作品。

（原载第八届全国画院美术作品展览组织委员会编《第八届全国画院美术作品展览作品集》，山东美术出版社2023年版）

---

① 参见[德]恩格斯《致斐·拉萨尔》，载中共中央马克思恩格斯列宁斯大林著作编译局编《马克思恩格斯选集》第四卷，人民出版社1995年版，第556—561页。

讲好中国故事
——论主题性美术创作的命题与突破

骆 雪[*]

一、用美术的方式讲好中国故事

无论如何强调艺术性是主题性美术创作的第一性价值，对国家意志的如实呈现都是主题性美术创作必须具备的特质。艺术性决定了主题性美术创作具有视觉艺术本身所特有的魅力，而衷于表达国家意志是主题性美术创作之所以为其自身而区别于其他视觉艺术叙事的价值所在。如何做好主题性美术创作，如何确定更有意义的主题，使之更好地彰显国家意志，发挥更大的艺术价值、社会价值，首先要从艺术的原点出发，考察主题性美术创作者、研究者和组织者应当从什么样的维度认知中国，应当秉持什么样的中国观，随之才能推演出好的主题和故事。从大处着眼、纲举目张，而后凝练于尺幅、以小见大，是做好主题性美术创作及相关理论研究的重要方式。

何谓中国观？它并非一成不变，而是具体历史时空和社会环境的产物。例如，在先秦典籍里，中国是地理上的中央之国，是政治上的天朝王权之国，是文明世界的中心。又例如，近现代以来，"三个中国"的中国

---

[*] 骆雪：中国国家画院理论研究所助理研究员。

观一直是学者们感兴趣的视角，它有多个版本，其中，梁启超基于历史维度而提出的"三个中国"被广泛接受："中国之中国"，即黄帝时代到秦统一，华夏文明凝聚萌发，中国之所以成为中国的阶段；"亚洲之中国"，即秦统一到18世纪，中国与亚洲主要文明之间交流竞争的阶段；"世界之中国"，即19世纪以来，中国历经多种方式与世界进一步融合的阶段。[1] 近年来，有学者在梁启超"三个中国"基础上提出"传统中国、现代中国、全球中国"，讲好中国故事，就是要讲好全球化时代中华古老文明复兴、转型和创新的故事。[2]

概言之，本文认为，主题性美术创作对国家意志的表达，就是用美术的方式表达好中国故事。因而，我们至少要关注三个面向：第一，梁启超历史维度上的"三个中国"正在全新的时代情境下同步出现。[3] 当下的"中国之中国"，意味着我们应当比以往更清楚地认识到中华民族悠久的历史和深厚的文化底蕴，意识到中华民族的独特性和中华文明的力量。"亚洲之中国"，意味着我们应当比以往更深入地理解中国与其他亚洲国家长期交流互鉴的历史与文化。"世界之中国"，意味着我们比以往更深刻地意识到中国与世界紧密相连，中华文明对世界的影响力将随着中国的复兴越来越大。第二，以"人类命运共同体"为指导，以"传统中国、现代中国、全球中国"的合一为思考方向，探寻中国传统文化、中国现代化发展和中国全球化语境中的共享价值、共享理念。第三，深入理解艺术是认识世界的一种方式，主题性美术创作是我们认识中国、展现中国的一种特殊方式，其特殊性在于，在树立正确中国观和尊重客观真实的基础上，主题性美术创作有更大的余地对它所展示的对象进行感

---

[1] 参见梁启超《中国史叙论》，《清议报》1901年第90、91期。
[2] 参见王义桅《中国故事的传播之道》，《对外传播》2015年第3期。
[3] 参见张维为《中国正同时演绎"三种中国"身份》，http://www.xinhuanet.com/politics/2016-05/23/c_129006774.htm。

性化、意象化、理想化的猜测、想象和演绎，通过视觉图像的情感传递创造出精彩的故事，从而在精神层面塑造出更具感召力的国家形象。

综上所述，用主题性美术创作讲好中国故事，应当立足当下，将目光聚焦于那些能够体现"历史发展态势及规律，呈现出民族精神特质的事件、现象、观念、人物及景观"[①]，以视觉艺术特有的方式讲述出能够激发大众理想信念、给人以精神力量的故事。本文认为，主题性美术创作的具体实践策略主要包括：第一，起源故事，以中华文明的起源、形成与发展为创作对象，例如对考古事业及其成果、神话传说的艺术化探索等。第二，历史故事，以源远流长的中国历史、光辉灿烂的党史为创作对象，例如具有历史影响力的重要事件、现象、观点、信念、人物或群体等。第三，使命故事，以体现党的初心使命、践行全人类共同价值理想、展现中华民族"知其不可为而为之"抗争精神的事件、现象、人物为创作对象，创作目光更着重于当下和未来。第四，成就故事，以中国史无前例的伟大发展成就、中国各领域建设取得的成就为创作对象。第五，人民的故事，以能够体现时代特征的日常生活、人民所喜爱所认同的生活方式、社会生活中重要的风俗礼仪为创作对象。第六，有意义的事件，以能够体现道德情感和人性光辉，能够展现人的获得感、幸福感、安全感的各类事物为创作对象。上述六点彼此关联而侧重不同，本文认为，它们是主题性美术创作在寻找中国故事时需要关注的六个最基本面向。

二、以构筑共享的精神家园为目标

近年来，主题性美术创作日益受到美术界乃至更大范围社会群体的关注，它是中国当下视觉现象、文化现象、艺术现象中不可回避的重要方

---

① 张晓凌：《历史的审美叙事与图像建构——重大题材美术创作论纲》，《中国书画》2015年第12期。

面。在美术界，对主题性美术创作的研究和讨论，多围绕如何处理好"历史真实与艺术真实、主题叙事与艺术表现、政治表达与个体表达"等几对关系问题而展开，并隐晦表现出，担忧其中存在的抵牾与偏见，将会影响人们对主题性美术创作的认知及其本身的发展。上文已就主题性美术创作应当秉持何种中国观和具体实践策略作了讨论，以此为基础，本文认为，以人类命运共同体意识为指导和启示，以"共通""共享"作为理解上述问题的精神隐喻，在主题性美术创作领域建立共享的语境、树立共享的价值观，是深入思考几对关系问题，激发创作活力，从而更好地用主题性美术创作讲好中国故事的一种方式。

首先，古今共享，即处理好过去和当下的关系，在两者之间找寻共享的价值观。在中国五千年文明中，有记录的历史浩如烟海，有的在过往时代中沉默不语，未被接纳，有的则广为流传。那些能够经受住时间考验、经久流传的历史与文化，必定具有某种勾连古今的永恒性特质，这正是主题性美术创作可以从中得到助力，从而获得自身经典性、永恒性的机遇。克罗齐曾说："当生活的发展逐渐需要时，死历史就会复活，过去史就变成现在的……现在被我们视为编年史的大部分历史，现在对我们沉默不语的文献，将依次被新生活的光辉所照耀，将重新开口说话。"[①] 寻找具有永恒性特质的历史，让它沐浴当下的光辉，并予以艺术的想象性特质，从中撷取、精练出最具包容性、象征性的成分，这正是主题性美术创作源于历史而又超越历史、照亮当下的价值所在。

其次，中外共享，即处理好中国与世界的关系，在两者之间建立共享的语境。所谓共享的语境，就是用艺术的视觉性叙事造就不同国家、不同语言世界、不同信仰世界之间视觉观念、文化观念上的平等与通达。一方面，艺术是连接中国与世界的桥梁，艺术以其特有的精神性、理想性（尤

---

① ［意］克罗齐：《历史学的理论和历史》，田时纲译，中国社会科学出版社2005年版，第15页。

其是其中所蕴含的美与友善的特性），推动一个世界"看到"另一个世界，促成不同世界间的接触、理解和对话。另一方面，当我们用美术的方式讲述中国故事时，所要树立的应当是世界共享、全球共享、人类共享的艺术观。也就是说，主题性美术不仅为中国而创作，同时也是为世界而创作，其出发点与动机，不是止步于中国，也不是强调中国优于世界、排斥西方世界，更不是去宣扬所谓的普世价值，而是要在创作过程中注入高度自觉的与人类共享、与世界对话的艺术信仰和气度。

再次，个人意志与集体意志共享，即创作者个人意志与集体意志之间保持较高的一致性，是主题性美术创作取得成功的前提和保证。主题性美术创作的难点在于要求创作者对集体意志有深刻的理解，并真正将其融入自己的心灵，进而完成艺术表达。所谓集体意志，首先体现在主题性方面，从创作开始直至完成，个人的艺术意志相当程度上包含于主题性之内；与此同时，主题性美术创作在一定程度上预设了自己未来的观众，及其未来一定时期内想要达成的社会效益。对于创作者而言，将集体意志融入个人意志当中，才能选择出合适的观察视角、表现方法，从而创作出合要求、高质量的作品。对于组织者、评审者而言，遴选出真正热衷于主题性美术的创作者、挖掘出潜在的创作力量，是消减抵牾、推动主题性美术创作更好发展的办法。

最后，形式与意义共享。本文对主题性美术创作的艺术形式讨论甚少，这是因为笔者认为再多的文字描述都抵不过亲眼看到的形式，它是上述一切意义得以被塑造成一种艺术状态的基础。再好的故事，没有好的艺术风格、艺术语言的加持，都不能成为优秀的艺术创作，其作为主题性美术的功能和影响力也会被削弱。从现实情况看，艺术语言的贫乏、过多强调意义而忽略形式，将导致主题性美术创作流于宣教，精彩的故事也难以被真正展现。找到形式与意义间的同构性，把故事的意义包裹在富于情感和意味的形式之中。一旦观众将自身与作品联系起来，宣教就会消失不见，作品所讲述的故事会让观者感同身受。这种由移情和认同所激发的愉悦情绪，将观众对故事的体验铭刻至记忆深处。从这一刻起，主题性美术创作造就的积极记忆所产生的持续性影响，便是使主题性美术创作成就自身，并实现其社会功能的价值所在。

综上所述，本文认为，主题性美术创作的命题与突破，首先在于秉持与时俱进的中国观，随之拟定行之有效的实践策略，并以人类命运共同体意识为指导，建立古今共享、中外共享、个人意志与集体意志共享的观念和语境。习近平总书记指出："对历史最好的继承就是创造新的历史，对人类文明最大的礼敬就是创造人类文明新形态。"就主题性美术创作而言，坚持守正创新，不断探索与中国主流意识形态、与中国史无前例的伟大发展成就相匹配的视觉叙事模式，以饱满的精神信念和丰富的艺术表达展现出新时代中国美术的新面貌，讲好中国故事，树立文化自信，是主题性美术创作未来持续发力的方向。

（原载《书画世界》2024 年第 7 期，有修改）

用情用力　描绘美丽乡愁的现代农村

徐　涟[*]

党的十八大以来，包括决战脱贫攻坚、推动乡村振兴、建设美丽中国在内的重大主题，成为新时代以来主题性美术创作的热点。在这样的时代大背景之下，艺术家们投身于火热的现实生活，生动地描绘出生态宜居的青山绿水、日新月异的乡村面貌、精神饱满的乡村百姓、和谐幸福的生活画卷，呈现出广阔大地上的勃勃生机，塑造了一幅幅可观的视觉形象，讲述了一个个乡村振兴的动人故事，用手中画笔，描绘出美丽乡愁的现代农村。

如果不用苛责的态度来看待这些命题创作，其实是有许多值得肯定的地方。艺术家们积极投入的主观意识、采风写生的认真态度、捕捉典型的匠心巧思，使得这些艺术作品普遍具有相对较高的艺术水准，其中不乏形象鲜明、技术精湛、制作精良的优秀之作。相关主题性的展览，也能得到观众的认可与欢迎。但也应该看到，大部分作品还停留在表面化的层次，题材雷同、手法雷同、视角雷同，囿于眼前所见，画面一览无余，特别是激情不够、深度不够，少有留得住、传得开的精品力作。需要特别指出的是，这样的问题本就是艺术创作过程中的正常现象，它需要时间的积累，也需要时间的检验，特别是它需要不断思考与理论探讨，让艺术创作始终

---

[*] 徐涟：中国国家画院副院长、研究员。

走在坚守艺术规律的道路之上，优秀之作才会在这样的过程中孕育生长。也正因此，《美术观察》提出"艺术续写美丽中国"的论题，从新的视角切入，引发理论工作者与艺术工作者的兴趣，具有非常重要的意义。

首先，对主题性创作的理解需要破除僵化、片面的桎梏，对国家重大政策与时代发展的认识深度还有待提高。主题性创作并非只是政治任务，而是这个时代与社会最重要的政治经济大事，关涉国家与民族、也必然关涉每一个人的未来与前途。这并非夸大其词。832个贫困县全部摘帽，近1亿农村贫困人口实现脱贫，960多万贫困人口实现易地搬迁，中国脱贫攻坚所取得的胜利，举世瞩目，为全球减贫事业做出了重大贡献。而当经济社会的发展进入21世纪，在全面建成小康社会的基础上，在大江南北的广阔土地上，美丽乡村的建设正在如火如荼地进行。乡村振兴的提出，不仅仅是一项政策或一个口号，而是关系着社会转型、未来发展的重大战略。这是农耕文明向现代文明转型过程中，吸收了城市化进程中的先进经验、融合了中国文化中关于自然与人伦社会的传统观念、结合了人类社会未来发展方向的全新定位与发展战略，它与我们的今天相关，更与未来相关，它与你我相关，更与子孙后代相关。

我们今天就处在这样的时代，处在21世纪的历史进程中。历史给我们提供了机遇，也给我们的艺术特别是传统艺术提出了新的挑战。"文章合为时而著，歌诗合为事而作。"古往今来，伟大的诗人无不将对现实生活的关切、对时代精神的阐释作为自身的使命与责任；"笔墨当随时代"，不仅是对汉魏六朝以来绘画艺术展现不同时代风貌的概括，也成为一代代艺术家努力思考与实践探索的方向。站在这样的时代高度来理解这一系列重大主题，也许才能视野更加宏阔、题材更加丰富、角度更加多样，才能跳开"政治任务"的无形桎梏，放下图解政策的顾虑担忧，见微知著，把微小细节与宏大社会历史背景相勾连，追求艺术的深度表达。

其次，对艺术家们而言，如何以澎湃激情的态度投身创作，真正做到把自我放入国家、社会、世界乃至宇宙的大尺度之中，从小我走向大我，从"要我画"向"我要画"转变，则是能够出现代表时代的精品力作、从高原走向高峰的重要着力点。

20世纪60年代，在江苏省国画院首任院长傅抱石的带领下，以江苏省国画院钱松嵒、亚明等为主体的"江苏国画工作团"怀着对新中国的澎湃激情，紧紧围绕"中国画传统笔墨如何反映现实生活"的主题，抱着"开眼界、长见识、阔胸襟，笔墨就不能不变"的态度，行程二万三千里，创作了《待细把江山图画》《西陵峡》《枣园》《红岩》《常熟田》等一大批既有鲜明时代风貌、又有传统笔墨意味的优秀之作，将"旧貌换新颜"的山河新貌纳入笔端，开创了"新金陵画派"的中国画表现形式，令人耳目一新，并由此成为新的绘画传统的重要部分；以石鲁、赵望云为代表的西安美术团体，扎根于陕北高原的山山水水，钟情于这片土地上的风土人情，也感动于新中国建设中的沧桑巨变，他们"一手伸向传统，一手伸向生活"，将新的题材、新的视角引入传统中国画的创新之中，形成了独树一帜的"长安画派"，呈现出鲜明的时代风貌。这些艺术家之所以能够再开新局、再辟蹊径，在于他们满腔热情地投入时代与社会的重大主题之中，借由拓展中国画的题材与内容而达到创新笔墨的效果与目的。可以说，他们的成功，也在于以笔墨书写的艺术形式，加入建设新中国的亿万劳动者当中，以感人至深的画面，提炼出属于那个时代的精神内涵，成为那个时代的精神印记。

毋庸讳言，今天的艺术家主要生活在城市之中，远离乡村，远离脱贫攻坚的现实生活场景，其创作激情很难凭空产生。因此，主题性创作的方式、有组织的采风写生，在有限的时间里，能否碰到触发激情的人物与事件，是每位艺术家都需要面临的问题。真实描绘眼前所见是一回事儿，能否创作出打动人心的艺术精品则是另一回事儿。问题的关键在于，如果眼前的所知所感、所见所闻不能打动自己，又如何能够创作出打动别人的艺术作品？这当然不仅仅是艺术家个人的责任。一方面，社会发展使得分工越来越细，社会结构越来越复杂，个人生活的圈子可以与自身之外的广大世界毫不关联；另一方面，每个个体都可以因为"蝴蝶效应"而与千里之外原本无关的事件紧密相连。所以我们能够看到，许多成功艺术家的创作融入了越来越多的当代思考，有激情、有创见，在极度个人化的表达之上，传达出的是关乎世界甚至宇宙的共同感受。

从"要我画"到"我要画"，能够看到越来越多的艺术家严肃认真地对待关乎时代与社会的重大事件，并把自己的热情投入其中。2019年9月，中国国家画院首次集中全院艺术家，包括外聘研究员60余位，开展扶贫主题美术创作项目。在4个多月采风写生的过程中，艺术家们以习近平总书记考察过的27个贫困县区、文化和旅游部4个精准扶贫县、"三区三州"深度贫困县为线路采风写生，一次次受到了心灵的震撼。他们写日记、写感言，在熟悉乡村、百姓、生活的过程中，寻找典型形象，并通过新的角度与内容，探索个人艺术创作新的形式与面貌。山水画家陈平创作了表现援疆工人与维吾尔族兄弟的人物画《合力前奔》；花鸟画家姚大伍《香格里拉记事》、郭子良《梁家河秋色》，将山水、人物加入画面，在原有的个人风貌上有了新意；董雷的《丰碑》聚焦长江源村的藏族风情民居，在写实的手法中加入了抒情笔调，虚实结合的处理使画面具有了象征意味；田黎明《绿水青山》选取了最适合自己艺术风格，以大湾村民走向大湾茶厂的公共汽车站作为画面主体，青山白云，公路车站，乡村与城市在这里没有区分，它既是现实中的真实场景，也是艺术中的理想画面。特别是书法篆刻所的同志也加入这次采风写生当中，是一次很有难度又有深度的尝试。洪厚甜《扶贫赋》以八尺四条幅碑体楷书书写，厚重鲜活，有一气呵成之势，书写者的激情溢于笔端。魏杰《遵义花茂村脱贫印记》在当地母先才陶坊现场制作了乡愁、花茂村、苟坝会议、红军马灯等数十方与当地革命史迹风土人情相关的陶印作品，这样的内容可以说是之前篆刻从未有过的。程兴林到达湘西十八洞村时,"被眼前的环境惊呆了,还以为误入了风景区"。随景赋诗的书法作品也由此充满了激情。张立柱《收获又一秋》是他在甘肃省甘南藏族自治州合作市和夏河县采风写生后的创作,是他几十年来一直关注的农业农村农民主题。"我要画"的内在动力使得他饱含着真挚的深沉的情感,画面浓缩了关于自然、大地、人生的思考与情愫,成为耐读耐品的艺术佳作。

最后,关注重大主题,并非只有在体制内的艺术家。艺术发展到今天,无论其概念与内涵发生了多少变化,但艺术所承担的社会责任从来没有改变,甚至越来越体现出艺术介入社会、生活的重要价值与意义。无论中外,真正的艺术家没有不关注社会、国家与普通大众的。独具特色的中国乡村在城镇化转型的过程中,吸引了来自世界各地的艺术家,他们渴望在未来中国乡村发展的视觉形态塑造中注入自己的思考与探索。艺术家们或以个人方式介入乡村生活,或以大地艺术节、乡村艺术节方式,深入广阔农村、乡社,将创作与生活结合起来。这已经成为越来越多有责任、担当、思考的艺术家的自觉行动。而他们的作品,也呈现出完全不同的样貌。刚刚开幕的宁波首届大地艺术节把装置艺术作为热点、把文旅融合作为重点;正在举行的"广东南海大地艺术节2022"汇聚了来自中国、俄罗斯、以色列、日本、西班牙、美国、澳大利亚等15个国家和地区的73个艺术项目参展,以"最初的湾区"为策展主题,运用在地化的艺术创作方法,艺术家们长达数月工作、生活在当地,以融合绘画、剪纸、雕塑、设计、建筑的装置艺术与本乡本土的历史、环境、物产、文化资源相结合,创作出了独属于当地,也属于未来的艺术品。

主题性创作不是唯一方式,也不应该成为唯一方式。在写实手法、直抒胸臆式的创作之外,也应该有更多不同艺术门类、艺术形态、艺术语言的创新与尝试。艺术史的每一次创新,都与经济发展、材料变化、观念更迭、潮流焕新相关。因此,需要特别注意的是,大量艺术乡建活动的蓬勃展开，从新的维度提供了艺术创作为谁而作的新思路——表现农业农村农民的题材，不应该仅仅局限于城市观众，局限于美术馆博物馆的展览，而应是回到大地、回到乡村、回到居住在乡村城镇的老百姓的生活之中。从建立艺术作品与观看者的新的关系出发，不仅可以概括提炼出新时代拥有美丽乡愁的现代农村的崭新面貌，也能推动艺术创作涌现黄钟大吕式的时代经典。

（原载《美术观察》2023年第1期）

守住书法传统的正脉

董水荣[*]

任何时代的艺术创作，都需要向经典致敬和学习。我们也确实需要对经典不断重温以对抗当下日益平庸化与世俗物质化的潮流。对书法经典的重温，最有效的方式就是临帖，不断地临帖，不断地追认。当下临帖有两种导向值得我们深思：一方面，经典作为中华民族文明史和书法史的基石与本源，其优秀的传统文化价值与审美价值得到认同与阐扬；另一方面，书法经典的僵化与文本技术的固化构成了当下书法"人书"分离的状态。在这种情况下我们如何临帖、如何认识经典，成为一个紧迫的问题。

临经典，走正途

中国书协举办"临帖展"的目的很明确，就是要守住传统书法的正脉，传承中华优秀传统文化。经典毫无疑问是优秀传统文化的结晶和精华所在。书法经典也是书法艺术的根与魂。"临帖展"临什么？以经典为主脉，成了这次展览的特质之一。

无论是在古代还是当代，很多优秀书法家的笔下，总有以经典作为自己书写表达的方式。怀素于张旭的追随，褚遂良于虞世南的师承，何绍基

---

[*] 董水荣：江苏省文化艺术研究院书画艺术研究所所长，二级美术师。

对颜真卿的倾羡。一个人的书写如果不带着经典的印记而来，会让我们无从看到书法创作的技术来源，也让我们的欣赏无从安放。

书法创作对于书写技术的要求是非常高的。经典的临习是最直接、最有效的学习方法。对于以书写为天职的书法家来说，书写技术之外的一切都是空的。应该说，在很长一段时间里，因为书写技法的粗糙，我们很重视技法的锤炼，每一次书坛对书写的推进都是通过技法的深入来获得的。每一次技法的深入，都与经典的临习有着血肉的关联。

可以说每一种经典，都是书写技术的源头。任何精神与审美的表达都依赖于书写技术，当精神与审美融入技术的细节里，技术就有了意味。书写技术在书法史的发展长河中不断地积存与变化，这就构成了书写技术的复杂面貌。古代书法大师的书写技术高超、方法多样，比如王羲之、颜真卿、杨凝式，从他们的书写技术里都可以看到其精神的积存。因此，我们在经典书写技术里可以看到审美记忆和积存，可以通过技术看到精神的细节。

书写的技术越扎实，表达就越得心应手，精神的表达就有可能更清晰、更饱满，作品就越令人印象深刻。很多学养深厚的学者，无法在书法里体现其精神，主要原因就是书写技术不足。以展览为平台，在激烈的竞争之下，书写的技术成为书法界一较高下最为公平的评判标准——再好的人文修养都不如扎实的书写技术来得真切，技术是可见的，也是公平的。也许技术时代正如海德格尔所说的"由于技术生产，人本身和他的事物遭受到日益增长的危险，即成为单纯的物质、对象化的功能"。越来越重视书写的技术性成了当代书法的特性之一，也是精神表达的载体。提倡从经典临习入手，这是习书的不二方法，也是走上正途的关键。

临经典，得正道

临帖，我们重视看得见的经典技术，然而常常忽视了看不见的审美、熏陶。正因为忽视了经典的审美与精神的熏陶，经典文本僵化，临帖就成了一种人工复制。我一直认为临帖不是一个技法自足的自我空间，它的审美伦理背后关联着生命的意趣、精神状态。经典之所以显得复杂，很大程度上是因为它和我们整个民族和个体审美有着隐秘的联系。如果在经典临习中，无法辨析和察觉这种复杂的关系，便只能停留在文本技术的表层。

临习经典这种训练可以培育一个人的审美品好以及判断力。经典的魅力在于不仅仅是影响了一个人，而是一代代人。这种积累成为一个时代的审美价值观，经典的范式符号也构成了相对稳定的精神密码，把经典视为审美潜在尺码与参照标准。甚至可以说，经典培育了民族的审美基因，经典也成为一种审美伦理。在对书法经典的观察与辨析中，要立足民族文化的基点，才不会偏离中国审美经验和文化身份。对于大众而言，对经典审美的感知和培育就是一种审美普及。

对于书法家而言，更应该深入经典，在经典作品里感受人的精神。书法家关注的是如何写出人的精神，而读者关注的是如何通过这些语言追寻这些精神。当代书法对于经典审美感知的简陋与麻木，急需书法审美的培养。

扎根经典的深度，保持对经典的谨慎。体悟、研究、深入，从经典深处长出一个丰富的世界来。经典也是开放自己想象力的地方，书法家心中的经典未必是经典本身，强调扎根的地方，就是强调书法家要有自己的书写根据地。书法家从经典中获得书写的技术，才是正途。

没有临过经典的书法都值得怀疑，没有临过传统的创作都是野狐禅。通过这样的反思，我们渴望用自己的眼光，真实地触摸经典。点画形质，书写时的笔锋状态、书写的节奏、体势的变化都通向审美、情愫、精神，从而才有可能让经典获得富有洞见的精神视力。

书法审美的普及与深化，都离不开对书法经典的观察、辨析与感知。而这些都必须进入微观与细节中来，不见精微无以致广大。对经典洞察能力的深化，也是建立在细化的基础上，由此越多的细节符号与书写意义关联，也越有可能准确挖掘出丰富的表达方式，也会带动书法创作向精神表达方向转身，这样才能真正"由技入道"。

临经典，守正脉

临帖无疑让当代的书法家重视经典形塑的作用以及对于创作主流与正途的引导。临帖从经典开始，临帖就是不断地回望经典，让自己获得创作力量，不断地在辨析经典的创作经验。成熟的书法家就是把一种经典写深了、写透了，一种有自己风格的书写可能就建立起来了。一个书法家把自己的精力集中起来，扎根于一种经典之上，再拓展到一种经典的系列里头，先把书写的边界缩小一些，使之具有从一个点往下钻探的力量。我强调这样的"小"，是希望看见一种能写出经典的"深"，而不仅是"写"一些经典文本的表层。

细细辨析经典，重申经典的审美与精神之于当代书法的重要意义。当代书法经过这些年来对书写技术细节的观察与实证，已经在经典的微观上有了长足的进步。体悟笔尖的每一次颤动，每一个控笔动作，每一个点画形质，所组合成的不同书写节奏、不同的组合方式、不同的审美意趣和精神状态。有了这些细节才有可能洞察到隐秘的情态。有了这些书写的细节，经典才能有动人的书写，才能有根连鲜活的生命状态。

书法生动而深入地表达了一个民族的审美与精神，特别是其经典形态、形质与情感、精神的隐蔽关系，自在、常态与内在的独到书写，形成了独特的美学风格。但对于一般的作者而言，简化、粗化经典，将自己浮于文本之上，无法把眼光转向更为复杂的深度表达。这种表象的临摹不仅无法反映出经典内在的艺术特质，更不可能从经典里找到独具风度的创作资源。

这次"临帖展"，不仅仅是临帖，还应该有对经典解读的作品。这是检阅书法家对经典技术的应用，对经典美学的理解。事实告诉我们，除了技术，还需要思想。很多经典的意义也只有在思想的观照之下，才有可能呈现它的价值。如何让经典从技法的观念上升到审美与精神的意义？对于经典的活力，技术背后的审美连同精神呈现更为重要。重新让书写的技术与审美的表达接通起来，使得书写带有一种生命力的表现。重新建构经典对审美伦理的渴求，就在这时候被提出来了。静止的书写技术与精神状态的剥离，它的局限性是把书法的技法看成了封闭、自足的体系，缺少开放的审美与精神的对话。要让经典重回一种开放的旷野精神生态中，通向一个更广大而深刻的审美世界。

我们应在深度回望经典中，守住书法的传统正脉。

（原载《中国书法报》2023年4月4日）

自"物"而始 不囿于"物"
——新时代综合材料绘画发展与未来

谢路路[*]

一、拓展架上绘画的新角度：综合材料绘画的历史脉络与概念内容考察

回溯综合材料绘画在我国现当代美术中的发展，它的历史并不长。20世纪90年代，中央美术学院开设了综合材料绘画方向课程；2010年，中国美术家协会综合材料绘画与美术作品保存修复艺委会成立；2014年，第十二届全国美展设立综合材料绘画独立展区……近十余年里，尤其是进入新时代以来，伴随全国性重点展览项目推介、各级美术家协会艺委会陆续成立、国内高校专业开设等重要事件，各地老中青三代创作力量积极尝试，涌现出一批突破材料技法与创作理念，风格多样、面貌新颖、水准上乘的综合材料绘画力作。作为架上绘画的新现象与新热点，综合材料绘画引发了很多关注。2024年，综合材料绘画将再次迎来第十四届全国美展的检验，作为观察者，厘清"综合材料绘画"的逻辑脉络、产生语境、概念范畴与核心追求，才能对其在当下和未来的学术生发点有所判断。

---

[*] 谢路路：山东美术馆馆员。

针对综合材料绘画的历史脉络来看，20 世纪 80 年代中后期，安东尼·塔皮埃斯、劳森伯格、安塞姆·基弗等国外艺术家用日常物质材料创作的作品传入国内，影响了许多艺术家从探索绘画材料多重可能入手，将"材料"上升为艺术创作与艺术表达的核心，进入了与传统美术截然不同的现当代美术创作之中。就全国视域来说，中央美术学院教授胡伟、张元是进行学术研究与艺术创作较早并产生较深远影响的艺术家。虽然国外艺术家对我国综合材料绘画的发展有所影响与启发，但综合材料绘画的学术概念形成于 2010 年，与中西方艺术思潮、艺术流派、表现形式，并没有显著的直接关联。

就其产生语境来说，它是 21 世纪中国美术寻求当代新发展的时代产物。在其艺术观念、艺术形态和话语体系的构建中，中西多样画种的材料探索与形式试验，为它提供了具体可行的实践方法；附着在不同画种之上的笔法规则、语言概念，投射出沉淀在画面符号中的传统文化精神意义与审美价值，为它提供了跨文化对话交流的身份和语境；综合的材料技术、媒介手段的多样艺术面貌，为它提供了拓展架上绘画形态的新角度。这使它成为挖掘中国美术原创力的一个重要切口。

从概念上来讲，综合材料绘画是以物质材料为基础，在"架上性"与"绘画性"的二重范畴中，打破了中国画、油画、版画、壁画等传统画种门类相对稳定单一的形式与媒介材料，并行融汇、互相交织，充满创新性的一种艺术表现形式。它包含"单画种材料技法的演进""多画种或多种材料技法的互渗融通""原生态表述""主题性创作"四个方面的内容，每一方面都与艺术家思想观念的表达密切相关。艺术家通过各自不同的艺术观念、艺术主张与情感认知、价值判断，一方面以"物"为中心，对艺术语言进行了创造性转化；另一方面为架上绘画提供了创新性发展的多样尝试，构成了充满差异化与包容性的作品。

二、自"物"出发：综合材料绘画对艺术语言的创造性转化

由于综合材料绘画在材料方面以"物"出发的生成逻辑对以往画种边界的突破，被普遍认为是紧扣"创新"主题的艺术表现形式。那么，应该如何理解它新在何处呢？我想通过以下两个方面对它的创新性进行分析。

首先，"读图时代"现当代美术语言的问题。改革开放四十多年来我国经济飞速腾飞，摄影、电视、网络、手机等领域科学技术的更新迭代，使得身处其中的我们在愈加迅捷的传播渠道中，在以图像为主因的视觉文化与注重感官体验的消费文化为主导的社会语境之下，不得不时刻面对无处不在的静动态图像所构成的"读图时代"。从机械复制到电脑数字化和网络化的虚拟现实，伴随着技术的革新与复制手段的极度扩张，视觉图像滥觞的现实，各种各样的图像，深切地改变了当下美术的创作生态，改变了当下艺术家们感知世界与表达自我的方式，影响着人们的观看从传统的审美静观转变为关注奇观特点的景象、注重沉浸反应的互动式观看模式，影响着原本作为绘画载体的材料演化为了作品图式中视觉主体的一部分。

面对这样的时代背景，架上绘画虽然能够年年出新，但精品却并不多见。一张人物群像，画中的每个人物都是直挺挺地站在画面里，呆视前方。那些充沛的画面张力、澎湃激情、蓬勃生气，好像被抽走了，徒留一具具缺少灵活关节的木偶人。一张画渔民题材的作品，画面中总是有着精细的线在不断地描绘编织着那张巨大的渔网。这些作品如果单拿出来看，可能会让人惊叹于创作者的投入与功力，可一旦将它们放在同一环境中进行展陈，很多作品的优点便会被遮蔽，而呈现出不容忽视的共性问题：艺术语言的模板化、程式化、工艺化、照片化，艺术风格的碎片化、雷同化、刻板化、精致化。满当当的画面构图、过多的画面元素，很难让人产生良好的审美感受。面对中国美术发展至当下的时代语境与种种问题，综

合材料绘画打破画种边界，在创作语言上为架上绘画减少了限制。从以材料为代表的"物"开始，减少框架与束缚，尝试更多的可能性。这也是将综合材料绘画视为解决以上问题方案之一的原因所在。

其次，自"物"而始，多样材料的创新性应用是对现当代美术语言的突破与创新。"物"指的是客观物质材料，它包括了不同画种的原初绘画材料、具有原生态痕迹的媒介材料、人类创造的各类物质资料与日常生活物品等多种类别。如回收物、废弃品、捡拾物、旧布、报纸、灰尘、麻绳、电子元件、动植物痕迹等，都可以被作为初始材料。具体到创作实践中，综合材料绘画创新性的完成，一部分是直接运用材料本身的特殊性（柔软、坚硬、蚀刻痕迹等）营造直观视觉效果，另一部分是运用材料塑造或替代具有某种语义关联性的独特间接效果。无论哪一种方式，都是从材料本身及其物质属性出发的。

历经对材料的多次观察尝试与各种试验，通过实验效果的多样性、不确定性与偶然性产生的肌理效果、泼溅痕迹、点线元素、褶皱纹理、拓印印痕，作为画面构成要素，替代原画种的笔墨皴法、笔触色彩等艺术语言系统与绘画程式，利用拼贴、错置、分割、叠加、泼洒等手法，结合艺术家个人思想性的艺术观念，以可视性的凸起等元素，构成画面符号图式，构建出全新的艺术语用关系、画面构成规律与结构秩序，形成了以材料本身物质属性探索出发为中心的面貌。以此为基础，呈现创作者表达思想情感的不同路径。而转化出的新的审美元素与语言体系，再一次通过线条、笔触、图式效果，为我们提供了"言外之意""意外之象""计白当黑"与"虚实相生，无画处皆成妙境"等沉淀在传统文化中的审美趣味。

三、扎根本土：追寻综合材料绘画的主题价值

通过以上分析，不难看出综合材料绘画的逻辑出发点便是"物"（材

料)。但需要注意的是,如果脱离思想情感与艺术观念,只注重材料物质属性的凸显与堆砌所带来的画面冲击力,那么便会徒留材料的无意义堆叠,使画作的意义走向空泛。所以,用物却不为物所役,从物质材料本身的物质属性出发但是又不囿于它。这深刻暗含着庄子"物物而不物于物,则胡可得而累邪"的思想,这才是综合材料绘画的诉求所在。由此,对主题价值与观念呈现的讨论才显得极为必要。

对于创作者来说,"自然而然"运用的艺术法则,实则隐藏着被文化形塑的含义。一方面,他们的绘画技能是在特定历史系统的"文化惯习"中习得的;另一方面,他们或许并没有把这些充满视觉隐喻和具有象征意味的文化观点以及文化设想,压缩填充进画面之中的想法,但那不等于它们不存在。而这些正是通过艺术家有意或无意间追寻思考绘画语言之时,显现出来的。由此也可以说,那些沉淀在文化记忆与时代印记中的经典的传统艺术脉络和饱含文化投射的视觉符号、充满不言自明意味的图像、充满象征与原型的话语体系,依然在以视觉符号、母题元素的组合,构成了其中具有新语义功能的全新图式。在创作者自觉或是不自觉探索找寻自身绘画语言时,通过对多样母题的择取,独特的创作方式、分析处理图像的能力、富含人文内涵和人文视角的艺术观念,构成了丰富的主题价值,存在于图式结构和元素选择,以及个人精神性的当代诉求之间。即使相同的材料,也由此最终呈现出异质性的面貌。这才是使艺术作品有别于机械复制品的"灵韵"所在。

而不同的文化语境与历史阶段中,虽然有着各自复杂难解的视觉体系,但综合材料绘画所运用的材料与手法是源自西方艺术体系中的常见话语系统,在某种意义上来看并不存在语言交流的障碍问题。所以说,综合材料绘画为今天的美术创作提供了开展多领域对话的全新角度,乃至为中国艺术走向世界舞台进行对话提供了重要契机。在与世界延展互融的情境之下,无论是西方的现代艺术、后现代艺术还是当代艺术展现了多少观念与哲学话语，对我们的当下艺术创作有着多大的影响力，我们应该清楚地知晓，艺术创作应着力在悠远的传统文化思想脉络中，深耕于自身文化体系中，以此寻求对当今世界具有普遍意义和价值的文化资源。在传统与当代的历史维度之间来回往返，在中西文化延展互融之间相遇碰撞，另构出属于我们自身文化脉络的艺术面貌。以此，影响更多具有创新意识与锐意进取精神的艺术家与青年学生群体，开拓创新思维、拓展思路，转化艺术观念，培养审美个性和探索精神，为创作更多精品、为综合材料绘画的发展提供可参考借鉴的方法与角度，向更多人推广多元艺术理念。

AI 语境下摄影创作和批评的新方式

阳丽君[*]

2016年5月17日，习近平总书记在哲学社会科学工作座谈会上的讲话中指出："按照立足中国、借鉴国外，挖掘历史、把握当代，关怀人类、面向未来的思路，着力构建中国特色哲学社会科学，在指导思想、学科体系、学术体系、话语体系等方面充分体现中国特色、中国风格、中国气派。"习近平总书记在之后的多次讲话中提出"学科体系、学术体系、话语体系"的相关要求，作为摄影从业工作者，我们一方面努力在摄影的学科体系、学术体系、话语体系中做出应有的工作，另一方面，也要积极对当前的话题发声，建构自己的批评体系。针对最近热火的 AI 智能生成影像，摄影业界有必要就此问题展开探讨，并建立新的批评方式。

"ChatGPT"自问世以来，便自带光环和流量，迅速成为全网讨论的热点话题，摄影界亦不例外。AI 话题的火爆不仅在于当今人们习惯科技带来的便捷和舒适，其凸显出来的不可控性更让人们不安甚而恐慌：机器在完成自我塑造、自我成长、自我更新迭代之后，人类将走向何方？抛开人类与机器未来将何去何从的话题，单单就摄影而言，AI 的出现，无疑为本就受数字化、多媒体化影响而风雨飘摇的摄影行业带来巨大的冲击。首当其冲的无疑是广告摄影或商业摄影，商业摄影对完美品质的追求、对

---

[*] 阳丽君：中国艺术研究院《中国摄影家》杂志社社长兼主编，编审。

灯光和物品关系的讲究、对后期处理的依赖，使得商家往往要支付一笔不菲的费用。当 AI 可以在三言两语之下，生成多种可供选择的图像，且耗费几乎等于零的情况下，相信大部分商家会优先选择 AI 生成的图像。其次当为艺术摄影，与商业摄影一样，对品质和后期的追求和依赖，在 AI 语境之下，似乎很容易完成。还有观念摄影，观念摄影是先有观念，再有图像，以图说理。但受限于动手能力的差异，观念摄影有强有弱，有些图像精致耐品，有的就显得粗制滥造，或流于简单直白。但于 AI 来说，也许缺的不是制造影像的能力，而是超凡脱俗的指令，那些观念超前、理念独特的艺术家或非艺术家，能通过下达各种奇思妙想的指令，而获得自己想要的图像，从而达到观念摄影以往想要的效果。

这些摄影本身是虚构或半虚构影像，其与 AI 生成的影像在某种程度上也许并无本质的区别，令人不安的是 AI 对新闻摄影与纪实摄影——这些传统上我们认为是对事物真实记录的摄影门类的冲击。AI 在一个小小的指令之下，便能生成一张以假乱真的新闻图片，当这张虚假新闻图片引发的事件不断发酵，可能在某一天会成为一种灾难。在传统纸媒时代，也许我们看到的新闻是编者或媒体想要我们看到的，无论这些新闻全面与否，至少在很大程度上是真实发生的。在全媒体时代，人人皆可为媒介，我们每天被海量的信息包围，然而对事件真假的辨别也成为日常的一维，往往我们为之怒、为之喜、为之哭的某一事件，到最后发现是编造出来的。到了智能化时代，当代表"有图有真相"的新闻图片能轻易生成的时候，一张两张还好，几万张、几十万张甚至数以亿张之后，如何辨别真假？我们现在辨别一张照片的真假，往往通过常识或调取 RAW 格式来辨认，当 RAW 格式也能由 AI 轻易生成的时候，我们以什么样的依据来辨别一张照片？

在未来已来的路上，摄影批评如何应对？在 AI 以不可挡之势成为一种创作手法或创作手段之时，我们如何建立新的评价标准？如何在摄影评选、摄影展览、摄影编辑的过程中，建立一种可控可操作的标准和规范？这是摄影工作者的当务之急。

2023年4月13日，在伦敦举行的索尼世界摄影奖的颁奖礼上，德国摄影艺术家鲍里斯·埃尔达公开表达他的作品为AI图像生成器DALL-E2创作，拒绝接受奖项。此一事件迅速在全球范围内引起各种争论，中国摄影人也就此问题展开了多个小范围内的讨论和探究。关于AI创作的图像算不算摄影，AI图像与传统摄影之间构成了一种什么样的关系，AI给摄影带来的利弊，这些方面意见纷呈，可谓仁者见仁、智者见智，很难形成一个统一的认识，或达成一个一致的结论。

就具体摄影现象或摄影类型而言，一致或不一致显得并不那么重要，重要的是从业者要正视AI对摄影创作带来的冲击和影响，对扑面而来的海啸般的新业态做出回应。

就新闻摄影而言，尽管也许未来某一天，假新闻照片满目皆是，但正因如此，我们确需建立更为严格的规范和标准，比如新闻媒体机构发布声明，由该机构编发的照片坚决杜绝使用AI，皆由摄影师实拍而出。与此同时，制订更为细致严密的内部管理条例，确保新闻摄影的真实性。在相关的摄影比赛、展览当中，其规则除现有的"不得添加、移动、改变、歪曲、去除相片里的任何人物、物体"等要求外，应加上类似"禁用AI"的相关条例。

艺术摄影的情况跟新闻摄影相比，则显得更为复杂。于追求真实性为第一要则的摄影类型而言，只要杜绝任何"篡改"，以一切可能的手段保证照片的真实性和客观性即可。而对本来就允许"虚构"，甚而借用多媒体手段或数字手段进行创作的艺术摄影而言，什么情况下用AI？用到什么程度？版权如何归属？在展览和比赛中如何界定和评价？这一系列问题都需要在现阶段评选当中做出相应的回应，否则类似"索尼世界摄影奖"的争议将不断出现。

当然，在"Photoshop"出现之后，针对不同对象的摄影比赛和展览制订了不同的征稿细则和评价标准，有些欢迎创意，有些谢绝过度PS，要求作品只可做接片、裁切、亮度、对比度、色彩饱和度的适当微调，不得做合成、元素添加、大幅度改变色彩等后期处理。当然，在现在及未来的摄影活动中，征稿细则中无疑要加上AI相关条例，对AI在创作中的使用做出相应规定，才能征集或评选出合乎需求的作品。

在标准和规则清晰明确的情况下，摄影批评才能有的放矢，我们所要面对的是什么范畴的图像？其图像首要准则是什么？其相应的评价标准、行业规定如何？允许AI吗？允许到什么程度？只有把这些问题解决好，才能做出相应的评价，才能一击中的，建立良好的摄影批评生态，并助益于具体的摄影创作。

（原载《中国摄影家》2023年第5期、第6期，有修改）

不能简单用笔墨约束艺术创作

李传珍[*]

我所理解的笔墨，是中国画语言形式，是一个大范围的概念。笔墨在一幅中国画中与其他绘画因素，如结构、形象、色彩以及意境、气韵融为一体，才能构成完整的作品。离开这些绘画因素，笔墨便无所着落。明代晚期之后，随着文人画的发展，笔墨被强调到至高的地位，却越来越与绘画的主旨脱节。缺乏创造性的笔墨陈陈相因，沦为笔墨游戏，距离笔墨缘情写意的传统愈来愈远。

王国维认为，绘画之中布置属于第一形式，使笔使墨则属于第二形式。谈笔墨，不是谈点画之美，而是谈成形结体。道寓于器，不可滞于迹象。作为工笔人物画家，我始终认为形的塑造是非常重要的。《宣和画谱》载五代南唐画家顾闳中奉命作《韩熙载夜宴图》，"夜至其第，窃窥之，目识心记，图绘以上之"。《韩熙载夜宴图》虽然是中国画惊世之作，但细细品味，仍有很强的程式规范，姿态太过于呆板，很少出现一个极偶然的刻画角度、举止状态，没有选择特异的透视角度，衣服也缺少变化，没有质地单薄、厚重之分，人物表情不生动。当然它也有许多可贵之处，不一一列举。以现代人的审美观点来衡量写实画，细节是不可忽略的。没有"形"，"以形写神"也将成为一个空壳。徐悲鸿针对中国古典人物画曾提

---

[*] 李传珍：中国艺术研究院国画院副院长，一级美术师。

出:"自明清以来，几无进取，且缺点甚多。""如画衣服难分春夏，开脸一式一样，鼻旁只加一笔，童子一笑就老，少艾攒眉即丑等，岂能为后世法度？""夫写人不准以法度，指少一节，臂腿如直筒，身不够转使，头不能仰面侧视，手不能向前而伸。此尚不改正，不求进，尚成何学？"这是对明清以来人物画缺乏创新的批评总论。

当今工笔画家的尝试已表明，中国画作品中对"形"的刻画，是传统与现代绘画融合的桥梁——广纳各种艺术因素，特别是吸取西方的解剖学、透视学、光学、色彩学等科学规律，用写实主义的观察方法，加上由传统演绎过来的、具有丰富内容和变化的线条来塑造活生生的"形"，成为工笔画现代发展的一个重要切入点。比如绘画中的每个人物都是独一无二的，有着各自不同的表情及特征，只有提取和强化特征，现实题材人物画才能实现艺术真实。只有恰当表达对象的外在形象和内心世界，才能从机械模仿上升为主观描绘，实现从"写形"到"写神"的飞跃。这需要画家在继承传统的基础上，大胆吸收西方绘画观念，开拓笔墨新意蕴。

传统中国画的审美中最具有代表性的是什么呢？我认为是平面与线条。平面的塑造和线条的韵律感是中国画的灵魂，是民族特色。而西方绘画非常强调解剖结构，这也蕴含其独特风格。中国画不能完全模仿西方艺术的塑造语言，必须保留自身特征。我最近重新审视明清时期的肖像画，发现它们在结构的表现和简化上恰到好处，所以整体气势强劲有力。同时也注意到，那个时期虽然在肖像刻画上具有精微独到的手法，但还有许多值得突破的地方，比如服饰的描绘还停留在笼统的平面状态，缺乏细节。我觉得应该打通中西方不同的绘画语言体系，中国画的民族审美依然贯穿画面，同时吸收西方绘画的理性思维，使作品整体保持中国画的平面感，但人物、衣纹等细节都符合解剖和透视规律，不再是简单的平面堆砌；在探索线条的同时，又表现出人体的科学结构，在平面构图中隐藏结构美，将理性与感性完美结合。

不能简单用笔墨约束艺术创作

中国画的边界不应僵化,否则会让许多画家失去创作方向。一些画家仍沉迷于笔墨细节,将其视为创作目标,然而这只是绘画的一个小方面,不能视为唯一追求。我们要呈现出中国画宏阔、坦荡的视觉效果。

除了形的塑造,色彩也是绘画视觉表现力的重要因素。时代在发展,生活中的颜色在不断丰富,我们的审美在不断升级,绘画创作中的色彩应用也需要与时俱进,不应仅仅停留在传统的色彩体系中。探索新的色彩语言,丰富绘画的视觉表现,是当代绘画创作需要关注的方面,应该大胆尝试不同的材料与色彩语言。不同的材料可以在同一幅画上和谐相处,岩彩、丙烯、水彩、色粉等都可以运用到创作中,只要适合表现、没有生硬感就可以了。工具与材料只是表达的载体,艺术家的创作想象才是决定作品质量的关键。自由运用不同的绘画媒介来描绘心中的画面,这是我的作画态度。

不同的绘画题材和效果需要运用不同的技法,要根据具体需要来灵活决定表现方法。技法应该服务于表达,而不是成为枷锁。如果一种技法无法实现想要的效果,就应该尝试其他方法:用轻快的线条、明快的色彩去表达欢快的场景;用层层积染去表达沧桑、有年龄感的老人;用薄中见厚、层层晕染的传统方法去表现青春少年;等等。技法和内容应该紧密结合,相辅相成,通过不同的表达手法带给观者全新的观画体验。

此外,不得不说说数字技术。随着 AI 技术的发展,绘画创作的模式也有很大改变。很多画家用电脑软件辅助绘画,构图和色彩也可以通过 AI 快速设计。数字技术最重要的意义是它为艺术家提供了更丰富的灵感来源,激发了更多创新思维。当然,只有具备高超审美修养的艺术家,才能从 AI 产生的海量图像中筛选出最优秀的作品,也只有他们能准确地指导 AI 以最贴近个人画风的视觉语言进行创作。在数字时代,我们所担心的不是技术上的不足,而是创造力的匮乏。

今天画家的审美视野已经开阔了许多。我们不能再简单地用传统的规范来约束当代艺术创作，而是应把中国传统审美用不同的语言呈现出来，将不同的艺术表现手法进行有机嫁接和多维融合。当下，艺术只有贴近生活、表达普通人的情感，才更容易产生共鸣。继承传统的创作，不能只是艺术家自我陶醉的笔墨游戏，而需兼顾不同欣赏群体，把握好审美尺度。

中国画如何在传统与现代之间找到契合点，如何更新和拓展内涵，都是中国画发展面临的重大课题，也是众多画家长期思考和探索的方向。笔墨不再是静态的语法体系，而应与时俱进，生成动态的符号互动关系。当代画家应以开放的姿态，继承发扬传统精髓，兼容多种绘画要素，使笔墨在现代语境中焕发新的活力。

一幅画的世界是很宽广的，怎么能只围绕在笔墨一个问题上？

（原载《光明日报》2023年11月24日）

变，然后知其"宗"
——激发中国画当代表现的新潜能

陈青青[*]

对于中国画笔墨问题的争论自近代以来从未间断，如果说20世纪中国画坛面临的最大问题是新旧之争、中西之争和强调民族性与时代性的论争，那么当今时代中国画笔墨面临的主要问题则是全球化语境下技术精进和数字化带来的巨大冲击。随着社会的发展，新技术、新媒介的出现，当代中国画传统笔墨不得不面对5G通信、AI技术、人工智能、区块链等在内的大数据、全媒体趋势。我们看到，在此过程中，中国传统笔墨不再是单一的以传统维度出发的历史展现，而是获得了更多激发创新意志与潜能的机遇。在这一层面上，笔墨的形态从来都不是固化的，因此，当代中国画需要不断突破传统笔墨范式，在"笔墨"本体的演化脉络中演绎为更广泛的"笔墨+"，揭示更多元的笔墨表述方式，特别是在面向大众和年轻群体的生产、传播和交流等方面拓展出独特的感知机制，从而带来广泛影响。概括来说，新时代中国传统笔墨需要从四个方面进行深入反思和积极应对，以达到"笔墨当随时代"的文化使命。

第一，在创作方法和画面表现方面，应当打破"程式化"和"千画一面"的传统语言范式。在20世纪中国画的变革历程中，笔墨所具有的深

---

[*] 陈青青：中央美术学院助理研究员。

厚内涵使其自身构成了一个系统内自觉演进的趋势和轨迹，但这种完整的体系演进很容易造成自我文化身份认同下的文化孤立，执着于在一个封闭环境中构建自己的"文化原貌"，最终导致笔墨本体的停滞，甚至衰微。东晋顾恺之在《摹拓妙法》中说："若轻物宜利其笔，重以陈其迹，各以全其想。"笔墨在中国绘画发展历程中有其规律性和程式化的一面，这保证了笔墨的有效传承；同时，也有其开放性和革新性的一面，这保证了笔墨始终具有生命力。当代笔墨的创新与激活应当注重在笔墨体系的建构中寻求因文化刺激而产生的开放性、流动性和丰富性，打破原有范式，将程式化、概念性的笔墨进行异质文化和图像间的互识、互证和互补。近代以来，从林风眠彩墨风景的光色表达到李可染万山红遍的浓烈塑造，从傅抱石旧貌换新颜的新中国山水到刘国松的水墨实验，都呈现出超越时代审美范式的笔墨语言，他们也许在当时都被质疑为"不够笔墨"，却对此后中国画的发展产生了深远影响。近观最近几届的全国美展，其中中国画作品呈现的这种新态势同样值得进行学术研判和深入探讨。例如郑力的曾荣获第九届全国美展金奖的《书香门第》，在一枝一叶、一木一石中透出物象肌理，可谓对传统文化的现代世俗化阐释；再如他荣获第十一届全国美展银奖的作品《游园惊梦》则更洋溢着东方浪漫主义气息，他将传统笔墨符号与现代画面构成融合，用电影中重叠的镜头和半透明的表现手法，打破了平面空间的单调。同样在荣获第十一届全国美展银奖的作品《陌生》中，何曦运用了尼古拉·费辛式的速写式表达，用带有象征性的形式语言重新解构传统图式的符号系统，用玻璃柜暗示一种束缚与陈列的空间，从而容纳并展开其对于传统文化和笔墨的命题，形成矛盾而暧昧的寓言系统。因此我们可以很明显地看到，中国画的笔墨生命力也许就是在不断的"创变"中找到艺术变革的突破口，使笔墨变得更加自由超脱，也形成海纳百川的艺术情怀和多元审美。

第二，拓展其接受外延和理解通道，杜绝作为"玄学暗号"的传统笔墨。在吴洪亮的《中国画不能单纯延续传统笔墨》一文中,他说:"笔墨问题被描述得越玄妙,那些气韵生动、骨法用笔等就越发不可与外人道,甚至成为小圈子中的'暗号'。"对于笔墨的理解、领悟和评判确需具有深厚的传统画学基础和实践经验,这是进入和理解笔墨精神的必要之举,但也正是因为过于厚重的历史积淀,将很多想要学习和了解笔墨的人拒之门外。我们可以从徐冰《芥子园画传》中找到一个很恰当的正面案例:这件作品是他重新研习了中国山水画技法的传统教科书《芥子园画谱》后,将画传中基本的图像切割重组而创作的一幅复杂的山水画卷。当然,徐冰的这件作品并非实践意义上的传统中国画,但其中典型的笔墨元素如岩石、树木、流水等组成了一派传统山水景象。这种看似温文尔雅的方式却颠覆了笔墨特征,将运笔、点墨、行笔的技术和风格转化为了直观的文字、符号和视觉方式的关系,变成了一个从当代切入理解中国画笔墨的通道。其笔墨精神根植于中国人的血脉之中,以极大的存在性和生命力不断召唤着由传统文化带来的民族审美,因此,它不会令人闻"笔墨"色变,望而却步,而是带给人一种直观的、鲜活的、自然的、与中国人文化基因相契合的审美感受。不可让笔墨落入"话语霸权"的境况而成为普通大众和年轻群体理解中国画的"玄学暗号",而应当寻求一种恰当的艺术表述方式,激活传统,使笔墨变成具有鲜活感受力和包容性的视觉语言,引导或构建以思想深度与人文关怀为内核的通道,使每个人都可以成为参与"笔墨"的人,同时也成为中国画的欣赏者和品评者。

第三,当代中国画应有效运用跨媒介融合,形成具有开放性的多维转向。在新时代巨大变革的历史语境下,材料、科技、智能、数字化等为代表的媒介技术同样挑战着中国画表现形态的边界,也对笔墨的不断重构发挥了重要作用。可以看到,越来越多的画家开始运用新方法、新材料和新的视觉创新来为观众提供一种当代的、与时代同步的中国画认知体验,通过画面形式语言、综合媒材甚至装置、多媒体等展现笔墨的多重视角与感知，这既是对创作实践新的推进，也是中国画创作和构建当代笔墨表述的新解。例如申凡的霓虹装置《山水——纪念黄宾虹》，是由 2520 根霓虹灯管组成的一幅大型山水画，以古琴音乐的音频控制霓虹灯管的运行，每次琴声一响便对应亮起一根霓虹灯，音频长 2 秒有余，其间留有 7—8 秒的空白，如同笔墨在纸面上起落、思考的节奏。这件作品借用当代艺术新潮的装置元素和数字技术来分解黄宾虹的笔墨，也将看似艰涩难懂的传统笔墨以一种量化的音乐和光影设计进行分解阐释。从这层意义上来看，当今中国画的发展除了主题、观念、立场等方面的探索，很大程度上还存在由科技发展、艺术形态与当代视野的更新而带来的转化。这不仅仅是一个时间概念和技术层面上的跨度，更是一个由"文化"牵引的突出概念。这也并不意味着笔墨本体的丢失，相反，由于文化情境的更迭，中国传统笔墨自身所蕴含的格调与潜能在不同程度上取得突破，形成了诸多不同语言媒介与技术介入下的多维转向。

　　第四，应在新时代中国画的现代变革中强化本体性和民族性，形塑笔墨的当代中国身份。当我们在论述"笔墨"问题时，不免要做相对多面的考虑，因为中国传统绘画中的"笔墨"是一个庞大且复杂的问题，在谈及时总要关乎其"语境"和"上下文"。笔墨的内涵关乎着画家的文化修养、诗学品格、情感个性，关乎着绘画中的造型、章法、风格，更关乎着时代环境与历史情境，这本身就决定了"笔墨"所具有的文化意义、精神意义与民族意义，也直接指代和凝聚着中国文化所独有的格趣。经过历史沉淀和实践发展，当今的笔墨已具有中国话语主体性和民族性，尤其是近几年由国家层面发起和组织的主题性中国画创作，形成了从宏观到局部、从意识形态到人文叙事来切入研究中国画本体自觉与策略的有效例证。例如唐勇力《开国大典》融合了素描写实造型和敦煌壁画的图像元素，以丰富的线条肌理与厚重的色彩渲染了特定历史时刻的氛围；王颖生《梨园代代传》兼备具象与抽象、写实与写意的特点，为京剧发展历程中的杰出艺术家造像；范春晓《中国制造走向世界——C919大飞机》将创作视点转向伟大时代工程中像螺丝钉一样的知识型建设者，让观众感受到科技带动和激发的内核力量；陈治、武欣《春的消息》以细腻工致的表现语言呈现出中青年美术创作者对中国当代家庭平凡生活的敏锐观察；等等，无论是革命历史还是社会生活，当代中国画都以贴近人民情感的饱满真情投入历史细节和现实情境的创作，这既是传统笔墨守正创新、不断实验与超越的阶段性变化，也是构建国家叙述和图绘中国形象的时代表征。

古人云"万变不离其宗"，在中国画的历史发展脉络中，若全盘否定笔墨传统，无异于否定中国画传统；若摒弃"当随时代"的"笔墨"，当然也无异于摒弃作为民族精神内核的"当随时代"的中国画。只有在不断的变化中，才能更加接近本质的"宗"；也只有在不断的修正中，才可更为准确地探其本真。当代中国画变革是在中西艺术思想交汇和全球经济、科技、文化发展的语境下，基于绘画实践的不断升维和充实而逐步呈现的，我们应当敏锐地意识到当代笔墨衍生和转译的重要性，无论是材料、媒介的综合，还是科技、媒体的运用，在对笔墨的发展延续中都起到了关键性的作用，使中国画的当代表现构建为在回溯中超越、于传承中更迭的视觉文化景观，也成为凝聚传统文化、接续中国审美、表现人文观照的重要载体。

（原载《光明日报》2023年12月17日，有修改）

编后记

为贯彻落实习近平文化思想，积极响应习近平总书记关于文艺工作及文艺评论工作的重要论述与批示精神，贯彻落实中宣部等五部委《关于加强新时代文艺评论工作的指导意见》，推动点题评论工作开展，按照文化和旅游部《关于进一步加强文艺评论工作的方案》有关要求，文化和旅游部艺术司成功策划并举办了2023年度文艺评论文章征集推荐活动，并遴选优秀评论文章，出版了这本《2023年度优秀文艺评论文集》。此次活动旨在激发全社会文艺评论的活力，引导、推出一批高质量文艺评论成果，挖掘更多评论人才，发挥好文艺评论引导创作、推出精品、提高审美、引领风尚的作用。

活动反响热烈，共收到来自各省、自治区、直辖市文化和旅游厅（局），新疆生产建设兵团文化体育广电和旅游局，文化和旅游部有关直属艺术单位的评论文章以及社会各界来稿共302篇。这些文章紧密围绕贯彻落实习近平文化思想和习近平总书记关于文艺工作的重要论述精神、艺术创作、艺术管理、文艺现象等多个主题，展开了深入而有见地的探讨。本次报送文章中，来自研究机构、高校、创作机构作者的文章较多，约占80%。在这些机构，文艺评论者和文艺创作者较为集中。令人欣喜的是，青年评论者在本次活动中表现突出。参与本次活动的作者年龄集中在30—49岁，其中34岁、35岁和38岁的作者数量最多。他们以饱满的热情、独特的视角，为文艺评论领域注入了新的活力与灵感，展现了青年评

编后记

论者对文艺事业的关注与思考。

在文化和旅游部艺术司的指导下，中国艺术研究院承担了本次评论集的遴选和出版工作。中国艺术研究院期刊管理处联合《艺术评论》编辑部、《文艺研究》杂志社以及戏曲研究所、话剧研究所、音乐研究所、舞蹈研究所、马克思主义文艺理论研究所、美术研究所，组成工作组，共同开展评审工作。我们根据文章的专业领域进行了细致分类，并邀请了相关领域的权威专家进行匿名评审。通过公平、公正的评选流程，最终选出86篇优秀文章，收录在本评论集中。

我们要特别感谢文化艺术出版社的大力支持，他们以严谨的态度和专业的精神，对评论集进行了细致的编辑和审校，确保了评论集的高质量与高水平呈现。

由于时间紧迫等原因，本评论集难免存在不足之处。我们诚挚地邀请各界专家、学者及广大读者提出宝贵的批评与建议，以便我们在未来的工作中不断改进与完善。

编者

2024年9月